中野三敏編

# 江戸名物評判記集成

岩波書店

# 目次

凡例

作者評判 千《せん》石篩《ごくどおし》（談義本）……宝暦四年刊……一
評判 龍美野子《たつのみやこ》（魚貝）……宝暦七年刊……二一
三都学士評林（学者文人）……明和五年刊……七一
瓜のつる（瓜）……明和八年刊……八三
鞠蹴評判記（蹴鞠）……明和八年成……九三
儒医評林（学者医者）……明和九年刊……一〇三
開帳花くらべ（開帳）……安永二年成……一一三
初物評判 福寿草（初物）……安永五年刊……一二五
茶《ちゃ》番《ばん》遊《あそび》（膳部）……安永六年刊……一五一

# 凡　例

一、本書は、名物評判記のうち二十点を選び、年代順に収載したものである。底本の書誌や諸本などについては、それぞれの解題(中扉裏)および解説(巻末)に記した。

一、解題の記載は、おおむね次のとおりとした。
書名　巻数　冊数　刊年　所蔵者　表紙　題簽　構成　内題　柱記　丁付　奥付　刊記　蔵書印
なお、各作品の冒頭(中扉)に、表紙・題簽を影印で収めた。

一、翻印にあたっては、底本の形式などを重んずるようつとめたが、活字・組版の都合上、あるいは読みやすさを考慮して、編者が採用した方針の概要は次のとおりである。

(1)本文の行移りは、底本に従わなかった。ただし、一つ書や段落の変り目など意味のある改行は再現した。

(2)丁数は、その丁の表および裏の末尾に、底本通りの丁数を(　)に入れて示した。

(3)仮名は、現行の字体に統一したが、表記および濁点の有無は底本通りとした。また、特殊な略体・合字の類は、ゟ・ヿ・ムなどを除き現行の字体に改めた。なお「ハ」は、本来、平仮名の「は」として用いられたものと思うが、これを片仮名で残すことによって極めて読みやすくなるので、すべて「ハ」として残した。

(4)明らかに片仮名の意識をもって書かれたと見られるものは、底本通りとした。

(5)漢字は、〻を也に改めたほか原則として常用の字体を用いた。ただし、藝・廣・臺・傳・團・龍は正字体を用い、曽・艸・鎊・寐・嶋・乕・躰・菴などは元の字体を残した。

(6)未・末、戊・戌・戍、己・已・巳など、明らかな誤字と認められるものは正した。

(7)文意不明の箇所には、その字の右側に（ママ）と注記した。衍字は、底本のままとした。〔例　作り《つくり》〕

(8)虫損・汚損などにより判読不能の箇所は、可能な限り同板の別本によって埋め、不可能なものについては字数が推定できるものは□または□□で示した。

(9)底本の墨格部分は、■または■のようにした。

(10)句読点は・。、を底本に従って使い分けた。△は。に改めた。

(11)反復記号は底本通りを原則とした。

一、見返しのあるものは影印で収めた。

一、挿絵は原則として該当箇所を指示し、その近くに影印で収めた。

一、挿絵中の文字は翻字し、図版の上下または左右の適当な位置に示した。ただし、「忠臣蔵当振舞」の狂歌は、すべて一定の位置に収めた。

一、紋および序跋者の印などは影印で示した。

一、文字の大小や布置などは、できるだけ原本に近づけてその雰囲気を保つことにつとめたが、なお印刷の都合上不可能の場合もあること、御容赦願いたい。

作者評判

# 千石篩

宝暦四年

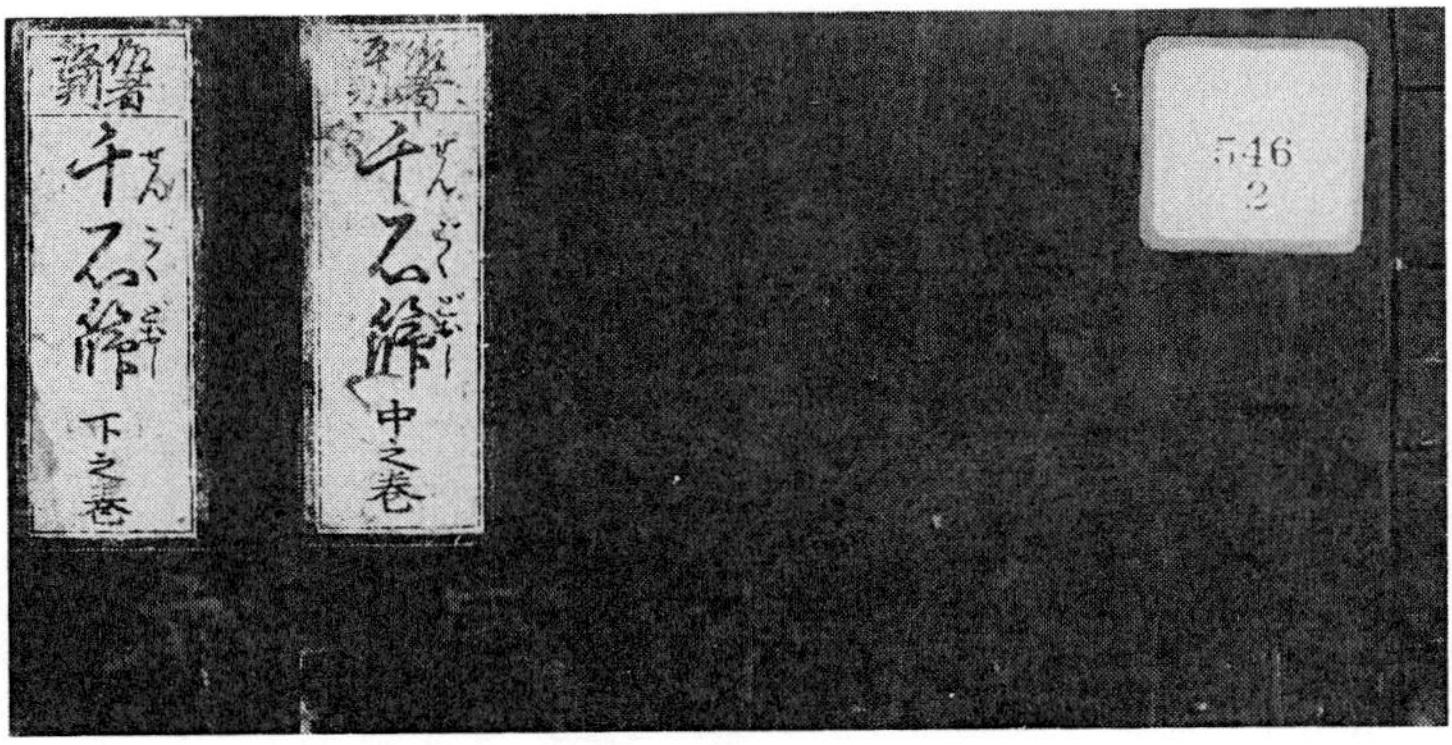


都立中央図書館．特別買上文庫本

## 千石篩　横本　三巻三冊　宝暦四年刊

底本　都立中央図書館、特別買上文庫本（546）

表紙　黒表紙（原装）

題簽　上巻は原題簽欠。中・下巻は原題簽存。表紙左肩、子持枠「作者評判千《せん》石篩《ごくどおし》　中（下）之巻」

構成　開口（三丁）、目録（半丁）、白紙（半丁）、本文（十三丁）、以上上巻。本文（十四丁半）、白紙（半丁）、以上中巻。本文（十二丁）。以上下巻。全四十四丁。

＊各巻、挿絵半丁二枚ずつ

内題　開口の首にあり「戌の年新板仮名本／作者評判千石篩《せんごくとをし》」

開口末に「戌二月」

柱記・丁付

上巻「■上　　一（～十七）■」。

中巻「■中　　一（～十五■」。

下巻「■下　　一（～十二）■」

刊記　本文末に「やり屋町十文字屋／他笑判」。尾題の前に「本や表四郎板」

蔵書印　上巻首に「森氏蔵書」「観潮閣文庫」（二印共に森鷗外）。「峯舟文庫」（森潤三郎）。巻尾に「月明荘」。中・下巻首に「反町文庫」

# 戊の年新板仮名本

## 作者評判　千《せん》石《こく》篩《とをし》

冬枯《ふゆかれ》し。木《き》ゝのこのめも春雨《はるさめ》の。恵《めぐみ》あまねき君か代ハ。戸さすこともとんとわすれて。夜昼開放《よるひるあけはな》しの。逢坂関内《あふさかせきない》。けふハ非番《ひばん》の高《たか》枕《まくら》。当年《とうねん》の午睡始《ひるねはじめ》と。石火矢《いしひや》が年玉《としたま》持て礼《れい》に来そふな大鼾《おふいびき》。同役《どうやく》の底無樽《そこなしたる》右衛門。仕送《しおくり》の高利《かうり》樫《かしゐ》右ェ門其外二三人。同道にてどか〳〵と押込《おしこみ》。これ〳〵関内春雨《せきないはるさめ》の徒然《つれ〴〵》。さりとてハ淋《さび》しくて。奈《な》良《ら》縫殿《ぬいの》介《す》が思ひつき。貴さまを判者《はんじや》として。此(一オ)春読《よん》だ新板《しんはん》の仮名《かな》本・作者《さくしや》の手際《てきわ》を。役者評判《ひやうばん》に准《なぞらへ》て批判《ひはん》し。跡《あと》を例《れい》の酒にせまいか。どうだ〳〵と揺起《ゆすりおこ》せバ。ヲツト皆迄いふてくれまい。惣じて鼾《いびき》かく者に油断しやるな。極《きわめ》て目さどいもの。御身達《おみたち》が来ていふた事逐一呑込《ちくいちのみこん》で。今比ハ気海丹田《きかいたんでん》の辺《あたり》に胡床《あくら》かいて居ル。是程《これほど》の趣向《しゆかう》を日頃《ひごろ》他事なふ咄す友に沙汰《さた》なしにするハ・不実《ふじつ》の至り。なんと回状《くわいじやう》したゝめ。早ゝ御順達《じゆんたつ》可被下候と見しらせて招《まねく》まひか。いかにも〳〵それ書《かき》給へと。幸《さいわい》なる哉《かな》留主《す》居《い》の物書《かき》噂《うハさ》喜久蔵《きくぞう》居合て。(一ウ)墨磨流《すみすりなが》し。趣向《しゆかう》をあらましさら〳〵と認《したゝ》め。置《おい》て帰《かへ》れと仲間智恵内《ちゑない》にもたせてやれバ。使《つかい》の者《もの》さへ未帰《まだかへ》らぬに。是ハ面白家老《おもしろかろう》の次男《じなん》。滑倉亘《ぬらくらわたり》を先《さき》に立て。細槌天窓振立這入《さいづちあたまふりたてはいる》ハ。作事方の梁間桁《はりまけた》右衛門。あたり八間白眼廻《けんにらめまハ》して。のさ〳〵来るハ。横目役の底意地和留《そこいぢわる》右ェ門。白髪交《しらがまぢり》のきんかんあたまハ。料理人《りやうりにん》の生盛栗《いけもりくり》右ェ門。かれこれ四五人案内《あんない》なしに座敷《ざしき》へ通れば。これハ〳〵早速の御出。祝着《しうちやく》せしめ候《さふらひ》早《おわん》ぬ。抑年の始《はじめ》のなぐさみハ。借《かし》本屋を呼寄《よびよせ》て。新板の仮名《かな》本読《よん》でたの(二オ)しむ程。気のはらぬ遊ひハなし今年《ことし》ハ取わけ江戸作の仮名本。何程出たやら。数も限《かぎ》りもないげな。中にも辻談義などハ顔《かほ》見せ時分《じぶん》から出て。年の内に春ハ来にけりとおもわれ。師走《しはす》のいそがしひ中にもくり返《かへ》してたのしひ。それから段ゝ。持て来《く》ル程の物を元日から読初《よみそめ》毎日〳〵八百日行浜《やおかゆくはま》の真砂地《まさごち》。文《ふみ》の道世《みちよ》に明らかなれバ。段ゝと上手《ず》が出て。去年迄ハ下手《へた》談義《たんぎ》をさへ。江戸作にハ珎《めづら》しともてはやせしに。静観房《じやうくわんぼう》に百倍増《ひやくばいまさり》の名人達《めいじんたち》。此所《こゝ》を先途《せんど》と(二ウ)筆《ふで》をふるひ。難《かた》きを和らげ偏屈《へんくつ》を破《は》し。おかしい中に教《おしへ》の言葉《ことば》の巧《たくみ》の妙《めう》なる。中〳〵一時《じ》の笑語《しやうご》と。等閑《なほざり》に見るべき書物《しよもつ》どもでハ御座らぬ。いつれを賞《しやう》し。いづれを貶《おと》さん。どれも〳〵。いやはや。とかふ。いふにいはれぬ上作《さく》なれバ。何《なに》か難波《なには》の。善悪《よしあし》いふべき事ならねど。早竟《ひつきやう》外《と》様《ざま》の沙汰《さた》でもなく。此手合で。此座限《このざぎり》の。手前勝手《てまへかつて》の我儘《わがまゝ》評判《ひやうばん》。役者評判に准《なぞらへ》て。いふて見る迄の事。兵《つわもの》の交《まじハ》りとハげうさんなれど・頼《たのみ》ある中の酒宴《しゆゑん》。かな物評判とハ。(三オ)縫殿《ぬいの》介《す》が趣向《しゆかう》。これぞ雨夜《あまよ》の品定《しなさだめ》を。昼《ひる》からの催《もよほ》し。さあ〳〵評判のは

じまり〳〵

戊二月

（三ウ）

目録



（四オ）

（白紙・半丁）（四ウ）

作者評判　千《せん》石《こく》餝《とおし》　上之巻

## 第一　龍《りう》宮《ぐう》船《せん》　全部四冊

[あふ坂関内いわく]さあ〳〵当春新板仮名本の惣巻頭。唯仮初《かりそめ》の草子かと直下に見れバ底もなく。辺《ほと》りもしれぬ智恵の海。和漢の書を引さま〳〵の珍説奇談。一時目をよろこばするばかりにあらず。心得にもなるべき話も数々あり。誰が見ても謗《そ》しる事なく。いやといふ人なけれバ。面を向《むかふ》にそむかずとかや。面向不背の龍宮船。当春の大出来外題が龍宮じやから海老と引合て巻頭に置ます。どな（五オ）たも無理とハ思召まい。[そこいぢわる右ヱ門曰]いや是ハ思ひもよらぬ物を惣巻頭とは。亭主の数寄《すき》の赤烏帽子《あかゑぼし》。外に書物ハない事か。近比《ちかごろ》。事《こと》の欠《かけ》た様《やう》に存ル。珎説奇談《ちんせつきだん》と讃《ほめ》給へど。大方諸書《かたしよしよ》に出てある事。山男ハ大和怪異記《くわいゐき》。悟《さとり》の獣《けもの》ハ奇事談《きじだん》にある其上文字違《ちがい》も見ゆる・河太良《かわたらう》の字《じ》ハ・郎《らう》であるべいにあれハ良《れう》でこそあれ。反《へん》答《とう》下《へ》手《た》談義《だんぎ》か。郭談義《くるわだんぎ》の類《たぐい》の。博学多才《はくがくたさい》の作《さく》をなぜ出し給ハぬ龍宮船ハ先《まつ》暫《しはら》く日和《ひより》を見合て。出《で》なほされたがよく御座るべいさ。[いけ盛栗右ヱ門曰ク]和《わ》流《る》右《ゑ》の（五ウ）仰も尤ながら御亭主《ていしゆ》のいわるゝ通り早《ひつ》竟《きやう》世間へ出《だ》す評判《へうばん》でも御座らず毎《いつ》も出逢ふて。他事《たじ》なふ咄す中

で。雨夜の品定といふ藝《げい》源氏にしてハ。受取にくい削下《そりさげ》あたま。いづれも無骨《ぶこつ》者の会合《くわいがう》。面ゝ《めん〳〵》の腹程《はらほど》の事より外に。ない智恵ハ出《で》ませず。世話《せわ》に申。一国成敗《こくせいばい》で此座限《ぎり》の私評判《わたくしへうばん》。おもひ入をいふて見るも一興《きやう》。申さば世上の学者達《がくしやたち》の。斗升《とます》程の印押《ゐんおし》て唐様《からやう》で序《じよ》を書《かい》て出《だ》さるゝ書物を。亭主《ていしゆ》をはじめ。此手合ハ。大学《がく》一巻

（六オ）

挿絵第一図　（六ウ）

読《よん》だ事のない衆中八文字屋か。義太夫本の博士達《はかせたち》それさへ義太夫本の序《しよ》ハ。あたまから唐人の寝語《ねごと》と片付《かたつけ》ヲロシとある次《つぎ》から読学《よむかく》者共なれバ。文章《ふんしやう》の批判《ひはん》文字穿鑿《せんさく》ハ。一向沙汰《かうさた》なし〳〵殊更良《れう》の字《し》と郎《らう》の字位《しくらい》は何れの書にもあるべき事其上仮名《かな》本などハ大方作者の書捨置《かきすておい》たを。書物《しよもつ》屋か取上て。板行《はんかう》する故作者の方へハ沙汰《さた》も音もないが間ゝあるげなそれ故《ゆへ》に校考《けうがう》といふも。そこ〳〵じやから。文字違ひも（七オ）あるへき筈《はつ》それハ板下《はんした》の。筆耕《ひつかう》の誤《あやまり》にて。さら〳〵作者の不調法《ぶてうほう》とハ申難《がた》し。すでに今年《ことし》の新板物の中で。他《た》の非《ひ》をあげて誤《あやまり》を正《たゞ》し博学《はくかく》と看板掛《かんばんかけ》て置《おく》やうな衆《しゆ》の書にも即《そく》の字《じ》が艮《ごん》となり晨鐘《じんしやう》の鐘《かね》か農鐘《のふしやう》となり渡り。書行無性是生滅法界《しよぎやうむしやうぜしやうめつほうかい》に書《かい》てある勧化《くわんけ》の勧《くわん》の字《じ》が。観《くわん》の字《じ》に成りしもあれど文字違《ちかい》や仮《か》名の付誤《あやまり》ハ右申通り。筆《ひつ》者の麁忽《そこつ》なるへし仮名《かな》本とハ申ながら仮《かり》初《そめ》にも書物作る人が。文字知らでなるべ（七ウ）きかかならず〳〵。

挿絵第一図（六ウ）

大目に御覧被成て。向後《きやうかう》仮《か》名物の読本《よみ》などハ唯《たゞ》其主意《しゆい》さへ知れは文字にハ御かまひなされな疵《きづ》を見出《だ》したがるハ其許の御名に。差《さし》合ながら。少《すこし》底意地《そこいぢ》悪《わるい》やうに聞へます唯《たゞ》やすらかに見過《すご》し給へ。殊に此席《せき》でハ。只《たゞ》面《おも》白く可笑《おかしい》を楽《たのし》み弥《めつら》しい話《はなし》を専《せん》にいたせバ。理《り》屈《くつ》の善悪《よし》ハ世《よ》人定《ひとさだめ》よと出《で》て。一向彼《かうかの》下手《へた》談義《だんぎ》かかりの書ハ取上ませぬが此会《くわい》の定《さだめ》。去々年から談義《だんぎ》類《るい》の物が余り沢山《たくさん》過て目に染《しみ》ます。何《なに》(八オ)程出来《ほどでき》ましても。ほつといたして。秋風たちぬいや気野《きの》ゝ原《はら》。すべて。あの類の教訓《きやうくん》の書ハ是ハ面白《おもしろい》と賃銀《ちんぎん》出《だ》して読《よん》でも又跡《あと》から其反答《へんとう》に加賀屋梅八越中嶋の作兵衛と。板元の名をあらハし。言破《いゝやふ》る書を板行《はんかう》すれば。已前《いぜん》出した読賃《よみちん》が取返《とりかへ》したふ成まする沙汰《さた》ハない事。唯《たゞ》何の難癖《なんくせ》もなひ当座の慰《なくさみ》になる草子が。銭出《た》した甲斐《かい》がある。此本などハ。何反読《べんよん》でも気づかひなしに。来年の春。新板物の反答《へんとう》も出《で》そもない。(八ウ) 波風たゝぬ春の海《うな》原《はら》遊楽り〳〵と。漕《こき》わたる。竜宮船関内師《す》の巻頭におかせられたに言分《いゝぶん》ハ御産ない。何れもさまなんとそふでハ御座りませぬか

[座中一同に]御尤〳〵

## 第二　非《ひ》人《にん》敵討《かたきうち》実録《しつろく》　全部五冊

[亭主関内云ク]唯今迄浄留理哥舞妓《かぶき》で見聞《みきゝ》いたした計で慥な説《せつ》をぞんせなんだ。非人敵討の正説此春はしめて明白に知れました元来此手合ハ。四角な字が読《よめ》ませぬから。かやうな仮名本てなけれハ埒《らち》あきませず。此本の出ぬ(九オ)前ハ青江下坂ハ姉川がせりふとばかり覚へ。いつの比か時代のしれぬも苦にもいたさず。いやはや自堕《た》落千万な群《むれ》。此度さつはりと。根から葉から知れました上で。存ますれバ。いかさま時代《したい》のしれぬを苦にもいたさねど。明らかに知れた程の事ハ御座らぬ。まづ当年新板物の第弐に置まする訳《わけ》は。全体敵討一件にて外にあたり障《さわ》りもなく。すら〳〵として難のない所を称美《せうび》いたし。此所に置まする。尤文章もあるべきかゝりに(九ウ)何のかざりもなく。しかも他《た》の嘲笑《あさけりわらひ》をまねく文言《もんごん》もなさそふなり。世上の評判もよけれバ。どなたにもいなとハ仰られまい。[そこいぢわる右ヱ門曰]世間にハかまハぬ。此席《せき》は格別《かくべつ》の評とあれバ。世上でハ請《うけ》とらずとも。風姿紀文《ふん》などが出そふな所。此方どもハ此実録《しつろく》どのハ面白も御座ない[けた右ヱ門出テ云ク]和流右《わるゑ》殿御黙止《おだまり》なされて。それから御らうじませ。青江下坂《あほゑしもさか》の刀《かたな》の子細《しさい》。殺害《せつかい》せられた非人《ひにん》と敵討《かたきうち》の春藤《しゆんどう》氏とハ。別《べつ》なる訳其ほかさま〳〵弥き説《せつ》。いやはや面白(十オ)事ども。武士の子供などハ。ほかの本よむひまにハ此様な物を読《よむ》がよい筈《はつ》。傾城《けいせい》の買《かい》やう。伝受秘密《てんじゆひみつ》を書集《かきあつめ》ました草子は。なんぼ文章《ぶんしやう》が面白名ある作者でも。子供等《こどもら》に見せたくも御座らぬ。又去々年出た下手談義などハ。一向武士《ぶし》の身《み》の上をいわねバ。町人の身持にハよからふが。此方共《はうども》ハさら〳〵。入用にも御

座らず。已《い》前ハ武道傳来記の武士鏡の。新武道傳来諸士《しよし》百家記の類数《るいかず》〳〵ありて子供等《ともら》が慰《なぐさみ》にもくるしからぬ本どもが(十ウ)沢山出ましたが。兎《と》角《かく》近年は生弱《なまにやけ》気た本か湛《たん》と出て。絵《ゑ》草《そう》紙《し》にさへ親《おや》子《こ》で見られぬ事が出て御座る。こんな事いふと。又わる固《かたい》の当風でないのと。いふ者も御座れど。固《かたい》事いふて白ィ歯《は》見せねど鉦打《どらうち》たがる。若ィ者に。色めいた物ハ斟酌《しんしやく》。関内《せきない》殿の此書を第弐に置《おか》せられたハまだ不足。当年新板の巻頭に己《おれ》なら此書を出すに。扨〻至極出来た物されども御亭主が龍宮船を出《た》されたれバ。今さら漕戻《こぎもど》され(十一オ)もいたすまひ。〔亭主関内云ク〕なるほど桁右《けたゑ》殿の仰の通り龍宮船と甲乙《かうおつ》なく。おとなしい。難の御座らぬ書で御座れど。順風《じゆんふう》に帆《ほ》をあげて乗出《のりだ》した一番船《ばんふね》第二の座に御不足ながら。おも〳〵と御なほり候へ。〔皆〻一同に〕跡の太夫殿にはやふ見参《げんざん》申たい。なんじやな〳〵

## 第三　諺種初庚申《ことくさはつかうしん》　全部五冊

〔関内いわく〕さあらバ涼《すゞ》月雪花の四時《じ》庵主人《あんしゆじん》の述作《しゆつさく》。初庚申の鶏《とり》の鳴迄寝《ね》ぬ夜の伽《とぎ》に。是にましたる目覚《さま》し草も御座るまい。此処迄下《さげ》ます筈《はつ》ハ御座らねど。(十一ウ)其段は宗匠《そうしやう》だけにおとなしふ御勘忍〳〵〔そこいぢわる右ヱ門曰〕また少申べいかの。兎《と》角黙《かくだまつ》止て居ルがきつい嫌《きら》ひな此男。抑《そもく》此本などを第参にハなぜ置せらるゝ。当春評判のよいは水かけ論《ろん》じや。近年の大出来との取沙汰相続《あいつゞい》て去《きよ》冬出ました辻談義《つぢだんぎ》。銭湯新話《せんとうしんわ》などこそ出べきに。なんの是等《ら》を第参とハ近ごろ心得難《かた》くぞんずる最前《さいぜん》龍宮船敵討を第壱第弐に出されたをさへ。拙者《せつしや》は不得心でござれど座中が得心故。儘《まゝ》の皮財布《かわざいふ》。〆括《しめくゝり》のわるい。(十二オ)おもしろくない物が兎角数奇《とかくすき》そふで。又此書を第三と定られたが。文句《もんく》に打込たい所が湛《たん》とある。先《まづ》〔亭主いわく〕いやもし〳〵おまち被成其許の御すきの通りに腹《はら》一盃《はい》目くじらたてゝ。仰られバ。何れの書でも難《なん》のないハ御座るまひ。凡此書に不限《かぎらず》。惣じての仮名《かな》本。物語の類ハ。一部の所詮《しよせん》さへ聞へますれバ。文句《もんく》のよしあしは。正真《じん》の道《みち》行の杖《つへ》のやうな物。着《つき》にけり迄《まて》の道具と見れば・息筋張《いきすじはり》て吟味するにおよばぬ事。此書ハさすが紀逸宗《きいつそう》匠《しやう》(十二ウ)の作程《さくほど》ありて余所《よそ》外《ほか》の耳《みゝ》に立て。反答《へんとう》の出ル気づかひもなく。しかも珎説《ちんせつ》の数《かず》〳〵。どこに一つ難ずべき所のない上〻吉の咄本。銭湯新話や辻談義などのやうに。口合いふて。見物におかしがらせて当《あて》やうともせず。しつほりと落ついて大立物の仕《し》内と見ゆるハ宗匠《そうしやう》だけ。少〻文談《もんだん》に難《なん》が御座ルか。其処《そこ》ハぞんぜねど。一部《ぶ》の主意《しゆい》が。睡覚《ねふりさま》しの御伽草子《おとぎそうし》と仕立《したて》。つゐさら〳〵と書捨《かきすて》られし物故《ゆへ》。文章《ぶんしやう》の。よしあしにもかゝハられぬと(十三オ)見へました。いかさま此書位《しよくらい》の咄の本に。あの衆が汗水《あせみづ》たらして何しに骨おらるゝ物ぞ。其證拠《しやうこ》は職分《しよくぶん》の誹諧《はいかい》においてハ宗匠《そうしやう》衆《しゅ》の中でも殊に勝《すぐ》れて名の高ィ御人。尤和流右殿《わるゑ》の御ほめなさる。辻談義や。銭湯新話《しんわ》などハ。口拍子《へうし》よく。はづんだ文談《もんたん》おかしみハあれど。兎角下手《とかくへた》談義《だんぎ》の気味がはなれず。跡から反答《へんとう》の。弁当のと。造作《ぞうさ》のかゝらぬ慰《なぐさみ》一通りの書《しょ》を第一といたせバ此書を出します。最早教訓《もはやきやうくん》むきの書《しょ》ハ。去年から（十三ウ）余り沢《たく》山で胸《むね》につかへますれバ。来春などハ。此書のやうなすら〳〵といたした本の湛《たん》と出るやうにいたしたい。幸臺所《だいところ》に。出入の借《かし》本やの表四《へうし》郎か来て居ますげな。這奴《しゃつ》も外《げ》題学問《だいがくもん》ながら余程《よほど》あぢをやりましておもしろい奴《やつ》。呼出《よびだ》して評判の列に仕りましよ表四《へうし》〳〵〔かし本／し良い〕〔屋へう／わく〕あい〳〵最《さい》前からあれで承りましたが。もし〳〵。人の腹《はら》ハ九分十分。世上の評判も旦那方の思召に余りかわる義も御座りませぬが。世上の評《へう》は。水灌論《かけろん》が大出来じやと申（十四オ）まする。所詮《しょせん》ハ。近道の評判が御座りまする。其近道と申ハ。本の売《う》れると。不熟売《なまうれ》とでさつぱりと埒《らち》のあく事。不《ふ》出来な書ハ。一応《おう》は見る人もあれど。末とげて流行《はやり》ませねば私共の仲間で寝置《ねき》物と号《なつけ》て。所〻の干《ほし》見せの隅《すみ》に埃《ほこり》かついて朽果《くちはて》ます。其所で作者の上手下手も知れます事で御座りますが。何さま仰られます通り。去年から出ルも〳〵。下手談義の類書《るいしょ》で。さりとハ気がかわらいで。おかしふ御座りませぬ。

（十四ウ）

挿絵第二図

（十五オ）

挿絵第二図（十五オ）

どうぞ来春はわつさりとした趣向《しゆかう》がありそふな物すでにおまへの龍宮船非人敵討《かたきうち》・続《つゞい》て此書《しよ》を御出しなされたも談義《だんぎ》風《ふう》をはなれた故《ゆへ》で御座ります・世上のおも入も・皆そふで御座れば・此座の評《へう》判《ばん》が・真《まこと》の評判で御座ります・もしちと酒になされませぬかな〔座中一同に〕ヲ、それもそふじやが・何も慰《なぐさみ》此次の評をはやふ承りたい

## 第四　水灌《かけ》論　全四冊

〔亭主関内云ク〕さあ〳〵当春大当リの水かけ論・外題《げだい》の通り大にはねました（十五ウ）作者松隠《いん》子も嘸ゝ御満足で御座らふ。当年程新板物の出た事も御座るまい。其中で大出来との評判は大手から〳〵〔わる出テ〕〔右ヱ門云ク〕それ程ほめさつしやる本をなぜ又此所迄ハ御下《さけ》なされた。〔亭主いわく〕最初《さいしよ》から申通り教訓向《きやうくんむき》の書ハ跡へまわします。あながち教訓の書を嫌ひますでハ御座らねど。余り味噌《みそ》濃故《ごいゆへ》に。其場《ば》をはなれた書《しよ》を前《さき》へ出しましたが世上でハ此本を第壱じやと申げな此座でこそ四番なれ。世上で第一の出来ともふさバ。此方共が（十六オ）何番に置ましやうとも作者の御不足ハ御座るまいが。和留右もし此書にも何ぞ批言《ひごん》仰らるゝか。〔わる右ヱ門いわく〕申べい〳〵。尤外の物から見れば一段出来た。辻談義や新話《しんわ》などのやうに平《ひら》たい言葉もなく。文章《ぶんしやう》うづ高く位のあるやうな本で御座るか。釈氏《し》の論《ろん》ハちと言過《いゝすぎ》たやうな所が見ゆる。不忍《しのハず》の池の蓮の段ハ不遠慮《ふゑんりよ》ではあるまいかの。善光寺の縁起《ゑんぎ》もどこぞから咎《とがめ》そふな事。江戸者と京者のあらそひハ。不弁舌《べんせつ》の方が大出来（十六ウ）誹諧師《はいかいし》の論も厳《きびし》過て。又反答水灌論《へんとうみつかけろん》が出そふな事。〔亭主いわく〕あたり障《さわ》りがあるか此方ハ気もつきませねば。其段ハよいともあしいとも。御挨拶《あいさつ》致しかたいが何でも一体《たい》よふ出来ましたれバこそ。世上で請取ました。作者板元ばかりよいと呑込《のみこん》でも。世間《けん》で取ませねバ。作者も労《らう》して功《こう》なしとやらでむだ骨折《ほねおり》。板元も折角《せつかく》金入レて倒《たほれ》ますに。此書などは。作者も誉《ほま》れ板元ハ金儲《もふけ》。両方よしの水かけ論。はねましたぞ〳〵〔そこいぢいわく〕まだ申残しが御座る。（十七オ）遊里《ゆうり》の論《ろん》も無遠《ぶゑん》慮《りよ》で御座る。岡《おか》〔亭主いわく〕おつと御だまり被成。其跡仰に不及。左様の義は。書林が吟味いたす事。此方一円かけがまひのない義。何でも世間一同にほめるが。上ゝ吉の当リ役者《やくしや》夫婦けんくわを。師《し》匠《しやう》の教戒《きやうかい》。実《しつ》事仕の大立物の仕内《うち》いやはやどうもいわれぬ名人。当年の大当リと申ハ此書に極りました〔座中一同に〕なる程そうとも〳〵

千石篩上終

（十七ウ）

## 作者評判 千《せん》石《ごく》飾《とおし》 中之巻

### 第五　教訓不《きやうくんふ》弁舌《へんせつ》　全部五冊

亭主いわく此書を。人によりて。余ﾘ出来ばゑがせぬと申が。拙者《せつしや》ハよう出来ましたと存る。大工《く》と。肴売《さかなうり》が。士農工商《しのふこうしやう》の片《かた》言・腹筋《はらすじ》をよりました。京の者と。江戸者と。風俗のあらそい。外《ほか》の作者衆の書《かゝ》れましたより。大にはねました。けた右ヱ門いわく此書ハ一体《たい》。我《が》慢《まん》のないおとなしい書《しよ》で御座る。自己《てまへ》一分を守《まも》り。他《た》を嘲《あざける》といふ事なく・教訓《きやうくん》もくどふなく。さら〳〵と致して。見るに飽《あき》が御座らす。（一オ）大体書物《ていしよもつ》の文章《ぶんしやう》で其作者《さくしや》の人品《ひとから》。心入迄見ゆると申が。何さま。此作者の余処《よそ》ほかの書を誹《そし》らす。しかもおかしみのある。もたれ気《げ》のない所が嵐音八が藝《げい》に似《に》て。さりとハいやみのないが御亭主《ていしゆ》の御心に入ﾘて爰《こゝ》へ出されたで御座らふ。亭主いわくなる程左様で御座ります水かけ論《ろん》に続《つゞい》てハ出来物との評判。四角四面兵衛が傾城《けいせい》の文。さりとはおかしう御座ﾘます皆さま此所に置ましても無理ハ御座りますまい皆々いわくいかにも〳〵　（一ウ）

### 第六　無而《なくて》七癖《なゝくせ》　全部三冊

亭主いわく今迄此書を出しませなんだハ。世上の評判より。格《かく》別の趣向私評判と申故。此書も下心ハ世上を教訓むきの書とぞんじ。類も御座れば。末に置ますれ。世間でハ。殊の外よふ請取ました。別《わけ》て下の巻。きおい組の哥仙大にはねました。いやはや油断のならぬ世の中。両君著《くんあらハす》とあれバ。御歴々の御慰に被成た物とぞんじますか。ようハきほいの言葉《ことバ》を御ぞんじてハあるぞ。しかれ共さすが。よいしゆじや。（二オ）点取に来た。きほいの衣類《いるい》を。市松の半てんに。同じ様な股《もゝ》引とハ。膏薬《かうやく》売と御取違へ。結句御ふあん内で。御しゆしやうにぞんずる。市松のはんてんならバ。筋《すじ》鉄《がね》のもゝ引とか。あの衆《しゆ》の方でいわるゝ。童子《どうじ》格子《かうし》などゝあるべき事。それだけがよい衆《しゆ》の作《さく》。たとへてもふさば反答下手《へた》談義に。夜講《よかう》尺の。行燈《あんどん》に。座料《れう》八銅《とう》。講師《かうし》何某《がし》と書《かい》たハ文字の置やうが。わるいと。難《なん》せられたとおなし気味。町々の裏《うら》店の路《ろ》次（二ウ）の入口にある行燈夜講尺のかんばんに字の置やうがわるいとハ。下ざまの事御ぞんじなふて結句《けつく》しゆしやう。町々をあるいて御覧ぜぬからの事。下ざまの事ハ。どうでも蛇《じや》の道へびで。町人がよく其情《じやう》ハ存じます。それハともかくも。至極きれいに。よう出来ました皆様何そ申ぶんハ座中一同にないとも〳〵

## 第七　当風辻談義《いまやうつじだんぎ》　全部五冊

〔亭主いわく〕難波津《なにはづ》に咲《さく》や此花冬《ふゆ》からの新板。霜月上旬《じゆん》から売出し（三オ）

挿絵第三図（三ウ）

て。今を春べとさかゆるハ板元東門子が働《はたらき》。はね吉が富士の人穴《あな》への道行いやといわれぬ道筋《みちすぢ》。聴聞集《てうもんしう》と引くらべて御覧被成。あのやうな以て廻りました無理をかゝぬが作者の手がら。一部始終《しじう》。下手《へた》談義《たんぎ》を打込《うちこむ》やうで。大に助《たすけ》た。大助《おふすけ》の子孫《しそん》かしらず。三浦の何とやら申法花宗の坊主《ぼうず》落《おち》の作と申がそふかしらぬまで〔そこいぢる右ヱ門〕此作者の事御そんじないか。〔わ云〕われら此やうな穴探《あなさがし》のこつちやう。一時《ひところ》評判《へうばん》のあつた。法花宗《ほつけしう》の夜講《よかう》（四オ）尺《しやく》で。大入をとつた坊《ぼん》さま今ハ還俗《げんそく》して。何斎《なにさい》とか号《がう》し。専講談《かうだん》しやるげな。此書《しよ》を編《あむ》ころハ。成程谷中にも居られたげな。此書《しよ》もわれらが持病《ぢびやう》の難《なん》をもふさば。序文《しよぶん》にハ談義《だんぎ》を破《は》し。底意《そこい》ハ談義《だんぎ》をたすけた所が。表裏《へうり》じやとぞんずる。いかゞ思召ぞ〔いけ盛くり右ヱ門〕をなじ塩梅《あんばい》なら手前の気にあわずと。世上一同の口に合がよさそふな物。是も書《かき》やうかよけれバこそ。人の請《うけ》がよいじや御座らぬか。聴聞《てうもん》（四ウ）殿ハ序《じよ》に談義《たんぎ》をほめたやうで嘲《あざけり》。是ハ序文《じよぶん》に破《は》したやうで助《たすけ》る。いやはや世の中ハ千差万別《しやまんべつ》。いろ〳〵の人がある物ながら談義《だんぎ》を誘るが。

挿絵第三図（三オ）

此方て腹《はら》もたゝず。ほめても嬉しとも。根《ね》がしらぬ人の悲《かな》しさ。銭三百落したやふにも御座らねど。世上の人の請とつた物を。いゝさがすハ。余りよふない事故。わたくし共ハ此書の方を。よいとぞんずるが。いかゞ御座るやら。〔亭主いわく〕いつれも様の御評判も無理ハ御座らぬ。此書《しよ》の作者《さくしや》ハ。いか(五オ)さま真中《まんなか》をいふと書《かゝ》れしが。反答聴聞《へんとうてうもん》の二集や。花街談義《くるわだんぎ》などの心底《てい》より。淳直《すなほ》な書やう。道理で夜講尺《よがうしやく》が。毎晩《まいばん》ゐいとう〳〵じやげな。杏何斎《きやうなにさい》殿御まんぞく〳〵〔皆〻一同に〕いかにもとかく今年《ことし》のやうな。新板沢山な時に。よく見ておかは板元の損《そん》もなく。目利《めきゝ》の仕《し》やふが心安かるべし。扨も湛《たん》と出来た中にハ。もそつと上手がありそふな物。どういたした水《みづ》がらやら。上方《かみがた》の作者《さくしや》程出来ませぬ。〔亭主いわく〕いやそふかた付ら(五ウ)れも致さぬハ。七癖《なゝくせ》や水かけ論《ろん》などハ。上方《かた》役者にまけハいたすまい。此辻談義なとの口て下手談義類の気をはなれて。外の趣向《しゆかう》を見たふそんするなんでも去冬から当続《あてつゝけ》の辻だんき御手から〳〵

## 第八　銭湯新話《せんとうしんわ》　全部五冊

〔亭主いわく〕外題の思ひ付《つき》よく。咄本ながら。教訓《きやうくん》ありて。春から段〻と書続《かきつゞけ》ての趣向《かう》面白クよふ出来ましたぞ。去年ハ雑長持《ざうながもち》であてられたが。当年ハさのみはねませなんだ。どうでも(六オ)田舎役《いなかやく》者だけ。まだ舞臺馴《ぶたいな》れぬ故。あたりはづれが御座るそうな。しかれども。一体《たい》ハわるふ御座らぬ。おかしみもあり。一段〳〵のとまりにはづみのある。一風《ぷう》かわつた作者。新話の奥書に山枡《しやう》太夫胴欲鏡《どうよくかゞみ》といふ外題《げだい》が見ゆるが。是ハ教訓向《きやうくんむき》でもなさそうじや。気がかわつて面白からふとぞんずる。まづ外題《げだい》からおかしけれバ嘸《さぞ》とぞんじ。今から待かねますぞ〔わる右ヱ門いわく〕いやまち給ふな。雑長《ざうなが》持《もち》や新話の手際《てきわ》で。大方藝《げい》のたけも知(六ウ)れた事。なんとして上方《かみ》役者《やくしや》の片手にもたる物でハござらぬ。此親仁《おやぢ》も彼出臍《かのでべそ》親仁と同腹《どうふく》中の。我慢《がまん》者で。片いぢに何もかもいゝさがしいらぬ教訓《きやうくん》。をれハあのやうな。異見《いけん》がましい書を見ると。わるひ癖《くせ》で胸虫《むねむし》むつとするハ。おればかりか。人もにくがればこそ。すでに郭だんぎにも。世上の人をためなほそふとおもふかそれこそ青柳等《ら》が。百人よつてもいけぬとて。大に笑われた。青柳《せいりう》とハ。此単朴《たんぼく》とやらが(七オ)青柳村に居ルから百青柳《ひやくせいりう》が出てもいかぬ事ハいかぬと誹《そし》られた。百姓に相応《そうおふ》な。糞灰《こへはい》の世話《せわ》やいて居《お》らいで。いらざる人のあたまの蠅追《はいお》ふハいかゐたわけじや。〔いけもりくり右ヱ門〕いやもし。そふいわしやれバそうじやが。百姓町人であらふとも。人の為になる事ハ。世話《わ》もせいでハ。此方《ほう》共がよふな物ハ。魚《まな》ばし疱丁《ほうてう》(ママ)持《もつ》て。飛廻《まハ》る計《ばかり》で。心におもふても。筆が廻《まハ》らぬ故。子供《ども》に教訓《おしへ》を書《かい》て残《のこ》したい気ハあれどいかな〳〵一字《じ》も出来ませぬに。尤(七ウ）隠居《いんきよ》の身でも御座らふが。さりとハ老人の奇特《きとく》千万青柳等《せいりうら》が百人寄《よつ》ても。世人の風俗《ふうぞく》悉《ことく》くためなほそふとハ。いかなく〵いけない事とは。さすがに仮名《かな》本でも。書《かい》でたす程の人が。其合点なく。世間の人を己《お》が心の通り。是非《せひ》こじ付てくれふとおもふて。書《かい》て出す物かハ。世上の人も心《こゝろ》く〵に。此方共のやふに。慰《なくさみ》一片《へん》に見るもあり。我《わか》気にあわねハとつて放下《ほか》すもあり。法界悋気《ほうかいりんき》して。書にあらわして。理を非にまげて叱るもあり。（八オ）めつたに嬉《うれ》しがるもあるハ拙者《せつしや》が職分《しよくぶん》でもふさバ。軽料理《かるいれうり》すく御客《きやく》もあり。味噌濃《みそこひ》。べつたりとしたをすく人もあり。献立《こんたて》にも面ゝのすいた事計ハ出されませぬ。千差万別《じやまんべつ》で御座れは。さまく〵の評《へう》義《き》すき嫌もある筈。しかれとも千人に一人も。善に移《うつ》り。悪を改るならバ本望《まう》とおもふて。かいて出した雑長持《そうなかもち》を。苦《く》にもならぬに叱《しか》らるゝが。いらぬ世話なるべし。彼《かの》下手談義や雑長持《そうなかもち》ハ。芝居ていわば。中の間追込《おいこみ》の見物へ。（八ウ）教化《きやうけ》の書と見ゆるを。桟敷《さじき》の見物が。気にいらぬとて批言《ひこん》いふやふな物。尤至極の名人《めいしん》ハ。桟敷《さしき》も下も。皆請取《うけとる》物じやが。それハ中く〵希《まれな》事。さりとハ奇特《きとく》なとハおもわで。叱《しか》り謗《そし》るハとふか此座でさしがあれど底《そこ》意地《いち》が。和留右殿。貴様の事じやないぞへ。そこいちわる右ヱ門云 是池盛《いけもり》。貴様ハ青柳とやらに何ぞよい物もらひハせぬか。滅多《めつた》に贔負《ひいき》仕やるが此銭湯新話《しんわ》も。外題《けたい》程にない。松嶋茂平次じや。松嶋く〵と下らぬさきハ。大におかしからふと。（九オ）おもひ済《すま》して居た所が案《あん》に相違《そうゐ》。もふおかしいか。おかしふなるかと。一日。待てもさりとハおかしふなかつたとおなじく。外題《けたい》程おもしろふない。別して道理で亭主《ていしゆ》が。此処迄下《さげ》られた。天神の縁起《あんき》などの段ハ。亭主いわく 此手まへの在所《さいしよ》故。だした物そふなが長く〵と退屈《たいくつ》く〵。青柳といふ作者の訳《わけ》。此間手前へ参ル医者衆《いしやしゆ》か。細にはなされたが。元来江戸石町の産。伊藤単朴《たんほく》とハ。今在所で医《い》を業《きやう》とする故に名乗りますか。俗名（九ウ）半右衛門とて。若《じやく》年の頃ハ其角《きかく》門人にて。山洞《とう》と申たげな。古人露月《こじんろげつ》などゝハ別して心易かりしとぞ。今七十四五で。眼鏡《めがね》なしに。書たり読《よん》だり堅固な親仁じやげな。正徳年中。武州八王寺の近辺青柳村に隠居《いんきよ》して。いかゐ世話やきじやげな此頃も郭談義や反答などを見せたれバ。ほくく〵黙頭《うなづい》て。嗚呼《あゝ》忝けない事じや。おれらが書た物を。よしあしいふて下さるハ。まづ一応《おう》取上て見て下されハ。下されたそふなと。にこく〵笑《あみ》を含《ふくん》て（十オ）嬉しがつて居ルげな。側《そば》から又今年《ことし》も何ぞ作らしやるかといふたれバ。いややなく〵。最早《もはや》私が腹《ふく》中の物ハ。ふるひ出してあれ限《きり》。殊に博士達《ものしりたち》に笑《わら》われハする。筆取ちからもないといふたげな。和留右殿ハ。御悦であろふ。是借し本屋。是も相応に売《うれ》ルか。あい。ちとつゝ売《うれ》まする。そんなら爰等《こゝら》に置《おい》ても。くるしかるまい。皆さまどうじやな。座中一同に とも角もなされ。跡

ハ何じやな

## 第九　当世花街談義《いまやうくるわだんぎ》　全部五冊

〔亭主いわく〕此書ハ殊の外博学《がく》で。器用《きよう》（十ウ）な。人に勝《すぐれ》た大粋《だいすい》の作《さく》。中〳〵又是迄段〻出しました書《しよ》どもと。くらべ物にはなりませぬ。一風《ふう》かわつた趣向《しゆかう》で。志道軒《しどうけん》に。下手《へた》談義《だんぎ》や。雑長持《ぞうながもち》の。古風《こふう》な所を言破《いゝやぶ》らせ。しかも反《へん》答などの様に。無理に言破《いゝやふる》でもなく。本意《い》ハ。鉦《どら》を勧《すゝめ》るでもなく。色道から。善に勧《すゝむ》る手段《しゆたん》。色事仕《し》の開《かい》山《さん》。適《あつはれ》名人でハあるぞ。弁舌流《へんぜつなが》るゝごとく。面白ク言《いゝ》廻さるゝ所が。助高や高助と。引張《はり》の上〻吉。野甫《やぼ》を導《みちびき》。粋《すい》にする書《しよ》なれば。田舎大尽《じん》など（十一オ）

挿絵第四図　（十一ウ）

は座の傍《かたわら》に置て。朝夕見給へ。いかさま此書などから引合て見れは。下手《へた》談義《だんぎ》なんとハ。いかふとろい。千作殿とう思召。〔とろ井千作云〕私が前で戸路井《ろい》とハこれハ余り御遠慮がなふて。少腹《はら》ハたてど御亭主《ていしゆ》だけに勘忍します。何さま世間ハ広ィ事。此やうな上手もあるに下手《へた》談《たん》義のやうな不粋《すい》な陰屈者《いんくつもの》もあり。静観房《しやうくわん》や。単《たん》朴とやらハ。隠屈《いんくつ》。偏屈窮屈《へんくつきうくつ》の山洞《さんとう》に屈《かゞん》で。一生仇吝《あたしわい》事はかりいふて。ぐづ〳〵と命終ルであろ。ちと此作者に。もませて（十二オ）やりたいわい。〔はりまけた右ェ門〕此書を私が役義ていわば。いそがしひ

挿絵第四図（十一ウ）

普請場を走廻ル心持で。上から錐鉄槌《きりかねつち》か落やうか。手斧《ておの》で足《あし》を切かとうつかとならぬ心つかい。初心な者に見せたら。わる悟に放《ハう》埒《らつ》者に成そふな事なんぼ下心ハ人を善に導と云われてもそう見る人ハ千人に一人。まつ此方の子供にハ見せとも御座らぬ。見損《そん》じの出来そふな本で御座るぞや。文盲《もう》な此方《ほう》共ハ。やはり吉原通ひの指南《しなん》とほか見へませぬ。（十二ウ）直に教を書《かい》た物さへ。呑込《のみこみ》かねる輩に。一旦《たん》まづ色から説《とき》込で。善に導《みちびく》とハ廻り遠く。あふない事已ニ此書に。彼ノ静観房が下手談義の。三囲《めぐり》の所に。出家の堕落《だらく》ハ在家の者の仕方がわるさと書《かい》たを叱《しか》り。出家がよい事にして。今迄より猶身を持崩《くづす》といわれた。少〻も。書物さバきする出家さへ仮名《かな》草子を見そこなふて其やうに堕落《だらく》するに。まして。若《わか》い者や。文盲《もんもう》ものは。皆此書を楯《たて》について。鉦打《どらうち》ましよ。なんと（十三オ）浮雲《あふない》事じや御座るまいかの。〔亭主いわく〕成程貴様の古風《こふう》な御心から。そふ思召も無理じや御座らねとも。最前《さいせん》池盛氏のいわれた通り。此広ィ江戸の幾億《おく》万かあるべき。人の心。一通りに片つけらるゝ物じや御座らぬ。すでに拙者《せつしゃ》ハ粋《すい》の作で偏屈《へんくつ》になく。よい物じやとおもふに。貴殿ハあぶないといわしやる。此書の作者《さくしゃ》などの目からハ。其元などのやうな人をバ。不便《ふびん》や一代色道《しきどう》の。あり難《かた》い事を知るまい。あさましいとおもわ（十三ウ）るべし。又貴様ハ浮雲《あふない》物じやと。狼《おゝかみ》のやうに怖《おぢ》。臭《くさい》物のやうにいとわるゝが。此本が真《まこと》の好色本で御座らば。一向売買《うりかい》もない筈《はづ》。書林がよう見わけて。あふなげがなければこそ。売《うり》出します。鉦《どら》をすゝめる本なら。一日も売らぬが書林の法じやげな。表四《へうし》そふかな〔かし本やいわく〕成程左様で御座ります。好色類《るい》ハきびしく取あつかいませぬ。まづ私共が売ますから。好色一片《へん》じやとハ。おぼしめさぬがよう御座ります〔座中一同に〕そうであろ（十四オ）〱

## 第十　風姿《し》記文　全部三冊

〔座中一同に〕御亭主なぜ此一品を。今迄御出しなされぬ。いやな物と思召か〔亭主いわく〕是ハ〱迷惑《めいわく》な仰。此書におゐて。何一ッ難くせ申べき処も御座らず。毒《どく》にも薬にもと申内に。薬にはなるとも。あぶなげのない。よい慰《なぐさみ》な本で御座る。人によりて。どうやらつらねせりふのやうじやと申が。それハ兎もかくも。全体難のない書で。あたらず。障《さわ》らず。いかふはねもいたすまいか。誹《そし》（十四ウ）られもいたさす。波風なしのよい物で御座る〔座中いわく〕たが入札もおなし事で御座ります。よいぞ〱

千石篩中終

（十五オ）

# 第十一 下手《へた》談義《だんぎ》聴聞集《てうもんしう》 全部五冊

〔皆ゝ一同にいわく〕御亭主なぜ此書を今迄出されぬ。何が御心にいらぬな。〔亭主いわく〕私《わたくし》の心に入ませぬ物を。跡へまわさば。それこそ。ほんの私評判《わたくしひやうばん》。神以て左様な贔負《ひいき》をいたさず。そこハ世人《せじん》の目鏡《がね》で御座る。拙者《せつしや》も。ありやうハ世間の評《へう》を承知《しやうち》仕りての事。中〳〵郭談義などの上へ出るものでもなく。又わるい事すゝめるでも御座らず。されども世間の評判が。是まで(一オ)出しました物より少かいなゐやうに。申故に〔そこいちいわく〕是ハ御亭主ともぞんぜぬ。御ことばが違《ちが》います。世上の評《へう》にはとんぢやくなく。此一座《ざ》限りとの仰。世間でどう申そふとも。御かまいなさるな。花街《くるわ》談義《だんぎ》より上へ出そふな事を〔亭主いわく〕成程〳〵御ふしん御尤ながら世間の評も。此座の評も同し様に参ル物は。まづ世間の評義《へうぎ》を表《おもて》にいたした物。郭《くるハ》談義《だんぎ》や。七癖《なゝくせ》などの上へハ出ませぬ物。〔わる右ヱ門いわく〕おれさへ黙止《だまつ》て居ルに難《なん》を仰ら(一ウ)るゝか。さしも世話やきの。出臍《でべそ》親仁さへ。言残《いゝのこ》した。抜《ぬけ》参りの教訓《きやうくん》。御師《おし》の軽薄《けいはく》を打《うち》込れた所至極《しごく》〳〵。なぜおそく御出し被成た。きこへぬ〳〵〔亭主いわく〕末《すへ》に出しましたハ。此書がわるひでハ御座らねど。当年ハおびたゝしい新作《さく》の出ましたが御不幸《ふしあハせ》。さもなくハ巻頭にもなりましよふに残念〳〵〔わる右ヱ門いわく〕いや此書を色々と仰らるゝハ。彼静観《くハん》とやらを御贔負《ひいき》じやな〔亭主いわく〕何の為に彼輩《かのともがら》をひゐき仕ルべき。さりながら此書に武士を(二オ)誘《そし》り。武左《ぶざ》〳〵といふたハ不届《ふとゞき》千万。傾城《けいせい》の買様《かいやう》が下手《へた》しやと云《いふ》たが気に入もふさぬ。悪所へ行《ゆき》て。女ばらがいやがらバ。幸の事。二度《ふたゝび》ゆかぬがよい。けいせいにほめられたいとて。町人風情《ふぜい》の真似《まね》してすむ物か。諸侍《しよさふらい》が。片時《かたとき》も刀《かたな》取上ヶられて。金出して帰ルを嬉しかるが。武士といわるべきや。惣じて此書にハ武士をあるかなしにして。武左〳〵がにくい。日本国中刀《かたな》さす程の者を嘲《あざ》ける慮外千万〔わる右いわく〕これ〳〵御亭主。こ(二ウ)れハきついせきやうまつ茶でもきこしめせさりとハやぼな事かな。ちと洒落《しやれ》給へ〳〵〔亭主いわく〕いやさ武左〳〵が気にくわぬさ。なんのいらぬ。おせゝださ〔わる右ヱ門いわく〕これ〳〵。其やうな流行《はやり》言葉仰らるゝと又御ひいきの下手談義から。侍の似気《にげ》なき流行詞と笑ませうぞや。〔関内いわく〕はあそう申て嘲《あさけり》ましようの。いやはやいかふ身《み》が持《もち》にくふ成ました〔皆ゝいわく〕そこて花街《くるわ》談義《ぎ》を信仰《しんかう》なされと申事じや。向後貴公も静観《くわん》(三オ)青柳等が偏屈《へんくつ》を捨て。郭談《くるハたん》義へ改宗なさると。武左《ぶざ》〳〵も御気にかゝらず。和《やハ》〳〵と御成り被成。日ゝに。武左の気《け》がぬけまする〔亭主いわく〕武左の気《け》のぬけませぬ内。

最《も》一《ト》理屈こねて見ませふ。ぬけ参りの段町方の童僕《でっちゃ》野良を教戒《けうかい》の段は甚よふこさるが。太〻講の事ハ。心得ませぬ。すでに芝居の仕組《くみ》に。心中事や浮気な事するなと。工藤左衛門にいわせし談義坊を叱《しか》り返し。時の気に応して何事でも(三ウ)

挿絵第五図　(四オ)

せねハならず。家業《かぎやう》が肝心《かんじん》との心で反答《へんとう》せられた。いかさま士農《しのふ》工商《こうしやう》それ〳〵に家業程大事な物ハ御座らねば芝居などハ。理にかなわぬ事でも身過じや物を。何でもせいでハ。道理にかなふても。見物がなくハ。口《くち》が乾《ひ》上ルべし。しかれは工藤《どう》へ作者《さくしや》からの返事《へんじ》の主意《しゆい》ハ尤な事それに合て。末《すへ》に太〻講を叱られたハ。鉾《ほこ》と楯《たて》売市人の詞あたまと尻《しり》が別《べつ》〳〵に聞ますはて御師とても。活生《すきハい》ハおなし事。裏付の上下。大小ぼつこみ。町人の門口か(四ウ)ら。小《こ》腰屈《ごしかゞめ》て軽薄笑《けいはくわらい》しながら這入《はいり》・あたま下《さげ》ていんぎんなあいさつ。書状にハ主君へさゝげるやうな文章《ぶんしやう》・神前におゐて。丹誠《たんせい》をぬきんで奉り候。恐惶謹言。余りなへつらいとおもへど。是もありやうハ。商上手《あきないじやうず》。鉄丸《てつぐわん》をまるかぶりにかぢるとも。神職《しんしよく》たらん身が。素《す》町人等《まちにんら》に。腰屈《こしかゞ》むべきかハと。固事《かたい》いふて居ルと。祢宜《ぎ》の干《ひ》物〳〵と。売《うり》あるくやうに成べし。太〻講のなんの。かのと。諸国から持込で。立て居ル御師達《おしたち》を。むごいめにあわせる算用《さんよう》。殊(五オ)更伊勢講。太〻講などゝ。あの地《ち》の繁昌が。四海太平の瑞《しるし》。

挿絵第五図(四オ)

それハなぜなれバ。土《ど》仏法印《ぶつほうゐん》参詣の記にあるやうに。鳥居かたむき。玉垣崩《がきくづれ》・参宮する人曽《かつ》てなかりしハ。四ッの海浪静《なみしづか》ならず。剣《つるぎ》も筥《はこ》に納《おさ》めざりし故なり。其荒《あれ》はてたりしさま。土《ど》仏法印《ぶつほういん》委しく書置給ひしを。読《よむ》さへ心憂覚《うくおぼゆ》るに・太〻神楽《かぐら》を止《やめ》にしたがるハわる物ずき。芝居の作者《さくしや》が返事《へんじ》とハ。打《うつ》てかわつた此段の教訓《きやうくん》。太平《へい》の御代なればこそ。町人風情《ふぜい》迄が。太〻神楽の。伊勢講のと。夥《おびたゝ》敷(五ウ)金銀出してはる〱伊勢迄の道中。宿〻在〻迄・渡《と》世《せい》の助《たすけ》。誠に治世《せい》のしるし。つまる所ハ我大君の御代なればなりと。君をあがめ。神徳をたふとむが。めでたくすなほなるべし。

下手談義の落たるを拾《ひら》ふとて。ひろいそこなふて。首尾のそろわぬ。ひよんな事書《かい》て・伊勢の御師達が見たら。反答の書が出ましよ御用心〱。すべて他人をあざけらんとして。手まへの恥《はぢ》をあらわす物じや。但し工藤への返事《へんじ》迄で。二の巻から。別人の作にや(六オ)しらず。其上祇薗《ぎおん》と・天王との弁《べん》。何とやら心得がたふぞんずる。神学《がく》の達《たつ》人にとくと御聞合かしらず。臍翁が吊《とふらい》の段。無理に言破《いゝやぶら》るゝ所今少了簡《りやうけん》がたりませぬ。俳《はい》名の批難《ひなん》ハ水灌論《かけろん》から。ぴつしやりと打込《こん》だ故。我等《われら》がいふに不及。静観《じやうくわん》か続《ぞく》下手談義に。三囲《めぐり》の段。神〻の託宣《たくせん》に事よせての教訓さへ。神をかろしめ奉る。もつたいないと思ふたに。又其上を越《こ》して。申もおそれみおそれある。太神宮の神託《しんたく》で。ぬけ参りや。御師(六ウ)の取沙汰・ちと大キ過ルわいの【そこいちわる右ェ門】これ〱御亭主。貴さまハ已《おれ》と魂《たましい》が入かわりハしませぬか。扨もそこいぢわるく。さま〱と難《なん》を仰らるゝ。御亭主がなんぼ難を仰られても。世間で請取ましたればこそ。表四《へうし》〱よふ売《うれ》るじやないか【へう四いわく】なる程よふはやります【皆〻いわく】御亭主あれ御聞なされ。売《うれ》るからハ出来のわるい物じや御座るまい。余り難を仰られな。世間の目が鏡《かゞみ》でないかや。いかにも世上でほめます御手ぎわがよいぞ〱　(七オ)

## 第十二　反答下手談義《へんとうへただんぎ》　全部五冊

【かし本やへう四良曰】旦那様方《だんながた》此書ハ。私に評を仰付られませ【皆〻一同に】それも面白かろふ。いざ承りたい。其内ちと呑かけませふ。こいよ〱【へう四良いわく】抑此書久〱書林にかんばんが出て御座りました故。世上でもよふぞんじまして。評ばん物で御座ります。一部始終《ぶしじう》下手談義の批言《ひごん》。扨々細《こまか》によふハ御心のつきました事。細《こまか》に気のつく所が。早川傳四郎が藝《げい》のごとく。適《あつはれ》御功者《こうしや》とハ。三ッ子も見立まする。臍翁《さいおう》が隠居の仕やうがわるいと。御(七ウ)叱り御尤な事。妻恋鹿《つまこふしか》の声《こゑ》から若盛りおもひ出した・との文言を御咎《とがめ》。一言《ごん》も御座りますまい。すべて第一より。第五まで逐《ちく》一下手談義と引合見まして・江戸中の大評判御手がら〱【亭主いわく】それより豊後《ぶんご》ぶしの段が至極〱。さりながら。伊勢源氏も根《ね》ハ好色の草子なれど。

売買《ばいく》するからハ。何でも売ルがよいに。豊後ぶしの本をうらぬハ。馬鹿律義《ばかりちぎ》との仰ハ聞《きこへ》ませぬ。かい間《ま》見てげるなどゝあるをバ。唐人の言葉のやうに。覚て居ル者のみ多けれ(八オ)ば。伊世《(ママ)》や源氏ハ。つや〳〵好色の草子としらぬ故害《かい》ハ御座るまい。殊に貴人高位の御取あつかい遊バす物じやから。何所《どこ》でも売《う》ル筈。好色の草子ハ享保年中。急度売買《ばいく》御制禁《せいきん》の御触故。曽《かつ》て売買せぬげな表四そふかへう四いわく仲間一統《とう》きびしく売ませぬ。豊後ぶしは猶更の事で。書物屋でハ売ませぬ亭主いわくおれもそふ聞た。なんぼ先生の御すゝめでも。御法度ハ破られまい。馬鹿律義《かりちぎ》と誘《そし》られても。御法度を守ルがよい(八ウ)ぞや。其外ハ全部不残下手談義を咎誘《とがめそし》られたのみで。外の事なければ評におよばず。女子の羽織の段も出来ましたが。是も先年法度の御触が。町中へ廻りしと聞《きゝ》ました。然れバよふても・娘にハきせまいぞや。下手談義も此書で言《いゝ》つぶされ。豊後太夫ハ此書《しよ》を仇《あた》にハぞんぜぬげな御手がらな事でハあるぞ。彼静観《じやうくわん》房が事ハ。杏林斎《きやうりんさい》とやらが。辻談義に書た通り。坊主《ぼうず》落《おち》で。始ハ戒律《かいりつ》をたもち候とて。去ル律院へ欠込《かけこみ》暫《しばらく》居たが。朝粥《てうじやく》午飯《ごはん》の(九オ)

挿絵第六図　　(九ウ)

ひだるさに欠《かけ》出して。浄土宗《じやうどしう》の寺院《じいん》に入。其後還俗《げんぞく》して。此頃は又医者に化《ばけ》て。あたまをそつたり。結《ゆふ》たり。身をもんだ男。ふと

挿絵第六図(九ウ)

下手談義《へただんぎ》を書《かい》て出したが。人の為にならぬやら。あちこちから。言《いゝ》つぶされ。今ハこそ〳〵と音を入レたげな。是と申も。此書の手がら。これより夜講尺《よかうしやく》の行燈《あんどん》も。文字《もじ》の置《おき》所定リ。女子の詞づかいの。みな。きな。よしな。なども。中略《りやく》下略の訳《わけ》よく知レて。盛《さかん》に言《いゝ》はやらすべく。(十オ) 世間ひろく窮屈《きうくつ》なるまし〔へう四いわく良〕仰のごとく此書で。下手談義はぴつしやりぽん。私が一人リよろこび。あゝ気《き》のつまらぬ世界《かい》に成リ。先生の御かげとぞんじ有難ぞんじ奉ります。此以後《いご》ハ御亭主《ていしゆ》様も。あまり物固《がた》く。異見《いけん》がましい義ハ御無用。先生の仰のごとく。柳ハみどり花ハくれずと。折々ハちと。花街《くるわ》へも出かけ給ひ。むつくりぼんじやり・と和らぎ給ひ。理屈《りくつ》くさい事ハ。よしな。大目に見て。人のあたまの蠅《はい》追ふ(十ウ)事ハ。ふつ〳〵止《やめ》に。しなよ〔皆々一同に〕尤々御亭主表四《へうし》がいふ通り静観房《じやうくわんぼう》がやうに打込《こま》れぬやうに偏屈《へんくつ》をやめ給へ〳〵

## 惣巻軸　花間笑語《くわかんせうご》　全部四冊

〔関内が隠居曰ク〕年よれバ。仏の道に落葉かなと。古人《こじん》の申されたごとくむかしハ仏書《しよ》めいた物見るハ。恥《はぢ》のやうにぞんじたが。若《わか》イ衆《しゆ》もし。今ハ朝夕念仏申ながら。仏書を有難ふぞんじて見ますが。当年此書が出ました故《ゆへ》。何を書《かい》た物じやとおもふて見ましたれバ。第一第(十一オ)二第三迄に世間の教《おしへ》。亦各のよいの。わるひのとあらそハるゝ類《たぐい》の書物とハ格別《かくべつ》扨々有難い。言語にのべられぬ書《しよ》で御座る。各も仏書であらふが何であろが。まづとくとよふ読で見て。一句《く》なりともよい所を取て用ゆるがよふ御座る。さあ手前の気に合ぬ所が。一言半句《ごんはんく》もあると。何れもハ。仇敵《あたかたき》のやうにけづりそがしやるが。そふじやないぞへ〔座中一同に〕御尤〳〵なるほど此笑語《しやうご》ハ又他の作と違《ちが》ひしつほりとして。(十一ウ) どうもいわれぬ。惣巻軸《ぢく》に置ても。誰《たれ》か否《いな》と申ましやうぞ。扨此一座の評判を書《かき》たてゝ表四《へうし》郎にやりますが。外題ハなんと。御隠居思召つきハ御座りますまいか〔いん居いわく〕あるとも〳〵千石とほしがよかろ。かならず善悪を評《へう》して。粃《ぬか》と精《しらげ》を撰分《よりわけ》る意《こゝろ》じやないぞや。あの千石とほしといふ物を見るに大方《かた》。大門通《おふもんどほ》りと書《かき》付てあるから。仮名《かな》物を取あつかふと言ふ縁《ゑん》ばかり。是ハ聞《きこ》へた。さあ一ッ打《うて》。しやん〳〵と。跡ハ又茶碗《ちやわん》(十二オ)で仕《し》かけても。どこやら。かたふて。やわらかな。麸《ふ》屋町通りの。八文字《じ》が。足元《あしもと》へもよられねども。思ひ切リて突《つき》出した

やり屋町十文字屋

他　笑　判

本や表四郎板

## 千　石　篩下終

(十二ウ)

# 評判龍美野子

宝暦七年

都立中央図書館．加賀文庫本

評判龍美野子　　横本　三巻三冊　　宝暦七年刊

底本　都立中央図書館、加賀文庫（8362）

表紙　黒表紙（原装）

題簽　表紙左肩、子持枠、「都の華鰹しやんとした川魚の吸物上」。「武蔵野の月照りのよ海魚のさいし味中」。「難波の梅はなやかな貝類の臺肴下」

構成　序（一丁）、目録（一丁）、位付目録（二丁）、開口（五丁）、本文（十二丁半）、以上上巻。

目録（一丁）、位付目録（三丁）、開口（五丁）、本文（二十九丁）、以上中巻。

目録（一丁）、位付目録（一丁半）、開口（四丁半）、本文（十三丁半）。

奥付（半丁）。以上下巻。全八十丁半。

＊各巻挿絵見開き二枚ずつ

序末に「宝の暦七ッのとし／浦風長閑なる春／作者／泉山坊／梁雀州」

目録題「評判龍美野子《ひやうばんたつのみやこ》上（中・下）／川魚の巻（海魚の巻・貝類の巻）」

柱記・丁付

「龍のみやこ　　序」「龍川　　一―一」「龍川　　上―二（～二十）」

「たつ川魚　　上―二十一」。

「たつうみ　　中―一（～三十八終）」。

「たつ貝類　　下―一」「たつ　　下―二」「たつ貝　　下―三（～廿）」「龍ｲ　　下―終」

奥付「田舎荘子」から「ひうち袋」迄八部の書名を列記した後に、「右先達而本出し置申候御慰ニ御求御覧可被下候／宝暦七丑年正月吉日／江戸書林室町弐丁目和泉屋半四郎」

広告　下巻本文末に「評判龍美野子《ひやうばんたつのみやこ》丑の年新板全部三冊／画品杠惑本艸《ゑほんわやくほんぞう》全部五冊／右者近日板行仕候御ひろう申上候以上」

蔵書印　各巻首尾に「豊芥（象）」（石塚豊芥子）

## 序

抑歌舞妓の初りは嶋の千歳より傳て磯の禅尼と聞へしハ
沖波なぎて静御前のお袋様とやいづれ浜辺に縁ある事と
海川の(序オ)魚の有増貝類甲類の品を役者の評判になぞ
らへて笑ひ草となし侍ぬ

宝の暦七ツのとし
浦風長閑なる春

作者
泉山坊
梁雀州
(序ウ)

# 評判《ひやうばん》龍《たつの》美《み》野《や》子《こ》上

川魚の巻

春《はる》霞《がすみ》立《たち》初《そむ》る肴市《さかないち》
日《に》本橋《ほんばし》の朝《あさ》景《げ》色《しき》は
価《あたへ》千両券《けん》
所繁昌《はんじやう》と
舞納《まひおさ》めう
ずるにて候
(一オ)

徳若《とくわか》に御《ご》万歳《まんざい》とハ
御家も栄《さかへ》て
川魚《かわうを》揃《そろ》への
節振舞《せちぶるまひ》
誠《まこと》に目《め》出《で》たう
思ひ付キの献立《こんだて》ハ
物毎《ものごと》に
太郎冠者《くわじや》
(一ウ)

川魚座惣役者目録

名代　坂東太郎左衛門

座元　江川岸之丞

▲立役之部

見立評判左のことし

大上上吉　鯉《こい》　宮崎風

置魚《おきうを》に又高盛とハ重荷に子つけ

上上吉　鮭《さけ》　小佐川風

初ッ物の御出を待チかねて皆人《みな》がよる脾頭《ひづ》

上上吉　鮒《ふな》　大和山風

和《やわ》らかい藝《けい》ふりをたれもよろこぶ巻《まき》

上上吉　鱒《ます》　篠塚風

切漬《きりつけ》のかげんをうまいと人がいゝずし

上上　うぐい

焼《やき》びたしの塩梅《あんばい》ハ鮒《ふな》によく煮《に》こゞり

上上　やまうめ

上　角かづら　文四郎

上　さい

(二オ)

▲実悪之部

上上吉　鰻《うなぎ》　桐の谷風

江戸まへの名物身ニのつた油ハ深川の長ヵ焼キ

上上　鯔《めなだ》　大鳥風

ふくれた腹ハ見てさへ重《おも》たそうなねり味噌

▲敵役之部

上上吉　鰌《どじやう》　沢村風

踊の拍子で人の気《き》をさゝがし牛房《ごぼう》

上上　なまづ

あをぎ立ル時ハひつこらしい油の香《か》ば焼キ

上　鹿嶋はぜ

▲道外形之部

上上　真《ま》はぜ

おかしい形《かたち》で汁《しる》の間を合ヮさす串《くし》焼キ

上　だぼはぜ

(二ウ)

▲女形之部

上上吉　白魚　霧浪風

うつくしい御姿《おすがた》にもつれよる玉子とぢ

上上吉　鮎《あゆ》　上村風

いとしらしい君ニ我も身を焦《こが》す石焼キ

上　かじか

上　おぼこ

▲若衆方之部

上上　川鱚《かわぎす》

立役のかわりさうおうにつけあわせ

色子魚の分

一はや　一小はせ
一柳ぶな　一たびら
一金魚　一目たか

上上吉　巻軸娘方　⿰石寺魚《ごり》　中村風

惚《ほれ》〳〵となるハ誰《たれ》もかも川の水塩梅《あんばい》

扨御断を申上ます

（三オ）

付タリ
京の水菜《みづな》しつほりとした愁胆《しうたん》に
　涙をこぼさすからしあい
江戸の花卵《はなたまご》うき〳〵とした所作《しよさ》事に
　手の茂《こも》つた杉《すき》やき
並ニ
　難波の梅干染《しみ》〳〵とした色事に
　うま味《み》の有る紫蘇《しそ》づけ

二の替り料理品定　評判《ひやうばん》八百《やを》千鳥《ちどり》　全部三巻

右は龍の美野子後編の二の替り鳥青物乾物《かんぶつ》の評判御慰の為メ追而板行致し近日本出し申候之求御覧可被下候

（三ウ）

日本橋《にほんばし》の春景色《はるげしき》ハ価《あたへ》千両券《けん》

まかり出たる者ハ。都辺近《あたりちか》き。近江の国かくれもない八まん大名。扨此間あなたこなたの御ふるまい御さんくわいは。事もおびたたしい事で御座る。夫ニついて某《それがし》も。いづれもを申入れうと存る。先ッ太郎くわぢやをよび出いて。だんこういたそう。やい〳〵太郎くわじや有かやい くわじやハア御まへにおります 大名ねんなうはやかつた。汝《なんぢ》をよび出す事。別《べつ》の事でも無ィ。此間あなたこなたのおふるまい御さんくわいは。こともおびたゝしい事でハなかつたか くハじゃ仰のごとくおびたゝしい事で御座ります 大名夫ニ付て某も近日何レもを申(四オ)入やうと思ふが・何と有ふくハしや是ハ一段とようござりませう大名それに付てちと此度《たび》のおもてなしにハ。このミが有くハじやそれはいかやうな事て御《ご》座ります大名おの〱の御ふるまいにハ汝《なんぢ》も知るごとく。山海《さんかい》の珍物《ちんぶつ》。のこりなく下されたによつて。ひつちがへて川魚《かわうを》ばかりを以で。おもてなしを致たらバ。一ト入《しほ》もてなしに成ふと思ふが。汝ハ川魚の品をこと〲くおほへておるかくハじや川魚と申てもあまたのことでござればつまびらかにハ覚へませぬ大名いかさまそうで有ふ。何ンと江戸の小田原町。新場《しんば》の辺ハ。はんじやうな所じやによつて。左様ゥの事もくわし(四ウ)く存た者が有ふでハないかくハじや何が扨。あの所にハ御座りませいでハ大名それならバ。汝はくわしく只今ゟ江戸に下り。新場小田原町の物に心得《こころへ》たる人に。くわしくたづねてまいれくハじやかしこまつてござる大名いそげ〱くハじや是ハいかな事急な事を仰付られた事かなのふいそかしや〱。たのふだ人の仰らるゝにハ。小田原町へ参り。川魚の色品をたづねて参れとあるゆへ。はる〲の旅路《たびぢ》をばくだる事で御座る。あれを見れバ松の煙《けむり》の立のぼる有さま。塩《しほ》がまかと思ふたればハミハミ焼蛤《やきはまぐり》じや。ヤ是ハはや七里の渡《わた》し。程なう船が着《つく》ておりやる。是より道を急キませう。(五オ) まいる程に〱大井川ぢや。海道《かいとう》一の肴《さかな》所ハ。嶋田金谷《かなや》でござる。あれ〱娘が鱠《なます》を盛《もつ》ておるはハミミハミミ扨ミ東海道程自由《じゆう》な事ハ御座らぬ。生肴《なまざかな》のたゆる間ハござらぬ。とかう申内。箱根の山も越へて。かな川川崎の宿ミ。はねだ生《なま》麦。村〱浦〱。此あたりよりして江戸までの漁場《りやうば》と申げな。品川口より御江戸の賑《にぎわ》い。中〱ことバにのべられませぬ。定て是が日本橋でござらう。小田原町の肴川岸《さかながし》と見へて殊の外賑《にぎ》やかな。さればこそわき〱とは違ふて。海川の隔《へだて》もなく。中よさそうニならべ立たハ。さりながらどれが川魚のあたらしい(五ウ)やら知れぬ。何やらよばハる売ルことばに買詞《かいことば》と申せバ。それがしもちとよばわつて参ゥと存る。川魚買ふ。川魚買す男これは此あたりにて商《あきな》ひ致す者で御座る。あれへふるまいでも有ルと見へて。魚をもとめたそう申す。ちとあたつて見て商ひをいたそうと存る。のふ〱くハじやこなたのことで御座るか男中カ〱こなたの事で御座る。こなたニハ何をたつねさせらるゝぞくハじや某ハたのふだ人の。おもてなしをなさるゝにより。川魚の品をこと〲く尋てあるきます。こなたにハ所の御方でご座らば川魚の品御存でごさらふニよつて。(六オ)

挿絵第一図 (六ウ)

挿絵第二図 (七オ)

おしへて下さらふなら忝ゥ存ませう男すればこなたハ仕合な人じや。此ひろい肴川岸《さかながし》に。川魚の品。料理の仕方を存た者ハ某より

にぎやかな所じや

むかふたのみます〳〵

けふはなぎで魚が沢山じや

開帳

千部

ひぜんがかわるそうな

何とぞ其一巻をしばらくの間おかし被下ませ

忝のふござる

それほどにおしやるなら大切ッな物なれどかしておまそう

挿絵第二図　　挿絵第一図

外にハござらぬ。こゝに親代〻よりゆづり受たあくたいの巻物《まきもの》と申がござる。これハ世上ゥで申悪口を申ニよつてあくたいの巻物《まきもの》と申せども。それとハ文字《もじ》がちがふてこさる。明らかに魚の惣躰を知るを以て。明躰《あくたい》の巻物と名づけた事でござる。是をこなたに御かし申スによつて持参《ぢさん》めされて。たのふだ人とひらき御らうずれは。のこらずしれる事でこざる。又此一ッ紙《し》ニはやし事が書《かい》てござる くハじや是ハ〳〵忝クござる(七ウ)どなたかハ存ぜぬ。重ネて急ッ度御れい申ませう。もうかう参ます 男さらばでござる くハじやのふ〳〵嬉《うれ》しや。いそいで帰リませう。たのふだ人ニ御目ニかけたらバ。よろこばせらるゝでござらふ。たのふだ人かゑりました 大名太郎くわじやが戻つたそうなやれ〳〵太イ義やして川魚をもとめて参つたか くハじや中〳〵求メて参りました 大名急イで肴臺《さかなだい》ニならべて見せい くハじやいや臺ニつんでお目ニかける物でハござらぬ。お手へ進る物で御座る 大名何と云フおゝくの肴が手のひらなどにのせて見らるゝ物か くハじやさてはたのふだお方も御ぞんじないと見へた。此まき物ハ小田原町にもまれな物でござれど。わたくし(八オ)のさいかくを以て借リて参つた。是をひらき料理の評判をいたせば。有のまゝ知れる事で御座る 大名やれ〳〵出かした〳〵。それ〳〵料理人どもを呼ビあつめて。献立の評判〳〵 くハじや是ハ〳〵日本一の御きげんで御座る。とても事

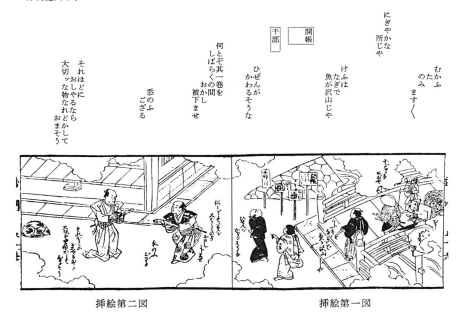

ニはやし事をしていさめませうハヤシ事網をうとなら凪《なぎ》の浜《はんま》。是も魚の御好《すき》とて。人が網を打ッなら。我も網をうとうよ。げにもそうよのやよげにもそうよのトッパイヒヤロとつはいひやろの三番双。座《ざ》付《つき》の吸物《すいもの》より。後だんの大詰《おゝつめ》千秋楽《せんしうらく》迄。献立の品定《しなさだ》め料理大評《ひやう》判《ばん》のはじまり〳〵（八ウ）

## ▲立役之部

大上上吉　鯉《こい》　宮崎風

評者の曰ク御江戸にてハ浅草川。京大坂にてハ淀《よど》川。三ヶの津。川魚の水上《みなかみ》。其外諸国名物の御名かくれなく。饗《きやう》の膳《ぜん》五〻三七五三ニも箔《はく》の光を照《て》らし。就中《なかんづく》花やかに見へます。先ッさし味とさへ申せば。お名を名のらすとも。鯉殿じやと献《こん》立の第一。お手がらのいたり。盆《ぼん》狂言ニ八十一枚の鱗《うろこ》涼《すゝ》しく龍門《りうもん》にのぼらるゝいきほひ。大詰《づめ》ニ琴高《きんかう》の姿《すかた》とあらわれ。楽《がく》ニ合せて花みちへはいらるゝ所。あつはれ。竹田近江雛《ひな》のせんまいがらくりニしても。安《やす》い買人《かいて》はござらぬ(九オ)其場《ば》さみしからず。目出たい御座敷で。御名が高《たか》盛《もり》〳〵理くつくさい男イヤさし味《み》もり形《かた》の自慢《じまん》は聞へたか。目出たいさしきへ出るとばかりもいわれまい。其訳《わけ》は。塩冶判官ノ狂言ニ。四十六人あつたら侍の切腹のたん世上皆惜《みなおし》がらるゝ折から名残《なこり》の焼物の役をつとめられたげな。それなればちと情《なさけ》を知らぬ所が有ッて。目出たい場《は》を見るとばかりも評判ハならぬ此講釈《かうしやく》が聞たいわい太郎くわじや答されバ其義士《ぎし》達ハ忠信の名を三ッ国ニひゞかせほまれをのこし切ふくをいたされたればこそ。後《こう》代の見臺にも(九ウ)のせらるゝてハござらぬか。しかれば弓箭《きうせん》の家《いへ》にてハ目出たい事のてつぺん。其焼物くすり魚じやといふて。鱚《きす》あいなめなどハ。にやけてどうも出されまい。武名を照《て》らす焼もの。よの物ハならぬ事。武道の詰開キは。ぴんとした山葵《わさひ》の取合せ。なれども又こくしやうのこつてりとしたうまい事。たとへて申さバ。宮崎傳吉が和実《わじつ》のいきかた小鯉《わかい》はねかへりの比より。日《ひ》〻に出ッ世しての天上ゥ。されば出ッ世を好む武士もみなこの鯉をしやうびして。名筆名画《くわ》の三幅対の左右にも掛ヶられ。御歴《れき》〳〵様の御ッ目(十オ)さましともなり。或ハ二反三反の幟《のぼり》にものぼり下りを染ぬきにする事みな出ッ世の門口をことぶく也。又せいひつの汀《みきわ》しやう〴〵のみたらしに。万歳《ばんぜい》の年を経《へ》て。ゆたかニ口をあいてらくがん起米の。栄耀《ゑよう》喰ひをせらるゝも。みな是里魚《りきよ》の功《こう》ならずやか様ゥな事を申せバ。どうやら物知つた様ゥなれども。孔子《こうし》も此魚の徳《とく》を称美《しやうび》して息子《むすこ》どのを里魚《りぎよ》と付られたげな。扨名薬《めうやく》乳母《ば》桜《さくら》の狂言ニ・乳《ち》の病をなをさんはかり事ニ鱗形《うろこかた》はんにやの所作《しよさ》もはねました・第一チいあつて苦味《にがみ》有リ・名人だけ巻頭《くわんとう》ニのぼり(十ウ)つ

めた瀧の水。洗《あら》ひ鯉の大あたり〳〵

上上吉　鮭《さけ》　小佐川風

〔たのふだ人いわく〕海川珍味《うみかわちんみ》多《おゝ》い中にも。初ッの字《じ》を付る事鰹《かつほ》鮟鱇《あんかう》川魚《かわうお》でハ鮭。夫ゆへ三ン幅対《ぶくつい》しやとほめます。名ィ月の比より初ッ舞臺。五十三次にて下ニおかれず。殊の外有難ィめニあわれると聞ました。大俎板の上にて。紅うらの男伊達《おとこだて》請取ました。五十四郡《くん》はもちろん。越後《えちご》のゆきにもまけぬ奴《やつこ》のいきごみ。小佐川重右衛門かと思《おも》わるゝ。塩引キの大名代。干かげんハお天とう様が正直《しやうじき》。煮《に》ても焼ィてもうまいぞ〳〵〔すしや出て〕まつて貰《もら》いませう〳〵。あつたら事ニ本汁おち付キなどニ(十一オ)味噌をあげる事ハならぬ。こちの鱒《ます》殿には。鮨《すし》にしてのいたりは。かくべつのおとり有り。脾《ひ》頭《ず》のよわい評判ハ。おきにしてもらひたい〔ひいきぐみ〕其ひずのよわいで脾頭なますがよいは扨焼ものにしてハ検校勾当《けんぎやうこうとう》衆も喰ィよいといふて嬉《うれ》しからるゝ。武れつ天王の狂言におかゝゑのはらら子を引出して。かんげんの愁胆《しうたん》当りました。大詰ニ蝦夷《ゑぞ》へわたりてから鮭《ざけ》となり。俊寛《しゆんかん》の仕内《しうち》大出来《でき》〳〵

上上士　鮒《ふな》　大和山風

〔たゞ紋付た男〕近江《あふみ》でハ源五郎殿とて。座元をなされ竹生嶋詣《まうで》の狂言出来ました。去ル二のかわり(十一ウ)江戸《ゑど》桜《さくら》千住《せんじゆ》の川の狂言ニ。女郎買ハ久しい得手《ゑて》もの茶屋船宿の歳暮となり。昆布《こぶ》の寝まきニ干《かん》瓢《ひやう》のしごき帯《おび》。きぬ〴〵の思《おも》わく。ほんに他人ニ喰ワせる物でハ無ィぞ。やわらかさハ大和山古甚左衛門風のうつり。いやもう骨《ほね》がとけ〴〵と致すハ。千住川の名物〳〵〔高瀬のりらしき男〕とけ〴〵とするはよいが正月の重箱肴《ぢうばこざかな》煮《に》こゞり鮒となり。屠蘇《とそ》の肴ニはさまるゝ時ニハ。歯《は》ぐきへしみわたつてよこぞつほうに氷《こほり》がはる。千住の川すそをあとへまハして。川上ミに立ッ利根《とね》川の鱒《ます》をなぜ先キへ出さぬ。それほど千住のひいきが仕たくは。小塚原《こつかつはら》の犬や烏《からす》の評判をひろげ。こな獄《こく》もん(十二オ)やらうめ〔今戸のわかい者〕そこなど左衛門めハ。川上ミの川下モのとはかをぬかす。こりや。是ハ魚《うを》の評判じやハやい。かなつんぼうめ。おのれハ水が有難くハ古《こ》河へ行おれ。其つんぼうがなおらうほどニ。あの川なかれめが〔太郎くハじや〕是〳〵其様ゥに水かけろんを被成ますな鱒《ます》殿は名代の御方。鮒殿は祝儀の鱠《なます》。雀《すゞめ》焼取肴などの御はたらきも御座るゆへ。先キへ出しましたれど。位《くらい》付ケで御了簡《りやうけん》被成ませ。是から鱒殿の評判ニ致《いた》しませう

上上吉　鱒《ます》　篠塚風

〔かしまのことふれ〕これやこなたへ御免なさりやう。こん度《ど》鹿嶋の川筋《すじ》にで

つかちない漁事《りやうごと》が御座つて。水性と金性が大ｷに能ｩござる。水より金を(十二ウ)もうけあげるゆへ。秋鮭《さけ》ハ十ｩふん。春りやうは鱒《ます》〳〵能ｩござるぞ。色なら風味なら又沢山にない名物。海魚《うみうを》にも鱒《ます》どの〳〵［上戸組いわく］これはきついひいきの。色じまんめされても肝心《かんじん》の酒事の。すい物ニならねバ。遊ひ所の用ニたゝぬ焼ものニしても。うますぎてもたれけの有ﾙ藝《げい》ふり。たんと喰へばおくびニ出《で》る其上ヘ三年先ｷの古ﾙ疵《きず》がおこると聞た。どうでも川魚の内の敵役と見へる［りやうり茶屋］此座ニハ其様ｩな湿《しつ》ぶかい人は御座らぬ。うますぎておもい所が有ﾙゆへ遣《つか》ひ出《で》が御座る。実と悪とを兼備《かねそな》へた。いにしへの篠塚次郎左衛門が藝風。鮭《さけ》殿にも

挿絵第三図　(十三オ)

挿絵第四図　(十三ウ)

(十四オ)

おとらぬ御きりやう。此まへおふたりして弐人渡部《わたなべ》をなされ。市川沢村との評ばんはかくれが御座らぬ。過し夏置石《なつおきのいし》蓼穂魚《たでほのうを》の狂言ニさけ殿と双子《ふたご》の名のりをして。一ﾁ夜の内ニ。鮨《すし》の身代《みかわ》りに立ﾁ。蓼《たで》の葉ニ一ｯ首《しゅ》の歌を残されし趣向《しゅこう》おもしろく。舌ニあたらぬ大評判。段〳〵御出世を鱒の魚様よいぞ〳〵

上上　うぐい

［投網打手《とあみうちで》の浜《はま》　川瀬座］

ま水の院ニ　はぜ

ひずの左衛門ニ　鮭《さけ》

淀川のぼりの助ニ　鯉《こい》　大当り

龍門丸の太刀をわたし兄弟の名のり合　古今の大でけ

けいぼおたふくごぜんニ　なまづ

近江の土民源五郎　本名千住次郎ニ　鮒《ふな》

ひめをやけ石にてせめんといかる

松浦長者の姫　はや瀬のまへニ　鮎《あゆ》

けいせい目ざしニ　しら魚《うを》

むすめ小ばやを御身がわりニ立ﾙしう　たん大でき

切ずし　おし右衛門ニ　鱒《ます》

ひげ奴　舛平ニ　どじやう

おどり子の所作事おかし〳〵

江戸まへ八郎ニ　うなぎ　大でけ

後ニにせくりからふどうと成ﾙ

物ぐるひぎおんのお石ニ　ごり

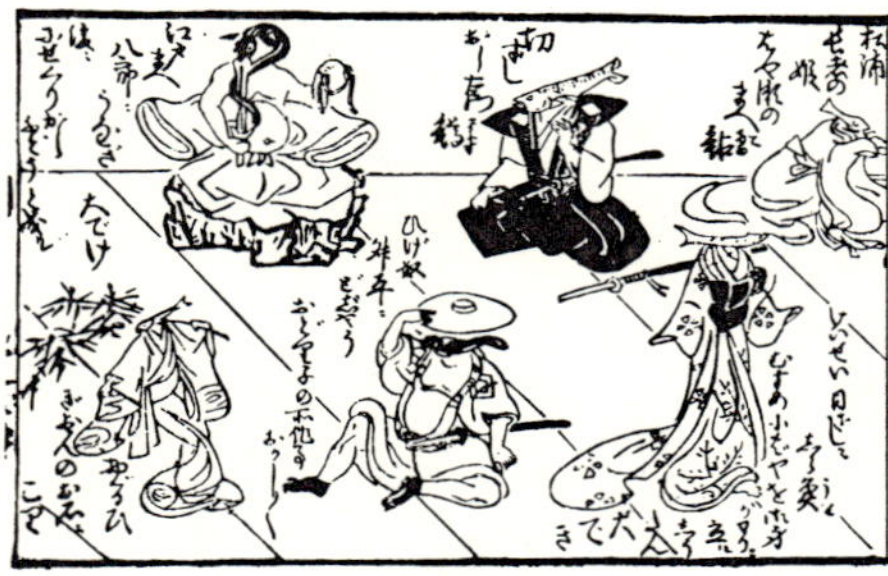

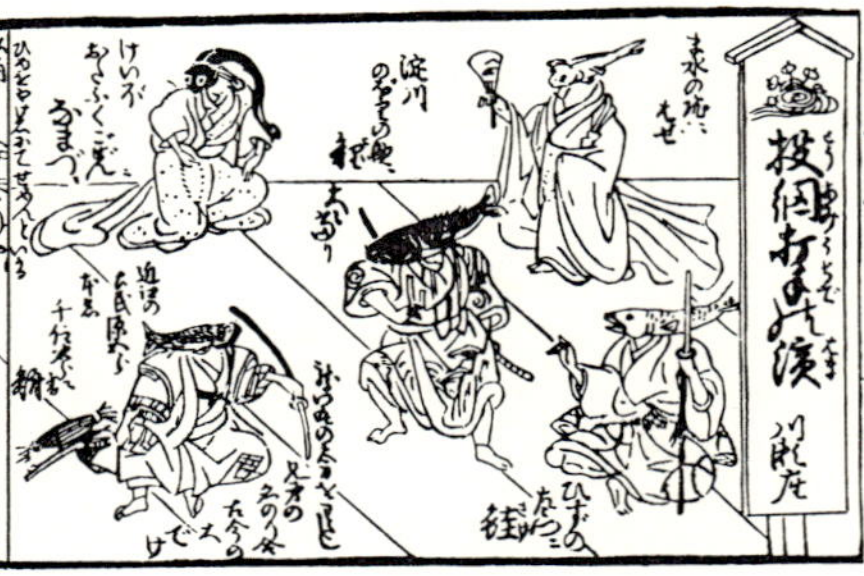

挿絵第四図　　挿絵第三図

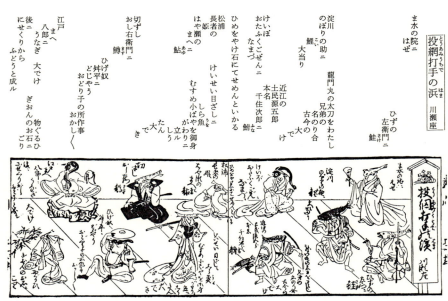

[太郎くハじや申様]となたかと存たれば。丸太殿じや此以前びくにんの鉢肴の場ハ能ゥ間《ま》をあわされた。颪《しけ》の時分にハ。鯉鯉の代役《かわり》をもつとめらるゝが。いかにしても小骨《ぼね》が気《き》のどく

（十四ウ）

上上　やもうめ

上　角かづら　文四郎

▲御《ご》一所ニ申そうやもうめ殿ハ。山里の田舎《いなか》芝居計リ勤《つとめ》。場所の本ぶたいをふみ給わず。あゆ殿の御《ご》一ッ家のよし。鮎《あゆ》殿ニあやかり。本ぶたいで名を取ル様ゥニ願ひ給へ▲文四郎殿ハ。鯉殿の御子息《しそく》。ちいそうても八十一枚のうろこハ親ゆづり。末ヘ頼しう御座るぞ精出《せいだ》し給へ。追付わさびの匂ひニまじわり。いり酒と中ヵよく。淀《よど》の水車を見る様リに。かげながら願ひます〳〵

上　さい

祝《いわ》ひ事ニハさいさきがよいと云ッて悦びます。鱠《なます》の役相応《やくさうわう》ニ間を合さるゝ今すこし藝《けい》にあぶらがのせてもらいたいまで。気を付給へ〳〵

（十五オ）

▲実悪之部

上上吉　鰻《うなぎ》　桐の谷風

[ふとりじゝな男]江戸まへの名代。あんどんの大ゥかんばんは弐三丁前よりかほりゆかしく。臥龍梅《がりようばい》の藪《やぶ》に入ル心地《こゝち》がしてこのましく。二《じ》月《げつ》のゆきの舌のうへにて。きゆるあんばい。いくらといふきりもない。桐の谷権十郎が藝《げい》ぶり。人のあかぬが名物の証拠《しやうこ》。我らは百疋が喰つて御目ニかけう[たんご茶屋]是〳〵こなたハ人ン間ンでは有まい。鵜《う》の鳥でハないか。かばやきと云ッ藝《げい》より外よの事にらちの明《あか》ぬわろ。おりふしうなぎ鱠《なます》じや。イヤこくしやうのといへど。好《すき》きらいが（十五ウ）有ル。こなたの様ゥニいか物取リ計リは無もの。此外に何ぞ藝の献立が有か[太郎くハじや]しバらく〳〵夫一チ藝《げい》秀《ひいづ》る人は。多げいにまじわらず。多藝成ル人一チ名ゥはつせず。山姥《うば》の面《めん》ハ外ニ用《もち》ひずといへとも。其ゆへ有り。花《はな》のふもと両国のながれニかば焼のうす煙《けふり》。反魂香《はんこんかう》ニ美婦《びふ》のすがたの顕《あら》わるゝ如くニして。花火《はなび》船の大入リ。酒をすゝむる切の大詰《づめ》にハ。かば焼の錐《きり》にまき付キ。くりから不動《ふどう》の勢《いきお》ひ大当リ。次ニ眉間尺《みけんじやく》のうつり。庖丁《ほうてう》のきつ先キをくわへ。首《くび》一チ念の残《のこり》奉る顔ン色。山中平九郎を。眼《がん》前ニ見る心地《こゝち》してすさまじし。扨実事に成つてハ。（十六オ）先年小川善五郎せられし。痖《おし》の虫の格《かく》。疳《かん》のむしの狂言ニ芝つくし勘平となりて。疳《かん》ニなやむ小児《しやうに》を助《たすけ》らるゝなさけの仕《し》う

ち。かんせい言語《こんご》ニのべられず。何から何まで江戸前の大名代。深川のはやり茶屋。よひの内からお出を願ひます。御由断《ゆだん》でハあまる〳〵

上上　鯔《めなだ》　大鳥風

評者のいわく 先ッ一ッ躰身《たい》ぶかく。鯉の鱗《うろこ》ぼらのかしら。血眼《ちまなこ》すさまじく。藝風ハやわらかにて。すり味《み》にも用《もち》ひ。こくしやうをもつとめらるゝ。憎躰《にくてい》なるかたちハ。大鳥道右衛門ニ其まゝ。伊勢の芝居にては。ぼら殿のかわり役をつとめ。(十六ウ) 伊勢鯉《ごい》と成ッて。名を取られしと承る。おりふしは海魚《うみうを》の座もつとめらるゝと見へたり。西国方にてハ。鯔《しくち》と申て。ことの外ひいき多く賞《しやう》くわんせらるゝよし。京江戸にてハ。目ニ立つ役も被成ぬゆへ評ばんうすし。しかし和泉町の芝居。大黒屋座《さ》から。かゝへたがらるゝと申。噂を聞ました

## ▲敵役之部

上上吉　鯲《どじやう》　沢村風

盆替《ぼんかわ》りの大おどり。鍋《なべ》の中のひやうしがおもしろい 久三出て 其踊《おどり》にこまります。鍋《なべ》の中ばかりなればよけれど蓋《ふた》の仕《し》やうが(十七オ)わるいと。木曽殿のふか田をのめらるゝやうに。灰《はい》だらけに成つて。吸物わんの中にて髭《ひげ》くひそらし。奴《やつ》の水けいこするやうじや。白《ゆふ》雨《だち》に龍《たつ》にまきあげられて地蔵《ぢぞう》のあたまにふりかゝり。なまぐさぼうずニするやうな。ぶ作法《さほう》。さりとは女中ニいやかられ。色気《いろけ》の無ィ事じや 太郎くハじや いろけが無ィとハいわれぬ。牛房《ごぼう》をつまニして酒事。又船ゆさんにハ。なくてかなわぬ役目有。どじやうの異《い》名《めう》のいわれ御ぞんじないか。ちとねれ給へ〳〵。沢村先音右衛門がにがみあり。ハレあちこちと鯲殿のひいきを(十七ウ)を致《(ママ)》ッシたれば山椒《さんしやう》で口がひりつきます薬罐《くわん》に素湯《さゆ》があらば一ト口のませてくだされ

上上　なまづ　市山風

物覚のよい人 廿六年以前。常陸下総《ひたちしもおさ》の旅芝居より。江戸の座へひよいと出られ。初メハたれとり上るものも無ク。売れかねましたが日にましてひいきつよく。市山傳五郎とのうハさぞ御満足で御座リませう。煮売《にうり》酒屋辻〻にて焼売ハ。鰻《うなぎ》まさりとの評判。しかし下へ計リとつて上へゐむきかねるが気のどく。鮫《さめ》殿と御一チ座にてすり味の立チ入リを被成たらバ三月狂言ニハ当リませう精出し給へ。伏見でハ好《す》人が多いに扱

(十八オ)

上　鹿嶋《かしま》はぜ

あだ名をころんぼうと申けな。天窓《あたま》がちニて憎《にく》らしい形《かたち》。したが塩焼のやつしハ。あぢてござる

▲道外之部

上上　真《ま》はぜ　南北三ぶ風

四季《しき》とも日本橋辺のはんだいの上へにて。見かけます。焼キはぜにて鱚鮎《きすあゆ》の真似《まね》被成る所おかし。夜たかはぜのおどけハ。どうも〳〵。十月より天王洲《ず》。おや船がゝりに身をおとして。釣針《つりばり》を。どうよくに呑ミ込マるゝばゞァ方。よいぞ〳〵

上　だぼはぜ

色《いろ》ざこ達《たち》ニまぢり。いり付役《つけやく》。御太義。なつ(十八ウ)狂言ハ。川《か》岸《し》通リの釣リ習ヒの衆が悦《よろこば》れますぞ

▲女形之部

上上吉　白魚《しらうを》　霧浪風

[たのふだ人曰]さても〳〵うつくしや。黒目がちにてすき通《とほ》り。きれいな生れつきでハ有ぞ[野良好キな親仁]そうとも〳〵。古への霧浪千寿が。素足《すあし》の道中ニことならず。雛《ひな》の重肴ニ雪のはだへ分ケて目。立チます。娘子《むすめこ》たちが。きついもの〳〵[りんきふかい女]うつくしいニ付ケて咄しがある。美目《みめ》よし女郎と仇名《あだ》を云ッて。病人にはぢんじやうに似合ぬ。血をあらすげなわいな[たのふだ人]是〳〵此方毒断《とくたち》の点《てん》をかけハ致さぬ只料理むきの評判で御座る。うつくしうて(十九オ)毒《どく》じやの。内心女夜叉《ないしんにょやしゃ》のと。下手な談義《たんぎ》ぼうずの申やうなわるい噂《うわさ》ハ致さぬ。春霞四手曽我《はるかすみよつて》に。松明《たいまつ》をとぼして狩場《かりば》の手引キくらがりの仕内《しうち》よいぞ〳〵。初春女中礼ニ。おしきせの生海苔《なまのり》のうちかけにて。出らるゝ所。庖丁俎《ほうてうまな》ばしいらず。調方《てうほう》な吸物。或ハさくらの木陰《こかげ》に。山吹キれんぎやうの茂《しげ》るが如く玉子とぢの風情《ふぜい》きれい〳〵。あんかけニして。此君を飽《あく》ほど喰イたいと。祈《いのり》まいらせ候

上上吉　鮎《あゆ》　上村風

[たのふだ人の曰]初春の若《わか》〳〵しさ君《きみ》を松浦《まつら》のくみ鮎床《あゆゆか》しく。少シ口びるハあつくとも。とかくニ色が有と申評判。山郭公《ほとゝぎす》鳴明《なきあか》し。一ト夜《よ》の鮨《すし》の枕をかわし(十九ウ)たいと人〳〵きついほれやう。上リ簗《やな》下リ簗の身のかるさ。所作事のとりなり。上村吉弥が俤《おもかげ》なるべし。春狂言ニ箱王丸と成リ。湯本トの流レにて髪を洗ひ。出家《しゅつけ》ニ

ならねば。赤はらのかん当《どう》がゆりぬと。剃刀《かみそり》を持ッてのくり事。ホンニぼん様ころしじや。其後芳野《よしの》落《おち》の狂言。谷間《たにあい》まつさかさまにつるべ鮨《すし》の大出来《でき》。美濃《みの》尾張迄のひやう判《ばん》。たゞいつ迄も色つけにして。盆《ぼん》狂言すぎても諸藝ニさびの来《こ》ぬやうに願ひます〳〵

上　　かじか
　　　おぼこ

かじか殿ハ。山里《ざと》の旅芝居で。しやうくわんせらるゝ君《さみ》おぼこ殿ハ六月十五日を御江戸の初舞臺にて(二十オ)段〳〵土嗅気《つちくさいけ》がぬけて。雀鮓《すゞめずし》のうまみ諸見物がおし合ッて嬉《うれ》しがります。親御《おやご》ハ海魚座にて立物。あやかつて御出世被成二才やらうで仕廻ぬ様ゥに被成いヤイノ

上上　若衆方　　川鱚

海鱚《うみぎす》殿より鼻筋《はなすじ》の。通りすぎた生れ付。少シ身にさばけぬ所が御座つて。かたいお若衆じやともうす青くさいハ御年だけ。海鱚殿ゟ早ク御成人《せいじん》珍重〳〵

色子魚　一はや　　一小はぜ
　　　　一柳ふな　一たびら
　　　　一金魚　　一目だか

皆御一所ニ申そうはや柳たびら小はぜ此御子達チハ三ッ股《また》両国の川にて四ッ手かゝり。霄月夜《よい》のたのしみ。抓味曽《つかみ》のはたらきよし。小鳥の下餌《したゑ》に瀬戸物町で身を粉《こ》にはたき御つとめのよし(二十ウ)金魚殿。爼板《まないた》ハふみ給わねど御きりやうハ見事〳〵目高《めだか》殿ハ。笊《ざる》見ると迯廻《にげ》り。是も藝《げい》ニハ出られず。しかし茶碗《ちやわん》の中の小舞は子共衆が嬉しがります

上上吉　巻軸
　　　　娘方　　硧魚《ごり》　　中村風

たのふだ人
太郎くハじや

お江戸にハ。お近ヵ付キもないゆへ。ひやうばんも御座らぬが。京都にてハ祇園活簗《ぎおんいけす》のいたり藝《げい》。さすが加茂《も》川の。清きにそだち給ふ程有ッて。又格別《かくべつ》の奇麗《きれい》さを。江戸衆の知らぬ残念ハ。中村松兵へと此珍物《ちんぶつ》。風味もかろき加茂川の。水ハ和《やわ》らぐ大和川。流《ながれ》にごらず。隅田川《すみだがわ》。鹿嶋《かしま》の川のあらんかぎりハ。川魚漁事《りやうごと》。繁昌《はんじやう》の春ぞ賑敷《にぎわし》き

川魚の巻終

(二十一オ)

# 評判《ひやうばん》龍美野子《たつのみやこ》中

## 海魚の巻

抑〱《そんも》西宮《にしのみや》の何某《なにかし》は
料理者《りやうりしや》の
水《みな》かみ
門トロからの初笑顔《ゑがほ》ハ
夷屋殿《ゑびす》の
御年頭《ごねんとう》

（一オ）

目出たや〱春《はる》の初《はじめ》の
春駒《はるこま》なんどハ
夢《ゆめ》に見てさへ
宵年《よいとし》から
吉左右《きつさう》
蝦《ゑび》で鯛《たい》を
釣針《つりばり》の
御神詫《ごたくせん》

（一ウ）

海魚座惣役者目録

名代　鰯雲漁《いわしくもりやう》太夫
座元　浜波凪《なき》三郎

▲立役之部

見立評判左のことし

極上上吉　鯛《たい》　市川風
御定《おさだま》リの巻頭献立《くわんどうこん》テの初筆《しよふて》にかきだい

上上吉　はた白　松本風
本ン汁《しる》ハ実事《じつごと》のひんぬききつと立ッ切リ目

上上吉　平目　沢村風
味《み》所の多いハ料理の藝功《げいこう》をつみいれ

上上吉　鱸《すゞき》　坂東風
家老役の上ミ下モ腰《ごし》しやんとさす二本ずへ

上上吉　鰹《かつほ》　大谷風
思ひ付キで座中《ざちう》の興《けう》をどつと催《もよほ》すあしやら漬《づけ》

上上吉　鯔《ぼら》　小川風
川より海への御出世《ごしゆつせ》は精《せい》一ッ盃筒《はいつゝ》ぎり

（二オ）

上上吉　鰆《さわら》　市川風
味《あじわ》ひの花ニこれハ〳〵とばかり芳野《よしの》の葛《くず》だまり

上上吉　赤魚《あかう》　三舛屋風
しやんとかるい風味《ふうみ》やぼでハないすいもの

上上吉　鰤《ぶり》　坂東風
上ミでも江戸でも喰ッた風味はかわらけ焼《やき》

上上吉
├ 石かれい　勝山風
└ むしかれい　山中風
小鯛の代《かわり》に間を合ハさねば焼キ物ニ事がかけしほ

上上　鱧《はも》　中村風
上ミ方タより江戸ハ馴染《なじみ》がうすいかまぼこ板《いた》

上上吉　いわく有
├ わらさ　坂田風
└ いなだ　早川風
急《きう》な場《ば》の働《はたらき》さつそくニ間を合酢《あわす》の物

上上　角かづら　かます

上上
├ 鏡鯛《かゞみ》
└ 嶋あぢ

上上
├ 赤ゑい
└ まながつほ

（二ウ）

上　此評曰有
├ いわし
└ ひしこ

上　むろ鰺《あぢ》　　上　高べ

中ノ上　やがら　　中ノ上　舌びらめ

中ノ上　皮はぎ　　中ノ上　ぎら

立役巻軸　上上吉　鱈《たら》　冨沢風
正月のことぶきわつさりと祝ふ口塩《じほ》

▲実悪之部

上上吉　むつの魚　中嶋風
一ト塩当《しほ》ルと鯛まいニまがう水牛《すいぎう》の櫛《くし》かた

上上吉　石なぎ　早川風
鯛と喰ワそうとあんまり押《おし》のつよい鮨《すし》

上上吉　鮫《さめ》　横山風
干上《ほしあが》ッてハ上《うへ》ッ方タの御座敷へも兎《と》も角誰《かくだれ》

▲敵役之部

上　沖《おき》ざより　中村風

上上吉　まぐろ　大谷風
三百里の船路を追風ではやく車切《くるま》

（三オ）

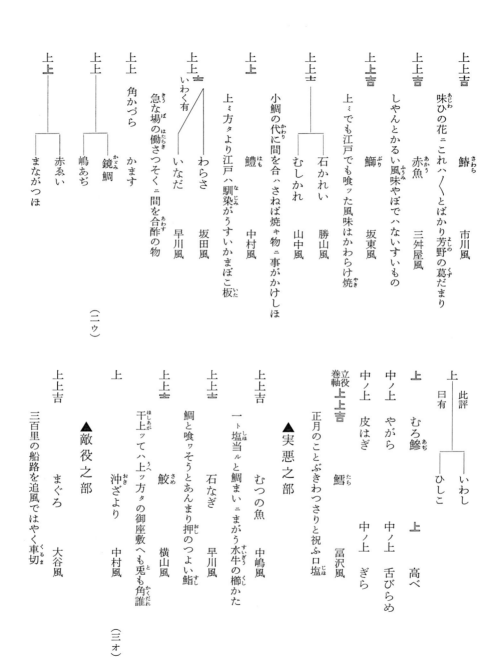

上上吉　鰒《ふぐ》　大谷風
おそろしい毒《どく》は悪心ンに根《ね》ぶかの吸くち

上上士　黒鯛《くろだい》　鎌倉風
手短《てみじか》な藝むごたらしや孕女《はらみ》を血あらし

上上　鯖《さば》

上　惣太
　　いさき

上　このしろ

▲道外之部

極
上上吉　鮟鱇《あんかう》　仙国風
かるい所を茶《ちや》人ンの達チが御目利《きゝ》の道具

上　あなご

▲親仁方之部

上上士　鮲《こち》　四の宮風
河豚《ふぐ》もどきの相手ハ大こんの皮《かわ》むき

上　飛魚

▲花車形之部

（三ウ）

上上　おこぜ　衣へ風
継母《まゝはゝ》こんじやうでとげ〳〵しい小骨《ぼね》

上　ぎす

▲女形之部

上上吉　鱚《きす》　嵐風
愛敬《あいけう》ハお目元トにこぼれかゝる塩焼キ

上上吉　あいなめ　中村風
うまそうな肥合《しゝあいに》煮ずニ喰イたい生干《なまび》

上上吉　糸縒《より》　山下風
当世《とうせい》の娘風ウこましやくれて色付ケ

上上士　鰺《あぢ》　嵐風
此お子の風味にハ客衆《きやくしゆ》が舌《した》をうちわ茄子《なす》

上上　さより　山本風
ほつそりとしたお姿《すがた》ハ柳の糸むすび

上上　魴鮄《ほうぐ》　袖崎風
　　　かながしら　袖崎風
髪置キ袴着《はかまぎ》ニ悦びのまゆをひらき

（四オ）

上上　藻魚　竹中風
　　かさご　嵐風
半畳《はんじゃう》へむきかねるハ油気《け》がうす醤油

上　めばる　出来嶋風

▲若衆方之部

極
上上吉　甘鯛《あまだい》　市川風
白皮《しらかわ》とは其身の色を自讃《じさん》の味噌漬《づけ》

上上士　石持《いしもち》　袖岡風
りゝしい若衆ぶりどうぞ吸《す》たいくち

上上　せいご　大和川風

色子魚の分

一かすご　吸物上々　一めいた　塩やきよし
一うぼぜ　鮓《すし》ハしごく〱　一たなご　うす醤油
一とらぎす　子共衆のよろこび　一くじめ　いりつけ

惣巻軸
上上吉　公家悪　鯨《くじら》　山中風
七里《なゝさと》の賑《にぎわ》ひ末廣《すへひろ》のいてう大根《だいこん》

（四ウ）

門ドロからの初ッ笑顔《ゑがほ》ハ夷屋殿の年頭《ねんとう》

扇子〱。水飴《あめ》〱の。声《こへ》も行キこふ明ぼのハ。らうそく梅干の売り声《こへ》とハ。格別《かくべつ》なり。太神楽《だいかぐら》の太皷《たいこ》も。宵年《よひどし》よりハ優《ゆう》〱と聞へ。掛ヶ取リの挑灯《てうちん》持チハ。礼イ者の扇くばりと。新《あらたま》り行あら玉の。春《しゆん》風ゥ春ン水。一ッ時《し》ニ着《き》かゐる正月物。袖口ちらつく仕付《し》ヶ苧《そ》も憎《にく》からぬ物にて。漆臭《うるしくさ》ひ椀《わん》もはるめかしき青畳《あおだゝみ》のうね〱。宝船の青海波《せいがいなみ》ならんと。煙草盆《たばこぼん》の船《ふな》ばたを。たゝくきせるのみなれ棹《ざほ》。衣食住《いしよくじゆう》の三ッの朝《あさ》。雑煮《ざうに》節飯《せち》の。献《こん》立テも心のまゝにして。三芝居の翁わたしも初る頃と。下女小調市《こでっち》が眠《ねむ》い目も忘《わすれ》て。（五オ）春めいた噺《はなし》の。口〱なる所へ。物もう。御慶《ぎよけい》申入レますと。いそ〱しき声に。亭主魚遊《ていしゆぎよゆう》立チ出。これハ〱はや〱とお忝なう存ますと。顔を見れバ。ついに見なれぬ男。かちんの上ミ下モニ蔓柏《つるがしわ》の紋所を付ヶて。笑《ゑみ》をふくみし有さま魚遊《ぎよゆう》見て。卒忽《そこつ》ながらどなたで御座りますか。御見忘《わす》れ申たでかな。ござりませうと云へバ。いや貴殿ン仰のごとく。いまだお近ヵ付キでハござりませぬが。ちとお物がたり申ッたい事が御座《ござ》る故《ゆへ》。今日御知ル人ニ成リませうと存て。わざ〱まいりましたといふニ。亭主先ッ是へと座敷へ通し喰摘臺《くいつみだい》など出して。扨〱年の始めにお近ヵ付キの殖《ふへ》ると（五ウ）申ハ心よい事で御座ります。御紋《もん》を見ますればつる柏。蛭子《ゑびす》様マの若旦那の御影向《ごゑうがう》かと有がたうぞんじますと。小糠《ぬ》祝ひニよろこび。扨何《いづ》方よりも御出の福神ン様で御座ります と尋《たづね》れば。いや拙者は浅草並木《なみき》辺《へん》におります。わづか成職《しよく》人。蛭子《ゑびす》屋権之丞と申て。観音《くわんおん》様の市の時分《じぶん》にハとなたニも御存の者で御座ります。福《ふく》の神の笑《ゑ》くぼまで。彫《きざみ》たてるを家業《かげう》にいたしてお影ゲをもつて。らく〳〵とくらしております。夫レ故毎年《まい》ン観音様の御地内夷のお宮へ年籠《としこもり》をいたします。当くれハわけて商売も多く致しましたゆへ。いよ〳〵御礼を申あげ(六オ)

挿絵第五図　(六ウ)

挿絵第六図　(七オ)

帰りまする所ニ。御神前《ごしんぜん》の傍《かたわら》で。銀《ぎん》の釣針《つりばり》を二本拾《ひら》ひました。是こそ夷《ゑびす》の御ンさづけと有難クぞんじ。罷帰ルと火を清《きよ》め。御神酒《みき》をさゝげて。家内《かない》を寿《ことぶ》き。是こそ我家《いへ》の什物《じうもつ》。これにましたる宝ハあらじと。大切《たいせつ》ニ納め置ました。明方《あけがた》の夢ニ。蛭子《ひるこ》の御ン神枕《かみまくら》に立せ給ひ。善哉《よきかな》〳〵。汝年比《なんちとしごろ》家業《かげう》とハ云なから。七福の姿《すかた》をきざみて。万民にうやまわせ奉る事。諸《しよ》神ンかんのうあつてすなわち。二本の釣針をあとふる也。一ッ本ハ汝が什物《じうもつ》ニ得さする。又一ッ本ハ。鎌倉河岸《がし》の辺《へん》ニ。魚遊といへる庖丁者《はうてうしや》あり。彼常《かれつね》ニ信《しん》〳〵心おこたらず。神ン前ンの捧物《さゝげもの》(七ウ)清浄《しやう〴〵》ニして。神慮《しんりよ》ニ叶《かなへ》り。汝チかれが許《もと》に尋《たづ》ね行。釣針を渡すべしと。宣《のたま》ふ御声《み》ニ夢覚《ゆめさめ》。か

挿絵第六図　挿絵第五図

んるい胆《きも》にめいいし。扨こそ是迄尋参リ候と。始終《しじう》を語《かた》れば。魚遊聞て横手を打チ。扨々奇瑞《きずい》成ル有難さ。申も恐れ有リ。しからば御ン告《つげ》にまかすべしと。件《くだん》の釣針を受取三ン度《ど》おしいたゞき。扨かの権之丞をさま〲にもてなし帰しぬ。是よりいよ〱神ン勅《ちよく》をわすれず清《きよ》らかニ信心なしける。春も長閑《のどけ》き折から洲崎の弁天《べんてん》へ参詣《さんけい》せしに。釣リする小舟のいとゆふニ。景《け》色《しき》だつ海の面《おも》。かゝるうらゝかなる折《おり》ふしに来かゝるこそさいわいなれ我も此海ニ(八オ)釣《つり》をたれ。日ごろ肌身《はだみ》もはなさぬ。かの釣リ針を此浪間《なみま》ニ入れなハ。又もや神勅《しんちよく》有リもやせんと小舟を浮《うか》め沖《おき》ニ出て。什《じう》物ッ釣針を浪間ニおろせしニ。ふしぎや色よき大魚顕《あらはれ》かの釣針を龍頭《りうづ》ぎわより。ふつつと喰イきり。水底《みなそこ》ニこそ入リてんげり。魚遊ゥおどろき神勅ニて給《たまハ》りし家の宝。海底《かいてい》ニしづめてハかなわじとうつゝ心ニ成リ。魚の跡《あと》をしたいて追《おひ》かけしが。千尋《ちひろ》ニまぎれて。かの魚の。行衛ハさらニ知れざれば。魚遊も今ハせんかたも浪の雲霧汐煙《くもきりしほけぶり》。藻草《もくさ》さがら布《め》分ヶ行バ。岩間《いわま》ニびゞ敷キらう門ン有リ。内ニは玉の甍《いらか》をならべ。馬《め》瑙《なう》の階段《きざはし》。珊瑚《さんご》の欄干《らんかん》。光リかゝやく(八ウ)有様マに。只亡然《ほうぜん》とイ《たたずめ》ば。椽側《ゑんがわ》ニ衣冠《いくわん》たゞしき人〱並居給ひ。汝此所をいか成ル所とか思ふらん。忝も大龍王宮《りうわうぐう》の玉殿《ぎよくでん》なり。守護《しゆご》なせしは恒河《ごうが》のうろくずなり。そも〱うろくず。世《せ》かいの人の為網釣にかゝる事。全《まつた》く愁《うれへ》る事ニあらず。たゞ人ン間に其味《あぢわ》ひを愛《あいせ》らるゝこそ。龍宮浄土《りうぐうじやうど》の成仏《じやうぶつ》ともいへり。漁《りやう》多く有れば又涌《わき》出ル事多し。是みな天の命《めい》なり汝常に俎箸庖丁の錆《さび》る間《ま》なく。昼夜《ちうや》ニ魚の感妙《かんめう》有。かるがゆへに神ン徳《とく》ニかなひて釣針を得。思わずも此所ニ来る。急《いそ》ぎ日本に立帰り。諸《もろ》〱のうろくずの。珍味《ちんみ》好味《こうみ》をひろむべしと。鱗扇《りんせん》をもつて(九オ)招《まね》き給へバ。件《くだん》の大魚あらわれ魚遊を背中ニのすると見へしが。忽洲《たちまちす》崎《さき》の波間ニ出る魚遊は不思儀《しぎ》のおもひをなし先ッ弁天へ拝礼《はいれい》し。磯辺の茶屋《ちや》ニやすらへば。蕎麦《そば》客《きやく》と見し一ト群《むれ》。それ〱其山葵《わさび》の一ッ式がおもしろかろ。なんといふてもしぼり汁《しる》ハ道好庵《どうこうあん》ニはおよバぬ。あとの味噌吸物も豆腐ニはかぎらぬ。なんぞかるい肴がよいぞや。先ッそば前に一ッぱい致そう。のめる肴二三種頼ム。ハテどうなりとよいわいの。戻リに二軒《けん》茶屋で呑ミかけう。イヤいつそ竹糸《ちくし》ニせまいかと。思ひ〱の物好《ものずき》ニ。魚遊心付キ是こそは一ト趣向《しゆかう》。さいわい恵美酒《ゑびす》の御縁《ごえん》有レバと。二酒呑屋《にしのみや》ニ席《せき》を儲《まうけ》て。海魚品定。サア〱どなたも思召を仰られませ　(九ウ)

## ▲立役之部

極上上吉　鯛　市川風

評者魚遊　抑周《しう》の代の霜月を元ン日ッとことぶき。お江戸《ゑど》ハ此日を皃《かほ》見せと定《さだ》ム。魚へんニ周《しう》の文字《もんじ》を書《かい》て鯛と読《よまし》む。龍《たつ》の都《みやこ》の座頭《ざがしら》三ン国《ごく》一チの大立者惣巻頭《ものそうくわんどう》とハ此人也。勇《ゆう》有リ美《び》有リひれ有。二牧ずへ。三牧ずへの献上《けんじやう》。表御門ンを開《ひらか》せのし〳〵と出《で》らるゝ勢《いきおい》。柿《かき》の素袍《すほう》の花〳〵敷キ團十郎の親代ヽ家ニつたわる。しばらくの出《で》端《は》ニ等《ひと》しく。干《ひ》鯛の家老《からう》役あつはれ。金箱〳〵。海老で鯛を。釣《つり》糸尾ばりのりゝしき。皆《みな》様マとうで御座ります〔びんニ油けの無人〕イヤハヤくさつても鯛といへど。四月時分の大南《みなみ》ニ(十オ)おだきとやらやうかんとやら。やうかん色を紅粉《べに》でくまどり。手ぐらしてもとけ蔵《ぞう》のどろ〳〵。豆腐《とうふ》のかすのやうニ成ッて。喰《くわ》れぬ。杉葉《すぎつは》の耳口《やり》おどりハ大ゥふでき〳〵〔川岸グミ〕そんな時でなければうぬらが様ゥな。ねれけ者の口へハはいらぬ。たわ言《こと》はくとたゝきつぶして。塩《しほ》からニするぞ〔魚遊〕あの様ゥなばか者ニハおかまい被成ぬがよい。惣じて御歴《おれき》ヽ様マゟ町方ニ至るまで。ぜんつくし美《び》つくしの御ふるまいニも。何ニ遣《つかわ》れぬといふ事無ク。諸藝雪月花《しよげいせつげつくわ》ニもれず。山椒《さんしやう》の芽《め》をつまニしての。ぬれ事のあんばい。どうもたまらぬ。其うへ蛭子《ひるこ》の神《かみ》のお側《そば》さらずニて。膳開《ぜんびらき》の時分ハ。三ヶの津の商人《あきんど》達チが。千両万両万ヽ両と手を打《うた》るゝ(十ウ)大当り。向詰《むかうつめ》のきつとした実事。外ニ仕人《して》の無イ忽躰《もつたい》。生新《いき》ンまいの陸《おか》付ヶ。小田原の名物。口中かいこの。さつはりとしたせりふ。御存ジ知られたやつし事。或ハさし味《み》かまぼこ鱠《なます》。平盛小串《ぐし》ニ。本汁《しる》二の汁《しる》。きらひなく。俎板の上の荒事。すい物椀《わん》の中から目玉斗り出されても。皆《みな》嬉しがります。白ロい歯《は》をむき出されたきれいさ古の傳九郎まさりとの評判。御手がら〳〵〔小田原丁の人〕コレサ〳〵其様ゥに料理むきばかり誉《ほめ》ずと。しせんと其身の徳《とく》のそなわつた所を誉て貰《もら》ひたい。東《ひがし》ハ岩城《いわき》おく仙臺《せんだい》北ハ越後《ゑちご》ニ若狭《わかさ》の浜焼《はまやき》。南《みなみ》は伊勢海熊野《くまの》浦《うら》。西ハ讃岐《さぬき》路《じ》西の宮兵庫《ひやうご》塩《し》飽《あく》の活鯛《いけだい》船。七十五里の灘《なだ》をさへ。つゝがも波《なみ》の艤《ふなよそほ》ひ(十一オ)神奈川面《かながわおもて》ニ流宿《りよしゆく》してスワヤ宵《よひ》上ヶ朝上ヶの昼夜《ちうや》かぎらぬはたせ馬。鱗《うろこ》の数《かず》より多ひ高切米《たかぎりまい》を取リ鋤鍬鎌《すきくわかま》の三ン種《じゆ》を懐中《くわいちう》して。貴人《きにん》の御目通リへも出らるゝ。尾ばりのつよい評判。献立板《こんだていた》の皃《かほ》見せ看板《かんばん》。大名代の名イ物ッ。金元ハにつこり笑ふ。釣棹《つりさほ》の大臣アラたのしや

上上吉　　はた白　　松本風

〔かやば丁の人〕とび色の衣装《いしやう》能く似《に》合イ。三ッ銀杏《いてう》の紋所を付ヶたら。さながら昔《むかし》の幸四郎でも有ふ。執権職《しつけんしよく》と申ても尤ニ存る立テ者。本汁《しる》第一の身《み》のしまり。切目たゝしく。正じんの大名道具。ぼていの手ニはあわず六郎左衛門ハ、ア(十一ウ)あつはれ小見川〳〵〔さしでもの〕待めさりやう。本ン汁《しる》の自慢《じまん》をおしやるが・はた振廻《ぶるまい》と云事ハついニ承わらぬ。其上献《けん》上ゥ臺《だい》ニのられた事ハ無イ・あん鱇《かう》汁とハ云よいが。はた白汁とハ云にくいでハ無イか〔魚遊いわく〕やあら

がつてんの参らぬ評判・道好庵《どうこうあん》の蕎麦《そば》とハいふが。道好庵汁《じる》といふ人ハ無ィ・はた白殿はお屋敷方の御振廻ニも・注文《ちうもん》ニはづれた事の無ィ立者。大俎《まな》板の上にて素《す》はだに俎箸《まなばし》庖丁を横《よこ》たへ・真赤《まつか》な鰓《あら》をあらわしての尾骨《おほね》おり。あらおか源太の実荒《じつあら》事の場《ば》花やかニ。一番め大詰メの打出し大当リ・弓矢八幡《まん》・料理の中の。四天王とも申べきとの・評(十二オ)判いつとても照《てり》ふりなしの・上役者のきゝ物〳〵

上上吉　平目　沢村風

遊魚 扨〳〵何所《どこ》のいづくでも・上へへも下タへもきゝ役者。女中ハ別《べつ》してひいきがつよい・助高屋高助とハ此事。何に遣ふても遣《つか》ひでが有ルゆへ・茶やむき。肴臺《さかなだい》ニのせても。大キに場《ば》の有ル・戸板びらめの大名代うまいぞ〳〵 いん居ちょい ちと評判を待タれい。此頃《ごろ》も談義《だんぎ》で聞ケば・過去生《くわこしやう》にて親を白眼《にらめ》た。其むくいにて。背中ニ目が付キ不二《ふじ》の山を見様ゥとすれば・上総房州《かづさぼうしう》が見へるといふ・魚の中の肸躰《かたわ》物じや 魚ゆう 其様ゥな生マぐさ坊主の云事が証《しやう》ニ立ッものでござるか・(十二ウ)唐土《もろこし》ニ白澤《はくたく》と云ふ獣物《けだもの》ハ・腹《はら》ニ目が付ィてあれ共・大聖人《だいせいじん》にて。神農《しんのう》様の御小性《ごもつ》じやと・尾抱鯛庵《おだきたいあん》といふ医者《いしや》殿が咄ナされました。其外身躰異形《しんたいいぎやう》ニても。たつとまるゝ。聖人ン賢《けん》人。神仏《かみほとけ》様も御座る。さし味《み》庖《ぼう》丁俎箸《まなばし》の持チ様ゥも知らいでハレやくたいも無ィ 赤いわしさした男 イヤ庖丁も俎ばしも。へちまもいらぬ。春の比銚子《てうし》の旅《たび》しばいからわせて。ぼてふりの生担《いけたご》の中から。惣身を紅粉《べに》でぬりまわしいけもせぬ荒事。イヤハヤ鼻持チもならぬ。あげくの果《はて》ニ尻尾《しつほ》を持ッと小糠《ぬか》買の袋の様ゥニ成つて。煮《に》ても箸《はし》にはかゝらぬ。貝杓子《かいしやくし》でなけりや盛《も》られない。小むね(十三オ)のわるい鍋ごと捨《すて》て仕《し》まへ 遊魚 扨もきつい打込ミ様ゥこなたハ平目を喰ゥて損《そん》でも仕《し》たそうな。少ゝ南気《みなみけ》ニも鯛殿よりとりゑがござる。かまぼこさし味《み》といへば。中通リから嬉《うれ》しがります・蒸《むし》びらめは女中ゥ婆《ば》ゝ様。子共迄が悦び・此上へ共ニ紅《べに》をぬる狂言《きやうげん》ハ止メて。素顔《すがほ》の色実《いろじつ》・訥子《とつし》風ゥが所望《しよもう》〳〵

上上吉　鱸《すゞき》　坂東風

魚遊評テ曰 扨献上臺《けんじやうだい》ニのつて出給ふ所・天晴《あつハれ》実事師・二ノ汁《しる》の御役。椀《わん》の中がすみかゑつて。坂東彦三郎が上ミ下モ付キ。しつとりとしてよいぞ〳〵。外ニ替《かわり》をする者ハ・おそらく御座るまいさ さがの人 イヤ二ノ汁の替リをするものが無ィとハ聞キ所・鯛殿ハ二ノ汁ニハならぬか。なんほひい(十三ウ)きめされても。初鰹《はつがつほ》ハ賞翫《しやうくわん》すれど初ッ鱸といふて尋ッ人ハない。評判の塩梅が気ニ喰ワぬ。おらが鰹殿の評判を先へして貰ひたい。献立テを書キ直《なお》せ 坂東彦こわい 三ろで いか様マニもはや。そう思わるゝもことわり。じやが。爰を能ゥ合点《がてん》めされ。鰹ハ尤ひいき多ヒが。中〳〵二ノ汁とハ及《および》も無イ事さ。よつて鱸《すゞき》を先キへ出したが。身《み》が誤《あやまり》か鯛ハ勿論何役をも。つとむれども。さし当ッて二ノ汁といへバ鱸さ。去ルニよつて看《かん》板《はん》いたニも。墨くろ〴〵と書クでハ無イか。傳聞唐土《つたへきくもろこし》の左史《さじ》が。鉢《はち》の内ニて松江《ずんごう》の鱸を釣リ。鱸魚《ろきよ》の羹《あつもの》ハ羊《ひつじ》ニこゆるといへり。ちと御自分《ごじぶん》も漢楚《かんそ》三国志《さんごくし》でもよみめされさ 廣次こわいろ 天竺《てんぢく》魂《たましい》唐《から》こんじやう。そんなちんぷんかんハ献立ニハいりませぬ。鱸がすり味《み》(十四オ)役ニ立ッか。鰹ハさし味《み》一トの役でも。諸魚《しようを》の風味ニかつうをと。上ゥ下万民《ばんみん》おしなめて賞翫《しやうくわん》する鰹を。先キへ出シて貰ひたいわへ 遊魚 それハ互ニ肴屋の水かけろんと申物。此次キハ鰹殿。御ふしやうながら御待チ被成。扨笹の葉《は》を口ニくわへて。笹の才蔵の進物ハ御家。鰭《ひれ》が有ッてよいぞ。せいごの菊松時分より。ふつこの網をのがれ。進物ッの立テ物となられたハ御手柄《がら》惣身ニかたい所の有のが。実事師の本ン躰《たい》すぐひだの上ミ下モが似合《にあい》ます。夏ゟ秋かけての大当。はねました〳〵

上上吉　鰹《かつほ》　大谷風

さしみ好キ曰 最前《さいぜん》から評判が致したうて喉《のど》がぐひ〳〵〳〵仕《し》ます。先時鳥《ほとゝぎす》の若葉《わかば》より。みな〳〵御出を。今(十四ウ)やおそしと松《まつ》の魚《うを》。初ッ物の声いさぎよく今のり込ミの光リは。鐘旭《しようき》の鈒鍔《つるぎつば》の無キが如く。お江戸の水井戸《すいと》水。染《しみ》こんだ舌打チどうも〳〵。辛子《からし》で鼻を通リ者が請ますぞ名物〳〵 京者出て曰 請取リハ請取ッたが。つれ〳〵草ニ鎌倉の海ニ鰹といふ毒魚《どくぎよ》有リと。書《かゝ》れたを見てハ称美《しやうび》する魚《うを》でハ有ルまい 遊魚 夫レハ昔《むかし》〳〵仁ン和寺の鼎《かなへ》を頭巾《づきん》ニしてかたわニ成ッた時分の事。鰹をしらねバ鰹節《かつぶし》もなく。醤油と味噌斗《ばかり》で。料理をすました時節《じせつ》。今ハ段〳〵人も料理ニ功《かう》が入ッて。庖丁俎箸の投《なげ》作リ。紅牡丹《こうぼたん》の露《つゆ》をふくむが如く。卯の花の頃より紅葉の頃迄。舞臺引事無ク当リづめ。小気味《きみ》のよい藝ぶり。本トの廣治が一ッ風ゥの。仕出《しだ》し(十五オ)奴《やつこ》でござんます 山のてすじの人 廣治の見立テハ聞へたれど。どうかすると盆《ぼん》狂言などニ鉢巻《はちまき》をさせる。助六の出端《では》ハ・團十郎の真似《まね》か。皃《かほ》も手足も真赤《まつか》ニ成ッて。頭痛《づつう》がして血合《ちあい》がわるい其時ニは桜《さくら》の実《み》がよいげな 遊魚 いやもし。是ハ薬《くすり》見せの評判でハ御座らぬ。小田原の男立。うづわ権兵へと成リ。天窓《あたま》をたゝきの塩《しほ》あんばい。どうもいへませぬ。扨又義経《よしつね》三千本《さんぜんぼう》桜《ざくら》に銀平《ぎんへい》の役。知盛《とももり》の亡魂《ぼうこん》なりと沖《おき》の方《かた》ニ烏帽子《ゑぼし》姿《すがた》。是鰹の皃《かほ》見世大当リ。次ニ敵《てき》の釣棹《つりざほ》ニ取まかれ。大勢《ぜい》を相手ニして荒事牛《うし》の角ニ飛つかるゝ勢《いきほ》ひすさまじい大漁《だいりやう》〳〵。其外下司《げす》近い藝ハ。猶得手物《ゑてもの》鱠。汁。或ハ平皿ニ芋牛房《いもごぼう》(十五ウ)を相手ニしてのやつし。下タの見物が嬉《うれ》しがります。雉子《きじ》焼キ妻恋《つまこひ》の愁胆《しうたん》。硯ぶたをふさぎます。七変化《へんげ》八人藝の御働《はたらき》ニ外の魚がおされるとの評判。暮《くれ》

の狂言ニ岩城《いわき》の左衛門いつとても能ゥこざる。茶漬《ちやづけ》をたべる度ビ申出《だ》します

上上吉　鯔《ぼら》　小川風

［立つけはいた男］いつとても四季のきらひも無クよくおつとめ。釣糸《つりいと》尾ばり紙入らずに。其身其まゝの進ン物。さしておごりとも見へずこうとうなよい遣ィ物と。上へへも下へも請取ます。小兵《こひやう》なれども場《ば》有ッて。小川善五郎が工藤役の上ミ下モ付キ。ずつしりとした腹太《はらぶと》〳〵［さしでもの］其身其まゝニ似合ぬ吸物椀ニ油の青玉がういて端《はし》契情《げいせい》の手水《てうづ》を遣ふた匂《にほ》ひがしてきたない。善五郎が（十六オ）水仕《じ》合ヒも度〳〵見たが。水の中ニ油玉ハうかなんだ［遊魚］又わる口か藝ニ油がのらねバ。料理も出来ぬ。惣じて料理ハ。其魚の働《はたら》く所を見て作者の遣《つか》ひやうで塩ン梅が能ゥ出来る物。此人勢州古市《せいしうふるいち》の芝居をつとめられた時ハ。伊勢鯉屋名吉《めうきち》と名を改《あらた》め。太〻講《かう》の木具《きぐ》ニも乗られ。又鳥羽《とば》の海ニ入てハ。寒中ニあつまり立チ鯔《ぼら》のかるわざは。雲什《うんじう》の御家〳〵。運上《うんじやう》も納リ所もはんじやう致スと。小船町四日市の塩物屋衆の太評判年ン頭歳暮《とうせいぼ》の遺物ニ貰《もらふ》ても悦びます其外伊豆浦の請ヶ芝居の大当リ。房州保田吉浜《ぼうしうほたよしはま》の輪《わ》の内チの大入リ。おぼこ洲走《すばし》リの。かるわざの時分から見てハ。きつい御出世〳〵

（十六ウ）

上上吉　鰆《さわら》　市川風

［きじやうらしい親仁］其勢ひいさぎよく。引キさげた所ハ。関羽《くわんう》が青龍刀《せいりやうとう》ニも等《ひと》しく。目口りゝ敷《しく》。尾鰭《ひれたゞ》正しく背色《せいろ》猶涼《すゞ》しくて。紺《こん》の素袍《すほう》ニ〓《ますいち》の若《わか》ざかり。團蔵が権五郎景政。鎌倉沖より。品川前への大立者。あつはれ〳〵見事ゥ［さしでもの］何ンにしても形《かたち》に似合ヮぬ料理ニしやれの無ィハとうじや［遊魚］しやれか無ィとハ云ハれぬ夏の振廻ィハ鳥でハ青鷺《あおさぎ》魚でハ鰆が献立の第一。家の一チ藝葛《くづ》かけて出した所ハ。白牡丹をびいどろの障子影《しやうじかげ》から見るやうじや。いたりもいたり今むし立テの葛の葉《は》のうま味《み》ハつきぬ所作事。くゝんで（十七オ）もつやうな大当リてんとたまつた物でハ無ィ

上上吉　あかう　三舛屋風

見てのみや。人に語らん桜ばな。実やくれないハそのふニ植《うへ》てもかくれなし。名のらぬさきに赤魚《あかう》とハ。皆目出鯛《めでたい》の御評判。千尋《ちひろ》の底《そこ》より釣《つり》上ヶられ。其時ニ目が飛出ルと鯛好望《たいこうぼう》の書《しよ》ニ見へたり。又神代《まつたかみよ》の其むかし赤目の魚と聞へしも。此赤魚の事とかや・喰ゥての口中さつはりとせりふの弁舌さわやかニかるい風味ハ。三舛屋介十郎がしやれ藝。ほんのりとした紅無垢《もみむく》の魚ぶり色事も少〻成に似合ぬ十郎役も仕かねハせぬ賞翫《しやうくわん》物。下〻の口へハおしい

とお歴〻様の評（十七ウ）判《ばん》〔さしでもの〕なんとおいやる。上ヘ〻の御口ヘ斗リ入て。下〻の口へははいらぬ。夫レがなにが手柄《がら》な事。吉原さかい丁の通リ者の場をしらぬ。ちと喰へる評判を盛リかへたがよい〔商ン人らしい男〕其様ゥニ一時《どき》ニ評判すると喰合セの有ルものなれど。あかう殿ニはあぶなげなし。油気もなしもたれけなし。道具しまんの鮟鱇《あんかう》の名ハ春風ニすだれても。あかうの色ハさめまじとホゝうやまつて申ス

上上吉　鰤《ぶり》　坂東風

毎年ン暮《くれ》ニハ人〻のひいきニあわるゝ塩物の一牧ィかんばん。土《かわら》器焼《けやき》の所作事。浅黄頭巾《あさぎづきん》ニ袖なし羽織《ばおり》の姿。誰ニやら似ました〔へんくつもの〕是ちとひかへめされいや。是ハまあ生魚のひやう判か。（十八オ）塩魚の評判か。どやら。ぐやらと。合点《がつてん》参らぬかんじんのさし味といへば。古ル綿《わた》を噛むやうなり焼物遣ふて見ても。どうやら焚出《たきた》しか無尽《むじん》の様ニ安く見へて気《き》の毒《どく》塩物より生《なま》で働《はたらく》がよいはづ。いらざる遠方《ゑんほう》から江戸へ来て。いけもせぬ生魚まぢハり。わらさと同位ィニしたが能ィ評判の増塩《ましじほ》で喉《のど》がかわくぞ〔丹後もの〕こちの国元の鰤殿を打込んで貰《もらう》まい。塩鰤《しほぶり》の誉《ほま》れこそ手柄《てがら》と云フもの。夕白《がほ》も干瓢《かんひやう》ニなればいたり料理ニも遣わるゝじやないか。丹後の塩かけんが鰤の名《めい》じや〳〵きれとの文珠《もんじゆ》の申シ子ニ向ッて。知恵《ちゑ》のない事をお申しやるな。丹後から来て江戸の正月（十八ウ）肴の用ニ立ッは坂東又九郎が木挽町からして。市村座をスケた同ゥ前ン〔魚遊〕それ〳〵能ゥ覚へて御座る。わしハ先《さつき》ニつい胴忘《どうわす》れが致シた。双方ゥのおつしやり分ンハ。我等あづかります。当ゥ暮のきゝめを見て。生塩《なましほ》打込ミの評判致しませう

上上士　石がれ　勝山風
　　　　むしがれ　山中風

〔医者の若とう〕石がれ殿ハ。小ひやうなれどよいかつかうにて向詰《むかうづめ》の替リニ出しても間があいます。鉢ざかなの仕こなし。むしり能ィと申ます〔わかい手代〕サツテモマア〳〵おつしやる事ハ。なぜにまあ風味のよいきれいな藝のむしかれをバ跡へ廻して。石鰈《いしがれ》の評判。まづ煮《に》びたしの鉢肴もかたずんた藝。向詰の替（十九オ）も七三ないあとの勝山《かつやま》又五郎。しやうじんの事欠代《ことかけしろ》いたりな蒸鰈《むしがれ》を出シた〳〵〔いしやわかとう〕なんぼそなたがさう云やつても。むしがれは身《み》ハ柔《やわら》かで骨高《ほねかた》く。どうやら真綿《まわた》ニ針を包《つゝん》だ様ゥな所が有ゆへ。干シ上げてかたみを付ケ。水木を仕かへて山中竹十郎が。いんぎん工藤。色悪と名付ケた。作者のはつめい生干屋の働で鉄橋《てつきう》ニもかけられる。日和がわるいと。棹《さほ》渡リの所作ニも匂ひが来るぞ〔魚遊出て〕コレハ〳〵にが〳〵しい又けんくわか。どなたももうおだまり被成。此二タ方生れもち

がい。藝《げい》の風ゥもちがいますれど。形チが似たゆへふり分ヶ丹前《たんぜん》一所ニ評判。其為の御断《おことわり》。左様ゥニお心へ被成ませ　（十九ウ）

上上　　鱧《はも》　　　　中村風

上ミ方にてハれつきとした立役。すり味《み》くつじ味のやつし事も能ゥ被成。大坂より十三里の船路を京へ出られてもきつく嬉《うれ》しかります。其はつじや。利休《りきう》の目利《めきゝ》ニ合ゥた役者じやもの摺鉢《すりばち》の底《そこ》いたり諸藝ニだめなく。能く廻リとゝく功者藝《こうしやげい》。中村宗十郎卅七年以前ニ市村座へ下られ。沢村宗十郎一座ゆへ。中村四郎三郎とやら申たが。覚へて居ル衆が有か存ぬ。鱧《はも》殿も江戸て遣ひ覚へた者ハないそうな。扨も世の中ニハ能ゥ似た事も有ルもの哉

上上　わらさ　　　坂田風

　　　いなた　　　早川風　　（二十オ）

評者魚遊 鰤《ぶり》殿。同格《どうかく》なれど。鰍《いなだ》殿も縁類《あん》ィゆへ。御不足ながら此所で。わらさ殿の評判御一所ニ申ます。扨丈夫《じやうぶ》な荒事仕《し》。百人前への客をもことともせず切目の焼物。被成付ヶた事とて大火鉢大鉄橋《てつきう》。能ゥお手かまわります。壱の三立目《み》から大詰メまで。実ニなり悪ニなり酢も平ニも取肴ニも。賑やかニ舞臺《ぶたい》をふさぐ。前ノ坂田半五郎。遣出《つかひで》が有て。大勢の客《きやく》ニハ徳な物〳〵。鰍殿ハそれといふ評判ハなけれど。鱠。酢の物。桟敷《さじき》などの急《きう》な間を合セる事能ゥなさるゝ。夫ゆへ中ゥ詰メの中カでお名が高ゥておはやり被成も（二十ウ）尤。ちよッとした客ニ吸物さし味《み》。切リ焼キ迄間を合。これき〳〵の立物魚《たてものうを》の代《かわ》リ役早川傳四郎か。扨も調方《てうほう》。大キな庖丁もいらず。下手《へた》ニ作つても庖丁目がよいゆへ。素人好《しろとずき》が致します

上上　角かつら　　かます　　　市川小團次風

魚遊 幅《はば》ハなけれどせいご殿より風ゥ味がよいと申評判。夫ゆへ立役の中ゥ頭《かしら》ニ置キました三月ッ替リに恋ゆへ干物のやつれ姿。店請殿への節ッ句の遣物ニ身を売ル仕《し》内チ。鬮《しけ》の時分にハ雛《ひな》の焼キ物の替リを被成。ちいさい皿ニのせらるゝ。菊菱《きくひし》の紋。裏店の娘子達《たち》がきつい悦ヒ

上上　　　嶋あぢ　　　　若林四郎五郎風

　　　　　鏡《かゞみ》鯛　　　　鈴木平左衛門風（廿一オ）

御二タ人リ一トロニ板ぶねの先キで評判致します献立板の名代看《かん》板《ばん》ニのられね共。うまい所がござる。嶋あぢ殿ハ場の有焼キ物。或ハ鱠《なます》さし味《み》何役でも間を合さるゝゆへ脇店《わきたな》の芝居へ有付が早《はや》ィ。鏡鯛殿ハ焼物の御役ハならねどすり味ニは狂言作《つくり》の手傳《てつだい》をも被成て。うまみをつけられるげな人しれぬおはたらき〳〵。さして目

ニ立ッはねもないがお二人共ニずいぶん茶屋むきを精出し給へ

上上　赤衡《あひ》
まながつほ

御一所ニ申ませう。赤ゑい殿ハ敷皮《しきがわ》の様ゥで。取廻しにくけれど。扱すたり所の無ィ事。麦食の向ゥ付ヶの濃塩《こくしやう》いやと申されぬ。大《たい》概《がい》の振廻の坪ハ此(廿一ウ)人で間ニ合ます。魚田《ぎよでん》ニしてしつほりと能ゥござる。たち売リ大庖丁の太刀打チ。惣身を血《ち》だらけニぬりちらし。場《ば》が有ッておちが来《き》ます。無鱗魚《むりんぎよ》なれ共。病人ニゆるして能ィと医者衆の評判。大蛇《じや》の所作《しよさ》ニ尻尾《しりほ》の針《はり》を遣ウ事ハ御無用

▲まながつほ殿ハ。江戸より京大坂の水がふさいます

上　いわし
ひしこ

形《かたち》ハちいそうござれど。漁《りやう》がさが有ゆへ立役の部で評致します。御ひいきが多いゆへ先鰯《いわし》殿から申シます。云ィぶんハござるまい［冷酒クミ］ちと云ィ分ンが有ル。ぬた鱠。酢いりニしても。おしもおされぬニなぜひしこを跡へ廻シた但シこつちの舛で評判するか［魚遊いわく］イヤ鰯《いわし》殿ニはかくべつな所が御座る。ことわざニも(廿二オ)千ン貫商《ぐハんあきな》ひと申て。尾ひれのりつはなれき〳〵の魚衆より。金高が上ガると。むかしから申ます。年シよられて赤鰯《あかいわし》ニ成ッても。柊《ひらぎ》ニさしそへ悪魔《あくま》をたいらげる。田村丸の大将役能ゥござる。安房上総《あわかづさ》の海《うみ》で大寄リ。浜を賑《にぎや》わせ。其身より油を絞《しぼり》下ゝの夜《よ》なべ。職《しよく》人ンの灯《とほしび》をかゝやかせ。果《はて》ハ干鰯《ほしか》となり。田畑をうるほわせて其徳多し。尤ひしこ殿も一ト口茄子《なす》ニ交《まじ》わり。蓼《たで》と生姜《しやうが》のやつし事。毎年ン当リをとられます。又田作《つくり》と名をかゑて春狂言のことぶき。たがひにおとらぬ御同苗《どうめう》の目出《めで》たい藝者《げいしや》。上ゥ下万民おしなへて。評判の御祝儀是から申入ます

上　むろ鰺《あぢ》
たかべ
(廿二ウ)

御二タ人共ニいまだ俎箸《まなばし》の鉄味《かなあぢ》をしらず。さいの物ばかりの御役。しかし粕煮《かすに》ハおもしらう御座る。何《いづれ》も古へより。干物《ひもの》の塩からい藝《げい》。わけてむろ殿は。臭《くさい》のを女郎衆迄。ひいきが御座るぞ。人〳〵賞翫《しやうくハん》の嶋の名代為朝《ためとも》の役勤《つとめ》る様ゥニ御出情〳〵

中ノ上　ぎら
舌びらめ
皮《かわ》はぎ
やから

何《いづれ》も詰《つめ》の衆中。見切リに評判致しますぞ。

▲ぎら殿ハ秋釣の餌《あさ》を取事御上手《じやうづ》ゆへお名が高ィ
▲舌びらめ殿ハ少シ脇気《わきが》のにほひが有ルとやら聞キましたが。身《み》ぶかい生《うまれ》付キ。横嶋の羽織が似合ました
▲かわはぎ殿ハ毒《どく》ハ無ィと申評判・房州辺《ほうしうへん》の旅《たび》(廿三オ)

挿絵第七図　(廿三ウ)

挿絵第八図　(廿四オ)

芝居で。仁《に》ざと申た。皮《かわ》をはがれて。町内《てうない》ニ人ハ無ィかヲヽ寒《さむ》い〳〵のおとし。半道《はんどう》も少シなるそうな。屋から殿ハ。膈《かく》の病《やま》の薬《くすり》ニなると申事。重而訓蒙図彙《きんもうづゐ》を見て。と〳〵と評判致しませう

立役巻軸
上上吉　鱈《たら》　冨沢風

魚遊いわく春の末ゟ冬ニ至る迄遠ゞ敷ク。御目ニ掛《かヽ》らぬ。年の暮ニ成りますと。人ゞ御出を待かね。入船がしたか〳〵。江戸中御ひいきが多い。一ッ派《は》の風味《ふうみ》合ィ。口塩のかるはづみ冨沢半三が。糸《いと》鬢《びん》の素天窓《すあたま》。生《なま》でたべたらナア。まヽよ。しやうことがない。扨春狂言ニ。胡椒《こしやう》松前昆布弥《こぶや》と。衆道《しゆどう》の意気地《いきぢ》うまい思わく。いつでも正月ハ御嘉例《ごかれい》の(廿四ウ)すまし塩梅《あんばい》。あつさり。朝日奈《あさひな》御家〳〵。人ゞ賞翫《しやうくハん》の珍物《ちんぶつ》生ぐさ道心イヤしなりごわい生酔《なまゑい》の所作《しよさ》。ぼう鱈《だら》ハいけぬぞ越後の門ン坊主のびやッくらい。其意《ゐ》を得奉《ゑ》らぬ。ぼう

一鏢《いちのもり》大《だい》福《ふく》帳《てう》　濱浦座
熊野の大りやう　百ひろニ　鯨
うしほに　木の芽《め》　之助ニ　鯛
大　福　帳
此　所
かまくらの使者　三崎初右衛門ニ　鰹
雪中の
あんばいの　大当り〳〵
称美《しやうび》ニ　ふぐ
鱈《たら》助　と　いつわり
てつほうニ而　ねらう

すり味《み》　うまみの丞ニ　ひらめ
背切《せぎり》　すまし　之進ニ　鱸
一トしほ姫ニ　いとより
くま笹
進物太郎ニ　鯔《ぼら》
二ノ汁　大　て　け
奴
宇和助ニ　いわし
とげ右衛門ニ　鯒《こち》
けいせい　豊ぎすニ　鱚
丹前　大当り
橋立丹後太郎ニ　鰤

挿絵第七図

挿絵第八図

鱈より外見た事も有ルまい生鱈《なま》の味噌汁塩梅ハ。おのれらがはち袋でハ出《で》きぬぞ。うろたへて油上ヶの棒鱈《ぼうだら》を喰フな。五月狂言に兜《かぶと》を持チ干鱈《ひだら》の麻上《あさ》ミ下ニて端午《たんご》の出《で》ハきれい〳〵。牛房根芋《ごぼうねいも》を味方《みかた》ニ集汁《あつめ》ルの場《ば》よし。切リの水酢《ず》合ィはねた物〳〵〔魚遊〕御尤〳〵生《なま》ならバ黒上上吉。口塩だけ白ィハ御ふしやう

## ▲実悪之部

上上吉　むつの魚　中嶋風

〔魚遊いわく〕大キな眼玉《まなこだま》。おそろしい口付キ。さながら親中嶋(廿五オ)勘左衛門が。公家悪。荒事の勢《いきお》ひ。さし味の風ゥ味ハ煎酒《いりざけ》ニも合ィ。鯛平目より。うま味《み》有れども。油《あぶら》の家筋故《いへすじゆへ》。油過ギて色事ニうすし。ちよつとした。振廻ィニハ汁菜《しるさい》共に間を合す。実と悪との功者《こうしや》な藝《げい》。豆腐の柔《やわらか》な。雪の肌《はだ》と一ッ鍋ニ入て。味噌ごい無理《むり》れんぼ。油玉のうく程あくどいうま味《み》のある所が。ほんぼに。実悪の巻頭《くハんとう》でこざァらよ

上上士　石なぎ　早川風

〔居酒のみ〕コレハ仁《に》べ殿ニ能ゥ似《に》たと存ルが私《わし》が見違《みちがへ》か存セぬ。先ッ鯨《くじら》殿ハ除物《のけもの》にして。実悪敵《じつあく》ニて立物《たてもの》の大ゥ魚と申ハ。此わろと真黒《まぐろ》殿也。近ン年ン能ィ場《ば》の御役が廻リます。切リ焼キヲイ平物ガツテンジヤ扨ハあんかけ(廿五ウ)呑込ンダと。悪やら実やらやつし料理。藝数の多ひ事。鮨《すし》ハ勿論《もちろん》。潮煮《うしほに》などハ。ハアどこやらで給《たべ》たが。ほんニ正真《しやうしん》の鯛《たい》じやぞ〔かまぼこ屋いで〕ハテこなたは居酒《ゐざけ》のみほど有ッて。能ゥ端〻《ぐ》の茶屋を。二軒も三げんも喰ィくらべたの鯛の似せ物ハ鵜の真似をする烏《からす》。干鰯場《ほしかば》と香具廛《かうぐみせ》の香ひ程ちがう。どうかにちや〳〵とした口当《あたり》。其くせ身《み》われがして。しやちごわく。につとりとしたうまみが無ィ。其証拠《しやうこ》ニハすり味《み》にハならぬハさ。おらがひいきの鮫殿《さめ》を出せ〳〵〔魚遊出て〕夫レは知れた事でござる。鯛殿の側《そば》へよせて一トロニ評《ひやう》ハなりませぬ其いきかたが似たと云フ迄のひやう判でござらう。油こく身ごわい所が実悪。早川(廿六オ)傳五郎が王子鬘《わうじかづら》のするどい所。気のきいた茶屋が狂言の趣向《しゆかう》ニ遣ィ初メて。本ン立チ役魚の間《ま》ニ合るのが料理功者《こうしや》。石なぎ殿の藝功《こう》何ンでも大場《だいば》ニ遣出《つかいで》が有ッて能ゥござる。夫ゆへ近ン年ン夷講《あびすかう》ニハ当ります〳〵

上上士　鮫《さめ》　横山六郎治風

〔茶屋の若ィ者〕請取ッたりや其次キも。是も同ク大魚の類ィニてさま〴〵名の有ル藝者なれど評判を略《りやく》します。近ン年ンかまぼこの仕出し藝大当リにて所〻ニ屋ぐらを上ゲて。取リわけ和泉町辺ンのひい

きがつよく。早速《さつそく》の間ニ合い。調法《てうほう》な事。御手がら〳〵〔料理人曰ク〕其てがら立テおいて貰《もらを》ふ。此わろが近ン年ンかまぼこを手びろくせられるゆへ。硯蓋《すゞりぶた》の位《くらい》が落《おち》て。れき〳〵の魚をかま(廿六ウ)ぼこニ遣《つか》ふても。此わろじやと斗リ人が思ふて。かげのまいの奉公じや。料理ニはり合イが無イ。本ン汁つみ入レ迄の邪魔をして。此頃《ごろ》見れば竹輪《ちくわ》じやといふて。蠟燭《らうそく》屋の夜なべの様ゥな形リに拵《こしら》へ。大釜や臼など並《なら》べ立テ。地獄《ぢごく》の図《づ》を見る様ゥな。近ン所へより付事もならぬ鯛平目と同ジ様ゥに。いけもせぬちさの葉や独活《うど》などを相手にして。酢味噌《すみそ》のわるいたり。ほんニ鮫《さめ》が橋《はし》の匂《にほ》ひがして。一トロもいけぬ。近ン年下卑《げび》のたゞ中カ〔遊魚〕イヤ〳〵近ン年の当リ物。なまづとの立入リすり味の塩梅《あんばい》ハ。鯛平目にもおとらぬ。赤沢山の角力《すもふ》の場《ば》ハ能ゥござる。十年以来《このかた》めつきりとの御出ッ世。当世のはやり役者。桟敷《さじき》の重《じう》の物も此藝者で合点《がてん》(廿七オ)する。あまり悪《わる》口いふて。渡し舟で見込マれぬ様ゥにするがよい。こなた一ト人で下卑たといふても。金沙《しや》といふ物を懐中して・いたり鱠の盛形《もりかた》にもし。涶《たれ》といへば高盛の役ニ入り。歴ゝの御前へも出らるゝ。さし味《み》ニ遣ふにハ藁《わら》みごを通《とを》し湯かげんの傳受。新ンうす雪の。段《たん》九郎の大出来を知らぬか。何ンでも近ン年ンの当リ役者御手がら〳〵。殊ニかまぼこ座の頭取《とうどり》役。段〳〵御繁昌《はんじやう》で御座らう珍重〳〵

上　沖さより

〔久しい者出〕此人ハだつ之介殿といふて。慥苗字《たしかめうじ》ハ小野川堀江猫実《おのがわほりゑねこざね》。船《ふな》橋辺《ばしへん》の旅芝居ゟ出。端遊女《はしゆうじよ》の吸物など。近在《きんざい》でハもてた色師《し》じやげなが。江戸では(廿七ウ)敵役中村源七殿と同じ事ア、花一盛《さかり》魚一時の相場じやなァ

## ▲敵役之部

上上吉　鮪黒《まぐろ》　大谷風

〔魚遊評曰〕大魚程有ッて。在ゝ迄評判つよく。大な形《なり》をして。女中年シより子供衆迄喰イよいゆへ嬉しかられる人敵役ニハおしい魚柄《うをがら》ハ、アしたりあッはれ大谷先廣右衛門越年《おつねん》太平記の大当リ。年ン中申シ出します事始より年越正月中ゥ。極メて町方タ大ゥ所の焼物鱠《なます》したゝかもので人好がござるぞ。釣船《つりふね》伊豆《いつ》日記《につき》の大どれ賑ひました。段ゝ漁《りやう》事の大当リを川岸《かし》中ゥで待ますぞ。塩物座《しほものさ》生魚《なまうを》座から。引ッはり合ゥはやり役者其筈《はづ》の事しや(廿八オ)大当リで問屋衆の金もうけを。付立る水上帳。日記入道ハ御家の藝截売《たちうり》魚の巻頭。五嶋《ことう》から三百里の船路をしび能ク入船ン御大慶〳〵

上上吉　河豚《ふぐ》　大谷風

ふぐすきこりや先《さつき》にから待て居ましたしんぞ君の評判かしとうてならなんたが。毒《どく》を云たかる人かいるニよつてさしひかへ罷有ッた。初雪かちら／＼すると申出しますハ。寒中ゥにも其奇得《きどく》たちまち弥生《やよひ》の肌《はだ》ニ成リますきつい評判／＼しさいな男あまり口当リか能ィと思ふてむしやうニ誉ぬか能ィ。今時ハ世間が通リ者じみて女や若衆迄が大喰ひをして。いやはや。けうも色もさめはてる。廿年以前(廿八ウ)迄ハ身を持ッた物ハ喰ヮなんだ。今でも煤掃餅舂《すゝはきもちつき》の頃は。より付キ人《て》がないとりわけ春先に成と懐《ふところ》から蝶《てう》／＼か飛出て。荘子《そうじ》が夢見た様ゥなめニあふて牡丹ニのめり廻る石橋《しやつきやう》の所作事狂ひじゝとやら。乱脈《らんみやく》とやら。狂言の当リより鉄炮の当リがきひしからう。其様ゥな毒の心見を仕やうより。古ル茄子《なすび》をせんぎして評ばんをしたがましで有ふきかぬ気な男イヤコリヤしやらのしやんぶくりんめ。しほさいの味ひさへしらいで打込ミたかる。すでニ唐土《もろこし》にても。西施乳《せいしにう》となづけ。美人ンの乳《ちゝ》の味ひかすると称美《しやうひ》し我朝《わがてう》ニても薬ふる日のかん物ッ汁。是が毒といわれうか。干鱈《ひだら》殿と(廿九オ)幟兜《のほりかふと》のせりふはねました。弐番目ニ男伊達五月雨《さみだれ》かび右衛門と成リあやめの端《たん》五郎ニ出合ィ。白水へぶち込れる所。おかしうて腹皮《はらかわ》がよぢれました次ニ中川釜の釣針ニかゝり。腹を立頰《ほう》をふくらかして。おたふくのおどけ。おかしう御座ッた。もしあたらふかとこわい所ニ又おもしろい興が有ッて後ノ廣右衛門。廣七と申たしほさいの昔より人の憎ぬ敵役珍ら敷名物鰒《ふぐ》もぬまりの鼻ッたらし。龍左衛門様できますモウ鍋がにへ上ました

上上吉　黒鯛《くろだい》　鎌倉風

端《はし》／＼小茶屋の吸物。鱠切目焼物何やら知れぬ様ゥにまぎらかして能ゥはたらかるゝ(廿九ウ)鬮《しけ》の時分《しふん》ハ立者魚のする場《ば》をおつとつて勤メ。丈夫《じやうぶ》な藝者。其外のかくしげい。橘町今川橋の。れき／＼の医者衆より手廻しのよいこつそり。ヲット我らが呑込姿。亡八揚屋《くつわあげや》の若ィ者。地廻リの商ン人などが得手もの。鎌倉長九郎が一チ藝。しかし紅《べに》をぬつて鯛《たい》ニ紛《まぎ》れる荒事ハ。きつう安く見へます。扨味噌汁でも潮煮《うしほに》でも。何ンでも遣《や》る物でハごんせぬ

上上　鯖《さば》

ぬた鱠の泥仕《どろじ》合ィ下の見物が請取ます。急な間《ま》が合て能ゥござる。したが生ぐさりとやらの無ィ様ゥニ気を付給へ。店むきの菜《さい》の物ニ有付が早い。盆狂言の蓮葉笠《はすつはがさ》加賀能登迄評判扨上総《かづさの》五郎兵衛ニて我眼《まなこ》をくり(三拾オ)出し。景清鯛《かげきよたい》殿と入替《かへ》らるゝ実《じつ》。あぢて御座ッた。油気《け》のぬけぬ様ゥに。油断《ゆだん》なく御出ッ情《せい》／＼

上　惣太
いさき

▲惣太殿ハ鰹《かつほ》殿の御弟子。よほど似《に》ましたがまだ血《ち》くさい所が有ッて気のどく。隅田《すみだ》川の人かい。とうがらしのぬたあいよう御座る揉大根《もみだいこ》殿と相藝《げい》。いつも春ハ上州辺《じやうしうへん》の旅芝居の御つとめ。塩めがよいと申ひやう判。随分情出《ずいぶんせいだ》し大ゥ鰹となり。初ッ舞臺《ぶたい》の入リを取リ給へ

▲いさき殿ハ折ふし山せいごと名をかへ宮地へ出られ。神ン明前などで見かけます。勘略《かんりやく》座で小魚交《まじり》の芝《しば》物ニハかさバつて能ィと申ス。近ン年ンハ無尽《じん》の焼物も勤《つとめ》らるゝげな

上　このしろ　（三拾ウ）

まつり事節句《せつく》などの鱠《なます》ハ。大ゥ方タ此わろが間《ま》をあわさるゝ調方《てうほう》〱。独活《うど》殿と相所作《あいじよさ》はんなりとした所ハ俄《が》をおります。此人が出らるゝと屋敷方大部屋《べや》。町〱うら〱迄。ひいきの多ヒハ稲《いな》荷《り》様の守《まもり》めのつよいゆへと存ぜらるゝ。とての事ニ焼凮《やきかざ》の能ゥ成ル様ゥに祈《いの》り給へ。初午ニハいつとても当リます。時ニよつて俄《にわか》ニ高給《きう》を取事が度ゝ御座る。藪《やぶ》ニも功者《こうのもの》とハ此わろ。川魚座の鯉《こい》殿の名を借《か》リて。細作《ほそづく》リの所を被成た時ハ。皆《みな》が一ッぱい喰ィました。器用《きやう》な事哉

▲おついでながら御子息小鰶殿《ごしそくこはだ》近ン年ンめつきりと。御器量《ごきりやう》を仕《し》上ヶられ。骨《ほね》ぬき鮨《ずし》のかわいらしさ。京橋《ばし》の芝居で大当リ。辻ゝ迄評判・漬売《つけうり》のはやり子ィョうつくしいのめ　（三十一オ）

▲道外方之部

極上上吉　鮟鱇《あんかう》　仙国風

魚遊評テ曰 往古《むかし》よりいたり料理の立者《たてもの》。申ニおよばず。夫レゆへ琵琶《びわ》魚と云フ名を取られ。おれき〱様の御饗応《きやうおう》ニも本汁の御役。肩《かた》をならぶる物ハ御座らぬ さしでもの出 尤もいたり藝ハ知れた事なれどもあまり油気《け》が無ィゆへ。鰹節《かつぶし》の力《ちから》をからねバ。骨《ほね》の有ル豆腐《とうふ》の如《ごと》し。ひとり藝《げい》のうま味がおり無ィ 魚遊 成程鮟鱇《あんかう》の藝ニ油のつよい事ハ無ィが優美《び》ニして椀の内のきれいさ。胆鰭《きもひれ》のしやれた風ゥ味。布さらしなどのおかしみ。其外面白い珍味《ちんみ》をあらわす大名《めう》道具。それゆへニこそ高切米を取ッて。三ヶの津ニかくれも無ィ。（三十一ウ）丹前の元祖中村 さしでもの 七三か 魚遊 サレバ其風《ふう》其侭《まゝ》にうつした。仙国彦助がいたり道外の極付キ。外ニ無ィ旨いうま味《み》のいたり料理。いかなる御客方《きやくがた》もこれは〱亭寧《ていねい》な事のと。御称美《ごしやうひ》の御ことバかゝる珍物《ちんぶつ》のあんかう。上ワ汁も吸ゥ事ハ成るまいぞ 無理云フ人 な

んぼ珍物じやの。高給《きう》を取のといふても。寒明《かん》ヶより春風《はる》が立てハれき〳〵のつき合ひも叶《かな》わず煮売《にうり》の軒《のき》の縄目のはぢ愛護《あいご》の若の狂言ハ。形《なり》不相応《さうわう》で見とうも無ィ布《ぬの》さらしのてんがうも南風《みなみ》ニふわ〳〵と鼻《はな》ニさわる踏《ふみ》つぶされた蟇《ひきがいる》見る様ゥなあのざまハどうりで馬鹿《ばか》なものをばあんかうと云ヮわへ[庖丁者出て曰]ハレヤ文盲《もんもう》たんさいな事の(三十二オ)馬鹿《ばか》を見込ッで道外形の巻頭《くわんとう》。わごれ達《たち》の様ゥな人ハ。梅沢《むめさわ》の立場《たてば》より外で。あんかう汁喰ゥた事ハ有まいぞ。コレかす鮫《ざめ》とハちがう。既《すで》ニ鮟鱇の庖丁と云ヮ時ハ。紫《むらさき》のたすき。其外家〳〵の習ヒ事じや。どうでも古《いにし》へより能ィ座敷へ出。分限《ぶんげん》者《しや》つき合ィゆへ福〳〵とした。腹《はら》ぶくれの布袋《ほてい》殿。どうりで袋に好味《こうみ》が御座候めでたくかしこ

上　あなご

のろりとしたおかしい形。虚空蔵《こくうぞう》信心《しん〳〵》で鰻《うなぎ》を喰わぬ人が賞味《しやうみ》せられて。折ふし串《くし》ニさゝれても油気《け》の。うすい所が道外役の藝《げい》ぶり

## ▲親仁形之部　（三十二ウ）

上上吉　鮍《こち》　四の宮風

[遊魚]天窓《あたま》がちにて。りくりやうじた形チでもお心ハよいと見へ。切目のきれいさ。勿躰《もつたい》有ッて落付《おちつき》の吸物の御役。蓋《ふた》を取ルとそれぞと見へます。四の宮源八がしら髪家《が》老の人柄《がら》[さしでもの]いかさまさうでも有ふ。身ニねばりけなく。ほく〳〵としたくひ味《あぢ》。祖父《ぢゝ》様の看経《かんきん》をする様ゥな何ンと落付の吸物ニ鯛ハならぬか。吸物の味噌を上ヶても焼物皿《ざら》に寝《ね》て見た事ハ有ルまいが[了簡の能ィ人]あまり打チ込ッで貰《もら》ひますまい。芝肴《しばさかな》のつみまぜにハ御師《おし》殿の持参《ぢさん》の。剣《けん》御秡《おはらひ》を見る様ゥで目ニ立ッてよいぞ。何レもからりといり付ニして中直《なかなおり》ニ一ッぱいまいらぬか　（三十三オ）

上　飛魚《とびうを》

左右ゥの鰭《ひれ》素袍《すはう》の袖をひろげた様ゥニて。天王たちニならんで居ル和田の義盛《よしもり》。大熊宇田右衛門ともいふべきかつかうしみ〳〵としたうまみハないが乳の薬《くすり》じやといふて乳母《うば》たちが御ひいき〳〵

## ▲花車形之部

上上　おこぜ

鰒《ふぐ》もどきとハ敵役半分《ぶん》。小骨《こぼね》てしく〳〵つゝく意地《い》わるの鑓手婆《やりてばゝ》。きぬへ重郎兵衛ニしてハ鼻《はな》づらがひくいが

上　　　　ぎす

擂味《すりみ》ニしてやわ〳〵と。うつくしい気なばゞ様後生願《ごしやう》ヒか知らぬまで

## ▲女形之部　　　　（三十三ウ）

上上吉　　鱚《きす》　　嵐風

遊魚いつ見てもうつくしい。鼻筋《すじ》の通リ者。目元のすゞしさ。昔の嵐喜世三箱入の封文《ふうじぶみ》。ぼつとりものめ〳〵しなの者曰なんぼぼつとり者でも。うつくしいばかりで。おらが様ゥな大食者《しよくもの》ニハ喰ィたらいで迷惑《めいわく》。とても の事ニ喰ィ出《て》の有様ゥニ。藝《げい》ニ身を入れてもらひたい遊魚ソノ身《み》のいらぬきやしやな所がかんじん。女中衆《ちよちうしゆ》の焼《やき》物ニしてちやうど。つぼ口へはいる程のとりなり。夫ゆへ若殿《わかとの》様お姫様方の。御側《そバ》をはなれず。御乳《ち》の人御《お》妐衆《こしもとしゆう》の。うつくしい箸《はし》の先キにたわむれ。生干《なまび》ニしてさへ目鼻達《だち》がよいわさいわしうり其生干もあまり干過《ひすぎ》ると。（三十四オ）こけらはかりニ成ッて。雨《あま》龍《りやう》のみいらを見る様ゥで。ごそ〳〵として歯《は》が立タぬ遊魚こなたハ雨龍のみいらを喰ゥて見たかしらぬが。鱚の風味ハ知るまい。いか成ル病人にも力《ちから》を付ヶ。身《み》をくずしてせらるゝと。何役にでも遣われぬといふ事無ク。毒断《どくだち》の点《てん》ニハいつでも初筆《しよふで》。空言《うそ》なら医者衆《いしやしゆ》に聞ィて見さしやれ

上上吉　　あいなめ　　中村風

惣身《そうみ》しなやかニして。生干の所作ほしべりがせいで。すり味《み》ニ遣ふても。すりこ木骨《ぎこぼね》がおれぬ。物やわらかな。ぼつとり物じやと悦《よろこ》びます。あのむつちりとした。うまそうなお姿《すがた》わいの。中村竹三郎がうつし絵《ゑ》。色ふかうて身《み》ぶかうて。其くせ風俗《ふうぞく》も（三十四ウ）こうとうの内侍《ないし》と云ッてもよいお姿立余《したてあま》り何にも出過《でずぎ》ぬ。御歴々様ニ迄御存。御手がら〳〵チョイ〳〵

上上吉　　糸縒《いとより》　　山下風

嶋鈍子《しまどんす》の丹前羽織《たんぜんばおり》。小田原町に板舟《いたぶね》の舞臺付キ。ひか〳〵光ッて目に立チます。しかしながら大ぜいの焼物ニハ。揃《そろ》わいで間《ま》ニ合ぬと申ます。とかく御屋敷方の御出入が多く。お座敷藝のいたり風。活担《いけたご》の中をしらぬ君。下司近ゥない手いらずの娘がた。山下古軽茂《かるも》とやいわん。お姫様役の蝶花形《てうはなかた》。金銀の水引色よき糸より様しんぞ〳〵

上上吉　　鰺《あぢ》　　嵐風

お江戸の中ヵぶくらせこし鱠《なます》の名代白瓜蓼紫蘇《しろうりたでしそ》(三十五オ)の中《なか》をかきわけての所作《しよさ》事三ヶの津ニかくれなく。掌《てのひら》へ請取ッて賞翫《しやうくハん》致しますぞ。味噌すましの場《ば》もうつります。寐酒《ねざけ》の楽《たのし》みニしつぽりとした。夜鰺《よあぢ》のむつこと他所《たしよ》の人がけなりがるも尤《もつとも》。いたいけな形《なり》で油の乗ッた藝ぶり。前ノ和歌野が器用《きよう》はだ。外ニ無ィ名物《めいぶつ》。芝品川の夕景色《ゆふげしき》どうも〳〵

上上　　さより　　山本紀里風

下タ頷《あご》ハ出《で》て上ワあごハひつ込ミ。さて〳〵せりふの云ィにくそうな口元ト。しかし相応《さうわう》にいたり藝《げい》をなさるゝ。いけ盛《もり》などのとりなりしほらしう御座る。近年茶人達《きんねんちやしんたち》の御《ご》ひいきがつよく。合セさよりのひつたりとした濡《ぬれ》事どうもいへませぬ。ちと(三十五ウ)磯《いそ》くさいハ生《むま》れ付キ。ずいぶん酢《す》の過《すぎ》ぬ様ウニ。諸藝《しよげい》ニ気《き》を付ケ給へ。大入リで羽目《はめ》をはづす貫抜《くハんぬき》〳〵

上上　　ほう〴〵　　袖崎風
　　　　かながしら　　袖崎風

御同苗《どうめう》御一ッ所ニ申ますぞ。一ト頃《ころ》三和野伊勢野と申シておとらぬ色の君が。二タ人御座りました。一ッ躰分身《たいふんじん》の評判。ひらきニして夷講無尽《ゑびすかうむじん》などニ。焼物に出られ。土産《みやげ》ニ包《つゝみ》よいと申て悦ビます。金頭《かながしら》殿ハ一ト入《しほ》かうばしい所が有と申評判。春先キ水戸銚子《てう》ニて大どれが致と。旅芝居の評判が能ウこさる。昔《むかし》の桐大蔵《きりおゝくら》を思ひ出します。つゞいて御はんじやう〳〵

上上　　藻魚《もうを》　　竹中菊之丞風
　　　　かさご　　あらし小春風

御二タ方の君。お姿《すかた》も風ウ味《み》もさりとハ能ウ似《に》ました。(三十六オ)藻魚《もうを》殿ハ。黒八丈《くろはちじやう》が似合ィます。かさご殿ハ紅鹿子《べにがのこ》が能ウござる。今少シやわらみを付てほしい。茶屋むきでハ遣《つか》ひ出《で》が無ィ損《そん》じやと申て。評判がうすうござれど。交肴《まぜざかな》の遣《つか》ひ物に。色が有ッてかしらの見へか能ィ賑《にぎや》かな魚じやと云ッて。番頭《ばんとう》殿がきつい誉《ほめ》やう

上　　めばる　　出来嶋風

かつかうより目の大キな事。いか様ニ相応な名では有ル町チでハ評判も御座らぬが能ウ屋敷行キを被成ル。御乳持《おちもち》の焼物ニ出らるゝげな。色気《け》のうすいかわり。油気《け》もうすいゆへ若女形のおさへニ置キました。出来嶋左源太といふべき役がら〔さしでもの〕それで黒《くろ》上か〔遊魚〕ハテロまめニ能ウ世話《せわ》をやく人じや。随分ン(三十六ウ)出《で》端《は》ニ気を付ケ。煮売屋《にうりや》の焼置《やきおき》ニならぬ様ニ仕《し》給へ

## ▲若衆方之部

極 上上吉　甘鯛《あまだい》　市川風

魚遊評して ちよつと見た所。額《ひたい》のかつかう。ぶ忍想《にんさう》らしい口元ト。油気《け》のつよそうな顔で。物柔《ものやわらか》ニ色気が有ッてかくべつの風味。かるうていやみの無ィ藝風ゥ。さて焼物はかけ塩《しほ》のしみ込ンだ藝。いつ迄も身のくずれぬ様ゥに頼ミます。かまぼこニ遣ふてハ鯛殿も及ぬとの評判。兎角《とかく》御屋敷方できつい御ひいき。紅無垢《もみむく》の大振袖《ふりそで》。門之助が若衆盛《さかり》海川の丸一〳〵。イヨあやかり物め

上上士　石持《いしもち》　袖岡風

袖岡庄太郎と云若衆ぶり。目口りゝしく。色白く。(三十七オ) 上《じやう》品《ひん》な生《うま》れ付キ。どなたの前へでも。南京《なんきん》の皿《さら》にのせても。錦《にしき》にはぢぬ御焼物。なれども料理事に一ト幕《まく》を持ッ事が無クて残念《ざんねん》。お家の石持真田《さなだ》の与市ハ大出来〳〵。とかくよい見物のひいきかつよいぞ

上上　せいご　大和川辰弥風

鱸《すゞき》殿の御抱《かゝへ》。中通リの焼物。鉄橋《てつきやう》の取リあつかいが致シよいと悦びますぞ。ずいぶん網《あみ》の目《め》をのがれ御師匠鱸《おししやうすゞき》殿の跡《あと》をついで。献上臺《けんじやうだい》ニのる様ゥに情出《せいだ》し給へ。お年シがいかぬゆへ末へたのもしう存シます。其外の色子魚《うを》衆ハ。初口の目録《もくろく》で評判致しました

惣巻軸 上上吉 公家悪開山　鯨《くじら》　山中風

魚遊評シて曰 凡三十三尋《ひろ》。龍《たつ》の都《みやこ》の大黒柱《だいこくばしら》。蒼海《そうかい》の大立者《だてもの》。七里《なゝさと》の金ね箱《ばこ》様。上下万ン民ンおしなべて。毎年ン。事始メより称美《しやうび》ニあづかり・いてう大根《たいこ》の屋ぐら幕賑《まくにぎわ》ひます。顔《かほ》見世第一番《ばん》め大詰《おゝづめ》の大道具《とうぐ》。舞臺一面浪《ぶたいいちめんなみ》ニて荒海《あらうみ》の躰《てい》。敵船《てきせん》ニとりかこまれ。一チの鏢《もり》をうけながらこと共せず数万《すまん》の鰯《いわし》を一トのみにせらるゝ有様マ。山中古平九郎がつら魂《たましい》。物々しや。ぶうと。汐《しほ》をふかるゝ大丈夫《だいじやうぶ》。おちついた仕内《しうち》。我こそ五嶋兵衛《ごとうびやうへ》と名のりかけ〳〵。鏢《もり》の穂先《ほさき》を揃《そろ》へたる。多勢《たせ》ひが中ニわつて入るいきほいすさまじく。大切リ花《はな》やかで大きにはねましたぞ。漁人衆《りやうどしゆう》の恋目《こひめ》を打チ出《た》した丈六《じやうろく》〳〵大当リ〳〵。二ばん目忠心《ちうしん》の為《ため》身を切リ売ニして秤《はかり》ニかけらるゝ(三十八終オ)愁胆《しうたん》よし。春狂言景清熊野詣《かげきよくまのもうで》ニ。御家の景清《かげきよ》らうく〳〵の身と成り。煎《いり》がらのおちぶれ姿《すがた》どうもいへませぬ。次キニ御師《おし》の手代《てだい》を頼ミ伊勢鯨《いせくじら》ニ身《み》をやつし。平家《へいけ》の仇《あた》をむくわん為《ため》。四斗樽《しとだる》の中ニしのび。煤掃《すゝはき》のまぎれニ頼朝《よりとも》を討《うた》んと。大仏供養《だいふつくやう》の仕内《しうち》。重忠鱐鉾《しげたゞしやちほこ》殿ニ見咎《みとがめ》られ。無念《むねん》のたけり大出来《でき》〳〵。白《しろ》と

黒《くろ》との片身替《かたみがわり》の衣装《いしやう》の物好キ。今以テ景清ニハ此装束《しやうぞく》を用《もち》ゆる事。仙家《せんか》が誉《ほま》れと。鯨《くじら》の皮の妙《めう》成ル哉〳〵。随分ンと大当リをして世上ゥの油の安《やすく》成様ゥニ頼ます。西海四《さいかいし》海北《かいきた》の浦《うら》。南《みなみ》の沖《おき》ニ東浜《ひがしばま》。内外《うちと》の海《うみ》の漁《りやう》繁昌《はんじやう》。栄《さか》ふる春《はる》こそ目出たけれ

中

海魚の巻終

(三十八終ウ)

# 評判《ひやうばん》龍美野子《たつのみやこ》下

## 貝類の巻

ごさつた〳〵
当年《とうねん》の恵方《ゑほう》より
湧《わい》て出《で》る
和泉《いづみ》の堺《さかい》
一チに俵《たわら》は
豊年《ほうねん》の
蔵入《くら》リ

(一オ)

やんら楽《たの》しや
千町《せぢよ》や万町《まんてう》の
商《あきな》ひ繁昌《はんじやう》
住吉《すみよし》さんまの
岸《きし》の姫松《ひめまつ》
幾余浦《いくようら》の
名物《めいぶつ》

(一ウ)

貝甲座惣役者目録

名代　蓬来屋亀之丞

座元　磯嶋汐五郎

　　　漂《みよ》崎潟《かた》浦

▲立役之部

見立評判左のことし

上上吉　海老《えび》　榊山風

伊勢武者ハ皆緋縅《ひおどし》の鎧《よろい》姿花やかな臺《だい》引

上上吉　鮑《あわひ》　竹嶋風

取上る船元トの銀《かね》箱内証《しやう》ハふくらいり

上上吉　蛺《たいらぎ》　民谷風

貝類の内の上品《ひん》と極《きわめ》の札を付ケやき

上上吉　烏賊《いか》　嵐風

白爪との水あい。思《おも》わくニうまい場《ば》をするめ

上上　みる喰《くい》　春山風

鉢ざかなにハ色も有リ心もきいた酢味噌

上上　馬刀《まて》　染の井風

（二オ）

中上 ┬ にし
　　 └ ばゐ

▲実悪之部

上上吉　蛸《たこ》　三保木風

坊ン様だけ色事にハ仇《あだ》なさくら煮《に》

上上　栄螺《さゞい》　松本風

数寄《すき》屋の若衆盛《ざかり》になじミ客《きやく》が壺《つぼ》いり

▲敵役之部

上上　蟹《かに》　八塩風

ぶう〳〵云ッて横《よこ》ニあるく闇《やみ》の夜の味《み》入リ

中ノ上　鳥貝中上　つべた

▲道外方之部

上上　馬蛔《ばか》　吉田風

御子息《しそく》ハ家の柱《はしら》と品《ひん》のよい名を取肴

上　さるぼう

上　田にし

▲女形之部

（二ウ）

上上吉　蛎《かき》　山本風
此君としつほりあたゝまりたい湯《ゆ》どうふ
上上士　赤貝　市村風
丹花《たんくわ》の唇《くちびる》に惚《ほれ》た此身《み》ハなんと生姜《しやうが》酢
上上士　蛤《はまぐり》　山下風
秋の夜の呼《よび》声ニついなれそむる下地《したぢ》
子役
上上吉　とこぶし
ちいそうても風味ハ親御《ご》ニ其まゝ煮《に》付ヶ

▲若衆方之部

上上　蜆《しゞみ》　三保木風
思ひ出《いづ》るなり平《ひら》の児盛《ちござかり》 肩先《かたさき》からそつとつかみ立
上　蜊《あさり》

色子貝の分

一子安貝　一すだれ貝
一梅の花貝　一さくら貝
巻軸立役
上上士　海鼠《なまこ》　姉川風
春をこへていつ迄もおきたい当座《とうざ》いりこ　（三オ）

## 岸《きし》の姫《ひめ》松幾余《いくよ》浦《うら》の名物

津《つ》の国《くに》に花《はな》の波《なみ》立ッ大湊《みなと》。軒をならぶる家作《いへつくり》桃《もゝ》のやう〳〵たる。其葉《は》新町といへる色所ハ。京江戸とちがひ行キぬけの出《で》口に。東《とう》岸西岸《がんせいがん》の柳腰太夫天神の道中。どうもいわれぬ。道頓堀《とうとんぼり》ニ南枝花《なんしはな》。はじめて登《のぼり》し奥《おく》どうしやは。鉦碪《かねきぬた》のはやしに耳《みゝ》をおどろかし。大和廻リの江戸息子《むすこ》ハ。白人野郎《はくじんやらう》ニうつゝをぬかし。延《のば》す鼻毛《はなげ》の長町チに。碇《いかり》をおろす長ガ逗留《とうりう》。かゝる繁花《はんくわ》の場所《ばしよ》にて巾着銀《きんちやくがね》遣カふて女郎野郎《よねやらう》などとハ。鳥追《お》ひの古文句なるべし。此ひろい難波《なには》で人にしられて。今淀《よど》屋辰五郎とも（三ウ）いわるゝほどの銀遣《かねつか》ひハ。末社《まつしや》中カ間が金《かね》の鞋《わらじ》をはいて。尋《たづね》来て見よ。和泉なる。信田《しのだ》の森の葛《くす》の葉《は》にハあらで人ニうらやみ。うやまハるゝ。大福長者。家とみ堺《さかい》の湊《みなと》ニて。まきつくし。尽《つくす》とも。我銀《かね》ハつきせめや。浜野真砂《まさ》五郎といへる大尽《だいじん》あり。正木野歌津浦《まさきのかつら》といへる。舞臺《ぶたい》子ニ馴《なれ》そめ。其若衆のからだの貫目《くわん》。拾そうばい銀《かね》を出して。親方の手前を引とり。手生《ていけ》の花とうち詠《ながめ》。月の夕への番囃子《ばんばやし》雪の旦《あした》の朝《あさ》茶《ぢや》の湯《ゆ》。栄耀《ゑやう》の有だけおもしろい事の有たけ。魚の有ルたけ料理好《このみ》。うまい事の有たけ仕《し》つくし。則かつらニ元服させて。おも（四オ）屋を譲里《ゆづり》。其身ハ隠居《いんきよ》して。名を砂楽斎《しやらくさい》と改メ。朝夕堺の海辺ニ出て打チ入ル浪心をうかし。汐《しほ》の干《ひ》潟《かた》に遠ゥ山の。おほろ成ル風情《ふぜい》を詠メて目をよろこばしめ。駕借《かごかり》て乗《の》らんと。称《しやう》ぜし淡路嶋《あはぢしま》。夕へあしたの詠メを引かへ岸《きし》の姫《ひめ》松を肱枕《ひじまくら》に借りて。幾年《いくとし》をこゝろのまゝにくらしぬ。明ヶわたる春げしき。嶋山の霞《かすみ》も一トしほ景色《けしき》まさり。波の音トさへおうやうニ若《わか》やぐ浜のいとゆふ。心も住吉の浦らかなる空を、詠《なが》めやる折しも、白雲の如くなる運《うん》気《き》立のほると見へしが楼閣《らうかく》の形《かたち》あらわれ。その結構《けつかう》。心ことバもおよばれず。おどり子《こ》の語《かた》る(四ウ)龍神ぞろへに。少シもたかわず。是こそ音ニ聞ク蜃気楼《しんきろう》成るべし。我年月この磯辺にくらせども。かゝる事見し人有とハ。咄ニも聞ず。今眼前《がんぜん》ニ見る事こそふしぎなれ。末の世ニ語傳へんと瞳《まぶち》も合ワさずなかむれば。青貝の楼門《らうもん》高く鼈甲《へつかう》の筑地《ついち》をつらね水牛の 梁《うつハり》 波松《やき》の柱《はしら》たいまいのかけはしニ鮑珠《しんじゆ》の歠《き》宝珠海月《ほうじゆくらげ》の障子《しやうじ》（ママ）を立テ並べ色藻《いろも》のすだれ貝を巻上ゲつゝ。海艸《みる》ほだわらの茂り合ひし菊面石《きくめんせき》の山そびへて月日貝の光あざやか也。閣《かく》の前ニハ甲冑鳥兜《かつちうとりかぶと》。或ハ和布《わかめ》の直垂《ひたゝれ》に。ひぢきの黒髪眼の照《て》り光るもあり。(五オ)

挿絵第九図　(五ウ)

挿絵第十図　(六オ)

又目口の無きもあり。砂楽斎《しやらくさい》いよ〱ふしんはれず。あやしみながらまもり居レば。めん〱かつがうの頭《かうへ》をかたむけ。しつまりかゐる所に。衣冠《いくわん》たゝしく昆布のあついた。おごの赤熊《しやくま》をたれて。

住吉の浦

あぢいなものじやそへ

扨〻ふしぎを見ること かな

挿絵第九図

挿絵第十図

あらめの裾《きょ》をもたせて。しづ〳〵と出給ひ。扨汝ばら。今日らうたいをなす事。よの常にあらず。此境《さかい》の浜辺ハ昔よりして弥生の頃ハ。日本一の汐干《しほひ》の遊《ゆう》。貴賤袖を連目籠《めかご》をさげ。此海原《うなはら》ニ歩行《ほかう》して。干潟《ひかた》の貝を拾《ひら》ふなり。其中にも梅の花貝《かい》さくらがい。子安貝烏帽子《ゑぼし》貝月日貝を初めとして。其数かぞふるにいとまなし。相州江のしまの(六ウ)浦辺にハ。歌仙貝三十六品をもつてあきない。みな〳〵高位高官。やんごとなき手のひらニのせられて。寵愛《てうあい》浅からすといへ共。五味のあじわいを知れる人なし。唯《たゞ》おのれ〳〵が姿の花やか。色よきをもてあそばるゝのみ也。汝ら其形《かたち》いやしくとも。其味《あじわ》ひを以て。いかなる貴人にもしやうくわんせられ。結構《けつこう》なる器《うつわ》ニものせらるべき身の。かゝるのうを受ヶながら。梶《も》布《く》にかくれ砂をかふりて。ついにハ魚の餌食《ゑじき》となり我家を這《は》ひ出て行衛も知れぬ者ニ売《かり》をうばハれ。宿かりなどと呼バるゝハ口惜しからずや。此上へハ思ひ〳〵ニ諸国(七オ)たよりよき海路《かいろ》におもむき其海《うみ》川の名物とよばれて。功《こう》を子孫につたふるこそハ誉《ほまれ》なれ。いそぎいとまを遣すなり。四海の内ニさへ住居《すまい》せバ。みな我巻属《けんぞく》なり。室《むろ》の八嶋も我国ぞと仰ニハット貝類ィ共実有難御めぐみと。鮑《あわび》ハ竹嶋房州へわかれ。海鼠《なまこ》ハ三浦を心さじ。蜆《しゞみ》ハ業平兼平の跡をしたひ蠣《かき》は深川の所縁《ゆかり》をもとめて。此時よりぞ賞翫《しようくわん》せらるゝ事也と。夢かうつゝかうつせ貝《がい》。扇子〳〵双六〳〵と。よバふる声ニみなめさめ波のり船の帆《ほ》立貝《たてかい》。よる年なみもわすれ貝。若やぐ春のたわむれニ貝類甲類ィの評判わつさりとした初ッ笑ヒ

(七ウ)

## ▲立役之部

上上吉　海老《ゑび》　榊山風

【評者 砂楽斎】九万里の大鵬《たいほう》さへ鬚《ひげ》の先キでなぶられた勢ひほど有ッて扨も目出たい蓬来《ほうらい》の大立者。栢搗栗《かやかちくり》九万疋《ごまめ》の中から根松をいたゞき喰摘《くいつみ》のせり出し毎年の大あたり婚礼の座敷にては陰陽《いんやう》和合一ッ躰分身の引物愛染《あいぜん》明王ゥの打出し迄きついもの〳〵次ニ宇治川の戦《たゝかい》ニ緋《ひ》おどしの鎧を着て。鮹《たこ》の入道と臺引のあらそひ。つめひらき武道のせりふハ。榊山親小四郎が人ひん大かんばん〳〵【あわび ひいき】臺引ならハ蚫《あわひ》を先へ出しそうな物でハ無ィか。あまり海老の味噌が(八オ)上ヶ過るぞ【砂楽 さい】成程蚫殿ハ目の薬ぢやと。女中衆迄御ひいきがつよう御座れど。婚礼の振廻《ふるまい》ニは少《ち》といむゆへ先ッ年久しい海老殿を。目出度巻頭にすへました【小船丁 ぐみ】イヤ〳〵夫レハつまらぬ婚礼の祝儀ニも。引わたし手かけ熨斗《のし》が第一の寿《ことぶき》殊ニ正月狂言にハ無クて叶ぬ串《くし》あわび竹嶋の実武道。三ヶの津にて誰知らぬ者の無ィ蚫の風味。磯臭《いそくさ》ひ海老と元幸左衛門と小四郎といづ

れの引合ても蚫がさきへ出る筈。是ハ評者の誤かと存ル[砂楽さい]サアレバ其引合は格別《かくべつ》。門松のかたずみニのつて居ても大キに場の有ル大立もの。三ヶの津の大かざり。海老と名がついては下ニおかれませぬ。そこを以て東男《あづまおとこ》の市川の(八ウ)名のゑんを取ッて。巻《くわん》頭《とう》ニ出せと有ル。成田不動《なりだふどう》の御告《つげ》。申分ンハござるまい。おらァあんまり。無理《むり》じァあんまいと思ふ

上上吉　蚫《あわび》　竹嶋風

[砂楽斎いわく]男蚫《おがい》の耳《みゝ》ひつたちし。急ッ度《と》した実事《じつごと》。堅《かた》イ中ニ又やわらかな風味有ッて。海老殿よりも好味《こうみ》が有ルと申評判。赤貝姫にわかれて片思ひじやと云ッて。流板《ながし》の上にてのしうたん当リました[小僧出て]イヤこれ南風《みなみ》の時分。すいけんとやらいふ。医者《いしや》のやうな。名を付《つ》き。其時ニは山帰来《さんきらい》をのむ病《ひやう》人のかざがいたす。仕まいにハ猫《ねこ》の親椀《おやわん》に成つて。階子《はしご》の下タの片《かた》思ひ。きたない藝《げい》ぶり。人柄のよい蛟《たいらぎ》を出せさ〳〵[評者いわく]貝売《かいがら》の評判を申さバ。三ヶの津ニ名の高い。大坂(九オ)新清《きよ》水の浮瀬《うかむせ》。又鳥　鮊《しらうを》　玉子などと一チ座にて貝焼の座元もつとめ。御家《おいへ》のさゝら三八の役ハ。昔《むかし》よりしていつとても捨《すた》りませぬ。酢貝《すがい》のかたい所又〻きつとした物。九穴《くけつ》の玉のせんぎのためニ把熨斗《たハねのし》の乱髪《みだれがみ》。にせ気ちがいの仕《し》内チはねました。次に切り漬《つけ》の腸《わた》にて泥《とろ》仕合イ。よいぞ〳〵。大詰メニ蒔《まき》絵《ゑ》の蚫珠《しんじゆ》観音。青貝《あおがい》の光リをはなち給ひ。九穴《くけつ》の玉を得《ゑ》らるゝ迄。ぬけめの無イ大当リ〳〵

上上吉　蛟《たいらぎ》　民谷風

[評者いわく]貝類イ多キ中ニ又かく別《べつ》のいたり物。歌舞妓《ぶき》役者古今ンの人柄《がら》は。民谷四郎五郎。魚貝類イでは蛟《たいらぎ》なり。團扇《だんせん》の定紋《じやうもん》。生嶋《いくしま》のすわまニ(九ウ)見紛《まが》ひます。扨立烏帽子《たてゑぼし》のかたち。のつしりと出られた工藤役又ちがふた風味《ふうみ》で御座るぞ[しまつな男]立烏帽子か喰ワるゝ物か。かんじんの身所ハ湖《みづうみ》の中ニぢつくり竹生嶋。取肴ニしてもつかい所が無イ。きつい損ンなものしや[りやふり好キ]是ハさもしいひやうばん。蛟といへばどのやうな料理に遣ふても下卑《げび》たといふ人なく。先ッ一ッ躰《たい》がきれい。生姜酢《しやうがず》でひんとした武道。付キ焼キのしつばりとした実事《じつ》。吸物ハひつこからぬ。色事も間ニ合う。又惣身ニ天マの羽衣をまいて東遊《あづま》ひの舞すがた見事〳〵。鉢肴の景色ハ象潟《きさかた》の嶋ニ等《ひと》しと茶人衆がきついほめやう　(拾オ)

上上吉　烏賊《いか》　嵐風

春の末へより夏めき渡リ。木の芽《め》が出ると御顔が見たい。猪口《ちよく》に萌黄《もへぎ》のかみしも付キ。はんなりとしてよいぞ〳〵[八王寺へんの人]それでも人が。海《うみ》の虱《しらみ》じやと云ふ沙汰。どうやらうすぎたない。喰ひつ

ぶして捨たがよい評者世界《せかい》を飛ビ遊《あそ》ぶ。時鳥《ほとゝぎす》を冥途《めいど》の鳥じやと云フではないか。烏賊《いか》を喰ゥてから。幸手屋の薬《くすり》買ふた人もきかぬ。鳶《とんび》からす肌《はだ》の白い所ハ楊貴妃《やうきひ》の太股《ふともゝ》じやといふてうまがります。何役てもつとめかねぬわろ。の二タ役のかづらも似あひました。狂言がしまらぬ。嵐三十郎すり味《み》には(拾ウ)此人がいられぬと。狂言がしまらぬ。嵐三十郎ともいふへきか。此上ニも庖丁《ほうてう》の先キにあたり。流走《ながし》本を墨《すみ》だらけにして下タさるな。大内鑑《おゝうちかゞみ》の。どうまんは。身が有ッてようござるぞ

上上　　みる喰　　春山風

猪《ちょ》口物のいたり藝《げい》。さて〱はんなりとしたよい染《そめ》色の紫《むらさき》しらべ。春山源七が二《に》挺鞁《てうつゞみ》はづんだ鞠《まり》の極官《ごくくわん》〱とんてき者出てそりや見立テが違《ちが》ッた。宝引縄《ほうびきなわ》ぢやとも云ふ。貝の中からぶらりと下《さが》つた所ハ馬ニよう似た。いきりきつた春駒《はるごま》で有ふ春山じや有まい評者其様ゥな下卑《げび》た見立テが歴《れき》〱のまへでいわ(十一オ)

挿絵第十一図　　(十一ウ)

挿絵第十二図　　(十二オ)

れる物か。酢の物一ト通リでハ。江戸紫の評判ハさめぬ〱

上上　　馬刀《まて》　　染の井風

馬刀

青《せい》海《がい》波《は》泉湊《いづみのみなと》　貝甲座

小つぼ入道
てんがいニ
鮹《たこ》

鎌倉の貫料《くわんりやう》
船盛ニ
海老《えび》

けいせい
実ハ
むき味姫ニ
蠣《かき》

深川

しんじゆ太郎ニあわび

立入り
大当り

瀬田の
せう〱

なり平ニ
蜆《しゞみ》

家老
大ぼしたんせんニ
蛺《たいらぎ》

似せ
むき味姫ニ
あさり

大〻
当り

実ハこし
元
あさつきと
なのる

男立よこあるきの
もく蔵ニかに

壺やき
藤太ニさゞゐ

大でけ

あんばいよし売
からみの喜介ニ
にし

此所三人落合

うまし〱

つぼね
秋の夜ニ蛤

生盛の
みだい
もりかた
ごぜんニ
赤貝

くわなの
茶屋女
お松と
なり
いる

三浦の
和田左ヱ門ニ
なまこ

挿絵第十二図　　挿絵第十一図

すこしいたりな所有れども。さしてひいきもなし。にくまれもせぬわろ。木の芽《め》あへのはんなりとしたやつしもよし。染の井半四郎なるべし。ぴんとした酢味噌も。あぢで御座る。しかし猪口《ちよく》へ入れて出《だ》した時ニ是ハ何じやと云フ人が多ひ。此頃も田舎《いなか》の人が見られて。是ハ龍宮《りうぐう》の飴《あめ》で有ふといわれました。三月狂言貝尽《かひづくし》雛嶋臺《ひなのしまだい》に花筏《いかた》の所ハはねました。御物《おもの》好キ〱

中ノ上　にし　ばへ

御ふたり共ニいまだ賞翫《しやうくわん》する人がすくなく。(十弐ウ)

▲にし殿ハ敵役の方がようござらう。からみはきびしいと申評判。芝《しば》へんのひいきがつよいけな

▲ばい殿ハ灸《きう》のふたの様ゥで。はがしよいと斗リ申ス。おかしい甘味《あまみ》も有ルと申が。兎《と》角《かく》給《たへ》て見てから評しませう

## ▲実悪之部

上上吉　鮹《たこ》　三保木風

絹売翁曰いにしへ市川古團四郎。ゐんしん入道と名をあらため。法躰《ほつたい》以後《いこ》森田勘弥座へ出られし同前。扨ゝいつ見てもお若い事。大津絵の藤かつぎ。どうびんを棹《さほ》の先キに立テ。鳥毛《け》ふりの一文奴《やつこ》出来ました。次ニ芋畑《いもばたけ》にて乱。拍子の足取リ見事〱ぽていふり些《ちと》待ッて(十三オ)貰《もら》ひたい。煮《に》うり屋ニぶらさげられ。扇《あふぎ》で天窓《あたま》を扣《たゝ》かれ。次第〱庖丁の重手《おもで》負《おひ》。熊坂の藝《げい》ハ干からびてうまくないぞ評判を煮なおせ〱砂楽さいわる口を仰らるゝな。重詰メにしてかさ高で場《ば》が御座るぞ。ゆかりの色の紫《むらさき》衣ニて清玄《せいげん》の御役。桜姫《さくらひめ》ゆへ。我も桜煮《に》ニ成ルと熱湯《にへゆ》の荒行《あらぎやう》。大キに当リました。爼板《まないた》のそバから。御ひいきの手を出《たし》ます。忠義のため三浦みさきの壺《つぼ》の中ニ忍《しの》び。はてハ干鮹《ひだこ》となつて。三ソ日三ソ夜水ニひたり。年越《としこし》の煮《に》物の御役ニたゝねばならぬと。忠心ンにひるがへらるゝ思《おも》入レ。実《じつ》ニつよければ悪ニも根《ね》ぶかく。しやちごわい所ニやわらかなうま味《み》を。三保木儀左衛門とも申べし。いつでも足揃へから。賑《にぎ》やかなと申評判ホンニ血《ち》がくるいますぞ

上上　さゞゐ　松本風

げんきな道心坊若衆の時分ニ苦味《にがみ》が有ッて。かんじんの所が風味《ふうみ》がよいと。上戸の客《きやく》衆ハいじり焼などして楽ミ。かあいがられた。松本友十郎成人《せいじん》して段〱角《つの》立チ。手づよい実悪。春狂言ニすかりの網繻《あみじ》絆《ばん》着《き》て。我こそ伊豆の国。いなとりの城主《じやうしゆ》なりと閉籠《とじこもり》。敵と見てハ壱人も入じと門《もん》の蓋《ふた》しつかとしめて。ふりまわしてもいつ

かな明ヶぬきびしさ。猶給《た》べたい。扨しづまりし時。伸あがりあたりを(十四オ)見らるゝ仕《し》内よし。山桝《さんしやう》太夫の狂言ニ火ばしの焼鉄《やきがね》を突立《つきた》テらるゝ所。醤油のわきかゐる評判。扨かた炭《すみ》にて腰より下モを焼ヵれて。火傷《やけど》のきびす。子《ね》の聖《ひじり》の。最後《さいご》もかくやと。せつない場《ば》にてのかる口あわれでおかしうござつた。其後宿《やど》かりニ我が家《いへ》を借《か》し。其身ハ雲助となりて薩埵峠《さつたとうげ》の狐駕《きつねかご》。壺入リの逆《さか》おとしもかうばしい評判

## ▲敵役之部

上上　　蟹《かに》　　八塩風

〔砂楽斎評して〕全躰《ぜんたい》おそろしく見へて。扨〳〵好人《すきて》の多ひ事。京大坂でがざみと申ハ赤ィ所を見立(十四ウ)た。薊《あざみ》の地口かと存る。北国《ほつこく》すじでハ別而評判よろしく。臺引キニ遣ふ事海老《ゑび》の如し。越前三国にてハ。女郎衆《しやら》迄ひいきがつよい長門の浦で被成た平家の一チ念も。だいもつの武文も同し仕内なれどいつでも当ります〔わる口仲間〕甲《かう》ニ似《に》せて穴をほる評判。北国《ほつこく》の臺引キは海老無ィ里の甲類《かうるい》といふもの。平家物語も武文も。煮《に》ても焼てもくわれぬそ。いかにしても俎箸《まなばし》の立テ所が無クて。鉄槌《かなづち》を持タねば間ニ合ぬ。屋根ふきか。牛の時参リに喰セたがよい。ばん具足の土用干の様ニぐわたひしとやかましい。ゆだんしてかみ様達チはさまれまいぞ。〔山伏出て〕ハヽ、ハヽヽ、是ハおかしい。其口へ喰セたらバうれし(十五オ)からうが。石川五右衛門と成つて・鍋《なべ》の中より挟にて。蓋《ふた》をさし上ヶ此竈《かま》こそハ我ヵための七条河原《かわら》じやと。手づよいせりふ。八塩幾右衛門ニ似たぞ〳〵。お歴ゝ様も御存シ。二眼《がん》天に有。一ッ甲地ニつかず。大足《たいそく》二足。小足八ッ足とて取肴《とりさかな》の珍《ちん》物なりほん《ぼろ》〳〵わる口云《イ》ふ者をバ。どつちへも遣《や》るまいぞ〳〵

中ノ上　　とりがい　　つべた

〔うるしや出て〕何レも品川辺で見かけます。随分ン大師川原を信心《しんぐ》して。出世し給へ下の見物ハとり貝様〳〵

## ▲道外之部

上上　　馬軻《ばか》　　吉田風

端《はし》〳〵裏《うら》〳〵迄ひいきつよく一ト頃《ころ》小舟ニのりて。(十五ウ)ばか〳〵と。自呼《みづからよバ》るゝ道外はやりました。ちと近ン年ンうすらぎました。網杓子《あみじやくし》の中よりくれないの舌《した》を出し。ゐんまの思ひ付キ出来ました。葛西菜《かさいな》の藪入《やぶい》りニ逢《あ》ふて身をあへ物ニなさんすかと。

しなだれ辛子《からし》にて鼻をはぢかれらるゝ所。泪《なみだ》のこほるゝほどおかしうごさつた〔ざいごぼうず〕あの煮売《にうり》ニ盛《も》つておいた所は。餓鬼《かき》の飯《めし》ニ向《むか》ふた火《くわ》ゑんじやまで。さるぼうのいりころばしがまししや〳〵〔扇ばし辺の人〕それも管弦太皷《くわげんたいこ》などと見立ればよい。吉屋十郎兵衛が仕出《しだ》しどうけ。いたりな所は貝の柱《はしら》といふ一チ名《めう》有つて。近年茶人達チの気ニ入リ。お大名様方の御前へ迄出らるゝ(十六オ)とやら。馬《ば》軻《か》に絵の付ク時はひやう判《ばん》がよいぞ。たわ言《こと》いふと串《くし》ざしにするぞよ

上　さるぼう

はんじやうへ請取ッてようござる。わけて事《こと》始メより段〳〵お骨《ほね》おり。年越《としこし》〳〵の調方《てうほう》。牛房《ごぼう》のあくにまきこまれ。皃《かほ》を真黒《まつくろ》ニよごし。坪皿《つぼざら》の中にしのびの者の所。腹《はら》をかゝへます。楽人《かくにん》の鳥兜《とりかぶと》姿《すがた》もあぢで御座るぞ。安《やす》ひ硯蓋《すゞりぶた》ニ頼ませう

上　田にし

二の替り隅田川の狂言ニ。田の中ニて狂女の道行の小歌ハよいお声《こへ》で御座る。摺鉢《すりばち》の灰《はい》の中から浅間《あさま》が嶽《だけ》の立チ姿のおどけ。おかし〳〵。熊野(十六ウ)参りの道ニて烏《からす》に出あひ。いやで候。こりて候のおどけ出来ました。其後木の芽《め》あいの青衣《ごろも》。青坊主の所ようござつた。こちの舛《ます》が徳《とく》なれど。よごれるほどニ。そちので入リを能ゥはからしやい

## ▲女形之部

上上吉　蛎《かき》　山本風

〔歌つら出て云〕わしが替ッて云ヮふわいな。男も女ごも嫌《きらい》なく嬉《うれ》しがられさんす。山本歌門さんの風ぞく。ホンニ〳〵上へへも下へもむき蛎《がき》さん。御影《おかげ》で寐汗《ねあせ》が止《や》ンだわいな〔船どう出て〕ナンダ爰《こゝ》ハ医者衆《いしやしゆ》の玄関《げんくわ》てハないぞわるい時ニおこつたな。少シ南《みなみ》風ニ蛎のはんだいを見ろ。そこひ病《やみ》の明キたがるやうで(十七オ)きたない。ひねりつぶして仕《し》まへ〳〵〔深川くみ〕八まんおれがつぶさせまい。扨も下卑《げび》た汝《やつ》等《ら》だ　コリヤヤイ　夜明《しちぶ》の鐘《かね》はぬり枕《まくら》をそばだてゝ聞ク。深川の蛎《かき》ハ簾垂《すだれ》をかゝげてむくといふ。朗詠《らうゑい》の詩《し》を師匠《せう》殿ハ教《おしへ》なんだか。一ッ盃《はい》過《すぎ》た跡《あと》の吸物。瓜実皃《ふりざねかほ》はきれいで無ィか。扨又白むくの床《とこ》入リ姿。あんかけハうまい事〳〵。しかし蛎が屋根ハ軒《のき》がくさつてめいわく

上上士　赤貝　市村風

此前江戸まへの海ニ赤貝山《あかがいやま》とて。新ンやまが出来まして。朝夕《てうせき》の

菜《さい》の物ニもなり。請状《うけ》の。うどんのあとの取リ肴などニ出られ。随分(十七ウ)下司《げす》近カい。やつし事斗《ばか》リ被成上《うへ》へ行兼《かね》ましたかどうしたはり合か。近年めつきと仕《し》上ゲられ。段〳〵高給《こうきう》をとられ。外カの貝そ達チのおよばぬほどの御出世。歴《れき》〳〵の平皿まじわりをも被成るゝげな市村玉柏殿同前御てから〳〵〔そゝかしい男〕此間血焼《ちやき》とやらニ致したれバ。てんかん病《やみ》のあわをふき出《だ》シた様ゥに。そこらだらけを灰だらけニして瓦竈《かわらがま》のふたをあけたやうなにほひが致ました〔かつらいわく〕それハ焼キやうの不調方《てうほう》といふものじやわいな。いけもりなますの出合ニも。ほんのりとした色がおもしろうごんす。流走《ながし》の上へによねんなく。口明ィて居さんす所を。藁《わら》(十八オ)にていぢられ。はづかしそうニかくれ給ふ娘役。かあゆらしうてア、よいぞ〳〵

上上吉　蛤《はまぐり》　山下風

其身其まゝ潮《うしほ》の塩梅《あんばい》しぜんにて。鰹節遣《かつほふしつか》ふてもかうしたあんばいは。出来ぬ事。一チ番目ニらう閣《かく》を吹《ふき》出す大道具《とうぐ》。神楽獅子《かぐらじゝ》の河《か》東《とう》ぶしニ合セて。婚礼の座付キのすい物ハ御家《おいへ》〳〵。中ニかとり姫と成。貝の内の下句ニて名のり合ひ。貝あわせの段大キによふござります。つぎに桑名《くわな》の茶やにて松葉《まつば》を焚《た》き。女鉢木のやつし。白《かほ》見世大当リ。前への山下金作が。江戸初下リかと存ル。月見の夜《よ》はまぐり(十八ウ)舛ではかる大入〳〵〔下女いわく〕めいわくな事ニはすり鉢で洗《あら》ふ時。ぎやうさんなり音《おと》。評判も相談《さうだん》も。聞《きこ》へいでしんきな。鍋《なべ》の中の砂仕《し》合ィハさん〴〵じや。大方翌《かたあす》ハ。蒟蒻《こんにやく》のおかずでござんせう〔ひん付屋出て〕こちの大事の蛤貝《かい》をなぜ打込ム二の替りに恋ゆへ別レて二タ見の浦迄道行。翁の句を引ての愁胆《しうたん》。しつこからぬ。蛤の浅黄《あさき》の水色。名ィ物〳〵

上上吉　子役　とこぶし

鮑様ンのお子。ちいそうてもかくべつの風味《ふうみ》でハ有ぞ。どの様ゥなお座敷へ取リ肴ニ出しても場《ば》うてハせんだんの二タ葉《ば》。早ゥ成《せい》人《じん》被成いの

(十九オ)

## ▲若衆方之部

上上　蜆《しゞみ》　小野川風

〔砂楽斎いわく〕さしての御役がなくとも。どうか風雅《ふうが》な所が有ておもしろい。誰レいやとハ申ませぬ〔せわしない男〕いやこちとが様ゥなものハ。十月あたりの日の短《みぢか》い時分ハ。めんどうで喰ゥて居られぬ上ワ汁斗《ばかり》ニ致そう〔砂楽さい〕それは御勝手次第。藤ざかりの紫ぼうし。亀井戸の名物。歴《れき》〳〵も手づから苞《つと》ニして。さげられ。屋かた屋根舟《やねぶね》の

一ッ興。今なり平の若衆丹前。小野川宇源次が鬘《かつら》付キ黒油のびん付貝とホ、こんだ

上　蜊《あさり》　（十九ウ）

小どり廻しな藝《けい》。さつそくの抓《つかみ》味噌蜊《あさり》としてようごんす。三月狂言泪雨別浅葱《なみだあめわかれのあさつき》に。出かわり心中の道行当リました荒打棟上曽《あらうちむねあげそ》我《が》ニ摺鉢《すりばち》で味噌《みそ》酢《す》あへ。手ばしかう能ゥ被成た。不断縮縞《ふだんちゞみじま》が御好キと見へた。汐《しほ》ふき殿ニも同じ舛の中の評判したよろしういふて下《くだ》んせ　其外色子貝衆ハ初口の目ろくニのせました

巻軸立役 上上吉　海鼠《なまこ》　姉川風

［かつらいわく］御子息《しそく》ハ杉田辺より。毎年十月末ニ御出。御歴《れき》ゝ様御賞《しやう》翫《くわん》にて。高切米を御取被成事。親ごまさりの海鼠腸《このわた》さん。塩からの部ゆへ評判ハ略《りやく》します。嘸《さぞ》御悦《よろ》ひて御座リませう。扨なまこ殿にハいりこのいたり藝《げい》。鯛鱸《たいすゞき》の（廿オ）中へ出しても。場うてせず。小だゝみニて庖丁の太刀打。すゝり込ム様ゥに好キが多ひ別而女中衆が悦バれます。捕人《とりて》の大勢ィと階子《はしご》の仕あいは。新四郎が勘介嶋じや迄。醤油樽《だる》の中より飛《と》び出て荒武道のぎせい。へ、へ、へ、どうもいへぬでゐんすぞ。ようおらが姉様〳〵［すその長い男］イヤサあまりほめまいてや。蟬《せみ》丸の狂言わら屋の床ハ。評判ニばれが来たさ

［砂楽斎いわく］これ〳〵其様ゥなあやかしをバ云ワぬ物でこさる若夷膳《わかゑひすせん》開栄鯉殿《ひらきのさかへこい》とさし味《み》の出合ハ。能ク煎酒《いり》ニ合ッて。海老殿の白《しら》髪《が》でせられたよりハ歯《は》ごたへが有ッて。よいともうす評判で御座る。次ニ塗《ぬり》ばしからすべり落チ。あがり（廿ウ）かねらるゝ所おかしし。形《かたち》に似合《にあわ》ぬ女中衆ニ好キが多《おゝ》ひ。業平《なりひら》様ンの鼈甲《べつかう》じやといふて嬉しがり。浮《うき》ニういたる蛭子《ゑびす》の神《かみ》の。恵《めぐみ》ハ深《ふか》き海魚座。水ナ上ミ澄《すめ》る川魚も。時に合ひたる貝類ィ甲類ぃ亀の寿《ことぶき》永キ日の。春も長閑《のとけ》き浜松風。颯《さつ》〳〵の声ぞたのしむ〳〵

千秋万歳大叶　　貝甲巻終

評判龍美野子《ひやうはんたつのみやこ》　丑の年新板全部三冊

画品枉惑本草《ゑほんわやくほんぞう》　全部五冊

右者近日板行仕候御ひろう申上候以上　（終オ）

| | | |
|---|---|---|
| 田舎荘子 | 樗山先生述 | 四冊 |
| 田舎一休 | 同 | 四冊 |
| 化物判取帳 | | 四冊 |
| 非人敵討実録 | | 五冊 |
| 絵本見立百化鳥 | | 三冊 |
| 同　続百化鳥 | | 二冊 |
| 温泉名勝志 | 義方先生述 | 二冊 |
| ひうち袋 | 同 | 一冊 |

右先達而本出し置申候御慰ニ御求御覧可被下候

宝暦七丑年正月吉日

江戸書林　室町弐丁目　和泉屋平四郎

（終ウ）

# 三都学士評林

明和五年

中野三敏蔵本

三都学士評林　　横本　一冊　　明和五年刊

底本　中野三敏蔵本
表紙　紺表紙(原装)
題簽　左肩、子持枠、紅色地紙「三都学士評林　全」
構成　漢序(一丁)、本文(十二丁)。以上全十三丁。
　＊挿絵なし
序題「三都学士評林叙」
序末に「蘆洲山人揮毫於／野橋偶舎」
内題「三ヶ津学者評判記」
柱記　なし
丁付　序にはなし。本文は通しで「一」～「十二」
刊記「明和五子年十一月／大坂　彫者　万兵衛」

# 三都学士評林叙

三都主人誰四-橋先-生是《ノコトナリ》也　先-生十-五《シテ》入《テ》二京師一窮《ム》二古-義《ノ》学《ヲ》一二-十《シテ》游《テ》二東-都《ニ》一周三旋《ス》蘐-園芝-門之位二三-十《シテ》帰《テ》二浪華一攘《ガヽク》二臂《ヒヂヲ》詩騒之間《ニ》一於《ル》二其《ノ》文才一雖《トモ》二亡-史腐令一非《ス》レ所《ニ》二敢抗《テアタル》一也頃《ロ》倣《テ》二許-氏癖《ニ》一評《ス》二三-都《ノ》学-士品《ヲ》一其《ノ》撰也通《ス》二雅-俗《ニ》一令《ム》上観者《ヲ》一-唱三-嘆一嗚-呼如《ハ》二此編一縦《ヒ》孔-夫-子再《ヒ》生《ルトモ》二東方《ニ》一不《ルノミ》レ能《ハ》二（序オ）間-然《スルヿ》一耳余喜《ブ》二書《ノ》成《ル》一冠《ス》二其始一

蘆洲山人揮毫於
野橋偶舎

（序ウ）

# 三ヶ津学者評判記

## 江戸之巻

### 経学家之部

極上上吉　　宇佐美恵助

［頭取曰］トウサイ〳〵第一人物が温厚の君子でこさる　扨又独見識を御立てなされず先師徂徠の経学の通りにて諸生を御引廻しの段あつはれ徠門の座頭らでござります

大上上吉　　松崎才蔵

［頭取］亡師春臺の仕込ほどあつて経学にハ委ふござります［引イキ組］経学ばかりじやなひなせ詩文の部へも載せぬ（一オ）［頭取］畏りました此先生ハ詩文にも達人ゆへ芝園の七才子随一と呼れし文人でこさります当時大宰家の礎《イシス》へと見へます

上上吉　　井上源蔵

頭取此先生も御同門ゆへ学問の御勤がでつしりと見へます商家《シャウカ》で広ふ御教授被成ませぬが惜ふござります

上上吉　井上仲

頭取御養父蘭臺の佳《カ》名を下さぬ御人柄でござるワルロ組親父の経学にハ似ぬぞや頭取まだ御若ふござるしかし詩文ハよくいたされます追々評判も弘りましよ

巻軸
極上上吉　岡井郡太夫

（一ウ）

頭取近年評判ハすきとござらね共古文字学より宋学を見ひらかれました老先生でござります徠翁の仕込ハ又格別誠ニ林家の立もの〱

## 詩文家之部

極上上吉　滝弥八

引イキ学問さやすれハ知らぬと言ふことのなひ名高ひ先生だ頭取左様でこさります御高名だけ人か受取ます扨近年きつひ御立身テこさるたうても学問の御力と見へます江戸での親玉〱

上上吉　細井甚三郎

ワルロ組学問より男附がよひ引イキなにをぬかす詩集で高才をしれ頭取さ（二オ）よう文集が出まして以来人か信仰いたしまして如来先生と尊ひます詩文家でハ当時の名家でこさります

上上吉　宮瀬三右衛門

諸先生龍門とハ絶交じやそ頭取なる程御仲間附合ハよくハこさらね共文集で人がしりましただけ引イキがこさります下谷組そうだ〱こちの先生ハ高才た〱

上上吉　須知文平

カラス組評判ハようなひぞや頭取いへ〱医学館の学頭に直《ナヲ》られてより評判ハ直りましたどうても才子ゆへ人がすてませぬ

上上吉　葛陂山人

（二ウ）

頭取上方より御帰り被成てからあまり評判ハござりませぬ打込組売餅郎になつたぞや

上上吉　千葉茂右衛門

ワルロ江戸中の評判に成つた唐詩選学故を出した学者しやなひか
頭取諸生の為になる調法の書をいだされました御名が弘ります

上上吉　三浦左兵衛

ワルロ評判ハちと直りそふなものだ頭取只今でハ吉祥寺前にて売講いたされますと承りました後評ハ直りましよ

巻軸
極上上吉　大内忠太夫　（三オ）

引イキ組先生の評ハとうだ〳〵頭取文章家でハ南郭熊耳と評判のごさつた作者なれハ当時の于鱗でごさります誠に徠門の文宗今でつゞくものハこさりませぬヤウ〳〵

## 書家之部

大上々吉　三井孫兵衛

ワルロ弓の師匠か書の先生か頭取なる程弓の御門人も多くこさりますまつ〳〵書名が高ふこさるゆへ書家の部に入れます書躰の中でも篆書ハ関東一

上上吉　東江山人

頭取韓客来聘より段々評判ようごさります　（三ウ）

上上吉　源師道

頭取御出情たけ御手跡見事ニこさる大坂でハ人かよく取まして評判ようこさります

上上吉　伊藤善蔵

ワルロ書画共ニとうもいけぬ頭取いろ〳〵と評判ハ申せ共権門方でハ受けようこさります八丁堀組書家でハこちの先生じや　ヤウ〳〵益道様

上上吉　崐陵山人

頭取御手跡達者ニ見へます殊ニ詩作ガ御巧者追々評判が出ましよ

上上吉　河保寿　（四オ）

頭取久しく目黒に御隠レ被成ましたゆへ評判ハごさらなんだが近比山ノ手へ御帰リと承りました書躰も前方ノ書かたとハ違ひ見事ニ見へます後評〳〵

巻軸
上上吉　太夫本 細井九皐

[ワルロ]名家ハ二代つゞかぬものだそよ[頭取]左様なれ共此先生ハ親父廣沢の気象をうけつぎ草書が見事近年隠者になられテより別而上りました追付江戸一〳〵

## 太夫本之部

上々吉　林　代角

上上吉　青木分蔵

上々吉　蔀　七蔵

[頭取]世間人が評判知ています

（四ウ）

新井座

当時休　太宰座

南郭座

総巻軸
大上上吉　荻生宗右衛門

[頭取]学問の噂ハともあれ親玉の株《カブ》なれハ金谷先生〳〵と尊ひます

# 京都之巻

## 詩文家之部

大上上吉　芥川養軒

（五オ）

[頭取]御高名だけ都の文章家の随一に載せました[引イキ]そうじや〳〵京で誰が腕おしする者があろふぞ

上上吉　林　周助

[ワルロ]何方《ドコ》にござると思へハ京の巻へ入られました評ハようハごさるまひ[頭取]いへ〳〵どうでも御名か高ひだけ京でも諸生が附ます

上上吉　清田文興

[本ヤ組]近年ニなひ評判のよひ先生じや[頭取]左様でこさります末へ頼母しう存します

上上吉　重野梅山

[頭取]御出精だけ人か知りました段々御名が弘りましよ　（五ウ）

上上吉　岡　鳳鳴

[頭取]詩が御上手じやと申評判でこさる後評〳〵

上上吉　堀　六一郎

[頭取]御家柄と申御きようにごさる追々評判が出ましよ

上上吉　谷　左仲

[本ヤ組]日々三座の御講釈御懈怠《ケタイ》なくよく御勤〆被成ます[わる口]俗ナ学者じや[頭取]御つとめゆへ大ぶん諸生が集ります評判ようこさります　（六オ）

巻軸 上上吉　那葉主膳

[本ヤ組]左傳の点より御名か高ふなりました[頭取]左様でこさります只今京での学者じやと申ます殊に御手跡とんと懐素と見へます都の立物〳〵

## 経学家之部

大上上吉　伊藤正蔵

[頭取]学問ノ善悪さし置御家柄だけ人物ハ君子でごさります

上上吉　斎　第五右衛門

[頭取]御評判ハようごさる[引イキ]経書にハ委しぞや書経の註で見たまへ〳〵　（六ウ）

上上吉　久米園次郎

[頭取]朱子学でハ御家が古ひだけ京中に御引イキがごさります

巻軸 上上吉　皆川文蔵

[引イキ]経学でハ都で外ニなひぞや[頭取]左様ニごさります見識も面白く著述も追々板に出ますけな誠ニ末へ頼母しき先生〳〵

上上吉　太夫本 伊藤忠蔵

[頭取]近年御評判ようなりました扨又御手跡が見事にごさります

総巻軸
上上吉　金龍道人　（七オ）

[頭取]御高名たけ人が帰服《キフク》いたしますゆへ此御方ヲ惣軸ニ出します

後評〳〵

## 書家之部

極上上吉　烏石山人

[ワルロ]山人にハ大《ダイ》ふん評があるぞまつた〳〵[頭取]なるほと善悪の沙汰ハいろ〳〵と申せ共書名ハ日本一つゝく人ハごさりませぬ

上上吉　水薬師泉南

[頭取]京大坂の中でハ諸方の表具やで御手跡ヲ見受ます追付評判も出ましよ

上上吉　屠龍山人

[ワルロ]西行菴に居《イ》られし居士か扨（七ウ）久しく東都へ御出此度御帰り御めづらしくこさる御手跡ハまだ〳〵[頭取]しかし画ハよくいたされます指画ハ別て名人〳〵

巻軸
上上吉　大雅堂

[ワルロ]画家じやないか[頭取]いへ〳〵書家でごさりますどうしたことやら画名か高ふごさつて人がよく受取ます御仕合〳〵

# 大坂之巻

## 詩文家之部

極上上吉　河合源吾

[本ヤ組]浪華ノ文人之上に御立被成（八オ）ますだけ文章が御上手しやと申ますはやう御著述か見たふごさる[頭取]追付文集が出ます学問の手づよひところを御らうじませ

上上吉　奥田松斎

[頭取]近年文章かめつきりと上りました[ワルロ]左伝の文法をやめにしてもらひたひ

上上吉　鳥山右内

本ヤ組御秀才でこさる頭巾組学問より詩を精出《セイダ》す鳥山組サア才があるゆへ詩が上手しや頭取左様でごさります此先生ハまづ〳〵時をよく御知り被成ました大坂ノ人か好《ス》く風調ヲ被成（八ウ）ますゆへ雅俗ともにうけとります段々御繁昌でこさらう

上上吉　高宮環中

頭取古ふごさるゆへ人がとります引イキ鳥山奥田よりハなぜ上ニ置かぬ頭取上上吉で御らうじませ

上上吉　丹輪左門

頭取御社中ニ権門かこさるゆへ御威《イ》勢か又格別〳〵

上上吉　都賀六蔵

本ヤ組小説家の学者そふな頭取左様でこさります　あれこれ小説集が板にごさります　作ハ御巧者ニ見へます　（九オ）

上上吉　善　春卿

本ヤ組御著述カ出来ルと申評判でごさるワルロイヤ〳〵六文づヽの売講がはじまつた頭取まづ〳〵目出度ぞんじます御名が弘りましよ

上上吉　西川良助

本ヤグミ近比高槻より御越し被成た先生か頭取左様でこさりますどうでも南郭ニ御随身被致ました程ごさつて詩作ハ明詩でごさります

上上吉　野田角次郎

ワルロ雅名か高ひぞや引イキ大坂にも此ようの学者の雅人もあるがよひナフ（九ウ）頭取頭取左様でこさります風流家ノ先生でごさります

上上吉　釈　蘭洲

頭取九条島の和尚様でこさる詩が御上手でこさりますワルロ遅韻《チイン》じや〳〵頭取くるしくごさりませぬ和尚のねられました詩ハトント開元天宝の作者の詩と見へます殊ニ御手跡モ見事〳〵

巻軸
上上吉　片山忠蔵

本ヤ組亡師明霞先生にもおとらぬ学問しや引イキなぜ大上上吉の

位ニ直さぬ[頭取]畏りました今少シ後評を御待被成ませ

## 経学家之部

（十オ）

大上上吉　穂積伊助

[本ヤ組]近比評判がすきとごさらぬ[ワルロ]たゞ国字解の評判ばかりじや[頭取]評判ハごさらねども浪華での老儒諸先生の中でハ又ゑらひ〳〵

上上吉　篠田徳菴

[ワルロ]世間が御上手と聞た扨御居宅か結構にごさる[頭取]云只今大坂宋学家での人物でござりますまづ〳〵俗人のうけがようござる御仕合の先生〳〵

上上吉　山口正平

上上吉　同　幸三郎

（十ウ）

[頭取]宋学を御立テぬき被成ます誠ニ御兄弟とも道家の才子でハごさります

上上吉　田路半蔵

[頭取]見識の附処かようごさる追付浪華の大儒家ニなられましよ末へ頼母しく存します

巻軸
上上吉　三宅才次郎

[ワルロ]書家乎儒者か[頭取]御手跡ハ御家柄なれハ見事ニ見へます扨又学問も皆様の思召しよりもてつしりといたしたものでごさります学校の後楯〳〵

太夫本

（十一オ）

上上吉　中井善太

上上吉　同　徳治

[頭取]御家柄だけ評判かようごさる大坂の立もの〳〵

書家之部

上上吉　　尾崎散木

[頭取]浪華を御切りしたがわれしは大手柄〳〵

上上吉　　臁陽

[頭取]臁陽子の事ハ御当地でハ雅俗ともに御人物ハよく知つて居ります雅名の高ひ先生でござります近年書ハ別して見事ニなりました

（十一ウ）

上上吉　　佚山禅師

[頭取]久々にて大坂へ御帰り被成た評判ハよくござります[ワルロ]いや〳〵草書と画とハうけとられぬ[頭取]篆字ハ関西にこれ程かく仁ハごさりませぬ近日篆字ノ千文が出来ます御覧被成ませ

巻軸
上上吉　　高麗東斎

[ワルロ]御身持が雅すきで俗か受取らぬ[頭取]左様なれとも草書ノ気象ハ唐人伝来ゆへ大坂書家之一番外ニハごさらぬ〳〵

頭取連名

大坂　兼葭堂
京都　風月堂
江戸　平賀源内

（十二オ）

明和五子年十一月

大坂彫者　万兵衛

（十二ウ）

# 瓜のつる

明和八年

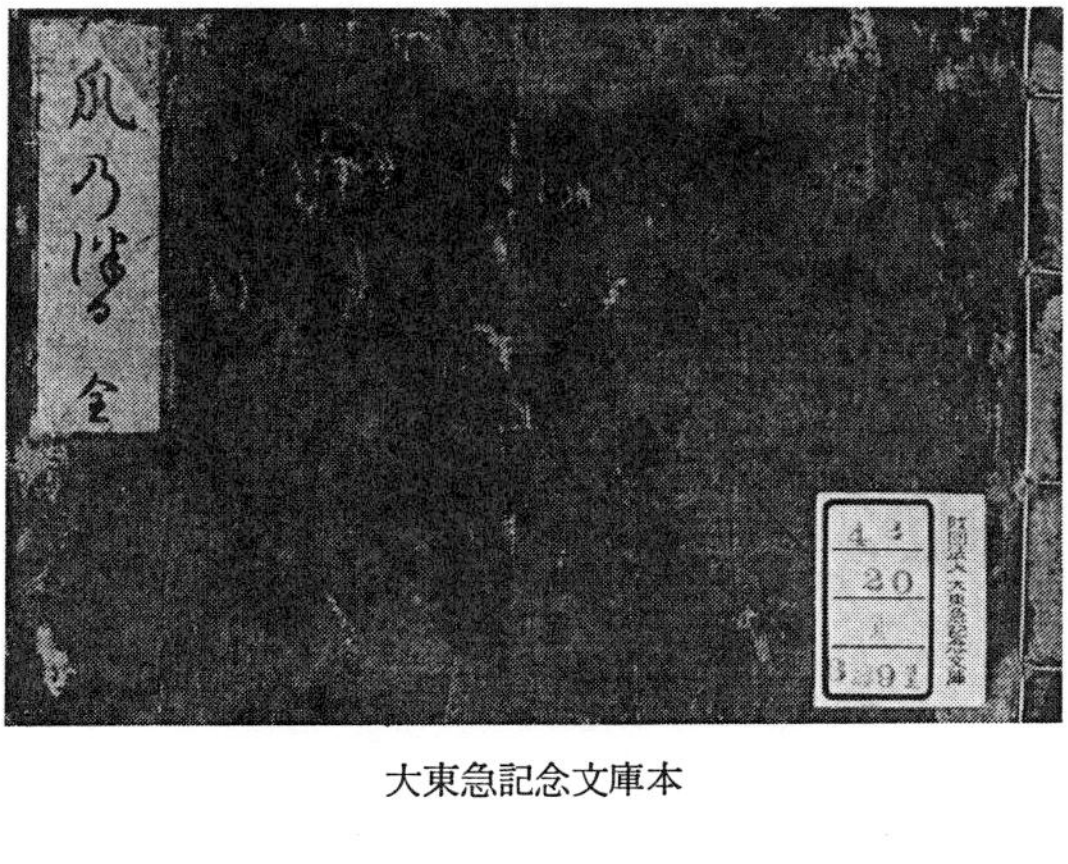

大東急記念文庫本

瓜のつる　横本　一冊　明和八年刊

底本　大東急記念文庫本（42 20 3291）

表紙　黒表紙（原装）

題簽　左肩、単枠。「瓜のつる　全」

構成　口絵（一丁）、目録（一丁）、位付目録（一丁）、開口（三丁半）、本文（六丁半）。以上全十三丁。

＊開口部に挿絵見開き一枚

目録題　「評判瓜のつる　味品定」

開口末に　「明和八つ／卯のとし／雑言作者／不笑」

柱記・丁付　口絵にはなし、以下「▼爪のつる　一（～八、九ノ十一、十二～十四丁）■」

刊記　「神田平永町／風月堂蔵板」

蔵書印　首尾に「石塚文庫」（石塚豊芥子）

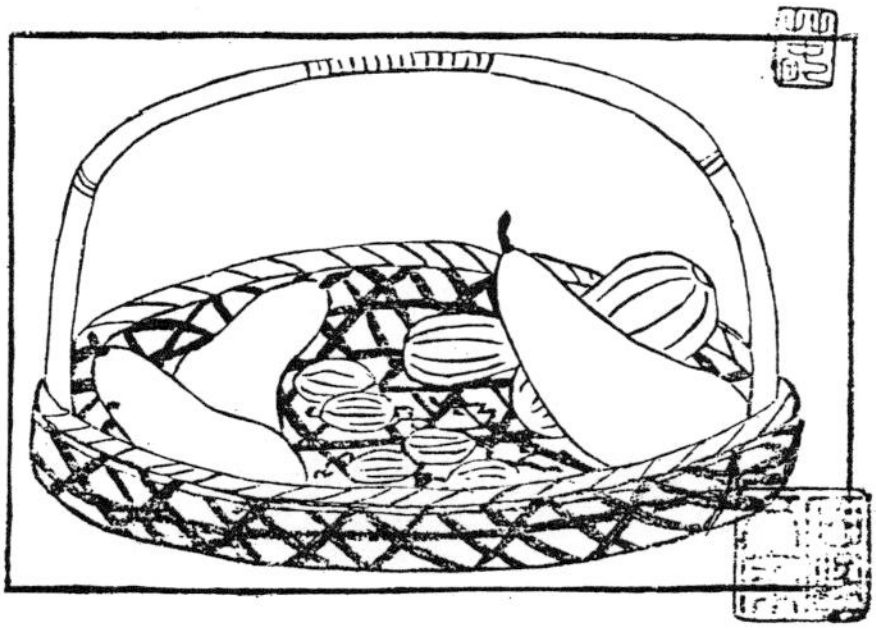

口絵第一図

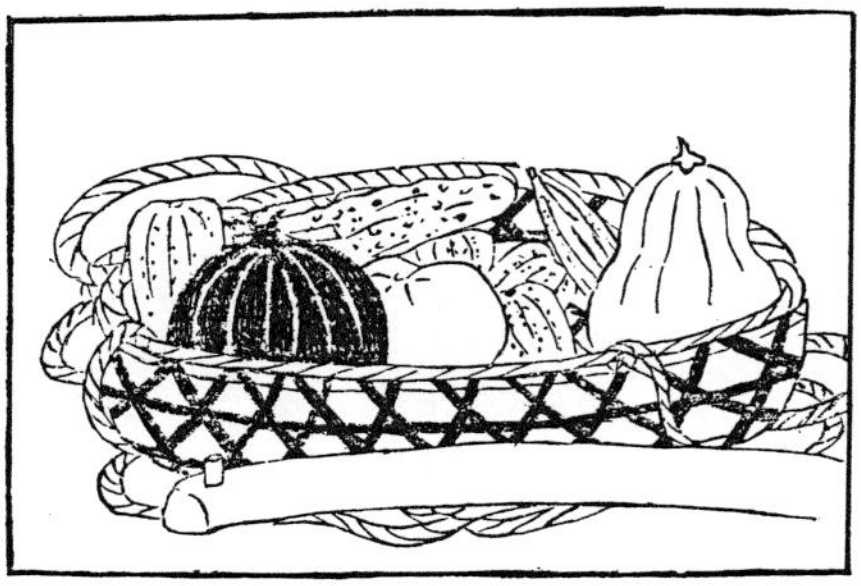

口絵第二図

# 評判瓜のつる 味品定

## 江戸三売所目録

瓜白〳〵と積《つみ》上ヶた土物店の庭ハ工藤《くどう》役の白むく藝《げい》と味みを歯《か》わけて夕顔《がほ》

初物の籠《かこ》入ハ扨《さて》もうまひと手を打ッた下リ役者のしゆかう真桑瓜《まくわうり》のあまひときうりのにがみハ実《じつ》悪の面《おも》入レ　（一オ）

ほつそりとした四ッ谷瓜ハ扨《さて》もうまひと尻《しり》をたゝいて見るすいくわの目利《めきゝ》

川岸一めんの赤紙ハ追込《おいこみ》の札との間《ま》ちがひ目をおどろかす

大《あふ》入《いり》の

船《ふね》ハ　（一ウ）

江戸三売所

神田土物店

四ツ谷大木戸

本所四ツ目

▲見立役者ニ寄左のことし

大極上上吉　白　瓜　しろうり
凡瓜の内てハ　松本幸四郎
大上上吉　山　瓜　やまうり
味ミハ上なし　市川團蔵
大上上吉　姫　瓜　ひめうり
品ソよく味の有ル　尾上菊五郎
上上吉　真桑瓜　まくわうり
おしなへて人の味かる　市川高麗蔵
上上吉　胡　瓜　きうり
むいてだすと白瓜ニにた　市川團十郎　（二オ）
上上吉　西　瓜　すいくわ
夕涼のくま取ハおちのくる　大谷廣治
上上吉　南　瓜　かほちや
女中のうれしかる所は　市川八百蔵
上上吉　糸　瓜　へちま
世にあつててうほうな　坂田藤十郎
上上吉　賀　茂　瓜　とうくわ

相手を引立つる仕内ハ　冨沢辰十郎
上上吉　本　田　瓜　ほんたうり
大道のにきやかなあら事ハ　中村助五郎
上上吉　丸　漬　まるつけ
おり〳〵白瓜をまねる　三舛屋介十郎
上上　烏　瓜　からすうり
ではの見事ハ　中村勝五郎
巻軸
真上上吉　夕　顔　ゆうがほ
いたつて又うまみハおよそ　中村少長
以上　（二ウ）

○瓜の評判とハ
瓢箪鱠《ひやうたんなます》を押《おさへ》てたのむ為夢《ゆめじらせ》

春霞たなびきにけり久かたのそらから〳〵とはれわたるころハ人のきも我おとらしとはれをもつはらとするハ花のお江戸の風気也こゝに日本橋辺に代ミうとくの肴といや先祖ハつかみ商ひからの分限者むすこに名もおのづから表徳も魚念とよび元より商ひの事ハさて置肴一ひきいくらするものやらむちうてくらしほんのぬら

りくらりのへひつかひ生徳芝居と吉原かきついすきにて本より半太夫ふしからくろい物すき上着からはかり迄《（ママ）》くろ仕立にて江戸町のひやうたん屋のひさことといふ女郎になじみきのふからの居つゝけにア、爰もきづまりだいつそ真先と出よふといふにみな／＼是ハ一段よふごさりませふとたいこ藝者(三オ)遣り手かむろ打つれ女郎ハ蹴鞠《けまり》をける様な身ふりてまつさきのきのへ子やへけこめハ夫肴てうしとこゝて又さへつおさへつ酒事のことかはじまつてさハくうち魚念ハきのふからの持こして心わろく水そふすいのできる内とさしきをはづし次の間のから紙をあけて一トね入とはいつてみれハ床の間にすみゑのひやうたんのかけ物がかゝつてあるを見てはて面白ィづとうとり／＼と見なから寐入うちくたんの掛物うこくと見へしがおのれとぬけ出魚念か枕元に立よりいまたお見しりもごさりますまいが私ハ此頃こゝのていしゆに柳原の土手てかハれてまいつて爰の床にかゝつておりますかけふおまへにお目にかゝるも他生の縁と申物夫につき一とをりおはなし申さねバ私がむねのすまぬ事がこさります(三ウ)ごめんどうながらお聞《きゝ》なされて下タさりませとそろ／＼とそバにより扨およそ白瓜をはじめ真桑《まくわ》瓜すいくわきうり迄それ／＼につかハれ真桑ハ高位の方迄進物に成白瓜ハ出初メより暦／＼の御前へ出ておほめに預リ茶屋に落《おち》をとらせ賞美《しやうみ》されおしまるゝ内世にすてられしハわたしが仲間未《いまた》青ィうちからもきられ七月十三日の朝市に出されてせうれふ棚の前へふらさげられ下女か膳の上ヶおろしにあたまへさハつて小ごとをいわれはてハ子供の持テあそび物に成やう／＼大きくなれハ瓢と改名《かいめい》ハして福の字《し》ハもらへ共仕合のよい事もなくけつくいろりの上へつるされよく／＼からされ何ンのむくいやらはらわたをふるひ出されてはてハひやうたん新道へ売ラれ軒下のすまいたま／＼れき／＼の御目にとまり内を塗《ぬ》られ吸つゝとなつて花見

(四オ)

挿絵第一図　(四ウ)

挿絵第二図　(五オ)

ゆさんにつれられた事も有たか夫ハ昔《むかし》の事今ハそれも夜暮《やぼ》のなんのと名を付ヶてやつはり生《せう》のたるで持つて行やうに成ました思へバよいひきて奴のたばこ入レの根付ヶになるぶんの事しかしわしらか先祖ハ仙人につかハれ腹《はら》から駒の出た事も有ッたげにござります又大唐《もろこし》で賢人《けんじん》達にやかましがられた事も聞ましたかそれハとつと昔の事此程ハ余《あま》り身の上へをうらみつれ／＼のおりからほやうにそこらへ出て内の簞笥の上に見れは瓜のつるといふ本有是ハかハつた物だ何者か仕たやらと内を見ますれはみな瓜の仲間斗評した物わしらも定てくわゝつてあらふかと俊寛か赦免《しやめん》状をみる様にくりかへし／＼見れ共／＼瓢簞《ひやうたん》共ふくべ共書たる文字ハさらに

挿絵第一図

挿絵第二図

なしこハゆめか夢ならハさめよ〳〵と(五ウ)うつゝ言程残念でかほど迄世に捨らるゝ物かと外の思ふ所もきのとく千万お頼申スハこゝのことしかしお前ハ頼力もないひげぼう〳〵とぶ生物のぬらりくらりのお人ほんの瓢箪て鯰をおさへて頼む様な物なれ共お前への思召てせめて目録へ成共のせて下さりませと青なみだをほろりとこほして余儀なき頼み魚念も夢中でふひんに思ふ折から女郎のひさごか来て禿もろ共コハばからしい爰に寐て居なんしたとゆすり起スに夢さめ扨ハ今のハ夢にて有たよなァ是ハいかにとあたりを見れハ夢中にあたへし瓜のつるさてこそ是をひらいて見れバ

明和八ッ
卯のとし

雑言作者
不笑
(六オ)

大極上上吉　白瓜　松本幸四郎《しろうり》

頭取曰 誠に蚰ハ一寸にして其気を得ると此瓜出初リよりきれいに場有て何の相手になられてもわるいと言事なくあきると云物おそらく壱人《り》もなし 目黒 ヲツト頭取一ばん聞カねハならぬおれハ何にもしらないがまあ瓜といへば山瓜と云事ハおいらかいわず共子供もしつている事た又仕内の味みから青めの籠の内の場何として白

瓜かおよぶ物か頭取出直せ〳〵[四ツ谷]そふた〳〵うそなら壱つおにでもして見ろほうげたかとんぼがへるぞ[白瓜組]此六かわ半のかわのあじを覚へたきり〳〵す野《や》良めたハことをつくと足をもいて鶏に喰せるぞ[頭取]先〳〵お聞なされませ成程そふおつしやるも一利ごさりますしかし味みハ山印程のことハこさりますまいか白印ハ一躰の仕内大（六ウ）きく貴《き》賤《せん》のさかいなく仕出し茶屋にいたる迄も一日出ねバならぬ物でごさります[ひいき]むだにかまハすと藝評〳〵[頭取]扨四月頃ゟ出初素顔て生盛《いけもり》の差身の相手に少ッつゝならるゝ所皆《みな》手を打てよろこびます[いき人]二軒茶屋ても此瓜の出ぬ前ハき瓜を出してまきらかすがとんだちがいだ[頭取]次に五分切と成三盃漬の内めうがせふが紫蘇《しそ》其外色〻大勢を相手に素顔《すがほ》にてのたて場有て丈夫《ぶ》な物其後もみ瓜よし水肴大詰なら漬《づけ》の大舟ハみな舌《した》をならします何をなされてもわるいと云事なく古今の名物よつて巻頭にすへましたがあやまりハござりますまい[大せい]そふだ〳〵

大上上吉　山　瓜　市川《やまうり》團蔵　（七オ）

[頭取]自然に前の山瓜のおもかげをうつさるゝハ此瓜斗リ青筋にて出られ献《けん》上の所[わる口]なんだむいて喰《く》ふより外に仕内のかハらぬものだ[山組]こじき野良《やろ》めうぬらが口へ山印がはいる物か丸づけでもかぢつてけつかれ[頭取]扨土用の入にかりに青めのかごの内へとりこと成進上につかハれおめづおくせず上座に直らるゝ所丈夫〳〵次ニつるべに下ヶられ堀井戸の水床に分ヶ入後にあらわれ出盆の上にてゆう〳〵と六皮半にならるゝ迄藝の味みハ当時《とうじ》是程の仕てハござりますまい古今の達《たつ》人大暑の時のあたりをまちます〳〵

大上上吉　姫　瓜　尾上《ひめうり》菊五郎

[頭取]白瓜に似た様な物でべつに品ゝよくきれい成藝から夫故かお名も姫瓜と[わる口]（七ウ）なんだか白印に計リ当リを取られて近年きつゐね入やう[ひいき]此なりそこないのへぼ野良め二速三（ママ）文にしてぬかみそ桶へたゝつこむぞ[頭取]扨狂言の仕内もみ瓜と成胡麻《ごま》を相手にせらるゝ所よし次に塩にておされほし瓜と成後になら漬と成大樽より出らるゝ迄かんしんいたします一躰白瓜より品よくやハらみ有てかり〳〵せらるゝ仕内よふござりますしかしならづけにならるゝゟ外近年打つゝき評すくなくきのどくに存ます[ひいき]はてやすい口に逢《あふ》物か世話《せわ》やかずとおかつしやいな

上上吉　真　桑　瓜　市川《まくわうり》高麗蔵

[頭取]土用の入より大道のにきわひ辻〻に至る迄此瓜のないと言事

なく上下おしなへてうれしかりますしやれいか様当時此瓜の出が(八オ)すくないとどふやらさみしい蔵前銀きせるに扇子ぱち〳〵の人から辻に立喰《ぐ》ひの折介殿に迄しやれを合さるゝハきつい物だ頭取扨此度ハ本名土用見舞の進物なれ共女中のはに逢すためかりに祖母《ばゞ》瓜と成てのやハらみうけ取ました後に六かわ半の皮と成計《けい》略《りやく》にて道のまん中に居て敵をすべらせそしらぬ顔でいらる所よし〳〵

上上吉　胡瓜《きうり》　市川團十郎

頭取誠に世のことわさに申ことく瓜のつるに狭箱ハならぬと白瓜の俤うつり其まゝの仕内いやはや瓜を二つと申そふか藝がらもます〳〵御出せいひいきそんなら真桑印がなぜ下ヶた頭取そふおつしやるも御尤てござりますが年功と申位と申そふ一がいな事ハなりませぬとくと見定て直しませう功者いかさま(八ウ)白瓜の出ぬ前ハ皆仕内か白瓜た一躰さつはりとしてにかみ有実悪共に兼てさるゝ所うまい〳〵頭取よくあかり分ヶなさりますそ扨先出初の早つけさつはりとしてよし次に初かつほの相手になられ後に三ばい漬の真中になをつて居らるゝ所場有てよし扨〻きれいな事もみ瓜ぬたの相手迄是で白瓜程場がこさらふなら申ふんハござりませぬ堺町そふだ〳〵わる口赤く成と安い物だ頭取本所でもさぞ悦れませふ先ハ評よくちんちやう〳〵

上上吉　西瓜《すいくわ》　大谷廣治

ひいき胡瓜よりなせ下ゲた出直せ〳〵女中真桑さんよりさきへ出さんせいてにくい頭取さんだ頭取おまへ方ハそふおつしやりやりますが(九ノ十一オ)胡瓜丈の役からとひとつにハなりませぬあたり次第位を直しませふひいきそんならいわふ目引の時のあたりか目にはいらぬかわる口あたるはつだそはの跡へ出した物ひいきなにかなんとわる口いやさ大あたりだぞよ引ひいきおきやァかれ筋かハの外頭取出なをしハどふた〳〵頭取まつ〳〵此たひハあつかりましたこれてすいくわのまるひ丸屋におすましなされてくたさりませみな〳〵頭取しやれすとげいひやう〳〵頭取さて此たひハさつまのものとなりやとさがりみやけに手ぬひほうかむりにて出らるゝところよしいきに三角にぬいて見られる所大てい後に真二つにされてあかくなられほんのうへのおし出しとつとおちかきます其(九ノ十一ウ)後両国のすゞみにあかひあんどうの前にいつはい居らるゝ所よふごさるとかく出らるゝと見物か悦れますなんでもお仕合〳〵

上上吉　南瓜《かほちや》　市川八百蔵

女中かほちやさんの事ならわたしにいわしてくんなさんせほんに〱こんなうまい物がごさんせうかそれて柳さんやわかなさんのみやけにねだつてたべやすいつそすいてどふもなりやせん辻はんおらが屋根の手づくりをしんぜたい事だわる口よくせつちんの屋根ニ有ルやつだひいき此にた山のとふなすやろうめそいつひきづり出せ〱頭取とう西〱此度ハ御ぜんかごの内にしのびながつほねをおめすおくせす通られ大せい女中を相手にぬれ事うけ取りました次に(十二オ)八百屋見せの立売迄今での色事仕のきゝ物いきとんたあやかりものだ

上上吉　糸瓜《へちま》　坂田藤十郎

頭取古事にもとらハ死してかわをとゞめるといふごとくかわばかりになられてもちやうほうかられ其うへくすりとなられわる口おしい事にハとかくなかい頭取きやうげんの仕うちしきやきとなり二役香の物となられ後に八月十五夜にしのひのものに出あい切られ水をとらるゝ迄さて〱御功しやが見へますうちつゞき評よく珍重〱

上上吉　賀茂瓜《とうくわ》　富沢辰十郎

頭取さて此たびハひらのうちにてあんかけとなり次にしばゐびをあい手(十二ウ)になられしるをすまさるゝところよしそうたいなにをなされてもあい手をひきたてらるゝ仕うちこうしや〱のちすゞりぶたにて大ふきのやつしよふなされますぞわる口どくにもくすりにもならぬものた

上上吉　本田瓜《ほんだうり》　中村介五郎

頭取さて此たびハつち〱にやすうりのしゆかうにてふだつきのおやく場あつてよし次に七月十六日みやけものにとうもろこしといつしよに手ぬぐひにつゝまれゆかるゝ所よふござる

上上吉　丸漬《まるづけ》　三舛屋介十郎

頭取さて仕うちほしうりのところよしつぎにぬかづけハおいへ〱(十三オ)のちにならづけとなられしろうりのやつしよふせられます

上上　烏瓜《からすうり》　中村勝五郎

頭取さて仕うちしもかれのじぶんさみしい所に赤ィ出は見事な事のちにしもやけのくすりとならるゝまでよふこざるせい出されよ

巻軸
真上上吉　夕顔《ゆふがほ》　中村少長

頭取まことにゆつたりとおんくわこう味なる事ハこのうりなり老人それゆへか源じものかたりにも出たハこのうりばかりうたひにももれませぬあつはれ〳〵功者しかしゆふがほのうちハおしいことにちとうますきる事もこさりませふさてほしてかんひやうとなられしろむくて(十三ウ)なが〳〵と出らるゝところきれいな事次にむすんでにしめのあいてとなられまたあふらけとなりしやうちんのすゝりふたの仕うちいやはやとふも〳〵病人おれはとくたてかあつくてなんにもくわれぬまたゆるしてくふものハひとつもいけないかこれはかりハにてもしるにしてもいくらもくわれてあきるといふ事がないどふそいつまでもしゆつとうをたのみますぞ頭取のちにひらの内にてあふせいをあい手にせらるゝまですこしばかりなれどかんしん〳〵うりのうちでのたつしん上戸おれハ二日ゑいにハなんでもいけぬがこれはつかりハ喰へるあんまりふしぎた頭取なんでも当時のめい(十四丁オ)しんそれゆへ惣巻軸にすへました此外の役者衆ハしな〴〵取かへ追〳〵御目にかけませふ

千秋万歳大叶

瓜評判記 終

神田平永町

風月堂蔵板

(十四丁ウ)

# 鞠蹴評判記

明和八年

都立中央図書館．加賀文庫本

鞠蹴評判記　写本　横本　一冊　明和八年成

底本　東京都立中央図書館、加賀文庫本（6064）

表紙　紺表紙

題簽　なし。表紙左肩に「まり評判記」と墨書

構成　目録（一丁）、位付目録（二丁）、本文（八丁）。以上全十一丁。

＊挿絵なし

目録題　「音々《とん〱》鞠《きく》作《つく》り」

位付目録題　「江戸辨慶橋鞠蹴目録／座本　戸村小平」

柱記・丁付　共になし

刊記　本文末に「明和八卯年／二月吉日作者　不有壺月」

蔵書印　巻頭に「石塚文庫」、巻末に「豊芥（象）」

備考　板本の写しか

音々《とん〳〵》鞠作《きくつく》り

目　録

一座《いちざ》の仕打《しうち》ハ
見物《けんぶつ》のかけ声《こゑ》
紫《むらさき》すそごの風流《ふうりう》に
置鞠《おきまり》之てぎわ
言《いふ》にいわれぬ上手下手《しやうづへた》の
取《とり》まわしハ
人目《ひとめ》にそれと白袴《しろばかま》に有文《うもん》
何《なに》ともつかぬ当世《とうせい》の
きどり
新稽古《しんけいこ》より段〻《だん〳〵》に
紋沙迄《もんしやまで》ニ至《いた》るハ
此道《このみち》の関白職《くわんはくしよく》
只《たゞ》うつら〳〵とくらすハ
鞠道《きくどう》の野暮大臣《やぼだいじん》

（1オ）

と云〻《うんぬん》

（1ウ）

# 江戸辨慶橋鞠蹴目録

座本　戸村小平

○見立江戸名所揃へ左之ごとし

▲立役之部

上上吉
田和原鉢左衛門
仕切に成と一座へ気か身廻り

上上吉
片橋吉平
上手共つかす下手共つかぬ堺丁

上上
犬塚勘兵衛
おしい事にハまりに秋葉山

上上
利喜東清
出座帳にハいつも人より真ッ崎

上
瀧口郡治
去年中の数まりハ五百らかん

上
小野金三郎
情出し玉へ段〻まりにこうの臺

（2オ）

▲実悪之部

上上吉 松本幸治郎
曲に成とおりしきか目黒

上上 山下利右衛門
まりにかゝると何もかも真間

上上 いわく有り 北倉藤左衛門
御功者ハかくべつな上野

上 桐嶋義平治
しきりになると何も亀戸

実悪 上上吉 巻軸 次村善四郎
又出し玉へかしいさぎ吉原

▲敵役之部

上上 杦浦林左衛門
近ごろハ花やかならぬしぶ谷

上ト 椿　重蔵
近年ハまりにぞつこん神明

（2ウ）

上 萩原市十郎
恰好もまりも長ィ牛の御ぜん

▲角かづら之部

上上 加藤桂十郎
心とまりにとんとみ染井

上上 塩野　養民
ずんとしたとこにどこやら梅屋敷

▲若女形之部

上上吉 早瀬　角立
心もまりもにごらぬ角田川

上上 川村七治郎
此人ハ碁とまりを両国

上 田村忠之助
此比ハ浅はかならぬ深川

上ト 藤巻　十吉
当年いかゝ此みちに浅草

（3オ）

上 蹴本牛太郎
どうぶくも袴もまりに相王子

上 山本七之丞
まい日〳〵けふかまた飛鳥山

座元

仕切ニ不出　戸村小平

打つゞいての大入人も金も増上寺

以上

(3ウ)

## ▲立役之部

上上吉　田和原鉢左衛門

頭取曰是ハ〳〵評判と有て大勢よらせられ何程か大慶に存まする神田二代目之田和原氏ゟ評致そふと存まする去ル屋敷ゟ是〳〵頭取今盛リに修行する片橋を巻頭に居ィ〳〵頭取曰尤片橋氏よく致さるれ共大ぜい吉平がわるいと云事かいゝぶんに依て堪忍ならぬぞ頭取曰先ゝしづまらつしやりませ田和原氏ハ神田根生と云片橋氏ハ功者ト云いづれおとりも御座りませぬが一躰之仕打に花実を申さバ田和原氏ハ花片橋氏ハ実夫故花の田和原氏より初まするいづれも様左様でハ御座りませぬか神田組頭取(4オ)の云通りだ早ク藝評〳〵頭取曰扨田和原氏一躰さらりと致門成寺に古人神民と云仕打有小せつく事なくどふも〳〵わる口曰どふも〳〵か知らぬが吉平ほどしまりがないぞひいき此古鞠の皮うそやろふめうぬらが面白く思ふのハ身持片気な蹴ようだそんな蹴ようでハこちらハ面白くない老人出テ曰此人の気持一躰おとなしく下手を相手にしてもわるく思わず人ににくまれぬ仕打かんしん致した頭取曰いかにも御老人之仰之通り上手下手のしやべつなく同し気位と申ハ此人〳〵何と申ても弁慶橋での先生〳〵蹴初にハ何そ花やかな仕打を待ます〳〵

上上吉　片橋吉平

しさいらしき男出テ曰宝暦九卯の年今の弁慶橋(4ウ)鞠場近所御玉ヶ池休沢長家にまりハ有し時此人新稽古に出られしを思えハ古ィ事きつい仕上よふかな頭取曰是ハ〳〵どなたか存ませぬが久しい事を能御存知片橋氏方ゝ修行致され夫故格別功者に見えまするわる口曰まい日〳〵のよふに上手と致さるゝそふなが其割からハもそつといきそふな物だひいき此めく〳〵のめん鳥やろうめあら程上ッたが見えぬかおのれがよふに上がろふなら屋根うらにでもひつついていねハならぬ頭取曰是ハしたりあのよふなものに御構被成ますなわる口おつとまつてもらいませう定而腰の居りか能と言事かあの片橋氏一座を能修行致され其(5オ)上鞠音能きれいにて腰の居り出ッ尻でもか頭取曰夫ハ生れ付と申者仕打にハかゝわりませぬ片橋氏前ゝハ織部をよくうつされたが今ハ富安に紅葉吉ト云仕打全

躰藝に身を入レそゝりけなく末頼母敷存ル［しさいらしき男出テ曰］我〳〵ハ田舎者で御座るかちと申度義がござる此人初心な人を相手にして垣の中でどふのこふのと云るゝハあんまりで御座るさ［つれの男曰］成程能所え御気が付ましたしかし初心な人の為にいわるゝと見へましたがわるく気を付ル人ハうるさく思ひませふ古人味墨(5ウ)老能垣の中で申されたれ共是ハ又格別之事と存ルちと気をつけられたらよかろふと申ハひいき故で御座る［頭取曰］是ハ〳〵御両人様方有難ふ存ます此上気ニおくれなく一はいに七夕蹴初致サれなハ上上吉ハ此人ト存ルずん〳〵と参ル所ハ慥な物で御座ります［わる口曰］あんまり誉るな去年がぜんぼうで千十郎陸治郎上柳此人之一座千十殿陸治殿ニ蹴立られ一向に影がなかつた［頭取曰］夫ハ又段違ひと申者名にしおふ富安関宿と問に合さるゝハ御手柄と申者夫ハともあれ蹴初にハ仕切帳役斗ならず仕切を致されたらよかろふ頼みます〳〵先ハ近年評よく御てがら〳〵　(6オ)

上上　犬塚勘兵衛

［すいな男出テ曰］一躰きよう成仕打おしき事にハ兎角御けたい故上りそふな御人埋木の花［頭取曰］左様で御座ります此人御けたい御勤ゆへなれハあまりしいても申されませぬちと〳〵御隙な節ハ御出情〳〵

上上　利喜東清

［ひいき］弁慶橋出情第一之利喜氏［わる口曰］出情か知らぬが夫程にハ上らぬぞ［頭取曰］夫ハ無理と申者其ように上ル物でハ御座りませぬ東清老一躰大ばにして沓音能きれいニ能いたされまする此上もそつと達者か付キましたらつゞくせいハ有まいと存るずいぶん御情出されよ押付弁慶橋での一人〳〵　(6ウ)

上　瀧口郡治

［頭取曰］近比ハめつきりと上りました此人時分持前ゟ達者ニて第一鞠しうしん［功者な男出テ曰］此人おしき事にハ躰か動き過て身苦舗存ル随分一躰をよく情出し玉へ近比は蹴本氏きつい上達なれバ負ぬよふに御出情第一と存ル［頭取曰］是ハ近比思召之御事左様で御ざります随分まい日けだいなく御出席肝要で御座ります蹴初にハ又初仕切をいたされよみたい事〳〵

上　小野金三郎

［頭取曰］近年之御勤さりとは出の能御人すいふん御出情被成よ市十殿程御情か出ませぬ御出情次第でとこまでも上ります〳〵　(7オ)

▲実悪之部

上上吉　松本幸次郎

頭取曰古人味墨ハ拍子事之名人松本氏鍋町時分ゟ味墨同座之御勤程有テ拍子ニかけてハ此人程之仕打もすくないと存ル其上達者ニてあぶなげなく大丈夫の振廻と存ル中橋ゟ尤松本氏花やかなれ共次村氏程にハなし殊ニ年功といゝ古老之次村実悪之巻頭ハ善四郎で有そうな者松本氏とハ頭取気が違つたか頭取曰成程次村氏古兵といへ共只今ハ前々程御出情なく殊ニ去年之御勤もわづか之内の事で御座れバ近年御出情之松本氏ゟ上へハ上ヶられませぬ次村氏ハ夫ゆへ重々と巻軸ニ居へました殊ニ位に御気をつけられて御かんにん被成ませ(7ウ)ひいき頭取構わずと藝評〳〵頭取曰松本氏一躰慥成仕打第一しまり能立物と存ルわる口曰あのよふに不落斗蹴たがるといふハどふした気持かしらぬ頭取曰夫ハ人の好キずきと申者三座と不落ずきハ此人のかぶと思召何と申ても親玉〳〵

上上　北倉藤左衛門
　　　山下利右衛門

山下組是ハどふた北倉山下とハ頭取曰左様で御座ります是が両人互角之達人目録ニハ山下北倉此所ニてハ北倉山下いづれ甲乙ハ御座りませぬ夫故口ニいわくと印ました北倉組なんでも頭取構わずと評判をはじめられいこちらハ山下と引合サへ不足だ頭取曰北倉氏ハ格別又年功が見へまする(8オ)近年ハ能キすりが出ませぬちと見たい事侍曰さあ〳〵是からが御慶子で御座る昔思へば信田の狐と申ハ此人いつも〳〵どこもかも達者そふな人哉頭取曰左様で御座ります年に合せましてハ仕切数がまいりますひいき下手でもなんでもかまわずいくらも〳〵致さるゝ大丈夫ハ外に人之成にくい仕打と存ルわる口曰あんまりいふなアレハ老盲でハないかよひいき此けつの穴の毛だらけやろうめ今一度いふてみよそつ首引ッこぬくぞよ是〳〵とめさつしやるな頭取曰先々御しづまり被成ませなんといふても達者親仁の随一外ニハないぞ〳〵

上　桐嶋義平治

頭取曰近年之御勤御鞠よりハ御功者(8ウ)が見へまする随分御出情あられよ

実悪 上上吉 巻軸　次村善四郎

功者らしき男曰去年中久々ニて御鞠を見ましたがいつも〳〵気丈な事でハ有ぞおしい事にハ何か御用之筋ニて又御止《ャ》メ被成残りい(ママ)事で御座る頭取曰左様で御座ります此人前□ゟつゞいてなされバつゞく

勢ハ御座らね共何と申ても御やめ故おしう存ます去年中少之内ながら又かくべつな物で有たぞ又御初ゞなされい垣のしまりにも此人が出らるゝと格別能御座るとふぞ御出勤〳〵

▲敵役之部

上上　枚浦林左衛門

頭取曰近比ハ御出勤なしちと〳〵御子息御同道被成御出を待ます〳〵

（9オ）

上上　椿　重蔵

頭取曰かたけれ共次第〳〵に達者ニ成御人鞠執心と申ハ此人で御ざる随分御出情〳〵

上　萩原市十郎

頭取曰金三郎殿同事ニ下られた御人去年之夏中から思えバ余程上りました随分たるみなく情だし給へ今に立もの〳〵

▲角かづら之部

上上　加藤桂十郎

頭取曰近比ハ御無情で御ざるちと〳〵御せいヲたされよ功者曰此人が情を出して致されたらおそらく弁慶橋にはつゞく勢ハ有まいと存ル頭取曰左（9ウ）様で御座りますどなたも左様におつしやつてゞ御座りますどふぞ御出情被成弁慶橋一人とよばれ玉へかし

上上　塩の養民

頭取曰塩の氏一躰きよう成仕出し何役にても夫ゝによふうつさるゝ事ぞわる口曰はつとふ〳〵ハ聞にくひぞ頭取曰成程御尤で御座りますちと気を付玉へ若手のうつわの〳〵

▲若女形之部

上上吉　早瀬角立

老人曰扨ゝすばらしい蹴よふかな頭取曰夫ハ此人の持前と申者一躰花やか成仕打大暮抔にハ此人ニつゞく所作事ハ有まいとぞんずるなんても大立者いよおらがせい高さま

（10オ）

上上　川村七治郎

頭取曰辰之助時分ハ久しい事で御座るわる口曰久しいか知らぬがねつから下手な鞠だ老人曰此人毎度ハ御無情で有つたか近年ハ大

方日々の御出勤御出情〱〔通り者曰〕ちと拙者も申度義がござる此人日々御出勤ハよけれ共はら籠りと云仕打にて七夕蹴初にも何方へも出ずさりとはきのどく場所をふまぬハきつい御損〱〔頭取曰〕是ハどなたか存ませぬが能事をおつしやつて下さりましたちと方ミえ御出勤被成たら上ろふと存ル〔しさいらしき男出曰〕水ハ方円の器にしたかひ人ハ善悪之友によると申事にて気をツケ玉へ

上　田村忠之助　(10ウ)

〔頭取曰〕近ごろきつい御出情〱扨々上りましたずいぶん情出し玉へ御上手に成ハ此人〱

上ト　藤巻十吉

〔頭取曰〕当年ハとふ被成たやら御出勤なく何レも〱まつておりまする近年此人きつい上達一躰仕打にわるづれなくじやう木のきまつた仕打サテ〱御出情故と存ル少々之御用ハ御捨被成御出座〱

上　蹴本牛太郎

〔頭取曰〕扨〱〱きつい上りよふかな金三殿市十殿御壱所に此垣へ御下リ三人之中で壱ばん之上達と云ハ此人〔じまんな男曰〕その筈きついせいの出しよふ去年下られてより大方御けだいなく御出勤頼母敷存ル〔頭取曰〕今の間に弁慶橋随一に(11オ)成そふな人ハ蹴本氏にとゞめましたずいぶん御せいを出されよ

上　山本七之丞

〔頭取曰〕蹴本氏につゞいての上達といふハ山本氏でござる随分たるみなく情出し玉へ押付立もの〱

仕切ニハ不出　戸村小平　座元

〔連中曰〕近年ハ大入千秋楽ニハ金が出来万歳楽ニハ命ヲのぶさつさつ之声ぞ楽しむ〱

明和八卯年

二月吉日

作者　不有

壺月

(11ウ)

# 儒医評林

明和九年

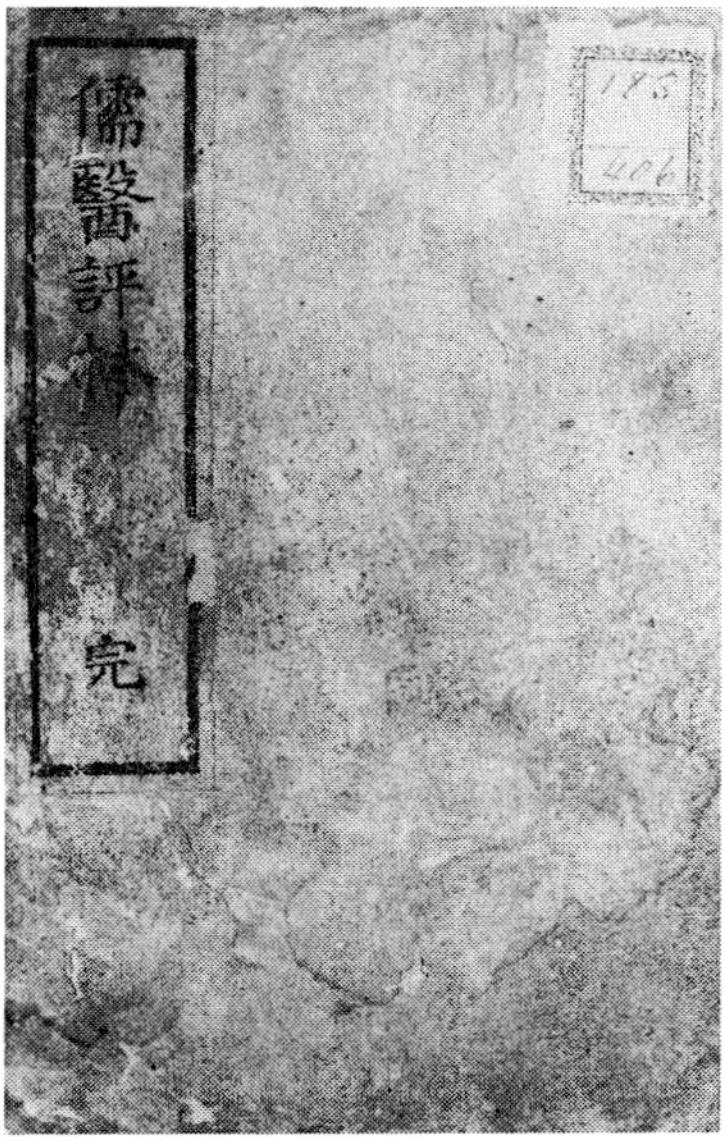


国立国会図書館本

儒医評林　　小本　一冊　　明和九年(安永元年)刊

底本　国立国会図書館本(183 406)

表紙　薄茶表紙(原装)

題簽　表紙左肩、単枠「儒医評林　完」

構成　序(二丁)、本文(十七丁半)、奥付(半丁)。以上全二十丁。

　＊挿絵なし

内題「江戸儒医評判記」

序末に「浪華烏有之撰／印印」

柱記　序のみ「序」とあり、他はなし

丁付　序に「一」「二」。本文に「一」～「十八」

奥付「元輪内記評／京都大坂之部嗣出／明和壬辰正月吉日／平安　烏曽八百蔵梓」

# 題儒医評林首

凡百技《ノ》藝。有レ能有《リ》二不能一。而不《モ》レ可レ不《ハ》レ知焉。和氏之相《スルヲ》レ玉。所《ナリ》二以能《ク》知一レ之《ヲ》也。宋人之襲《スルヲ》レ石。所《ナリ》二以不レ能レ知《ヿ》一レ之《ヲ》也。其玉(序一オ)石《スラ》難《キ》レ弁《シ》。況《ヤ》於《テハ》二技藝《ニ》一乎。今也東方昇平。以《ヲ》二技藝《ヲ》一行《ン》二于世《ニ》一者不レ為レ不《ト》レ多矣。而《ルニ》学《フモノ》レ之者不《ルヿ》レ知二其師《ノ》能不《ト》能一者《トヲ》猶《コトク》二宋《ヲ》人《ノ》一然《リ》。可《キ》レ痛《ム》哉。平安元生《ノ》。一(序一ウ)日携《ヘ》二儒医評林《ヲ》一来《リ》。請《フ》二余《ニ》弁《セヨトヲ》一レ之。余撫《メ》レ巻《ヲ》而歎《シテ》曰。烏乎篤《ヒ》哉生《ノ》之好《ヤ》也。蓋儒者《シハ》道藝也。医者仁術也。所《ナリ》三以為《ル》二藝之《ノ》最一也。茲評《ノ》出《テ》而諸名家(序二オ)不《ヿ》レ蔽《ハレ》二其光《ノヲ》一。得《ハ》レ如《ナルヿヲ》二荊玉《ノ》一。豈不《ヤ》二愉快《ナラ》一乎。世《ノ》之学《フ》者。由《テ》レ是《ニ》択《フ》レ之。何《ノ》違《ヿカ》之有《ン》。

浪華烏有之撰

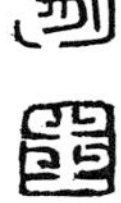

(序二ウ)

# 江戸儒医評判記

## 経学家之部

大極上上吉　宇佐美恵助　名恵字子迪　号灊水

[頭取]当時徠家での老儒ゆへ今での座かしらで御ざる近頃先師徂徠の板行にせぬ著述の分段〻御再校にて御弘〆の段あつはれ徳行の君子で御さります

(一オ)

極上上吉　松崎才蔵　名惟時字君脩

[頭取]この先生の経学ハ亡師太宰にもおとりませぬ文章ハ亡師より能ィと申します

大上上吉　後藤弥兵衛　名世鈞

[頭取]経義か委しう御さる文章も御達者で御座ります

上上吉　稲垣茂左衛門　名長章字穉明号白嵓

(一ウ)

上上吉　大塩与右衛門　名良字子顒号鼇渚

上上吉　宮田宇右衛門　名明字子亮号金峰

頭取　御三人共太宰の門人て御さります何レも経義か御功者　ワルロ　宮田とハ産語の序を書た人か　頭取　さやう其時分ハまた御わかう御ざりました近頃浅草てハいかふはやります

上上吉　井上源蔵　名公祺字考甫号東渓

（二オ）

ワルロ　是ハ赤坂か町人か　頭取　サヤウ家業に致されぬか惜ふ御ざります是も太宰門人ての立物〳〵

上上吉　森彦右衛門　名鉄字大年号東郭

ワルロ　すきと名を聞ぬぞ　頭取　イエ〳〵先生ハ易に御名か御座ります

上上吉　佐藤蘭斎　名国字子野

鳥越組　講釈か鼻へかゝる　頭取　御不弁ゆへちと聞悪ふ御座れどてつしりとした学問（二ウ）で御座ります　ワルロ　もつと人品を能してもらいたひ

上上吉　渋井平左衛門　名孝徳号太室

ワルロ　朝鮮人の筆談で名を聞たまゝしや詩作ハやりばなしだ　頭取　詩ハどうでも林家ゆへ格調にそさうも御座りましよ経学ハ随分くわしう御ざります

上上吉　浅岡喜蔵　名之蕢号芳所

（三オ）

上上吉　植木善蔵　名金字子蘭号筑峰

頭取　御二人とも静斎の御仕込ゆへ格別ニ御ざる段〻御高名になりましよ

上上吉　田中三郎右衛門　名応清字子纓号江南

頭取　久しうすたりた投壺の制の仕出しハ御発明て御座ります

上上吉　下リ　古屋重次郎　公款

（三ウ）

頭取　また問も御座らぬにいかふ発行いたします別して権門で用ひがよふ御座ります

上上吉　清水嘉右衛門　名嘉英字子発

頭取　経義ハけつく亡師龍門より委しく御座ります惜い事に商家しや

上々　太宰弥右衛門　名定保

[ワルロ]学問ハせぬそや親父の書物もどうかしたけな[頭取]近頃沙汰も直りました後評〳〵

（四オ）

巻軸
極上上吉　岡井郡大夫　名孝先

[頭取]近年評判か御座らねとも古文辞学〃宋学を見ひらかれた老先生で御座ります誠に林家の稀物〳〵

## 詩文家之部

大極上上吉　大内忠大夫　名承裕字子綽号熊耳

（四ウ）

[頭取]文章家で南郭熊耳といわれた先生なれハ誰つゝく者も御座りませぬ今での親玉〳〵[引キ]さうだ〳〵日本の于鱗だ

大上上吉　鵜殿左膳　名孟一字士寧

[頭取]詩文ハ赤羽の社中てハ第一て御座る御家業て御ざらぬが残念[引キ]文集を早ク出したい

上上吉　南宮弥六郎　名岳字喬卿号大湫

（五オ）

[頭取]文章はかりでない経義か委しく御座ります

上上吉　細井甚三郎　名徳民字世馨号平洲

[ワルロ]如来先生といへど髪がある[引キ]なにをぬかす詩文といひ唐音といひ今での立物〳〵[頭取]御文集か出ましてから人か信仰いたします経義も委しく御座る詩経古傳が出来ました

上上吉　井上文平　名純卿号金峨

（五ウ）

[頭取]詩文もよう御座れど経義かけつく委しく御座ります[下谷組]医学館の学頭このかた評判〳〵

上上吉　葛陂山人　姓高名峻字維嶽

[ワルロ]はやらぬさうで居所か知れぬ[頭取]山人は隠者だけありて人か存しませぬ博覧記臆ハ当時つゝく人御座りませぬ本草も御功者で御座る京都でハ人か用ひます文集か出しとう御ざります

上上吉　安達文仲　名脩文仲其字号清河

（六オ）

[打込組]余り高慢すきる[頭取]近頃茅場丁辺で評判よう御座る文集も追付出ます

上上吉　千葉茂右衛門　名玄之

【頭取】唐詩選学故詩学小成等の書初学に調法な書て御座ります後評〳〵

上上吉　三浦左兵衛　名衛輿字淳夫号瓶山

【ワルロ】能ク所替をする評判か悪ィからか【頭取】近頃チト直りました周南社中ての高才〳〵　（六ウ）

上上吉　伊東金蔵　名亀年号藍田

【頭取】先生ハ金谷社中ての才子て御座ります著述も種〻見へます

上上吉　岡島忠蔵　名順字忠甫

【頭取】援之先生の後程あつて手篤ク見へます色〻著述か出ました

上上吉　戸崎五郎大夫　名哲字子明号淡園　（七オ）

【頭取】詩文か功者て御座ります詩文の著述板行に見へます

上上吉　入江与右衛門　名貞字子実号北海

【引キ】こちの先生ハ手篤ィ学問詩文ともいかふ能ィといふになぜ吉にせぬぞ【頭取】南溟の御養子ほとあつて何もかもよふ御座ります先後評を御待被成ませ文集を早ク出しとう御ざる

上上吉　鈴木嘉蔵　名嘉章字煥卿号檀州　（七ウ）

【頭取】御著述も色〻御座れど出板いたしまぬ（ママ）才子ゆへ追付御名か出ましよ

上上吉　中山清右衛門　名廷中字子和号高陽

【ワルロ】画カキしやないか【頭取】イェ〳〵学者で御座ります詩文共よう御座ります書画もきつい唐物

上上吉　横谷玄圃　名友信字文卿

【頭取】盲人にてハきつい詩作か御功者追付先師蘭亭程に評判が出ましよ　（八オ）

上上吉　下リ 釈聞中　名浄復号芝庵

【ワルロ】地名や職名などハ徠家にうらハらをすげなそして文章ハ未熟じや【頭取】まだ御わかう御座りますが詩文とも宇士新の風を似せて精密て御座ります追付御当地にも評判御座りましよ

上上吉　玩世道人　名実順 覚道

〔ワルロ〕聞ハ現俗したけな夫故評判か落た〔頭取〕色〻説も御座れと初学に詩を教る(八ウ)こときつい得てもの〱

上上吉　大内良助　名衡字孟玉 熊耳義子

上上吉　赤松豊太　名豊泰字 有年大庚子

上上吉　服部仲山　南郭義孫

巻軸 功上上吉　荻生総右衛門　名道済字 太寧号金谷

〔頭取〕学問のうわさハともかくも親玉の跡なれハ(九オ)巻軸に致しました

巻軸 真上上吉　滝弥八　名長愷字弥八 号鶴臺

〔頭取〕御高名たけあつて人か能く受取ます文集か出ませぬゆへしハらく巻頭に致しませぬ後評〱

## 書家之部

(九ウ)

功上上吉　三井孫兵衛　名親和字孺卿 号龍湖

〔引キ〕巻頭にしたハ聞へたがなぜ極にせぬ〔頭取〕御尤に御座りますが廣沢社中での老先生と申其上角から角迄人の知らぬトいふ事のない先生なれバ巻頭にちがいハ御座りませねど好事家で色〻評判も御座れハ先ッ功の字て御らうじませ

極上上吉　伊藤善蔵　名益道字子行 号華岡

(十オ)

〔ワルロ〕権門方でよふ受取げな〔頭取〕イヱ〱さう計で御座りませぬきつう御名か出ました何にもかも見事ニ達者で御座ります追付大も付キましよ〔引キ〕さうだ〱何もかもよいといふ中に別して大字と草書がよい書家での親玉〱〔好事家〕画も一家と見へますぞや

上上吉　沢田文治　名鱗字文龍 号東江

〔頭取〕頤斎流を休られてから古法帖をよく似せられます〔引キ〕熱海の碑や利休の碑ハ中でも(十ウ)虞世南そのまゝ〔ワルロ〕みな韓字ゆへそのはず書おろしにハ骨肉かない

上上吉　松山源蔵　名敬和字伯義 号天姥

〔頭取〕これも古法帖家で御座りますけつく沢田より筆力が見へます

上上吉　下リ 中川長四郎　名天寿字大年 号酔晋

〔ワルロ〕石摺の世話役か〔頭取〕さやう晋唐の碑帖をほる事ハ唐でもか

なわぬ叮嚀それゆへ書(十一オ)論にハどの先生も閉口〳〵[好事家]書画共倭臭かよふぬけました

上上吉　屋代与左衛門　名師道 号龍岡

[ワルロ]近頃板行物の序跋の清書する人か烏石をよふ似せます[頭取]大坂でハ大分評判よふ御座ります

上上吉　関　源　蔵　名其寧字子永 鳳岡子

(十一ウ)

上上吉　平林荘五郎　名惇徳字子孝 消日子

[頭取]御両人共御家風をよふ似せられます別して関にハ御出精たけ見事〳〵

上上吉　竹岡主人　姓藤名信

[頭取]浅草の観音堂へ南郭の詩を書て絵馬に上られてから御名か出ました一家と見へます

上上吉　崐陵山人

(十二オ)

[ワルロ]長崎流の刻印家か[頭取]イヱ〳〵御手跡も達者そして詩作かよう御座ります

上上吉　柘植忠兵衛　字季梁

[頭取]頤斎流での第一と見へます段々評判か出ましよ

上上吉　河　保　寿

[頭取]近比評判か御座りませぬしかし烏石流での立物で御座ります

(十二ウ)

巻軸 上上吉　細井九皐　名知文 字天錫

[頭取]先生ハ座元の事なれハ御手跡の評ハともあれ巻軸で御座ります

## 医者之部

大極上上吉　松井材庵　かやば丁

[ワルロ]なんぼ上手でも近年老耄したじやないかそれを巻頭とハ[頭取]左様でハ御座れど医学といひ老(十三オ)功といひどこからどこ迄誰しらぬ者もなくあふなげのない療治で御座ります[引キ]そうだ〳〵皆の見はなしたあとを思いきつた薬でなをさるゝ所今ての親玉〳〵

大上上吉　池原雲伯　芝しんぼり

引キ　何病気でも直さぬと云事ハなく引手あまたのはやり医者をなぜ極にせぬ　頭取　左様てハ御座れと今少し御待なされませ当時すみからすみ迄御引ｷ強き事なれバおしつけ極も付ｷましよ（十三ウ）

上上吉　原　雲沢　神田金沢丁

ワルロ　医者ゟ儒学で名か高いなんでも此人のしらぬ事ハない　頭取　一事か万事で御ざります大病をよく見ぬかれます其上きつい御出世て御ざります

上上吉　三木昌甫　両がへ丁

引キ　此人が受合と何よりたしかじや　頭取　なるほど御上手で御さりますそのかわりにやす受（十四オ）合ハ成されませぬ

上上吉　福光瑞筑　日本はし二丁め

頭取　出ず入らず昔から用いますだけ有て御功者〳〵

上上吉　茨木長宣　神田とみ山丁

引キ　人がなんといつても此人か受合とけがゝない　頭取　御出精たげあつて能く人が知て用います

（十四ウ）

上上吉　篠崎三徹　はま丁

日本橋組　朴庵先生御見立の御養子ほと有りて小児ハきつい御巧者で御座ります　頭取　左様きつふはやりますゆへ御目見もなされました御手柄〳〵

上上吉　守　養耕　せと物丁

上上吉　徳田玄秀　あかさか

頭取　格別御名ハ御ざらね共手厚い御療治で（十五オ）御座ります

上上吉　瀬尾長圭　品川丁

上上吉　加藤宗元　本ごぅ

ワルロ　古方〳〵といつてめつたに殺す講釈はかりさせて置がよい　頭取　ひどいだけ験が見へてよふ御ざります其上年久しく直りかねた病はよくなをされますあつはれ〳〵

（十五ウ）

上上吉　柴田玄意　しば

上上吉　工藤周庵　つきじ

頭取　よぅ御出精なされますそさうな事がないと申ます

上上吉　松本尚斎　石丁
[ワルロ]昔ハ小口もきひたれど段〳〵下手になるそうな[頭取]労性積
気なとハ能くなを(十六ォ)されます十八の時京より下られてから
見れハきつい御出世〳〵

上上吉　入江広丹　はる木丁

上上吉　鮭延周庵　湯しま切通し
[頭取]あまりはらね(ママ)共奥深き御療治で御ざります

上上吉　津田源助　下谷

(十六ウ)

[頭取]小児ハきつい御功者て御さります[下谷組]さうだ〳〵おらがが
きも此人の蔭で三途川から引戻された

上上吉　半井探玄　御くら前
[ワルロ]名ハ高いが病ハ直らぬ[頭取]随分直りますれどちと山かゝり
で御座ります

上上吉　久保西碩　三河丁

上上吉　町谷元悦　三ばん丁

(十七ォ)

[頭取]小児ハ御功者で御ざります別して虫が上手と申ます

上上　原東元　かやば丁

上上　伊東文伯　西がし

巻軸
極上上吉　梶原平兵衛　ひもの丁
[ワルロ]近江の湖と蝦夷ぜめハとうしや[頭取]御年かつこうと申学問
と申日々門前市をなし(十七ウ)ます一躰英雄で御座ります[引キ]英
雄て推す斗でない療治ハ勿論本草か委ふ御さります

巻軸
極上上吉　原芸庵　ひもの丁
[ワルロ]年よる程我まゝをいふ[引キ]人の気の付ぬ薬で直す事が得手
者しや[頭取]左様で御座ります傷寒とさへ云ハ皆持かけますが不思
義に直ります名人〳〵

(十八ォ)

元輪内記評

京都
大坂
之部嗣出

明和壬辰正月吉日

平安　烏曽八百蔵梓

(十八ウ)

# 開帳花くらべ

安永二年

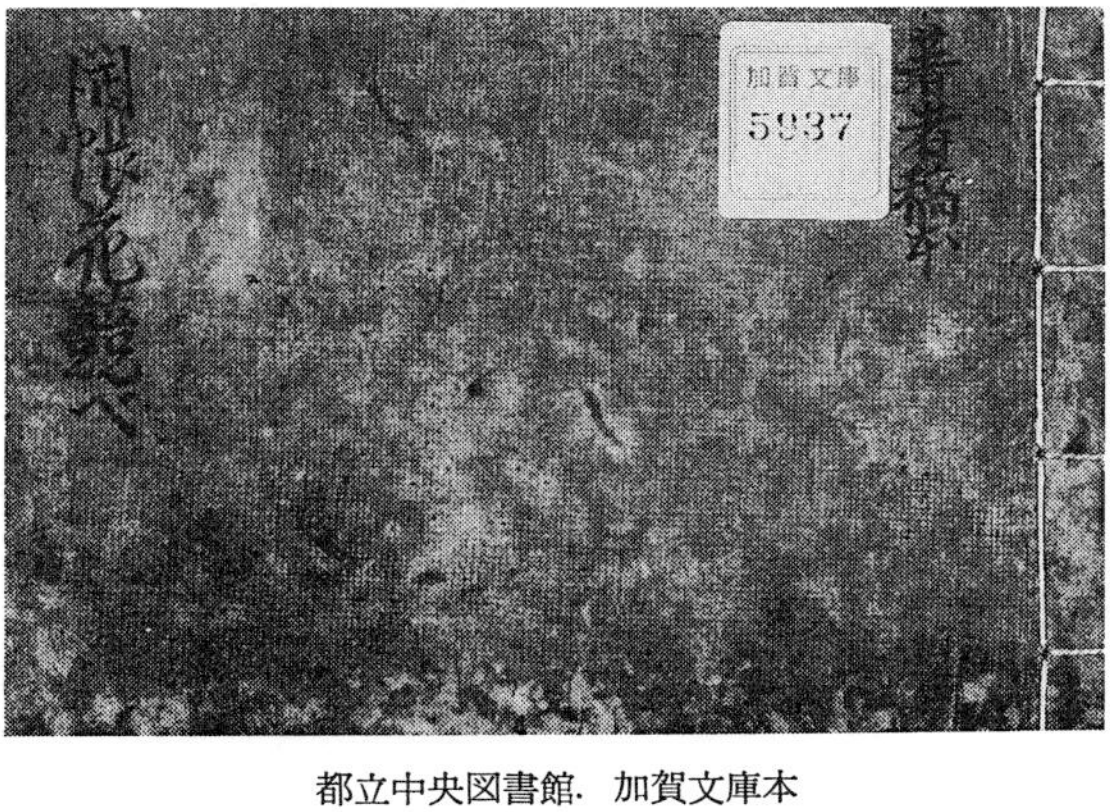


都立中央図書館．加賀文庫本

開帳花くらべ　　写本　横本　一冊　　安永二年成

底本　都立中央図書館、加賀文庫本（5937）

表紙　利久鼠色地布目表紙

題簽　なし。表紙左肩に「開帳花競べ」と後人朱書あり

構成　序（二丁）、位付目録（二丁）、本文（十七丁半）。以上全二十一丁半。

　＊挿絵見開き二丁

序題　「開帳花くらへ序」

序末に　「安永二年三ッの閏《うるほ》ひ月／作者　似笑」

柱記・丁付　共になし

刊記・奥付　共になし

備考　全丁分の枠と、本文中の各名題の一行分（即ち位付と紋所と名前を一行に記した部分）と二ヵ所の挿絵二丁分とが摺り物で、他はすべて墨筆の写本

# 開帳花くらへ序

いにしへの賤《しつ》のおだまき繰《くり》かへし昔《むかし》を今にひきかへてめづらしき因幡堂《いなばだう》の開帳札が出るやイナ枚の木に饅頭《まんぢう》の出来たやうによろこふもことハりぞかし古語にいへることあり聖人出る時ハかならず瑞応《すいおう》あり文七出る時ハかならず大入ありと実《まこと》なるかな今年三月に(1オ)張出しのあるもこれなん霊仏《れいぶつ》の瑞応《すいおう》なるべししかのみならず音羽山に清水寺嵐山に法輪寺《ほうりんじ》まくずがはらに高臺寺《かうだいじ》醍醐山に一音寺其余あまた所の開帳万日我おとらじと美を尽し言葉をつくさるゝもたゞ参詣のおあしをとゞめんが為(1ウ)ならんかゝる目出度時節に手をつくねてきよんきよろりとして過んもいと本意《ほい》なく何がな書つゞらんと硯《すゞり》にむかひ分別《ふんべつ》のたなおろしをしても一句も出バこそおりふしこのごろ自笑子《じせうし》があらはす所の役者清濁《すみにごり》といふ書籍《しよじやく》を閲《けみ》しやう〳〵これにて(2オ)発明《はつめい》し開帳花くらべといふたハ言《こと》を書つゞりながき日のねふりをさますたねともなれかしとホヽ敬《うやまつてもふす》白

安永二年三ッの閏《うるほ》ひ月

作者　似笑

(2ウ)

# 開帳花くらべ

惣目録

○見立草花による左のごとし

極上上吉 ── 因幡薬四郎
久〳〵て先めつらしき仏相花《ぶつそうけ》
清水観十郎
いつとても水きハのたつ燕子花

上上吉　嵐山国蔵
清水にあまりおとらぬ菖蒲《あやめ》ぐさ

上上吉　醍醐観蔵
なんとなくへつらいのなききくの花

上上吉　小野川薬松
いなかにも京はつかしき美人《びじん》さう

上上吉　大佛門三郎
うるハしく見へもきれいな芍薬《かほよぐさ》

上上吉　安井金作

(3オ)

上上吉　あかいのもしろいのもあり萩《はぎ》の花

長香万吉

上上吉　ちやうちんハしやんときれいなけしの花

松原おたき

上上吉　すつはりとへつらいのなき鶏頭花

長楽観二郎

上上吉　大かたにしらぬがちなり雛桔梗《ひなぎゝやう》

清水成十郎

上上吉　黄金ときいてうなづく百合《ゆり》の花

南　岩蔵

上上吉　しやうばんにおもひの外な福寿《ふくしゆ》さう

青面金五郎

上上吉　これも又いなはやくしの風車《かさくるま》

一音次郎三

上上吉　さま〳〵のものをかるかや女郎花《おみなへし》

西福弥陀六

上上吉　人きやうハたゝ一文のせにあふひ

門出八蔵

上上　しやうくわんのしてもすくなし水葵《みつあふひ》

（3ウ）

上上　いけ花のやうにハたゝぬほうせん花

粟田口神平

上上　所とてむじやうに見ゆる蓮《はす》の花

宝福治蔵

上　又近年扱もひつこひまんじゆしやけ

亀井蓮糸

上　道ばたにこしや〳〵さいたげんげ花

大浜天治郎

上　上るりできいた千本桜そう

大和源九郎

一上　長伯粿十郎　因　　一上　薬王あんは　因

一上　桃の井勧吉　〃　　一上　金堂弥陀七　〃

一上　宝持やくよ　〃　　一上　子安観蔵　清

一上　五大観蔵　清　　一上　景清守助　〃

一上　田村堂八　〃　　一上　朝倉堂二　〃

一上　轟　慈助　〃　　一上　十番治蔵

一上　経言堂吉　〃　　一上　伽羅野観平

一上　嵐山六蔵

惣巻軸　大上上吉　高臺政之助

（4オ）

しつかりと見こたへのある牡丹《ふかみくさ》　(4ウ)

○此所にて御断申上まする

日限所定
日のへ張紙

諸所開帳札

右の札出し置申候御詠可被下候已上

○此所で御知らせ申上まする

嵯峨清涼　俗名　三国傳十郎

例年三月十九日に御出勤が御座れど当年ハ少ゝさわり御座候て閏三月十九日滞なく御勤で御座ります

極上上吉  因幡薬四郎

頭取　とふざい〱扨此因幡氏義ハ(5オ)七十年已前宝永二酉の年初舞臺にて殊の外評判よろしく夫より当年迄とんと御勤がなき故近年ハ何方にても今や〱と御待かねで御御座《(ママ)》つた所に珎らしき此度の御勤ハ実ニうどんげの花〱しき舞楽《ぶがく》の取組又と外には御座りますまい　清水組　清水ハどふするのじや　頭取　御尤で御座ります　なる程清水氏も又まけずおとらぬ名人で御座ります夫ゆへ此度ハ御二人をつり合巻頭にすへました申ぶんハ御座りますまい　諸見物　ないぞ〱きつとないぞ　大坂上り　どふやらはやふしまへるやうな噂であつたが(5ウ)きついてつぽうであつた　いなば組　はやう藝評が聞たい〱　頭取　かしこまりました此度瑠璃《るり》幸右ェ門と成天笠祇《き》園精舎《おんしやうじや》の療病《りやうびやう》院にて病者をあはれみたすけらるゝ所大やうでよし夫〃龍宮へ飛さり此地の有情《うじやう》を化益《けやく》せらるゝ段よし二ッめ因幡の国賀留《かる》の津の沖にて光をはなち橘の行平の重病をいやし臺座《だいざ》後光《くはう》をぬけ出行平の跡をしたい飛るゝ迄出来ました三ッめ好古《よしふる》の内をしのび出行平に此所ハ東方浄瑠璃世界なりしを告《つげ》て我此所をうごかじといふてすハられた所じやうぶに(6オ)見えてよし四ッめ後白河《ごしらかは》の法皇に汝がぜん生ハ熊野の蓮花坊《れんげぼう》なりといふて三十三間堂を立させらるゝ所大切碁盤《ごばん》人形の所作事までよいぞ〱　見功者　今少し碁盤がはつきりと見えいで残念な事の　りくつ者　常ハ芝居を置ながらやろう薬師のきらいものといふて逢れなんだハちとのみこまぬ　頭取　それハちとわけの有た事で御座りましたゆへ又跡で芝居がはしまりました先何にもせよきつと今での大立物と見えます〱

極上上吉  清水観十郎　(6ウ)

挿絵第一図　(7オ)

久まつニ
醍醐観蔵
大でき

経《けい》世《せい》因《いな》幡《ばの》山《やま》

金堂《こんどう》左衛門ニ
小野川
薬松

大でき
たびでたちの侍ニ
門出八蔵

竹林りうの弓のぐはんそニ
一音次郎三

しのびのものニ
南 岩蔵

是より清水へ

三万《さま》之介ニ
長香万吉

るり幸右衛門ニ
ごばん人ぎやう
因幡薬四郎
大あたり

ふく一万ニ
嵐山国蔵
大あたり

挿絵第一図

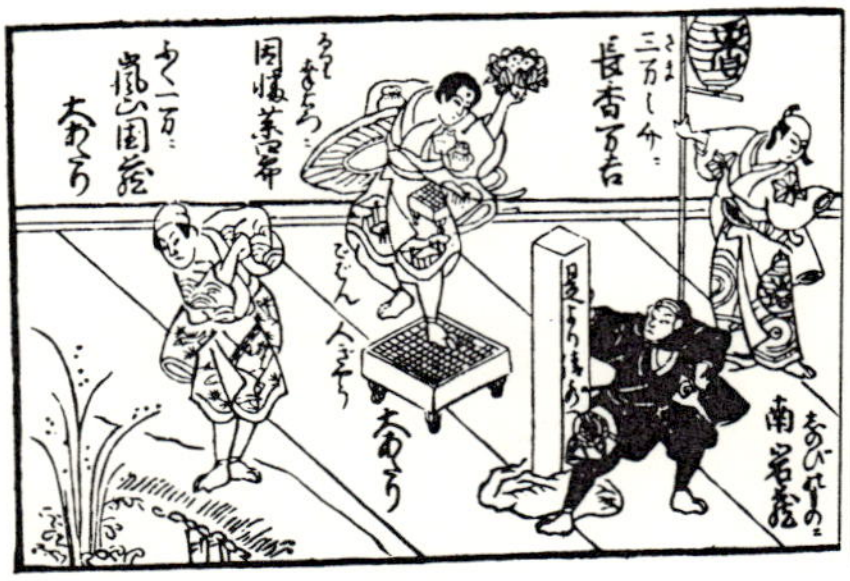

挿絵第二図

挿絵第二図

(7ウ)

頭取扨此所がおなしみの音羽丈でござります清水組よかろ〳〵くつとほめてもらいたいぞ頭取此御人ハ元文三午の年が初舞《はつぶ》臺《たい》でござつた其時ハ首《くび》があちらむいてないといふてひとうけかよふなかつたれど全躰《ぜんたい》が名人ゆへ段〻評判よろしく延享五辰の年又宝暦三酉の年又此度の御出勤いつとても〳〵評判よくお仕合せ〳〵芝居好先年の時はあら事をせられたでちと評判かわるかつたぞや頭取それハ此人のしられた事でハ御座りませなんだ外に仕人のあつた事でござりました諸見物マアそんな事ハかまは(8オ)すとはやう藝評を始めぬカイ頭取扨此度千寿《せんじゆ》丸となり大和の国高市郡《ごほり》にて延《ゑん》珍《ちん》も霊夢《れいむ》をみせ山州《さんしう》木津川のかみに住へしとおしへ夫より木津川にて金色《こんじき》の水を流し早かハりにて白衣《びやくゑ》を着たる老翁《らうおう》となり音羽山にてくつをぬがるゝ仕内きつと当りました二ッめ田村丸の北の方尊子《たかきこ》が病をいやし霊《れい》木を以て我形を作るべしとおしへて自身に仏師となり木像を作らるゝ所奥山が左リ甚五郎よりハよほど身があつてよいぞ〳〵三ッめ奈良《なら》の都《みやこ》を長岡《ながおか》にうつさるゝ時田村(8ウ)丸と延珍と遠ざかる事をなげきしに八坂郷《がう》東山龍水《りうすい》の乾《いぬい》の岸上《がんしやう》に伽藍《がらん》を立べしとおしへ金色の光を立らるゝまで夫〻桓武《くハんむ》天皇の御悩《のう》をなをし宮中を震動《しんどう》させ形をあらハさるゝ迄さしき〻仕うちといひかつぽくといひ大立物ハうごかぬ〳〵頭取四ッめ勅《みことのり》によつ

て観音堂造営《ざうゑい》の時此所けんそにて人〻なんぎにおよびける故風雨をおこし震動雷電させ平地とせらるゝ所夫〳〵大切鈴鹿山の所千の手にて千の矢をはなち一時に鬼神を退治《たいぢ》せらるゝまで出来ました先ハ評判(9オ)よくめでたし〳〵

上上吉  嵐山国蔵

堀川組ヤア打ませふしやん〳〵ま一ッせいしやん〳〵祝ふて三度おしやしやんの〳〵頭取扨此御人程めき〳〵と出世をなされた御人ハ御座りませぬ別して職人《しよくにん》方のひいきつよく殊に近比ハ十三の年にハぜひに此人を見に行ねばならぬやうになつたハきつい御仕合それ故此度も幟《のぼり》の数取此人にとゞめをさしましたヒイキ太夫からのぼりもろふたものハ外に有まい〳〵さじき〳〵又いつでも二のかはり(9ウ)には花やかな事じや大坂上り藝評ハどふじやナ頭取扨此度福一万の役にて道昌《どうしやう》法師に三論《さんろん》をまなばせ東大寺にて具《ぐ》足《そく》かいをうけさせ夫〳〵空海《くうかい》に霊地《れいち》をおしへられ明星《みやうぜう》となり道昌が袖にとまり早替にて福一万となりにほひ袋を渡し我形をつくらせ空海の所へゆかるゝ迄よし夫〳〵葛井《くすゐ》の弥陀を引のけ山嶽《さんがく》をひらき法輪《ほうりん》と名をかへうごかぬ仕内よいぞ〳〵大切渡月橋《とげつきやう》の上〳〵大井川に水気《すいき》のたつを見て鮎《あゆ》の居る事をさとり鮎扱《くみ》の所作事にてなますをつくらるゝ(10オ)仕内諸見物うまい事〳〵頭取きつと立もの〳〵するゐたのもしうぞんじます

上上吉  醍醐観蔵

頭取近年打つゞいての御勤めでたし〳〵ヒイキいつでも見あきのせぬ所ハ立物にちがいハないぞ頭取なる程此度もさしたる當りハ御座りませねとも外にあいてもなしに一人しての御はたらきハ全《ぜん》躰《たい》が御上手故で御座ります扨是から藝評にかゝりませふ此度百性十一兵衛と成り何にても人のたのむ事を一言《ごん》の下に(10ウ)のみこまるゝ仕内よし夫〳〵少納言《せうなごん》信西《しんせい》がむすめ阿波《あわ》の内侍《ないし》にてい髪させ真阿《しんあ》と名をかへかくまわるゝまてよし大坂上りちとちいそふて見ごたへがせぬ頭取さんせうハ小粒《こつぶ》でもからいと申ます扨切狂言染《そめ》模様《もやう》妹背《いもせ》の門《かと》松にて久松の役蔵の内にての仕内いやみなくすつハりとしてよいぞ〳〵あとばりに評判がてゝ珍重〳〵

上上吉 

小野川薬松

大仏組こちの大仏をこゝにおきそふなものじや安井組金作がよかろふ頭取双(11オ)方ともに御尤でこさりますなれ共小野川氏ハいまだおなじみもうすふこざりますゆへそれ程におほしめされませねとも全体が名人しだしにて仕内が上品《じやうぼん》にこざります此所に置ました訳《わけ》ハとくと見しめてころうじませ見功者木戸銭なしに入れら

るゝ仕内がきつと上じやゾ頭取此度金堂《こんとう》左衛門となり家につたハるまんだらの由来を物語し次に狩野の元信《もとのぶ》かゐかきし蘭亭《らんてい》のひやうぶあまり新しきゆへ真偽《しんき》を考《かんか》へらるゝ所よし二ッめ弘法《かうほう》の役もくらん色の衣を着《ちやく》し(11ウ)唐織錦《からおりにしき》のけさをかけとつかう三がう五かうをもち鈴《れい》を鳴し髪《かみ》の毛《け》一筋をとりいだしかたみにやらるゝ所まてよし三ッめ柿本人丸となり時代なし地高まきゐの見臺《けんだい》同文臺《ぶんたい》金銀の硯箱かんむり臺をかざらせ唐《から》木の廻り香炉《かうろ》に香をたき丁子《てうじ》釜《かま》にて茶湯所迄さしきゟ花やかで又雲上な仕内しや頭取四ッめ小町雨乞の所唐物のつくへにかゝりふどうの硯に墨をすり石表にぼん字を書て小町に渡さるれハ受取て此石にけせふ水をそゝけば忽《たちまち》雨をふらさるゝ仕内よいそ〳〵(12オ)まちつとおなしみが出来ましたらきつと御名があがりませふ諸見物次ハナ

上上吉　大佛門三郎

大仏組待かねた〳〵安井組こちの金作をもふ爰におかハとおもふて待て居にどこに置のじやどんな事すると聞ていぬぞ頭取なる程是も御尤でこざりますれ共安井氏ハ此度さしたる当りも見へませず大佛氏ハ評判よろしく皆さまのうけがよふこさります夫ゆへ先爰に置ました見功者しかし木戸で三文つゝとらるゝハ見せ物のよふてよろしうない(12ウ)おなし事て高臺氏のやうに内陣か三文とせられたらよかろふに頭取是は御尤てこさります此御人ハ宝暦十辰の年に御出勤てあつたれ共其時ハさのみ当りもこさらなんたか此度ハ評判よく目出度〳〵扨此度沙門となり虎刎《とらはね》の手杖《しゆしやう》をもつて白狐の玉をうてハ性たいをあらハし牛の玉となつてとひさるまて夫より懐中のかゝみを出し面影をみれは二ッにうつるゆへ家のてうほう菊一文字の太刀ハ金銀の花車の内にかくしあることをさとり唐物の卓の上につつ立(13オ)あかり真珠のうちハを以てさしまねき七宝なかしの箱の内より一虎両鵲のかけ物を取出しかけらるゝまてきれいな仕内当りました大切豊《ぶ》監禅師《かんぜんし》の役寒山十得をあいてにて虎によりかゝりねふらるゝ所しゆしやうに見へてよしヒイキヨウこちの大佛様

上上士　安井金作

頭取安井氏ハ延享四卯の年当地を勤られ其後寛延二辰のとし大坂へ下られ又当年当地の御勤めてたし〳〵扨此度崇徳《しゆとく》天皇と(13ウ)なり蜀江《しよくかう》の錦《にしき》の御衣を着し蜘蛛《くも》切丸の太刀をはき朝鮮《てうせん》の鉞《あつ》をしやにかまへ羅《ら》生門に立たる金札にむかハるゝまてよし芝居好先年の時ハ鉞ハなかつたそや頭取さて〳〵ふるひことをよふ御そんして御さりますワルロ鉞をつかハるゝ口上から身のあんはいハとんと薬うりのやうにあつたそやヒイキといつしやィやくにもたゝぬ事

をぬかしおるつまみ出せ〳〵頭取申〳〵わる口をおつしやるとけんくわになりますそんなことハおつしやらぬかよふこさります夫より大切金平《きんひら》の役まで此度ハさして当りもなし（14オ）何ぞきつとした当りか見たい物じや

上上吉　長香万吉

諸見物扨〻おもひの外花やかな事じや頭取なるほとさやうて御ざりますことの外身に入てしられますゆへ見へかよふこさります扨此度三万《さま》の介となり篆字《てんじ》にて香といふ字を書たる高ちやうちんを立させ門内に入て功徳《くとく》の幢《はた》を見あけらるゝ仕内よし夫より惣ばん廾丁のとり合まてきつと出来ましたしかし外の御衆とちかいしハらくの御勤て残念〳〵（14ウ）

挿絵第三図（15オ）

挿絵第四図（15ウ）

上上士　松原おたぎ

頭取よほと久〻にて当年めつらしき御出勤めてたし〳〵此たひ千《せん》観内供《ぐわんないく》の役《やく》さしたるあたりハなけれとも京でハきつとゆびおりのうちたゞ何となくいやみなしにさつはりとした仕内よし〳〵

景《けい》清《せい》音《おと》羽《はの》滝《たき》
しゆとく てんわう
ほり出し 金蔵
清水 成十郎
安井 金作
いしの からとを ほり 出す
かいてい しゆつげんニ
長楽観二郎
大 あたり
ぶつしすがた
せんじゆ丸
清水観十郎
しやもんニ 大仏 門三郎
大でき 松原おたぎ
せんくはん ないくニ
大〻 あたり
かんぬし すかた
この下藤吉ニ
高臺 政之助
粟田口 神平

挿絵第三図

挿絵第四図

上上吉  長楽観二郎

頭取此度ハとふした事かとんと評判かなふてきのとく此たひ海底《かいてい》出現となり傳教《でんげう》入唐《につとう》せられてきてうの節海上に悪風《あくふう》おこつ(16オ)て舟を破らんとせし時龍神に《と》なつて傳教をたすけらるゝ所よし夫〳〵河證坊印誓《かせうぼういんせい》となり建礼門院《けんれいもん》にあい安徳帝《てい》の御衣をうけ取十六なかれの幢《はた》を作り常行堂《ぢやうぎやうどう》にかけらるゝ仕内しゆしやうに見へてよし近比は何をなされても当りか見へませぬちとはんなりとした事をまちます〳〵

上上吉  清水成十郎

頭取此御人ハ音羽丈の弟子で先生《せんせい》と同座の御勤めでたし〳〵諸見物いつみてもにくふないものじや(16ウ)頭取扨此度掘出《ほりだし》金蔵と成朝倉《あさくら》堂の下より石のからとを掘出さるゝ所夫〳〵大黒俵右衛門の役にて願のうすをなをし餅をつかるゝまで大でいにてよし

上上士  南　岩蔵

頭取此人は因幡氏の弟子ニてひきまハさるゝゆへことの外うけよくめでたし〳〵此度しのびのものとなり黒しやうそくにて宝剣をうばひ立石に身をかくし夫〳〵弘法《こうほう》の衣を着《き》てすがたをかへうら道へぬけらるゝ仕内ヒイキかつたりとして(17オ)黒い事きつと当りました頭取先ハ評判よく御手がら〳〵

上上士  青面金五郎

頭取此人もいなは氏の弟子にてひきまハしよくおしあわせ此度ハさして評するほとの事もなしかさねて評いたしませふ

上上吉  一音次郎三

頭取此度ハ竹林流《ちくりんりう》の弓《ゆみ》の元祖《ぐハんそ》となり和佐大八吉見産右衛門両人をまねき弓勢を心みんため大塔の宮の具足を着《ちやく》し染《そめ》屋半(17ウ)之丞がかふとを着役《えん》の行者の錫杖《しやくぢやう》をまつかうにかざしうつてかゝる仕内ちとごたついてあまり出来なんだ持まへてせらるゝやうに御工夫〳〵

上上士  西福弥陀六

芝居好是ハ先年河原町の法雲寺で見た狂言しや頭取ふるひ事をよふおぼへて御ざります扨此たび馬郎婦女《ばらうふぢよ》となり憲宗皇帝《けんそうくハうてい》ニ所作事をこのまれ慶子《けいし》が七《なゝ》ばけもちとふるめかしく九《こゝ》のばけといふ所作事最初静《さいしよしづか》となり其〳〵自然居士《じねんこじ》西王母《せいわうほ》寒山拾得《かんさんじつとく》(18オ)菊慈堂《きくじどう》中将姫あふむ小町蝦蟇《がま》仙人日本武《やまとだけ》の尊しほらしき趣向よし〳〵見功者芭《ば》

蕉《しやう》と貞《てい》徳とハやめにしたいもの丶

上上  門出八蔵

上上  粟田口神平

頭取 御両人同じ位ゆへ一所に評いたしましよ門出氏此度さしたる役もなしたいてい〱

▲神平丈ハ近比うちつゞいての御出勤なれともとかくあたりめなくきのとく〱何ぞきれかハつた(18ウ)趣向なされたらよかろふ

上  宝福治蔵

上  亀井蓮糸

頭取 此衆も一所に申ましよ治蔵丈ハ役《やく》みぢかきゆへあまり御ろうした御かたもないほどの事三千の時ハずいぶん当テ給へ

▲蓮糸丈ハ去年ゟ打つゞいての御勤さりなからあまり仕内がことやうなゆへうけがわるふ御ざります今時そのやうな事でハ当りませぬまちつとあたら(19オ)しい事をなされ

上  大浜天次郎

上  大和源九郎

頭取 此両人ハ始めての御勤て御座ります ワルロ へたな産物会《さんぶつくわひ》を見るやうで見とむない 頭取 又わる口でござりますかはる〱遠方からおのぼりて御座りまするに少々の事ハおつしやりますな 見功者 ヘイサラハサラも久しいものじやか鷺《さぎ》のみのばねを飛龍《ひりやう》のひげと云ていつはらるゝあんまりな仕内(20ウ)しやマアそんな事でハ手まへどもハうけとらぬ 頭取 いかさま是ハちと出来すきて御座ります別して山ごしかとまつたハきついつぼ

▲源九郎丈もあまり役が多すぎてとりしまりがのふてよろしうなし 見功者 つゞみの段《だん》がなくハまだしもてあろふ 頭取 すい分せいだしたまへ

▲其外の衆は口のもくろくにのせました

惣巻軸 大上上吉  高臺政之助 (20オ)

頭取 扨此所が惣巻軸《そうくわんぢく》大幸丈で御座ります ヒイキ 待かねた〱 頭取 寛保二戌の年其後寛延二巳の年又此度の御出勤めでたし〱 大幸組 イヤ又きれいな事におゐてハ外にいらいてハあるまい 大坂上り それてはる〱見に来たのじや 頭取 扨是から藝評にうつりましよ 諸見物 しつほりとたのむぞ 頭取 此度木の下藤吉となり天神のやし

さだめも首尾いたしました目出度春こそたのしけれ

（22オ）

ろへ神釼を奉納し夫より鳥目壱銭にてはきものをあづからるゝ仕内めつらしきしゆかう当りました方丈の段随求《ずいぐ》となり顔輝《がんひ》の達磨《たるま》書記《しよき》のもんじゆ（20ウ）三人立合大ていにてよし廊《ひさし》の段秀吉《ひでよし》と成御所車《しよぐるま》の内は家《いへ》のちやうほうかさり鞍かざり角二品の宝のゆくゑを考へらるゝ仕内それより古法眼かゑかきし雁の絵をのれとぬけ出飛さるを見て宝のありかをさとり信長《のふなか》公より送《をく》らるゝ紫おどしの具《ぐ》そくを着《ちやく》しつゝれの錦《にしき》の陣羽織《ちんはおり》を着《き》虎《とら》のしき皮《かわ》に座し制札にさらしなやの哥を書るゝまてしつとりした仕内［見功者］とんと吉右ヱ門に梅幸か花れいをまぜたやうなものじや［頭取］廊の段牧渓和尚《もつけいおしやう》と高臺寺切の取合（21オ）よいぞ〳〵夫より朝鮮国《てうせんこく》の使《つかい》虎石《とらいし》自然《じねん》山水《さんすい》石《せき》の屏風《ひやうぶ》右二しなのたからを献上《けんしやう》しすきをうかゞひヒンラウのうちハの柄にしこんたるウニカウルの手裏剣《しゆりけん》を打くるをまきゑの提《ちやう》灯《ちん》にてうけとめらるゝまてきつと受取ました夫より廻り道具大庭《おゝにわ》の所小堀遠州《ぼりゑんしう》をかこい千の利休との出合［さしきゟ］さひた趣向おもしろい〳〵［頭取］玉野の段そくたいに唐冠《とうかんふり》をいたゞき後陽成院帝《こやうぜいいんてい》の御震翰《しんかん》をてうだいせらるゝ所よし夫より大切せりあけ傘《からかさ》の亭《ちん》にて半太夫か琴《こと》の音《ね》を聞《きい》てうんきをかんがへ（21ウ）山ごしに清水まで落《をち》らるゝ所大ていにてよいぞ〳〵［ヒイキ］ヨウ大将さま［大坂上り］ちと大坂へ下られたらよからふ［頭取］いかさま近〻に御くたりの事も御座りませふ先此度の大当りできつと御名があかりました扨藝品《げいしな》

# 初物評判 福寿草

安永五年

京都大学図書館本　国立国会図書館本

福寿艸　横本　三巻三冊　安永五年刊

底本　国立国会図書館本（198 324）。三巻合一冊綴

表紙　黒表紙（原装）

題簽　表紙左肩、子持枠「初物評判福寿艸　福」。上巻のみ存

構成　目録（一丁）、開口（四丁）、位付目録（五丁半）、本文（一丁半）、以上上巻。

本文（十二丁半）、白紙（半丁）、以上中巻。

本文（十一丁半）、跋（二丁半）、以上下巻。全三十九丁。

＊挿絵各巻見開き一丁ずつ

内題「福寿艸上（中・下）之巻」

開口末に「安永五ッのとし／はるのはじめの日／八文字／足跡述」

位付目録題「四季初物惣目録」

本文末に「右春　廾七種　夏　十六種／秋　十八種　冬　九種／都合七拾種初物評判終／正月吉日　牛屎散人在中」

跋末に「甞《ニ》安永乙未　移《ニテル》二丙申《ニ》一／節分福寿堂鶴亀識／印印」

柱記・丁付「■初上　一一（～十三了）■」

但し「二ノ三」あり。

「■初中　一一（～十三了）■」

「■初下　一一（～十四了）■」

刊記・奥付　共になし

蔵書印「遊戯廬」（宮崎三昧）

# 福寿艸 上之巻

初物の初舞臺《ぶたい》
入リハ増保《ますほ》の数寿喜《すゝき》
まねくハ木戸口なびくハやぐら幕《まく》
一番太鼓の初声に生キ延《のび》る七十五日
若者中の手打チは
若女形若衆形の
ちから種《ぐさ》
生《を》ふるがなかに
とりわきての
江戸贔屓《びいき》

（一オ）

附リ
新狂言の立チ入リは
新役者新部子《しんべこ》の
おもひ艸
葉するゑにむすぶ

御目見へを
引合セの口上
並ニ
早替りの手筈《はづ》は
早つゞみ早ふえの
なゝ種《くさ》
打おさまれる
四ツの時を
四座の品定

（一ウ）

## ○初物の初舞臺・入リハ増保《ますほ》の数寿喜《すゝき》

遊江吟《ゆうこうぎん》に・東都第一橋《とうとのだいいつきやう》と作りし・永代の近所永久橋のほとりに・長寿相傳《ちやうじゆさうでん》と看板《かんばん》を出して・福寿堂鶴亀《ふくじゆだうくわつき》といふ者有・欲《よく》にハ目の無き人心に・長寿とハたれものぞむ所なれば・此相傳をうけて千代よろつ代の寿命を保《たもた》んと門前に市をなしぬ・爰に又はいかゐと芝居の評判とを商売のやうにして・年ン中のろり〳〵と暮し・べたくたとしまりのなき男・我カ生れつき相応な牛《うし》の屎《くそ》橋の近所に住む在中《ざいちう》といふ者有リ・これは彼ノ境丁《さかいてう》と木挽《こびき》丁の真ン中ニ在りといふ心にて・三芝居にあけくれ入込て狂言の批判《ひはん》役者の評判に便りよきのみにあらず・師匠《しせう》の一字を用ひてかくは名のりけらし・

此男も彼ノ鶴亀先生の門に入て・(二ノ三オ) 思ふまヽに長寿をたもち・当時の役者の七世《しちせ》の孫が藝の評判をもせん心にて・或ル日芝居の帰りがけに福寿堂をたづねて・先生にまみへ長寿をたもたん事を問けるに・先生寛爾《くわんじ》として申されけるハ・長寿を保ん事素《もと》より難《かた》き事にあらず・世俗《せぞく》にいふ初ッ物七十五日といふ事有・これハ初ものを喰《く》へば七十五日生キ延ると・一ッ片ンに覚たる人あれ共さにあらず・相傳といふハ則チ此所をいふ也・凡ソ七十五日ハ食物にかぎらす・目に見る物耳にきく物心に感《かん》ずる物迄・あらたのしやあら面白やあらむまやと思ふハ・これ則チ寿命をのぶるの端《はし》也・されども其所の軽重《きやうぢう》・又其人の風雅《ふうが》不風雅と好キきらひとによりて・寿をのぶるのまさりをとり有べし・されば(二ノ三ウ)初鰹《かつを》ハ口を悦ハするのはつ物・初ほとヽぎすは耳を悦バすの初もの・初ざくらハ目を悦バすの初物也・若菜《わかな》早蕨《さわらび》新酒の類・若きも早きも新しきも・初の字の同意にして・共に寿命をのぶる物也・春の初ゟ冬の終り迄ひととせの珍らしき物は・限りもあるべからずといへども・我家に収《おさむ》る所の初ものヽ数凡ソ七十種と定む・一種づヽに七十五日生キのびる時ハ・一年ンにて五千弐百五十日生キ延ル也・一年ンを三百六十日ならしにて十四年と二百十日生延るゆへ・七年の間此七十種の初物におこたらねば・百二年の余生キのびる事也・又其百年の間に年ゝ其先キを生キのびる時ハ・

千年立ても万年立ても死する事有べからす・是不老《ふらう》(四オ)

挿絵第一図　(四ウ)

挿絵第二図　(五オ)

不死《ふし》の法也・人ハ世俗《せぞく》の塵埃《ぢんあい》にまびれて跡先キをかんがへ・物をあぶながり金を溜る了簡になれば・役にもたヽぬ苦労がふへて我と我身をせむる・是甚しき寿命の毒也・同し初鰹《かつを》をくふとても二三歩もする内喰へば・七百五十日も生キ延る物が・二百第《たい》になるを待ッ心にてハ・七十五日も心もとなし・況《いハんや》たま〱貰た初鰹《かつを》を・内で喰てハ醬油《せうゆ》や薪《まき》のついえありと・子供が手習の師匠様へ義理を作るといふ族《やから》ハ・初かつをの呼声を聞ても・かへつて七十五日も寿命がちヾまるべし・浮世三分五リンハ扨置て三リン五毛とも思ふべからず・随分初物に怠りなく心を放逸《ほういつ》に持ッ時は・かの一休和尚の御用心ンハ・生キ(五ウ)過ぬ様にとの戒《いましめ》と覚・登蓮《とうれん》法師《ほふし》がますほのすヽきを増保《ますほ》の数寿喜《すヽき》と書て・随分隙な時分に天気を見定て聞にゆくとも・遅からぬ世の中ともなさばなりぬべし・さりながら前にもいふごとく人ゝの風雅《ふうが》と風雅ならぬと・又生得《せうとく》の好キ嫌《きら》ひによりて・初物に生きのびる所の日数ハ違ふべし・先ッ此七十種のはつ物を御自分ンの存寄を以て・甲乙を定め見せらるべしとて・初物七十種の書付を渡さるれば在中限りなく悦ひ・わが好キの道よりの思ひ付キにて・七十種の初物を役者になぞら

さて
にぎやかな
事じや

長寿相傳福寿堂鶴亀

めづらし
かんばん
じや

それはわたくしが
えてものでござり
ます

まづ此かきつけを
見られよ

書庫

挿絵第二図　　挿絵第一図

へ・春夏秋冬を四軒の座本と定め・それ〳〵の部類をわけて景物《けいぶつ》の評判記となしけるも・長寿をたもつのめでたきためしなれば・則チ（六オ）福寿堂主人の草稿《さうこう》によりて・福寿艸と題し上中下の三まきとなしぬ・俳諧《はいかい》にすき芝居にすき給ふ人ゝ・若ッめづらしとも御覧あらば・これも又七十五日の数ならんかしと・

安永五ッのとし
はるのはじめの日

八文字
足跡述
（六ウ）

四季初物惣目録

春季座　　夏季座
秋季座　　冬季座

▲食類之部

○見立はいかいのてんに寄る左のごとし

極上上吉　初かつを　夏季座
巻頭のかぶハはづれぬ存義点

上上吉　初さけ　秋季座
先ッ見た所のにぎやかな百万点

上上吉　新　酒　同　座
のりこみを待まふけた多少点

上上吉　新そば　同　座
たれが口にも能かなふ祇徳点

上上吉　若あゆ　春季座
うの鳥のえんによる在転点

（七オ）

上上吉　若もち　同　座
ねんばりと和らかな白頭点

上上吉
早松たけ　夏季座
やハらかでしやんとした所もある温克点
早初たけ　同　座
日ましにさびの見へる葵足点

上上吉　新ちや　同　座
若いうちから気のつよい金洞点

上上吉　初なすび　同　座
高い所をもてはやす田女点

上上吉　初すばしり　同　座
六月をむねとする秀国点

（七ウ）

上上吉　初いね　秋季座
あじなあまみのある菊堂点

上上吉　初ふな　春季座
小さくてもみどころある宗梅点

上上吉　新むぎ　夏季座
稲のあまみとハ又別な芙天点

上上吉　新とうがらし　秋季座
まだ本ンのからみハしれぬ五弦点

上上　新かんひやう　夏季座

上上　新　米　秋季座

上上　新くるみ　同　座

上上　新せうが　冬季座

上　若たばこ　秋季座

上　新かや　同　座

（八オ）

食類巻軸
上上吉
若　菜　春季座
こまかでおもしろい楼川点
早わらび　同　座

やハらかできれいな祇丞点

▲生類之部

極上上吉　初ほとゝぎす　夏季座
とかく人のうれしがる買明点

上上吉　《ほうび》　初かり　秋季座
淋しい所のおもしろい雑口点

上上吉　初とり　春季座
けんまくな所のいさましい小知点

上上　初せみ　夏季座

生類巻軸
真上上吉　初音　春季座
出るやいなや請取られた連馬点

▲降物聳物之部

大上上吉　初ゆき　冬季座
面白いと人ハいふ常仙点

上上吉　初しぐれ　同座
さして夫ゝとも空定なき留倫点

上上十　初しも　同座
だん〳〵いろを見する保牛点

（八ウ）

上上
降聳巻軸
上上吉　初あらし　秋季座
初かすみ　春季座
そろ〳〵陽気をあらハす可因点

▲水辺之部

上上吉　若みづ　春季座
沾家の流れを汲あげる沾山点

上上十　初こほり　冬季座
水ぎハのはつきりと分らぬ牛呑点

上上士　初しほ　秋季座
いつぱいにはゞのある宝馬点

▲人事雑事之部

上上吉　初買ひ　春季座
かるはづみにハなりかねる左簾点

上上吉　初芝居　同座
ひいきの多いハ仕合な不言点

上上士　初ゆめ　同座
たわいない事で腹をかゝへる金羅点

（九オ）

上上　初売り　同座
　　　初こよみ　同座

一上　新わた　秋　　一上　新しぶ　秋

（九ウ）

位不定　新下り　冬季座

見定ぬ内ハ評の付られぬ素人点

▲植物之部

功上上吉　早むめ　冬季座

はなもあり実もある冬英点

上上吉　若葉　夏季座

花ならで見ところある津富点

上上吉　若むらさき　春季座

名の一字にもゆかりある紫鳳点

　　　若みどり　同座

根ざしも丈夫に見へる李門点

上上吉　早なへ　夏季座

もとより米の字から出た秀億点

（十オ）

上上吉　若艸　春季座

つまもこもれりきみあひもこもる五璉点

上上吉　若かへで　夏季座

くれなゐハうへてかくれなき園女点

　　　初もみぢ　秋季座

名にめでゝ染出し給へ秋色点

上上吉　若たけ　夏季座

親御におとらぬ枝ぶりハ来爾点

上上吉　新じゆ　同座

談林の木ずゑわかき花縣点

上上　早つばき　冬季座

上　新桑　春季座

植物巻軸
大上上吉　初さくら　春季座

ちらりと面白さを見する素外点

（十ウ）

▲神祇之部

上上吉　初むま　春季座

とり合のおかしい沾涼点

上上　若ゑびす　同座

上　初卯　同座

一上　初とら　春　　一上　初とり　春

▲天象之部

上上吉　初そら　座本
若やきなから古を思ふ老鼠点

上上吉　初日かげ　若太夫
めてたき栄へを悦ふ一漁点

上上　初かみなり　同
式三番の役ハいつも千歳点

狂言ニ不出　初夏の天　座本
花と実の中をゆく貞喬点

上上吉　初秋の天　座本
穂に穂かさねて実入リのよい平砂点

上上十　初月　若太夫
武玉川の流レに影をとゞむ紀逸点

狂言ニ不出　初冬の天　座本
めつきとはだへの違ふ柳尾点

惣巻軸
極上上吉　新月　秋季座
一トきハすぐれて見所ある珠来点

（十一オ）

▲狂言作者之部

（十一ウ）

春季座　金井三才
常盤日和平
佐保姫神七
西川混沌

夏季座　笠縫精助
桜田気介
中村陽介

秋季座　増山陰八
龍田姫染八
造化精蔵

冬季座　並気候助
堀越大陽

以上

（十二オ）

▲食類之部

極上上吉  初かつを　夏季座

頭取曰当年の巻頭もかまくらの親玉でござる ひいき組 打ませう シヤン〳〵〳〵〳〵 上がた詞の男 ちと待てもらひましよ・若などの早わらび殿といふ上品ンなわろの二人迄居らるゝに・此わろを巻頭とハあまり風流のない事じや・春季座の根生《ねをい》といひ功者といひ・此二人の内を出してもらをハい 小田原丁 なんのこつたいま〳〵しいそりやあむかしの事だ・若菜や早わらびのあぢもそつぱいもないぐにや〳〵とした藝で巻頭に直られる物か・江戸の事を知らずハしらぬ様にすつこんでけつかれ つれ〳〵功者 あまり初鰹〳〵と有がたそうに云まい・兼好法師《けんかうほうし》の云ハれたハ・鎌《かま》くらの海に鰹といふ魚ハ 頭取 これ〳〵其様な古い事をお引出し(十二ウ)被成ては違ひます・成ほどつれ〳〵草にござる評判ハ此人の初舞臺の比にてひいきもない比・それより年〳〵藝を仕上ヶられ今でハ上《かみ》ざまの御ひいきあつく・江戸中ハ云に及ハず西国の果迄ひきての有ル当世の大立物・それゆへ巻頭に致ました ひいき 尤だ〳〵早く藝評が聞たい 頭取 此度狂言大名題《なだい》通俗志《つうぞくし》津芋玉巻《づのをだまき》にさし身の十内となり・出はの身新しくてよし・宇砂鉢幡《うさはちまん》の神ンちよくにて女房からしずにめぐりあひ・草履のはなを通ヲしながらのしうたん外ヵに仕手ハござらぬ・次ニ生醬油《きぜうゆ》の九郎兵衛大根おろしの四郎兵衛・両人に出合ての仕内かるみありてよし 見功者 こゝの仕内ちとふと〳〵しくてわるかつた・もそつと薄手《うすで》に致されたら能かつたあろうに 頭取 それハ此人のとがでハござらぬ・作りのあやまりにて(十三オ)せりふの付ヶやうのわるいのでござる・扨大詰に鎌倉煮《に》ざましの池へめうがの八白瓜《ふり》の権せうがの六などいふわる者を打こみ・我も池の内へ身をかくし・其後あちやら王の出立チにて・とうがらしの鎧《よろひ》をさし上ヶてのせり出しはなやかにてよし・二番め二役雉子《きじ》やき藤太のやつし事・実ハいろつけの住人はらもみ介と云事を弁慶にさゝれて・にはかにかたくならるゝ仕内いつ何を致されても わる口 ちと待て貰《もら》ハふ・秋の血合《ちあひ》太郎の古い狂言ハ見物がづゝうはちまきでへどの出る仕内 頭取 なる程あれハちと出来ましなんだがあの比ハ役者不足な時で・不快をおしてつとめられたゆへの事・此度の皃見せに申分ンハございますまい 大せい ないとも〳〵 頭取 さらば次の評へかゝりませう

福寿草　上之巻終

(十三ウ)

# 福寿草中之巻

上上吉  初さけ　秋季座

すだ丁こゝハ若などのかさわらびとのと思ひの外な事・頭取これハどふいふ事じやしんば何ぞと云へば若なのさわらびのとこれハ源氏物語リの評判でハないぞ四日市平家物語の評判ならをれが所にあるぞ頭取ア、これ〳〵おひかへ被成ませ・これにハわけのある事あとでしれますしん川なぜ下リの新酒どのを出さぬ頭取なる程新酒殿ハ下リといひ中リをとられましたれ共・一たい御功者故先ッ此人を出しました・此度新式枝葉集《しんしきしやうのまじハり》一番め月見の幕に・水戸兵衛となり籠《かご》にての出はよし・扨枯木《かれき》やのけいせい梅もどきハ我娘はらら子とさとり・親子の名のりの折から・本名不川の（一オ）かくはんといふ事をたゞのむの役新酒殿に聞付られ・急に平《たい》ラの子《こ》籠《ごもり》幽霊《ゆうれい》也と真赤いさいしきにての幽霊の仕内よく・又ひく汐にゆられ流れてあと塩引とぞなりにけるとのおかしみ皆うれしかりました・二ばんめ・弘智《こうち》法印《ほういん》の像《ぞう》にて岩屋よりの押出し・誠ハからざけ八郎と名のらるゝ場はかた過てはねましなんだ・二番め三役ひづの次郎にてなますの三郎とすいくらべの所・かるくてさつはりとした仕内出来ました〳〵

頭取曰サア下りのたてものでござる大せい打ませうシヤン〳〵〳〵

上上吉  新酒　秋季座

頭取先ッ以評判よろしく御満足にござりませう・此度たゞのむの役にて大物《だいもつ》の浦の幕にはしりての出は・勢ほひ有てまづ（一ウ）どつと落が参ましたわる口されば初めばかりくハつとしてあとがさひしい・どうやら夢を見た様な藝しや頭取それハまだ初ぶたいゆへ大入リにのまれた場も有たはづの事・扨富士《ふじ》見船《みぶね》の場にて菰《こも》かぶりのやつし事よく・後に義つねの身代リにたゝんと船ばたにつゝ立上リ・剣菱《けんびし》五位《い》の上となのられしあたりハいかにもひんとした仕内・あま口な藝でなくあつはれ立テ物やと見へしおく方女中今の世のなりひらさん・酔《へい》と申やす若餅ひいき何か声がうす濁《にご》りにきこへて皮たびやそれハ風を引た時見たのであろふ・上《かみ》でしたどひ六のせわ事や・名ごり狂言の弾正《たんぜう》の大弼中《たいひつなか》くみの大中リなど見せたふあつた頭取とかく春になりとつくりと見たる上の事・先ッ御当地の受ヶ能ク（二オ）珍重〳〵・七年も九年も落ついて黒極の名をとり給へ

上上吉 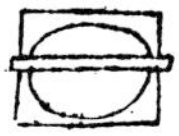 新そば　秋季座

頭取曰此度枝葉集《しやうのまじハり》に義つねの役にて深大寺《じんだいじ》の強力《がうりき》正直坊となり。木曽殿のとちめん棒《ばう》を引たくらるゝ場てばしこくてよし。次にあたかの関にて弁慶に打たる場も出来ました わる口せりふの句切りがみぢかくきれ〴〵にきこへてわるい 頭取そのせりふへつなぎを入れぬ所が此人の工夫こつくりとしてよふござる。二番め中げん二八となり継母《けいぼ》にけんどんにあたられ。煮《に》へた汁をぶつかけられからきめにあひむねんをこらへ。後に主人の手うちにあふ場にて福山錦《にしき》之介と名のりかまぼこの皇子の謀反《むほん》にてせん玉子と根ぜりの前をくわゐ太郎(二ウ)にうばはれ。ごぼうきへの云わけのためしつぽくの場迄。かんばしき仕内よいぞ〳〵 わる口夏のうす墨《すみ》の三郎ハ扨わるかつたぞ

上上吉  若あゆ 春季座

頭取曰此度其傘《そのからかさ》嚔《はなひ》日記《につき》にたでずの六郎となり。長良川《ながら》の鵜飼《うかひ》の幕に中橋のおまんに出合ひ。すしづけにせらるゝ場ハ始終相手にのまれて見へたれど。跡の舟皿《ふなさら》の所ハひれありてよし。一たいが器用な人にてあたまからほねの中迄行わたりて残る所なき仕内。さりとハ打上つた藝でハあるぞ。秋狂言の玉川の梁蔵《やな》ハあまりさび過て。評判が思ハしからずきのどくにてありしが。うるかの大臣の実悪を出されて。きつうしふとくてよいと落が参りました小兵なれ(三オ)共男ぶりなら仕内なら。きれいな事〳〵

上上吉  若もち 春季座

頭取曰此度嚔《はなひ》日記に松の内九十九《つくも》の役。四立テめよみうちの幕にかるた之介が死がいの上へ上ケられ。めいわくがらるゝ仕内おかしくてよし。大詰げこの者にとりまかれ亀甲《きつかう》のよろひを着し。ふくれかへつて出らるゝ場実《み》が有てよし わる口あれも去年のそへ之介のやきなをしの様な事しや。なり斗リふくれてもどうやらだらけた仕内。腰《こし》がよハいそうでたてのきまりがわるく口跡のぎんもわるい。何か口のうちでぶつ〳〵いふやうな 頭取あのふうわりとした所がげいのむまみと申物。師匠寒餅《かんもち》殿の様な堅《かた》い藝でハ。かびくさくて当世(三ウ)へハむきませぬ。なんと左様でハござりませぬか

上上吉  早松だけ  早初だけ 夏季座

頭取曰御両人牛角《ごかく》のたて物。同座といひ一所に評しませふ わる口いかさま松だけに牛角《こかく》の立物とハ出来た〳〵 頭取これハしたりそれハわるじやれと申もの。扨志《し》津苧《つのを》玉巻《だまき》に早松《さまつ》殿は。一番目め四

立め小松殿御ゆうらんの場へ・べつかう三郎はるかたにて小間物屋となりての出は・こしもとをなぶらるゝ所おかしくてよし・次に御臺《みだい》あづまのかたを実ハ男なりとさとり・其身ハ稲荷山の傘《かさ》はりくさびら法眼《ほうげん》と重《しげ》もりに見あらハさるゝ場よく・二番め青さぎの所作のあしらひ迄・出来ました〳〵(四オ)早初殿も遊覧の幕に・緑青《ろくせう》の判官の役・にてめづらしき実悪の仕内・初なすび殿に毒気《どくき》を打けされ・善心に立帰りて身のさびを後悔《こうくハい》し・白水の池へ身をなげんとせし所を葛西《かさい》が妻青菜《あをな》にたすけらるゝ迄・いつも〳〵面白い事ながら此度ハさして仕内なし・秋の畠《はたけ》山せうゆ次郎こげたゞの様な・かうばしい仕内を待ます〳〵

上上吉　　新ちや　夏季座

すだ丁こちの初茄子どのを出してもらハふ頭取なるほど初なすび殿も能ふござれ共此人ハひきても多く・上品ッと云ひ藝もこまかにて・こくもうすくもたて物の仕出し・初舞臺のむかしゟきせん共にうれしかります・此(四ウ)度葉さきの四郎鷹《たか》つめの役にて・宇治の天王の後《こう》いん近江田地《でんち》の茶くりうと名のらるゝ場・一たい気づよくてよし・つめ迄大出来〳〵・二番め卯月八日之介にてこしもと卯の花とぬれ事の仕内ハ・あまりどつといたさいで残念〳〵

上上吉　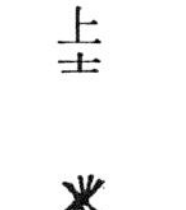　初なすび　夏季座

頭取曰一ばんめ五たてめするがの小次郎にて調市《でっち》へた松と偽《いつハ》り・茗荷《めうが》の八と両人早松茸殿にあやしまれ・へた松もときとまぎらかさるゝ場よく・次に誠のへた松にあぶらをあひせられ・其あとにてわる口みそを付たといふ事か頭取イヤ鴫若《しぎわか》丸の身代ッにたつ場・ちいさくて藝にう(五オ)

挿絵第三図　(五ウ)

挿絵第四図　(六オ)

まみがなかつたとの評判なれど・秋狂言の本庄元伯《ほんぜうげんはく》が下男もぎりのぬか介よりハ・又よほどやハらかに致されたれば・むまみがないと一ト口にも云ハれませぬ

上上吉　　初すばしり　夏季座

頭取曰此人まだおぼこの時上京あり・京の水にて藝を仕上ヶられしが・どうでも江戸の水なつかしくや・のほれば下だるいな船の・いなにハあらぬすばしりと改名《かいめい》・しりの字もむなしからず・よい二さいじやとの評判わる口まだ藝が土くさくてむまみのない仕内頭取此度堀の内はね蔵にて雷をおそれ・ぎよでんの上へ落かゝるを見てへそをかゝへらるゝ場・はねました〳〵御親父ぼら蔵殿に

其傘嚔日記《そのからかさはなひにっき》　三ケ月続　春季座
正月朔日ヨリ

あけのかゝやく丸ニ　初日影
すりころもニ　若紫
三よしのたてるニ　初霞
松の内つくもニ　若餅
ぞうにの介うハをきニ　若菜
ひとへニ　初桜
丘隅寺の上人ニ　初音
奴折介ニ　早蕨

通俗志津芋玉巻《つうぞくしづのをだまき》　三ケ月続　夏季座
四月朔日ヨリ

するがの小二郎ニ　初茄子
さしみの十内ニ　初鰹
緑青の判官ニ　早初茸
淀のわたりニ　初時鳥
はるかたニ　早松茸
こだちニ　若葉
こしもと八しほニ　若楓

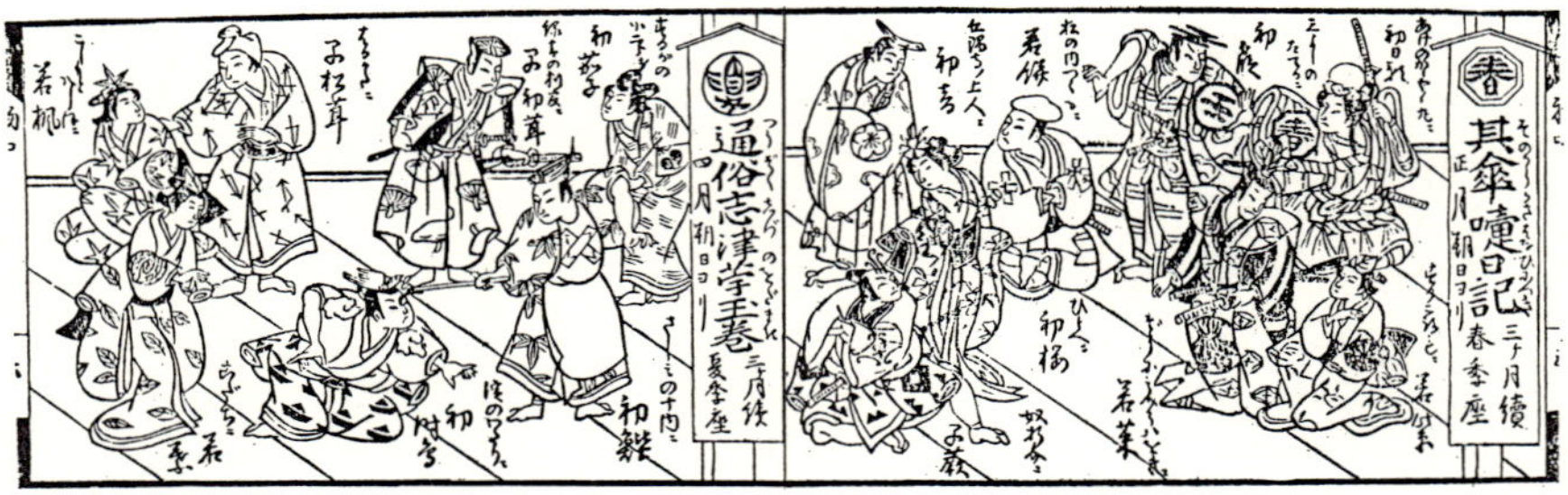

挿絵第三図　　挿絵第四図

おとらぬ名を上（六ウ）給へ・此度さしたる仕内なければ追て評しませふ

上上十　　初いね　秋季座

［ひいき］坂田雨まつとて春季座へ子役にての初舞臺・夏季座にて早《さ》乙女《をとめ》哥之介の若衆形の大中リも・此比のやうに有しが扨〳〵きつい成長・当芝居へわせてめき〳〵と藝がたちのびてほんに〳〵めでたい・女中方ハ皆ほの字さりとはあやかりものしや［頭取］此度三立め刈田《かりた》の次郎にて・妻お電《でん》にあひ宝蔵の鍵《かぎ》をうけ取・後にたまだな与市にしばられる所よく・五立め鶴が岡の神前にて三宝《ぼう》をふみこハしてのあら事・地頭《ぢとう》入道の蔵の内へはいらるゝ迄出来ました〳〵

上上吉　　初ふな　春季座（七オ）

［頭取曰］此度にこゞり四郎にて氷の内よりせり出しにて出あぶりこの上にておどりながらのしうたんあハれにてよし・其後大こんの討手《うつて》むかひし時・松まへがぬぎすてたるうちかけにて身をかくし・けいせいこぶまき也といつハらるゝ場よく・二番めすゞめや喜七の役・九年坊とひぢきの前を相手にて・すゞりぶたに合せての所作事迄出来ました［わる口］身にほねのなくハとおもふ踊《おどり》哉とハ此人

の事をいふた発句じやまで

上上十  新むぎ　夏季座

頭取曰 此度こがしの左衛門にて・付木《つけぎ》の佐次兵衛が娘をいわうの前と見とがめらるゝ所・関所《せきしよ》の場迄出来ました 見功者 山ぶしめらむせあが(七ウ)れとのせりふハやすふ聞へたぞ 頭取 次に忍ひの黒ッ坊姿にて出・まこもの介きハずみが身替りの場大てい・二番め引わりのもそ次にて田舎者のやつし事ハよし〳〵

上上十  新とうがらし　秋季座

頭取 日光三郎の役くわい中の天井守ッを見とがめられなんぎの仕内・まだおとしだけ青い所あれども・おしつけとびかへるやうなたて物になるべき仕出し珍重〳〵・其外の衆ハ口の目ろくにのせました

食類巻軸 上上吉  若菜　春季座  早わらび

頭取曰 ゆうびのたて物御両人巻軸へ出しました・おつしやりぶんハござりますまい ひいき 待(八オ)かねた〳〵早く藝評がきゝたい

頭取 此度其傘嚔《そのからかさはなひ》日記に・若菜殿ハぞうにの介ゥハをきの役・つもりのゆきとしが衣手《ころもで》の皇后《こうぐう》を手ごめにする場へ出難義をすくひ・二役かさいの六郎にてからしのきく五とのしあへの場・かぶの所ゆへさつぱりとした仕内よいぞ〳〵・二番め女《め》川なめ七にてきをんのとうふうとの出合ハ・扨〳〵きれいな事でござりました わる口 春のひば之介のあら事あさりの与一とのたてハ・さん〳〵ごた〳〵として 頭取 これ〳〵まづおひかへ被成ませ・早わらひ殿ハ一番めに奴折介《やつこおり》にて実ハにしめの判官もり久のやく・若むらさき殿に手をにぎられめいわくさるゝ場よく・次に唐土首陽山《もろこししゆよう》へ落らるゝ迄(八ウ)御功者な事・二番めにつさかの餅《もち》兵衛ハ思ひの外不出来との評判・いかさまどつといたさなんだ・されどもめいぶつ〳〵

## ▲生類之部

極上上吉  初ほとゝぎす　夏季座

わけ知出て こちの初音殿を飛こして巻頭とハきこへぬ・全躰はつねの弟子筋《すぢ》で子分ッにしてとりたて・ほとゝぎすのすの一字も師匠の一字を ひいき こいつハなんのこつた家督《かとく》あらそひでハあるまいし・藝の評判に筋目を正すにハ及ばぬ事・いつも当りのあるも

のハさきへ出さいてよい物か・知らずハしらぬやうにすつこんで居ろ頭取なるほど藝評にハ師弟親子《していしんし》の見さかへハないはづの事・(九オ)さりながら初ねどのハ功者と云ひ藝といひしほらしさといひ・中〳〵此人の下に置人にハあらねど・初ほとゝきす殿ハかんせいな場にてひいきも多し巻頭へすへました・此度通俗しつのをだまき一番め四立めに・山がつ四手《しで》の田長《たをさ》兵衛となり・切まく〽一声かけて出らるゝ場よし・次に村雲の皇子《わうじ》にとりたてられ淀《よど》のわたりと改名《かいめい》し・弟恋しやと似せ気違の場よく・後鶯《うぐひす》姫を追出し・此家ハおれが只とり山じやとをしなをらるゝ場手づよくてよし・大づめ二役がんはり入道となり・あちやら王にてつぺんかけて打くだかれ血《ち》をはき・其血しほのけがれにて懐中《くわいちう》にひめ置たる・八千八声《やこへ》の玉のこくうに飛さるを見ていかりをなし・誠ハ(九ウ)蜀王《しよくわう》の魂魄《こんはく》と名のらるゝ迄・すごくてよいぞ〳〵

上上吉

初かり　　秋季座

頭取曰さあ皆さま御ひいきの初かりでござりますひいき巻頭とも思へども先ッ其分にして置ク・頭取下手な評判をするとゆるさぬぞ頭取此人の藝におろかハござりませぬ・此度は飛《ひ》きやく雲井の文字兵衛にて初もみぢ殿にたばかられ・道をいそきかうがいをとらんとかけぬけらるゝ場おかしくてよし・次にむたいのれんぼをしかけ・脣《くちびる》をくひ切られ三ッ口と成リ・種《たね》が嶋が手にかゝり最期《さいご》の時・こんぱくむかふ臑《ずね》にとゞまつて恨をなさで置べきかと云ハるゝ所すごくてよし・二番め堅田《かたゝ》平さくにてたいこ(十オ)持琴《こと》次となり・刈田の二郎が妹おひしを喰ころさるゝ場おそろしい事でござつた・次に長月喜太郎にかやのつり手にてしばられる迄大出来〳〵・それゆへほうびにかうがいをとらせました

上上吉

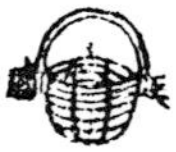

初とり　　春季座

頭取此度物かハの蔵人にて・かまくら晦日《みそか》がやつの幕に・ねくら堂の上より大声を上て掛乞《かけこひ》太郎が軍兵を追かへさるゝ場いさましくてよし・後いたちの大領に追詰られ屋根へ飛上りしひまに・かすでら弥九郎がために一子卵《らん》丸をばいとられしうたんの場迄・此度ハ実事をいたされめづらしくはねました〳〵　(十ウ)

生類巻軸
真上上吉

初音　　春季座

頭取曰とし月をまつにひかれてふるき上手《ず》ゆへ・巻軸へすへまして・待かねたお人様方へけふ鶯の初音殿の評判おきかせ申ませふ物しり皃な男初ほとゝぎすの評判の時の口ぶりで・此人巻軸であろふとハ風のにほハすそのゝ梅に・まづ評判を問《と》ハずや有べきどうだ〳〵頭取此度丘隅《きうぐ》寺の住職《じうしよく》黄鸝《かうり》上人にて谷の戸の出はよく・かハ

づの三郎と歌合の場しゆせうにてよし・其後土蜘《つちぐも》の霊魂《れいこん》のりうつりてたちまち悪心となり・梅殿の皇后《かうぐう》へむたいのれんぼをしかけ・跡にて七化《なゝばけ》の所作事ハどつと落が参ました・中にも仕切場餠の化《け》現《げん》せつかいの変化《へんげ》などとりわきはねました・大詰蜘の巣《す》のうち(十一オ)より出・風ふかばいかにせんと云ハるゝ場すごくてよし・後大乗妙典《だいぜうめうでん》の功力《くりき》にて善心となり・法花経《ほけきやう》をとなへらるゝ場迄・さりとハよいぞ〳〵

## ▲降物聳物之部

大上上吉  初ゆき　冬季座

頭取曰此度大名題糸衣毛吹鏡《いとごろもけふきかゞみ》一番め五立めに・奴ちら平にてふり出されたる所皆うれしかりました ふぐ売出て 此所もそつとくわつとした仕内であらふと・思ひの外少し計の藝で・見物がぬか悦びであつた 頭取 二番めハ其代ㇼにきつうほねを折られました・二役ふりますの家臣・垣根要人となり・より朝公へ御きげんうかゞひの使者の帰りがけ・中の丁へ上下《かみしも》にての出はみなめづらしいとの評判・(十一ウ)次につもりのから風と心を合せ・かまくらを一トまるめとはかりし所・けいせい朝日を見てとけ〳〵となりわる工ミあらハれ・つもりし事も水のあハと後悔《こうくわい》の場迄・大たて物ほどありてかく別な事でござる・別して当座役者ふそくにて御くろう〳〵 わる口 めいよに此人の藝ハ初めがはなやかで跡程見ざめがする・春の木ごとの花右衛門などもあとがぬかつてわるかつた

上上吉  初しぐれ　冬季座

頭取曰此度毛吹鏡一番めに野山染蔵と成ㇼ・珍らしき実事出来ました〳〵・四立めいなり山にて和泉式部《いづみしきぶ》に簑《みの》を借り・壬生《みぶ》の小猿《こさる》に其みのをほしげにつけまハされ(十二オ)うるさがり・次に常盤《ときハ》木《ぎ》にぬれかゝり・色にそまぬゆへはらたゝるゝ場・此所少計持前の悪にて・後に千とせの松兵衛が本心ンを聞て又善心となり・通《つう》天《てん》きやうの味方《みかた》となり・栂《とが》の尾まきの尾をかたらひ錦《にしき》のはたを上る場迄大出来〳〵

上上十  初しも　冬季座

頭取曰やけ原のをきむらにてれいのねづみいろのさいしき・敵役にハ打て付た男ぶり・渋柿赤右ェ門《しぶかきあか》と心を合せ・水仙姫に毒《どく》がひの場しぶとくてよし・後に垣根要人がねやに忍ひ入りあかりをけし・白菊をおきまどはせ・かへつて白ぎくとの心あてにて・初雪どのに切られさいごの場迄(十二ウ)出来ました〳〵

降鵞巻軸
上上吉  初かすみ　春季座

頭取曰 ほつこりと長閑《のどか》な藝・打上つた所を以て巻軸に出しました・此度噇《はなひ》日記一番目に三よし野たてるの役・遠山《とをやま》姫をかくし大ふねの船頭《せんどう》をあざむき・百千《もゝ》鳥の香炉《かうろ》をとり返し・実事と見せて見物を嬉しがらせ・二番めたな引の横兵衛にて初桜殿のなんぎの場を金にてすくひ・跡にてのつぴきさせぬ横れんぼを仕かけ・嵐のふく蔵雨のふる蔵に云つけ・打擲《てうちやく》の場あく迄にくき仕方・敵役のたつ人〻〳〵・是から水辺《すいへん》の部の評へうつりましよう

福寿艸 中之巻終

（十三オ）

# 福寿草 下之巻

## ▲水辺之部

上上吉  若みづ　春季座

頭取曰 久しいお人ながらいつも〳〵若〳〵しく・いさましいわろでハあるぞ 深川 なぜ初しほを出さぬ 山の手 はつ氷を出してもらハふ 頭取 初汐どのハはゞのあるげい・初氷どのハしほらしい仕内なれど・若水殿ハめでたきお人ゆへ巻頭にいたしました・此度久米のつる兵衛母井戸がハの役・たが見てもはねた仕内ながら・いかにしても朝の内少し出られて・さしたる藝なくて残念〳〵・夏致された氷おろしのお葛ばゝハ・きみのよい事〳〵

（一オ）

上上士  初ごほり　冬季座

頭取曰 此度龍田川のとぢにて・百姓岸兵衛が母と名のりての出・一たいふうハりとうすでにやハらかに見へて・どこぞにしく〳〵ととげのある仕内・やけ火ばしにて舌のさきへ穴をあけられ物云ひ不自由になりて・初雪殿にとがめられ・百姓といふをはくひやう〳〵と云ハるゝ場おかしくてよし・段〻此上藝が手あつくなつ

たら・猶又そこのしれぬ悪にてにくさがましませふ

上上吉  初しほ 秋季座

頭取曰非人石かきば〻にて・古わんとすいくわの皮をもちはきだめをせをひて出・蟹《かに》蔵を追のけてのか〱とゆかの上へ上(一ウ)らる〻場・たぶ〱としてよし・新月殿に押とめられ・そろ〱と引て帰らる〻所よく・二番め二やく角力取《すまふとり》片男波《かたをなみ》みち右衛門が母の実事・和哥の浦に預《あづ》けし鶴姫を取返し・芦部《あしべ》のやかたへいそがる〻迄大出来〱

▲人事雑事之部

上上吉  初買ひ 春季座

頭取曰此度松なみゆきゑ之丞いりかねにて・冬とし公ゟ頼まれし物日の前を仕廻《しまい》太郎にわたし・あま田新蔵引つれがはかりことにて・大閤持朝《たいかうもちとも》へ惣花《そうばな》打チの尊《みこと》の画像《ぐわぞう》をばひとられ・跡にてそろばんのけた八に目の玉をはぢかれ・急に痛がらる〻場おかしい事(二オ)〱・次に紙子すがたにてぬかみそ汁《じる》をくハる〻場迄大でけ〱

上上吉  初しばゐ 春季座

頭取曰此度曽我の小藤太かげときにて・実ハ朝いな新左衛門介つねの役・一人たい面ッの場よく・二ばんめ二やく友切丸せんぎのため大いそやのけいせいけはひ坂の二の宮とすがたをやつし・後ひぐちの庄司次郎景清と本名をあかし・主人の仇《あた》より朝《とも》へ忠義をつくし残念がり・次に月さよと團《どう》三郎のふりを仕《し》分ヶらる〻所作《しよさ》事迄・見物がはらをか〻へました

上上吉  初ゆめ 春季座

頭取曰ふつかの晩ッ介本名なすびの与市(二ウ)にて・宝ぶねゟ弁才天扇のまとを出せしを射《い》て落さんとせし時・其矢たちまち鷹《たか》となり飛さりければ・あふぎのまとハふじ山ッとへんじ・其舟にて七福神ッの春駒の所作事にうかれて・海へさんぶと落しが海にハあらで・らい光の屋形《かた》にて小てふとあそばる〻場たわいなくてよし・土蜘《つちぐも》の霊魂《れいこん》に出あひあやふき所を・貘《ばく》にたすけらる〻所迄皆よいとや申ます

位不定  新くだり 冬季座

頭取曰水もの国の関取リはたき山あて吉と番附にあれ共・座付キ

計をつとめられしゆへ春長に評しませう

## ▲植物之部　（三オ）

功上上吉  早むめ　冬季座

頭取曰植物の巻頭どなたもおつしやり分ッハござりますまい あす連
か山中あるぞ〳〵頭取おつと皆迄仰られますな初さくら殿がてんでござります。ずいぶん巻頭にすへてむりのないおかたなれ共。早梅殿ハ年功《こう》と申シ兄貴《あにき》と申シわる口なるほど兄貴ほど有てのろつこいまだるい藝じや御てん山連中押出して花といふ藝ハ初さくらじや。これハ置キ直して貰ハふ亀井戸連中初さくら殿を先キへ出したら天神ン様のばちがあたろふぞ頭取これ〳〵御口論《こうろん》ハ御むやうでござります。いかにも初桜殿ハひいきも多く若ざかりゆへ。藝もかくべつはなやか（三ウ）にござれども。功者な所ハ早梅殿の外にしてはこざりませぬ。此度毛吹鏡《けふきかゞみ》に一陽冬至《やうとうじ》兵衛が妻此花となり。一子来《らい》ふく丸をなにはのみこの御身替りにたて。上使《し》今尾春部《はるべ》之進帰りし跡にてのしうたんよく。二番め寒《かん》五兵衛が妹お咲となり。むろの内ゟせり出しにて。麹《こうじ》丁の幸次郎とぬれ事の場うまい事〳〵。ゆしまの納豆《なつとう》太に見つけられ切られんとする場をのがれ。跡にてたゝき返さるゝ所出来ました。次にわるものひやめしの八をこたつの内へかくし。われハこたつの上にしやんとして居らるゝ場にほやかにてよし。いつも〳〵かじけぬ仕内。かつさきかけし植物。（四オ）の巻頭と申に。無理ハござりますまいひいき頭取有がたい〳〵

上上吉  若葉　夏季座

こんや丁若むらさきか高砂丁若みどりか両丁どうた〳〵頭取先ッ若葉殿でござります。此度しづのをだまき一番めにこしもと木立《こだち》の役。男だて黒ごまのいり蔵やきみそのこげ蔵両人。さいかち姫との人たがひにて。まな板石の上にてきりあひほろ〳〵のめにあひて。さんせう大夫がめかけかほる也と出まかせの云わけして。やう〳〵となんぎをのがれし所。又なめしの庄司《せうじ》に聞つけられ。それならバ田かくの役人に頼んと。すりばち太郎すり子木入道に引たてられ。（四ウ）なんぎの場を。淀《よど》の亘《わたり》の役ほとゝぎす殿にたすけられ。後に山木がつまわくらハと名のらるゝ迄めのさめた仕内。色のよさにぬれ事ハ一しほうまい事〳〵

上上吉  若むらさき　春季座
 若みどり

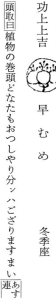

新式枝葉集《しんしきしやふのまじハり》　三ヶ月続キ　秋季座
七月朔日ヨリ

けいせい高尾ニ　初紅葉
不川のかくはんニ　初鮭
一葉之介ニ　初秋之天
たゝのむニ　下り新酒
正直坊ニ　新蕎麦
石垣ばゝニ　初汐
雲井の文字兵衛ニ　初雁
田ごと之介ニ　新月

糸衣毛吹鑑《いとごろもけふきかゞみ》　三ヶ月続キ　冬季座
十月朔日ヨリ

垣根かなめニ　初雪
おかんニ　早椿
やけ原のをきむらニ　初霜
奴ちら平ニ　初雪
このはなニ　早梅
龍田のとぢニ　初氷
野山染蔵ニ　初時雨

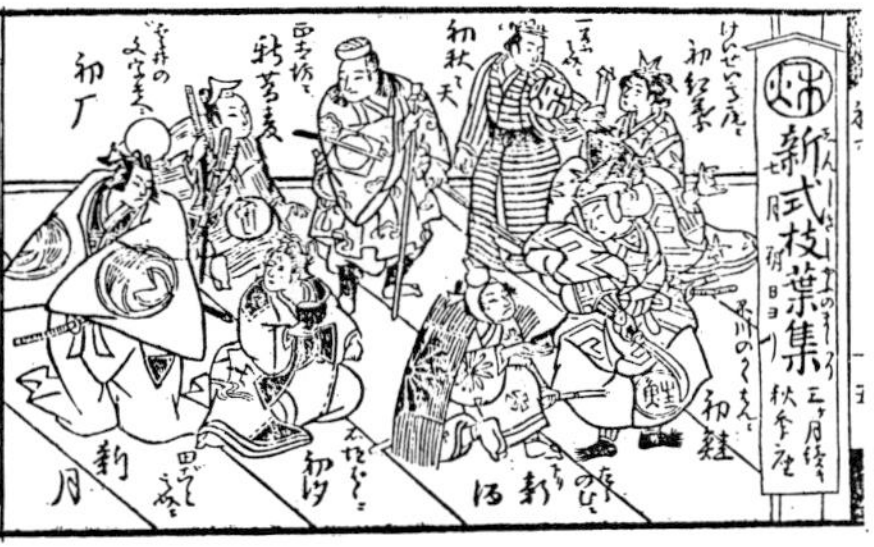
挿絵第五図

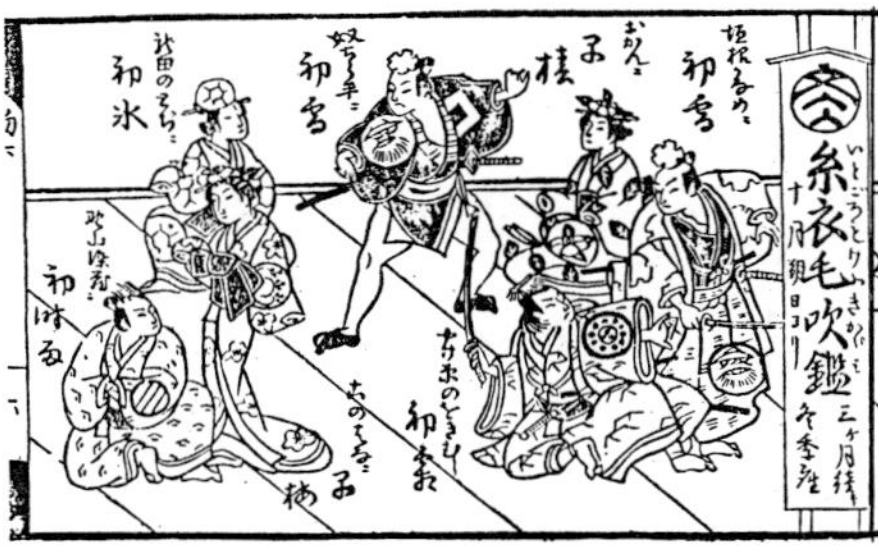
挿絵第六図

頭取曰 此度若紫殿ハ南部《なんぶ》やお朝《あさ》にて。江戸や水右衛門にあひ色を以てたばかり。朱《あけ》のかゝやく丸をうばひとり。麻《あさ》の葉の太刀と入レ子菱《こびし》の玉をとり返さんと。青海波《せいがいは》の楽《がく》に合せての所作事よく。実《じつ》ハ春日《かすが》のまへのめのとすりころもと名のり。弟藤《ふぢ》太郎がゆかりを尋らるゝ迄出来ました〳〵。当時色のてつぺんさりとハうつくしい事。（五オ）

挿絵第五図　（五ウ）

挿絵第六図　（六オ）

若みどり殿ハ住よしの水茶屋千とせやおたつの役。我夫ト高砂尾の右衛門本名もり久にめぐりあひ十かへりの物語して亡君《ぼうくん》小松殿の事を云出してのしうたん。後に夫トのためにつとめ奉公して。大夫しよくにならるゝ迄よいぞ〳〵

上上吉　早なへ　夏季座

頭取曰 なハ四郎姉千丁田《ちまちだ》にて田舎娘お取《とり》となり。田長《たをさ》兵衛の役初ほとゝぎす殿相手にて雨乞小町の所作事。切リの猩々《せう〴〵》の舞にさみだれの足どりなどハさりとは御功者な事。大詰にひきの判官が家来かいるのやに蔵ひるの塩蔵を。追払ハるゝ立入迄出来ました

（六ウ）

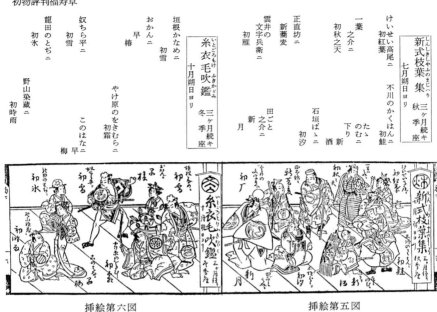

上上吉  若くさ 春季座

頭取曰 此度けいせいむさし野となり・男だて春雨のふる五郎にのひて居るを・東風《こち》大尽にやかれ難義の場よし・風早西成卿《にしなりけふ》のなさけにてあやふき場をのがれ・かぶろきゞすが死がいを見て愁《しう》たん迄よし〳〵

上上士  若かへで 夏季座

上上士  初もみぢ 秋季座

頭取曰 御両人共にいつれをいづれとわけられぬうつくしい事でハあるぞ・若楓殿ハ小ぐらの前のこしもと八しほとなり・小松殿のおもひもの野村と色あらそひの場よし・初紅葉殿ハつき出しの大夫高尾にて・しぐれ大尽に心ッ中たて初あらし殿をふりつけ(七オ)らるゝ迄よいぞ

上上士  若たけ 夏季座

頭取曰 界《さかひ》の藪医《やぶい》者了竹《しやりやうちく》がむすめ園生《そのう》の役・一子たかんなハ此君の御たねなれ共・半夏生《はんげしやう》のたん生《せう》なれば短命《たんめい》の相《さう》ありとて・宗和《そうわ》ぜんじの弟子となししゆんかん僧都《そうづ》と改め・大平《をゝひら》へのわかれをなげかるゝ場出来ました わけ知 此人故竹三郎殿実子《こ》の由・竹田をつとめられた時から見ればめつきりと御成長・親まさりとの評判でござる・万年も栄給へ

上上十  新樹 同座

頭取曰 此人の藝至て器用《きよう》なる仕出し・師匠若葉殿に少しもちがひなく・何を致されても水ぎハ立てかくべつに藝が能くほごれまし(七ウ)た・此度けいせい遠山の役ハさして見所なし・二役庭木の判官のこしもと木末《こずへ》ハ出来ました・此上藝のあつくろしくない様に気を付給へ

植物巻軸
大上上吉  初さくら 春季座

頭取曰 お江戸の御ひいき上野《うへの》ないお山・きりやうも楊貴妃《やうきひ》評判もよし野の山の ひいき組 コレ〳〵頭取夜もはやふげんぞうじや・そのやうなせりふハあすか山にして・早く藝評をしほがま桜・扨〳〵待かね山さぐらとホヽうやまつて申ス 頭取 いかさま巻軸へ廻しましたゆへさぞお待どうにござりましよ・此度はなひ日記に一番めひがん太郎女房ひとへの役・さわらび殿にしだれかゝり心を引て見らるゝ場・わざとおぼこによく致されました・(八オ)二番めけいせい八重咲にて中の丁の場のはなやかさ・めのさめた事で

こさりますわる口春の浅黄《あさぎ》むすめの所作事ハさびしくてどつとせぬ仕内。見物がねむがつたぞ。頭取扨男だてはなれ駒がつなぎのために衣類《いるい》をちらし。其上三百両の金がなくてハ男のたゝぬ事有と聞て。入相のかねを相図に渡さんとうけ合才覚にあぐみし所。はつ霞殿に金をもらひ。跡にてむたいのれんぼになんぎの場迄さりとはうまい事〳〵。桟敷《さじき》のうへ下々切をとし。中の間おくみ追こみの。遠山鳥のしだり尾の。長〳〵し日もあかぬ色香の大たてもの。此外の衆ハ初口の目ろくにのせました　（八ウ）

▲神祇之部

上上吉　　初むま　春季座

頭取曰ことしもいなりのお若衆。子供衆のひいきハ江戸中へひゞきわたり。口跡《こうせき》も芝居中へどん〳〵とわる口芝居中ならまだよいが内へ帰つても耳へついてねられぬ。やかましい計でさりとハおもしろくもない頭取ずいぶん面白い事もござります。此度八百屋《やをや》町《てう》吉の役行燈《あんどう》づくしの地口のつらね。このしろとなまどうふを見てきつねのあらハるゝ思入などハ。おもしろい事でござりました。わる口おもしろかつたかこのしろかつたか。地口も何か不出来な事計頭取つらねの文句ハ此人の知た事でござりませぬ。跡の所作《しよさ》の幕も出来ました。外の衆ハ初口の目ろく（九オ）にしるし置ました

▲天象之部

上上吉　　初そら　座本

上上吉　　初日かげ　若太夫

上上　　初かみなり　同

頭取曰千代万代も替らぬ春季座のいさをし。一夜明々たる幕明キゟゑいとう〳〵とうから〳〵。からにもあるまい大入めでたし〳〵。座本ハあけた四方之介の役。いつも〳〵いさましき仕内。初日かげ殿ハ朱《あけ》のかゝやく丸の役。初霞殿の悪事を見あらハさるゝ荒事。あつぱれの仕出しつか〳〵とのぼり給へ。初雷どのハ節分ッの豆介の役さりとハかハいらしい事。程なく江戸中へなりはためく当りをとり給へ　（九ウ）

藝ニ不出　　初夏之天　座本

頭取曰当年ハ役者揃にて。卯ノ花の刻《こく》ゟつめもたゝぬ大入。芝居

繁昌《はんぜう》めでたし〳〵・お仕給《しあハせ》〳〵

上上吉　　初秋之天　　座本

上上十　　初　月　　若太夫

頭取曰此人舞臺へ出らるれば何となくひつそりとなりますハ・自然の上手のしるし・何の仕方が格別《かくべつ》と目にハさやかに見へねども・口跡は見物の耳を驚《おどろ》かし・気どりの感情《かんせい》桟敷《さじき》ハきつう請とります・此度文吏《ふみづかひ》そよ八実ハ一葉《ひとは》之介ふく風の役・天の川の女御《にやうご》を見あハす場少し計の仕内ながら・面白い事でござ(十オ)りました・初月殿ハ宵《よい》ノ口の千太郎本名弓はり三《み》か之介之役・西山の幕出来ました・程なく叔父《おぢご》御秋月殿の様に成り給ふ仕出したのもし〳〵・先以狂言の出来秋役者の豊年《ほう》〃・穂《ほ》にほ重ねし仕切場の四〆からげハ・蔵に治る御代のしるし・芝居はんじやう大当り〳〵

藝ニ不出　　初冬之天　　座本

頭取曰当年ハ役者不足にて御苦労《くらう》と思ひの外の大入・木戸口のゑいとう〳〵ハ春季座にもまけぬ小春のうらゝかさ・顔見せを以春になぞらふ・芝居の風俗にもあひにあふ・此座の栄へめでたし〳〵

惣巻軸
極上上吉　　新　月　　秋季座

(十ウ)

此所でちよとお断りを申上ます・新月の名ハあらたなるを以て・月の初めにとりまする事もござりますそうに御座れども・此藝ハ若太夫初月へゆづりまして・三五夜中《やちう》新月ノ色と申詩《し》にもとづき・師匠《しせう》名月〴〵ゆづりうけました藝を相つとめますやうに御座ります・左様に御らん下されませふ

頭取曰せかいに一人のまれもの・座本の御舎弟《しやてい》と申シずつしりと惣巻軸へなをしました・大せいめでたふ打たいな・シヤン〳〵〳〵〳〵

頭取扨此度新式枝葉 集《しんしきしやふのまじハり》一番め四たてめ更科田毎《さらしなたごと》之介となり・入リ日の皇子《わうじ》の悪逆《あくぎやく》にて雀目《とりめ》之丞かなんぎの場へ・しばらくと声かけすゝき(十一オ)の中〴〵せり出しにての出端《では》・角桂《すみかつら》の花やかさ柿《かき》の素袍《すはう》に青梨地《あをなしぢ》の大太刀・ぶどうを兼し荒事・名所づくしのつらねすみて・芋《いも》がせの庄司《せうじ》だんご入道枝豆八郎をやりこめし上・入日の皇子を西山へおしこめ・ぬか星《ぼし》太郎を追ちらさるゝ立入・二千里が外へ聞へた大たて物天晴《あつはれ》〳〵・二番め二役住吉《すみよし》のますいちと云にせ座頭にて・きぬかづき姫をいたハり栗《くり》から太郎に見とがめられ・誠は十余三日《とをまりみか》次郎と名のらるゝ迄大出来〳〵・近年打つゞいてさへた事なく皆きのどくに存ぜし所・此度ハ数年〃の雲を

うち払ひ目を驚《おどろか》された事・見物の悦ひ大かたならす・三ヶの津ハいふに及ばす・八嶋の(十一ウ)外《ほか》の小芝居迄・かげくらからず名に高き秋季座の大たて者・栄ふる影こそ久しけれ

都合七拾種初物評判終

右春　廾七種　夏　十六種

秋　十八種　冬　九種

正月吉日

牛屎散人

在中

福寿草 下之巻大尾

(十二オ)

# 跋

曰《コヽ》若《ニ》稽《カンカフルニ》二古《イニシヘノ》長生《チヤウセイヲ》一

悪ル口 何ンだ評判の跡で物よみとハこいつハめづらしい・ほんにはなしを絵に書たやうなせんさくだ 頭取 これハしたりわる口もことによります・これハ評判記の跋文《ばつもん》でござる・もはや評判ハ済ましたから・だまつて御ざりませ わる口 なんだばつもんだ・三ッ紋《もん》がきいてあきれるハい わけ知リ出て 寛永以来《このかた》古い事ハしらず・此百年ン来としく評判記あれども・ついにばつを書た評判記は見た事がない 儒者出て 詳-校篇-海《ニ》曰足《ノ》後《ヘヲ》為《ニ》跋《ト》故書《スルヲ》二文字《ノ》後《ニ》一曰《フ》レ跋《ト》とあれば何れの書にもせよ跋のあるはづないはづと一がいにハ論じがたし・され共此書不佞《ふねい》などハすきと(十二ウ)会得《えとく》せぬ事のみ・ちと不審を云てみたい 哥学者 まづ仮名《かな》遣ひがみな違ふて居ます・やつがれもこしおれ哥をばかたのごとくよみますが 頭取 おまへ様のこし折レらハ跋のこし折レがいたしました・さあおかまひなく遊されませ東西く

東《トウ》-方《ボウ》朔《サクハ》九-

千-歳《ザイ》浦《ウラ》-島《シマ》太《タ》郎《ラウハ》 八-千-歳《ザイ》三《ミ》-浦《ウラノヲ、》大-助《スケ》百-六《ツ》大-助之《ガ》

死《シ、テ》不《ズ》レ得《エ》二其傳《ソノデンヲ》一焉

せんさくな男 ちと待て貰ませう・四季の初物ハ大てい出てあるが・雑《ぞう》之部にも新初早若の四字を冠《かうふ》りたるもの有・これハ評判をせぬのか 頭取 (十

三オ）それをいち〳〵評判がなりませふか。神祇《じんぎ》釈教《しやくけう》恋《こひ》無常《むじやう》人倫《じんりん》惣名居所器財《そうめうきよしよきざい》。数も限りもあらましに。早合点《がつてん》の早物語リ。早哥早読新イ談義。新ン発意《ぼち》若党《とう》若旦那。若後家新ン造早帰リ。新五左初逢新イ枕。新道新宅早染草。新見せ新板新世帯。新役者附新上るり。早の勘平若狭之介。天満やお初玉屋新兵衛。次第に拍子《ひやうし》に乗つて来ル。早舟早馬早飛脚《ひきやく》。早道早縄《なわ》早ぼくち。早飯《めし》早屎《ぐそ》早走リ。新弓《あらき》ハ袋《ふくろ》に新刀《み》ハ鞘《さや》に。治る御代のためしにひく。はまのまさごのかづ〳〵を。ちと計いふて見ても。ア、ロがくたびれた

［はいかい師］いかさま雑《ざう》の部ハ初物とも云がたからんが。春にまづひく初子の日。初天神初不動。初いな光リ初雛《ひな》若和布《め》。夏は（十三ウ）初山初幟《のほり》。秋に初鷹初メて涼し。新刈安《かりやす》新松子《せうし》。新いも新わら新牛房《ごぼう》。これらのたぐひハなせはぶいた［頭取］それハ七十種にもれました物ゆへ。評判を致しませぬ［俳人］七十種にもらしたハどふ云わけじや。其七十種の長生の法。

吾幸《ワレサイハヒニ》得《エテ》二此法《コノハウヲ》於

福寿堂にハ何ものが傳へたぞ

蓬《ハウ》-莱《ライ》亀《カンメ》-子《ノコニ》一而今《イマ》門《モン》-人《ジン》満《ミツ》二海《カイ》-内《ダイニ》一矣有《アリ》二在《ザイ》-中《チウ》者《ナルモノ》一

一-日入《イリテ》二吾門《ワガモン》一問《ニトフ》二長《チヤウ》-寿《ジユノ》之法《ハウヲ》一吾《レ》与《アタフルニ》レ之《コレニ》以《モツテシ》二亀-

子所《ガトコロノ》（十四了オ）レ傳《ツタフル》之初《ハツ》-物《モノ》七-十-種《シユヲ》一使《シム》三之《コレヲシテ》定《サダメ》二

其優《ソノユウ》-劣《レツヲ》一是《コレモ》書《ホン》-肆《ヤノ》吉《キツ》-兆《チヤウ》打《トブツ》二擢《サラツテ》作《サク》-者《シヤ》画《グワ》-工《コウヲ》一西《ニシノ》-

海《ウミマデ》　流行《ハヤレ》流行《ハヤレ》

旹《ニ》安-永乙-未《ニシテ》移《ル》二丙-申《ニ》一節-分福-寿-堂鶴-亀識《ス》

（十四了ウ）

# 茶番遊

安永六年

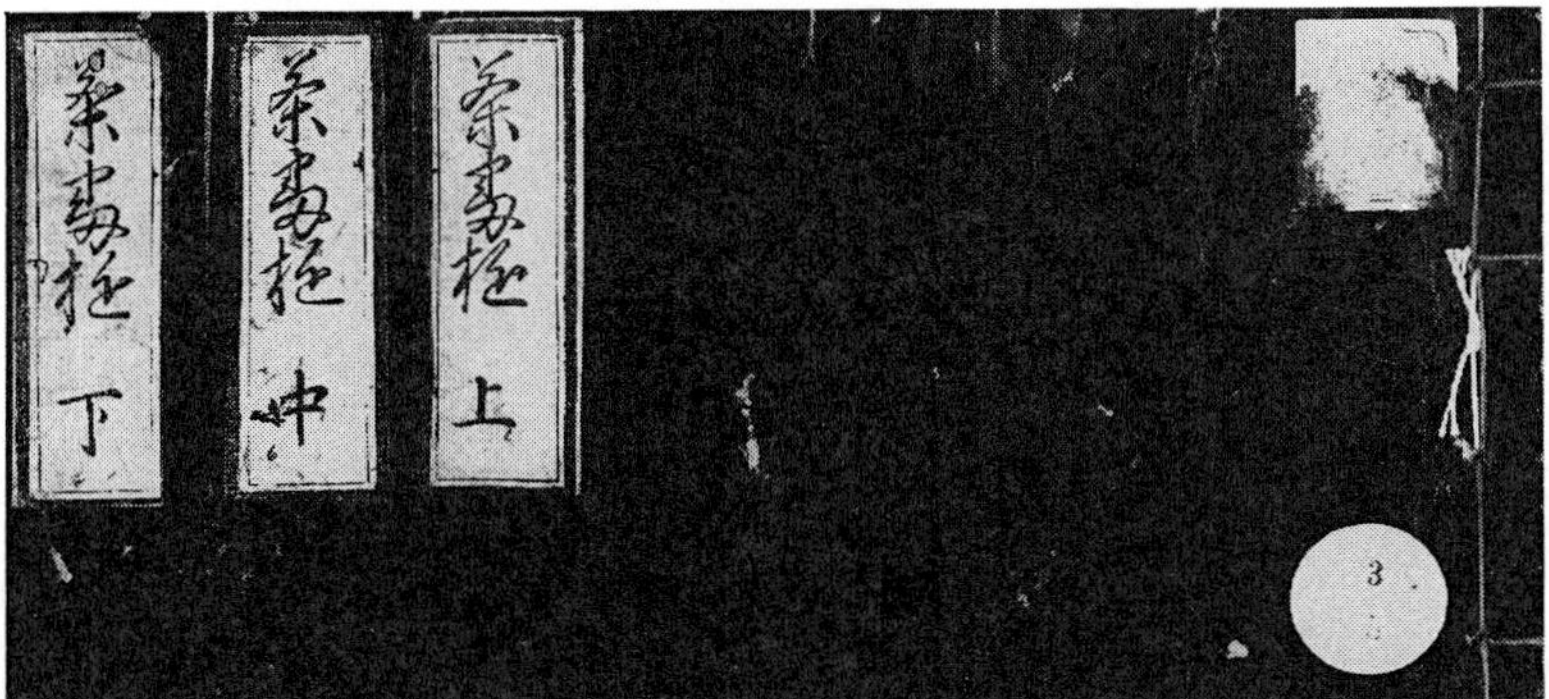


都立中央図書館．加賀文庫本

茶番遊　横本　三巻三冊　安永六年刊

底本　都立中央図書館、加賀文庫本（8335）

表紙　黒表紙（原装）

題簽　表紙左肩、子持枠「茶番遊　上（中・下）」

構成　目録（一丁）、開口（八丁半）、以上上巻。

位付目録（三丁半）、本文（八丁半）、以上中巻。

本文（十一丁半）、以上下巻。全三十三丁。

＊挿絵各巻見開き一丁ずつ

内題「茶番遊上（中・下）」

位付目録末に「安永六年／酉正月吉日」

本文末に「人似《まね》に／申知恵も初ッ茄子の頃／認之印印」

柱記・丁付「■茶　上一（〜十）■」

「■茶　中一（〜十二）■」

「■茶　下一（〜十二■）」

刊記・奥付　共になし

蔵書印　巻首に「石塚文庫」巻尾に「豊芥（象）」

# 茶番遊　上

真崎の狐に化されて
　寄ル見物
東の桟敷も切落シも
　昼過キになると
皆此人に取リかゝる
　飯は
真の実事

（上一オ）

向フ桟しきへは
　高つきに進上札
中の間ハ袂から
　出して楽しむ
　餅は
女形
西の桟敷も土間も
淋しく成リて一口呑メハ
気の賑やかになる
　酒は
実悪

（上一ウ）

## ○真崎《まつさき》の狐《きつね》に化されて寄ル見物

毛《け》唐人《とうしん》の寝言《ねこと》に曰《いわく》中華《ちうくハ》に一人の美人《ひ》有一ト度笑メば城《しろ》を傾《かたむ》け二タ度かゑり見れば国《くに》を傾くるとの古語《こご》はむべならすや誠に男女《なんによ》の道《みち》は楽《たの》しみの最上《さいしやう》にて又月花雪の詠《なが》めも皆美人の躰に有事ぞかし先《まづ》顔色《がんしよく》の化《け》粧《せふ》白粉《はくふん》の白〳〵と詠メ有　粧《よそほい》ひは（上二オ）月にたとへ髪の道具《どうぐ》衣類《いしやう》の物《もの》好の端手《はで》に花を錺《かさ》りし有様は花《はな》よりも猶《なを》うつくしく又緋《ひ》ぢり緬《めん》の脚布《きやふ》あらわに踏出タせし雪の素《す》あしハ是則雪にあらすや貴《たつとき》も賤《いや》しきも是か為にどらめう鉢《はち》を打ッ出家迄も三界《かい》無盧と成ル事ハ浜《はま》の真砂《まさご》よりかぞへかたかるべしされば北郭《ほつくハく》へ通《かよ》ふ通《つう》人《じん》あれば（上二ウ）南楼《なんろう》へ行意気《いき》人有リ大橋を渡リ深川へ灑落《しやれ》に出かけるお旅人連《たびうとつれ》し手代有レば年中根津の番太を勤メながら大根《だいこ》畑《はた》ケを仕舞者《しまふもの》も有リ皆《みな》それ〳〵の楽しみその内に有ル事ぞかし爰《こゝ》に日本橋の近所《きんじよ》に始は知らす近年人に知レし金持《もち》有此せつ至極《しごく》ふつていなる世《よ》の中見る人ほしがらぬ者も無キ（上三オ）金銀を沢山に

持是を商売《しやうばい》として世間《けん》へ貸《かし》出し損《そん》する事ハみぢんもなく昨日《きのふ》はけふに増ス利足《りそく》を考《かんが》へ年中利徳《とく》を鳥《とり》山屋杖《つへ》右衛門と言フ出来分際《できぶげん》金は腐《くさ》ル程あれども不断《だんそ》麁飯《はん》を喰イ麁服《そふく》にてたま〳〵着ル物 拵《こしらゆ》るには太織《ふとり》じまなとの随分匂当《かうとう》なる丈夫《じやうふ》成ル物ゟ上の高《たか》き物は買わすついしか怪我《けが》(上三ウ)にも人にあわれみなくなさけと言フ事は菜漬《なづけ》の諧《はい》名と覚へて貧敷《まつしき》者に高利の金銭《きんせん》をかし極リ月に済《すま》さねば其催促《さいそく》の手ひどさは堺《さかい》丁の敵《かた》キ役から干鱈《ひだら》もつて弟子《てし》入して師《し》ぶんに頼ムくらいの仕うちなれど金と言ふ愛敬《あいきやう》有ル内儀《ないぎ》がある故出テ入ル人御機嫌《きけん》を取リ尊敬《そんきやう》するゆへ自然《しぜん》と世間《けん》にて嫌敬《けんきやう》と(上四オ)

挿絵第一図　(上四ウ)

挿絵第二図　(上五オ)

呉名《いみやう》せり杖右衛門つく〳〵おもふに我レ若《わか》キ時より金銀をためん事にのみ工夫《くふう》せしゆへに人にさそわれても今迄一度も遊里《ゆうり》へ行す人間わづか五十年と言へば差引勘定《さしひきかんぜう》して見れば最早《もはや》損徳なし是から は命の設《もう》けなれば此よふに気骨《きぼね》を折ルは大きな損是からちと遊《ゆう》里《り》へ行楽しまんと風与《ふと》吉原へ行中の町(上五ウ)をうろ〳〵座頭の杖《つへ》右衛門にはなれしよふにあるきしに或ル茶屋の亭主《ていしゆ》見知りて呼かけしゆへ幸イと此茶やゑ来て何卒《なにとぞ》女郎屋へ案内してくれとたのめば畏りましたと名にしおふ江戸町へ連レ行松の位《くらい》の女郎へ内證《ないせう》

挿絵第一図

挿絵第二図

にて此客《きやく》ハ大分ン金持チなれど今迄しわき人なればこの里へ来た咄しも聞ず何卒おまへ(上六オ)御気には入らぬ筈《はつ》なれど上手ごかしになされお呼ビなされればおまへも私も大分ン勝手《かつて》がよろしく成ル事とふきこめば女郎も呑込《のみ》ミ何がその事は持まへの商売《せうばい》の上手にて初会《しよくわい》からの面白サ杖右衛門うつゝをぬかし扨/\今迄かゝるおもしろき所をしらず暮《くら》せし残念《ざんねん》とかへらぬ昔後悔《むかしこうくわい》し是より(上六ウ)大きに根性《こんじやう》ひつくりかへりてより金銀を何ともおもわず通《かよ》ふ程に行クほどに雨の夜も風の夜も深草ならぬ深見草獅子《しゝ》舞鼻《まいはな》ナも金と言ふ色とりかついて居《い》ればそのもてる事いか成ル色男通《つう》人も及ブ事にあらす鳥山大尽《じん》と呼レて飛鳥《とぶとり》も落るくらひ此程ハ毎日の居続《いつゞ》けきのふは向《むか》フ嶋《しま》の太郎が(上七オ)許《もと》にての酒盛リ牽頭藝《たいこげい》者《しや》その外所《ところ》の者迄呼《よび》あつめ角力《すもふ》を取らせ勝チの方へ花を遣り手の婆《ばゝ》ゞまでが御かげで毎日の遊山《ゆさん》今日は真崎の此頃評判の狐を見に行んとて先ッ朝稲《あさいね》屋の内を借リ切にして料理《りやうり》を言つけて帰れと人をやりて後《のち》相方のお敵傍輩《てきほうばい》女郎新造禿《ぞうかふろ》遣り手若《わか》い(上七ウ)もの其外《そのほか》河東《かとう》ぶし義《ぎ》太夫声色身《こわいろみ》ぶり聖天《しやうでん》その八茶屋船宿女藝者《けいしや》に至るまで残らす引連《つれ》扨真崎へ来り稲荷へ参詣して女郎が次手に神明《しんめい》さまへ参らふと言へば男藝者が末社《まつしや》へお参りならばわたしらを拝《おが》みなされと言へば女郎がコワ馬鹿《ばか》らしいおがみんすにへとの言葉《ことば》もおかしく夫ゟ稲屋へ(上八オ)牽頭《たいこ》がさきへ鳴リこみての大さわぎの処へ角《すみ》町の大黒《こく》屋より使《つかい》が来て此度ふき屋町の二番目介六八百蔵へ吉原からつみ物の事を藝者方へ問《とい》合セの手《て》帋《かみ》来《き》てすぐに此座敷にての相談《そうだん》女藝者は早ク中車《ちうしや》が介六高麗《かうらい》屋が白酒売リを見たいと言へは女郎は半四郎が揚巻《あけまき》がよかろふ(上八ウ)と言ふ男藝者は杉暁《さんきやう》が伊久《いきう》計リほんの事だ中車や杜若《とじやく》の介六や揚巻は鶩《あひる》のよふだろう杉暁では伊久がつよ過るといへば女郎や女げいしやは腹《はら》をたておいらがひいきの中車さんをのけて外に今介六の仕手《して》は無イと真《ま》ッ黒《くろ》になりて役者の評判する所へ稲屋の亭主立チ出て(上九オ)料理が出来ましたから昼《めし》を上ヶませふと云イながら膳を出ダせば万里大夫と言ふ藝者が芝居の評判で思ひだした此春の新板諸藝茶臼《うす》げいの本や初物評判記は面白イ出来だと言へば皆《みな》/\成ほどあれは能イおもい附さらバ晩迄《ばんまで》の遊ビに此膳《ぜん》の料理を役者にして評判せまいかと言へば皆/\横手《よこて》(上九ウ)を打チ是はよかろふしからバ差詰《さしつめ》是の亭主《ていしゆ》が料理元の事なれば頭取にしてといやがる亭主を頭取リにしてサア是から献立《こんだて》の藝評の始リじや/\(上十オ)

# 茶番遊 中

▲立役之部

○見立謡つくしに寄ル左のごとし

極上上吉 飯

巻頭のかぶハお定リの高砂

上上吉 汁

めつたに味噌を上られぬ卒都婆

上上吉 坪

蚫かとふかこわい安達原

（中一オ）

上上吉 平

口の中に種々のうまみのこもる熊野

上上吉 二ノ汁

きつとしてすましたかほて善知鳥

上上吉 焼物

其名ハ伊勢に名高き阿漕

▲色悪之部

大上上吉 酒

足元ハよろ〱と乱れ迄仕上タ猩々

（中一ウ）

▲敵役之部

上上吉 鱠

けんを突附て居ル感陽宮

上上 引物

大物と引汐に地の揃ふ船弁慶

（中二オ）

▲半道之部

上上 茶

宇治に其名の高き頼政

上上吉 菓子

だ菓子でハ一トロもいかぬ松風

▲女形之部

大上上吉 さしみ

命替リの一トさし身を入れて舞フ盛久

上上吉 餅菓子

（中二ウ）

謡でさへ胸をこがす鉄輪

上上吉　臺の物

すゝき押分ヶ出ッる通小町

上上　吸物

すこし計ッでうまみの有ル半蔀

上　茶碗盛

手を用心して持ッ敦盛

（中三オ）

上　香の物

皆人の口ついて居ル東北

▲子役之部

上　取リ肴

つみ重ねて魚を取る鵜飼

▲色子之部

（中三ウ）

上　猪口

大方情進の多ィ東岸居士

以上

安永六年

茶番遊

酉正月吉日

（中四オ）

▲立役之部

極上上吉　飯

頭取曰東西《とうざい》〳〵しばらく〳〵東夷《とうい》南蛮《なんばん》北狄《ほくてき》西戎《せいじう》四《し》吴《い》八荒《はつこう》天地乾坤《けんこん》の其間に喰《くわ》ざる物の有べけんや国〻浦〻津〻箸〻大勢ア、是〳〵頭取目見へのつらねはおゐて藝評《げいひやう》にかゝらぬかい頭取いかさま是ハ御尤此度顔見せ大名《な》題《だい》食物《しよくもつ》四《し》季《き》の献立《こんだて》第一番目朝幕《あさまく》に鎌《かま》（中四ウ）倉《くら》靍が岡にて大ィ客《きやく》の場へ三河の米糊頼《のりより》にての出端見功者先ッお待なされ例《れい》年の糊頼の役者ハ白小袖打重《うちかさ》ネての出端なるに今《こん》度わ黒小袖に黒繻子《しゆす》の上下にての出端の衣裳《いしやう》附ハ合《が》点がいかぬ黒《こく》白《びやく》の違いだ上方男出とふやら上ミ方役者の風俗じや頭取夫ハおもひ附計りでもこさらぬ此衣裳が狂言の趣向《しゆこう》でござります大せい夫ハ

（中五オ）

挿絵第三図

（中五ウ）

挿絵第四図

（中六オ）

どふだ頭取例年《れいねん》の糊頼《のりより》ハ敵役にてむほんを企《くはたて》らるゝ仕内を当年ハ真《しん》の実事殊に座頭の飯《めし》どの御役成レバ衣裳も例年の通りにてハ拙《つた》

食物四季献立 狂言 二ノ膳続

猪 飯 汁 臺 引 二 平 菓 め や み 茶 も 茶 す 坪 と

挿絵第四図　　挿絵第三図

なくみゆる故の事でござります大せい尤だ〱早ク藝評《げいひやう》が聞たい
頭取扨只今申通リ黒上下に金糸にていつかけの模様《もやう》を取リ裏《うら》ハ朱《しゆ》
のもへ立ばかりの紅裏《もみ》にて花道よりの出端（中六ウ）色白にてふつ
くりと和らかみ有リて一ト粒撰《つぶゑ》リ適《あつは》レ大名道具きれいな事〱扨
本舞臺の宝蔵《ほうざう》の前の井戸の中より忍ビの者大食冠《たいしよくくハん》の一巻と軍勢
催促《さいそく》の玉印《きよくいん》を盗シ出る所へ出合花道にて股立《もゝたち》を取て少し計リにら
まるゝ処わ誠に親玉〱それより海士の謡《うたい》の相方にてすこしの立
テよし次に二（中七オ）品の宝を取戻《もど》し曲《く》セものを井戸ゑ切リこみ
此玉を取かゑせし上はむほん勝負《しやうぶ》のやつ原が美濃尾張米《みのをわりまい》迄こと
〴〵く詮儀《せんぎ》せんと言るゝ所ハきつい物〱次に一番目大詰恵比す
寒良《さむらう》の神像《しんぞう》にて大森《もり》彦七のやつし楠の亡魂《ばうこん》さしみ殿を背《せな》に負ふて
の押出《おしだ》し花やか〱二番目仙臺米《せんだい》の立し柳《やなき》の俵《ひやう》八と言ふ船頭《せんどう》にて
地《ち》（中七ウ）廻リとなり喰《くる》わへ入込ミ傾城《けいせい》きの路臺丈にほれ後に本
名平家の残党《ざんとう》五斗俵衛食焚《ひやうへめしたき》と名乗らるゝ場わる口平家の残党《ざんとう》やら
残米《ざんまい》やらしらぬか古くさい景清をむすびで焼直しを五斗にして顔
を鼠米《ねづみ》のくまどりしても一口もいけぬぞいせ丁組爰な新米《しん》の赤米《あか》
やろふめむだ口きくと引ずり出スそ頭取（中八オ）是〱けんくわ
ハ御用捨まづハ当座の大立テ物外にはないそやわる口去年中ひや
食《めし》も外にハないぞや頭取それハチョン〱

上上吉　汁

【頭取曰】是も御馴《な》染《しみ》御贔負《ひいき》の汁《しる》丈でござります【ひいき】打ませゥシャン〳〵【頭取】扨四季の献立一番目に重盛の嫡子たいらげの小かぶにてぐつ煮豆《とう》(中八ウ)腐《ふ》のあんばいよしの出端次に妻の若菜《わかな》のまへにめぐりあひての仕うちうまい事〳〵それより菓子原が家来麦《むぎ》かうじ玉平陁《だ》味噌《みそ》木曽平に出合平家の落人と見咎《とがめ》られつみ入に取て落しほうびを取んと色〳〵てうちやくに合て無念ンをこらへらるゝ所よし若菜《わかな》のまへ両人に六原小判をやりて見のがして貰《もら》ィ無念ヲ(中九オ)おさへ切腹《せつふく》をとゞめて連《つれ》立チ帰らるゝしうたん見物が泣かぬ者はござりませぬ出来ました次に二番目喰《くる》わの幕《まく》に名物山屋の亭主にて念仏講《かう》中の出ざく〳〵として何も仕内なし【わる口】一番目のうまひ仕うちから見れば二番めハ味噌を附られて面白くも納豆《なつとう》もない【頭取】二番目ハ御役すくなゆへの事先ッハ評よく(中九ウ)御仕合〳〵

上上吉　《ほうひ》　坪

【平組ひいき】是頭取気が違《ちが》つたか爰ハ当時《とうじ》のひいきのつよひ平丈をおいてこりや坪丈ハ【頭取】成程さよふでござりませふなれど坪丈ハ本舞《ほんぶ》臺《たい》に持《もち》まへの所成レばまづ坪丈から評しませふさて食物《しよくもつ》四季《しき》の献《こん》立《だて》第一番目鸖《つる》が岡神職《おかしんしよく》にて斉《さい》の目鮑《あわび》にてさしみ役(中十オ)姫《ひめ》の腰《こし》元恋風どのといとこ煮《に》にてきくらけ姫と銀杏寺《ぎんなんし》の小性白味《しろみ》之丞との恋の取持を恋風にたのまれ【わる口】此処の狂言がごた〳〵してわからぬ【頭取】そのごた〳〵した処が此人の持まへでこさります扨二番目二役酉の町の百性にて喰《くる》わの芋《いも》うとに合ィに来りて博奕《ばくち》をすゝめられ工ミ事に懸り年貢《く》金を残らす(中十ウ)負気《まけき》違《ちが》ィとなり身を恨ミ男道成寺《どうてうじ》の所作事ハ大出来〳〵夫ゆへほうびを附《つけ》ました

上上吉　平

【頭取曰】扨御見物のひいきの多ィ平丈てござります【ひいき】待兼《まちかね》た早ク藝評にかゝれ【頭取】此度四季の献立第一番め引幕《ひきまく》に義経《よしつね》の良等《ろうどう》海《ゑ》老《び》名《な》の源八にて義経の公達《きんたち》鴨若《かもわか》丸を連レ(中十一オ)落人《おちうど》となりての出《で》端《は》ねぜりの判官《はんぐわん》長芋《ながいも》くわゐ太郎両人にてかためし葛掛《くつかけ》の関《せき》へきたり両人に見咎《とかめ》られ先キへも跡《あと》へも帰られぬ仕内のつへいくらりと言訳《いゝわけ》ヶいわるゝ所ハあまりうますぎるとの評判夫より大詰大平《ひら》の船に乗《のり》て鴨若《かもわか》丸を守護《しゆご》しねぜりくわい両人を味方《みかた》に附ヶ市川流《りう》の荒《あら》事にて海老《ゑび》の紋と  此紋を打違《うちちかい》に附《つけ》し(中十一ウ)小《ちい》サき扇《おふぎ》子を開らきての見へきれいにてよし二番目御役なし残念《さんねん》〳〵いつ何を致されても先第一顔食《かんしよく》にうまみを持せて諸見物にきらいなく座付が有と人が嬉しがります御仕合〳〵【芝い好】去夏の俊寛《しゆんくわん》

僧都《そうづ》の狂言ハ見物がうけ取ッましたさりとてはうまい事〳〵

上上吉　二ノ汁　（中十二オ）

頭取曰 此度靏《つる》が岡大《た》ィ客《きやく》の幕《まく》へ鱸《すゝき》の三郎にて義経の身替りにとらわれとなり鎌倉へ来り菓子《くわし》原《はら》を悪《あつ》口する処一ひれ有てよし わる口 襟《ゑり》元が塩《しほ》じみて紅《もみ》の色が少しさめて押出《おしだ》シの衣裳《いしやう》附が悪《わる》ィべにてもさし色を直《なを》したらよかろふに 頭取 是ハ御尤成程身ぶりにくさみのつかぬよふにきをつけ給へ　（中十二ウ）

## 茶番遊　下

上上吉　焼物

頭取曰 同じく一番目に鱸《すゝき》の乳兄《ちきやう》弟荒《あら》身うしほの介の角《すみ》かづらにて三宝に三ッ道具《とうぐ》を乗せ魚《うを》づくしのつらねを二の汁殿とかけ合せりふ出来ましたそれより菓子《くわし》原《はら》に鯛面《たいめん》し主人の敵と名乗れといわるゝ処よし 見功者 此節せかれて顔色《がんしよく》 桜色《さくらいろ》（下一オ）に成ッてにらみ詰らるゝ処さりとハ功者〳〵 わる口 あまりすましすぎると評判が味噌《みそ》印シになるぞ用心し給へ

## ▲色悪之部

大上上吉　酒

頭取曰 半太夫ふし百遊ビに曰なま中に下戸なら物をおもふまじ酔フて喰わへ二番目からの出勤 ひいき 待兼《まちかね》山のかん酒さんおゐらがのア、酔ィと（下一ウ）申やす 頭取 扨此度一番目ハ御役なし第二番めに頼朝《よりとも》の嫡子《ちやくし》頼呑《よりのむ》の酒権《しゆけん》池田上戸之助呑口《のみくち》にて若殿《わかとの》へほうらつをすゝめ忠臣《ちうしん》を手討《てうち》にさせ傾城《けいせい》に性根《せう》をうはわせ頼朝に勘当請《かんどううけ》させんとの工ミ事次に土手の菰《こも》かふりのたまくの八《はち》くだまきの権《こん》に金子をあたへ若殿の帰りをぶち殺せと言わるゝ場すこくてよいぞ〳〵見功者爰の仕内ハ杉暁と（下二オ）秀鷸を一トつにしたよふで手ひどくて能ィぞ次に二番目詰幕《まく》に頼朝へ我腕《わがうで》の血《ち》をしほり是に毒《どく》を調合シテ不老不死《ちうし》の薬リと披露《ひろう》させ頼朝を毒殺《さつ》しわれけんひしと成リ天下を一ト呑ミにして忰《せがれ》味りん酒丸を世継《つぎ》にせんとの工ミの場女房隅田川に呉見せられて汝がよふな甘口の知ル事にあらずと言るゝ場すこひ物夫より（下二ウ）工ミを佐々木の白酒高呑に見顕され惣身にひや酒を流し口惜かりそれより頼朝公にたすけられ本心《ほんしん》たち帰り刀をぬいて禁酒《きんしゆ》してア、迷ふたり酔《ゑい》が覚メましたと言るゝ所迄申ぶんハござりますまい大せい無ィ共〳〵誠に当時《とふじ》の立敵ハ此お人ト

## ▲敵役之部

上上吉　鱠　（下三オ）

頭取曰四季の献立第一番目鷸が岡の幕に切身の太郎生盛《いけもり》の役にてきんかんあたまの上へけん烏帽子《ゑぼし》酢《す》ほうにて大ィ客の場へ出けんへい鼻毛《はなげ》釣リの大名よし二役生海鼠《なまこ》の入道にて腰元《こしもと》しらあへにほれてくどかれ不義《ふぎ》の言かけし日なたの庭《にハ》へ押やられて解《とけ》〳〵となるゝ責《せめ》に合るゝ処の仕内見物が腹《はら》をかゝゑました見功者此人（下三ウ）の藝ハ大谷友右衛門ときて酢《す》いな藝風《けいふう》面白し〳〵

上上　引物

頭取曰一番目かま鉾《ぼこ》の皇子《おうじ》にてむほんのたくまるゝ場大てい一番目酉《とり》の町の百性坪丈気違《きちがい》男道成寺の時蛸《ときたこ》の入道にて僧脇《そうハき》の役ハ出来ました

## ▲半道之部

上上　茶　（下四オ）

頭取曰鷸が岡の幕へ茶道《さどう》宇治斎《さい》なれど浅黄頭巾にて煎じ茶売一服《いつふく》一銭《いつせん》となり荷箱《にばこ》へきくらげ姫をしのばせての出端後《のち》に姫を菓子原が良等《ろうどう》に見附られ大勢に取巻《とりまか》れ団扇《うちハ》を持て通円《つうゑん》の狂言口笛《くちふへ》口拍子《びやうし》にての立テは見物を茶にさるゝ仕内できました

上上十　　菓子　　（下四ウ）

[大勢出テ]是頭取爰ハ上品《ひ》ンな菓子《くわし》衆かとおもへばた松風の辻《つじ》菓子なんぼ一服《ふく》一銭《せん》の跡《あと》成レばとて是ハどふだ[頭取]御尤これにハ訳《わけ》の有事でござります尤上菓子丈ハ当皃見せハ御休ゆへ餅菓子丈を女形の部で評します此だ菓子丈も敵役をば相応《そうおう》にいたされますゆへ此皃見せに此芝居《しばい》へ入レましてござります[大せい]おつとよし（下五オ）〳〵早ク藝評〳〵[頭取]扨此たび靍が岡大イ客の幕へ菓子《くはし》原《はら》平蔵かるやきにて鱸《すゝき》兄弟を悪口《あつこう》しつぎに二番目傾城きの路《ち》臺丈を揚詰《あげつめ》にして仕着《しきせ》をし其上にて茶にされ腹《はら》を立られ仕着セを引《ひっ》はぎてうちやくせられて帰るゝばさりとハにくらしく手つよくてよし敵役成レとおかしみの有ルお人ゆへ子供衆が大ぶん（下五ウ）うれしがられます

## ▲女形之部

大上上吉　　さしみ

[頭取]むかし〳〵の神《かみ》さんも鳥《とり》が教《おし》へし妹背《いもせ》事のうまみ今の娘方のきれい武道《ふとう》ハ慶子《けいし》里虹《りかう》もはだしで逃《に》ゲ外の女形にハ杜若《とじやく》なく路考《ろかう》尋《たづ》ねても有ルまいとの評判[大せい]是ハ頭取むだをいわずと（下六オ）藝評〳〵[頭取]扨当皃見せ食物四季の献立にきくらげ姫のお乳《ち》の娘鯉風《こいかぜ》にて振袖《ふりそで》の出端きれい事〳〵扨夫より姫の文を銀杏寺《ぎんなんじ》の胡椒《こせう》白味之丞へハたさんと来リおもハずも白味之丞がうつくしきにほれて色〳〵くとけども姫と言かハせし上は外の鯉《こい》ハ胡椒《こせう》とさし合《あい》とて合点《がつてん》せぬゆへねたましくしつとゝ成ル（下六ウ）を母わさびの局《つぼね》さま〳〵異《い》けんすれども聞入《きゝ》レず夫より母わさびに雪降リに庭《にハ》の檜《ひ》の木にしばられての一人藝能イぞ〳〵雪の身にふりかゝるをもいとわずみを細づくりにして縄《なハ》を檜の木にて切らんと押《おし》つけころびてハおき摺《すり》つけひちりめんぶのゆぐもあらわにして髪《かみ》を乱シ（下七オ）ての仕内[上京男出テ]此処ハ上方の鯉《り》長も及ばぬ仕内よいぞ〳〵それより檜の木より火のもへ出て縄《なハ》を焼《やき》切リ奥《おく》へ行をうしろより母に殺《ころさ》るゝ処迄大出来〳〵夫より一番目大詰鯉風《こいかぜ》のしつとにてゑびすの神像《しんぞう》大森に飯《めし》との背《せなか》に負《お》れて楠の亡魂《ぼうこん》のやつしの押出し誠ハ弁天の化現《けげん》とあらわるゝ迄大出き（下七ウ）〳〵二番目何にも御役なくて残念《ざんねん》[芝い好]此春の初物《はつもの》評判記の狂言から見れば此狂言ハ出来ハ大きにわるひ〳〵[頭取]夫ハ仰迄《おふせまで》もなしの木〳〵

上上吉　　餅菓子

[女中出テ]さつきにから最《も》ッか〳〵と待たい屈《くつ》して居《い》やしたに頭取

様ンよろしくたのみあけやんすにへ（下八オ）頭取成程御待兼でござりませふ扨此度一番目中幕に鈴木《すゞき》の三郎が女房鳥飼《とりかい》にて夫トにさられ金沢《かなざわ》の親の在所《ざいしょ》へ来ている内夫ト鈴木鎌くらへ捕《とら》われと聞大キに驚《おどろき》胸《むね》を苦しめ夫よりかのこ餅売の女商人《あきひと》となり靏が岡の幕へしのび来ル場わる口上戸成程《なるほど》押出しハ色白でつやよくうまそふに見ゆれ（下八ウ）どもだん／＼藝がみに入ルと胸《むね》へ手を当《あて》たり口跡《こうせき》がなづんだりしてどふもいかぬ藝じやひいき下戸組爰な新川のとぶろくやろうめらがひいきの餅丈をわるく言ふとつかみ出すぞよ頭取是／＼爰わ藝評の場けんくわハ御免《ごめん》今度わ御役もすくなければとくと見定たうへ重ねて評しませふ　（下九オ）

上上吉

臺の物

頭取曰此度一番目御役なし二番目傾城《けいせい》きの路《ち》にて新造松露《しんぞうせうろ》茶碗盛丈禿《かぶろ》すゝき小菊を引連レての出端花やか／＼誠に松の位《くらい》の太夫様ンと見ゑるとの評判屋敷衆出扨此度衣裝《いせう》の思ィ附ハ裾《すそ》上りに一めんに色糸にて龍波《たつなみ》の縫栗柿《ぬいくりかき》ふどうなどをみづ玉に金糸《きんし》で縫《ぬわ》せし思ひ附古今に（下九ウ）ない衣裝つきだ頭取成程左様《さよう》でござります扨菓子《くわし》原《はら》に揚詰《あげつめ》と成リ小袖を貰《も》ラい金を遣せても振り附間夫《つけまぶ》に逢ふを菓子原に見附ケられさん／″＼てうちやくせられ仕着《しきせ》の小袖を取られ松の模様《よう》の繻件《じゆばん》ひとつに成りて菓子原か帰りし跡《あと》長歌にて一人藝の場ハ余《あま》り淋《さみ》し過るとの評判それより地廻リ俵《ひやう》八飯とのを平（下十オ）家の残党《ざんとう》と見顕《あらハ》す迄大てい／＼わる口此度の仕内ハ初メのかざり計リ大《たい》そふてあまり面白クない頭取夫ハ御悪ル口と申もの役廻り相応《そうをふ》にわよふ致されますとの評判てござります

上上

吸物

頭取曰此度ハ口とりお吸《すい》と言ふ女馬子《まご》のやつしのよしなれど座（下十ウ）附計リにてお役なし春永に申シませふ

上上

茶碗盛

頭取曰一番目御役なし二ばん目新造松露《ぞうせうろ》にてきの路《ち》臺丈と連レ立ての出端よし随分《ずいぶん》ン情《せい》出して松の位《くらい》に至り給へ其外の香物《かうもの》衆ハ春一処《いっしょ》に申ませふ

## ▲子役之部

（下十一オ）

上

取リ肴

頭取曰靏が岡《おか》の幕《まく》に岩たけ小串《こぐし》之介の子役きれいな事お皃《かほ》ハ玉子をむきしよふなるつやにて藝《げい》もうまみの多ィ仕出し末頼母《すへたのも》しうぞ

んずる

▲色子之部

上　　猪口

頭取曰　一番目に腰元《こしもと》ちよふろぎにてし（下十一ウ）のびのものを見附ヶ声《こへ》を立テしを猿《さる》くつわをはめられ二貝《かい》のはしらにしばらるゝ場よし〳〵

人似《まね》に
申知恵も初ッ茄子の頃

認之

（下十二オ）

# 江戸《じまん》評判記

安永六年

都立中央図書館．加賀文庫本

江戸じまん評判記　　横本　三巻三冊　　安永六年刊

底本　都立中央図書館、加賀文庫本（099 R1）
　但し、中巻一冊を欠く

表紙　黒表紙（原装）

題簽　表紙左肩、子持枠「江戸じまん評判記　上（下）」

構成　凡例（一丁半）、目録（一丁）、位付目録（五丁半）、開口（四丁半）、以
　上上巻。
　本文（十丁）、以上下巻。全二十二丁半。
　＊挿絵　開口中に見開き一丁

凡例末に「高賀池内門人／柳荷五瀾／安永六ッの／はつはる」

目録題「評判江戸自慢上巻」

開口末に「丁酉の／人日／八文字／足跡述」

柱記・丁付「評　　一」「評上　二（～十一）」「　　十二」「評
　上終　　十三了」
「評下　一（～四）」「　　五」「評下　六（～九）」「評下
終　　十了」

刊記　本文末に「五拾軒　　版」

## 凡例

一此書ハ江戸じまんと云番附の評判也元来商売躰の縁によりて役人替名を書たる故狂言の筋とてもなけれハ評判とても又更に訳ある事にあらすまことに雲をつかむかことし

素より見すしらすの役者なれハ甲乙をわかつへくもなし只番付の位付と役割の前後を大躰見合せて座並位付を大概に定む

一立役実悪敵役花車道外女かた若衆方子役のわかちハ面〻の替名を(一オ)味ひて実らしき名ハ立役とし悪ら敷名ハ実悪敵役とす其他もこれに同し役者の名と商売躰とに拘る事なし

一大当りと見ゆる評もあるへく大ていと思ハるゝ評もあるへし又わる口組のはり込もあれとも深きいなし只筆の行所に任せて誠の評判記の書法に似たるを専要とするのみ

一見立を源氏の巻の名によせたるも意味あることにあらす役者の数と巻の数と相近きを以て筆に随てしるす

一右番附の始めに役者次第不同(一ウ)御免可被下候と記《しる》し終の作者の名を無躰こぢ附 誤《あやまり》入蔵《いりぞう》御《こ》免《めん》奈才助と記せり罪を恐るゝことと見つへし況《いわ》やこれを評するといふに至てハ豈これを憚らざらんや 希《こひねかハ》くハ役者の評と見給ふことなく番附の評と見給へかし

高賀池内門人

柳荷五瀾

安永六ッの

はつはる

(二オ)

# 評判江戸自慢上巻

大都会《たいとくわい》の大入ｿﾊ太夫元ﾄの大福帳

算盤《そろばん》の桁《けた》ハ違《ちが》へぬ作者《さくしや》の胸《むね》の内格子《うちかうし》

仕切場《しきりは》の千両箱《ばこ》ハ

〆《しめて》五百羅《ら》漢臺《かんだい》

割込《わりこみ》の割挨《わりほこり》ハ切ッて

切落ｼの繁昌《はんじやう》

秤目《はかりめ》の細《こまか》な藝《げい》ハ下ﾘ役者の心の奥身《おくみ》

立て居る見物ハ

つゝ掛《がゝ》りの追込《をひこみ》

厘毛《りんもう》の軽重《きやうぢう》ハ引て

引船の賑ひ

(二ウ)

物指の伸屈《のびちゞみ》ハ囃子《はやし》方の案《あん》の内簾《みす》
巻返す呉服尺《じやく》ハ
ゆるやかな縄張《なはばり》
曲尺《かねざし》の金目《かね》ハ重《おも》き
太夫桟敷《さじき》の全盛《ぜんせい》
升に余《あま》る札銭ハ座中の悦《よろこび》を向桟敷
掛《かけ》わたす斗掻《とかき》ハ
たいらかな平《ひら》
いやが上に斗《はかり》こむ
木戸口の栄

（三オ）

江戸自慢惣役者目録

日本一繁栄門座

▲立役之部

○見立源氏の巻の名に寄さのごとし

極上上吉　越後屋八郎右衛門
巻頭《くわんどう》なれバさしづめ桐壺《きりつぼ》

真上上吉　内田清左衛門
枝葉ハ江戸中へはびこる藤《ふぢ》のうら葉《は》

上上吉　伊勢屋四郎右衛門
十月ハさし引給へと夕霧《ゆふぎり》

上上吉　大坂屋孫吉
保命丹《ほうめいたん》のきどくハいつも若菜《わかな》上

上上吉　四方忠兵衛
あか〳〵と名にかほる紅梅《かうばい》

上上吉
三升屋平左衛門
干《ほ》ッて置艾《もぐさ》の色ハ薄雲《うすくも》
鱗形屋孫右衛門
絵双帋《ゑざうし》のさばけハ誠《まこと》に花の東屋《あづまや》

上上吉　豊島屋十左衛門
所ハ則《すなハち》かまくら町のかしわ木《き》

上上吉　下村山白
買人ハ先ッつもる白粉《おしろい》の御幸《みゆき》

上上吉　松本庄右衛門
狗杞《くこ》の貝詰《かいづめ》ハ二葉の葵《あふひ》

上上吉　大槌屋清兵衛

（三ウ）

上上士　笑《わら》ひ道具《とうく》を売《うり》付る詞《ことば》はし姫《ひめ》
紅屋勘象

上上吉　家名《いへな》からかくれなき末摘花《すへつむはな》
十七屋孫平

上上士　毎日〳〵状箱をかゞり火
安のや伊右衛門

上上士　段ゞとあきなひもみのり
村田七左衛門

上上十　音《ね》の高《たか》いを嬉《うれし》からるゝ鈴虫《すゞむし》
深川二軒茶屋

上上十　客《きやく》人を船《ふね》ておくる玉葛《たまかづら》
芝神明前本外屋

上上十　懐中《くわいちう》の火打の名ハ螢《ほたる》
染井伊兵衛

上上十　入リ口ハしんとした蓬生《よもぎう》
百川さんとう

上上十　唐《とう》人ン成た気ハ夢《ゆめ》か幻《まぼろし》
平沢右内

上上士　たれも奇妙《きめう》じやと夕がほ

（四オ）

（四ウ）

上上　橘屋助惣
ひらりと羽をたゝむ胡蝶《こてう》

上上　
玉屋市兵衛
人ハ涼しやと立よる常夏《とこなつ》

▲実悪之部

大上上吉　大坂屋平七
橘《たちばな》と聞けバこれも花散里《はなちるさと》

上上吉　丸角屋寿郎平
仕出しの案《あんじ》にさま〳〵みをづくし

上上吉　紙屋五兵衛
廓先《みせさき》の藁屑《わらくず》吹ちらす野分《のわき》

上上士　住吉屋平兵衛
ゑゝらう〳〵と直《ね》の高い横笛《よこぶへ》

▲敵役之部

上上吉　《ほうび》
丁子屋喜右衛門
とりわけてかほりのよい藤袴《ふじばかま》

上上吉　大坂屋庄右衛門
虫《むし》しやくハ臍《へそ》の下へやとり木

（五オ）

上上十　浅草金龍山
おみやげにつゝむ竹川《たけかわ》
上上吉　ひやうたんや作右衛門
ちそうに出してハやたらにしいが本《もと》
上上十　両国屋清右衛門
浅草《あさくさ》にまけまいと気《き》をもみぢの賀《が》　（五ウ）
上上　真崎甲子屋
折〳〵ハくるはの花のゑん
上上　おきなや太兵衛
家名ハもとより親仁格のかげろふ
上上　二十三屋源兵衛
垢《あか》ハぬけ切てさら〳〵とおとめ
上上　中橋おまん鮓
使《つかい》ハさあ〳〵とせきや
一上上　松井源水　一上上　めうがや門次郎
一上上　しんはししからき

▲花車形之部

上上吉　桐山三良

上上　室町にかつ咲《さ》く梅かえ　（六オ）
かさゐ太郎
客人ハ酔ふて舌をまき柱

▲道外形之部

上上吉　さつてや茂平
ぬいめへぬり付るもぬけの衣《きぬ》の空蟬《うつせみ》
上上吉　兼康祐けん
先ッみがきたてる寐《ね》起《おき》の朝白《がほ》
上上　四ツ目や久兵衛
買人《いて》ハ行燈のかげへ雲陰《かくれ》

▲若女形之部

極上上吉　美田仁三十郎
廓《みせ》先キハわぶとこたへて須磨《すま》　（六ウ）
極上上吉　貝宝勘兵衛
引つゞいて名に高き明石《あかし》
功上上吉　殿村佐次平
此度の若衆《わかしゅ》ぶりハ別《べつ》して若菜《わかな》下
上上吉　大好庵龍庵

神《かみ》のお前にすつしりと榊《さかき》

上上吉 金沢反吾
此度のお役ハけいせいの松風

上上吉 五十嵐次郎兵衛
みせさきから斜《なゝめ》にみる浮舟《うきふね》
中島屋百祐
娘《むすめ》のひいきハ則恋の手習《てならひ》

上上吉 勧学屋鯛介
外《そと》迄ぷん〱と匂《にほ》ふ宮《みや》

（七オ）

上上吉 山屋半二郎
こんどのお役《やく》ハとしまや殿のはゝき木

上上吉 笹屋陽水
行徳《ぎやうとく》から江戸へ名を上巻《あげまき》

▲若衆形之部

上上吉 鈴木越吾
菓子《くわし》の名《な》と共にもへ出る早蕨《さハらび》

上上吉 御影堂七右衛門
いろ〱あけてみせる絵合《ゑあわせ》

▲子役之部

上上吉 虎屋和泉
うぐひす餅ハめいぶつの初音《はつね》

（七ウ）

上上吉 林氏塩瀬
家がらのふくさハ若むらさき

上上 小松屋喜兵衛
いくよもかハらず江戸中《ちう》て引歌

一上上 いせや七郎兵衛 一上上 めうがや九右衛門

物巻軸
極上上吉 白木屋彦次郎
巻軸《くわんぢく》なれバさしつめ夢の浮橋

▲太夫元之部

狂言ニ不出 座元 日本一繁栄門
萬代もくちせぬ系《けい》図

同 若太夫 日本一金蔵
金の字ハ近道《ちかみち》な目安

（八オ）

▲狂言作者之部

無躰こぢ附

誤　入蔵
御免奈才助
▲頭取之部
四里四方
目録終　（八ウ）

○高慢斎《こうまんさい》が悟《さとり》ハ迂詐《うそ》でない本多天窗《ほんだあたま》

儒生品川《じゆせいしながハ》に居《きよ》を移《うつ》して唐土《とうど》の近《ちか》きを悦《よろこ》び。老婦本所《らうふほんしよ》へ宅《たく》を転《てん》じて極楽《ごくらく》の遠《とを》きを悲《かなし》む。是《これ》三ッ蒲団《ふとん》の上《うへ》に座《ざ》して天へ近《ちか》くなつたると思《おも》ふがごとく。金〻《きん〳〵》の息子株《むすこかぶ》が座敷《ざしき》の内に居《い》ながら立て居て烟草《たばこ》をのむ故《ゆへ》。下《した》に居《ゐ》てのみをれと親仁《おやぢ》がしかれば。格子《かうし》の外《そと》で吸付《すいつけ》をのむ心で下《した》に居《ゐ》たらハ。格別旨味《かくべつうまみ》が違《ちがひ》ますと茶《ちや》な挨拶《あいさつ》たとへバ小便桶《しやうべんをけ》の匂《にほ》ひを嗅《かひ》で芝居《しばゐ》へ這入《はいつ》た心持がするときやん娘の悦《よろこ》ぶがことし刀《かたな》の引肌《ひきはだ》へ釣竿《つりさほ》を仕込《しこ》んで葛西《かさい》あたりを駈廻《かけまハ》る武士が隣《となり》の軍学者《ぐんがくしや》に兵粮丸《ひやうらうぐわん》の無心《むしん》を云《い》へば治世《ぢせい》に乱を忘《わす》れぬお心掛感心《こゝろかけかんしん》に御座ると釣《つり》の弁当《べんとう》の替《かハ》りにするとハ露《つゆ》しらぬもおかしく（九オ）学問《がくもん》好な亡八《くつハ》あれバ三絃《さみせん》の上手《じやうず》な出家《しゆつけ》あり。世《よ》の中《なか》の過不《くわふ》及斯《ぎうかく》のごとし。人心面《じんおもて》のことく同じ心の人《ひと》ハない物《もの》なれバ。きつう御肥満《ごひまん》被成ましたといハれて是《これ》も半分ハ垢《あか》でござると卑下《ひげ》する人《ひと》さへあるに。又高慢斎《かうまんさい》と名のりてつんと世《よ》に高《たか》く止《とま》り。人《ひと》を目八分《めはちぶん》に見下《みくだ》す先生有《せんせいあり》　抑《そも〳〵》此男《このおとこ》ハ去年《きよねん》の春恋川《はるこひがハ》が絵双紙《ゑさうし》に作《つく》り出《だ》して。和子《わこ》様たち迄御存の事ながら去年《きよねん》の冬《ふゆ》あたりからめつきりと高慢《かうまん》がつのりあまたの門人《もんじん》もあきれてゐけるが此七種《なゝくさ》ハ例年先生《れいねんせんせい》の会初なれば門人あまた云合《いひあハせ》てどや〳〵としかけ今日ハ相替《あいかハ》らず御会初《こくハいはしめ》目《め》出《で》たふ存ますと一礼《いつれい》して顔《かほ》を上《あげ》て見れバこハいかに先生《せんせい》なで付《つけ》のあたまをいつのまにか剃《そり》て中月代《ちうさかやき》にはやし境《さかい》町本多《ほんだ》のいきちよんにてこれハ皆《みな》様（九ウ）能こそお出と日《ひ》比に替りて慇懃なあいさつあまり兼ての高慢《まん》が募《つのり》て乱心でも致されしやと各あきれて物をも云ハねバ先生打和らいでわしがヶ様に成た事を皆様何とか思召さふが是にハ段〻訳のある事じや一通り語り申さん扨旧冬新板江戸じまんといふ番附を見て初めて悟《さと》りをひらき。それ故此躰皆様もよくきいて置かしやれ扨世の中のさまを名づけて。古人一大戯場《いつたいけしやう》といふ。一大戯場とハ此土《と》のありさまを一ッの大きな芝居と見たる也上ハ天子の尊《たつと》きより下ﾓ橋の下ﾀのお菰《こも》の卑きに至迄皆芝居の役者也其内善人ハ立役悪人ハ敵役。道外のごとく愚《をろか》なるあれバ荒事の猛《たけ》き有。治世の音楽乱世《らんせい》の鯨波《ときのこへ》も序開の（十オ）

挿絵第一図　（十ウ）

挿絵第二図　（十一オ）

下《さが》ﾘ端《は》大詰《をゝつめ》の早笛《はやふへ》と聞なし。老少不定《らうせうふしやう》の愁歎事《しうたんこと》物前の借《しやつ》金はたり

六臣註
記評林

高賀池内

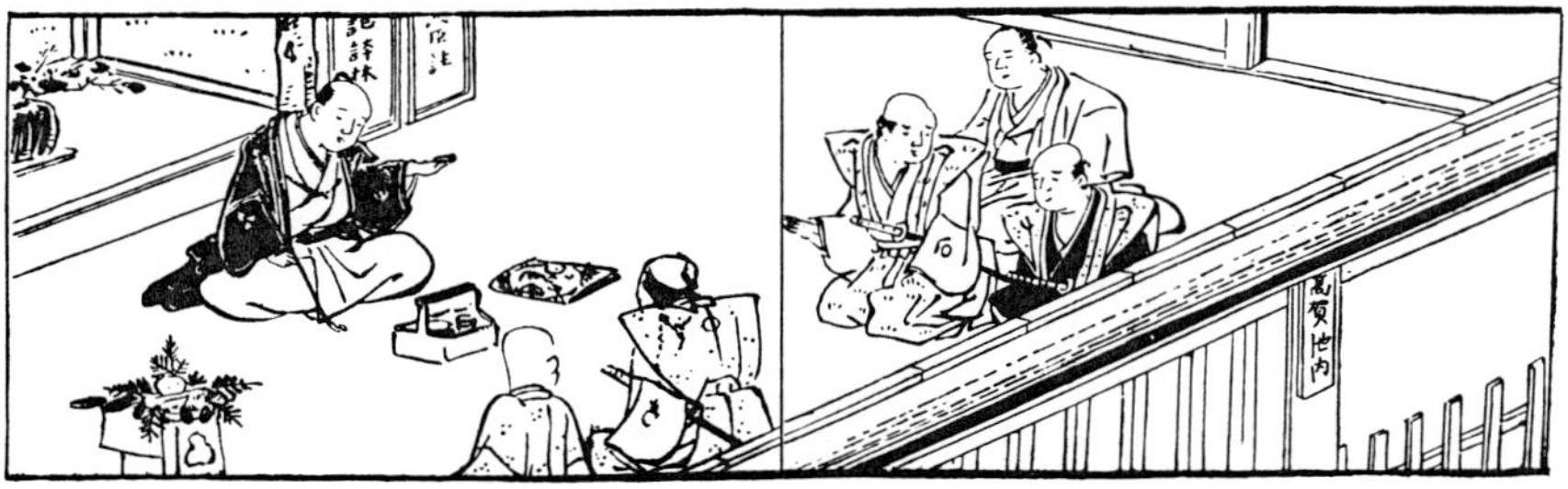


挿絵第一図

挿絵第二図

も曽我中村の貧苦《ひんく》と思ひ。作者《さくしや》ハ天道次第とあきらめて見物すへしとのたとへ也。されどもこれハ浮世を非《ひ》に見た譬へにして江戸の真中の突合《つき》にハ曽以て間尺《ましやく》に合ハず能《よ》い鮫《さめ》の大小を見てハ長崎へ行かんことを思ひ女のはりこみをいふを聞てハ京都がしたハしくなり。雪駄《せつた》の尻《しり》の切れた時大坂をゆかしく思ふハ江戸の有《あり》がたみをしらぬ人なるべし。つく〴〵思ひめぐらすに。一生の住所《ぢうしよ》にしむるハお江戸の地にとゞめたり。此地を一大戯場《げじやう》と見たるハ作者の一見識《いつけんしき》にして。南の品川にハ立波の大幕《まく》を張《はり》。北の向桟敷《さじき》にハ筑波《つくば》山《やま》の頂を見せ。東の桟敷ハ中川の暖簾《のふれん》を染ぬき(十一ウ)西の桟敷ハ山の手の岩組を画く品川ハ楽屋の入口千住ハ子の方鼠木戸。四ッ谷の大木戸両板橋。市川松戸《まつど》の口〻ハ皆桟敷《みなさじき》の入口《いりくち》なるべし。日本橋の仕切場《しきりば》あれハ馬喰町《ばくろてう》の留場《とめば》有。役者ハ 則《すなハち》町家《てうか》の強富《こうふ》名物名代の商人揃《そろへ》。普《あまね》く人の知る所の九牛《きうぎう》が一毛《いちもう》をえらみ。御《み》代万歳《ばんぜい》の狂言尽《づくし》これ戯《たハむ》れに作《つく》れるのみにあらず一大戯場を一変《いつへん》して目出たき此地の自由自在《じゆうしさい》ハ。此一世界に掛合《かけあ》ふ事を顯す也。

しかのみならず江戸の繁華《はんくわ》を見《み》るについてハ人の富《とみ》を羨《うらや》み身の貧《ひん》を恨《うらみ》。欲《よく》心を発《はつ》す人すくなからず。去《さる》ルによつて此江戸を芝居となし。此方ハ見物と成て世間の事を皆狂言と見る時ハ。身に悔《くい》なく人に恨《うらみ》なし。物の成ル(十二オ)と成らぬとハ皆運《みなうん》の一ッにあり運ハ天に有といへども雷と一所《しよ》に落《おち》た沙汰《さた》もきかねバ猶以得《もつてゑ》がたき事也。運の神と言ハるゝ鷲大明神も。道《みち》すがらの御祈禱《きとう》が止《やん》ンで賽銭《さいせん》の運がかいなく。同じ不動明王も目白と来てハおあしもとの水車ゟ廻りが悪《あし》く。瑠璃殿《るりでん》の薬師如来《やくしにょらい》は江戸薬師の親玉《おやだま》なれども。萱場町程《ほど》にハ請取られ給ハす。朝鮮《てうせん》の弘慶子《こうけいし》が奇妙《きめう》も紅毛の福輪糖の甘味にけをさる是良薬《りやうやく》口に苦きたとへなるべし我高《わかかう》慢《まん》を以て世《よ》に名をなさんと思へど。却て高慢のために謗《そしり》を請《うけ》。高がいけない奴たと世挙《こぞつ》てさみするよし。こゝに於て欲心高慢の悟《さとり》を開《ひら》き人の謗《そしり》を其儘《まゝ》に高賀池内《かうかいけない》と改名《かい》し。此姿にさまを(十二ウ)かへ誤《あやまり》て出る上《うへ》からハ高慢斎《かうまんさい》といふ名をば此以後ふつつり呼《よび》給ふなと打《うつ》て替《かへ》たる心底門人《しんていもんじん》いづれも感心《かんしん》し。いかにも当世《とうせい》の御悟《をんさとり》我ゝに於《をゐ》ても悦《よろこ》ハし。此悦《このよろこび》にいざさらバ彼《かの》江戸じまんの番附の。ばつとした事ながら評判記《ひやうばんき》ハどでごんすといへば。先生完爾《せんせいくわんじ》と打《うち》笑《わら》ひこれハゐらいこりやすごい。素《もとより》此江戸自慢《じまん》ハ我悟《わがさと》りの師《し》なれバ。高弟《かうてい》の五瀾《ごらん》を頭取《とうどり》としてみな〳〵評判《ひやうばん》を頼《たのむ》とあれバ五瀾真《ごらんまん》中《なか》にすゝみ出扨先ッ《さてまづ》巻頭《くわんどう》はたれであらふ

丁酉の
人日
八文字
足跡述
(十三了)

## △実悪之部

大上上吉　大坂屋平七

[いきなおとこ]こゝハ丸角であろふ[頭取]いへ〳〵[しまつらしい男]馬喰町かな[頭取]いへ〳〵[いしや]ぜひ橘町といふ場さ[頭取]さやうでござります橘町の古風な藝にハ昔の人の袖の香もなつかしく実悪の巻頭にいたしました此度第二ばんめあせんやく甘艸《あまくさ》の羌活《きやうくわつ》にて蝦蟇《がま》仙人の蒼朮を以いろ〳〵に身を変じ附子《ぶし》と杏仁《きやうにん》との仕分ヶさりとハ出来ました次に大黄《たいわう》を調伏《てうぶく》せんと人形の人参へ釘を打九尺五寸の一角《うにかうる》の長刀にて去年《こぞ》ろの池の麻疹《ましん》を平らげ詰に安倍《べ》の清明丹ゟ相傳の法を以橘皮を紫蘇《しそ》に転替《てんじ》らるゝ迄さりとハよいぞ〳〵

上上吉　丸角屋寿郎平　(一オ)

[頭取]一ばんめ三立め門前の市兵衛にて上るりの場よく次に親の廣東を請下総の通しうらの猟船《りよう》に乗紙入ヶ淵《ぶち》にかゞりをたき水中に蝦蟇《がま》仙人の愛す三とくのかます小はぜを吞んとうかゞふを見て美濃のかみのり入の企を察し一味となり後燕口《つばめぐち》新関を守りいそがし左衛門安売となのるまできつと出来ました〳〵

上上吉  紙屋五兵衛

頭取壱番目岩城みのかみ杉原ののり入にて行成《かうぜい》の書れし越前の奉書寺の十文字の額《がく》を引をろし後にからかみを調ながらのべの小菊を手折て女悦丸にわたし此心を半紙てみよとの場次ニ屏風がふちへ小たかの飛入ルを見て安売を味方に付ヶ三番め二やくすきがへくさ右衛門にて紅絵《べにゑ》(一ウ)本蔵よりとぢ糸の鎧を請取らるゝ迄一たい藝のはだよし〳〵

上上士  住吉屋平兵衛

頭取二ばんめ唐鎮鑰右衛門の役黒船町右衛門両人銀と鉄とのわりいけのせりふハ板金《がね》にはぢき豆を流すごとく火ざらのさら〳〵と打のべたやうに文句の落し張リもなくさりとハ吸口の能くまハるお人でハあるぞ先年の今戸左衛門や千本ン佐倉の様な中リがみたいとみな口〳〵に申事でござります

△敵役之部

上上吉  《ほうび》 丁子屋喜右衛門

頭取二番目に男達六文の商兵へにて黒船が持し赤はたを見とがめ雪の内へうづめて下駄の(二オ)はを白くし後に伽羅をたきて町中《てうちう》あしき匂ひをさらるゝ場大出来〳〵香砂《かうしや》な上《うへ》随分細《こまか》に念入致されたゆへかくべつ〳〵それゆへほうびに楊枝を添ましたせんしやうな男楊枝とハ褒美《ほうび》の地口か丁子の地口か頭取なんと成共御勝手次第になされませ

上上吉  大坂屋庄右衛門

頭取一ばんめしぶりはらとめ介にてうとん御膳のつかへを押もどし梅もと公のしやくを打折らるゝ所手つよくてよし神明の前の絵姿を火にくべ反魂効《かう》を見しらする場迄いつも〳〵苦《にが》いかほでハあるぞ

上上十  浅草金龍山

頭取一ばんめきなこむま平の役坂東市の介となのり三文の木戸口をかため前銭の(二ウ)旗を押立真《ま》竹のかハのつゝみをむかふへわたさるゝ迄よいぞ〳〵

上上士  ひやうたん屋作右衛門

頭取深大寺同宿うんどん場にてつちを糸だての中へ入レぐる〳〵と廻りながらふまる所にくくてよし次にからみの切レ味《あち》をた

めさんとひともじの刀を取出し花がつほの陳皮の守りゟ海苔のはしるをみて我が本意をとぐるもとうがらしと悦る丶所よいぞ〳〵

上上十  両国屋清右衛門

頭取 男達大仏の餅兵衛の役則京都の師匠殿の致された所家の藝とハいひながらうまい事〳〵藝がしつかりとしてよくねれたものでござる

（三オ）

上上  真崎甲子屋

上上  翁屋太兵衛

上上  二十三屋源兵衛

上上  中橋おまん鮓

頭取 四人一所に評しませう甲子や殿ハ二はんめやきてのおでんの役二十三や殿にくしをぬかれ味噌を上らる丶場おかしくてよし翁や殿ハおきなせん平とさとう第一の二役蝶鵆《てうちどり》の飛ふをみて盃せんべいを落さる丶場思ひ入よし二十三やどのハとうぐし竹八の役口《かう》跡《せき》がよく向ふまで通りますおまん鮓どのハ下人早助の役こはだの里へ〆木《しめぎ》みを送りとゞけたでのかげにて様子を伺ふ迄いひぶん中橋〳〵

（三ウ）

上上  松井源水

上上  茗荷屋門次郎

上上  しん橋しがらき

頭取 皆一所に評しませふ松井殿ハ廻し方こま蔵の役はしごを上らる丶所よしめうがやどのハ奴あき内中〳〵能ふござゐしん橋殿ハ駕籠かき儀兵への役とんだちや釜でござるいつれも精出し給へ

## ▲花車形之部

上上吉  桐山三良

頭取 第一ばんめ義仲の荊防不換金之段《けいぼうふくわんきん》甘艸が使と密談《みつだん》の折から時ならぬ霍香《くわつかう》の啼を聞て陳皮《ちんひ》の蒼朮《さうしゆつ》むなしくなりたるを無念がり物くるハしくなり（四オ）肥児丸《ひにまる》が書キ置を四味て正気となり半夏《はんげ》物がたり場出来ました〳〵

上上　かさゐ太郎

【頭取】一ばんめ生ヶ鯉とりあげ婆〻にて義仲か赤味噌の旗をこひうけ鱣《うなぎ》馬の旗と引替杉原ののり入ハ蒲焼《かばやき》の冠者とさとり砂ごしの水をみて一念発起し 鰍《どぢやう》 願ひとなり吸口の山椒へ帰らるゝ迄きついもの〱

▲道外形之部

上上吉　さつてや茂平

【頭取】一ばんめ奴一貝たゝ内にてぶせう垢臭《あかくさ》の裏古公《うらふる》ゟ傳りし千手観音千躰の像を懐中し其寄特によつて體をかゆがらるゝばおかしく深大寺の宝物そば切色の褌《ふんどし》を貰ひむしの(四ウ)子がはふ程にこそなりにけれの歌を吟じ古綿《こわた》の里へかへらるゝ迄見物が背中をかゝへました

上上吉　兼康祐けん

【頭取】第三ばんめはなしを譬にかいたの役此足が入《にう》か不入《にう》か此産が生たか死たかとあらそふ所大てい後砂糖第一が杖をとり上ヶ横へ〱と道をおしへらるゝ所おかしくてよし〱

上上　四ツ目屋忠兵衛

【頭取】一ばんめよし仲嫡男女悦丸の役三番めしつ深求馬にてりんの玉の飛去を見てづいきの泪をこぼしもふいきますとの別れの場迄ア〻とうもいつそよいぞ〱【わる口】頭取これハとうたもふ水をのんだか

▲若女形之部

(五オ)

極上上吉　美田仁三十郎
　　　　　貝宝勘兵衛

【大ぜい口〱に】口の目ろくにハ美田仁殿を出して今さら引合とハ頭取こりやどうだ【頭取】世間で申ス句つゞきにも美田仁貝宝と一ト口にいふお二人《タリ》いづれまさりおとりのない藝人丸赤人といふがごとく互《たがい》に上に立んことかたく下モに立んことかたきお人去なから貝宝美田仁といひ赤人人丸といふてハどふやら逆な様に聞へます故目録にハ美田仁殿を先へ直しましたれども藝の互角な所を天秤のやうに釣合せました皆さま思召ハござりますまい【尤らしき男】古今《こきん》の序の引こと至極致した早く藝評が聞たい【頭取】此度商人大全第一ばん

めに美田仁殿ハ金子(五ウ)の十両女ほうかわせの役夫かねこか大ィ川ニとめられ難義の場をすくひてかたを請取黄金仏をわたし其後敵の家来をたまして上つ下つ城中の両替を聞ほし跡にて皆詐りなりと聞て相場にくるハれる所よし三立め紋太夫上るりのまくに小判人形の所作ハいかにもきりりんしやんと小つふに見へまして奇妙〳〵又貝宝とのハ三番めに女達二朱のお銀にて植木や惣六かひんほうを引たくり奴あき内をちやん〳〵〳〵と打たるゝ所てつよくてよし次に孤かふり十駄ハ剣菱の新酒うと見て小銭物語にことよせしんちうせん人の法をおこなふ事を見あらハし後分銅明王の誓ひニて夫兼売にめくり合ひ程なく別れのハにて(六オ)わしや南鐐てもはなしやせぬとよりそハるゝ所うまい事てこさつたそれより山星か忠義を夫につけ千両のつゝみも銭の穴よりくつるゝとさしの口を留らるゝハ迄出来ました〳〵[くら前]おふたりともにいかにも藝ハおもしろけれ共おし出した所かとかく淋しいちとおもてむきを花〳〵しくして貰たい[頭取]されハそこてこさります女形ハ立役のたてもの衆のやうに引こなしてハせすひかへめにさし出ぬか女形の古実なる事役者全書にも見へますこゝを守て居らるゝ此御両人の藝ハかへつて奥ゆかしくほとのしれぬ上手たちてこさります

功上上吉　殿村佐次平

[やしき]こちの大好庵とのを出しておくれ[頭取]なる(六ウ)程女中衆の御ひゐきあつき芝の先生当世のたて者なれどもてんま町の先生と来てハ藝の功者な所又かくべつなるゆへこゝハ御ふせうに預りませふ此度一ばんめ金子の十両にてめづらしく若衆形を致され女房川瀬美田仁どのとの出合面白い事でござりました綿店の場もにぎやかに能ふ致されました此度ハさしたる仕内なければ春永にくわしく評しませう

上上吉　大好庵龍庵

[頭取]此度一ばんめ梅もと公の息女神明のまへにて紋太夫上るりの所作事よく四立め火打の次郎をたのみ深川の家ハ兵部卿きわ墨親《すみしん》王《わう》の苗裔なれバ正しき清和源氏の(七オ)匂ひぶしなる故津川の家を弟金龍丸にたてさせ山吹ねりのきせながをゆつり小枕にて籏上ヶせんと心の即効油をさま〳〵にねらるゝ所迄家がら故格別の仕内さりとハよいぞ〳〵

上上吉　金沢反吾

[頭取]三番めけいせい松風にてかすてら公の腹をうけそのかみまん

ぢう公の家臣おぼろの腰高が子孫なりと母のかたみの花ぼろとこんへいとうの合ひ口をとり出してみせしにはからずもあんのやえなりがぬすまれし干菓子山家の重ほうの二品なれバ却て今坂がむすめならんと疑《うたが》ひを請なんぎの場よし次に求肥の狐の目かねにうつりしより疑ひはれ悦ばるゝ迄当時女形の御贔屓小豆羊羹美麗のたてもの〳〵　（七ウ）

上上吉　五十嵐次郎兵衛

中島百祐

頭取 藝といひ位といひ此度の役廻ッと云ひ御一所に評しますいがらし殿ハ二ばんめけいせいかつらきにて眉はき稲荷のつげにより白玉ねりを煮色の底〴〵すくい上ヶ花の露をそゝぎてけがれを清めらるゝ場よし中島屋どのも二ばんめけいせいおしろいの役きやら水の観音の告によりこはくねりを梅花のふち〴〵すくい上ヶへちまの水にてけがれを清めらるゝ所よし御両人優劣なき女形はやく吉の字の下の白しぼりの黒油になるやうに精出し給へ

上上士　勧学屋鯛助

頭取 一番め浅草観世音の尊像のみにて此度ハ何も仕内なし此人前かた旅を勤られし時から（八オ）の御功者今以田舎でハことの外の評判でござる

上上十　山屋半二郎

頭取 三番目新酒郎母すみた川の役腹をくゝ縄にて巻たて声をうすにこりにして手負ひのまねをして餅兵へをあざむき黒船か本名中くみとさとり嵯峨やうのみぞれの色紙をわたし二百銅の牛王を出し一生の事を頼まるゝ場老人の所をよくうつして致されました

上上十　笹屋陽水

頭取 一番目うどん御ぜんにて胡椒の舞の所作事よく中山道者をとゝめ行徳太子の作仏を渡さるゝ迄ちとふとりじゝなれどもやハらかでうまい藝じやぞ わけしり あのふとりハ酒故で（八ウ）ござります

▲若衆形之部

上上吉　鈴木越吾

頭取 三番目干菓子山かすてら公の役いかにも威有てあんびんたいとの様子よいぞ〳〵けいせい松風ハ今坂が娘とうたがひ後葛まき〴〵出たる浅茅《ぢ》といふ黒ごまを奴ある平が引来るに打のり茶りんの

ゆもち筋の上ミ下モにて入らるゝ所よし〳〵[見かう者]春の能登守折
詰程細なみ所ハなかつたぞ[頭取]それハ役廻りによつてこつくりと
うまみのある事中〳〵やすてら公でハないぞ

上上吉　御影堂七右衛門

[頭取]三番め扇ヶ谷要之介末廣の役宝生《ほうせう》(九オ)雲の觀世水にうつるを見て喜多《きた》表《おもて》の屋根の氷柱《つらゝ》を打折らるゝ迄此度ハあまりおほねハ折られねどよくしまりました

▲子役之部

上上吉　虎屋和泉

上上吉　林氏塩瀬

上上　小松屋喜兵衛

[頭取]位ハ色〳〵でござれとも一所に評しませふとらや殿ハかふろみどりの役仕切場のひいき厚く珍重〳〵塩瀬どのハ同しく小りんの役茶人ハきつう嬉しがります小松屋殿ハこしもと幾世の役いつれも能ふござりました春長にくわしく評しませふ

上上　伊勢屋七郎平

上上　めうがや九右衛門

[頭取]いせや殿ハこしもとわこくめうがや殿ハこしもと(九ウ)かるやきの役いづれも出来ました〳〵

惣巻軸
極上上吉　白木屋彦次郎

[頭取]駿河町ハ立役の巻頭日本橋をハ惣巻軸へずつしりと直しました御ひいきのお方様おつしやりぶんハござるまい[大ぜい]早く藝評〳〵[頭取]此度商人大全第三番めの切リの一幕きつうはねましたけいせい呉服《くれは》が怨念《をんねん》と官女小間もの前の怨念とに取リつかれ上ミ下モ姿にて三升や殿鱗形殿を相手にけいせいと官女との仕分ヶもくさへもんに向ひてハ長歌にて傾城くれはの身ぶり当世はやりの染模様の世話事本蔵にむかひてハ小間もの前の身ぶり土佐ぶしの上るりにて調度《てうど》つくしの古風な所作花やかと高上《かうじやう》な事とを仕分ヶられし所誠に見物の目をおどろかしました次に本性になりて女達弐朱の(十了オ)お銀と女夫の名のりをせらるゝ迄きまつた物でござるめでたふ打ませうしやん〳〵〳〵祝ふて三度しやん〳〵のしやん

座元　日本一繁栄門

若太夫　日本一金蔵

[頭取]花のお江戸の一軒芝居元日から大晦日まではづさぬ大入大評判たてつらねたる金蔵《かねぐら》に打納めたる万〳〵両万〳〵年も限なき日本一の太夫もとしげり栄ふる門《かど》そ目出度幾

一　江戸しまん　一枚摺

此役わり番附くわしくしるす

御求御覧可被成候

五拾軒　版

（十了ウ）

# 富貴地座位

安永六年

関西大学図書館本

富貴地座位　横本　三巻三冊　安永六年刊

底本　関西大学図書館蔵本(291.09 A2 1/3)

表紙　黒表紙(原装)

題簽　表紙左肩、子持枠「富貴地座位　上」「婦幾しさゐ　中」「ふきしさ井　下」

構成　序(一丁半)、凡例(半丁)、京名物目録(六丁)、以上上巻。
江戸名物目録(八丁半)、以上中巻。
浪花名物(九丁)、以上下巻。全二十五丁半。
＊挿絵なし

内題　上巻「京都名物富貴地座位《ふきちざい》　惣目録」。中巻「江戸名物富貴地座位《ふきちざい》　惣目録」。
下巻「浪花名物富貴地座位《ふきじざい》」

序末に「いつのとし／いつの月／いつの日／悪茶利道人誌」

凡例末に「またよふかき／窓の前／夢中居寝言」

柱記・丁付　上巻「■京フキシサイ　一壱(〜八)■」
中巻「■フキシサイ　江　一壱(〜九)■」
下巻「■フキシサイ　大一壱(〜九)■」

刊記「安永六年丁酉四月吉日／繁栄堂梓／日本」

# 序

今ハむかしたけとりの翁といふものありけり不動堂の藪に入ていなり山の松たけをとりつゝよろつの事につかひけりある時松たけの中より一滴の白露したゝり出ると見えしかやかて三寸はかりなる人いとうつくうしうてゐたりおさなけれは籠に入てやしなふほとにこの児すく〳〵とおほきになりまさるにつけつゝ其容貌光りかゝやくことと成けれは名をハお玉姫となんつけ侍るある夜月のあかきにかはほりの(一オ)羽子に打乗り月の宮古へあまのほりけり翁あしすりして歎けどもかいなく永き世のかたみにとて羽二重のきぬに書つゝりたる巻〳〵をなん残し置侍る見れハ京の名物もろ〳〵の事をのせたりそれか中にもうまく油こき物の数〳〵を除き侍りてにかみのはしりたる当世ものはかりを書抜て題号をふきじさいとなん名付し物ありこれは中頃ものにかゝりかましき女ありけり名をはお鍵女郎となむいひけるかつたえ持来りて(一ウ)はやく世に弘ふせよといふかとおもへは堀川牛房ほどの尾をふつて行かたしらすなりにけり

といふことをいとくちにして綾小路のあやもなく錦小路のにつしりともせす四条通のしさいらしい顔して是をはしつくりとなす事しかり

いつのとし
いつの月
いつの日

悪茶利道人誌

(二オ)

# 凡例

一此書ハ春ことに出るやくしや品定に似よりたるやうに編集するといへどもあながち座列位の甲乙にかゝわる事なし唯もやう取のために位付をしるせしものなれハ上下のちがひ粗ござりませう其お心得にて御覧下さりませ夢の夢なる事バかり書たる反古でござりますぞへ

またよふかき
窓の前

夢中居
寝言

(二ウ)

京都名物 富《ふ》貴《き》地《ち》座《さ》位《い》 物目録

●惣巻頭

大至極上上吉  京の水

●名物之部

極上上吉  稲荷山松茸

上上吉  祇園町香煎

上上吉  円山かきもち

上上吉  壬生水菜

上上吉  不動堂笋

上上吉  浄福寺納豆

上上吉

 円山煮梅

 鞍馬木芽漬

 二軒茶やうハみづ

上上吉  加茂酢茎

上上  堀川牛旁

上上  東寺芋頭

上上  袋中庵切漬

一上 北野新青豆　一上 御手洗團子

一上 今宮合餅　一上 愛宕しんこ

一上 桂あめ

巻軸至上上吉  空也寺茶筌

●大業之部

（三オ）

○見立京町つくしに寄る

上上吉《ほうび》 若山屋木左衛門
般若経の御きとく益日の出の富小路　烏丸

上上吉 井筒屋九平
薬種ハ何てもおさめてある袋町　二条

上上吉 升屋治左衛門
昆布の味ハしつくりとよい塩小路　油小路

上上吉 桔梗屋尓助
女護の嶋より多い位は松や町　嶋原

上上吉 伊勢屋矢太郎
今での一二をあらそふ両替町　烏丸

上上吉 福井伊象
お店の買人ハ糸を引く針小路　三条

（三ウ）

上上吉 千切屋仁兵衛　三条
　　　 坂本屋市右衛門　室町
数かきりもなき巻物ハ錦小路

上上吉 袋屋如兵衛
呉服物の売買ハ廣小路　寺町

上上吉 唐木屋七兵衛
いが越のたはこ入ハとゞろきわたる車や町　松原

上上吉 越後屋喜右衛門
日本ハおろか何の木でもある唐橋　川原町

上上吉 三文字屋九郎兵衛
古いも新らしいもおゝい椹木町　西洞院

上上吉 亀屋加兵衛
急に抜出した朱雀　柳馬場

扇より開き初て今ハ何ても問や町

上上吉　扇屋小七　柳馬場

数万人のめしをたきたつる釜座

上上吉　日野屋七兵衛　万寿寺

もめん物のげんぎん店の大仏前　(四オ)

上上吉　清水屋二平　富小路

十九文見せの親玉何でも代ロ物ハ大宮

一上上　吉文字や髭油　松原　一上上　尾張屋甚兵衛　四条

一上上　松七　出水　一上　有馬屋喜右衛門　三条

巻軸
功上上吉　　升屋太郎兵衛　ちゑ光院

狼《おほかみ》とされあふ　猪熊《いのくま》

●女才子之部

琴　鍵屋曽良　祇園町

いつでも咲《ゑ》顔《かほ》ハ若いゑびす川

碁　横関井尾　先斗丁

囲《い》碁《ご》にゐてハ後世恐るへき今出川

書　勃海飛手　大宮

書風ハ欧陽詢《おうやうじゅん》の姉小路

画　真葛原玉蘭　下河原

扇面の絵ハ蘭と竹や町

一唐画　近藤らい　油小路　一名医　奈良林てる　西洞院

豪桀　新屋お清　先斗丁

からだのふとりハあまりちがハぬくらまロ　(四ウ)

風流　冨永屋お雪　先斗丁

風俗ハほつそりすハりの柳馬場

●奇妙之部

墨色　知法院　北野

すみいろの光りをてらす油小路
風監  湖月和尚 万寿庵

人相ハ去とハようあふ末吉丁
奇瑞  大連寺 仏具や丁

安産の加持ハ有かたい寺之内
妙術  加川玄廻 一メ町

一メ丁のお名人と誰も五辻
高名  永楽屋三郎平 五条

お素人《しろと》てもすいきをぬくお上手のさや丁
正直 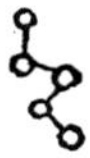 一心天上軒 岡崎

北辰《ほくしん》のきどくハ尊《たつと》い仏光寺
佳味  般若湯會ゝ 下川原

杉酒のうまさハ次第に出水

●薬品之部

(五オ)

極上上吉
 雨森了意 車や丁
 雨森良叔
かう薬のお頭無二になをる京極

上上吉  古沢肥後 東洞院
ふり出しの大あたり外の俵やを押小路

上上吉  水月堂仙積散 衣棚
暑寒の入に門前に市をなす魚棚

上上吉  勧学屋大八 祇園下
数年来口上にぬり上た白山通

上上  狼 三平 高臺寺前
たんとせきとのなをりハ早い堺丁

上上  源蔵かうやく
骨《ほね》たがひハなをしのよい雪駄や町

一万病円　植村和泉　一蘇命散　松林寺
一霜臺散　亀屋七兵衛　一藤の丸　藤屋権兵衛
一灸代　村上吉郎兵衛　一正勢散　上田近江
一はみかき　松井七郎平

巻軸
大上上吉　大黒屋肥後　下立売
　　　　　田中宗悦　寺町（五ウ）
地黄も延寿と長生を守る冨永丁

●五明之部

上上吉　御影堂幸阿弥　五条
滝折の仕出しを堀川

上上吉　柏屋賀介　八条殿丁
奇冷の本家去とハ上品な綾小路

上上吉　十松屋東右衛門　烏丸
十立の仕立ハ行義よき御前通

一上上　白雪扇　寺丁　一上上　合歓扇　三条

●細工之部

上上吉　八ッ橋加七　二ばん町
扱ても狂ハぬ十二調子の六条

上上吉　井筒屋潮平　今出川
何でも工夫して織《おり》出す元誓願寺

上上吉　陶工金三　建仁寺丁
異《い》国の物でも焼《やい》て見せる楊梅《やまもゝ》

上上吉　茗荷屋長右衛門　室丁
さらさの染様ハ唐にもまけぬ大和小路　（六オ）

上上吉　梅忠　三条
近年ハ此かみそりならて用ひぬ三条

上上吉　金高　三条

上上
お名ハとこまでも高倉
ねづみや七郎平　油小路
きせるの名物よふ通る中筋
大仏孫右衛門　伏見海道

●戯藝之部

上上吉
ふし事を聞てハ帰る事をわするゝ日暮《ひくらし》
宮園鸞鳳軒

上上吉
角太夫節の三味線下におかれぬ上立売
岡沢彦五郎

上上吉
鳥獣の似声に名ハ高辻
八辻八兵衛

上上
身ふりのおかしさハ狂言とかぶきの間ノ町
大角数馬

●飲食之部

上上吉
亀屋良安　二条（六ウ）
むしくわしにおいてハすつと上長者丁

上上吉
津国屋此花　経堂前
酒の名にハゆかしき梅小路

上上吉
尾道屋源右衛門　丸太丁
名酒類ハよくはへました藪の下

上上吉
酢屋弥二平　間の丁
御堂につゝいて目立餅やの御池

上上吉
鱗形屋治兵衛　小川
白みそハ他国からも買に木屋丁

上上吉
茨木屋砂越　新丁
壺屋滝の水　建仁寺丁

いつまでも酔てゐたい醒井

上上吉　一文字屋二右衛門　新丁

しんこハ今日の出の東洞院

上上吉　大仏餅兵右衛門　大仏前

餅まんぢうハ一といふても大事ない二条

上上吉　舛屋五郎右衛門　姉小路

きんとう餅ハさてもきれいによふ四条

（七オ）

上上士　洲浜屋治右衛門　室町

すはまの風味ハちと丸うない六角

上上　松屋市郎兵衛　二条

料理こんふに花を咲す室丁

上上　東寺麩の焼　大宮

買ふと思ふとよほど人を松原

上上　樋口焼餅　二条

へつたりおした焼印の大の字ハ黒門

一上　諸品味噌　新町　一上　宇治山漬物　堀川

一上　銘酒加茂川　建仁寺丁　一上　猿屋せんへい　蛸薬師

巻軸
至上上吉　川端道志　烏丸

ちまきの味ハ打上つた御幸町

●料理之部

大上上吉　二軒茶屋　祇園

いつても行人の多いぎおん丁

上上吉　新南禅寺豆腐

ゆとうふよりでんがくが日本一の宮川丁

上上吉　湊屋三右衛門　川ばた

ゆのこハきついひみつのある小川

（七ウ）

上上吉

三栖屋伊左衛門　八軒

京屋おるい　安井前

料理の仕様は白からぬ烏丸

上上吉

柏屋宗七　生洲

めつたにさたよくて外の生洲ハ佐女牛

上上吉

京屋吉兵衛　高倉

にしんの評判ハとかくうまい蛸薬師

上上吉

高長兵衛　丸太丁

すつほんの親玉外にいらいてのない丸太町

上上

山端平八　山はな

かるうてうまみのある麸や丁

上上

三国屋　平野

上上

敦賀屋

次第にさたのよい万里小路

三文字屋

十一屋　砂川

近年評判のよう成ました先斗丁

（八オ）

上上

三星屋喜兵衛　蹴上

かけ茶やの大将勢ひのつよい武者小路

上上

鳥屋又兵衛　西石垣

あひるに名高き四条の河原町

上上

坂本屋田楽　北野

みそでんがくハよく仕立る衣棚

一上　松屋　大仏

一上　丹波屋　尼寺

一上　紅徳　松原

一上　春日の　二条松原

巻軸 真上上吉　丸山端寮　東山

ざしきから京中を見はらす突抜

●惣巻軸

無類　京羽二重

諸きぬの品定二とハいわさぬ一条

千秋万歳楽

（八ウ）

江戸名物 冨《ふ》貴《き》地《ぢ》座《ざ》位《い》　惣目録

○衣服之部

三幅対 真上上吉 左　白木屋彦次郎　日本橋

呉服と小間物と仕入ハ手丈夫な羽二重

極上上吉 中　越後屋八郎右衛門　するが丁

現銀かけねのない商ひハ次第多い三ツ井

大上上吉 右　びうほ　蛭子屋八郎兵衛　尾張町

お江戸中にさたのつよい唐ちりめん

上上吉　丸角屋次郎平　本丁

今を日の出の蔵にみつる金さらさ

上上吉　大槌屋清平　池の端

扨もめつらしい新織のたはこ入

上上吉　塩瀬山城
お家の名代誠に色よい茶の湯ふくさ
京はし
霊岸嶋

上上吉　鼠屋股引
誰もよく御ぞんじの隅から角丁立
京橋

（壱オ）

○酒の部

大上上吉　万屋已之助
其名ハ当地にかくれなきけんびし
飯田丁

真上上吉　内田清左衛門
お店の賑ひ買人ハほんに満願寺
神田

上上吉　鳥飼大和
むかしからきゝめのよいくすり酒
南傳馬丁

上上吉　岡本和泉
八百八丁にひやうはんのよい白酒
てつほう丁

上上吉　四方忠兵衛
みそのひやうはんも四方にかゝやく明石
いつみ丁

上上吉　山屋半二郎
清き名のどこまでも通る角田川諸白
浅草

上上吉　大坂屋万左衛門
三国一りうのわこくあま酒
浅草
御堂前

○菓子之部

至上上吉　鈴木越後
評判のひゞき渡る唐くわし
本丁

（壱ウ）

上上吉　鳥飼和泉
風味のよいハ八重にならぬ九重まんちう
本丁

上上吉　壺屋六兵衛
ほめつくされぬ味ひのふかいつほやまんちう
元飯田丁

上上吉　金沢丹後　石丁

名は諸所〳〵吹つたふ松風

上上吉　竹村伊勢　吉原

さてもきれいみな人が舌を巻せんへい

上上吉　茗荷屋小兵衛　浅草

丸山にもおとらぬかるやき

上上吉　米屋吉兵衛　としま丁

子供をよろこバす白せつかう

上上吉　虎屋高林　いづみ丁

下戸達をうれしからするきんとう餅

上上吉　鯉屋山城　芝口土橋

出世とハまたな事はねました鯉やくわし

上上吉　丸屋播磨　神田

（弐オ）

当地にてハはじまりの求肥あめ

上上吉　小松屋儀兵衛　両国

根本根元いつもかハらぬ幾世もち

上上吉　橘屋太兵衛　かうじ丁

うまい所ハたれも助惣やき

上上吉　両国屋平左衛門　浅草

餅も名もちいそうない大仏

上上吉　真猿屋　かぢばし

まさるめでたき名代の柚もち

上上　翁屋太兵衛　てりふり丁

いつもかハらぬ千歳の翁せんへい

上上　桔梗屋弥惣兵衛　浅草

勢ひ高き金龍山の浅草もち

一あみかさもち　若狭や吉兵衛　音羽丁

一わこくもち　いせや七郎兵衛　新材木丁

一 白玉もち　大和や弥四郎　いせ丁
一 今川やき　那須や弥平　本所
一 うきふしんこ　しなのや　久松丁
一 御所おこし　玉や　浅草
一 あめ　川口や　目黒
一 かりかねやき　雁金や茂左衛門　深川
一 うす雪せんへい　いせや次郎平　おハり丁
一 小ナ言やき込　ふしみや　牛込
一 あわもち　桐や　目黒
一 もち花　目黒

（弐ウ）

巻軸 功上上吉　林氏塩瀬　中はし
日本第一はんまんぢうのおや玉

○薬品之部

三幅対左 上上吉　大坂屋七兵衛　芝口
外にるいのないちりめんていこ

大上上吉 中　大坂屋平七　橘丁
和漢の代ロ物を仕込む薬種袋

上上吉 右　大坂屋孫吉　石丁
なんでもぬけめのない丸散丹円

上上吉　桐山三龍　室丁
製薬の始り其名も高き桐山

上上吉　三舛屋平右衛門　大傳馬丁
伊吹の正銘ゆさらしの根元

三舛屋藤介　浅草
どふしてもきゝめのつよい團十郎もぐさ

上上吉　堺屋長兵衛　芝田丁
近年次第に評判のよいはんごん丹

（三オ）

上上吉　大坂屋庄右衛門　本丁
いつれもおとりのないはんごん丹

上上吉　朝田徳次郎　室丁
是もきゝめハつよいはんごん丹

大黒屋肥後　本丁

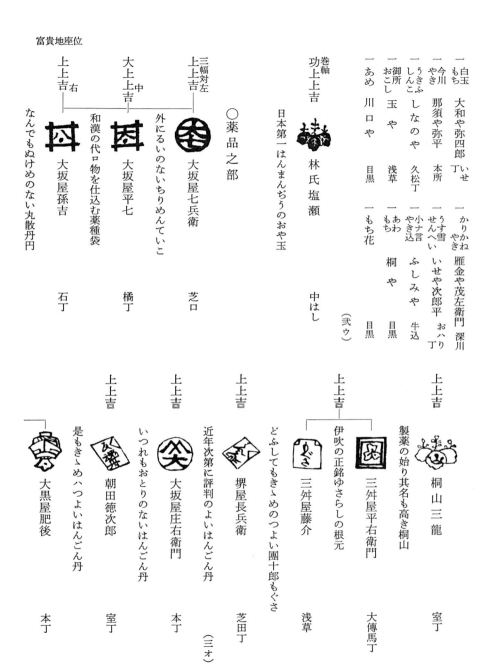

三幅対
上上吉

岡田中助　本丁

堤　三蔵　かうじ丁

三軒とも先すハりよき地黄丸

上上吉

勧学屋大助　池の端

とふ見てもけつかうな錦袋円

上上吉

さつて屋茂兵衛　小傳馬丁

はづかしなからかふてみるしらみうせ薬

上上吉

四ツ目屋忠兵衛　両国

おもしろさに齢をのふる長命丸

上上

向坂仁左衛門　神田

上上

松井屋源左衛門　芝

一返魂丹　いせや七右衛門　室丁　一返魂丹　森玄的　神田

一奇応丸　小西庄左衛門　白銀丁　一還童丸　谷口一空　芝

（三ウ）

一美髯丹　岡肥後　十軒店　一玉壺丹　植村藤白　十軒店

一一粒金丹　山崎屋利左衛門　神田　一還真丸　光浦源左衛門　神田

一牛肉丸　対馬屋七右衛門　室丁　一調痢丸　いわしや藤左衛門　本丁

一龍夢湯　武井近江　本丁　一解痰丸　いせや孫七　吉川丁

一万金丹　万屋権八　としま丁　一延命散　みすや又左衛門　通三丁目

一木香丸　横井休庵　芝　一巨勝子円　若林宗哲　大傳馬丁

一ゐふりこ てんふりこ　堺屋善平　昌平はし　一白竜香　山城屋平六　日本はし

一万病円　虎屋和泉　おハり丁　一ふり出し　古沢肥後　日本はし

一石見銀山鼠とり　橋本丁　一実母散　中はし

巻軸
上上吉

田中宗悦　本丁

どこから見ても名迄よい延寿丹

○歯磨之部

上上吉

丁子屋喜右衛門　神田

いづかたにても名代ハ大明膏

上上吉

かねやす祐見　芝

はなしをかへに口中の薬
上上 小野源八 日本橋

はぐすりいたつて乳香散
上上 藤田友松軒 銀座二丁目

（四オ）

ほんにきゝめハきつい如神散
上上 三条小六 芝

其名ハ高くのほる曲まり
上上 松井源水 浅草

名曲ハまたと有まいはかたこま
上上  近藤市之進 浅草

四里四方ハおろか千里も聞ゆる虎や
一上 大木傳四郎 両国
一上 岡本宗安 宇田川丁

巻軸 上上吉 太中菴正生丸 本丁
きゝ道ハきめうな金生丹

○目薬之部

一吉岡目薬 吉岡久清 石丁
一久喜め薬 宮本周安 大てんま丁
一雲切散 安田松軒 日本はし
一五霊香 益田氏 本丁
一薬師散 坪井徳眼 てつほう丁
一藪田め薬 いせや又二郎 としま丁
一博多め薬 博多清安 てりふり丁
一入残膏 儀田寿庵 芝
一

○膏薬之部

一不流膏 野本不流 日本はし
一水煉膏 中野好孝 日本はし

（四ウ）

一巴かうやく 巴屋五郎左衛門 神田
一万能膏 内田甚四郎 材木丁
一狐かうやく 笠原平蔵 神田
一藤の丸 法橋見林 日本はし
一蜈かうやく 須藤意清 ゆ嶋
一芭蕉かうやく 長崎芭蕉 米沢丁
一又右衛門かうやく 又右衛門 南てんま丁
一三ツ星本店 江戸橋神田
一銭かうやく 蔵前

○粧具之部

上上吉  下村山城 両かへ丁

見せの賑ひハいつても人かおしろい

上上吉　中嶋屋百助　駒形丁

女中かたのひいきつよきくこあぶら

上上吉　五十嵐次郎平　両国

かほりハふん〳〵とするきやらの油

上上吉　松本庄右衛門　住吉丁

人のおもても白〳〵と岩戸香

上上吉　いかり屋和泉　飯田丁

どこのやしきてもうれしかるぎん出し

上上吉　谷嶋主水　かうじ丁

むかしゆかしき谷一嶌

（五オ）

上上吉　奈良桜一喜　本丁

男女ともみな人がすきあふら

上上吉　玉井香太郎　かうじ丁

どふ見てもきれいにすき通る玉井

上上吉　江戸文七元結　名代

名代ハかくれこさらぬ文七元結

上上吉　紅屋勘蔵　すハ丁

あちな事から名高き紅横丁

上上　味噌屋太兵衛　中はし

きれぬといふがきついみそや元ゆひ

上上　柳屋色楊枝　浅草

ゐてうまでもかへれなき匂ひぶし

巻軸
上上吉　大好庵　芝

御当地のはへぬき無類の江戸煉

○器用之部

上上吉　新身屋久右衛門
家の産金めちのよいはりまもの
神田

上上吉　錺師国廣
新つばの名目諸方にひく国廣
神田（五ウ）

上上吉　鱗形屋孫兵衛
ゐさうしの大問屋とハ誰も三ツ鱗
大傳馬丁

上上吉　紙屋五兵衛
紙ハもちろんなんでも仕入ハ大奉書
馬喰丁

上上吉　米屋久右衛門
何時見てもいやとハいわぬ米蔵
浮世小路

上上吉　名古屋
評判ハ光りわたる万打もの
芝

上上吉　本舛屋三郎平
神明前

お江戸の水きたいのよい刃金燧

上上吉　住吉屋平兵衛
お名ハとこまでも通りのよいきせる
池の端

上上吉　吉川勘三
魚よりハ好人をよく釣針
両国

上上吉　高原東四郎
手きわの程ハいつく迄もひゝく東四郎焼
浅草

上上吉　瀬戸助
誰でも賞美の多いせと介やき
すきやバし

（六オ）

上上吉　萬古官次郎
さてもきれいな萬すやき
かま本小梅

上上　二十三屋傳平
うわさハ日本ハおろか唐くし
新材木丁

上上  けほう平四郎　いづみ丁

世上の人ハしたふてくらあしだ

上上  玉屋市兵衛　両国

去とハ見事にこくうあかる龍せい

浄林釜  大西国貞　八丁堀

花林尺八  花林清兵衛　両国

錦絵  高尾屋新七

一神田箒　一茅場町傘

一今戸瓦　一亀井町籠

一馬喰町付木　一漉返し紙

一浅草胡粉　一箕輪土器

一本所鍋釜　一仰願寺蠟燭

一紙たばこ入

（六ウ）

巻軸
上上吉  十七屋孫平　せと物丁

居なから遠国の便を聞早飛脚

○茶之部

上上吉  伊勢屋藤次郎　お玉か池

いづくまでも花香ある名茶

上上吉  八幡屋覚左衛門　十軒店

むかしも今も諸人か挽茶

一玉や小兵衛　本丁　一鍵屋平五郎　柳ハら

一いせや藤十郎　神田

巻軸
上上吉  酒袋加兵衛　池のはた

気のわつさりとする香奠

○茶店之部

一信楽　新橋　一浅草二十軒

一浅草天王町　一かしや竹町

一千住茶筌

○麺類之部

上上吉  道光庵 浅草

上上士  いせやさる蕎麦 す崎(七オ)

上上士  ひやうたんや舟切 かうし丁

上上  山田屋せいらん てつほう丁

上上  福山にしき さかい丁

上上  正真あくぬき

一藪そば そうしかや　一万やせいらう うきよ小路

一楠菊水 いつみ丁　一玉や玉かき ほり江丁

一大和屋朝日 小舟丁　一堺屋哥仙 いせ丁

一越前屋 本丁　一御神楽 田所丁

一近江屋しつほく せと物丁　一志村や籠そば 牛込

一石臼屋かしく 芝　一嶋屋手打 本丁

一浦川田毎の月 日本はし　一網嶋蘭麪 室丁

巻軸 上上吉

 笹屋干うとん 中はし

 車屋心太 芝ばし

○料理之部

上上吉  西宮 深川

上上吉  舛屋宗助 す崎

上上吉  百川 うきよ小路

上上吉  さんとう さへ木丁 (七ウ)

上上士  葛西太郎 みめくり

上上士  楽菴 かやば丁

上上士  四季菴 三ツまた

上上吉　おまんすし　中ばし

上上一　春日野なら茶　新ばし

上上　五井屋　よし丁

上上十　衣屋蜆汁　亀戸

上上士　田子屋田楽　す崎

一上上　日のやあハ雪　両国　　一上上　明石やあハ雪　両国

一上上　つほやあハ雪　吹や丁　　一上上　そば切とうふ　木挽丁

一上上　金龍山なら茶　浅草　　一上上　目川なめし　浅草

一上上　深川すし　冨よし丁　　一上上　笹巻すし　品川丁

一上上　江戸前樺焼　深川やけん堀　　一上　祇園とうふ　ゆしま

一上　ゆとうふ　根津門前

伊更子麸

三幅対

常盤麸　芝神明前

粟麸　かぢ丁

山家屋揚とうふ　神田

三幅対

竹門揚とうふ　浅草

山屋とうふ　新吉原

巻軸脇
上上吉　二軒茶屋　深川

巻軸
大上上吉　豊嶋屋十左衛門　かまくらかし

（八オ）

○魚類

一浅草川紫鯉　　一江戸前鰈

一多磨川鮎　　一佃嶋白魚

一浅草川白魚　　一江戸前鰻

一千住鮒　　一宮戸川鯰

一品川鮍　　一鉄炮洲沙魚

一芝海老
一浅草川揚場川手長海老
一業平蜆
一尾久蜆
一深川蛤
一深川蛎
一深川貝柱

○青　物

一浅草海苔
一品川海苔
一葛西海苔
一練馬大根
一葛西菜
一岩附牛旁
一岩附葱
一深大寺そば
一小金初茸
一寺嶋茄子
一千住茄子

○戯藝之部

荒事根元　市川團十郎
江戸節　江戸半太夫

（八ウ）

河東節　太夫河東
外記節　大薩摩主膳太夫
三弦　山彦源四郎
哥三弦　木根屋喜三郎

○三幅対

惣巻軸
無類上上吉
江戸鹿子
江戸紅摺絵
江戸紫染

千秋万歳楽

繁栄堂梓

（九オ）

## 浪花名物 富《ふ》貴《き》地《じ》座《ざ》位《い》

いつの比か尼寺《あまでら》のあたりに清少庵《せいせうあん》といへるいほりに住《すめ》る尼《あま》あり・此尼生得好色人《しやうとくこうしよくじん》にて三衣《さんゑ》を結《むす》へ共春画《しゆんぐわ》をこのみて十二番《つが》ひの軸を集《あつ》め置《おき》たりとや・老といへるに拠なくいつ欤見飽《あき》て・其巻物《まき》の裏《うら》に我思ふありさまを随筆《ずいひつ》せるとて傳手《つて》をもとめて・夫を写《うつ》し置《おけ》るを爰《こゝ》に序《じよ》す

按《あんず》るに此人時代《じたい》しれがたけれども・文中《ぶんちう》を思ひ合せバ・もしや伊賀《いが》の敵討《かたきうち》の比にもやとも

春《はる》の曙《あけぼの》やう〳〵しろくなりゆく山際《ぎハ》少し明りて紫《むらさき》だちたる生駒《いこま》の雲間《くもま》に抜《ぬけ》参りの心動《うご》き・初夏《しよか》ハよる月の比ハ更《さら》也・闇《やみ》も猶恋風の吹《ふき》さそふ晒《さらし》の長手拭《てのごひ》に顔忍《かほしの》バして・ちよんの間の手の引合ひもよそ眼におかし・秋ハ夕くれ夕日はなやかにさして海際《うみぎハ》いとちかく成たる・しらさ海老《ゑび》につらるゝ魚も下手《へた》ながらみつよつふたつなどハ手まハれど・ひまなく上る釣竿《つりざほ》の(壱オ)せわしき連《つれ》に恥《はぢ》るすがたなんどいと哀れなり・冬ハ雪のふりつもるハたま〳〵ながら・霜《しも》なんどにいとしろく役者の軒端《きは》につみたるかざり炭《すみ》山の姿《すがた》に所せきて・素人眼《しろうとめ》ハおどろかせ共四歩六歩のやり戻しに黒き内証沙《ないせうさ》汰《た》のいぶせく・すへて四時《しい》とも次第にことのせちかしこくなりぬるこそわろし

比ハ正月三月四六月七月八九月十月十二月すべて折につけつゝせハしく二光ハ費《ついや》せ共天象《てんしやう》ハ只《たゞ》かるたの名のみに春過伐ハ和泉屋の借物《かり》代に追ハれ・裸《はだか》がちにて汗《あせ》の香《か》と供《とも》に見るめしのび得ず・踊《おどり》ハぐた〳〵と二三年ときめきて古風《こふう》をしたへ共娘のわるく成たる噂《うわさ》とおかげ参りめきたるにぎり飯《めし》の施行に隣町《りんてう》に負《まけ》ぬ気出てはやくも消へ・出雲の大社の神集《かみあつ》めに帳付のないさきを立廻るむすび合多く付込にこまらせ給ふけるとなん・抑なにハの里の 〽梅ハ

○八軒梅《けんむめ》 ○梅のやくしもふるされ是ぞとさして見るべき所さへなきハけうさめがち也・余《よ》の事も是になそらへ知る思ひふかく

〽山ハ (壱ウ)

○茶臼山《ちやうす》○浪《なみ》よけ山○丸山ハ姫松《ひめ》につゝきて高きがゆへに貴《たつと》からずの語《こ》を守《まも》れども打こして見ゆるかつらき山しの山などに心を晴《は》らし○二子山《ふたご》○生駒山《いこま》○泉原山《いつハら》○六ツのかぶと山なんど ハ二日灸の眼《やいとめ》によろこバしく 〽海ハ

○名古《なご》○朴津《あなつ》○敷津○浦《うら》の初嶋《はつ》ハ名のみ芳《かう》ハしく 〽家ハ

今橋の辺《ほと》り専らながら鴻池《こうのいけ》の軒端《のきば》目だゝぬに幾世《いくよ》経《へ》ぬらんの思ひをかさね・大江の橋の南詰舛亭《せうてい》の掛《かけ》屋敷ハいく年欤天満祭《まつり》にうら

やまれ・裏《うら》川筋の屋敷〱の塀《へい》の白妙《しろたへ》も漢《かん》客来朝《らいてう》の度毎《ごと》に際《きわ》立・
長堀あたりなる吹《ふき》屋の煙《けふり》ハ民《たみ》の竈《かまど》のせわしさの外をたち大名めき
て心ゆるやか也・近き頃瓢簞《ひやうたん》丁も通り筋の二階建《かいだて》多くなりしも
鬱《うつ》としく　〽渡ハ
○九条嶋○寺嶋など一しほ棹《さほ》の音《おと》いとまあらずも○川崎○源八な
どハ夘の花月中の七日ハ人を砂《いさご》の（弐オ）ことくにも盛《も》りてかよひ
にいとあやふげなり
〽湯ハ○今宮《いまみや》○なんば○上塩《うへしを》町○大仁《だいにん》はひぜん瘡《かさ》のために煙《けふり》をた
て・折にふれてハ龍神《りうじん》の筧《かけひ》も但馬《たしま》の酒樽《しゆたる》も南に北にちらしをちら
めかして
注　是より作者《さくしや》のこゝろに次第を極《きハめ》たると見へたり
〽あてなるものは
○米《こめ》の立チ相場《さうば》　　堂嶋《だうじま》
真《まこと》に無類《むるい》の極《きわま》り所なれバ国〻の守《かみ》〱の懐《ふところ》も極り価《あたい》に導《みちび》かれ侍れ
バ先此土地《とち》の惣巻頭として
○初天神《はつてんじん》の竹輿《かご》
舁《かく》人のせわしさハ橋の上にてあらハるれど蒲団《ふとん》の裏《うら》に朱《あけ》をうばひ
合し千〻の立ならびに遊女《ゆふぢよ》の曠心《くハうしん》に天満宮の庭《にわ》さへせバしとハ公《く》
界《がい》の中の又公界ながらも

○虎《とら》屋の小倉野《をぐらの》
味《あぢハ》ひハわすれかねつも下戸《げこ》の舌打にひゞかした唐高麗橋《からかうらいはし》とも　（弐ウ）
○揚《あげ》屋の座敷
一ト目千畳《でう》の青畳《あをたゝみ》ハ湖《みづうみ》の色をとも思ひ付く事に源氏などのちら
めかす実《じつ》に曲輪《くるわ》気質《かたぎ》と見へてにくげなれともこれらの品の土地《とち》に
富《とみ》たるこそいとめでたくも
〽打明たる風情《ふぜい》ある物ハ
○和泉《いづみ》屋のうどんそば
砂場《すなば》〱とうたハれていさましげ也賑《にぎ》ハしきを風味《ふうみ》として
○藍《あい》染《そめ》絞《しぼり》
藍より出て猶花やかに色外にあらハしたる水のうつり
○月岡《つきおか》の春画《しゆんぐわ》
たちまち心をうごかし侍りて罪《つみ》共なれば
○四ツ橋《ばし》きせる
源蔵をもと知りつゝも隣《となり》〱も所の名に富てともに器用《きよう》をあらハ
せど見るめせわしく

○なんばの骨継《ほねつき》

南蛮《なんばん》の一流《りう》も所の名に似通《に》ひて相合たり近き(三オ)比本家といへるハ女の手わざのあらくれ事はげしきものと見へつゝもにこりともせぬ顔の又いと殊勝にも思ひ侍て

〽こゝちよげなるものは

○材木《ざいもく》屋或《あるひ》は石屋

国〻より呑込《のみこん》て国〳〵へも吐《は》きながら帆柱《ほばしら》なんどの売買の直なりの手もふとしき立て神風の添《そ》へ物こそめでたく見へながら灘《なだ》屋の浜《はま》などの石の有さまハ又もろこしめきたりとも

〽酒ハ〽油はともにむさし野にかよふを凡此地を専らとすれと余《よ》の郷の名代つよけれバ其最上夫とも名さし得す又此たぐひの品も多けれバ是になぞらへき侍る

○さらし蠟《らう》

是も実《み》ハ他の国に育《そだ》てどうつきつとさす水のもてなしにうまれたちよりよくあらひし美女の素顔のことくにも見えて又(三ウ)

番匠《じやう》のもてあつかふ道具こそ皆此地より出る中にも

○亀《かめ》の鑿《のみ》　○雁金《かりかね》の手斧

○金近《きんちか》利右衛門　鋸《のこぎり》　○花菱《ひし》の鉋《かんな》

○極又の曲尺《さしかね》　猶名に光りまさりていづれともいとするどなる事をおもひ合せり

○弁《べん》喜の蒲鉾《かまほこ》　しらが町

彼さらしの色つやふかく色又いと白うして江戸迄もあぢハひの損《そん》じなきを

○嶋和尚《おしやう》の胡《こ》弓

巣籠りなんどにいつとなく聞く人の眼《め》もうるみて

○吉田一保《いつほう》の講尺《こうしやく》

唐も倭《やまと》も今もむかしも此人の見ぬ軍ハあらしともとて読《よみ》切のよみさしに昼寐《ひるね》の夢もいさみて見るいとまなくも実に戦《たゝかひ》に汗《あせ》をひたさし嵐座のはやるも此弁舌《へんせつ》よりしこらして　○伊賀髷《わけ》　○伊賀鬢《ひん》　○伊賀越小紋　などもにくげながら(四オ)浪花の癖《くせ》とて

〽器用《きよう》げなるものは

○道明寺屋の漬《つけ》もの　尼崎町

○坪井《つぼい》屋のみかん酒　ほり江

香気《かうき》も味ハひもともに水ももらさずして

○玉露堂《きよくろたう》の左り絵《ゑ》扇

甚五郎細工にもおとらしと風の思ひも筆さきより
〇小山屋の厚焼《あつやき》玉子　天神の社内
さも腎薬《じんやく》らしげに思ハせて名高くも其余《よ》ハ或ハ　〇羽《は》二重《ふたへ》餅《もち》　八
百屋町　〇絹ごし豆腐《とうふ》　〇七郎平が鋏《はさみ》細工なんども器用過ていと
にくし
〽薬は
〇泉明《せんめい》の薬酒《くすりさけ》　東口　〇入残《いれのこし》の目薬　同
〇御堂《みだう》の後《うしろ》の龍虎《りやうこ》円　〇質《しち》屋練薬　嶋内
〇白龍香《はくりうこう》　かごや町　〇小川屋の黒丸子　大手筋
〇板《いた》屋の乳《ち》薬　安堂寺町　〇　（四ウ）
〇紅粉屋紅粉入香　天満　〇吉野丸ハ紀州源蔵とやらんの
身に釼《つるぎ》を立ても見せて奇妙《きめう》過たるも
〽冨てせわしきものは
〇虎《とら》屋の饅頭《まんぢう》切手
店《み》の出入ハ櫛の歯をひくぞとも見へながら番付の冨の札めきたる
も物にくし今で又銭のやすきを悔《くや》む有さまもおもへば
〇竹田のからくり
道者の眼のやくそくハはつさね共遠国《あんこく》へ聞へし程ハ動《うご》き足らぬ近
き世のせわしさも

〇女の髪結《かみゆひ》
未刻太鼓《おやつのたいこ》といへる狂言の比まてハ極てなかりし物なるに今ハ遊所
ハもとより町〻にも群《むれ》て住《すみ》町の女ハ遊所めきて心ときめかしある
ひハ長町とまりの旅人のめつらしかりて茜裏《あかねうら》ながらつぶりバかり
の土地《とち》になれたるも鵺《ぬえ》をや思ひ出ていとおそろしげなり（五オ）
〇大正のうなぎ　道頓堀
和らかみにわすれかたき風情あり此にほひにこたへかねる鼻《はな》いつ
となく木の葉《は》天狗《てんぐ》の芽《め》出しにもなりなんとて夏のくれ猶一ト間を
せきたつ
〇長町の傘《からかさ》 或は團《うちわ》
なんとハ諸国の雨風を引受藤こしらへもいとせわしく此辺りに多
く出せる看板《かんばん》に　〇はじき　〇けいと　なんどゞありともに傘に
用ることくなんされども耳立ていとおかしげなりとてさてハ又
〇天満のおやま紅《に》粉　〇黒門の春風
〇玉造りの唐弓の弦　〇庚申こんぶ
〇下寺町の白酒　なんどハいつの間に仕にせし事やらん伊勢道に
書出せるにおどろけけり
〽さかしく見ゆるものは

○高津《かうづ》の黒焼屋《くろやき》

造化《さうくわ》の物〳〵をかたちの儘《まゝ》にてこのみを欠《かゝ》さすいもりも(五ウ)もとよりつるみなどの黒〳〵と

○伏見町道具の入札会

一丁に限《かぎ》つての持参りに冨《とみ》たる人の家〳〵に集《あつま》る落札のふれ声ハ難波新地の新艘《しんぞう》ふるゝにも似《に》通ひ侍れ共

○贋水前寺《にせすいぜんじ》海苔《のり》

こんにゃく玉ハ鼠《ねづみ》とり薬にも成とやらん聞しかども又

○雀《すゝめ》すし　福島

眼にハさやかに見へね共折しり顔の新米をはらみし泥身《とろみ》の江鮒《えふな》も

○馬場《ばゝ》先細工《さいく》の遣ひ人形

今の子供の心までをよくかんがへてぬけめなききめとてされバこそ

○面《めん》の餅《もち》屋ハ天満煮売《にうり》屋と成り　○なんば新地の吉田屋ハ庭《にわ》に春秋をたくみ在の溜池堤も気ハかはりてよけれ共麦飯のかけんハ今すこしありたきものともすべて天王寺の玉やの(六オ)そばと粉屋までさがす心の魁こそにくらしけれど小堀口のいつとなく消しも地をかへる姿ならめとて

○本庄茄子《ほんしやうなすび》　○天満大根《たいこん》　○難波《なんば》のにんしん　○市岡新田《いちおかしんでん》の西瓜なんど土地《とち》よりさかしきをあらハせるこそいとうれしけなり

○尼寺の土器投《かわらけなけ》　○道頓堀の楽焼《らくやき》　○梅田の墓《はか》の粧ひなんど負《まけ》ぬすがたも土地の思ひによく入てさかしき風情いと心よくも

〽むかし忘《わす》れぬものは

○うかむせ

幾瀬《いくせ》よりのみ上て貝《かい》のうちの漣《さゝなみ》に鄙《ひな》びたる武士《やたけ》こゝろも和らげて幾世経《いくよへ》ぬらんの松までを一ト目になせる新座敷も益〳〵《ますく》建増《たてまし》て

○京の祇園会の神輿舁《みこしかき》

今宮難波《なんハ》木津《きつ》の古き例も殊勝《しゆしやう》さいとゞしく

○東口の米饅頭《よねまんちう》　(六ウ)

むかしの婆《はゝ》ハ人形の姿にうつせど頭《かしら》の雪ハ手ぬぐひにかくして味《あじ》ハひハ前に越《こへ》たりとも

○吉助の牡丹芍薬《ほたんしやくやく》　高津

おらんだ人も今にさそハれ侍れハ

○秋田屋の水　道頓堀

○菩薩《ぼさつ》が筆　堺筋

○大江橋岩起《おほえはしのいわおこ》し

○鉄槌《てつつい》せんべい　長池

○天王寺の葩莢《はせ》　○樋《ひ》の上こんぶ　道頓堀
○牢《らう》の前の焼餅《やきもち》　○東ロの桐《きり》の箱《はこ》
○横堀《よこほり》の辻君《つぢぎみ》　○才兵衛薬
なんどいよ／＼古風を守りしよそほひ
新町より元日の愛染《あいぜん》参りもいつの比やら絶《たへ》しとなん聞しに十と
せバかり此かた凝《しこ》りて今猶襲《うちかけ》の裾《すそ》高く青きを踏《ふみ》初るなんど古
きをしたふ姿うれしげなり
〽末《すへ》でよろこぶものハ
○惣体《さうたい》北の気質《きしつ》
後《あと》へハよらぬたのもしさハはんじ物がおく病を見かねたるに（七
オ）いさませて
○勝間《かつま》の土
吹屋の心のたしかなるに素人《しろうと》こゝろともとりかためて
○越鳥斎《あつてうさい》の軽画《かるが》き
あるひハ古き糸瓜《へちま》の中へ逃込《にげこみ》し鼠《ねずみ》又ハ川を流《なが》るゝ破《や》れ肴籠《さかなかご》の其や
ぶれし間より江鮒《えふな》などの飛上る風情などに心動《うご》かし松風村雨のし
ほじみたる姿に後の世の功《こう》ならハことのこひしく
〽草は
○天瑞寺《てんずいし》の萩《はぎ》も金岡《かなおか》が馬をや待がほにて
〽木は
○宝樹寺《ほうじゆじ》の紅葉《もみぢ》ハ源氏絵《ゑ》の姿《すがた》をしたひ・姉川が糸さくらハ次第に
姿芳《すかたかうバ》しく・天王寺のさくらの千本に俳諧師《はいかいし》の名をや求食《あさ》れり
とも見へたれど精舎《しやうじや》の賑《にぎ》ハひに栄《さかへ》を待心もともに
〽一ト癖《くせ》あり顔なるものハ　（七ウ）
○泉原松茸　北山
同じ香をもちながら稲荷《いなり》山に負《まけ》しと思ふも浪花《なに》に出心
○天王寺かぶら
近江の味の雲上《うんしやう》めきしを下司《げす》近う立廻て
○高原の草ほうき
酒屋の男と念比《ねんころ》にして枯《かれ》ても枝葉の猶茂きを
○寂称《じやくせう》のそば切
よのつねとハ少し心をもたして新蕎麦《そば》の早きしらせも近き比茶心
にこのみ深く
○天満の檀尻《たんじり》
前年木の和らかさに辻のまハりもいつの間にやら

○大黒屋のてつへきまんちう　　今橋

○銭屋まんぢうの片意地形　　道頓堀

始の方ハ名のみおかしく仕にせ後の方ハ只虎屋めかささるもにくけれども

○番場《ばん》の上燗

（八オ）

貴賤ともに引受て傘の下の仮の舎に盃の月を見てもじたんだふまぬ石亀の味ひもわびたる風情を三杯《ばい》きげんにも声高《こハたか》ならずしも

○麦婆《ばくハ》のばゝ　　袴屋新田

竹の筒吹そらして掛《か》り舟への風呂をしらせ麦飯《むぎめし》の仕にせも塩物菜《しほものさい》の意地《いぢ》を立しをおもしろがりて近き比ハ鯲つり舟の奢《おごり》ともなりて

〽心のたしかなるものは

○権　吉　碇《いかり》　　ばくろのいせや

舟人の落付をたのみなるものなれハいとゞ

○本町下駄《けた》

歯《は》のぬけぬ受合ハ老の心もいためすして

渡辺氏の異物《いぶつ》あつめなんど又ハ蒹葭《けん》堂の唐好もともに同うして

万物に事をかゝずありなんとも

又友どちの誘《さそ》ひ合にハ

（八ウ）

○南ハ西照庵《さいしようあん》　○浮瀬《うかむせ》　○北ハ播宇　○田楽生玉《でんがくいくだま》を専とし　○湯豆腐ハ高津の上なくもし下戸ならハ　○九条の松原屋のあづき餅《もち》とも　○住吉もどりの鯉《こい》万　○真田《さなだ》山の鰌汁《とじやうしる》なんど懐《ふところ》銭にて酔をまハらせハいと気たしかにぞ思ふらめ　大師めぐりハかきりなくはやり侍りて左専堂は少し古されぬる欤只栄枯《ゑいこ》地をかへる事の有こそむかしの京ともとて猶めてたくも見へつゝあれハ

〽いやましに思ふもの

○大光寺のをし鳥　　西寺町

張皮籠《はりかわこ》のホト〳〵に餌をしたひよるにハ龍安寺の嶋かくれにしにまさつて年毎に数の羽音に代のかハりし墨衣も早馴《はやなれ》初て

○鳥　屋　町

公治長をなぶりちらすも今猶めつらしきもの多く

扨此題にして此地の巻軸となす物

（九オ）

○天満祭りの船

抑《そもく》鉾流《ほこなか》しの神事とやらん流れし鉾今の戎嶋《あびす》にとまりて御旅所となれりとや其程の所せきて大船の場取ハ宵《よひ》の日に居ならひてもとより天神水尾ハ水無月の恒例《こうれい》となり近松か書たる千世界の千日月

も此夜の闇《やみ》を覚さるにやあらん欤網舟《あみふね》の立廻り一人乗りの抜歩行《ぬけあるき》
通ひ船の自由《しゆう》さも他の郷の斯《かく》斗に賑ハしきハ儲る事専ら也是又船
屋料理屋ともに其意ハはつれねど費を魁《さきかけ》し思ひハ是にまさりしや
あらんとて土地の姿猶顕ハせりとも迎ひ舟のいさましさに巻尾の
粧《よそほ》ひいとゝしく

安永六年丁酉四月吉日

日本　　繁栄堂梓

（九ウ）

# 新内跡追

安永頃

都立中央図書館．加賀文庫本

浪速新内跡追　　小本　一冊　　安永末年刊

底本　都立中央図書館、加賀文庫本（5761）

表紙　薄茶表紙（原装）

題簽　表紙左肩、子持枠「新内跡おひ　全」

構成　序（三丁）、位付目録（一丁半）、本文（十七丁）。以上全二十一丁半。

＊挿絵なし

序題　浪速《なには》新内跡追序《あとおひじよ》」

序末に「坂陽浦にし／土人述」

丁付　全丁通しで「一」～「廿二」

柱記　なし

備考　全丁無枠

# 浪速《なには》新内跡追序《あとおひじょ》

芝居《しばい》ハ町《まち》へとられ町はしばいにとられて藝夫《くろと》に素人《しろと》あり素人に藝《くろ》夫《と》ありとり立《だち》の小忰《こしがれ》も役者《やくしや》の声音《こはね》なんど(一オ)真似《まな》ぶの世《よ》なれバ玄水《めくら》の八人前《まへ》もさしておどろかず故《かるがゆへ》に青菜《あをな》勘兵《べい》へなどハ小児の耳《みゝ》にだもふれずとなん往昔《そのかみ》浪花《なには》遊才《ゆうさい》に続《つゞき》て露《つゆ》五郎(一ウ)板《いた》市勘七新八等《ら》を先《さき》とし旧達《きうたつ》の瑶士《げいしや》其《その》あまたなる事越鳥斉《あつてうさい》が筆《ふんで》をもつてすともおよバし中《なか》にも伊左衛門《いざへもん》ハ今《いま》に神宝丸《しんほうぐハん》の(二オ)あとをたれて髭《ひげ》ます〳〵栄《さか》ゆ余《よ》ハ皆猿《みなさる》の尻《しり》の赤《あか》きに随《したが》ひ漸《やうやく》その名ばかりをとゞめて一道《いつとう》はなはだ衰《おとろ》へたり蓋中興難波《けだしちうこうなには》(二ウ)新内専ら此絶《たへ》たるをおこさむとせしかど多勢及《たせいおよ》ハずしてしりぞく今《いま》や其捨《そのすた》れたるをつがんと欲《ほつ》して浪華社竞《らうくハしやけい》の諸藝《かるくち》を評《ひやう》し聊《いさゝか》(三オ)故人《こじん》のいさをしを贔屓《ひゝき》す。

坂陽浦にし

土　人　述

(三ウ)

大大上上吉　いくだま　足引清八

大上上吉　いなり　さくら井源七

上上吉　御りやう　にしき半七

上上　いくだま　まと谷和吉

上上吉　いくだま　たゝみやよし松

大上上吉　いなり　よし岡九八

大上上吉　声に三色有口傳　つた谷八郎兵へ

(四オ)

大大上上吉　天　神　よし川千右衛門

上上吉　いく玉　まとや兵吉

上上吉　天　神　花岡喜八

上上　天　神　さんちや惣七

上上吉　天　神　なには伊八

大極上上吉　天　神　難波新内

上上吉　天　神　にしき平兵へ

(四ウ)

# 国太夫ぶしの部

上上吉　此仁こも太のあひ三味也　よつて其流を学ぶ　ひさ松

上上吉　是も太夫のわきゆへ　同し風なり　なが源

上上吉　中ほとゞこも太のせわなり　いきの長きをしやうくわん　おくめ

上上　今ハ藝のあしらひをして　折に合のくさび少し聞　又四郎

上上　天神表門ハ毎日〳〵太夫のかわる所ゆへ　さだめがたし先ならして上上のくらいか

大上上吉　元祖権太夫の門也声に　曲ありてちやりの名人　こも太夫　（五オ）

大上上吉　いなり　さくら井源七

ずつとまへハ天神のおもて門にいられたがいつからやら与風《ふと》いなりへいてかたきうちの噂《うハさ》をせらるゝに町《まち》のうけずんどよくて今ハじやう店《みせ》となり何やら小児の薬じやてゝけつかうなかんばんに彼《かの》こしおさへののうれんをかけて（五ウ）こゝにゆきゝをよせらる丁と御番所のたまり見るやうな所でしつほりとずんどよい場《ば》しよなりかみくず荷《に》しやうゆ荷などかたハらにおろして昼休《やす》みの見物あまたなり此仁《じん》弐尺ばかりの棒《ぼう》をもつてはなしするにも詞頼みましよ〳〵タヽンタン〳〵たのみ（六オ）ましよなどゝかのぼうにてひやうしどり又ハ頬《ほう》づかへとして見物をねめまハししさいらしい文句な所でぞんの外なるじなをいひそバなるどひんをとりてしきりにさゆをのむ事せハしなくもつとも身ぶりも少しありしごくかんじ入て聞ているきりべ縞《じま》のおやぢ（六ウ）さへとき〳〵ハなみだこぼすほどはらをかゝへさす事是此仁の妙なるべし於戯《あゝ》あたまのはげるがのこり多い

上上吉　御りやう　にしき半七

此仁藝顔ともにはなハた黒しまへがたハ天神の中《なか》の店でかげゑをしてゐらふならされた事もあつた（七オ）に今ハ少し風躰おちてもつはら御霊へかよハる四季《き》ともに赤垢《あか》頭巾をはなさずふだんまんざいの気でせらるごんすわいといふくせありとき〳〵とびあがるやうな声をせらるれどももつた谷《や》のりうとハ少しつたなしめがたきなどのはなしを口に（七ウ）あわ一はいだしてきつふみを入らるれ共もとかげゑをおもにせられし人なれバさほどにも聞へずおしいかな世にあわずしていまハほんのかげぼうしじや

大上上吉　今ハいでず　よし岡九八

是もまへかたハ天神のおもて門てはぐすり見世をかまへ口上にとりまぜ（八オ）かたきうちあるひハ諸国のうわさなどせられ其のち

おくの店へはいつて小坊主を相手《あいて》とし又ハ女太夫をあつめてかたらせ自分《じぶん》ハ黒つむぎのびら〳〵のある頭巾を着てこも太夫がやうに木戸口をのゝしつていられたがこの比ハいなりの源七が見世をすけてはなしの(八ウ)あい〳〵に薬もぐさを披露せられしかどぐわんらい少しおゝへいに見へて聞人《きゝて》のうけあしくしかも噺ハよほど上手なり大きなうるんだ眼《め》をぎろつかして多くハやぶ医《い》のてがらばなしおもしろいさいちうに詞マアこいらハだい傳じゆものでエスなんと壱文にハやすい(九オ)はなしじやないかなどゝきつふ恩《おん》にきせるやうなくせあるゆへ先おしならしてひゝきすくなし上手なれども当世《とうせい》気にあハぬハちかごろ残念〳〵

大上上吉　いく玉　つた谷八郎兵へ

いにしへハ木戸をかまへ尺八のまねで大分の銭をもふけられたり当(九ウ)世ハ此仁のはなしもめいりて聞ゆれども又古風《こふう》におもしろき所あり先《まづ》尺八ほらがい糸車を第一としあぶりゑそやきばも口上の中へ太皷をたゝきまぜて見物の気を見る事尤老功《らうこう》なり物真似も嵐新平姉川新四郎しらるれども今聞人なければバ(十オ)多くハせずしゞうはりま路《じ》の上るりと哥ざいもんをどだいにしてにハ鳥からす馬のいなゝきびんぼう神のゑんぎかとおもへバからくり人ぎやうの身またハ子供藝のせりふ詞あやめのまへさまでハないかへイヤ〳〵みづからハさやうな者でハないと芋《いも》の物いふやうな声で馬士《まご》諷《うた》(十ウ)かと思へバ思ひがけもない喜兵へ宇兵へにけりと高じやうしな能《のう》のたいこになりとかくなにから何とさだまらず声を遣ひ分《わく》る事に妙ありしかし頬《ほう》づかへしてかぼちや〳〵ハよいがおどりハよほどおとなけなし座頭の真似もよけれど七ッのかしら今打たぐらいハ今聞く人(十一オ)まれなるべし世かハりときうつりてよほどしんどいやら一トきり〳〵にたんぽもつてゆかる

大大上上吉　生　玉　足引清八

是かる口の古老《こらう》にてよく名の通りたるもの也さして噺ハ上手とも見へす米《よね》沢彦八の少しいやしきかたにてふり(十一ウ)そでのでつちつれた旦那《たんな》衆《し》寺参りのもとりなどにおこしかけられても人《じん》たいのすたらぬが此仁の妙也詞さるよそのお娘子が新米に嫁入をなされあさおひなつてむつかるさきのおうばさんがイヤ申御《ご》りよ人さんゆうべおいでゝまもないになんとしてむつかるととふたれバ(十二オ)よしやなじみもないによふとふてたもつた此とき涙をぬぐふ所作有こちの家は代ゝ《だい〳〵》むかでやといふにそれに夕べはじめてつばけをねづらしおつたこれハきやうといと両手を一ッはいひろけてちんばを引かるさし合《あい》にて一切《いつせつ》さしあひめかず是名人の部《ぶ》なり今ハ講尺《こうしやく》師《し》に店を(十二ウ)まかせてでんがくや又ハ山伏の店にまい〳〵

大大上上吉　天　神　　　よし川千右衛門

もと門《かど》〻にておどりあるひハ辻《つじ》〳〵ほうゑ立を専らとせられしがその後新内にもまれて今若手の藝者におそらく此仁につゞくハなし殊に藝数あまたありて先お定《さだま》りの口上にすへ(十三オ)いたりましてハ文《ふみ》月のおどりおんどをまぜませふあいたはゞかりながらゆう〳〵くわん〳〵しん〳〵かん〳〵ちん〳〵こん〳〵べん〳〵だら〳〵と御しんびやうにお聞下さりませさて見物の風《ふう》ぞくにおうじて物真似上るり国太夫をおもにし噺ハまれなり当世の(十三ウ)気をはかり座めいらずしてはなハだにぎわししかし口ばやにして少し聞へにくき所あり是ハよく弁《べん》になれたるゆへなるべし物真似も役者うきよともに多くハ身ぶりを第一とせらる中にも新九郎の光明遍照《かうめうへんぜう》ハ見物はなハだよろこぶちか頃ハ多く人形(十四オ)の身あてぶりなんどをしてしよ〳〵はう〳〵とかせがるゝゆへか身の廻りもめつき〳〵

上上吉　　まと谷兵吉

巳前《いぜん》生玉の小坊主まんざいとて余ほどはやりしもの也うぶよりの藝者ゆへ口びやうしよくあふぎを(十四ウ)もつて両そでをつつぱりしたまぶたで見わたしくつとそりかへつてあまり身をもがゝずおかしい事いふても自身《じしん》少しも笑ひめをいださずさすがハ藝者のばつゑふ也物真似せずしつとりとおちつひて弁事《べんごと》斗りをおもにせらるこの頃ハすきと見ずさだめて(十五オ)いもとの久米とたびへかなゆかれたやら

上上吉　生　玉　　たゝみやよし松

是もはらからの藝者にていくだまを一切《せつ》はなれず月六さいの夜ハばくろ町のいなりへ来てはなされた事もあつたがこのごろハ見へずまず多くハしもがゝりにてわらハせ若《わか》いけれ(十五ウ)どしごく身の廻りもこうとで文七のとうけといふやうな身で藝をせらる又まんざいの太夫ハ此仁にとゞめたり口びやうしよくてはなハだ聞よしさすがハおやの子じやといふ清兵へも今ハ是にふりまかせていんきよし眼《め》をぬぐひ〳〵百万遍ばつかりくつ(十六オ)ていられるといのふ

上上吉　天　神　　はな岡喜八

弁舌《べんぜつ》しごくたつしやで草木尽しの口上水のながるゝがごとくしかもあざやかなりなれどもちといやらしき所ありどふあそバせこふあそばせといふ詞多く口ばやなときハしんけの女子のさいづる(十六ウ)やうに聞ゆさて我役《わがやく》になりひやうし木打しまいて両手を

つき格別に声をひくふ口上をのべられ新内りうの小あい口をひねくつて立上らる物真似上るり国太夫なし折にハぞめきうたかぶり付やうなうつくしい声をいださる噺もあみだの箔落《はくおち》薬やてこへ(十七オ)くむたぐひさしてめづらしくもなけれどとかくハ弁でおさるゝ

### 上上吉　天神　なには伊八

元来物真似師也身ぶりハなけれども数多し近年物真似の仕人《して》多きにや今ハ軽口をおもにして当せいをよふのみこみげうさんなもつて廻た噺を(十七ウ)おさへ付るやうにせらる先《まつ》さいしよの口上も過て詞さて立上りますてござい立上りますも人間わざでござれバ思ふやうにハ参リません先しゆびよう立上リましてござい おちや下さりますす只今上ケますす噺是も噺がすいむきじやぜと新内のかたを少やらるゝ噺も多くせらるゝ中にも(十八オ)すいめこのもんか上荷に五はいくるわいナアなどゝいふ噺多く若手の見物よろこぶしかし菜《な》を九郎はうぐハんハあんまり也此仁新町辺の住《ちう》にて風俗あらこましくけつかるべらぼめなんどいふくせ有て手あらく見ゆれどもさて見物のかわゆがる風也願《ねがハ》くハ一両年たびへやりたし

(十八ウ)

### 上上　まとや和吉

おくめとつれぶしでかたられたハ今の事のやうにあつたがいつのまにやら元服《げんぷく》して今ハ京大坂をまたにかけらるゝ口中さハやかにして噺口奇麗《きれい》なりちつとけしとむ事あるハまだしゆぎやうのたらざるなるべし物真似も少しせられ(十九オ)しごく人あひもよくてすへたのもしくやんがて清八か跡へもなをりそふな足付

### 上上吉　にしき平兵へ

是も与風《ふと》中の店へ来て物真似をせられしがもとたいこも持《もた》れた仁《じん》ゆへよほど藝もありわきて鼻算盤《はなそろばん》などハめづらしく太鼓の間おどり文作(十九ウ)其外藝数多し犬の真似を専らとして役者もあまたせらる此仁じやといふくせありていたしますじや申ますじや口上の中によほどあり噺ハまとや兵吉のかた也今ハ見ず

### 上上　三ちや惣七

此仁冬ハ三茶湯《とう》といふくハしをあ(二十オ)きなひしゆへ三茶を氏《うじ》とせらる夏ハ和中散に物真似をそへてかせがれたかなには伊八の世話で此店へ来りて口合落詩《らくし》秀句《しうく》などをたくみて多くいわるゝ物真似も大ていしらるゝ中に森蔵の顔ハ余ほどよろこぶとかく噺一

ツしらるゝにも眼《め》をきよろつかして(二十ウ)きつふ身を入らるゝゆへ炭《すみ》やのおやぢといへども照《てれ》ても見へず仕合〳〵

大極上上吉　天　神　　　　　　　なには新内

中興《ちうこう》軽口の名人也発《ほつ》たん京の彦八が店をすけていられしがいつの頃よりか与風天神中の店へかんばんを出《いだ》し次第に土地の風《ふう》俗又は(廿一オ)とうせいの気を覚へて諸人をわらハせ今なにはにおいて軽口の名を残せりもへぎの帯にちいさき印籠《いんろう》をさげ小あい口をたづさへて暫にしもがゝりすくなくこうじやうにわらハせのどを内へすゝるくせあり時の気をとる事に妙を得たりめづかひおかしくあるひハがくや(廿一ウ)よりおもひがけもなく異形《いぎやう》のすがたをしていで当座の笑ひをとる事もと此仁の作意なり其外口合雑談《ざうたん》なんど此仁よりはじまり今に諸藝者もつはらいひつたゆる事あまたなり先中《まづ》こう軽口の祖《そ》たるべしといふ　　　　　　(廿二オ)

# 恋家新色

安永十年

都立中央図書館．加賀文庫本

恋家新式　写本　横本　一冊(上巻)存　　安永十年(天明元年)刊カ

底本　都立中央図書館、加賀文庫本(3048)

　但し、上巻一冊のみ存

表紙　黒表紙

題簽　表紙左肩、無枠「恋家新色」と墨書

構成　目録(一丁)、位付目録(三丁)、開口(四丁半)、附(一丁)、予告(半丁)。以上全十丁。

　＊挿絵は開口中に見開き一丁

位付目録題「恋家新色惣目録」

開口末に「安永十のとし／正月吉日／作者／芳南子宇留斎[印]／烏鷺争[印]」

柱記・丁付　初丁から九丁目までは「▼　■」、十丁目のみ「▼上　十■」

備考　本書は板本通りの写本か。最終丁の柱に「上」とあり、内容構成からみて、なおこのあとに評判本文が一冊、又は二冊あるものかと思われる。

わかれをおしむ
衣〳〵に亦の
御げんと約《やく》せしも
鶏鐘ならぬ
鮎は瀬に住《すむ》ム
□□の唄《うた》

（1オ）

露もまたひぬ
昼顔の廓《みせ》ニ
からまる
おかくといへる
狂女の唄
夜毎に通ふぬり下駄も
馬さくりにつまつひて
木琴《もっきん》の音トを発《はつ》す
地廻りの唄

（1ウ）

恋家新色惣目録
中町　大廓座
上町　五寸座
追分　四寸座

▲大廓之部

見立家〳〵の名ノ君に寄ル左のことし

《ほうひ》
上上吉　橋もと谷　中町右
今を盛と咲かゝる花の元町

上上吉　松坂谷　中左
名取りの君とあをかれる扇子野

上上吉　山しろ谷　中左
深ィ客にハおさなを明石

上上吉　松本谷　中右
高ィ豊山もくとけばおつる

《ほうひ》
上上吉　若菜谷　中左
ほんにぬしは神かけていせの

上上吉　小泉谷　中左
日ましにつみあかる金ン山　（2オ）
上上吉　若松谷　中左
よく揃ました玉川
上上吉　三沢谷　中右
追付金がみつうら
上上吉　する加谷　中左
新見世ゆへか気を春かの
上上吉　和国谷　中左
うれしさわほに出ルおいろ
上上吉　大黒谷　中左
いつでも三会目ハ花里
巻軸
上上吉　紀の国谷　中左
次第に客わ山の井

▲五寸之部

上上吉　亀もと谷　中左
上上吉　植本谷　中右　（2ウ）
上上吉　松の谷　上同
上上吉　武蔵谷　中左
上上吉　河内谷　上同
上上吉　百足谷　上左
上上吉　せんば谷　上同

▲四寸之部

上上　松ば谷　上右
上上　重本谷　追横
上上　わた谷　追左　（3オ）
上上　ゐちこ谷　追横
上上　鯉谷　追横
上上　小倉谷　追横
上上　大つか谷　追同
上上　和泉谷　追同
上上　住吉谷　追同
上上　永楽谷　上右
惣巻軸
上上吉　上総谷　中右
何事も目出度すま里　（3ウ）

▲男藝者之部

一上 鈴木文五郎
一上 杵屋利橘
一上 藤江里吉
一上 錦屋熊蔵
一上 冨士田市三
一上 冨本里遊
一上 竹本房大夫
一上 大西重蔵
一上 豊竹美名大夫
一上 野沢五蔵
一上 豊本和国大夫
一上 三味線音五郎

一上 坂田八蔵
一上 名見崎定七
一上 松本吉蔵
一上 ふじた仁三郎
一上 吾妻九八
一上 吾妻清兵衛
一上 竹本歳大夫
一上 野沢富蔵
一上 豊竹志喜大夫
一上 竹沢東吉
一上 宮園和佐大夫
一上 竹沢熊吉
一上 宮古路久夢

▲羽織之部

色新家恋

一上 きよ吉
一上 八重吉
一上 やそ志

一上 お梅
一上 今吉
一上 蔵吉

(4オ)

一上 しま吉
一上 豊吉
一上 おる井
一上 金吉
一上 淀吉
一上 家吉
一上 友吉
一上 春次
上上吉 美濃谷 中右

一上 いせ吉
一上 大吉
一上 お縫
一上 冨次
一上 園吉
一上 八十吉
一上 尾の吉
一上 さよ吉

美濃やてはかり込枡や

以上

(4ウ)

○鼠嚙《そし》一つの徳を得て新宿徳兵衛と改名

老聃《ロウタンカ》曰道可ㇾ道《キハ》非《ス》二常道《ニ》一名可ㇾ名《キハ》非《ス》二常名《ニ》一と風雅てもなくしやれてもなくしよふことなしの山のてに味噌小塩屋の若隠居鼠嚙といへる遊人有ㇼ十八大通を友となし四季折々の遊興ハ取りわけ春の夜桜に夏は四季菴向嶋秋ハ萩寺正燈寺冬ハ秋葉の枯野原湯嶋につもる雪見迄新富士うかむ瀬玉津嶋さゞい堂まて残りなくへめくりと(ママ)其楽抑鼠嚙と名附ヶしハ諸藝も少しかちりかけ女郎も所々を喰

ちらしたるゆへ成へし先ッハ諸藝のその数々は（5オ）

挿絵第一図　（5ウ）

挿絵第二図　（6オ）

連歌俳諧碁双六茶の湯生ヶ花和歌の道楽舞しうきく琴三味せんチリカラ新内河東ふしかくふりしんとくひんあそさひいとろ坪の上ヶ下ヶ迄少シハほんのしり面ラのほんと御家としられたり扨ハ女郎の店おろし吉原深川根津音羽四谷赤城に同朋町たら〳〵落て茶屋女地ごく提ヶ重橘丁矢とりおとり子羽織まてころぶとしてやる狼ものコクとたました情ヲなしのくせニ手前のやせうでハ親和染ほと彫ちらし己レ一人か通人と鼻にふら〳〵入相頃㝎ニ燈臺元くらしとやらてかゝるところに住みなから今を盛りの（6ウ）此里をしらさる事のさん念とまつ大木戸にさしかゝりりやうかわにハ茶やのかけあんどう行こふ家名ノ挑灯ハ新しくばかり月夜かな共いゝたき程さゆふにつゝく恋廓に正面ッをはる三婦は月雪はなとうたがわれ子禿《こしよく》がヱイ引の返しは人だまほとに廊下を引キ亦上ミ町をとやらヲ見るにこれもなにかわしやうめんに三人よれはもん日の智恵入込きやくハイキにして無けんのかねにあらねども四百もつ手も身もふるへすでに（7オ）かわんとするところへむかうのかうしのうちよりもその客こゝゑと引ぱるもこひのいきじと見へにけり鼠嘂はよこ手をうつてシタリ〳〵かほど全盛なるこのさとを

鬼石画

新宿の方へぶらつこふ

是ゟさそく評はんにかゝりましやう

これなんしにさつくる

挿絵第一図

挿絵第二図

いかなることにしらさらんやさらばしんしく通ッにならんとハおもへどもなか〳〵ひろきことゆへとやかくせんのおりからにふしぎやこくうに三味せんきこへ何国ともなくあらわれしハれいのほんだにながはおりぜんざい〳〵われハこれ(7ウ)ほん所へんに住しまする客大明神の末社なりすつほんハときをつくるかしらねともうなぎかものゆうときなればこれまてあらわれきたりしなりなんし常〳〵遊里にこゝろおもうつせしゆへこの巻をさつくるなり此巻ひろうののち此さと全盛なること世にひろむへし夢〳〵うたこう事なかれト御ことばのうちゟも惣花ふらすとおもひしは金銀星のひかりなり(8オ)いきなる姿はみなこはせかけかなくりすつれば南京船のふなぬしどもといつゝへき御すかたわれはしんじくすゞめなり御やどハどことといふうちに夜半にまぎれてうせにけり鼠嚙はきいのおもひをなしきへゆくかたをふしおかみ一つの徳を得たるがゆへにいまよりわしんじく徳兵衛とかひめひしてとふ所のじまわりとならん(8ウ)ことうたかひなくまつ一巻をおしいたゝき清光に透せば恋家新色とありひらきて見れば甲駅の評はん始り〳〵

安永十のとし
正月吉日

作者
芳南子
宇留斎
烏鷺争

(9オ)

此所て一寸申上まする

銚子屋　中右
真砂屋　中左
近江屋　中左

右三人を一ッ所にもうしましやうてうし屋丈は三田へまいられ大はんしやう真砂屋丈は大はしへ参られこれは大あたりいたし(9ウ)ます近江屋丈は何かたへまいられしや女郎衆もちり〳〵とうけたまわる後家どのは簑輪の方に居られるとのうわさでごさります御なしみの御方様は一二へんも御いて被成被下まし

以　頭取

(10オ)

南楼評判 つぎのみ酒　全部三冊

劫《おや》答《とふ》新《しん》粧《しやう》　全

青楼富ヶ岡 桜の実　全

当世早業 大通《たいつう》口《くち》而《で》計《ばかり》　全

以上

（10ウ）

# 江戸土産

天明四年

国立国会図書館本

江戸土産　　横本　一冊　　天明四年刊

底本　国立国会図書館本（京375）
表紙　黒表紙(原装)
題簽　表紙左肩、単枠「江戸土産　全」
構成　序(一丁)、本文(十一丁)、予告・口上・跋(一丁)。以上全十三丁。
　*挿絵なし
序末に「辰の春／二度目の正月／同穴野狐宿屋／女房移乗述之　印」
跋末に「隣穴のあるじ／いきな狸の榎木の／もとにて／しるす」
柱記　序から本文九丁目まで、上部に魚尾。以下はなし
丁付　各丁裏、ノドに「序」、「一」～「十二了」
刊記　跋末に「はん元　前川庄兵衛梓」
蔵書印　「雅楽堂」(杉浦丘園)。「竹」(三村竹清)

## 序

青丹《あをに》よし奈良《なら》土産《みや》げハ。ならの都《みやこ》の八重《やへ》桜木《さくらぎ》に。花を作者のほまれあれど。それにもまけぬ江戸《ゑど》の智《ち》ゑと。むしやうに意《い》地をおしてるや。難波《なには》土産《みやけ》のよしあしも。腕《うで》に覚《おぼ》へのなきからハ。批判《ひはん》といふもおそれあり。上手《じやうづ》のてから水がもり。弘法《こうぼう》にも筆《ふで》の誤《あやまり》有事を。わきからてんをうた(一オ)れぬ内。さがし出せしも又一興《いつきやう》ならんと。もとより贔屓《ひいき》のさたなきは。親《おや》のあたまに松三ッ本。此本を見て腹辰《はらたつ》どしは。咽《のど》に十の字《し》十五夜《や》の。餅《もち》かけぬす人の名をゑぞうし。奈良《なら》のなにはの名にならい。花の東《あづま》の江都《ゑど》土産《みやげ》とだいすこと云《いわ》すと粋《すい》しやれ気はざんざと。いふことしかり

辰の春

二度目の正月

同穴野狐宿屋

女房移乗述之

(一ウ)

### 卯曽我《うそが》まこと同姉妹《おなじきやうたい》　上中下

○先ほつたんの書入のうちに母おやハすきしころ三郎兵衛がもとのめかけのためにやみうちにあいけりかたきもたれともしれずとの文句つゞきなり□めかけのためとあるからハたとへ人をたのんでがいしてもすなハちそのめかけがかたきでありそふなものかたきもたれともしれずとハしれてゐてもしれぬといつてたつねるがしゆかふかちとけせませぬ○下の終に口上の所の画にゑんがハへ出て手をついている所ハア、むねがわるいとおしつけもどしそふなみへだ△答そこがさく者のひけする場た是迄にハいたしたれどつたないさくでわれながらへどか出ますといわぬはかりだ

### 吉原大通会《よしわらだいつうゑ》　上中下

○先いつたいかがくやおちと見へて所〳〵にわからぬ事有中のはじめにふとんを三七廿一ぶとんしきてはしごであがる(二オ)といふ所ハまだむたい記のくせがのこつているよふだね○そしてほこ染の花火をはじめてみやした△答そんならなぜ南鐐の雪もはじめて見やしたとかめぬそこが天通か通力のなす所だハぬしのよふなさとをはじめて見やした

## 混雑不《まぜこせふ》通太《つうだ》傳記《てんき》

岩

上中下

○下のはじめにふつう太ハ松はやのかなむらさきになじみけるがけふハそう仕舞にしてくれまへからくるといふ書入あるに□画を見れバおいらんもかぶろもみな三ッひ扇のもん所也松ばやの女郎のもんハこくもちにたかの羽桐はつれ雪びしに三つがしは又ハゐたがしハなど通りなり△答惣仕舞にて女郎がたりぬゆへ扇屋の女郎をやとつてきた所だそんなにしつたりふりをいゝなさんなヨウ

## 夜《よる》が昼《ひる》星の世《せ》界《かい》

岩

上下

○上の書出しにゐほし公へお月さまよりうさきをつかいと(二ウ)してせかいの人をせにもちかね持にしたくおぼしめし金《こがね》のきねをさづけ給ふといふかほつたんなり□扨お月様の思し召とハ大きなちがいなんのいらざる物をさづけ給ひて其杵が始終世の中のそうどふの種となりしハ首尾のそろわぬしゆこう也○下の終に火とぼしがあらわれしところの書入に此杵をやつてつまるものかへ是をやつてハ此本のしゆこうができねへと有□もふ此本ハこゝぎりだにもふしゆこうハいりそふもないものだ△答おめへの御むりハ御尤まだ後へんのしゆこうにちつと計リ入リやす

## 化物《ばけもの》七《しち》段目《だんめ》

岩

上下

○先一躰のしゆこうハ化ものと見へるがさるも有リへびも有リ犬も有リ鼠も有リ馬もある所を見れは十二支の趣向か共思ハれる又うづらあふむ鳶の有所を見れは鳥づくしのよふても有リなんだかちとわからぬ成程いくじもない作だ○下の三丁めにちうしんくらの狂言の所に鮒《ふな》がまんぢうおこしをうつてゐる所有リ爰へ計リ魚《うを》を入レたがかてんがいかぬおこしふなまんぢうといふしやれを云《いゝ》たい計リと(三オ)見へるちとあんじがきたなし△答猿ハひゝといふになるとよふぐわいをなすゆへに化もの也犬も犬神とてよふじゆつをなすゆへに化物也鼠もきゆう鼠化して猫をはむといふ事あれば化もの也うづらも田鼠化してうづらと成といふ事有リふなを入レたハア、鮒もないといわせまいばかりだ

## 野《の》曽《ぞ》喜《き》伽《か》羅《ら》久《く》里《り》義経《よしつね》山入《やまいり》

岩

上中下

○上の書入によしつね跡をみれば婆《ばゝあ》と狐追かけくるゆへいかゞせんとあたりを見ればゐの木の大木に穴の有りけれバよきかくれところなりあにきもこんな事で命をひろつた事もあつたとべんけいと二人リ此木のうろへかくれけると有リ□末に至つてハよしつね弁けいいろ〳〵の武功をあらハす所有リなせこゝで計リ此やふに

おくびやうな気が出た事だたかゞ狐一疋なにしおふ二人でぶつちめられねへ事ハあるめへ△答扨もむつかしい事をいゝ出したハべらぼうめ爰でそのきつねをころして仕まふと跡のしゆこうにならぬハ

正説《しやうせつ》河童《かつはの》呪《まじない》　上中下（三ウ）

○先三さつのそうしあけても〳〵川やみづにて十五丁の内十二丁半ハ水也しゆこうとも見へず又ざいふ天神と有が画にハゐほしひたゝれちと天じん様にハうけ取にくしどふか天神様のかんぬしがあらわれたよふだ△答辰年の新板ゆへ水のおゝいハ随分よしいつたいがりうぐうゆへそのはつだ又天神様ハかんぬしの姿にへんじてあらハれたまふのだハ

鎌倉親玉焼飯《やきめしの》由来《ゆらい》　上中下

○下の三丁めにてよりとも公しゆう〴〵七人にて舟に乗りおち給ひ海のふかみへ十丁計リも出ければさつと一ト吹ふきくるあらしまつくらやみとなりくつたものハこまものみせいきたこゝちハ一人もなくよるかひるかのわかちもなく三日程のこゝろにてせんどうもすハつて見ているとの書入□なにしおふゆふしのめん〳〵さへこまものみせといふ仕うちをするにすハつて見ているせんどうハへいきなものだとうに目でも廻しそふなものだ△答そこかもちやハもちやだわな

新田《にった》通戦記《つうせんき》　上下（四オ）

○下の二丁めにいしやつうあんのおもひ付にてこくぶのはに大通と云字を墨ぐろ仕立に書附はんゐりのよふにまくと迄ハきこへたがつう小紋のごとくきさむとハよもやほんぶわざでハこれハきさめまへす△答扨もわるいきとりだたばこのはをはんゐりをまくよふに巻て小口からきさむとうづまきのやうじやつう小もんとハ今のうづあられの事ぞ

江《ゑ》戸花名画《とのはなめいくわの》誉《ほまれ》　上下

○上の初にはせべのうんこくかのゝもとのぶが宝蔵へ忍び入くりから丸をぬすみたちのく所のむだに大くわんじやうじゆかたじけないとうしんじゆく此ばを早くにげずしんちとでよふと有リ□にけずバぢきにつかまりそふなこつた△答あんまりうれしさについ書ぞくなつたものだきさまのよふなこみづな所をとがめる人ハ人がいやがりさふなこつた

運《うんハ》開《ひらく》扇之花香《おふぎのはなが》　上下

○下の初丁に大友《だいゆう》げんぞくして名を千右衛門とあらためきせるを(四ウ)しやうばいしけるがそのころ大坂の大じん江戸へ下られける折ふし千右衛門に七十両余りがきせるをあつらへける又是にて六十九両三分弐朱計ッもふけたと有がさすればもとハたつた二朱のきせるとみゑるがなんぼ大じんでも弐朱のものを七十両にかいもしまいあんまりうそらしいこつた△答あんずるに大ゆうハ追はぎさへしたほどのぬす人ゆへ此きせるもどこぞてあげてきたと見へるさすればずいぶんそのくらいハもうかりさふなものちとあとさきをよくかんがへてなんをうちめさい

諸事《しよじ》無世話《せわなし》曽我《そが》　上　下

○先書だしに和田が三男小ばやしのあさいなてゝつほうの勘当をうけ大いそのとらがへやごとなりつまらぬのはじまりで入レバ時宗もはゝのかんどうをうけ是もとらをくいたをして遊んでいるとの書入なり□とらも当時六合のうちまきをけつきのわかもの一人にくひたをされたらさぞ内證がせつなかろうまづげだいとハ大きにちがいとらが大きなせわ有ッそがだ△答おみさんハ大磯(五オ)のとらさんをしらねへかとらさんといつちやアとうしくるわ第一のぜんせいかまくらの大小名ハいふに及バずわれも〳〵ときやくをあらそふ程の事故此うへに十人や二十人へやごが有つても鼠をかつておくともおもハねへのさそのうへいもと女郎のけわい坂せう〳〵もすけるゆへなをさらの事だたいめんにあふみハ和田がわる口をいわぬゆへ五郎もかんしやくをおこさずそれだからあさいながとめた〳〵といふせわもなし工藤が赤木づくりをしゆりけんにうつせわもなしなんと是でもげだいがむりかしかしおめへが評をなさるのハ大きにおせわそがさ中ヵうりのお茶でもあがれ

忠臣蔵十二《ちうしんぐらじうに》段目《だんめ》　上　下

○寺岡平右衛門やくし寺次郎左衛門にいしゆがへしをせんとおもふ計ッにてよふ〳〵此頃くがいをはなれたおかるを又大磯へ二度のつとめをさせしハなんぼちう義でもおかるハよつほどきのよい女だ○末の半丁に寺岡平右衛門去ル御方ゟ一生あんたいに御扶持をてうだいしてあまつさへ百余才をいきたとの書入だが□夫程ならおかるを又(五ウ)うけだしてやりそふなものそれか噂もないハやつぱりねんあく迄つとめしたと見へたかたの時ハ頼んでなんほいもとでも平右衛門ハぎりしらずだ△答まづ忠義にハ命もすてるから二度のつとめハ猶更の事又平右衛門がゆたかな身となりしゆへおかるを身請してそふおふな所へかた付るかたゞし勘平がためにあまと成ッたかそれハいわずとしれた事おかるを身請しましたといゝ事てハなしきんじよをふれてもあるかれぬものだせんたい

いやしきへとうりうとかいつておいたのさ

語《かたるも》聴《きくも》御無《おんむ》文字《もじ》片沓噺《へんくつはなし》　上下

○きやうくんのひはんをするにわあらず末の半丁にいつすきをもつはらとして板元をお先につかい作者のきしやうをあらわす事へんくつなこゝろからハ子供衆にハわかるまいとの書入□ちとかんしやくにさハります末によしか〳〵ウゝといゝねへと有ルがおいらハウゝとハいわねへほうだ△答あんまりちがいハござへすまへ

千歳万歳御《お》舟《ふね》の吉例《きちれい》　上中下

○ほうそハらんぎくといふ女郎と深き中となりおかさきをかけおちする（六オ）程の中なるによくおもい切てなんの事もなくもろこしへかへつたのハちとしやうなしだらんぎくハそれからどふなつたかしれねへ一躰長寿なものをよせたしゆこうだか中の巻へちつとの内女郎かいの所をいれたうちがどういふしゆこうだしらぬ其くせ一躰かたい作た△答初から仕舞迄おじ計リてゐんな事がないから作者のはたらきで女郎の事をやわらかみに入たものだ貴公ハ作にもよふと云事の有をしりめさらぬか

もふ〳〵怖噺《こはいはなし》　上下

○一躰此しゆこうハ度〳〵きいたはなしだその上へ馬の事を書たる草しなるにもふ〳〵こはいはなしといふげだいハちとにつかずもふ〳〵とハうしのなきごへなり△答おまへハうしのなきごへをよくしつていなさるのおいらハついぞきかねへよ

返々《かへす〳〵》目《め》出《て》鯛春参《たいはるまいり》　上中下

○一躰が七ふくまいりのしゆこうなれ共あけても〳〵あるいて計リいるやふなそうしだ△答それハ作者のとがてハないわなほかになんハもふないか

能魂胆気《よいこんたんき》　上中下（六ウ）

○先すべてゆいこんけんきをつふのしゆこうにしたものだが大つうあんつう弥ハてくだのめい人といふとの書入□あんまりなこじつけた△答とかくくさぞうしハむりこじつけのおかしみか命きかうがよふなふつうに見せるのでハねへ

料理献立《りやうりこんだて》頭《あたま》てん天口有《てんくちあり》　上中下

○一躰かりやうりのしゆこうにて中のはじめにてんぐあらわれ海道茶助につけていわくぜんざい〳〵われハこれ秋葉のまが四郎なりなんぢ太郎をみかたにつけんとおもいしがそのいへをしらざる

ゆへわがはうちハにてまふうをおこしれんばん状をいけすになとせしかバさてこそ太郎みかたについたれとの書入なり□先手前のはたらき計ㇼをつげ給いのちに今よりゆくすへまもるべしとあるが爰ぎりで末にハかほたしもせずかいだう茶介ハ三度ふしおがみ〱とあるが三度おがんだだけハうまるめへ△答大ぞうをつなぐに女の黒かみをもつてしそばをつなぐにたまご山のいもをもつてするきやうけんをつなぐに有事を知らぬか爰へ天ぐを出したのハしゆこうのつなぎだハ

闇羅《やみら》三茶替《みつちやかわり》　上中下（七オ）

○上の書だしにふきや長兵衛いまだこれといふしやうばいもなくと有にそのはじめに長兵へ今ハ大金もちとなると有ㇼ□きつねのつけてかまをほりだしたところまでハ有が何ッの間にそのやふに金もふけをした事かうたかわし〱○末におきくを三日替りの女房にするといふしゆこうにてむこハ帯屋長右衛門八百屋半兵へかたなや半七と有□三日がハりの道行にお花半七ハなしおなつ清十郎の間違なり△コタエけして間違にあらずおなつハきやうらんの姿にてあしきゆへお花に書かへたハ作者のはたらきなり

不《ふ》案配《あんばい》即席料理《そくせきりやうり》　上中下

○初春早〱ふあんばいといふげだいハちとうちやす上の巻にてたゞのぶがよしつねにかんきをうける所で何ゆへにしんじゆ仏のしやれをいふかがてんがいかず高尾が身うけ代千両もあんまり安いものだ△答まづげだいが殊の外作者のひげのもじゆへたいがいハ青梅じまに御らん高尾も末に下け切にして仕舞代物ゆへおもへバ千両でも高いものさ高尾も安いもいろの道さ

吉備能日本《きびのよいにつほんの》　智恵《ちゑ》　上中下（七ウ）

○下の巻の三丁めにきび大じんくれはあやは両人の女郎を身請するとて先てつけに千五百両渡すとの書入□画を見れバ壱万四五千両ほと金が有そのくらいならてつけのなんのときたなびれずとみんなわたして仕舞バいゝ△答そこがうりものかいものあたまからみんなわたしてハあんまりせきこんだやうでやほらしい

親動性桃太郎《おやどうせうもゝたろう》　上中下

○下の巻に北国のまめがしまより梅干おやじがかへりし所にみのハみのだがみのぶとん是ハ駕にひいてきやしたとあり□四つ手駕にみのぶとんを入レたら人の乗せきハ有まへ△答そこもとハしやべつといふ事を知らねへわたのうすいとあついが有ル

天慶《てんけい》和《わ》句《く》文《もん》　上下

○上の三丁めに月水天つきのさハりを司どる神と有リ□月のさハりをつかさどる神を月水天といふ事ついにきかず下にくわんがくいんのすゞめが出たもどふ云ゐんかがてんがまいらぬ△答もふぎやうのくもはれやらぬ史記《しき》おり〳〵のたハむれハといふむだをいゝたい計リとさ是ハしゆこうのくさびといふものたあんかけにわさひ(八オ)とハちかいやす

他不知《たハしらず》思染井《おもいそめゐ》　上下

○先躰がしゆびのそろわぬ作でなんだか一ッぱもわからねへの雁金文七ハこんやのむすこたから染ものつくしのむだをいふかかてんかいかぬ作者ハ女の事ゆへくわく中の事ハきゝとり計リとの書入レだか末の方分へいつてハたいぶくわしい事ハ△答ヲヤ此おぢさんハヤおがみのごしやうだからそんなにわるくいつてくんなさんなヨゥお師匠様のおつしやつたハ本屋夜なべハひつきやうにうれれバこそといわしやんしたかくやで計リしやうちゆへ人知らずといふげたいハおまへの目にハ見へやせんかむすめ子共をあいてにしておとなげないによ女の中の豆入りへみんなはやしてやんな

大平記《たいへいき》万八講釈《まんはちかうしやく》　上中下

○上の巻にてむりおししん王松ばやのきせ川をかつて見んとおぼし召ちや屋の二階へでゝいるときゝよび出しむり引つれて松ばやへ行遊給ふと有リ□画を見れバちや屋の女房が出てしん王をとめている所へきつい間違その下のいゝくさに是あんまり御むたいでおつすにと有がおすとハ松ばやのとふり言葉なりちや屋の女房が(八ウ)そふいふはづハなし△答ぐつともいゝなさんな是作者のあやまりならず二かいからきせ川がつけごハいろをしたのだ

従夫以《それからい》来記《らいき》　上中下

○下の巻の初丁にけいせい高利の金をかし付ると有ハなるほどいらいきても有ふか三会めに女郎〻客へとこ花をやり客より礼の初ぶみを出すとハまゝある事めつらしからすほれた男がひんなればそふしてゞも呼がけいせいのきしやう新内ぶしの文句にもちや屋ふなやどの付とゞけやりて禿の仕着迄みんなそなたのくめんつくと有からハ夫からいらいでなく共女郎が客を買て身をうつ事今の世に多く有仕うちなり△答おやはからしいなんぼほれた男だつてまたなしみのない内からそんな事をしんすものかふかくなつたらずいふんだかぬしのいゝなんすハしやくしじやうきとやらでおざ

んすそふしうちの有事を作者さんハとふにしつていなんすけれどそこをあるまいと書ておくハ作者のきぐらいさわるくすると作かげびになりんすハなこふ云所へ評をいゝなんすと評者のきしやうか見へんすちとおたしなみなんしョウ引

(九オ)

## 漢国《からこ》無体《むたい》此奴《いつハ》和日本《にっほん》

上
下

○上のまきのゑんしやうさい詩も歌もおもしろからずやまとうた〽長歌をならわんと二十四橋のみつけ前ふもんぶぜんだいふがでしとよみつどうじとよまつどうじとよきくどうじといへる三人のどうじを呼長うたをきくと有□ぶぜんがでしならぶんごぶしをかたりそふなものたが長歌とハきがつかずにいつたのかしかし下のいゝぐさに三日がわりをはじめてきくと書て有からハぶんごぶしのはづなり△答ばかなつらだアといつたら蛤がひたいをぬくといふだろうがあんまり評のしようが大べらぼうだ唐で日本のことをまねるのだから間違たといふ所がしゆこうだハこゝなのしよろまやろふめ

## 夫ハ本歌 是ハ狂歌 萬載集《まんざいしう》著微《ちよび》来歴《らいれき》

上
下

○上の巻ハすべて忠のりかきやうげんのすじだが末の半丁切で行がた知レずきへてなくなつたかこゝろもとなしそのすへにハ噂さへもなし下の巻にてくまがへほんとうにもとゞりを切し故さだめて木《もく》あみと名をあらためるしゆこうならんと思ひの(九ウ)外是これか木あみになるくらいならくまかへにハやつはりもとゝりを切まねをさせてもよさそふなものこれもりでハなくてこれハちつとこれむりだね△答それだからくまがへがもとゞりを切ところであつもりか是〳〵くまがへとのもとゞりを切にハおよふめへといへばぜんたいすろふと思つていたとこさといふ書入が目に見へねへか目くらめ

## 大千世《だいせんせ》界墻《かいかきね》の外《そと》

上
下

○上の巻のげだいの画にたいまつをとぼしているはけものゝかほハちとゑんりよな人にハ見せにくしべにていろどりしゆへなをさらなりあたまへ下太をのせているを子供か見て異休の化ものがいかい事いるといゝしももつともなりまだ人間の五りん五たいさへさだまらぬに草や木や岩の有もちときこへず○下の書入にせかいあらかたとりきまりたるやふなれとも鳴さハきて魚がとんでにげるなどハまださつなところが有けると有か□いまの世にもとびうをとて海をとぶ魚があれバ其時飛んだも此魚の先祖と見へれバあへてざつな事でもなしもつともな事なり△答今でこそ飛魚を見なれているがその時分ハはじめて見たからざつな事といゝしハもつ

ともの事さぬしの評がちとむりでごんす

亀《き》遊書《ゆふがき》双帋《そうし》　上　下（十オ）

○下の巻にいんぐわ地蔵三じやごんげんの金を百両ぬすみ品川へ行ておこらんと新ばししからき迄行て本田よし光がせがれよし助にあいしゆへさいふの金ハせんくわうしの如来預しが知れ今度ハまことの百両ととりかへ給いしかバぢきに気かかわつて品川へ行のハやめて新ばしから吉原へかへりしほ衣がとこへ行しとハ地蔵ばかにした事きの多い仏なり△答そふきのかわつたのがやつはりくわんぜおんぜん光寺如来の仏力さこんなきやうな作者が外に有ものか

梶原再見二度《と》の賭《かけ》　上　下

○上の巻きよもりがやかたへ火のふる所の画にざとうか大ぜいいる所ハ五百らかんの土用ぼしかとうぐわぶねのふきながされたやふだ△答おきやあがれおもしろくもないいしやれだざとうのかほみんな書わけたうちハどふだ〱おそろかんしんまたをくゞるだろうが

江戸土産

全盛《ぜんせい》大通記《だいつうき》　上中下

○将門ハ下総のさるしま郡に新女郎やをこしらへ何もかもよし原の通なれども最中の月計ㇼハ黒ざとうでこぢつけるゆへそのあぢ大きにおとれり又女郎百くわん名といふ有ひすへし〱と有が□それほどにかくさづともよさそふなものだ△答此さる松めかくさづといゝ事たからひすべし〱とハおか（十ウ）しみだハくさぞうしへもつともな事を書ておもしろいものかもふ外ニ評のしよふハねへかこのかつねへめぶみのめすそよ

狂《きやう》言《げん》好《ずき》野《や》暮《ぼ》大名《だいめう》　上中下

○中の巻にて松葉やの女郎を惣仕舞にしておやしきへめしきやうげんを申つけらるゝ所にておいらんの云書入にわつちらハついにしばいを見た事ハおぜんせんと有□なにしおふ松ばやのおいらんが芝居を見ぬはづハなしいたこかかるいざハならしらん事△答此人もしやうじきな人だわざとそふいつてはぐらかすのだわないたこやかるいさハとハ江戸の内か

八橋《やつはし》調《しらべ》能《の》流《ながれ》　上中下

○中の巻で才右衛門が琴をかづいて行所の見へハ大師様ッの御みくじ本に有画だの下の巻におとみと才右衛門が道行の所へ又琴をかついでいるとかく琴がじやまになる琴だの先一躰としよりにハ

くへぬ作だ△答かたいといふ事だろふが此そうしハすべて児女の出精のためにあらわすそうし故おかしい事ハないはづさそれだから序の文に此まきにハかのよしなしことハはぶきぬと書て有ハ此そうしハよつぽどよしある事だよ　　（十一オ）

跡目《あとめ》論嘘《ろんうその》実録《じつろく》　上中下

○此そうしの仕舞もまくの所やぼ大名の仕舞もまくの所だかきついすきさしまいの書入におそ川かし元かねて仰られけるハ此評定すへは迄たゞさバむつかしくなるべしよいかげんに打だすべしとげさくしやに仰おかれけるもあんまりせつない云ぶんだ仕舞のくゝりができなんだか△答こいつが〳〵いわせておけバだいそれた事をぬかしたなすべていせ源氏の物語にてもみな末を水のながるゝ如くに書が法だハそこをわるごりにこらぬハ作者のこゝろいきさ

万象亭戯《まんぞうてんげ》作濫觴《さくのはしまり》　上　下

○一まくの浄るりとするのわからぬかぶきしばいハきついものだが下のまきのどくやくをのませるとすいくわのしゆこうハもうかびがたかつているはづだ△答それだから書入のむだに御ゆだんなさるな此末ハいく久しくやきなをしますと有ルハ一ごんもいわつしやるなヨヤヨウ

化物御家髭松明《おいへのひけたいまつ》

○上の巻にて半勝宇右衛門がばけものをやといに行し所にておれもぬしたちをたのんで半きんもやらずにやあ久右衛門町てもかりに（十一ウ）やあならねへとの書入□よい事をとんだよく御そんじた△答抑くさぞうしの作といつぱかみハみかどのしりの毛迄をかぞへしもハこしき小やのはきだめ迄をさがすか作者のほまれだそれを知らねへでつまるものか

奥村板

御物好茶臼藝《おんものずきちゃうすげい》　上中下

大昔野人時分《おゝむかしやぼなじぶん》　上中下

麁《そ》相千萬豕軽業《さうぜんばんぶたのかるわざ》　上中下

一ッ《ひとつ》星大福長者《ぼしだいふくてうじや》　上中下

骨髄芝居好《こつずいしばいずき》　上中下

人面疔膝共談合《にんめんてうひざともだんかう》　上　下

鱗形屋板

時行諺問答《とうせいことわざもんどう》　上中下

鞍馬《くらま》天狗《てんぐ》三略巻《さんりやくのまき》　上中下

日城藪入始《ほんちやうやぶいりのはしまり》　上中下

（十二オ）

硬石出雲皿屋鋪《いつもさらやしき》　上中下

桃太郎再駈《もゝたろうにどのかけ》　上下

其昔龍神噂《そのむかしりうじんばなし》　上下

村田板

金平一《きんひらいち》の富《とみ》　上下

新作落咄笑上戸《しんさくおとしはなしわらいじやうご》　上下

紅葉《もみぢ》の雛形《ひながた》　上下

遊君世界是男《これお》度《と》比女《ひめ》　上下

伊勢幸板

野暮《やぼ》大臣南郭遊《たいじんなんくわくあそび》　上下

花都末廣扇《はなのみやこすへひろおふぎ》　上下

花春出世十二支《はなのはるしゆつせじうにし》　上下

感陽宮通約束《かんやうきうつうのやくそく》　上下

右に記したる目録のゑぞうし出板評の間ニ不合（十二ウ）未ださいけんいたさず候間後編《こうへん》に評仕り御らんニ入候

後偏　江都土産　近刻

板元入替リ　新作者附　毎月改一枚摺　近刻

口上

此たびてつぽう丁橘井宇惣太方ニ而作者印づくし御ぬかぶくろ御てぬぐい地そめ出し候間作者御ひいき御やしき方御女中様方遊里御女郎衆様方地もの御きむすめ様方御ぅば様がたまで御もとめ可被下候

御あふぎ
御やうじ差　惣作者自筆
御ふくさ
　ほつく御のぞみ次第早速かゝせさしあげ申候

跋

御江戸土産に何をもらつた、作者の評判、ひんがらかさの骨折て、画難房も（十三オ）そつこのけ、作難房の名を得んと、同じ穴の野狐ども、いまだ鳥居もこさずして、鼠のわなにかゝらん事を恐レず、装束榎のもとに集り、関八しうのゑぞうしをひろちやくして、とふ書んしたこふかゝんしたとおの〳〵作をかげごとに、そしる事甚し。予隣穴にて是をきく。いろ〳〵返答、△印の如く。よふ〳〵腹を〽入相の鐘に鼻《ハル》やひしぐらん 御家のはらつゝみを ハアポン〳〵

隣穴のあるじ

いきな狸の榎木の

もとにて

しるす

はん元　　前川庄兵衛梓

（十三ウ）

# 俳優風

天明五年

中野三敏蔵本

俳優風　横本　三巻三冊　天明五年刊カ

底本　中野三敏蔵本
表紙　黒表紙(原装)
題簽　表紙左肩、子持枠「俳優風　上(中・下)」
構成　目録(一丁)、位付目録(十一丁)、口上(半丁)、口絵(一丁)、開口(二丁半)、以上上巻。
評判本文(十九丁)、以上中巻。
評判本文(十七丁半)、狂詩・後語(半丁)、奥付(半丁)、以上下巻。
全五十三丁半。
＊挿絵は中巻に見開き二丁、下巻に見開き一丁あり
目録題　「狂歌評判俳優風《わざをきぶり》」
位付目録題　「狂歌芝居役割兼題目録／判者／唐衣橘洲／朱楽菅江／四方赤良」
内題　中巻に「狂歌評判俳優風　中之巻」
下巻に「狂歌評判　下之巻」
開口末に　「天明五年／辰之秋／作者自作」
狂詩末に　「四方山人　印」
後語末に　赤良の扇巴の印のみ
柱記・丁付　「狂歌評　○目一」「狂歌評　○二(～十五)」。但し「又十二」あり
「狂歌評中　○一(～十七)」。但し「四」と「十」にそれぞれ「上・下」あり
「狂歌評下　○一(～十八早)」。但し「四」はなくて「[redacted]」となり、「七」に「上・下」あり
奥付　近刊予告三種の後に「書林　江戸通油町南側蔦屋重三郎／蔵版」
口絵に「つむり光画」。中巻「四下」の挿絵に「光画」

# 狂歌評判 俳《わざ》優《をき》風《ぶり》

## 目録

大寄曽我《おゝよせそが》の
大入《おゝいり》は
朝《あさ》ハとふから
唐衣《からころも》
橘洲連《きつしうれん》
無駄《むた》で和《やハ》らぐ
狂歌仲間《きやうかなかま》の
中《なか》ハ丸《まる》かれ
丸のゝ字《じ》
菅江連《かんこうれん》
四里四方《よりよほう》の
御贔屓《ごひいき》を
頭《かうべ》に翳《かざ》す
扇巴《あふぎともへ》の
赤良連《あかられん》

（目一オ）

（目一ウ）

## 狂歌芝居役割兼題目録

判者　唐衣橘洲
　　　朱楽菅江
　　　四方赤良

### ▲立役の部

○見立やぶから棒つくしによする茶のごとし

《ほうび》極上上吉　蓮生法師
花道につゝ立役の上へそるてんびん棒

上上吉　山崎与次兵衛
あつまがかほを見わすれたけんぼう

上上吉《いわくあり》　浮島弾正
しだのやかたをはかるめつほう

上上吉　悪七兵衛景清
大ふつのはらにかくれんほう

上上吉　江戸見物左衛門

（二オ）

江戸のすなこハ七ちん万ほう

上上吉　梅の由兵衛
頭きんのわきに錠をとぢほう

上上吉┬あしかる
通れ〳〵といふ六尺ほう
　　　└馬　や　く
めつたむしやうに尻尾をふるこほう

上上吉　日向勾当
ふかひ心ハみへぬ座頭のほう

上上吉　秩父庄司次郎重忠
四さうをさとるとハふかひちほう

上上吉　團七九郎兵衛
しうとをころしてやりてんほう

上上吉┬三保谷四郎

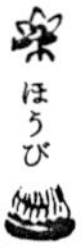


首のほねはつよひてつのほう
　　　└分身 矢根五郎
あら事にかけてハきんひらごほう

（二ウ）

上上吉　茜や半七
お花をまハすこまのしんほう

上上吉　帯屋長右衛門
どふみても花のお師しやうほう

上上吉　丹波与作
てゝ打くりのかハをむくほう

上上吉　白酒売助兵衛
あま過てちと酢ごほう

上上吉┬雁金文七
跡のか先へ行かうかひのほう
　　　└一寸徳兵衛
一寸もひかぬ気をけづるほう

上上吉　尾花才三郎
かみゆひの手にもつハまげほう

上上吉　面打赤右衛門
打もうつたりこのめんほう

上上吉　安の平右衛門
そりやけんくわよとさわくとちめんほう

（三オ）

上上吉　箱根畑右衛門
こゝハはこねの山ごほう

上上吉　曽我十郎祐成

ほうひ

そがの名代のひんほう
上上吉　熊井太郎
よつほどきものふとひうぬほう
虎や清兵衛《ういろううり》
廻つてきたハ八百本のほう
上上吉　花川戸助六
くるわの家のさくらんほう
京の次郎
その名ハ京の次郎ほう
上上吉　座頭慶政
官金を人にかしの木ほう
濡髪長五郎
ぬれがみのてうさいほう
上上吉　工藤左衛門祐経
曽我のせかいにかくれなきめいほう

（三ウ）

上上吉　鬼王團三郎
新左衛門といつでもあいほう
上上吉　渡守実ハ樋口二郎

川辺に釣りする太公ほう
池乃庄司
水きハのたつ仕うちハ池のほう
上上吉　飛脚や忠兵衛
みわのはたごやならの宿ほう
粟津の六郎
六郎かめうしハあわほう
やつこ軍助
上上吉　ねい〱〱とうつつくほう
布袋市右衛門
針ほとな事がやかましひほう
上上吉　江間小四郎
北条のいゑのつゝかいほう
上上吉　玉島磯之丞
琴うらゆへに身をうちほう

（四オ）

上上吉　門番ねず兵衛
よのめもねざるあさねほう
上上吉　放駒長吉
駒かいさめバちる花ほう

上上吉　京（ママ）屋佐七
本町そたちのあいけんほう

上上吉　北条四郎時政
三ツうろこをゑる上のほう

上上吉　鳴神上人
まつさかさまにおちるだんの下のほう

上上吉　淀や辰五郎
こかねのくらの中のほう

上上吉─┬西行法師
　　　　└鷺坂左内
ねこをハ人にやりんほう
しつ事しの心ハまつすくなほう

上上吉─┬釣舟三ぶ
　　　　├八百屋久兵衛
　　　　├宇佐美十内
　　　　├伊勢ノ三郎
　　　　└八幡ノ三郎
ひとつにかためてこほんほう

（四ウ）

上上吉　草摺朝比奈
鬼かととへハだまりほう

上上吉　鬼王新左衛門
そかのここうのしんほう

本町丸綱五郎
本丁丸の丸てんほう

上上吉　但馬や清十郎
出て行くあとハらんほう

仁田四郎
ゐのしゝの子のうりほう

上上吉　曽我五郎時宗
たいめんのときこハしさんほう

上上吉　大江廣元
むねのひろひ心ハ大ぼう

上上吉　成田山不動精霊
火ゑんのいろハ赤とんほう

上上十　小栗判官

上上十　曽我太郎祐信

上上　山田三郎

（五オ）

上上　文学上人
上上　富士太郎
上上　吉田少将惟定
上上　女郎買九郎助狐
上上　伊場十蔵
上上　奴　八蔵　（五ウ）
上上　阿漕平次
上上　赤沢十内
上上　大いそ文つかひ　露　助
上上　信田左衛門
上上　平の屋徳兵衛
上上　五尺染五郎
上上　二の宮太郎
上上　二口村孫右衛門
上ト　羽生村与右衛門
上ト　古郡新左衛門
上ト　傀　儡　師　でく六兵衛
上ト　河津ぼうこん

巻軸
大上上吉　朝比奈三郎義秀
ひたひのくまハ名におふさるほう　（六オ）

▲実悪之部

至上上吉　松井源吾定景
実あくにはなの高ひ太郎ほう

上上吉　浅間左衛門
めつたにたゝくたいこのほう

上上吉　こくゐ専右門
うてをこくゐの鬼つんほう

上上士　七草四郎
たくみがしれてなめらさんほう

上上士　熊さか一子　ゆり八郎
おやにもまけぬ大とろほう

上上　髭ノ意久

上上　土左衛門傳吉

上上　小山判官　（六ウ）

上上吉　似せ景清
しけたゞの目をくらまごほう

▲色悪の部

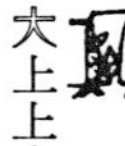《ほうび》
大上上吉　三河島範頼
おのへのまつといふみへほう

上上吉　清水寺清玄
月代ハにたむさしほう

上上吉　松わか丸

上上吉　伊豆ノ次郎
にくげの多ひ毛こほう

▲敵役の部

上上吉　御所五郎丸
うすきぬかつひてのつべらほう

上上吉　大鳥佐賀右衛門
出嶋がつくてひげほう〳〵

上上吉　朝皃千兵衛
あさかほなりてのむよたんほう

上上吉　久米平内
石よりかたひかなさいほう

　　　雷庄九郎
けんくわ過てのちきり木ほう

（七オ）

《ほうひ》
上上吉　しのびの者
おやかたしゆひハ小とろほう

上上吉　姥が池蛇ノ目ばゝ
石でひつしやりなむ三ほう

上上吉　駕昇入相ノ権
ゑもん坂へおろすかごのほう

上上吉　岩永左衛門
せんぎハわからぬとろたほう

上上吉　近江小藤太
工藤のいへの用じんほう

上上吉　大日坊
やつはり御名の大日ほう

上上吉　牽頭持喜作
さりとは口のかるひかたほう

上上吉　壬生小猿
夜道をあるく足ハどろほう

（七ウ）

上上　油屋九平次
上上　かんへら門兵衛
上┣　鰒　長庵
上┣　梶原平三景時
上┣　山家屋佐四郎
上┣　釜や武兵衛
上┣　人買忍ノ惣太
上　薩島兵庫
上　新貝荒次郎
上　吉備宮王藤内
一上　横山大膳　　一上　釣鐘弥左衛門
一上　竹下孫八左衛門
巻ぢく上上吉　鷲塚官太夫
あなむつかしいゐなんほう

（八オ）

俳優風

上上吉《ほうひ》

▲若女形の部

景清女房あこや
たれもひなんをうつ手のないほう

上上吉　まひ子三勝
切れたる糸のさんりんほう
上上吉　白拍子小車
さハつたらどうかころほう
上上吉　大礒とら
外のきやくハおゝすかんほう
上上吉　下女おすぎ
ふたりか恋をとりもつほう
上上吉　御臺所政子御前
みたいところのまゆハほう〳〵
上上吉　鬼王女房月さよ
月さよの名ハてる〳〵ほう
上上吉　けいせい奥しう
けふりも匂ふきやらこほう
上上吉　化粧坂少将
まだつき出しのしんこほう
上上吉　けいせい梅川
廿日あまりに四十両ふつたほう
|――ふぢやあつま

（八ウ）

上上吉

あやかりものと名のたちほう
はん女御前

はん女かねやもやゝひへほう
けいせい琴浦

上上吉

玉嶋に身をつき出すほう
お乳の人重の井

染分手つなのこひ女ほう

上上吉

けいせい鯉の尾
実ハかんの武てい画の鯉の精霊

こひのたけは三尺ほう

（九オ）

上上吉

白拍子野分ぼうこん

野分のにハの草ほう〳〵

重忠奥方衣笠御前

なわうちかけてとりまくほう

上上吉

雲のたへ間

なるかみをこわからぬつんほう

手越の少将

手こしハけハひ坂におとらほう

上上

与右衛門女房累

上上

女伊達土手おはる

上上

白拍子おとみ

上上

白ひやうし英

上上

糸屋娘お房

上上

てんまやおはつ

上上

けいせい清川

（九ウ）

巻軸
上上吉

三浦やあけ巻

このあけまきにハあてぬほう

娘形の部

上上吉

但馬やお夏

笠がよふにたになひほう

上上吉

油屋お染

うき身をしほるあふらけのほう

上上吉 ほうび

しなの屋お半

はしめて此ころゑんこほう

上上吉

糸屋小いと

夫婦のゑんの糸をむすバう

上上吉

照天の姫

上上士　さくら姫
くるまをおすハてこのほう

上上士　八百やお七
むしやうにいやがるせいげんほう

一上　人丸姫
ゆしまにかけた筆のあとほう

巻軸　いわくありほうひ

上上吉　白木屋お駒
身のあかりをもかきたてほう

▲若衆形之部

上上吉　油屋久松
内の小がひのちんほう

上上士　くかみぜんし坊
むねハずん〱つんばいほう

上上士　小性吉三郎
　　　　曽我箱王丸
小姓も目をしのふ師のほう

上　工藤犬坊丸
となりにならふいぬほう

（十オ）

▲色子の部

上上吉　こしもと紅葉
にしこそ秋の先ばう

上上吉　桐谷井筒之介
いづゝのもとの桐のほう

上上吉　花形伊織之介
八ツ花かたの八角ほう

上上士　こしもとわかバ
雪のわかなのさむかりばう

▲子役の部

惣の子やくへ
あめん棒のほうひ

上上吉　梅若丸

人かいの手にせいばいばう

上上吉　しらべ姫
　　　　景清一子あざ丸
いや〱といふにハちとてれほう

上上吉　しねんしよ三吉
目の下に何かくろんほう

（十ウ）

上上吉
道中双六ふるわんバぅ（十一オ）
禿こてぅ

上上吉
そぅりかくししやぅねんばぅ
ほぅどぅ丸

上上吉
わり竹とつてたゝき牛バぅ
禿ちとり

上上吉
あいとへんじの長ひほぅ
わか君《よし仲》駒　わか丸
木曽をかくまふ大ぶほぅ

▲花車形の部

上上吉
熊手《やりて》のお長
やりてのこゑハふとひほぅ

上上
老女鏡山

上上吉
まんこぅ御前
置わたしたるしらがごほぅ

▲道外形之部（十一ウ）

上上吉
源ノより朝
大あたまとも名をつくほぅ

上上吉
箱根別当行実
別当と聞てハとぅかべらほぅ

上上
由留木馬之丞

上上
御廐の徳竹

上上
吉祥寺上人

上上吉
横山太郎
横山ならて竪に引二本ほぅ

▲作者の部

手柄岡持

酒上不埒

浜辺黒人（十二オ）

へづゝ東作

歌舞伎工

竹杖為軽

口上

此所で一寸御断申上まする
四方連伯楽開基狸和尚普栗釣方当八月廿四日三年忌に相あたりまする一遍の御詠歌奉願上まする

方岸普栗信士　俗名　本屋清吉
天明三年卯八月廿四日　寺ハさんや光岸寺

---

是も四方連もり付て五はいくらゐハものかハのくらんととのもゆるし給ハれとよまれましたる名高ひ狂士此ころ死去いたされました狂詩の名ハ王貧公と申されて秀作とももごさりまする追而御ひろう申ませう

大飯食人
天明五巳六月三日

（十二ウ）

---

口上

頭取曰 此狂歌の義ハおの／＼作者の名をかくしまして役割斗見まして評いたしました尤やく割ハくじ取をもつて相極ましたれハ立やくかたきやくのわかちなく女かた子やくもひとつてこさりますれバ役に似合ハぬ位付がござります芝居通様方こんな位付が有るものかなどゝ御しかり被成まするな尤たつた一ッ首つゝのかへ歌なしで御されハ出来不出来ハ時の相場此歌一首きりのくらゐ付でこさりますれハ是て位を極るといふやふなへちまな事てハこさりませぬ其為の御断なんのいわすとも能ひ事左様にヵチ／＼

（又十二オ）

挿絵第一図

（又十二ウ）

挿絵第二図

（十三オ）

狂歌の店おろしによひ相場を菊合

世の中の人にハ時の狂歌師とよバるゝ名こそおお（ママ）かしかりけりとよみしころハ小百年もまへの事にてそのころ狂歌師といふハおかしな名を付く斗にて浮世を茶にする事とのみ心得物事ふじゆうなりし代の事なるべし今の世にいたりてハことばの花のお江戸の中にいろはくらをたてし四里四方の狂歌問屋と呼るゝ大分限丸のや橘屋四方やの三軒問屋其外はまへやへつゝやなどおの／＼出みせ仕にせのはんぜうもふ狂名ても有るまひと三升をなりたや路考をはま村やなどゝいふかくで家名をもつて呼ぶ事とハなりぬ中にも本町のひらのや金吹丁の白子や中村や日本はしの小さの伯楽のぬかや山しろやするかや亀井丁の文笑新川の春蛾深川のゑのもと。

やれ〳〵きつい人じや

此人がみな亀やへ行く人じやげな

両国橋くんじゆのてい

かり主の二階にて狂歌三ン鳥三ぼくのてんじゆある

先生大のみのてい

よい風が入るハ

しほやをいふの

つむり光画

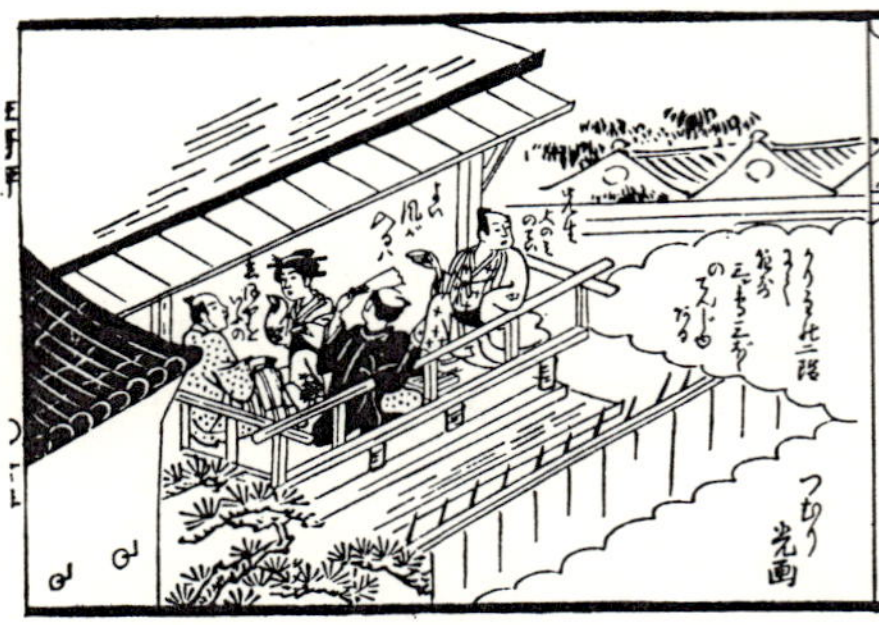

挿絵第二図

挿絵第一図

やぐら下のたびや土はしの大屋なども東方のはへぬき赤坂の(十三ウ)か倍や小川丁のこのこや赤坂の沢辺や小川や小石川の山道屋扇巴やの番頭山の手のかたすみにも板やくれ竹やなどハみな高はごの出ているやしき方の出入斗分ヶて此道すきやがしの菊寿三河や大坂や八重垣の小じますますだのむすこ京橋の傳銀座の常と聞てハ色男としり一ッめの亀さんかるすハ大かた向ふ嶋ても有ふと悟り元成ハ釣より古銭かすきだと先はしる世の中其外しんら万象のぶげんしやうそをつきちの五文取いく世もちの向ふ両こく万代のかめやにて先祖ゟ持傳へたる夷《い》歌所《かところ》の預ｯ尻やけの猿人狂《けう》ゟ給りたる三鳥三木の傳を三軒問やのおも手代にゆづらん迚の参会丸のやのゐん居まかり出ゆびをほき〳〵おりなから扨〻今ハ世がすへになりとかく女はかりうれしかりますわれら若ひ時ゟきつひ女きらひニて目にみるもいぶせく一座もならぬくらゐむかし元禄宝永のころ極楽〳〵ともてはやせし女ハ色白ふやせかれてきつゐわれらが点でごされどそのすへ膳をもじたい致て一生不犯の清僧(十四オ)同前といへハ四方の亭主ハせうばいとハきつひちかひの木下戸にて酒塩にもゑふくらゐひよつとねそひれてもすると夜とをし目をまぢ〳〵しているにこまりますさるいんきよがゐけんにうへつがたへてもめされた時に酒をのまぬハわるひものと度〻酒をすゝめしが今にのめませぬとの言ひぶん橋やハ生得まめな男に

て一生ひるねといふ事をした事のなひ人へづゝやハかりにも山がゝつた事ハはなしにもきらひなおとこはまへやが白ひはをむき出して笑ふ門にハふく来る金の番人持乞食とあた名をとりしきまじめの出合むだ口なとゝいふ事ハ夢にたもみず風雅とハはやり風の事とおもひ詩歌とハ子供に小へんやる事と心得歌ハよまねと狂歌師の株ハ四五千両のうりかいとハなりぬ少しもはやく三鳥三木の傳をおも手代にゆづり三（十四ウ）軒なからく〱といん居いたさんこゝに長居も座敷代がついへでござるといへハ先年大門通からこして来た蔦屋といへるだまりぼう先ほどゟ座敷のすみに目を持つていたりしが一ッたい遠目のきく男ニて四方を見廻しおづ〱座敷へまかり出しからハ一ッこくもはやく御でんじゆ有つてしかつべの真がほにあらぬ床の間の臺にかさりしなし地の箱うや〱しくひもをとき高らかにこそよみ上けれ

いわゆる狂歌の三鳥とハ

本鳥　はくろ鳥　すきや鳥

また三木とハ

八重が木　橘の木　赤松の木

また歌のちゝ母とハ

なにはつにかくやこの玉性根玉
今をはやりとかくやこの玉

（十五オ）

あすか山かけさへみゆるいしぶみの
四角な文字ハよめるものかハ

おの〱家の白鼠いたゝきさゝへてしりそけハみな〱此あたりの高利かり主かもとにあまたの菊を造り置しときく菊見かてらに御出なされ春なてうに御出なされ

藝評になそらへておの〱出みせ腹中の身代店おろしを致してみるも家業の為になる事成兼へや住なども先達て参つて居ると承ッましたとはや己か田へ水油町蔦にからまる狂歌連問屋出みせも車座に羽おりをぬいてから衣四角なひさを丸のゝ字にし巴扇の要のぬけたをこよりて通しなから店おろしのはじまり〱

天明五年
辰の秋　　作者　自作

（十五ウ）

## 狂歌評判俳優風　　中之巻

### 立役の部

蓮生法師　ほうび　宿屋飯盛　四方

花道を行れん生のいかなれハ
　西のさしきにうしろみせけん

【頭取】永代夷曲惣本寺生白堂行風の撰まれし集釈教の中蓮生法師の歌に曰〽極らくに剛のものとやさたすらん西にむかひてうしろみせねハと云〻此歌をもと〻して狂言綺語にあやなされたるまことに諸人のひいきする所此道の大剛のものといふへし【侍】コレ〳〵頭取ねほけたかかまくら山の諸傳多き中に坊主を巻頭とハどうじや〳〵【ひゐき】此つく銭のさし出ものめが引すり出せ〳〵【芝居通】此芝居に工藤ハないか百日か上下かたゞし実か悪か【狂歌好】朝比奈ハとふた【頭取】まづ〳〵御しつまり被成ませ披講のしやまになりますれんしやう法師と（一オ）申せとも是もむかしハ男山くまかへの次郎直実でごさる夫故ほうひに陣扇を遣ハしました又工藤ハめづらしひ女工藤てこされバまつおまち被成ませ朝ひなどのハさるくまのまつかなしりの巻軸にすへました【大せい】サアはやく藝評〳〵【頭取】扨当会くまかへの次郎直実蓮生法師の役出はに詞のはな道をすら〳〵と行かる〻所よし夫〻西側のさしきにうしろを見せたるをいかなれハとうたかハる〻所一首の粉骨といふへし【わる口】なんたむしやうにほめるが上の句のすら〳〵とした所に何ッそ手の有りさふな事【ひいき】はなの下の長ひじきやろう油げのほうてもくらふか【頭取】そこがすなハち大立ものさつはりとしていやみなくさら〳〵として能ひ所うけ取ましたまだ位ハ大極至極無類なと〻上を見ればほうすの無ひ事まつ当会の巻頭目出度打ませう【大せい】やんや〳〵　（一ウ）

山崎与次兵衛　榎　雨露住　四方

与次兵衛もはつとうき名をとりがなく
　あつまうけ出せ恋の山崎

【芝居通】工藤ハ聞へたが景清ハとふする【頭取】またうき嶋もこさりますしハらく御まちなされませ【ひいき】なたねのてうのあちしらぬむたなやつらにかまハすと少しもはやく藝評をまけ出せ〳〵山崎与次兵衛【頭取】このたひ山崎与次兵衛のやくはつとうきなをとりがなくとかふりことばの出ハさすかにやさしく見へます恋の山崎と申せりふもよく叶ひました【わる口】此与次兵衛もといわる〻もの字ハ口にあまるやふだ【ひいき】何ッとぬかす【頭取】東西〳〵そのやふにこ

まかに改ましてハ世かいに歌のたねがつきますまづ三たて目より四たてめにうつりよく別て大つめはづみ有て出来ましたそ[ひゐき]そつこでひとつ打ませふ三百両〳〵

（二オ）

浮島弾正　田中松人 唐衣

うき島がはらにいちもつふしのねの
高のしれざる弾正かむね

[頭取]此所信田の世かい浮島たん正のやく[りくつもの]うき島たん正を立役とハ[頭取]そこをいわく有と申たもの立役ことの外多ふごされどまさかくろ吉と申てハふつていいてこさりますれハ一寸立やくにすへましたこゝが高の知れざるむねと申せりふにも叶ひませふかヱヘン〳〵此度浮島のはらとふしの根とのかけ合よく出かされました一ッ躰むねの内か大島でずつかりと致したけいにことはのたくみ小手がよくきゝました

悪七兵衛景清　橘　実副 スキヤ

池水のたちさわくとも汝らが
手にハとられぬ月のかげ清

[頭取]扨御存の悪七兵衛かけ清の役月のかつらの（二ウ）かげ清にかゝれる天のあみしゆハん汝らか手にハとられぬとのいひふん大ひそ〳〵[わる口]かけ清てハなひ頭取まて汝らとハさるの事か[むた者]やかましひさるにしておけよぶこ鳥[ひいき]うわことをぬかすな[頭取]此たひかけ清斗にて外にやく廻りなし猶秋永に評しませふ

江戸見物左衛門　栗　成笑

江戸砂子こまかにたつね四里四方
けん物さへも金をちらして

[頭取]けふの和事師見物左衛門の役菊岡沾凉に廻ッあひ砂子のうへに金をまきちらして四立目こまかにたつねらるゝ所うけ取ましたけんふつさへもといへる口跡きれいな事居なから名所をしるへき出世の小口随分とはけみ給へ

梅のよし兵衛　那万須盛方 四方

香をこめて頭巾に錠やおろしけん
かきあかぬてふ梅のよし兵衛

（三オ）

[頭取]古訥子丈の工夫を以て頭巾におろせし錠前ハことばのあたりはつれぬ仕打梅のよし兵衛の役受取ました[ひいき]かきあかぬてふといわるゝせりふ有かたひ〳〵[わる口]てふといふのかなまぬるひやふた[頭取]そこが和事のかぶとみへますやがて梅のすハへのよひ立やくになられませふ

足軽　　　　　　　　　算木有政　スキヤ

此役ハちとあやまつたいなり町
　両手をついて申上ます

馬役　　　　　　　　　つむり光　四方

身のをもき役者をもちに月影や
　あハれ栗毛のもゝ引のこま

大せい是ハどうた〳〵頭取是ハとハ足軽のことはとふだとハ馬やくのもちまへ一ッ所に評しませふちとあやまつた（三ウ）足軽のやく下部の申上ますまで足かるでハない口がるな事ひざくり毛のもゝ引にて身のおもきやく者をもちあつかハるゝ所出来ました在転点のむかふさじきのお袋もさぞおよろこひと存しますおてがら〳〵

日向勾当　　　　　　　問屋酒船　四方

狂言の打だし頃ハ琵琶の名の
　せいざんにいる日向勾当

頭取此度日向勾当の役大詰の打出しころ入日に向ィてせいさんの琵琶をひかるゝ口跡あざやかに珍重〳〵

秩父庄司次郎重忠　　　山東京傳　スキヤ

春の野の梅かかげ清たづねてハ
　乞食の家ものぞく重忠

頭取梅がゝや乞食家ものぞかるゝとは俳諧の句もとより詩歌連俳の四相を悟るちゝぶの重忠の役地けいといひ口跡といひよろしふ（四上オ）

挿絵第三図（四上ウ）

挿絵第四図（四下オ）

御座れと狂歌の家にて俳かいの句を元といたさるゝも残念なれハうまひ仕うちをまちます〳〵

團七九郎兵衛　　　　　竹田綾鶴　唐衣

夏祭舅ハむりをゆふしでの
　山と神輿をすへる團七

頭取夏祭に團七九郎兵衛の役舅ハむりをゆふしてのやまうけ取ました

ほうひ

三保谷四郎　　　　　　一丈帯武　朱楽

秋の野をふく風の手の力より

夷曲歌《たハれうた》大寄《おほよせ》曽我《そか》　四方連
にせ景清　裏住
梅の由兵へ　盛方
梅若丸　二鷹
雷庄九郎　播安
畑右ヱ門　橘丸
祐成　咽人
朝比奈三郎　真顔
大磯とら　面倒
横山太郎　かり主
赤右ヱ門　真似雄
蓮生法師　飯盛
馬役　光
ぬれかみ長五郎　子好
足軽　有政
山崎与二兵衛　うろ住
こし元紅葉　成兼
頼朝公　方人
才三郎　雄鳥
久松　すへる
おなつ　孫彦
井筒之介ニいまた部や住
久米平内ニ　疎人
江戸見物左ヱ門　成笑
小車　秋人
日向勾当　酒船
重忠　山東京傳
五郎丸　高彦
景清　実副
清玄　さぐる
あこや　金埒
景清一子あざ丸ニ唐来参和
光画

挿絵第三図
挿絵第四図

花首つよき兜菊かな

分身 矢根五郎　桧皮釘武　同

念力ハやかて石にもたつ春に
まつ光陰の矢の根とかはや

頭取 御両人共ごかくの力一所に評します三保谷ハ兜菊の花首に秋風の手の力をあらハし矢のね五郎ハ(四下ウ)光陰の矢先に石にたつ春の心をのへられたれと四郎五郎の名をなのられぬ所を四の五の申見物もこされバ又重てを待ます〳〵 四谷 四郎と名のらねど何ゝても花首のほねハつよひそ〳〵

茜屋半七　大枝鈴成　唐衣

かハらしとお花が色のあかねやに
ちきりもかたき石にはん七

頭取 此度茜や半七の役石に判を押すことくかたき藝花やかな事を工夫し給へ

帯屋長右衛門　稲妻鞘方　朱楽

棚引し雲の帯やの名におハゝ
月の桂の川もくもらん

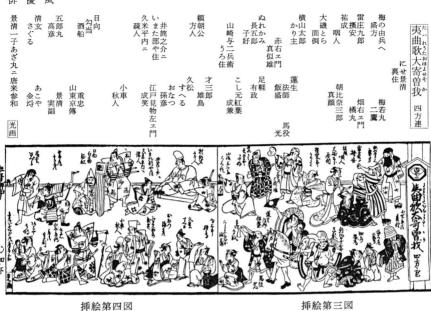

[頭取]雲の帯やの長右衛門の役月のかつら川のみへよし

丹波与作　　橘　軒　近　唐衣

これハまたてゝにうたるゝ丹波栗　（五オ）
しぶのぬけたる与作なれとも

[頭取]まことに丹波よさそふなる仕出し段々しぶのぬけるやうにし給へ

白酒売助兵衛　　油杜氏煉方　スキヤ

あま過てちとすけなりかしらねとも
足ハ無上につよい白酒

[頭取]此度白酒うりの役あま過てちとすけなりのせりふよひぞ〳〵[わる口]足のつよひハもちでハないか[頭取]去年京傳丈のあてられた不案配即席料理のかくはんといふ身てやはり足取の事で大てい〳〵

鴈金文七　　初霜起窓　朱楽

五ッつれて渡ﾘ引するかりかねハ
よしあしのはのわかる文七

一寸徳兵衛　　玉川鮎丸

一寸も引あしもたぬ徳兵衛ハ　（五ウ）
さすかなにはの剛のものさし

[頭取]三人ぬけバ二人男文七が五ッかり金徳兵へが一寸も引かぬ気象こうのものさしと見へます[四谷]かり金出来たぞ

尾花才三郎　　高羽子雄鳥　四市（ママ）

しのふれと才三か恋ハほに出て
尾花も千々にみたれ髪結

[頭取]みたれかみゆひの才三郎の役尾花のほんにそりやきこへませんとハたれも申さぬ仕打でござる

面打赤右衛門　　亦人真似雄　四方

煩悩のよくあか右衛門われと身に
かふるかしやくの鬼の面打

[頭取]此度面打赤右衛門の役ぼんのうのよくにかしやくの鬼のかけ合よく見へます

安の平右衛門　　真竹節陰　朱楽　（六オ）

秋もやゝ深き思案の平右衛門
　跡先揃ひつれるかりかね

[頭取]五人男の一人安の平右衛門の役秋ふかき思案のてひ跡先そろふてよし

箱根畑右衛門　定紋橘丸　四方

音にきく箱根のおさのはた右衛門
　出る二番目のきりはたりてふ

[頭取]此度はた右衛門の役箱根のおさにきつたりはつたりの太刀打出来ました

曽我十郎祐成　吹売咽人　四方

見物の女につをもひかせけり
　はなの兄てふ梅のすけなり

[頭取]此度曽我十郎祐成の役はなの兄のぬれ事女中衆かつを引かれます[わる口]けりとなりとのりの字ハいかゝ[頭取]ひかせぬると改ました

（六ウ）

《ほうひ》

熊井太郎　河原撫子　朱楽

よりともをかたきと思ひつきのわの
　くまゐ太郎かきものふとさよ

[頭取]此度熊井太郎の役出す入らずにて大てい〳〵[むた口]是から中くらゐな事をくまゐ太郎〳〵とハ思ひつきのわのしろふとにハ通じやすまへがほうひに月のわを出しました

虎屋清兵衛《うゐろう売》　千歳栄　四方

うゐらうのつらねもつゞくいきしちに
　風をもおこそとらや清兵衛

花川戸助六　山東黒鳶　スキヤ

助六がかさにかゝりしあくたいハ
　舌にもつかぬちり桜かな

[頭取]御一所に評しませふうゐろう売とらやの御趣向五音横通ハ例のつらねなからつゞくに風をおこそとハ（七オ）よふこさる○花川戸の助六がかさにかゝつて舌にもつかぬちり桜[わる口]ちる桜てハないか[頭取]先大てい〳〵

京ノ次郎　鳴滝音人　スキヤ

しやが父のかわつにになれば鶯の
　ほうほけきやうの次郎なるへし

座頭慶政　　花下長　唐衣

慶政がごまのはいをばのかれきて
火鉢の灰へうづむ官金

濡髪長五郎　　中間子好　四方

角力草むすぶ花のゝ長五郎
蝶の羽かへし汗にぬれかみ

[頭取]京ノ二郎が鶯蛙のつめひらき座頭慶政が官金を火はちの灰にうづむ所花のゝ長五郎とハちやうとてふとのかなちかひも浄るりに合せてハ先大てい〳〵

工藤左衛門祐経　　京間内則　朱楽　（七ウ）

子供気のしこりてちゝのかたきとハ
此すけつねをはゝと思ふか

[大せい]工藤左衛門とも有ふものか[頭取]おつと心へたんほゝと父のかたきといひて子供きのしこると気の付藝あつハれすけつね役もつとめかねられますまいか此すけつねをはゝと思ふかといわるゝせりふ女工藤と申たハ爰の事勝母の里に車を返すと古人も申ましたに母と思ふものをかたきとねらふといふやふに聞へて残念〳〵

鬼王團三郎　　面倒おとゞ　四方

兄よりもけつく團三が愁歎に
春もさしきの鶉なかせる

[頭取]此度團三郎の役春もさしきのうづらなくとハあたらしひせりふ[わる口]手まへの口から兄よりもとハきつひしほやさ　（八オ）

渡し守実ハ樋口二郎　　盃米人　四方

をのか名の樋口に休むわたし守
浅黄頭巾も木曽の残党

[頭取]此度木曽のざんとうひぐちの二郎の役浅黄頭巾をぬかるゝ所上りめが見へました

池庄司　　鼻毛長人　ハマへ

思慮ふかき池の庄司も池水の
すみかつらきて波のあら事

飛脚屋忠兵へ　　阿漕引細　スキヤ

忠兵衛かまきつる金も若草の
はつかあまりに二分とこそなれ

粟津六郎　　小牧牛歩　ハマヘ

君ゆへのうきかんなんも皆水に

なるうたかたのあハつ六郎

頭取　御三人とも同じ位池の庄司のあら事忠兵へか（八ウ）若草の廿日あまりあわつ六郎がかんなんのていずいぶんつゝ込でいたされよ

奴　軍　介　　釈氏定規　スキヤ

切まくもきつてこくうに落のくる

一文爪の奴ぐん助

布袋市右衛門　　曽根松成　四方

狂言ハ出来秋ほとに春ながら

藝に実の入布袋市右衛門

頭取　奴くん介ハこくうに落か来ました布袋市右衛門も出来秋でござるいつれもごかく大てい〳〵

江間小四郎義時　　盛口花丸　朱楽

大つめにたてものゝふのつめひらき

後ほと御意を江間の小四郎

頭取　此度江間小四郎にて詰ひらきハ持まへ〳〵

玉島磯之丞　　山田比多留　（九オ）

疵物となりし玉島磯之丞

千金の子も市の奉公

頭取　千金の子ハ市に死せすとハ古人の金言玉島磯の丞のやくもむきずて大慶

門番ねず兵衛　　池田すめる　唐衣

子を思ふきゞす夜の目もねす兵衛が

毒酒にむねハやけ野なるらん

頭取　門番ねず兵への役やけのゝきゞすほろもみださず大てい〳〵

放駒長吉　　呉竹よほけ　四方

もとよりも放こまとハいさむ名の

花の郭にくるふ長吉

頭取　此度放駒長吉ニて花のくるハにいさむみへよし大詰に長吉と名のらるゝ所てふとちやうのかないかゝなれと是もじやうるりに合ての事とみへます　（九ウ）

糸屋佐七　　独寐　欠　四方

さゝかにのいとやの聟となりし身ハ
　姉と妹へ引はりし恋

頭取 さゝかにの糸やの佐七役姉と妹のぬれ事大てい〳〵

北条四郎時政　　桂　眉住　朱楽

雪とみるしら髪ハ香炉ほう条か
　みすをかゝくる出端の時まさ

頭取 此度北条四郎時政の役みすをかゝけての出ハ大てい香ろほうの雪のつらねも受取ましたがちとかた過て残念もちつとかるひ所を工夫し給へ

鳴神上人　　膳所楢尚義　四方

破らしと気をしめ縄のきるゝより
　そこら三階ひゞき鳴神

頭取 此度鳴神上人にて気をしめなハの切れはなれた所よし大詰のあれハ先年梅幸丈か天神の荒と（十上オ）

挿絵第五図　（十上ウ）

挿絵第六図　（十下オ）

夷曲歌《たハれうた》大寄《おほよせ》曽我《そか》　菅江連

伊豆次郎　万歳館十口
範頼ニ　倉部行澄
ほうとう丸ニ
京ノ次郎ニ　鳴瀧ノ音人
矢ノ根五良ニ　桧皮釘武
三保谷四良ニ　一丈帯武
おこまニ　桃道俊
お杉ニ　スケ荷作　早文
熊井太良ニ　河原撫子
松井源五ニ　夕霧籬
雁金文七ニ　起窓
安の平右ヱ門ニ　真竹
ふし陰
やりてニ　よたんぼう
帯や長右ヱ門ニ　さや方
あげ巻ニ猿人
油やおそめニ　松成
御臺所政子ニ　左候某
助六山東黒鳶
浅間左ヱ門ニ　磯辺波高
千平ニ　かつら入道
白酒売ニ　ねり方

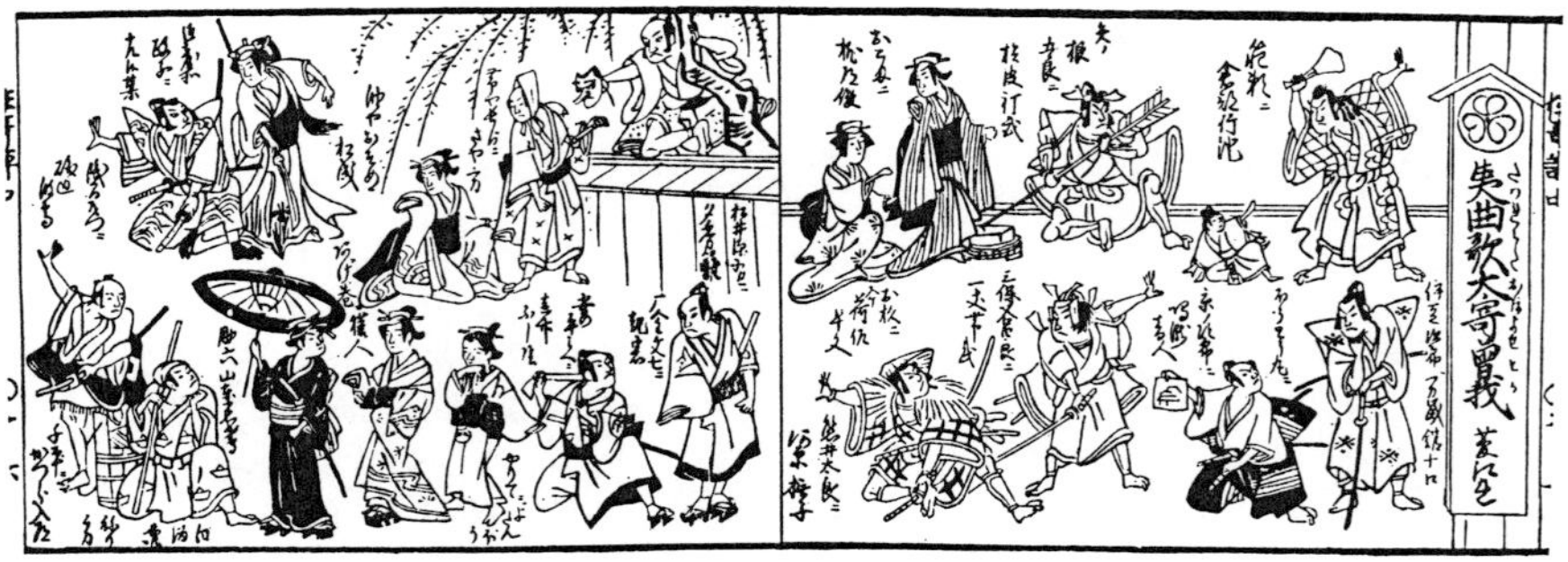

挿絵第六図　　挿絵第五図

同し事てそこら三階ひゞき渡りてあまりさわかしふみへます

淀屋辰五郎　田夫野人　四方

引幕も明る淀屋の辰五郎
わたりかつきし金のにハとり

[頭取]此度淀や辰五郎の役金のにハ鳥のわたりをつけらるゝ所大てい〳〵

西行法師　古瀬勝雄　から衣

見し富士のゆきへの助にくれて行
猫も花なり西行さくら

鷺坂左内　飛塵馬蹄　同

鷺塚にけとびくわせし鷺坂か
気ハ大鳥のうまいふるまひ

[頭取]御二人とも御一所に評しませふ軍法ふしみ西行ハゆきへの助に猫をくれらるゝ所恋女房染分手綱ハ（十下ウ）鷺坂との鷺塚にけとひくわさるゝ所いつれもよくしやうるりに合ひました

釣船三ぶ　夜廓諸油　同

難波江に出入の多きひがき船
かゝれハひかぬつり船の三ふ

八百や久兵衛　抜裏近道　同

本郷の青物見世ハいかにして
江戸紫の色を出しけん

宇佐美十内　文車たくる　スキヤ

春雨にたゝかれてこそ十内か
花色布子ほころびにけれ

伊勢ノ三郎　片袖足成　四方

難波てハあしとの藝もよし盛と
ところかハれは伊勢の三郎

八幡三郎　天窓撫丸　朱楽

（十一オ）

此役のあたるもふしきあたらぬも
ふしぎやわたの藪しらずなら

[頭取]五人なから少しつゝいひ分有つり船の三ふハおしひ事に船といふ字が耳にかゝり船八百屋とのハ久兵衛か青物みせハいかにし

てと置たし十内とのハ春雨のていしめやかに有へき所たゝかれてハいかゞ伊せ三郎殿ハ何か難波に有つた噂のやう[むだ口]せめて神明の花荻とでも有たひ[頭取]八幡殿ハ八わたの八幡しらずとハ里人談にもみへたれどやぶしらずとハ見すしらず[の組]釣舟の舟ハ名だから大事も有るまひぞ

分身 草摺朝比奈　人真似小まね　四方

梅ハ花のあにい一番とんまれと
鶯さそふ春の朝比奈

[頭取]此度朝ひなにて御しきせのことはに梅のはなをもたせたる仕打よふごさります　（十一ウ）

鬼王新左衛門　焼酒泡盛　四方

貧乏に身をせめらるゝ鬼王ハ
曽我の股肱の新左衛門かや

[頭取]此度鬼王の役まことにここうの新左衛門とみへます

本町綱五郎　潜戸志丸　四方

初日から大入船の本町丸
みなよい〳〵と引綱五郎

但馬屋清十郎　鱐みつめ　スキヤ

笠かにたとてもいひわけなきとがを
清十郎ハかぶりこそすれ

仁田四郎　雲楽斎　四方

狩場野ににたんの四郎引くんで
おひまハしたるくるまゐのしゝ

[頭取]御一所に評します綱五郎ハ入船に引つなのかけ合清十郎ハ笠をかぶるみへ仁田ハくるまゐのしゝをおひ廻す所大てい〳〵（十二オ）[むだ口]山王まつりのかさほこじやァねへか

曽我五郎時宗　室早咲　朱楽

時宗がよしや胡蝶にねふるとも
ゆめ〳〵親のあたハわすれす

[頭取]曽我五郎時宗にてこてふの夢をむすぶ所大てい[見功者]わすれじでハなひか

大江廣元　橋多元　四方

大江山行花道ハ遠からん

はしたてもの〻胸ハひろ元

頭取 大江廣元にて花道の出大てい〳〵 見功者 遠からしといひたたひもの 頭取 本歌によりていわれたせりふ随分とせい出し給へ

成田山不動霊像　千秋万慶　四方

土間うづら次第ふどうの見物も
成田さんじきばくの縄張り

（十二ウ）

頭取 大詰不とうのせいれいばくの縄張リハあたらしふござる一ッたひにきやか過た事もちつと引しめてもらひたひ

小栗判官　ふすま明立　四方

毒酒とハさすが小栗もしらま弓
はりこの馬にくつをうち死

頭取 小栗判官にて毒酒を呑まる〻所 芝居通 はりこてハ無木の馬だ

卍 代金五両弐歩つ〻てござる

曽我太郎祐信　便々館湖鯉鮒　朱楽

碁かたきの岡目なるらん祐信も
かうにうたせてみたく思へど

頭取 曽我太郎祐信にてごがたきの岡目五郎助太刀の助言をいたされ度躰こうにうたせてといふせりふもごにかかりましたれと二人の子供が噂になつて見物のうけ取なく残念〳〵此外の御方ハしハらく評ハあづかります位付ハ口の目録にのせました　（十三オ）

山田三郎　揚口　亻四方

狂言のあたりハ一二三郎と
入もやま田の藝のよした家

文学上人　柳枝成　から衣

天か下むねにく〻りし文覚か
高雄の山のあたり狂言

富士太郎　今出止明　四方

その場よりたつや煙のふし太郎
行ゑもしらぬかたきうたんと

吉田少将　三筋三味彦　スキヤ

狂言の出来ハよし田と聞なから
まだ三たてめの入もせう〳〵

女郎買九郎狐　　躬鹿行丈 スキヤ

神かけてかよひきつねの女郎買
末ハ身請をしても九郎助

（十三ウ）

伊場十蔵　　人世話成 四方

すこしてもきとりの幕をするかくハ
大工となりて伊場の十蔵

奴　八蔵　　山中住 から衣

八蔵か孝ハ郭巨も及ふまし
ほらぬ火鉢にみつゝみの金

阿漕平次　　塩目魚目 四方

しつむ身にうき名たつ波あこの浦
おのがあこきに罪をひくあみ

赤沢十内　　内匠半四郎 四方

主ゆへに涙ハさらに赤沢や
わすれかたみへはこぶ十内

大磯文使露助　　筆留おしき スキヤ

五月下旬とらも心をちらし書
日毎に文をたのむ露助

（十四オ）

信田左衛門　　桜枝鞠 朱楽

皆人のそがをみんとて松かさり
しだ左衛門にかさりゐび哉

平野や徳兵衛　　桧香毛吉 から衣

きも玉ハにへ油屋のわるたくみ
徳兵衛が身にあたり狂言

五尺染五郎　　川辺船持 四方

あやめ草あやめもわかぬ縄張ハ
いつれ五尺の染五郎かや

二宮太郎朝忠　　水角奈志 から衣

十郎によく二の宮のおさながほ
よきとも忠と人ハいふなり

二口村孫右衛門　呉竹深藪 朱楽

一すぢに二の口村の孫右衛門
子ゆへの道にこけつまろびつ

（十四ウ）

羽生村与右衛門　白銀小波瀬 同

うらみてもむりにひとつハきぬ川や
かさね〳〵た酒に与右衛門

古郡新左衛門　今夜遊人 同

諸士ハ曽我をそしるをかぶりふる郡
げにや尤やくしやとそみへるい

傀儡師でく六六兵衛　鈍子有丈 同

くわゐらいし浅黄頭巾て千両の
やくしやハ高ひはな道の所作

河津亡魂　柳原竹光 四方

しゆら道にうかみもやらて井の中の
かわつのつらをみつの赤沢

巻軸
朝比奈三郎よし秀　鹿津部真顔 スキヤ

三すぢまで山のひたひに春霞
かゝる所へ出る朝日奈

（十五オ）

[頭取]扨立役の惣巻軸かゝる所へ小はやし朝ハとうから入来る連中七尺去つてさるくまの三筋のかすみ引はへし山のひたいのつん出たハ鬼かインニヤ人かウンエイ[わる口]朝比奈を朝日那とハよみくせの入さふな事[ひいき]此うてだての大さつまいもめめつたに笛を吹きやァがると両国の新地へ出してみせ物にするそ[頭取]尤夷と申字に書た朝ひなもこされと古来ゟ朝比な〳〵と申ますれバかなハ違ひませぬ[りくつ者]くさすり朝ひなとハとれほどの違だ[頭取]そこが分身ふんりんも違ハぬ評のくさすり引ひゐき〳〵ハ人心面のごとくかわれともわけて三すしのさるぐまハ一ッ躰花やかな仕出し地げいといひ口跡といひ残る所もなくお手から〳〵

たれだか知らぬかおらか点たそ

## ▲実悪の部

松井源五定景　夕霧籬 朱楽

たけくまの松井の源五定かけハ

（十五ウ）

これ実悪のふた木なるへし
頭取東西〳〵実悪の根生実方卿の歌枕にものせられたるたけくまの松井源五定かけの役実悪の二木にかけてかゝる芝居をみきといふ諸見物のうけよく御功者な事わる口あまり御尤しごくでおかしくもなんともない何と狂歌ハこんなものかひいき落書と狂歌とハ違ふぞすつこんてけつかれ頭取是ハ〳〵歌人の御詞にも似合ませぬ夫故至と申字にお気を付られませふ又花やかなあたりをまちます先当会ハ出来されて珍重〳〵

浅間左衛門　　磯辺波高　スキヤ

実事とたゝくたいこの上手ても
浅間左衛門はちかあたるぞ

頭取此度浅間左衛門にて実事をたゝかるゝ所大詰のはちのあたると申せりふ伎藝の事にかけて花やか(十六オ)て能ひ仕うち出来ましたぞ

こくゐ専右衛門　　兎耳長　スキヤ

黒鉄のてこても行かぬ男伊達
まけじとうでをこくゐ専右衛門

頭取此度こくゐ専右衛門の役まけしとうてをこかるゝ所さして評するほとの役廻りなし

七草四郎　　天抨真〆　同

遠からん唐土の鳥も音にきけ
みゝおどろかす七草四郎

頭取七草四郎の名にかけて唐土の鳥も音にきけといわるゝ所大ていくゝ

熊坂一子百合八郎　　筑波根岑依　ハマヘ

ねいりはなたいまつとつてなげ入れハ
親も子も鬼ゆりの八郎

頭取げにせんだんハ二ッの角の鬼百合の八郎の役わる口(十六ウ)親も嘉兵衛子も嘉兵へときている

髭意久　　新芽路長　スキヤ

ふられても小判て面をはりまかた
名も高砂の髭の大臣

頭取是からしてハ口の目録の通わる口高砂の髭とつゞけしハいかゞむた口夫故所ハ高砂のと諷ひます

土左衛門傳吉　紀定丸　四方

土左衛門とよばるゝほどの傳吉ハ
さすがその身にうぢやあるらん

小山判官　黒顔末吉　から衣

するがなるふじもみな月あく方の
心根つよき小山判官

似せ景清　大屋裏住　四方

二ッみる水の面さし目の下に
あざやかなりし月のかげ清

（十七オ）

[頭取]此度似せかけ清にて水にうつれる月かげに目の下のあさをうつさるゝ所あさやか〳〵[見功者]なりしといふ所が手ぬるひ[頭取]そこがすなハち似せかげ清の所まづハ追而評じませふ

中之終

（十七ウ）

# 狂歌評判　下之巻

## ▲色悪之部

三河島範頼　倉部行澄　朱楽

崇禅寺にあらぬ楽やの居風呂へ
のりより公の御入もあり

[大せい]のりより公御入ィ[ひいき]三朝さん有がてへ[やしき]是〳〵爰ハ狂歌の会てハ無ィか三朝とハ先年女形をした松介が事でおじやるか[頭取]東西〳〵ちとおしづまりなされませ当時御ひいきつよき色悪の開山崇せんじにあらぬ居風呂へ御入のていあつはれ〳〵花も実も有藝風のつしりとして能ひそ〳〵おし付大の字も黒くなりませふ[むた口]湯へは入ッたら猶白くなりさふな事[頭取]むだな事ハ御用捨披講のしやまになります

清水寺清玄　膝元さくる　四方

のむ鳩のちしきも恋にいましめの
破れ衣となりし清玄

（一オ）

[頭取]清水寺の清玄の役いましめの破衣すごひ事〳〵

松　若　丸　　沢辺帆足　四方
あめが下に我うつふんをはらざんと
　かさにかり名の時節まつ若
頭取松若丸にてうつふんをはらさんとの思入大てい〳〵

伊豆次郎　　万歳館十口　朱楽
はしり湯のいつの次郎が身の垢ハ
　あくでもろくに落かねやせん
頭取此度伊豆の二郎にてはしり湯に入あくてもろくに落かぬる身の垢のせんたくにて大てい〳〵段〻御出世をまちます

▲敵役之部

御所五郎丸　　山道高彦　四方
薄きぬをしハしかり場の五郎丸
　女姿ハ御所の風俗
（一ウ）
頭取此度五郎丸にて薄きぬをかりはに御所の風俗をうつさるゝ所出来ましたりくつ者かたきやくのしうちてハない女形のやふだ頭取夫故五郎時宗を一ッはいはめた狂言しハしかりはの役廻り故かうなふてハかなハぬはづ前句好五郎丸あつかましくも丸ひたい又一生のちゑてじよなめく五郎丸とハよくいつた頭取横合からさし出口ハ御無用重て手ひどひあたりをまつて評しませう

大鳥佐賀右衛門　　角　満　丸　から衣
大鳥かことりまハしのたくみ事
　ついあらハれし身のさが右衛門
頭取此度大鳥佐賀右衛門ニて小とり廻しのしうち身のさがのついあらハるゝといふせりふこまかい〳〵

朝皃千兵衛　　かつら入道　スキヤ
（二オ）
るりこんに染かんはんのあさかほか
　きりゝとしめたかき色の帯
頭取朝かほせん平ニてるりこんの染かんはんにかき色の帯の思ひ付きりつとしめたかきねのかきの字迄よくあたりました

久米平内　　勘定疎人　四方
底心のつめたくみゆる平内ハ
　いしの像ときかたき役かな

雷庄九郎　土師掻安　同

雷ハやくらたいこのおとこたて
庄九郎こそおちをとりけれ

[頭取]御両人共同し位の所久米平内ハいしの像ニて底心のつめたひ悪庄九郎ハやくら太鼓のおとこ達にて落をとられました

忍者　山東汐風　スキヤ　（二ウ）

忍ひ出て見こす親方首尾の松
シキの木やしき声が高塀

[頭取]此度忍者にて見こしの松の上ゝ親方首尾のまつとしきゝてしゐの木三本にたてものゝ声が高ィ忍ひかへしの釘打付た藝きついものてこさります[芝居好]そふた〳〵[頭取]四谷からもほうひが出ました

姥が池蛇の目はゝ　弁内義　四方

旅人を石でひつしやり一夜すし
蛇の目はゝあのおしのつよさよ

[頭取]此度蛇の目はゝニて旅人を石てひつしやり蛇のめすしとやらかさるゝ所おしがつよくてよいぞ

駕舁入相の権　本膳坪平　同

駕賃の酒手に花もちりぬへし
もふ大門へ入相のごん

[頭取]駕かき入相のごんとつく名にめでゝ酒の花やちり《（マヽ）》（三オ）らんとの趣向竹町にての九ツハ土手の四手かやといへる河東ふしも思ひ合せられます

岩永左衛門　加倍仲塗　四方

ひかぬ気で物をいはなか左衛門ハ
わからぬことのしらべをぞきく

[頭取]此度岩永左衛門にて分らぬことせめの場引かぬ気ていわるゝせりふよし

近江小藤太　荏戸方澄　同

縁あらバ後にあふみの小藤太と
切幕きハでみへに成家

[頭取]此度近江小藤太ニて縁有らハ後にあハふさらハといつて切まく際てみへに成家とハ芝居通か受取ました

大日坊　大猩々酒宴　スキヤ

大日が名をバしのぶの露よりも
袖ハなみだにこれお染との　（三ウ）

頭取 此度大日坊の役しのふの露を袖にかけてこれお染とのとハ秀鶴丈のかくとみへます

たいこ持喜作　一艸亭百馬　四方

かみなから人をいさめるたいこ持
きさくに口をたゝくばち鬢

頭取 たいこ持きさくにて口をたゝかるゝ所大てい〳〵

壬生小猿　下り 石亭土陵　同

狂言をみぶの小猿か手引かや
みな我先へはいる木戸口

頭取 壬生の小猿の役にて手引して我先へとはいる所御太義〳〵此外の衆口目録に位かこさります

油屋九平次　杏花主　から衣

徳兵衛をしめて油やしほる身の
むくひハ末にあたる九平次

かんへら門兵へ　遠道つらき　四方　（■オ）

介六かりやうじのうとん門兵衛ハ
邪気をはらふてあせをふく山

鰒の長庵　下野国方　同

わかもつた毒にあたりし狂言の
おちのくるしむ鰒の長庵

梶原平三景時　谷水音　唐衣

梶原ハかつらの出島大矢筈
袖に大名風をふかせて

山家や佐四郎　茶筅法師　四方

賤のすむ山家のやとにことなりて
その名も高くゆひをさし郎

釜屋武兵衛　目白おしあい　同

家の名の釜や武兵へにあやかりて

くとけといもの気ハかたきやく

人買しのふ惣太　空寐待兼　朱楽

生酔の心のやみもあやなくて
梅とハわかすちらすみた川

薩島兵庫　安甲斐高宇利　から衣

悪逆にくみせしからハ我とても
小山をこへしさつしまとしれ

新貝荒次郎　山里橘祢　同

新貝かかいないやつにかゝりてハ
磯打波の荒次郎なり

吉備宮王藤内　一の浦人　スキヤ

きひつみや曽我兄弟かわき差の
身をのかれんとにけつかくれつ

横山大膳　千代有員　朱楽

毒も温泉のしるし有馬や燗酒の

（■ウ）

さめてハ水になりしたくみそ

釣鐘弥左衛門　節藁仲貫　四方　（五オ）

つき合もその釣鐘の弥左衛門
とたてぬ御代のうき名にぞたつ

竹下孫八左衛門　蔵前也　四方

とうさんや心のたけの下ひもを
とかせたかるをかたき役とハ

巻軸
鷲塚官太夫　池中島　から衣

何にてもつかみつらなるわし塚か
手にむすはれぬ重の井の水

[頭取]此度わし塚官太夫か役おのか名にあふつかみつらても重の井の水ハ手にむすはれぬ所よいそ〳〵夫故敵役の巻軸にすへました

## ▲若女形の部

ほうひ

景清女房あこや　馬場金埒　スキヤ

出まいそとかくせる月のかけ清が

妻のあこやの松ハたのもし　（五ウ）

頭取悪七兵衛かけ清か女房あこやの役よし原あけ巻ハとふする芝居好とうせう〳〵をはやく〳〵頭取細工ハ流ミ仕上を御らん被成ませふ此度月のかけ清をかくさんとあこやの松の下かげに出まひそといわるゝ所手のきいたる事誠に末たのもしき女形の随一よつて巻頭にすへましたひゐき有かたし〳〵

舞子三勝　大原さこね　四方

義理つめのひくにひかれぬつき棹ハ
ゐんのきれ目の糸の三勝

ひいき人なれさしやつた三かつのけいたとへていわハ深山木と花ほどの違ひサアはやくげい評か聞たひ頭取此度三勝にて三絃のひくにひかれぬきりつめにゐんの切目の三の糸を三勝にかけて思ひ切たるけいことはのつきさほ迄能く叶ひました

白拍子小車　腹唐秋人　同

小車をまハしものとハしらひやうし　（六オ）
心の内もひとくせの舞

頭取此度しら拍子小車にて廻しものと成心の内に包むくせ舞の手きれい〳〵段〳〵と出世いたされませふ

大礒とら　門限面倒　四方

よの客へ風の心地とうそふきて
あハぬもとらか道具立かな

頭取是ハ海道一のゆうくん大いそのとらのやく十郎ならてよの客へハ風の心地とそらうそふかるゝ所さすか御家から〳〵とらうそふひて風おこると申本文にもかなひましたりくつの道具立といふ詞にも本文か有かひいき当世のことはおしく無ひか頭取まつ評よく大慶〳〵

下女おすぎ　荷作早文　同

いのりにし八百やよろつの神ならて
恋にハ智恵もすきか取もち

頭取此度八百や下女お杉にて八百やよろつの神にいの（六ウ）りて恋のとりもち出来ました

御臺所政子御前　左候　某　朱楽

春ごとに曽我狂言のかす〳〵ハ
はまの政子のまん所かな

頭取御臺所政子の役はまのまさこのかす〳〵といわるゝせりふよ

し

鬼王女房月さよ　此道くらき　四方

月さよの月の光をとぎたてし
てい女のかゝみ一面のかけ

[頭取]此度鬼王女ほう月さよニて月の光に向つて鏡を見らるゝ所よし

けいせい奥州　釣簾管伎　スキヤ

塩かまをうつす煙の薄とろに
その奥州か立すがたかな

[頭取]けいせいおうしうの役塩かまのけふりの中に(七ノ上オ)

挿絵第七図　(七ノ上ウ)

挿絵第八図　(七ノ下オ)

おうしうの立姿出来ました[歌人]薄どろとハはまのきさごにも見へぬ[頭取]そこか狂言のしゆかうてこされハくるしふも御さりますまひ

けはい坂少将　赤松日出成　朱楽

廊下よりけに幅廣の帯引ハ

[夷曲《たはれ》歌《うた》大寄《おほよせ》曽我《そか》　橘洲連]

わし塚官太夫ニ
池中嶋

座頭けい政ニ
花の
下長

丹波与作ニ
橘のき近

ういらう
うり
スケ
千歳栄

じねんじよ
三吉
貸本古喜

うゐらう
ちとりニ
駒白波

大鳥左賀ヱ門ニ
角の
まん丸

團七九郎兵へニ
竹田
綾鶴

しらべの姫ニ
酒井
久女留

一寸徳兵へニ
玉川鮎丸

茜や半七ニ
大枝
鈴成

おはんニ
軒端
杉丸

浮嶋
弾正ニ
田中松人

挿絵第八図　　挿絵第七図

これ天鵞絨のけはい坂哉

[頭取]此度けはい坂少将ニてひろうどの帯引の所出来ました

けいせい梅川　　人並連成　四方

雪風にほうしるお茶の手もとさへ
あたゝめられつ窓の梅川

[頭取]窓の梅の北面ハ雪ほうしてお茶の手もとを寒しとかや梅川の役にてあたゝめられつする所よし〳〵

藤屋あつま　　其雲承知　朱楽

山崎のその山道を与次兵衛に
からみ付たる藤や何がし

（七ノ下ウ）

斑女御前　　白川与布祢　同

畳さん表うらへにうらとへハ
長かはん女が閨のかハほり

[頭取]御一所に評しませふ藤やあづまハ山崎の山道をよちてからみ付るゝ所迄ハよけれと何かしと申せりふが耳立ます斑女御前ハ畳さんの表うらべにうらとひさるゝ所よし[わる口]長かはん女とハ扨ゝすバらしひ中二階だ

けいせい琴浦　　坂上賜　から衣

一たちハ波風たてし玉島か
つま琴浦と引直したり

おちの人重の井　　若松曳成　同

うち明て子ともいわれぬ重の井の
なけき引出す馬士の足すり

[頭取]又御一所に評しませふけいせい琴浦つま琴を引直さるゝ所おちの人しけの井打明て子とも（八オ）いわれぬ仕うちともによし

傾城鯉の尾　　天地玄黄　四方
実ハ漢武帝画鯉の精霊

筆そめてけいせいれいの空ことハ
眼からぬけ出る鯉のかけ物

[頭取]漢の武ていの画ける鯉の精霊けいせい鯉の尾役ニて目からぬけ出る鯉のそらことよし[京橋]傳公か書た三国傳来の中に有名だ此かけ物をはたち山の巻物と一所にしてさとのわかむろにおさめたひ[袖芝]なるほと鯉だ

白拍子野分亡魂　　小川町住　同

たちのほるあやしの心火あらハれし
仇し野分ハ身をしのふうり

[頭取]白ひやうし野分ほうこん葱うりの所作さして評すへき事なし

重忠おく方衣笠御前　鴫　逸熱　朱楽

くせものをみて重忠のつまはつれ
尋常に縄かける衣かさ

（八ウ）

雲のたへ間　煎　様常通　同

鳴る神の雲のたへまに落入るハ
大願上手なる女形

手越少将　狼　億良　四方

ぬれかゝるかたき役をハいつとても
ふるひ手こしの少将の雨

[頭取]御三人のほつとりもの一所に評しませふ衣笠御前くせものを見て縄かけられる所[わる口]しんじやうに縄かゝるやふだ[頭取]雲のたへまに落のくる所[わる口]大願上手とハ地口の有たけ[頭取]手こしの少将にてぬれかゝるかたきやくをふるひ手こしとはねられる所[わる口]ふるひ手こしと斗てハ詞かどふかたらぬやふだ[頭取]又重てうまひしうちを待ます

（九オ）

与右衛門女房かさね　只　人成　四方

願ひからかさねもつゐにきぬ川の
ふちになかれの身とハなりぬる

[頭取]是からしてハ口の目録の位をごらんなさりませ[むだ口]かさねが流の身となつたらいくらが物か有ふね[頭取]そこのみくつといふ心さふにござります

女だて土手お春　陶　つくね　同

雨露の女たてとて一寸も
跡へハひかぬ土手の春草

白拍子おとみ　草　苅　童　同

道成寺所作も拍子にのり弓か
ひかれてあたる矢車のぬし

白拍子英　床上睦言　同

石橋に廿日ハおろか百日も
さかる牡丹のつくり花道

（九ウ）

糸屋おふさ　久寿根兼満　同

取みだすおふさハ道理花むこの
　入相ならてちるあけのかね

天満やお初　坂上凸凹　から衣

太こならてたれもみるよりうち込て
　身をもすてゝんてんまやのはつ

けいせい清川　紀有安　四方

小袖までみんなかり金文七も
　あと清川になかすしろ物

巻軸
三浦屋あけ巻　尻焼猿人狂　スキヤ

月の夜もよし原ばかりやみにせん
　このあけ巻に棒をあてなハ

[頭取]やみの夜もよし原斗月夜かなとハ晋子か佳句まぶが無けれハ女郎ハやみとハあけ巻か名言此度けいせいあけ巻にて此総角に棒をあてると月のよし原をやみ(十オ)にせんとの言ひ分手つよく杜若丈の面かけか有てよいそ〳〵[物覚能男]立役の重忠か歌に梅か香や乞食の家ものそかるゝといへる俳諧の句を本としたを残念といひてこゝてハしらぬかほハいかゞ[頭取]御うたかいハ御尤なれと吉原斗月夜とハよしハらにかきりての句かけ清に梅がかけ清とハ事をこのみていわれしせりふ鳴戸の海と硯の海ふかひ浅ひハ衆義判〳〵

## 娘形の部

但馬屋おなつ　子子孫彦　四方

清十郎でハないかお夏かなつかしき
　思ひますげの笠がよふ似た

[女中]お染さんハとうなさんした[手代]白木やハみへぬか[頭取]東西〳〵清十郎きけ夏か来てなくほとゝぎすといふ句ハ向ふ通るハ清十郎しやないかといふ浄るりをおほけなくもしろしめしけんせい十郎をせ十郎とハ久しひ(十ウ)よみくせ此度たしまやおなつにて思ひますけの笠か似たとなつかしからるゝ所浄るりの文句によく合ました夫故巻頭にすへましたぞ

油屋お染　常盤松成　朱楽

あひそめて後ハいとわじたとへみハ

油とられてしほらるゝとも

頭取 扨おまちかねの油やお染の役あいそめてといふせりふにその名をかくし油とられてしほらるゝ共いとハぬとの言分能ひぞ〳〵

《ほうび》しなの屋お半　軒端杉丸　から衣

長右衛門と死出のたひ立すハしりの
おぼこ娘も臍をかためて

頭取 しなのやお半〻てすはしりのおほこな形ににせて臍をまかれしけい出来ましたおしひ事にてと留られた口上の上にかへらぬやふてきのとくかまひないぞ

（十一オ）

糸や小糸　細長影法師　四方

おやしきて縫あわせたる比翼紋
ほころびかゝる色のこいとや

頭取 此度糸や小糸〻て比よく紋の縫合可愛らしい事〳〵

てる手姫　すわ子　同

つまゆへにひくや車のちから綱
かほもてる手の姫小まつ原

頭取 此度てる手姫にて車を引かるゝ所大てい〳〵姫小まつ原と口跡のつまらぬやふにたのみます

さくら姫　いせの阿婆輔　同

今の世の法師もどらをうつくしき
ぶたいの上の花さくら姫

頭取 桜姫のやくぶたいの上の花やかさせい出し給へ

八百屋お七　借着行長　スキヤ

俤の名残おしちがうしろかみ
引やあこきのよるのあみ笠

（十一ウ）

頭取 此度八百やお七の役河東節にての所作大てい〳〵

人丸姫　千里亭白駒　四方

日向まて親をたつぬる孝心の
それハ人丸これハ人まね

巻軸《いわく有り》 白城屋おこま　《ほうひ》　桃道俊　朱楽

おもひつくおこまか胸ハ双六の
こひ目ハ才三さんとこそうて

頭取 此度白きやおこまにて双六をふり袖のむかし八丈朱三朱四のこひめ〱才三さんと打るゝ所やさしひ事 見功者 おこまが双六をふつた事も有るか ひいき こいつハ歌をよんだ事が無ひとみへる時によつての詞のかゝり 頭取 夫故位ハよふこされと巻軸にすへました

(十二オ)

## ▲若衆形の部

油屋久松　　泥道すへる　四方

ふたはより袖引そめし久松も
うき名立木となりにける哉

娘出 久まつさんの評かへはやう〱 頭取 此度久松の役内のにかひのふたハよりおひ立てうきな立木の久松とハ尤なせりふと聞てきもんの角やしきの巻頭にすへました

くがみぜんし坊　　足曳山丸　から衣

父の仇うたであたまをかきの名と
なりしもあだのぜんし坊哉

頭取 此度くかみせんじほうニてせんし柿の思入よし

小性吉三郎　　大川千船　四方

木むすめの思ひのたけのみくじかや
吉三郎にあたり狂言

(十二ウ)

箱王丸　　小袖行丈　同

おさな名ハ元よし町の玉くしけ
箱王丸といつし時宗

頭取 二人の若衆たち一所に評しませふ吉三郎ハ木娘の思ひの竹のみくじにあたらるゝ所箱王丸ハよし町の玉くしけ箱王丸と名のらるゝ所大てい〱

工藤犬坊丸　　浜松三三三　ハマヘ

くらひつくほどに思へと又かたき
門にてほへる工藤犬坊

## ▲色子の部

婉もみぢ　　朝起成兼　四方

花道に立田の山のこしもとの

紅葉ハ秋の色子とぞみる

頭取色子たちハ御一所に評しませふと存ますれど此度色子子役たちことの外の出来てこされば（十三オ）各別に評します娰もみちのやく花道に立田の風情秋の色子のしほらしひ事〳〵むた口むしやうに色子〳〵といふが頭取ハ宗旨でもかへたか

桐谷井筒之助　今田部屋住　同

玄関に扇の箱のきりか谷
井筒之助につみあげる春

頭取此度井筒之助ニて玄関にての詰ひらき出来ましたむた口やふゐしやの玄関の年玉のやふだ頭取むだ口ハけんくわになります扇箱を井筒によそへてつみ上らるゝ所こまかひ〳〵

花形伊織之介　於曽礼長良　同

ゆく〳〵ハ五郎の役もつけぬへし

蝶花形のいほりの介に

頭取此度花形伊おり之介の役蝶花かたのおりめ正しくゆく〳〵ハ五郎のやくもつかんとの評判お手がら〳〵（十三ウ）口上のすへかちつとなまるやうて聞にくし精出し給への組大事ないそ巻頭にしても能ひ

腰元わかな　早瀬谷川　同

をしろいの雪かきわけて我そのゝ
ついこし元の若菜つむ春

頭取此度腰元若菜の役園のわかなをつまるゝ所大てい〳〵

▲子役の部　惣ほうひ

頭取子役の義此度ことの外出精にて評よろしくこされハ惣子供中へほうひとしてよりあめんほうが一本つゝ出ました

梅若丸ほうひ　一富士二鷹　同

梅若の塚の柳ハ糸なれや
くる春ことの曽我にむすへば

頭取此度梅若丸の役つかの柳のいとにかけてくる（十四オ）春ことの曽我にむすふ心詞ともによく言かなへたる口跡けにせんたんハ二葉の柳すくなる正風の姿にして少しもいやな風なき躰夫故子役のかき大将とあふきますの組第一の秀逸あつはれ〳〵ほうひを出しましたそ

しらへ姫　酒井久女留　から衣

恋合をいまたしらへの姫なれは
　はやすつゝみにいや〳〵といふ

景清一子あさ丸　　唐来参和　四方
　景清か子とて役者の氏神に
　　あやかりものとみゆるあさ丸

頭取 御ふたり共に一所に評しませふしらへ姫はやすつゞみにいや〳〵とかふりをふらるゝ所よいそ〳〵あざ丸ハ役者の氏神にあやかり物とみるあざハさすかかけ清が一子とみへて誠におやちたちか爪をくわへられます

（十四ウ）

じねんぢよ三吉　　貸本古喜　から衣
　すて置し土の中から重の井が
　　ほり出しものハ自然生也

頭取 此度しねんじよ三吉にてしけの井ニほり出し物のしねんじよといわるゝ所諸見物か長いもほとなよたれをなかします

禿小てふ　　看板釘抜　同
　おゐらんのそはにくハなき禿菊
　　小蝶も花のかひことぞなる

頭取 此度禿小てふのやくおいらんの側にいて花のかひこのくわなき風情よひぞ〳〵

ほうとう丸　　釘屋内子　四方
　梅若といつれわかねハ鶯の
　　ほうどう丸ハうたれてそなく

頭取 此度ほうとう丸にて梅若の梅に鶯のほう（十五オ）ほけきやうのかけ合大てい〳〵

禿ちとり　　駒白波　から衣
　しのひくる客に都合をあハぢしま
　　通ふかふろの名もちどり也

頭取 此度かふろちとりにてしのひくる客につかふを合ハさるゝ所よし

義仲若君駒若丸　　片谷樫子丸　四谷
　しもとゆふかつらを木曽のかけ橋や
　　世をしのふ身ハ旅の駒若

頭取 此度駒若丸の役世をしのふ身の旅姿大てい〳〵

▲花車形の部

熊手《やりて》お長　余旦坊酩酊 同

にくまれて世にはゝかれる花車方ハ
九十くまてのお長なるへし

頭取百年にひとゝせたらぬ九十九までのお長との(十五ウ)にくまれて世にはゞかれる藝うけ取ました

老女鏡山　左利方 同

老ぬれハ柳のこしもかゞみ山
いざ立よりてみるもうるさし

頭取老女かゞみ山の役わる口いさといひてうるさしととめてハいかゝの組柳のこしもかゝみ山ハ出来た

まんかう御前　野戸川伎 同

門出を見るに涙をたらちねか
きハさみたれの空笑ひして

頭取曽我の老母まんかう御せんにて涙をなかしなからそら笑ひさるゝ所よし末のしてといふ口跡がとまらぬやふてざんねん〳〵

▲道外かたの部

源頼朝公　辺越方人 同

(十六オ)

よりともハ世に出ひたいの相ありて
つゐに上みぬ大あたまとの

頭取扨右大将より朝公の役世に出ひたひの相有てうへみぬ大あたまといわるゝおかしみ能そ〳〵依て惣ついふしの巻頭にすへました

箱根別当行実　ぬら蔵人 同

紛失の友切丸ハ浦島か
あけてくやしき箱根別当

頭取此度箱根別当にて友切丸の箱根を明てくやまるゝ所よし段〻あほうに身を入て能ひ狂歌師にてもなり給へ此外の衆ハ口の目録の位付斗て評しませぬもちつとはかになるやふにくふうし給へ

由留木馬之丞　川辺藻苅 から衣

埒もなくゆるきいでたる馬之丞
それで親御がはらをたてがみ

(十六ウ)

御厩徳竹　大釜風呂主 朱楽

御むまやの跡足なからかゝる代の
めくみ大谷これもとく竹

吉祥寺上人　冨士高茄子 四方

吉祥寺見ぬふり袖とふり袖の
恋路をよそにくろう上人

横山太郎　高利苅主 同

物領の太郎有とて横山の
鼻毛も長く引くかすみ哉

[頭取]此度横山太郎の役惣領のぬく太郎月山のはなけをなかく引くかすみのまく明から諸見物の山もとつと笑ひました　（十七ォ）

題ニ劇場狂歌巻一

四方夷曲出精余、曽我狂言役不レ虚、伯楽才非ニ馬跡足一、本町弁似ニ糸繰車一、八重垣外数奇屋、両国橋東久右盧、従似ニ茶番一人莫レ笑、元来天地大芝居、

四方山人

天明五年八月七日蔦唐丸亭にて朱楽菅江唐衣橘洲四方赤良立合之上位附定之同八日より子十二日迄五日の内に細評稿を脱し早

（十七ゥ）

江戸通油町南側
書林　蔦屋重三郎
蔵版
（十八丁）

# 浪華学者評判記

天明七年

浪華学者評判記　写本横本　一冊　寛政頃成

底本　「摂陽奇観」巻三十九所掲本。（「浪華叢書」四巻、五〇一頁より五一〇頁に影印）。但し、原本の体裁未詳。

表紙　未詳

題簽　未詳

構成　本文（十丁）。全十丁

＊挿絵なし

内題　「京江戸大坂役者見立記」

識語　巻末に「此評書は故あつて板行成らず止ぬ」

# 浪華学者評判記

京 江戸 大坂 役者見立記

## 惣巻頭

大極上上吉　叶雛介

どふ見ても当時引くるめての親玉

中井善三

一統 コリヤどうしや立もの揃の藝評に此人を惣巻首とハ了簡違にては有まいか 頭取 御尤の御察当しかし此人ハ万事に能(一オ)行届キ何事ても夫ゝにうつさるゝ所か生根外立者衆ハ名ゝ得手にかけては此人ゟ勝れし事もあらんか此人の藝を不残させて御覧なされ及ばぬ事てムり升夫故巻頭に置ました 一統 夫なら夫にもしてやろが楽屋うけ町方とも自躰評判の悪い人立者には似合ぬ 頭取 それハ御無理此人寛大の生れ付物に逆ふ気持はなけれと義理道理ニおいては少ッも引を取らぬ大丈夫それを彼是申さるゝハ直を悪と申もの此人の咎ではムり升せぬ わる口 身分不相応の大酒も義理道理を知るゝか 頭取 ハテ小(一ウ)むつかしい仰られやう酒といへども数十人を相手にしてア、呑こなさるゝものてない兎角何角と人の目とに立らるゝが此人の手柄と申もの 惣見物 無益の論をせずと跡の評判か聞たい〳〵

## 立役之部

巻頭 極上上吉　中村仲蔵

むつくりとした大名道具お上手と見へ升るしかし評判かよかつたり悪ルかつたり何か得手やら訳かしれぬ

細井新三郎

至上上吉　市川團蔵　(二オ)

何もかも一通り行届きマア一方の立役者

平賀惣右ヱ門

見功者 しかし小兵のなりをして眠獅丈と張合とはチト 老人 出てその跡はいわぬ事

至上上吉　三保木儀左ヱ門

面白味は薄けれとこつくりと手のつんだ

尾藤用介

【北脇ゟ】しかし二挺鼓と成ては由男からハくつと落る【上町ゟ】いふまい当時捌の大将江戸からもほしがるわい

至上上吉　尾上新七

よく当世を呑込んでさつぱりとした（二ウ）仕打出らるゝと声かかゝる

瀬弥太郎

【見功者】ヲツト待たり場当り斗りは当テにならぬぞ

上上吉　姉川新四郎

近頃はめき／＼と何事も相応に当り升ス

菱川右門

【わる口】しかし狂言にこつきりめがなふて今少シ残念【上丁去ル御方ゟ】ても此方の親玉サ

上上吉　三枡大五郎

名とからだは仰山で仕打は行届かぬ

岩垣長門之助

（三オ）

【一統】あれては抱ても有まい【ヒイキ】御気遣ひ御無用外ニ商売がムり升ス

上上吉　中山来助

此人器用で手しぶく花やかみあり

中井遠蔵

【頭取】お年に合しては何事でもよくこなされ由男殿のお引立きつと見へて末頼母しい【見功者】今か大事随分なめ気の出ぬやうになされよ【わる口】しかし女中の声ハ掛らず

上上吉　関三十郎

ねつ／＼と堅み斗りて根から藝の埒は明ぬ

（三ウ）

杉浦善助

［ヒイキ］すつと出た所は素桐芙雀にも負ぬそや［スイ組］夫ゆへ素人方から大根の声を掛ぬのかこちらハちつとむつとする

上上吉　古嵐　新平

年功で端役なから和らかによくせらるゝ

曽谷忠介

［ヒイキ］年中立ものゝ相手ニ成り何一ッ落の見えぬは此人斗り［わるロ］其かハりついに当り目は見へぬ［頭取］これは〱

上上吉　今嵐吉三郎

近年は大ぶんに評判が出ました随分(四オ)御精出されよ

若松文平

［追手連］モゥ高慢がさすと悪ィ沙汰が有ぞや

上上　中村京十郎

面白もおかしうもなんともなけれどやハり役者

長嶋亀五郎

［頭取］しかし前方に替らぬ所がとりゑかい［わるロ］イヤ去年松たけの所作事は不出来しやぞ

巻軸

大極上上吉　中山文七

此上もない手のつんだお上手けつかうの藝を持ながら出られぬ所が(四ウ)奥床しい

中井時二

［一統］けつかうなやら結構にないやら誰が藝を見た物かない［南組連］そふ仰られな色をも香をもしる人ぞしるでムり升ス　(五オ)

## 実悪敵役之部

功上上吉　加賀屋歌七

下手ではあれとかつたりとした時代もの

西寄義兵衛

［若手］扨ゝからたの動ぬ面白ふない狂言ではある［頭取］でも手しぶひ

所が賞翫庄屋へは向まする

上上吉　嵐七五郎

下手てもないそふなか何をせられても評判のない

奥屋松斎

（六オ）

【悪口】余り上手共見へぬ【船場】しかし油屋一統にはきつい墾望の人も有げな

上上吉　中村次郎三

近年は功積りて時〻には立敵に出られてお目出たい一ッ打ませうシヤン／＼

篠崎長平

【悪口】余り誉まいとふ見ても三枚目のちやり役が相応じや【頭取】おかしみの内に悪みの有が此人の一風

上上吉　浅尾国五郎

此人魚山仕出しなれと魚山丈とハ実も薄く花もなし時代敵には無理なもの

（六ウ）

都間六蔵

上上吉　三枡松五郎

中通りの敵役ても年功ていつちゑらい

中村順庵

【船場組】いつ見てもにくげのない顔つき【上丁】地の男ぶりが見せたいナア

上上吉　中山文五郎

おかしみも面白味もある立ものに成そふな人か是切て上らぬのか

田嶋耀蔵

【天満組】一人出ては此方でハ眠獅丈里虹丈などゝ同様の評判てムり【升一統】やんまいふてか幽に聞る

（七オ）

## 若女形之部

巻頭
極上上吉　沢村国太郎

高上といひ所作といひ押立といひ何か一ッ不足のない

藪茂十郎

わる口ても前かた里虹丈との出合にはちと押れたといふ評はんじやぞや頭取夫は里虹の得手と此太夫の不得手とては左様な事もムり升しよしかし外の事ニ掛ては中〻里虹丈ゟよほど上〻でムります西脇ゟ成ほど前方眠獅丈との出合はしつほりとして面白かつた

上上吉　姉川大吉　（七ウ）

高上めかした仕打もお年のけてか尾か見へました

滝野右衛門

京ヒイキ夫ても一旦は鳴リ升たそへ大坂力のない水くさい所作事の中に時〻ちらし書きをしられたを素人方ゟよろこハれたは此人の仕合セ

上上吉　花桐豊松

浜芝居ゟ段〻出情ニ而今では女形の立もの株と成り嘸およろこひ

浦賀加門

粋連中里虹丈とは段かあるそや頭取それは御無理と申もの此人ハ此人だけに見て進せられませ　（八オ）

上上吉　山下亀之丞

此人一いきの仕出しは花桐殿ゟ上ならんと存ぜし所近年思ひの外わき道へそれた

細矢井半斎

ヒイキ夫でも四声丈とは大ぶん藝が多ひ勢州て大当りわる口何も角も出来ても所詮上手にはなられぬ舞臺での郷原しや

上上吉　芳沢いろは

若手の花かたいつみてもきれいな仕立

高安兵部

わる口きれいな仕立てのかわらぬのと藝の上らぬとは久しいものじや（八ウ）舞臺子をあつめての先生顔か邪魔に成ると見へるわい

上上吉　嵐三《古》右衛門

此人も器用仕出し精出されたら上ろもの惜かな中程で狐が付た

藤井鴻平

前方何にやらの藝ニ角前髪の出立で雲の当麻の狂言出来ました

上上吉　中村野汐

近来慶子引立ゆへか大分藝か見よいとて町方の評判出情を頼ムぞへ

池名屋廉蔵

[スイ組]めつたに評判かよいがどこがとりゑじやこちらは一切呑込ぬてや(九オ)[頭取]イヤ当気なくすなほてよふ厶り升ス しかし粋方へはむかぬ筈

巻軸
大上上吉　山下金作

花やかみも薄く評判も落たれど元は鳴らした

片馬忠蔵

[スイ組]待て居た〳〵全躰惣巻軸に置べき人を爰へ出したは済ぬ仕方[頭取]御尤に存升れど雷子丈魚山丈は当時益〻勢よく此人は功者には厶れ共近年少〻評判おとろへましたゆへ止事を得ず是に置ました[見功者]是はそふも有べき事じや[わる口]全躰是迄ハ評判が実より上てある[頭取]いか(九ウ)さまチト評判が過ツやうに見へ升れど此人元ト左様の事を求る人ニあらず自然と外ゟ評判を致せしは此人の上手と申もの其うへ楽屋一統よろしくどこに申分のない大立者で厶り升ス[スイ組]そふ共〳〵

## 惣巻軸

立もので小廻りのするは此人ゟ外ニ有まい

宮川文蔵

[見功者]立者には似合ぬ場当りをおもとせらるゝゆへ時〻には工夫違ひありて黒人方にはよろこバぬどふそ直してもらひたい[ヒイキ]イヤ〳〵仕打の行届た所は眠獅丈も出しかぬる勢ひじや[頭取]夫ゆへ巻軸にすえました　(十オ)

極上上吉　浅尾為十郎

極上上吉　嵐三五郎

和らかて落付当気なく大場にせらるゝ又格別ナ

柴野彦介

頭取当時眠獅丈其答丈雷子丈所作事師の三幅対と芝居ニ居られぬは残ねん物シリ聞バ三人共藝道てハ一向懇意ナそふな場ゟ魚山とくらべてハ面白ふない桟敷こちらハ雷子か見よい魚山ハチト騒がしい物シリ去ル黒人の銀主ゟ魚山丈をさし置キ雷子丈呼ひ取られしはどふでも雷子がよいと見へる場ゟおいてくれ魚山が上手じや桟敷イヤ雷子がよい頭取東西〳〵夫ゆへ引分ケ巻軸にすへました

（十ウ）

此評書は故あつて板行成らず止ぬ

（欄外）

歌狂

# 忠臣蔵当振舞

享和三年

中野三敏蔵本

忠臣蔵当振舞　　中本　一冊　　享和三年刊ヵ

底本　中野三敏蔵本

表紙　薄茶色地瓦当紋つなぎ型押表紙(原装)

題簽　表紙左肩、子持枠、上下に若干の破損があり、文字は「忠臣蔵当振舞」の六字のみ残存

構成　口上(半丁)、目録(半丁)、開口(六丁)、位付目録(四丁半)、本文(三十九丁)、跋(一丁)、口上(半丁)、以上全五十二丁

内題　なし

開口末に　「むくらふの／宿屋の／あるし」

柱記　なし。但し「十」～「十三」「廿五」「三十二」「三十七」「三十九」「四十一」～「四十三」の十一丁分を除く全丁は柱上部に墨格があり、又「十四ウ」「十五」「三十二」「四十一」の四丁分は柱下部に墨格あり。

丁付　初丁にはなし。二丁目から十四丁目までは丁表ノドに「二」～「十四」。十五丁目から最終丁までは、丁裏ノドに「十四」～「五十一」

蔵書印　「蟹のや」(野崎左文)

備考　本文毎丁に絵あり。「廿一ウ」の絵の背景に「画狂人北斎□□」の落款あり

巻末口上に「去戌年云々」とあり

一寸申上ます此忠臣蔵役割題詠ハ当春のつれ〴〵にうちより当座によみ出ましたまた判者もつかひをまたせて判いたされてこされハかた〴〵俄の作ニていかゝなることもこさりませうそのたんおほめに御らん下されませそのため口上サヨウ引

狂歌如レ玉大星ノ光。　詠去リ詠来ル一-戯-場　五老
借-問ス探題何ノ世界ソ。　仮名手本忠臣蔵

（一オ）

おしのおもたき
はやつくりハ
浄るりによる　難波　鮓

かな手本の
あされ歌に
ひかれ出たる　牛　天　神

（一ウ）

○ゐなか芝居の惣浚ハ扨みことなるかなてほんの書ぬき

孔子の詞にふたゝびおもハゞこれ可なりあまりに山のおくを尋ねバかへりてふもとに出るだうり過たるハ及バざるのためし有こゝに大坂のかたゐなかに旅かせぎする役者に中村あて蔵といふ者ありをりふし近在の祭礼とて三日しバゐをうけあひなかまの役者を引つれてかの村へ行けるに庄屋とのゝこのみにてせかいハ忠臣蔵にそきハまりけるあて蔵役者ともに云けるハ忠臣蔵ハ三ヶ津にてあらゆるめいじんの役者たちくふうこんたんをくだきあたらしきしうちをせる事諸けんふつのしるところ也(二オ)狂言ハしれたることなれバことさらにけいこするにも及ぶまじめい〴〵くふうのうがちをもつはらとしあたらしきあんじを第一にいたさるへしとのいひぶん大勢の役者いかさま仲蔵いらい定九郎ハくろはふたへに蛇のめのかさと成しも役者道にとりてハほまれなりわれ〴〵も及バずともあたらしくあんしをつけていたすべしとこたへぬさてそのあくるひすぐに初日にてきどの入くちに忠臣蔵のかんはんを出しけれハ近村の者までこれハおもしろからんと大入にはひるほどなくひやうしきなりて大序のまくあくとおさだまりのとほりかまくらの鳥居さき上段にあしかゝ直よし御(二ウ)そバにハ高の師直したにえんやわかさの介みえよくならひてゐるこの師直になり

し役者おもひけるハ師直ハ歌のてんさくもすると上るりにありことに風雅集に歌も入て好色第一の人なれバ髭むしや／＼の男にハあらさるべしとていかにもにうわをおもとしやさかたなる仕内のみして物いひもしとやかにやりけれバすこしもにくていなる所ハなくすがハら傳受の菅丞相といふやうにみえけりえんや判官ハ古書にゐなかさふらひとありしなれバとてぼつとせかづらにかみしもを着て出たれバさながらものくさ太郎をみるこゝちせりわかさの介ハ小身ものといふきどりにて七ッじふんのくろはふたへに(三オ)あかしみたるかみ下をきたれハゐなか大工のむねあげのごとし直よしハ人のきのつかぬうがちにて落をとらんとたくみてなかバころより俄にせなかをかいたりまたぐらをかいたりしてあげくにハしやうぞくもぬぎはだかになりてきものをはたくしうちをすこれハどういふこゝろか見物ハのみこまざりしか見功者のいひけるハひさしく芝原に御入有しなれば蟻はさみ虫のすそからはひりたるおもいれ也とそ云ける師直ハせりふを云さしてハ下座へかけてはひり度〻出たり入たりするハこれハしたびえがして小便ちかいといふおもいれ也えんやハしりをかゝへて㒵をしかめてみせる(三ウ)これも痔のいたむみへなりすべて惣やくしやのうがちのあんじたいていみなかくのごとし五段目の定九郎が考へたるハ九大夫ハ一からう也その子の定九郎なれバ武げいハをさなきよりならひたるべししゝをみてにぐるなどゝハ町人ひやくしやうのこと也にたんの四郎にもなどかおとらんとのあんじにてはしかゝりよりとんでくるしゝのうへにさかさまにまたがりかたなをぬきてしりのあたりよりぐすとさすしゝになりたる男ハおもひかけなくおいどのあひよりさしとほされきんたまのふたつ玉にあたりうんといひてたふれけるを定九郎こわきにはさみて此きもを取てきぐすりやへうる(四オ)へいかソレヨといひてにらみしハしゝとくまと

挿絵　　　　（四ウ）

挿絵　　　　（五オ）

をまちがへしなるへしさてその次ハやま崎の段にてふかあみかさの侍二人郷右衛門とみえて勘平が内へ入て今日ハめでたうござるといへば弥五郎もおなじく当日の御しうぎとのぶるこれハなんの事かときくに七段目の平右衛門が詞に与一兵衛のころされしハ六月廿九日といへハこゝハそのあくるひなれば六月を小の月としてけふハ七月のついたちにあたればかく祝義をのべたりといふあたらしきあんじにそ有ける七段目のおかると由良か出あひハ互にいひあハせて考へけるハいちりきが物すきの庭に九ッはしごかあるはすなしといろ／＼(五ウ)くふうしておかるが帯をはしらへゆひつけそれにとりついておりるつもりなりしかしかけの柱よこにたふれおかるハぶたいへさかさまにおちかんてらにて鼻をした〻か

（四ウ）

あて蔵やく者
をあつめて
しうちに
くふう
せよと
いふ

こんたんが
かんしん
じや

のみ
こんだ
〱

あらい
おちを
とつて
あてゝ
こまそ

おれが
しゝを
ころしたハ
今かはしめの
たひ衣やつとこ
とつちやアうんとこな

定九郎
しゝを
ころし
ぎせい

五

（五オ）

足利直よし
これはさむいぞ
クッサメ
〱

本蔵かくひ進上申さう
あゝつかもない
本蔵

ふんとしをも
おとりなされ
ませい
塩谷

おかる
二階
より
おつる

おもてに六部の
かねのね松むし
のこへ虫
けらてさへ
こをおもふに
となせ

とうていの
秋の月
あんこうの
こすあつたひ
どつとほめたり
〱

力弥さま
のおやしき
ハもうこゝかへわしやあるッて
きたらくたびれたとさかみ詞
やらかす
小波

にうちけれバはなぢの出る事おびたゞし由良の介だきあけながらなむさんみのうへのだいじとこそハ成にけれとせりふをとバせしハ大でき也九大夫をさしとほす所をもこんたんしていひけるハいちりきが縁《ママ》の板ハあつかるべしめいさくにてもうへからついてとほるはずなしとふところよりのみとかなつちをいだし刀の入るだけ穴を明てさて刀をつゝこみけりこれらハ見物もこまかい〳〵とほめけり(六オ)九段めのとなせがおもひつきハかまくらからやましなまですそを引すつてゆくべからずことにゆきのふる日のしたくにあらずとてすそをひざまでまくりあげきやはんがけにて出けれハあたかもおたすけをどりのやう也又小波がくふうしけるハながい道中をへてきたればいろハくろいはず也とて笠ひものあと斗のこしてかほぢうをたいしやせきにてぬりたて出けれバ諸見物こと〴〵くきもをつぶしけるぼうしのぐんじやういろにたいしやせきのはへあひてまことに文ごほうの山水をみるこゝちせり扨本蔵かこんたんしていつるハ雪ふりに山しなのあたりへこもそうのゆく(六ウ)道理なしとて江戸の皃みせの二番目のおもひつきにて六十六部に成てそ出けるこれをみてしらぬけんぶつハまさかどか定任かとうたかひしとぞ切りに成てわれハさいはひ本蔵どのゝしのびすがたをわがすがたといひて由良の介もゝ引わらぢにて六部となるをみてゆかにゐたる上るり大夫心をきかせすこしもんくをかへておんをいたゞくほうしやねんぶつみらいのまよひはらさんためしうとがなさけの善光寺参り鉦うちならして立出ればとかたるこれや尺八といひてハこもそうになる故大夫これもきをきかせてこれやたくはつぼんなふのとかたりける(七オ)ハその時のきてんなるへし此狂言大あたりにてその晩のあたりふるまひに頭取まかり出てふところより一冊をとりいだしこれこそ忠臣蔵のもくろくなれといふみな〳〵たちよりひらきみれバこハいかにもくろくならぬ師直はじめ忠臣くらの役割狂歌あて蔵どのを頭取となしサア〳〵狂歌評判のはじまり〳〵

むくらふの
宿屋の
あるし
(七ウ)

みたて忠臣蔵小道具に寄る左のことし

立役之部

上上吉　足利直義公　有道
評判ハかほるらんしやたいの兜

◉《ほうび》上上吉　大星由良之助　真柴

ことのはハひかりあるつり燈籠

ほうび

上上吉　天川屋義平

しきしのなくり書ハ見事な三下ッ半　松陰

上上吉　桃の井若狭之助　事也

歌の作意ハきつてはなした松ヶ枝　（八オ）

上上吉　千崎弥五良　春風

姿ハたけたかき夜討のねり塀

上上吉　加古川本蔵　都奈る

うた口のしらへハ人のかんする尺八

上上吉　早野勘平　事足

高点のねらひはつれのない鉄炮

上上吉　矢間十太良　枇杷麿

みるから貫目のみゆるなかもち

上上士　塩谷判官　仝

くちさきハにぶからぬ九寸五分　（八ウ）

上上士　石堂右馬之丞　香遠夏

よみ歌ハみかきをかけた三ほう

上上　原郷右衛門　仝

詠艸におそれて皆舌を巻物

上上　大鷲文吾　山文

とこそてハたす名歌の一本やり

上上　竹森喜太八　有道

縁語のつゞきハうまくのりもの

上上士　寺岡平右衛門　北岱

趣向ハよい〳〵と声をかけや　（九オ）

敵役之部

上上吉　斧九太夫　古道

会席のおもしとなるとび石

上上士　高師直　都奈留

お功者ハ腹ちうのふみはこ

上上士　山名次郎左衛門　香遠夏

歌ひさの前にいつるたはこぼん

上上士　鷺坂伴内　枇杷麿

秀逸をとりおほせた賂の小判　（九ウ）

上上吉　斧定九良　松陰
作意に骨をりのみゆる蛇のめの傘

## 若女形之部

上上吉　勘平女房かる　仝
御工夫ハ段〻のほる九つはしこ

上上吉　義平女房その　都奈留
一座のかしらにおくくしかうかい

上上吉　本蔵女房となせ　古道
水くきのあとうつくしい絵図面　（十オ）

上上吉　由良之助女房いし　事足
一首の詞をすら〳〵とつかふなきなた

上上吉　判官奥方かほよ御前　真萩
いまをさかりの詞のはなかご

上上吉　下女りん　認子
歌のあんじハはやくまろまる雪こかし

上上　一力屋仲居　仝
月花もたゞハみぬさかつき

## 花車形之部　（十ウ）

ほうひ

上上吉　勘平母　山文
みやびたる所ハかるからぬ嶋の財布

## 子役之部

ほうび

上上吉　本蔵娘小なみ　枇杷麿
歌学の窓に光りある雪の碑

上上吉　大星力弥　古道
頓作に人のおとかひをはつす雪の竹

上上　義平一子由松　事也
からやまと取出してつかふ人形筥　（十一オ）

## 道外之部

ほうび

上上吉　めつほう弥八　認子
弁舌に水をなかす戸板

上上吉　狸角兵衛　事足
徳ハその身をおほふ簑

上上吉　種ヶ嶋六　真柴
当座のあたりしめました苧頭巾

上上吉　でつち伊吾　有道
名歌の数をかゝせたい帳筥

（十一ウ）

上上　一力屋亭主　春風
おもひつきに人を笑ハすさび刀

上上　一文字屋才兵衛　認子
あかりめハ足のはやいよつで駕

上上吉　与一兵衛　有道
講師読師も舌をまく毛氈

上上吉　夜討の場　香遠夏
秀句をころがし出す炭俵

半道之部

《ほうび》
至上上吉　巻軸　太田了竹　春風
和歌の道にハたつしやな杖

（十二オ）

上上吉　足利直義公　宝有道

直よしも
雲に羽をのす
つるか岡
末のさかえも
長き足利

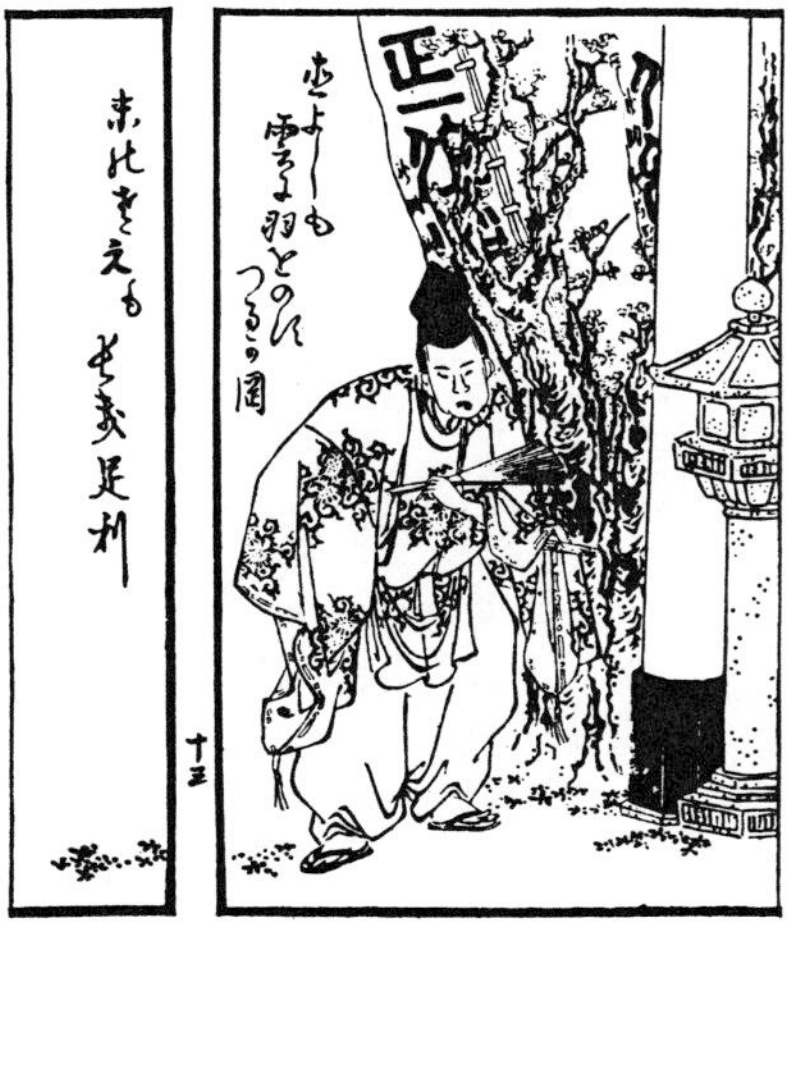

頭取　嘉肴ありといへとも食せざれハその味ひを知らす狂歌といへともはらによくあぢはゝされバその甲乙をいかでさだめんこのたひ足利直義の題詠羽をのす鶴か岡にながき足利とつゝけられたるハ趣向もたかき松の巣こもり一挙《イッキョ》千里の御作意みな諸声にかんしんいたした　ひいき　この役目なとハ桟敷の女ばかりぢろ〳〵見て居て手のない仕内なるをかうめてたくよまれしハ実にこがねの札つき飛かへりし作意と云べし　頭取　先ハ大序より評よく御悦びでござらう

（十三オ）

上上吉　大星由良之助　外面真柴

末の世の
武士もみならへ
忠と義の
ふたつ巴の
由良を手本に

頭取忠臣のかゞみかゝやく大星の玉くしげふたつ巴の由良之介手本といふ字に大名題の仮名手本をてらされしハよき作意也みならへといふことばも手本によせありことに一首に勧戒の情ありてたのもしくぞんずるひいきかな手本といふも四十七人をてらしたる外たい也それを其儘に用ひられしハ計略ふかき作者の心に五百石の貫目ありよしかね〱

（十四オ）

上上吉　天川屋義平　風琴亭松影

長櫃の
ふたりともなき
男気を
あけてはみせぬ
胸の錠前

頭取よその国迄舟よする三国一の大できうた長櫃のふたといひ明ヶてハ見せぬといへるあたり錠まへのひんとせし作意也わる口むねの錠前とハ堀のうちの額でハないかひいき念仏無けん善悪も知ぬ無ぶつせかいめたつの口へ引出して砂のついたぼた餅をほうばらせるぞ頭取泥中の蓮いさごの中のこがねとも言へき御趣向天川屋義平のますらをたましひてづよくやられし所よし古今集のたび荷物ふたみのうらハあけてこそ見めをよく包みたる御坐《ござ》長持見かけハかろく内證にずつしりとせし重みあり舟まはしの回りし口先はやし〱

（十四《ママ》オ）

上上吉

桃井若狭之助

豊事成

饗応の
やくめに時を
えたをりや
はなもみもある
薗の桃の井

【頭取】まらうとへえだをりの樹木を馳走にするよりときを枝をりといひ薗の桃の井とつゝけられしあたりよし文武の両道に花も実もあるとのほめごとうけ取ました【功者】わかさの助ハ仕内なき役目ニていひたつべきこともなきを大ていに取回されしハほまれ也【ひいき】刀のこひ口すいたことのないみそ一もじのわかさのすけどのできたぞ〳〵

（十五オ）

上上吉

千崎弥五郎

山ゝ春風

夜打には
手柄千崎
ものゝふの
いちの道具は
弓と弥五郎

【頭取】夜うちの道具に弓と弥五良てがらせんざきもよいぞ〳〵【わる口】せんさきものゝふとハちとつゞきからいかゝ【ひいき】そのくらいの事ハ知つて合点のひとりたび狂歌にこしをれの論ハないことじや今一言ぬかすと石碑成就せぬうちにうぬがからだをのみにくひころさせるぞよ【狂歌師】このうたのてにははが重りてわるいでハないか【頭取】はのかさなれることハなんにあらす古今に秋ハきぬ紅葉ハ宿にふりしきぬ道ふみわけてとふ人ハなし又たねしあれは岩にも松ハ生にけりそのほかたぐひ多しなにゝもせよ大あたりの弥五郎〳〵

（十六オ）

上上吉　加古川本蔵　橘都奈留

笛竹の
あな面白や
加古川も
ふりくる雪の
笠にほろ〳〵

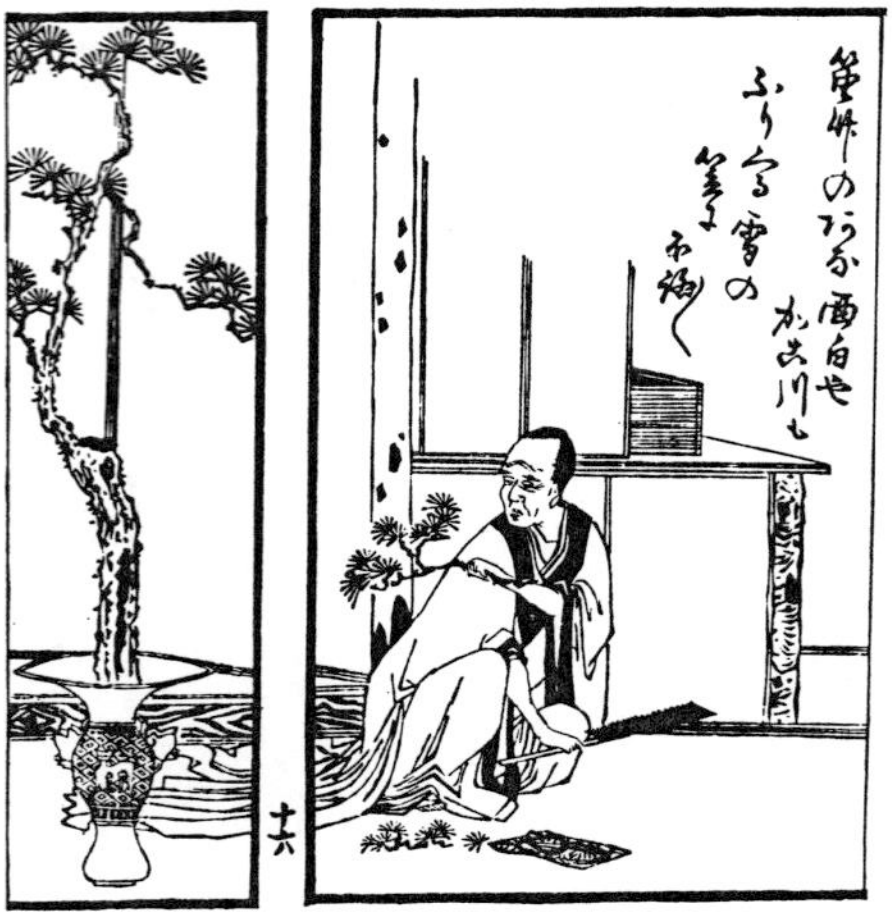

[頭取]あなといひかさにぼろ〳〵といへるあたり功者にあらずハいひとりかたき所かんしんいたした[功者]三句めのかこ川もといふところすこしたらぬやうじや[頭取]そのおとかめハ御無用〳〵全体こも僧の仕内をのがさすつれ〳〵くさでもなんでもてに入た上手のげい二一てんさくそろばんの勘定あひたる三十一文字松か枝のきりもの大あたり〳〵

（十七オ）

上上吉　早野勘平　一升事足

一たひは
ぬれにし恋の
山さきや
はれて気味よき
夕立の雨

[頭取]恋の山崎といひて晴てきみよきにかん平がうたがひのはれたるをもたせたる趣向よくつゝけられました[わる口]上ノ句をよんでハ山ざき与二兵衛の歌かとおもふたかん平にハしつかりとしたいひやうのありさうなことじやぞ[頭取]夕たちの空といへるあたりてつほう雨のしだらでんに御心かつきませぬか一定勘平ときこえてござる鷹ハ死すともほハつまず見ぐるしい趣向でハござらぬいつれてつほう玉のあたりはづさずしまの財布のずつしりとせし姿うけとりました

（十八オ）

上上吉

矢間十太郎

青山堂枇杷麿

炭部屋へ
いり込矢間
十太郎
かたきの的に
あたるよろこひ

頭取 かみしもに矢をもてつゞけられし大あたり〱かゝる頓作ニてハあつたら口に風ひかすきづかひハなしみなわる口ぐみも口をとぢてたん〱あやまり入ましてござるぞ

（十九オ）

上上士

塩谷判官

青山堂枇杷丸

師直に
たきつけられて
判官も
ほのほやもやす
けむの太刀打

頭取 判官かむねの思ひにたきりゆのわきかへるバかりをけふりのたちうちとつゝけられし面白し わる口 赤穂のしほ釜のをもひつきともきこえぬがかゝる真木のたかいにこのやうにくべるとハ むだ そこかあさきたくみの塩谷どの 頭取 くちおしきふるまひの歌でハござらぬ真柴のけふりたちのぼりたる詞つきけしきよし〱

（廿オ）

上上吉　石堂右馬之丞　橘香遠夏

己か名の馬はともあれ諸家中のなけきをうしと見たる石堂

〔頭取〕これもさしていひとるへきことなきをうまと牛にてつゝけられしことできた〳〵〔わる口〕霊祭の瓜茄子でハあるまいし〔ひいき〕諸士のこゝろをさつしたる仁者のこゝろをそのまゝによんだハ花やとりでまきらしたとちがふて正銘のかたい石堂じやぞ

（廿一オ）

上上　原郷右衛門　橘香遠夏

鉄炮の薬のきゝめ早野をもさらは一味にてう郷右衛門

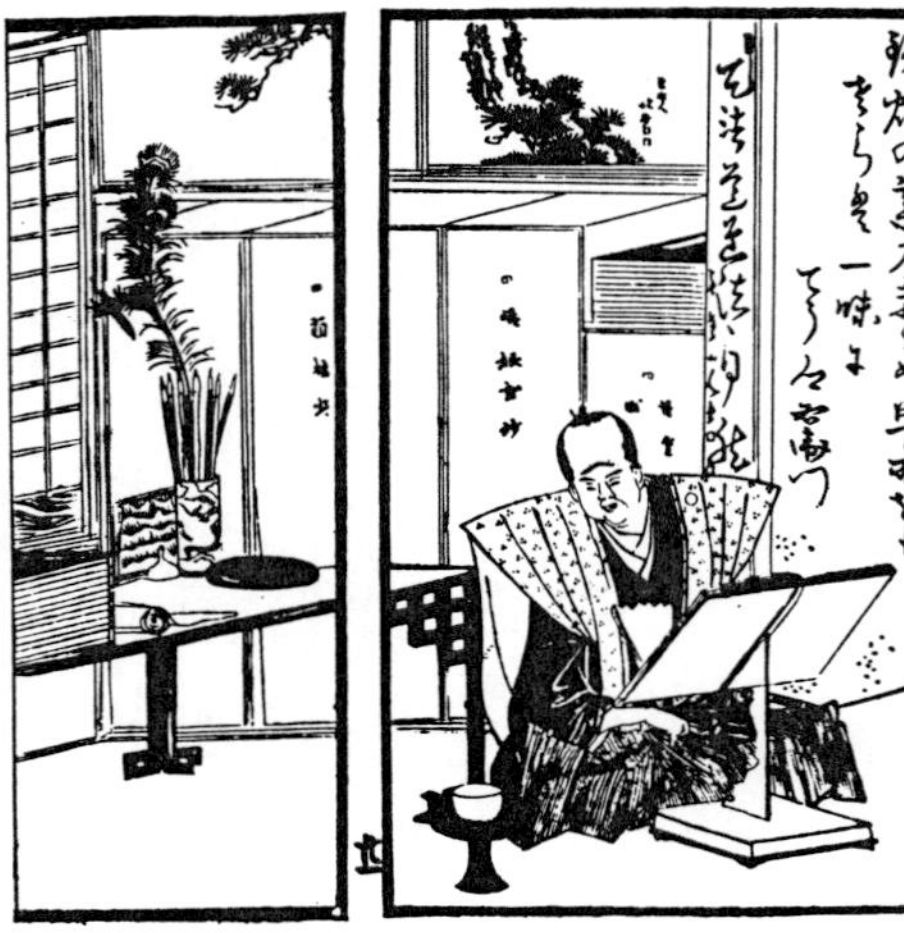

〔頭取〕すらりとせし趣向柳の間の廊下つたひ罷出たる原郷右衛門〔悪口〕忠臣蔵にハ太田了竹ばかり医者とおもふたか郷右衛門も医者をしましたか〔頭取〕郷右衛門ハとりたてゝことくさにいふべきものもなけれハかやうにつゞけられたものてかなござらう又〳〵あとのおやくを待て評いたしませう

（廿二オ）

上上

大鷲文吾

春山文

師直か
首を中にや
引あけん
けに大わしの
すこき羽風に

頭取 師直か首を中ゥにさけんとの大わしのいきほひよしこられ《ママ》ハ忠臣くらの中ニてさしたる役ならねハ趣向もなきことなるをでかされました

（廿三オ）

上上

竹森喜太八

宝有道

忠臣の
ふかきこゝろを
汲まんとて
さくる釣瓶の
棹の竹森

頭取 綆短《カウミシカ》けれハふかきをくむへからずとハ荘子のことば忠義のこゝろをつるべのたけもり詠にくい題をいひおほせられしハかんしん〳〵 わる口 四十余人ハ商人日雇に身をやつしたといふことだか喜太八が水くみになつたことハはしめて聞ました 頭取 ふかしといひ棹の竹もりといへるあたりきよきことばの玉川上水かけひの水の竹森どのわき出したる口元よし〳〵

（廿四オ）

上上士

足軽平右衛門

盈斎北岱

寺岡ハ
もくさの名たい
平右衛門
さんりの灸の
あしかるき役

頭取平右衛門の名よりもくさをとり出られしハ三升の紋のかくとだにえやハいぶきのさしもくさ團十郎の大だてもの耳によくこたへましたわる口頭取ハ灸ぎようのしやうばんでもしたかたいぶほめるのひいき何をぬかす端午の露のたまをみかきゆさらしにさらした作だハ三文かはらけの中小やらうめひざかしらてふみつふすそ頭取豆いりのくらひつぶしにハおかまひなされな先ハ一ばんしめちかはら足がるとの〻御てがら〱

（廿五オ）

上上吉

斧九太夫

千代古道

九太夫か
口三味線も
さしきなり
こは師直へ糸を
引の欤

頭取師直へ内通の九太夫を太夫といへるより口さみせんへかけいとをひくかといへる迄すこしもあそびのない所大てがら〱わる口九太夫か箸を持てスッテンテレックスッテン〱とたいこうつまねをバしたが口さみせんハきかぬ〱ひいきこのし〻しんちうの虫め其あこたを飛石てふんさいてやるぞ頭取あそびの場なれハ口さみせんなとあるべき事也悪口の蜘のすハえんのしたへほりこんて置れませい先ハ評よくてめてたし〱〱〱〱〱〱

（廿六オ）

上上吉　高師直　橘都奈留

仇となる
もとのおこりも
けに恋ハ
くせものゝふの
高師直

頭取 さすがにたてがたきの場有て大とりなる所うけ取ました四の句のくせものゝふと云せりふよいぞ〳〵 悪口 曲ものゝふをのけてハ外に思ひつきもなにも見えぬが是でも大だてものか ひいき この井戸の中の鮒やらうめ橋杭へぶつつけてはなづらをこすらせるぞ 頭取 一部の忠臣蔵この人よりおこりたれハ仇となる元のおこりの高の師直にくていにでかされましたよし〳〵

（廿七オ）

上上士　山名次郎左衛門　橘香遠夏

煙たつ
たはこの山名
二郎左衛門
悪にハきつく
実にやにこし

頭取 是もよみやすからぬだいでござるをたばこの山名とかけ下の句に善悪のこゝろをわかちしハ骨をりの所見えて受取ました わる口 結句ちとつまってとほらぬきせるのやうでハないか 頭取 しからハこのだいニて一首詠て御覧あれ実に難題でござるまづ押出しよくひれありて大だてものと見えます〳〵

（廿八オ）

上上士

鷺坂伴内

青山堂枇杷丸

ぬき足て
しのへと魚の
逃るほと
女のきらふ
鷺坂伴内

頭取　鷺坂といへるより抜足といひ出されしをかし忠臣蔵の人物評に第一の忠士とよばれたる人おどけたる仕内よし〳〵

（廿九オ）

上上吉

斧定九郎

風琴亭松影

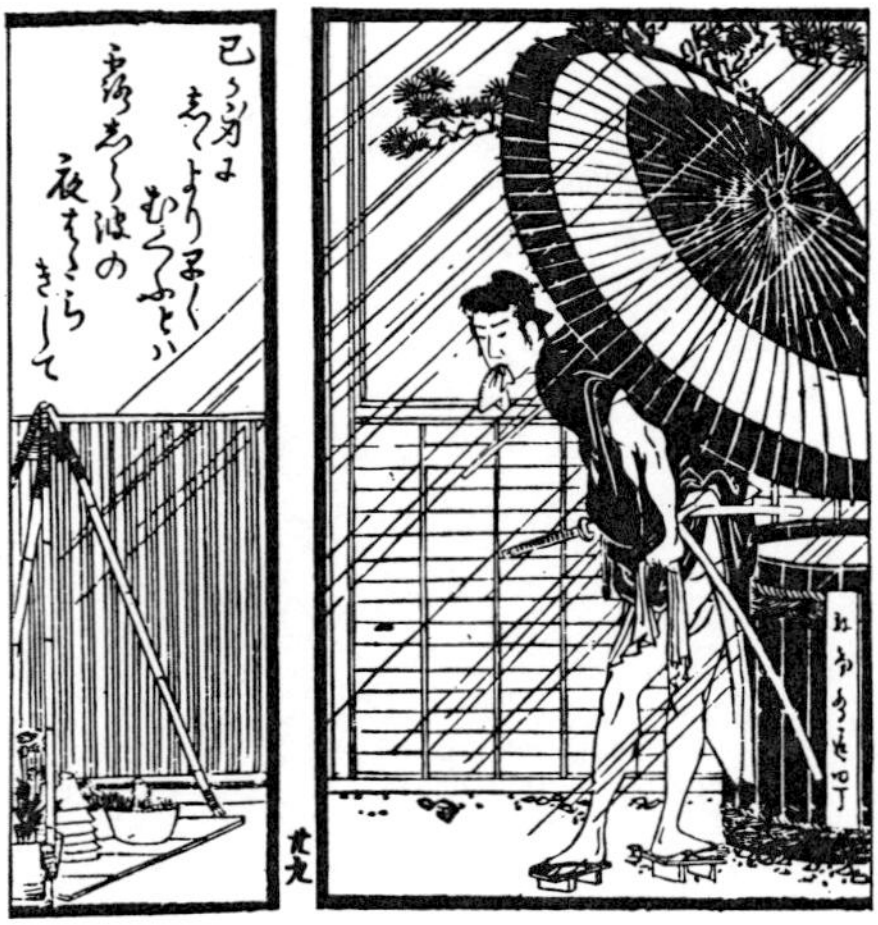

己か身に
しゝより早く
むくふとハ
露しら波の
夜はたらきして

頭取　このかい道の夜ばたらきニ露白波といひかけられしよし〳〵

わる口　白波といひかけたは本文に身の置所白波やとあるもおなしいひかけなれハ手柄とも思はれぬ

ひいき　是ほどに面白くでけたがわりさまの耳にハはいらぬかよい年をして大たんなばかをほざくな

頭取　一首の中ニ悪をこらす戒の心のこもれるハ作者のふんこつ定九郎でハなくて御くろう〳〵

（三十オ）

上上吉　おかる　風琴亭松影

二階より
うつすあしもと
のへ鏡
ふみ見てこはき
九ッはしこ

頭取 勘平か女ほう里なれしこなしやう面白くよまれましたハ玉つ島のかみならぬほとけか〻りしおかるがかんざしどつさりと落か来ましたふみみてといへるあたり大てき〳〵 わる口 文を蹈にかけしハ栄花物語のゆふしでの巻著聞集をはじめてあまたあれハめつらしうハない 頭取 それを九ッはしこにとりなしたるが作意と申ものすへて他人の作をみてなんをつけりくつをいふハ風流のみちにうとき人のする所也 大せい かた〳〵よらぬ中二かいの大だてものことのはの花かんざし見事〳〵

（三十一オ）

上上吉　おその　橘都奈留

さられてハ
わたりかねたる
天川や
としに一度の
逢ふせたになき

頭取 うきめをみくだり半となりてわたりかねたる天川屋を天の川に比して一度のあふせだになしとなけかれたる所お功者か見えてたのもしくぞんずるこの愁歎にハいかな悪口くみも云分ハあるまいかな ひいき かうがひわげの三国一いはふてわざとてうちのそばきりシヤン〳〵〳〵大でき〳〵

（三十二オ）

上上吉　となせ　千代古道

かこ川の
妻のとなせも
水増て
小波をつれて
登る山しな

［頭取］山川に水のましてのほるとの趣向ことにすら〳〵とせしさま人の心のおくふかい所をたつねてよくつゞけられました［ひいき］さしぞヘハ波のひら行安名作にちがひハないなんと面白家老のおくさま大でけ〳〵とみなほめたり〳〵

（三十三オ）

上上吉　おいし　一升事足

吹とても
なさけをかけて
花娵に
よらすさはらぬ
風の挨拶

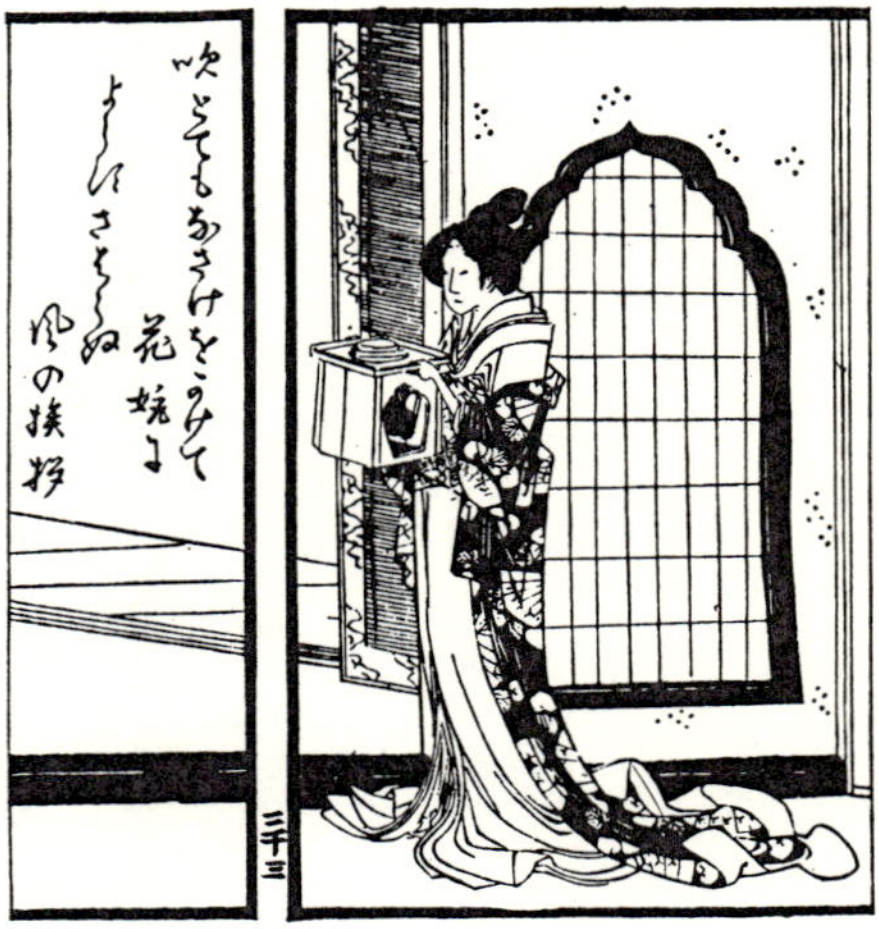

［頭取］一体を桜木ニてつゞけられ情をかけて花を風のちらさぬとのいひふんできた〳〵［わる口］力弥にかはつてこの母がさつた〳〵といふ文句もあるによらずさハらぬ挨拶とハきこえぬ事じや［ひいき］ぎをん清水ちをん院大仏さま御らうじたかといふあたりをよんだのだハその位の悪口ハかねてかくごのお石ができ歌たはことをほざくとなげしのやりをどうバらへつゝこんてやるぞ

（三十四オ）

上上士

かほよ御前

家産真萩

後の世に
うつせ貞女の
かゞみたて
たてし心に
くもりなけれハ

頭取かほよ御せんの貞女のみさをくもらぬ心の武士の妻女のきつすい天下一老人これ〳〵頭取姫小松の俊寛てハないこゝハ忠臣蔵の評でござるぞ頭取後の世にうつせなといへるあたり警戒の心ありてをしへともなるへき歌也わる口かほよか名をいたざす貞女と斗いふてハたれか事やらしれまいそ頭取それハりくつと申ス物也古人の名を題にして読たる歌昔よりあまたあれと名を入てよめる物なしすべて風流のうへに理くつをつのりいふハ不堪の人にあることなりわる口ヘイコウ〳〵ひいきいろ〳〵桜花かごのめならふ人の出ほうだいハなけいいれにすてゝおかれい誠にいける人こそ花紅葉うつくしいかほよの君水きハたちてきれい〳〵（三十五オ）

上上士

下女りん

とめ子

やう〳〵と
谷の戸いつる
鶯の
声をとりつく
山の下風

頭取たにの鶯に小波をしらせ声を取つく山の下風にたすきはづして飛で出た御作意奇妙〳〵わる口りんといふ名をたちいれてよみたいものじやひいきこの名が歌一首にはいるなら入て見ろわる口風りんのりんといひて雪風を取ついでハとうじやひいきよみたくバわかかつてに詠やァかれ頭取おりんどのがどうれといふやうにさうつかうどにおつしやるなさすが昔の奏者と見えてさはやかに聞えました〳〵

（三十六オ）

上上　仲居　とめ子

上上吉　勘平はゝ　春山文

とらまへて
酒のまされし
中居かも
赤まへたれの
顔にてらく

[頭取]二三の句七だんめのことばニて酔たる㒵のまへたれニ映してあかくてりわたりたるさまさしたる趣向はなけれどなんなくよくつゝけられました大てい〳〵

（三十七オ）

はやいきは
ありやなしやの
勘平を
きゆる斗に
したふはゝ木々

[頭取]勘平のはゝのあはれなる歌みさきをどりのしゆんたる趣向ヨモヤ〳〵とおもふたに是ほどにでかされしハ誠にこちけい口のおかるかはゝ親きめう〳〵[ひいき]与一兵衛が侘住居ふせやにほふるはゝきゝをとり出されしハ坂上の是のりにもあやまり證文をかゝすへき花車かたの仕内イヨ〳〵おやハありやなしや

（三十八オ）

上上吉　小なみ　青山堂枇杷丸

しら雪の
ふり袖垣や
わたぼうし
つもり〳〵し
恋の山科

頭取 みやこめつらしき小なみ御寮せつなる心のつもり〳〵し恋の山科げにたにのといでし鶯も水にすむかへるの子がかへるになるとも是ほとの歌ハえよみますまい ひいき 心ことばの金閣寺大仏さまの丈たかき所あり誠に藍ハあゐより青し 大せい たゞ藍〳〵も口のうち皆〳〵お功者をほめて居ますそ

（三十九オ）

上上吉　大星力弥　千代古道

大星か
思ひ込たる
ねん力ハ
いはをも通す
力弥なりけり

頭取 岩をもとほす力やとつゝけられしよし わる口 上の句にハるとかいるとかいひたひものじやか 頭取 かたなのこひぐちチヤツトしたる趣向よし〳〵

（四十オ）

上上　よし松　豊事成

長持を
渡してひまも
明のかた
きしのかといて
よろつよし松

頭取人形まはしより外に趣向のない役めを万ッ由松とハよくつゝけられましたわる口長持をわたしてひまの明とハ義平かみの上ならバしらすよし松にハ似つかぬ〳〵正月つくしのことばも天川やにハない事じやぞ頭取さやうに仰せられてハ歌のたねもなき弁慶のしのたづまこの由松にとゝまることかハ子役にハ似合ぬほとでかされましたよし松〳〵

（四十一オ）

上上吉　めつほう弥八　とめ子

山の名の
あらしのつてに
おくるらし
めつほう弥八
ちらす梅か香

頭取これハ難義なるだいをよくよみおほせられましたぜんたい功者なる口つき夜山しまふてもどりがけこの梅か香をかぎこんで嵐のつてに送りたるをおもへる風情優にやさしく思はれますりくつ者猟師の上をいはすひたすら梅の事ハかりいふてもこのだいにかなひますか頭取かやうな難題にハすらりとわきへぬけていふもまた手からてござるてつほうの口ぐすりよく回りたる御趣向かんしん〳〵

（四十二オ）

上上吉　狸角兵衛　一升事足

拍子なく
門に狸の
角兵衛獅子
うちはひつくり
返るさうとう

とう取これらもよみにくいだいなるをかく兵衛じゝに取なし内ハひつくりかへるなどゝつゝけられしはむねのたいこの拍子よき作意口から出しだひめつほうなあんじとハ見えずひいき初五文字の拍子なくなどハきいたものでごさる評判をえちごの名物大あたりを鳥毛の首筋十二銅のひねつた趣向英一蝶も筆を捨て感すべき風情面白しゝの乱曲どうも〱

（四十三オ）

上上吉　たねが島ノ六　外面真柴

なきからを
荷ふ権兵衛か
たねか嶋
これも鳥の
ほらぬうちにと

頭取今やうのはやりうたニていひおほせられたる作意詠にくいだいをよくかなへていはれましたわる口荷ふ権兵衛と言てハこの狩人が名を権兵衛といふやうなひいき権兵衛ハたねが島の枕詞だハばかな火ぶたをきるとふたつ玉でみしらせて笑止〱といはせるぞよ頭取屍をからすのついはまんとのこゝろつかひ迄よくお気かつかれました誠にざれ歌ハ人のこゝろのたねがしま玉とかゝやく詞のはし〱当りやした

（四十四オ）

上上吉　てつち伊吾　宝　有道

梅よりも
伊吾は諸木の
あにい迚
のきはに花を
たらしてそ咲

［頭取］愚なるいごを花の兄とのいひふんのきばにはなをたらせるさま猫か鼠を取たやうに皆取てをりまさるぞ悪口組の山犬にハくはれぬ趣向かく申す頭取もいごにひとしきおろかもの何を申もあひ無二同士このうたにかんしんいたすもこれもなみだのたねぞかし

（四十五オ）

上上　一力屋亭主　山々春風

一力屋
こは閙かしと
ちん座敷
蜘の巣ほとに
かけまはりけり

［頭取］いそがしといへるも七段目の本文也どいつさまのお歌かハしらねどくどんどろつくなやうすも見えす下におかれぬ二かい座敷たちあがりたる趣あり［功者］こハいそがしにくもの子をもたせたと見える［頭取］ことのはの花にあそばゝきをんあたりの色ある風情先よし〱

（四十六オ）

上上　一文字屋　とめ子

をし鳥の片羽をかこに打のせて真一文字や急く山道

［頭取］勘平にわかれしおかるををしのかたはにたとへかごにのせてま一文字といへるあたりよいぞ〳〵［わる口］片羽ハをしのめとりをいふたのかかたはゝ鳥の翼の左右にあるがかたしバかりなるをかたはといふことうつほものがたりの歌に見えたり雌雄を引分てかたはとハいかに又下の句もをしのことにてつゝけたし［ひいき］この男ハいなり前をぶらついてきやつにバかされてゐると見える真一文字やといふあたりのはたらきをしらぬかみそじあまりの一文字やできたぞ〳〵

（四十七オ）

上上吉　与一兵衛　宝有道

老木の梅のかほりハ与市兵衛谷のそこまてちるや山道

［頭取］子ゆゑのやみの梅か香ハ返魂丹に和中散かほりハよほと与一兵衛たにのそこまてちるといへるも本文によくかなひましたひたひらなる才覚のできぬ歌よみとハ見えませぬ［ふりくつ者］与一兵衛かしんだハ六月廿九日の夜じや梅をとりいだしたハちとふつがうな［頭取］さやうに仰られてハせんさく過ると申ものまづハたにのそこまて落かまゐつて皆よいちべい〳〵と評判いたせハお悦ひなされた

（四十八オ）

上上吉　夜打之場　橘香遠夏

夜討には
小船てまはる
川筋も
弓とつるにて
はつす戸障子

頭取十一段めに苫ふか〳〵といなむらかさきのゆたんをたのみニてといへるをとりて小舟ニてまはるといひさて弓とつるのたとへにかけられしハあまどにあひせんあひくろゝはつれのなきよい御趣向ひいき水門物置しはべや迄ぬけめのない詞のくはり天とかくれハ川とこたへし上下の句のかけ合光りある大星の胸中あふくへし〳〵

(四十九オ)

至上上吉　太田了竹　山々春風

えんをきる
みたて違ひの
了竹は
よくの根のはる
ほんの藪医者

頭取見たてちがひといふにやぶ医者をかけて始終竹の縁語ニてつゝけられしいかにも狂歌の骨髄よそのせんきも直るべき趣向匕先より口のまはりたるやうすよいおみたてお上手お功者と人もあふぐでござらうひいきこゝらか狂歌の心肝と言ものよくきゝましたあたりました〳〵

(五十オ)

忠臣蔵といへる浄るりを狂歌によみてこれか判せよと礫川連のもとよりおくりおこしけるをうるハしき判者めきてよしあしのけちめいはんもなか〳〵なれハわさをきの品さためをまねひてよしなしことをかきつけて（五十ウ）つかハしける時かたハらなるわらハの此よみ歌のをかしきをみてさへつりいたしける

され歌の忠臣くらハ

見ものなりくちを

とちむる

幕なしにして

（五十一オ）

さて一寸御ことわり申上ます江戸狂歌の開祖根元ときこえたる唐衣橘洲大人去戌七月十八日西方の歌舞の菩薩となられました戒名を御そんじない御かたもこざあるべしとこゝへしるしましたいつれも御回向なされませい

心眼院開誉得聞居士

寺ハ赤坂浄土寺也

（五十一ウ）

# 犬夷評判記

文政元年

上巻は国立国会図書館本．中・下巻は都立中央図書館．加賀文庫本

犬夷評判記　横中本　三巻三冊　文政元年刊

底本　都立中央図書館、加賀文庫本(8264)

表紙　黒表紙(原装)

題簽　上巻は薄れて読めず。中・下巻は表紙左肩、子持枠、黄色地紙「犬夷評判記　中(下)」

見返し　黄色地紙、単枠、梅花と折鶴と犬張子の絵を地模様とし、中央に枠取りして「犬夷評判記　全」と大書。右肩に「曲亭馬琴答述／三枝園主人批評／櫟亭琴魚考訂」と三行、左に「柳川重信画」「江戸書肆／山青堂梓」とあり。

構成　序(二丁半)、凡例(半丁)、惣評位付(五丁)、本文上巻(十八丁)、以上上巻。
本文中巻(十八丁半)、以上中巻。
本文下巻(十七丁半)、跋(一丁)、広告(半丁)、奥付(半丁)、以上下巻。全六十三丁。
＊挿絵は位付中に口絵見開き一丁。中下巻にそれぞれ見開き一丁ずつ

内題　「犬夷評判記　上(中・下)之巻／曲亭馬琴答述／三枝園批評／櫟亭琴魚攷訂」。但し、中巻のみ「犬夷《けんい》評判記《ひやうばんき》」の振り仮名あり

序末に　「旹《ときに》／文化十五年。歳値《さいち》の著雍《ちよよう》／摂提格《せつていかく》の夏肆月上浣《なつうつきかみのとをか》。／杜《と》鵑《けん》はじめて鳴《な》くゆふべ。燈《とう》を焼硯《たきけん》に呵《か》して飲台《はんたい》／著作堂《ちよさくだう》の南牕《なんそう》に序《じよ》す／馬琴癡叟／印印」

凡例末に　「櫟亭琴魚識」

惣評首に　「三枝園主人評決／櫟亭琴魚攷訂」

跋末に　「平安　櫟亭琴魚再識印」

柱記・丁付　全丁通しで「犬夷評判記上　○一(〜廿六)」「犬夷評判記中　○一(〜十九)」「犬夷評判記下　○一(〜十九)」

奥付　右二行に枠取りして「出像三頁　柳川重信畫／全本浄書　千加田仲道」。以下五行に枠取りして「犬夷評判記追加」等五種の予告あり、その後に「文政元年戊寅夏六月吉日／大坂心斎橋筋唐物町河内屋太助／江戸馬喰町三丁目若林清兵衛／日本橋通二丁目竹川藤兵衛／筋違御門外神田平永町山崎平八版」

蔵書印　「中井文庫」(中井浩水)

見返し

# 犬《けん》夷《ゐ》評判《ひやうばん》記《きの》序《じよ》

洪鐘《こうしよう》懸《かゝ》るといへども敲《たゝか》ざれバ鳴《な》らず。紬絲《ちうし》長《なが》しといへども。解《とか》ざれば延《のび》ず。微言宗論亦若是《びげんそうろんまたしか》なり。唯彼諸語劇談《たゞかのかいごげきだん》ハ。乃巴人《すなハちはじん》の曲大鼓《きよくたいこ》。拍《はや》さゞれども。おのづから鳴《な》るべく。恰《あたかも》口中《こうちう》の餳《あめ》に似《に》たり。味《あぢハゝ》ざれども。解易《とけやす》かるべし。しかハあれ共。郷談《けうだん》に方言多《はうげんおほ》く。市語《しご》ハ故《ことさら》紛紜《ふんうん》たり。その言耳《ことみゝ》に在《あ》りといふとも。その字《じ》ハ眼《まなこ》に熟《じゆく》すといふとも。音義《おんぎ》謇渋《けんしふ》。侏《しゆ》(一オ)儷虚謬《りきよひやう》。にじり著《つけ》たるものハ通《つう》せず。寓言方便《ぐうげんはうべん》巧《たくみ》にして。且意味深《かついみふか》きハ暁《さと》り難《かた》し。是故《このゆゑ》に唐山《からくに》にハ。彼金毛《かのきんもう》二氏《にし》の若《ごと》き。よく小説《せうせつ》を見《み》ることありて。外《ぐわい》書評論《しよひやうろん》亦奇《またき》也。よしや狐父《こほ》の戈《ほこ》をもて。牛矢《ぎうし》《ウシノクソ》を鏰《さす》に似《に》るといふとも。なし易《やす》からぬわざなるべし。伊勢人《いせびと》三枝園《さんしゑん》。その才亦《さえまた》こゝにあり。されば婆和漢《ばわかん》の小説《せうせつ》を。読《よむ》ことを好《このめ》るまゝに。属者拙著犬《ちかころわがふみけん》夷《ゐ》の二書《にしよ》を。戯《たハむ》れに批評《ひひやう》して。もて(一ウ)平安《へいあん》の櫟亭《れきてい》に示《しめ》せり。櫟亭《れきてい》これを余《よ》に傳《つた》へて。果否《くわひ》を問《と》ふこと亦切《またせち》なり。その評判数十《ひやうばんすじふ》条《でう》。視《み》れバ甚《はなハだ》趣《おもむき》あり。われ得《え》がたきの知音《ちいん》を得《え》て。歓《よろこば》しさに。敢辞《あへていろ》ハず。聊的否《いさゝかてきひ》を答述《たふじゆつ》して。亦復《またくわら》笑ひを二子《にし》に取《と》れり。さるを書肆《しよし》山青堂《さんせいだう》。櫟亭《れきてい》と相謀《はからひ》て。やがて梨棗《りそう》に登《のぼ》しつゝ。又余《またよ》が言《こと》を求《もとめ》らる。推辞《いなま》んとするに刻成《こくな》れり。嗚呼《ああ》敗障《はいしやう》ハ掩《おほ》ふといへども。(二オ)竟《つい》に隠《かく》すに由《よし》もなし。放屁《はうひ》して後《のち》に気《き》を籠《こめ》。口《くち》に紫蘭《しらん》の芳《かうばしき》を説《とく》とも。亦何《またなに》の益《ゑき》かあらん。駟《し》も亦舌《またした》に及《およ》バねば。語《ご》も亦《また》録《ろく》する因果《いんぐわ》あり。さハ今更《いまさら》に何《なに》をか秘《ひめ》ん。此挙《このきよ》や癡人《ちじん》面前《めんぜん》に。夢《ゆめ》を語《かた》ると相類《あいるい》す。澆季《ぎやうき》の婦幼《ふよう》。才《さえ》あり智《ち》あり。看官眼力横行《みるひとがんりきわうぎやう》して。穴《あな》を知《し》ること蟹《かに》の如《ごと》し。これを時好《じこう》に投《とう》せんこと。いと嗚呼《をこ》がましき所為《わざ》なるかも。

(二ウ)

旹《ときに》

文化十五年。歳値《さいち》の著雍摂提格《ちよようせつていかく》の夏肆《なつう》月上浣《つきかみのとをか》。杜鵑《とけん》はじめて鳴《な》くゆふべ。燈《とう》を焼硯《たきけん》に呵《か》して。飯台《はんたい》著作堂《ちよさくだう》の南牕《なんそう》に序《じよ》す。

馬琴癡叟

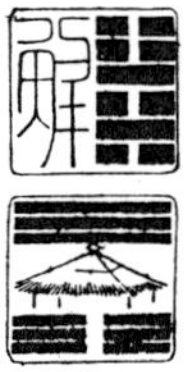

(三オ)

# 犬夷《けんゐ》評判記《ひやうばんき》凡例《はんれい》

犬夷《けんゐ》ハ里見《さとみ》八犬傳《はつけんでん》・朝夷巡嶋記《あさひなしまめぐりのき》の二書《にしよ》をいふ・評判記《ひやうばんき》と名《なつ》くるよしハ・これを評決判断《ひやうけつはんだん》して・その巧拙《こうせつ》を弁《べん》するなり・翁《おきな》の著編《ちよへん》多《おほ》しといへども・いづれおろかなるハなし・しかるを今《いま》更《さら》に・件《くだん》の二書《にしよ》をとり出て・もの〱しく評《ひやう》するよしハ・その書《しよ》第《だい》二の編《へん》より下《しも》ハ・久《ひさ》しけれども嗣出《つきいだ》さず・これを作者《さくしや》に促《うなが》せハ・嬰疾《いたつき》いまだ瘥《おこた》らず・よく養《やしな》ふてこそといへり・せんすべもなき事なれども・待《まち》わびしきをいかゞハせん・いでやこの書《しよ》をあらハさバ・作者《さくしや》を奨《はげま》す為にもならん・われにひとしき見物《けんぶつ》を・なぐさむる為にもと・入らざるせわも数奇《すき》の道《みち》・商《あきな》ひの道達者《みちたつしや》なる・板元《はんもと》さへに同腹中《どうふくちう》・外《ほか》に思案《しあん》ハあらたまる・年始状《ねんしでう》からいひあハせて・又来《く》る春《はる》の新板《しんはん》とす・

われら翁《おきな》にちなみあり・ことさらのひいきなれども・判者《はんじや》のこゝろに私《わたくし》なく・譬《たとへ》バ秋後《しうご》の蛇《へび》のごとく・穴《あな》をさがすを専文《せんもん》とす・しかれども豆眼牛馬《とうがんぎうば》をあやまりて・うつ大刀《たち》しどろなるもあり・翁《おきな》の答述《こたへ》に詳《つばらか》也・

櫟亭琴魚識

（三ウ）

総《さう》評《ひやう》

三枝園主人評決
櫟亭琴魚考訂

里見《さとみ》八犬傳《はつけんでん》肇輯《でうしふ》五巻《くわん》 第一回ヨリ至ル第十回ニ

| | |
|---|---|
| 上上 | 季基《すゑもと》訓《をしえ》を遺《のこ》して節《せつ》に死《しす》 |
| 上上 | 白龍《はくりう》雲《くも》を挟《さしはさみ》て南《みなみ》に帰《おもむ》く |
| 上上 | 一箭《いつせん》を飛《とバ》して俠者《けうしや》白馬《はくば》を悞《あやまつ》 |
| 上上 | 両郡《りやうぐん》を奪《うばふ》て賊臣《ぞくしん》朱門《しゆもん》に倚《よる》 |
| 上上 | 景連《かげつら》信時《のぶとき》暗《あん》に義実《よしざね》を阻《こバむ》 |
| 上上 | 氏元《うぢもと》貞行《さだゆき》厄《やく》に館山《たてやま》に従《したが》ふ |
| 上上吉 | 小湊《こみなと》に義実《よしざね》義《ぎ》を集《あつ》む |
| 上上 | 笆内《かきのうち》に孝吉《たかよし》讐《あた》を逐《お》ふ |
| 上上 | 良将《りやうせう》策《はかりこと》を退《しりぞけ》て衆兵仁《しゆへいじん》を知《しる》 |
| 上上吉 | 霊鴿書《いへばとしよ》を傳《つたへ》て逆賊頭《ぎやくぞくかうべ》を贈《おくる》 |
| 上上 | 倉廩《さうりん》を開《ひら》きて義実《よしさね》二郡《にぐん》を賑《にぎハす》 |
| 上上 | 君命《くんめい》を奉《うけ玉ハり》て孝吉《たかよし》三賊《さんぞく》を誅《ちうす》 |
| 上上 | 景連《かげつら》奸計《かんけい》信時《のぶとき》を売《う》る |

（四オ）

上上吉　孝吉節義《たかよしせつぎ》義実《よしざね》に辞《ぢ》す

上上　行者石崫《ぎやうじやのいハむろ》に翁伏姫《おきなふせひめ》を相《さう》す

上上吉　瀧田近村《たきたのきんそん》に狸雛狗《たぬきいぬのこ》を養《やしな》ふ

上上　盟誓《ちかひ》を破《やぶり》て景連《かげつら》両城《りやうぜう》を囲《かこむ》

上上吉　戯《け》言《ごん》を信《しん》じて八房首級《やつぶさしゆきう》を献《けんず》

上上　大輔孝徳伏姫《だいすけたかのりふせひめ》を救《すくハ》んとする段《だん》

大上上吉　伏姫父母《ふせひめちゝはゝ》に辞《ぢ》して富山《とやま》に入《い》る段《だん》

右第《みぎだい》十回《くわい》の両題目《りやうだいもく》。素《もと》より本文《ほんもん》と合《あ》ハず。その弁本書第《べんほんしよだい》二編《へん》に見えたり。よりて題目《だいもく》を省《はぶ》きつ。（四ウ）

同第二輯五巻　第十一回ヨリ至ル第二十回ニ

上上　仙翁夢《せんおうゆめ》に富《と》山に栞《しをり》す

上上　貞行暗《さだゆきあん》に霊書《れいしよ》を献《たてまつ》る

上上吉　富山《とやま》の洞《ほら》に畜生菩提心《ちくせうぼだいしん》を発《はつす》

上上吉　流水《ながれ》に泝《さかのぼり》て神童未来果《しんどうみらいくわ》を説《とく》

上上吉　尺素《ふみ》を遺《のこ》して因果自訟《いんぐわみづからうつた》ふ

《ほうび》
大上上吉　雲霧《さぎり》を払《はらつ》て妖孽《あやしみ》肇《はじめ》て休《やむ》

至上上吉　轎《のりもの》を飛《とバ》して使女渓澗《つかひめたにがハ》を渉《わた》す

上上吉　錫《しやく》を鳴《なら》して、大記総《ちゆだいずゝたま》を索《たづぬ》

上上　金蓮寺《きんれんじ》に番作讐《ばんさくあた》を撃《うつ》

上上吉　拈華庵《ねんげあん》に手束客《たつかたびゝと》を留《とゞ》む

上上吉　白刃《はくじん》の下《もと》に鸞鳳良縁《らんほうりやうえん》を結《むす》ぶ

上上　天女廟《てんによのびやう》に夫妻《ふさい》一子《いつし》を祈《いの》る

上上　妬忌《どき》を逞《たくましう》して蟇六螟蛉《ひきろくやしなひこ》を求《もとむ》

上上　孝心《こうしん》を固《かたう》して信乃曝布《しのたき》に禊《はらひ》す

上上　簸川原《ひのかハら》に紀二郎命《きじらういのち》を隕《おと》す

上上　荘官舎《むらおさやしき》に与四郎疵《よしらうきず》を被《かうむ》る

上上　亀篠姦計糠助《かめざゝかんけいぬかすけ》を賺《すか》す

上上吉　番作遠謀孤児《ばんさくゑんぼうみなしご》を托《たく》す

上上吉　一双《いつそう》の玉児義《ぎよくじぎ》を結《むす》ぶ

上上　三尺《さんしやく》の童子《どうし》志《こゝろざし》を述《のぶ》

右褒貶《みぎほうべん》の批点《ひてん》。敢題目《あへてだいもく》に拘《かゝハ》るにあらず。譬《たとへ》バ端場《はゞ》あり。仕込《しこみ》あり。褒美《ほうび》の重《おも》きハ当場《あたりば》也。軽《かろ》きハ仕込《しこみ》。端場《はゞ》としるべし。（五ウ）

朝夷巡嶋記《あさひなしまめぐりのき》初編《しよへん》五巻《くわん》　第一条ヨリ至ル第十条ニ

上上　栗《あハ》津《つの》原六出《はらのはるのゆき》　木曽よし仲うち死のだん

大上上吉　鎌《かま》倉《くら》山鼠麹《やまのはゝこくさ》　ともゑ自がいのだん

上上士　月夜《つきのよの》竊《ぬき》立《たち》鳥《とり》　野嶋の浦おつてのだん

上上　鶏《あか》鳴《つきのの》野嶋《しま》船《ふね》　しをりてあさ丸を将てかつさへ赴く段

上ト　遠《とほ》山《やま》寺児桜《てらのちこさくら》　阿三郎手ならひのだん

上上吉　山《やま》脚《もと》村教草《むらのをしえくさ》　秀作きやうくんの段

上上十　浜駅館蒲黄《はまのしゆくのたちのかバのはな》　大ひやう定并にたへまとらハるゝ段

上上　修《しゆ》善《ぜん》寺《じの》走湯《はしりゆ》　のり頼つみかうふるだん

上上　絲紊幡太《いとのみだれのはたす》薄《ゝき》　はたの方さい期のだん

上上　促死《よみぢなす》秋蟄居《あきのこもりゐ》　のり頼主従せつふくのだん

上上吉　截《きり》落刀《おとすたち》野《の》𢄆《かみ》　たち野のけん杖さいごのだん　（六オ）

挿絵第一図　（六ウ）

挿絵第二図　（七オ）

上上十　返汝湯嶋桧《なんぢにかへるゆがしまひのき》　よし時かんけいゆが嶋をころす段

上上　林原牛《しもとばらのうし》奔《く》車《るま》　阿三郎はじめて力あることをしる段

…のふの花園も
…ふる郷　宣長

…楽無極

満紙荒
唐言一把辛
酸涙
都云作
者痴
誰解其
中味
鬻齋書印

挿絵第二図　　挿絵第一図

上上十　榎虚崑崙仏《えのきのうろのくろほぞん》　ぶん六尼どんぶつをうつ段

上上吉　帰郷《たびがへりのの》野辺《べ》送《おくり》　阿三郎養父のひつぎにあふだん

上上吉　復讐《あたうち》記念《のかたみ》刀《たち》　しをり手阿三郎にすぜうをつぐる段

上上吉　朝《あさ》靄《もや》庄司《のせうじ》暇《なへて》　阿三郎かたきづないらをうつ段

上上十　夕立《ゆふだちの》許我《こがの》郷《さと》　阿三郎秀作にあふだん

上上　在旅宿《たびねながらの》元服《うひかうぶり》　阿三郎改名のだん

上上　大《おほ》石《いし》山遺弓《やまのわすれゆみ》　よし秀きじをいてはじめてよしくにゝあふだん

## 同第二編五巻　第十一条ヨリ至ル第二十条ニ

上上　射《い》向鳥証据《むけのとりのあかしこと》　とき夏よし秀ときじをあらそふ段

上上吉　樹《この》間《ま》隠返命《かくれのかへりこと》　ぼさ平よし秀をいるだん

上上士　卜《ぼく》繕《ぜん》莽夜醺《あんのよさかもり》　とき夏いつハりてぼさ平を遠さくる段

上上士　黒《あ》白《やめ》谷地苺《たにのへびいちご》　よし秀大蛇をころすだん

上上吉　過《すぎ》去《こし》来会話《かたのものかたり》　よし秀よしくにぼさ平みつ話の段

上上　岩《いハ》堰《せく》水煩禁《みづのものおもひ》　むろ平よしくにをとゞむるだん

上上　紈《たびおくりのさ》柳サヽ　ボ《ぼさつ》　ぼさ平よし秀をおくるだん

上上　岩《いハ》神《かみのち》地蔵会《ざうまつり》　よし秀いな向にやどりを乞ふだん



上上　戮悪剣山麓《あくをつみなすつるぎのふもと》　よし秀わるものをみなころしにする段

ほうび　大上上吉　慶善《ぜんにさきハふも》百田《ゝたの》宿《やど》　よし秀一惣にたいめんの段

上上吉　迎旭汀友鶴《あさひをむかふるみぎハのともつる》　よしひで友つるをめとる段

上上士　吟風渓髑髏《かぜにぎんするたにのどくろう》　よし秀ちかよしのゆうこんにあふだん

上上士　磨《とぎ》出《いだす》礪《と》並月《なみのつき》　となみくりから軍物かたりの段

上上　占夢黒川《ゆめをあハするくろかハ》堂《だう》　よし秀みちに一惣にあふ段

上上吉　苗《なハ》頃《しろ》時濁水《ときのにごりみづ》　ひ太郎なハ四郎横死のだん

上上吉　客《たび》去《ゆく》雁春霜《かりのわかれしも》　よしくにちくてんよし秀広光をすくふだん



上上　野《ぬば》于玉《たまのしのび》罩《たい》燈《まつ》　かつ沢のまつハらにてぼさ平けつせんの段

上上士　蘇《す》弥《み》染袖巾《そめのそでづきん》　ともゑの尼ぼさ平をすくふ段

上上士　緺《くゝ》総袴游偵《りはかまのしのびのもの》　あやめの尼公ぼさ平をいたハる段

上上吉　仮《かり》装《せう》束情郎《ぞくのおもひびと》　かつみひめの病床にぼさ平ひきめの段

右褒貶《みぎほうべん》の批点《ひてん》ハ。前《まへ》にことわるが如《ごと》し。褒美《ほうび》かろしといふとも。或《あるひ》ハ一言半句《いちごんはんく》に。よく人情《にんじやう》を穿《うが》ち。或《あるひ》ハ文章奇絶《ぶんしやうきぜつ》なるものハ。評《ひやう》論《ろん》に漏《もら》すことなし〔板元云〕聊《いさゝか》の余《よ》帋《し》ムれバ。こゝにて御披露《ごひろう》仕る。随筆玄同《ずいひつげんどう》八犬傳《はつけんでん》。并ニ巡嶋記《しまめぐりのき》の第三編《だいさんへん》。当冬《たうふゆ》ハ相違《さうゐ》なく出板《しゆつはん》。放言《はうげん》も。今茲《ことし》ハおめにかけらるゝでムりませう。

# 犬夷評判記上之巻

三枝園批評
曲亭馬琴答述
櫟亭琴魚攷訂

## 発《はっ》端《たん》

【ひいき】あら玉の・とし立《たち》かへるあしたより・待《また》るゝものハ鶯《うぐひす》ならで・鶏《とり》が鳴《な》く東《あづま》なる・曲亭《きよくてい》のよみ本ゝ・しかるに里見《さとみ》八犬傳《はつけんでん》・朝《あさ》夷嶋巡記《ひなしまめぐりのき》ハ・二編《へん》までにて物《もの》を思ハせ・去年《きよねん》ハ出板《しゆつはん》の沙《さ》汰《た》もなし・風聞《ふうぶん》を承《うけ玉ハ》るに・作者近年《さくしやきんねん》ハ・病身《びやうしん》になられしゆゑとも・又隠《いん》逸《いつ》の志《こゝろざし》ふかく・戯作《けさく》が鼻《はな》に着《つい》たとやら・それで出来《でけ》ぬとも申ス也・それハともあれ掌《てのひら》の・痛《いた》くなるまで幕《まく》を扣《ひか》へて・諸見物《しよけんぶつ》にものを思ハするよ・アゝさりとてハ聞《きこ》えぬ人・(九オ) 当所三四庵《たうしよさんしあん》のあるじハ・彼作者《かのさくしや》と旧識《きうしき》なるよしあまりの事に堪《たへ》かねて・江戸の便《たよ》リを聞《きか》まほしさに・いざ〳〵出かけて参《まゐ》つたが・貴公《きこう》ハ外《ほか》に・御要《ごえう》あつてか【よみ本好キ】イヤ拙者《せつしや》とても御同前《ごどうぜん》・よみ本ゝを見かゝつてハ・飯時《めしどき》をも忘《わす》るゝ某《それがし》・なれども不学《ふがく》のかなしさハ・おもしろいと思ふばかり・深《ふか》ィ意味《ゐみ》ハしらふよしもなし・こゝの大人《たいじん》三四菴《さんしあん》ハ・和歌和文《わかわぶん》が持《もち》まへなれども・俗語《さとびごと》小説をも捨《すて》られず・和漢《わかん》と雅俗《がぞく》と・本行《ほんぎやう》と下方《したかた》と・兼帯兼備《けんたいけんび》の才子《さいし》なれバ・そのとし〳〵の物《もの》の本ゝも・等閑《なほざり》にハ見玉ハず・その巧拙《でけふでき》を問《とハ》ん事・かゝる人にとおもふ折《をり》から・幸《さいハ》ひなるかな・彼作者《かのさくしや》に由縁《ゆかり》ある・華洛《みやこ》の金魚子《きんぎよし》も参宮《さんぐう》がてら・四五日前《さき》より当所《たうしよ》に逗留《とうりう》・(九ウ) けふハ殊《こと》さら・しめやかなる春雨《はるさめ》・賓主徒然《ひんしゆつれ〴〵》の折リにつけ込《こ》み・大人《たいじん》にお匂奪《ねだり》申て・里見朝夷《さとみあさひな》の両評《りやうひやう》を聴聞《ちやうもん》し・彼《かの》三編《へん》を待《まち》わびたる・心やりにせばやとて・例《れい》の誰渠《たれかれ》を相伴《あいともな》ひ・只今口説《くどき》をる最中《さいちう》でムるてや【ひいき】それハ図《はか》らずよい折リから・僥倖《しあハせ》をいたしました・しかしお誘引《さそひ》下されぬハ・些《ちと》お恨《うらみ》のすぢなれども・参《まゐ》りあハせたれバ損《そん》もなし・大人《たいじん》何ぶん願《ねが》ひます【三四】これハ近《ちか》ごろ迷惑千万《めいわくせんばん》・世《よ》のゆるしたる妙作《めうさく》に・われら啄《くちばし》を容《い》れんこと・傍痛《かたはらいた》き所為《わざ》なるべし・されバとて巻毎《まきごと》に・彼《かれ》も奇《き》なり・これも亦《また》・妙《めう》也とのみ誉《ほめ》たらんハ・なか〳〵に興《けう》なきわざ歟《か》・且彼人《かつかのひと》に諂《へつら》ふに似《に》たり・かゝるべしとハ思ひかけねど・(十オ) 件《くだん》の二編出板《へんしゆつはん》の比《ころ》・思ふよしあるをもて・竊試《そとこゝろ》みに評《ひやう》したる・一巻《ひとまき》の草稿《したかき》を・京《きやう》へ上《のぼ》せて金魚《きんぎよ》に見せしに・やがて東《あづま》へくだしつゝ・作者《さくしや》の答《こたへ》を聞《きゝ》しと也・その釈評《わけがき》ハ金魚《きんぎよ》がもてり・われらが評《ひやう》ハこゝにあり・侍《はべ》りちらせし生《なま》文章《ぶんせう》を・読《よむ》とも・きく耳間緩《みゝまだる》かるべし・寔《まこと》に難義《なんぎ》のすぢなれども・さすがにその事ありながら・攜《すげ》なく返《かへ》さバ愛相《あいさう》なからん・しからバわれら口《くち》づから・彼二冊子《かのふたさうし》を評《ひやう》すべし・金魚《きんぎよ》ハ作者《さくしや》の胸中《きやうちう》を・先刻承知《せんこくせうち》の事なれバ・評《ひやう》の的《あた》ると当《あた》らぬを・件ゝ《ひとつ〳〵》に解《とき》給へ【金魚】おもしろし〳〵・こゝは処《ところ》も伊勢平治《いせへいぢ》・景高景季《かげたかかげすゑ》かけ合《あひ》に・千鳥《ちどり》も

雑《まぜ》て百囀《もゝさへつ》り・某《それがし》佐々木《さゝき》になり代《かハ》り・一ト問答《もんだう》仕(十ウ)らん[よみ]本好キ]なる程作者《ほどさくしや》といふものハ・ちよつといハるゝ事までも・化《あだ》箭《や》ハとんとムりませぬ[魚]痛《いた》み入たる御挨拶《あいさつ》[ひいき]サア〳〵みな様御遠慮《あんりよ》なしに近《ちか》うおよりなされませ[ひいき連の女中]きん魚様《ぎよ》ンく〳〵かならず負《まけ》て下さりまするな・おまへのお作《さく》の窓蛍余談《さうけいよだん》も・売出《うりだ》しの日に求《もとめ》まして・大事《だいじ》にかけて・持《もつ》てをります[三四]見れバいづれも曲亭贔負《きよくていびいき》コリヤ迷惑《めいわく》なる役《やく》まハり・ちとわる口も申ッにくい[みな〳〵]そこにハトント御遠慮《あんりよ》なう・はやく評《ひやう》か聞《きゝ》たい・聞たい[三四]どちらから先《さき》にいたさふ・朝夷《あさひな》か・八犬傳欤《はつけんでんか》[女中方]モシ八犬傳から評《ひやう》なされませ・お願《ねが》ひでムり升[よませてきく人]イヤ〳〵・しつかりとして目ざま(十一オ)しい・朝夷《あさひな》が先《せん》じや〳〵[頭取]東西《とうざい》〳〵・さやうに互《たがひ》にせりあふてハ・トント果《はて》しがつきませぬ・勿論《もちろん》人の好々《すき〴〵》にて・優劣《まさりをとり》はムふが・板元《はんもと》の売高《うりだか》に・甲乙《かうおつ》ハないとの風聞《ふうぶん》・これによつて見るときハ・朝夷《あさひな》もよし・八犬傳もよし・よいことハ皆《みな》よけれども・一度《いちど》に評《ひやう》ハしがたからんに・先陣《せんぢん》問答《もんだう》の・秀句《しうく》から思ひつくとも・前後《ぜんご》をあらそひ給ふハよしなし・こゝハわれらに任《まか》せ給へ・所詮売出《しよせんうりだ》しの遅速《ちそく》によらバ・いひぶんハない道理《どうり》・八犬傳の初編《しよへん》五冊ハ・戌《いぬ》の十一月売《うり》出し・二編《へん》ハ子の年十二月に出たり・巡嶋記《しまめくりのき》の初編《しよへん》五冊《さつ》ハ・亥《い》の正月に売出《うりいだ》し・二編《へん》ハ丑《うし》の早春出《さうしゆんいで》たり・その日数《ひかず》ハ僅《ハつか》なれども・聊《いさゝか》年《とし》に前後《ぜんご》あり・評《ひやう》もかくのごとくなるべし・(十一ウ) みな御承知《ごせうち》でムり升か[理くついひ]売出《うりだ》しの遅速《ちそく》によつて・評《ひやう》の前後《ぜんご》を定《さだ》めるハ聞《きこ》えたがナゼ目録《もくろく》にハ譲《ゆづゝ》ておかぬ・優劣《まさりをとり》のないときハ・或《あるひ》ハ目録を先キに出して・評を后《あと》へまハし・或《あるひ》ハ評を先にすれバ・目録を后《あと》へ出す・評判記《ひやうばんき》の格《かく》を外《はづ》して・頭取《とうどり》とはいハれまい[頭取]その疑《うたが》ひハ御もつとも・それ式《しき》の事しらぬにあらず・朝夷里見《あさひなさとみ》と品《しな》ハかハれど・おなじ作者《さくしや》の筆《ふで》なれバ・その斟酌《しんしやく》にハ及《およ》バぬ事・目録《もくろく》とても売《うり》出しの・遅速《ちそく》によるがこれ順《じゆん》なり・みな様さやうじやムりませぬか[みなく〳〵]頭取《とうどり》・さバきハゑらいもの・祝《いハ》ふて一ッしめませうシヤンシヤン〳〵〳〵シヤンきまりシヤン・サア是からが八犬傳[頭取]評判《ひやうばん》のはじまり〳〵

(十二オ)

## 里見八犬傳初篇

[評に曰]発端結城落城《ほつたんゆふきらくぜう》の段《だん》にハ・さして評《ひやう》すべき程《ほど》のことなし・但シ義実主従《よしさねしゆう〴〵》・三騎落《きおち》ゆく処に・打《うて》どあふれど玉匣《たまくしげ》ふたり等《ひと》しき忠臣《ちうしん》の・拳《こぶし》ハ金石些《きんせきちつと》も緩《ゆる》めず・撃《うた》るゝまゝに牽《ひい》てゆく・馬壇鞍懸《うまでくらかけ》柳坂《やなぎざか》・煙《けふり》ハ後《あと》に遠離《とほざか》る・火退林《ひのきばやし》のほとりにて・などいふもん句《く》ハ例《れい》ながら旨《うま》い事・嚼《かん》で含《くゝ》むごとくなるも・若《もし》ハ作者の横着《わうちやく》にて・つくりし地名《ちめい》にあらざるか・さて又・三浦《みうら》の磯《いそ》に船《ふな》まちして・義《よし》実龍《さねりやう》を弁《べん》する段・婦幼《をんなわらべ》の耳《みゝ》にハ遠《とほ》くて・あまりに長《なが》しとやいとふ

べからん・しかれ共是も物識《し》る端《はし》なれバ・ひとつ〳〵に引書《いんしょ》を挙《あげ》て・おかまほしく思ふ也・本書《ほんしょ》を見しりたらん人は・この（十二ウ）物がたりを待《また》でもしれり・おのれらごとき・この物がたりを見るに及びて・はじめて龍《りやう》の品類《ひんるい》の・多《おほ》きことをしるものにハ・本書《ほんしょ》の名《な》をも漏《もら》さずして・しらせたき事にあらずや［よませて聞人］只さへ龍《りやう》の事が長ィに・その本書《ほんしょ》まで悉《こと〴〵》く・しるされてたまるものか・物識《ものしり》にならふと思ハヾ・経史《あをびやうし》を素読《そどく》して・講釈《こうしやく》を聞《きく》がよし・慰《なくさみ》に見る本ンに・陳奮漢《ちんふんかん》が長《なが》すぎてハ・歌舞伎《かぶき》で猿楽《さるがく》するやうで・見物《けんぶつ》ハうてる〳〵・

［答］御批言《ごひごん》いづれも一理《いちり》あり・彼弁長《かのべんなが》しといふ人ハ・真《まこと》のよみ本ン好《すき》にハあらず・僅《ハづか》に全部《ぜんぶ》四五冊《さつ》の物語《ものがたり》ならんにハ・これらの弁《べん》ハなきをよしとす・長編大部《ちやうへんたいぶ》の草紙《さうし》にハ・かやうの弁論《べんろん》その例多《れいおほ》かり・譬《たとへ》ハ（十三オ）清《から》の天花才子《てんげさいし》が・快心編《くわいしんへん》の二集《しふ》・第《だい》九回《くわい》なる美色《びしよく》の弁《べん》・又逸田叟《いつでんそう》が女仙外史《ぢよせんぐわいし》・第《だい》十四回《くわい》なる・唐賽《たうさい》児《じ》が・九州遊歴《きうしうゆうれき》の事などハ・要《よう》なき物がたりに似《に》たれども・その筆力《ひつりよく》を見るに足《た》る・是全編《これぜんへん》の彩色《さいしき》なり・君糸竹《きみいとたけ》のしらべを聞《きか》ずや・緩《ゆるめ》る場《ば》あり・急《つめ》る場《ば》なくてハ・その曲節《きよくせつ》とゝのひがたし・物《もの》がたりも亦如《またし》此《か》なるべし・もし理《り》をもつて推《おす》ときハ・義実《よしさね》主従《しゆう〳〵》僅《ハづか》に三騎《き》・落人《おちうど》になりて進退究《しんたいきわま》り・磯馴松《そなれまつ》に雨《あめ》を避《さけ》て・脾撓《ひだる》い腹《はら》を抱《かゝえ》る折《をり》・優長《いうちやう》らしくだらだらと・龍《りやう》の講釈《こうしやく》どころではあるまじ・是則《これすなハち》理屈《りくつ》にて・風流遊戯《ふうりうゆうげ》の意味《ゐみ》をしらぬ・人ハ必《かならず》いふことなるべし・作者《さくしや》のこゝろハそこにあらず・三浦《みうら》の磯《いそ》の白《はく》（十三ウ）龍《りう》ハ・義実後《よしさねのち》に・景連《かげつら》にはかられて・釣《つり》して鯉《こひ》を求《もとむ》るの楔《せつ》たり楔《せつ》とハ此《これ》をもて・彼《かれ》を引出《ひきいだ》す趣向《しゆこう》をいふ也・安《あん》南龍門《なんりうもん》の鯉《こひ》・瀧《たき》に泝《さかのぼり》て・龍《りやう》になるといふことハあれ共・蟠龍《はんりう》時《とき》を得《え》て升天《せうてん》し・鯉《こひ》になることハなし・是小大《せうだい》の弁《べん》にして・義《よし》実《さね》此《こゝ》に龍《りやう》を観《み》たれバ・彼《かしこ》に到《いたり》て鯉《こひ》を獲《え》ず・獲《え》ざるに因《よつ》て・安房《あハ》を得《え》たり・かゝれバ此物語に取《とり》て・鯉《こひ》は尤《もつとも》緊要《きんえう》の物《もの》也・因《よつ》て且《まづ》なが〳〵と・龍《りやう》の徳《とく》を弁《べん》じつゝ・これらの意味《ゐみ》をしらせし也・又その条下《くだり》に・本書《ほんしょ》を引《ひか》ずといへども・王麓丹《わうろくたん》が龍経《りうきやう》に・本《もと》づくよしを自序《じじよ》にいへり・そのことハ・麓丹一人《ろくたんひとり》に出るにあらねど・龍経尤《りうきやうもつとも》多《おほ》きに居《を》れり・され共序文《じよぶん》ハ（十四オ）得読《えよめ》ずとて・端像《くちゑ》から見る人の為にハ・龍《りやう》の引書《いんしよ》を悉《こと〳〵》しるしつけんも亦《また》益《ゑき》なし・

［評］金碗《かなまり》八郎・里美義実《さとみよしさね》に邂逅《かいこう》して・本名《ほんめう》を告《の》る段に・金碗《かなまり》ハ・神余《しんよ》の一族《いちぞく》なるよしいへれど・その事定《さだ》かならず・金碗《かなまり》ハ・当場《たてもの》の第一《だいゝち》たり・おなじくハその家系《かけい》などをも・くハしくいハせたきもの也・

［答］神余《しんよ》金碗《かなまり》の二氏《ふたうぢ》・異《こと》なることなし・むかし安西麻呂《あんさいまろ》等《ら》と鼎《てい》足《そく》のごとく・安房国《あハのくに》を領《れう》せし神余氏《しんようぢ》ハ・かなまりと唱《とな》へたり・

是神《かむ》のむ‖を横音《わういん》・なに‖に通《かよ》ハし・余《あまり》をまり‖と読《よめ》るハ略辞《りやくぢ》なり・是を音《おん》にじんよと呼《よ》べるハ・後世《こうせい》の唱《となへ》也・しかれバ金碗《かなまり》ハ・神余《かなまり》の仮字《かじ》也・和名鈔《わめうせう》・安房国《あハのくに》安房郡《あハこふり》・(十四ウ)郷名《さとのな》の下《した》にハ・神《しん》余《よ》を加無《かむ》乃《の》安万里《あまり》と訓《よま》せたり・麻呂《まろ》も同書《どうしよ》にハ・満禄《まろ》と書《かき》て・こハ朝夷郡《あさひなこふり》にあり・神余金碗《かなまりかなまり》同訓《どうくん》なれバ・その家譜《ふ》を引《ひか》ずとも・一族《いちぞく》なる事あきらかなるべし・

[評]悞《あやまつ》て神余《しんよ》長挾介《なかさのすけ》を射《い》ておとせし・洲崎《すさき》の無垢三《むくざう》ハ・洲崎《すさき》の居民《きよみん》なるべし・しかるに伏姫《ふせひめ》・行者《ぎやうじや》の窟《いハむろ》に詣《まうづ》る段に・洲崎《すさき》ハ里見《さとみ》の領分《れうぶん》ならずといへり・里見《さとみ》の所領《しよれう》ハ則《すなハち》神余《しんよ》が旧領《きうれう》なれバ・神《しん》余《よ》が撃《うた》れしころも・洲崎《すさき》ハ麻呂《まろ》か・安西《あんさい》が領分《れうぶん》なるべし・無垢三《むくざう》ハ洲崎《すさき》に生《うま》れて・神余《しんよ》が領内《れうない》へ・移住《うつりすみ》たる男《をとこ》と見れバ・何《なん》の子細《しさい》もなき事なれども・この男《をとこ》必《かならず》しも・洲崎《すさき》と名告《なのら》でもあるべしすべて(十五オ)無垢三《むくざう》がいふ所《ところ》を聞《き》くに・他領《たれう》の人にしてハ・不都《ふつ》合《がふ》也・

[答]無垢三朴平《むくざうぼくへい》ハ・金碗《かなまり》八郎孝吉《たかよし》が旧僕《きうぼく》也・その事ハ孝吉《たかよし》が・切腹《せつふく》の段に見えたり・かゝれバ彼等《かれら》ハ・神余《しんよ》にハ再僕《またもの》也・その居《を》る所《ところ》・自領《じれう》他領《たれう》の差別《さべつ》あるべからず・しかれども故主《こしゆう》の為《ため》・或《あるひ》ハ又・人の為に・身を忘《わす》れつゝ・思ハずに・こよなき過失《あやまち》せしものなれバ・せめて一人《ひとり》は長挾介《ながさのすけ》が・領分《れうぶん》にハあらずといふ・洲崎《すさき》の名《な》をバ負《おハ》せしなり・かくてその欲《ほつ》する所《ところ》・故主《こしゆう》の為に怨《うらみ》ある・定包《さだかね》を撃《うつ》にあり・仁侠《じんけう》とのみすべからず・さるをはじめに云云《しか〱》と・これらの事をとかざりしは・金碗《かなまり》が切腹《せつふく》を・且看官《まづみるひと》に訝《いぶか》らせさてこのこと(十五ウ)ある故に・死《し》なでかなハぬ孝吉《たかよし》が・臨終《りんじう》の物《もの》がたりもて・はじめて会得《ゑとく》させん為也・忘《わす》れ給ハゞ本文《ほんもん》を・今一遍《いまいつへん》よく見られよ・

[評]義実《よしさね》・安西《あんさい》が館《たち》に来《き》つる段と・為朝利勇《ためともりゆう》が城《しろ》に入《い》る段と相似《あひに》たり・かくてその趣《おもむき》をかえんこと・いとかたかるべきわざなるを・為朝《ためとも》ハ一人ッなり・義実《よしさね》ハ主従《しゆう〱》三人ッ・しかも利勇《りゆう》が難題《なんだい》ハ・三ッながら実事《じつじ》なり・為朝《ためとも》すべてこれをなし得《え》て・南風原《はへばる》にかへり入り・安西《あんさい》が難題《なんだい》ハ・只一ッにして虚事《なきこと》也・義実《よしさね》これをなし得《え》ざれハ・景連《かげつら》が館《たち》にかへらず・為朝《ためとも》ハはからずも・妖婦《ようふ》海棠《かいだう》を伴《ともな》ひつゝ・利勇《りゆう》ハこれによりて亡《ほろ》び・義実《よしさね》ハ思ハずも・義士《ぎし》金碗《かなまり》を得《え》つるにより・定包遂《さだかねつひ》に滅亡《めつぼう》す・鯉《こひ》に瀧田《たきた》の対《つひ》も(十六オ)よし・栄《ゑい》辱得失《ちよくとくしつ》・似《に》るやうにて・よくそのさまをかきかえたり・寔《まこと》に奇《き》妙《めう》の筆《ふで》なるかな・

[よみ本好キ]誰《た》が見る処《ところ》も違《ちが》ハぬもの・われらもかねて・御同意《ごどうゐ》〱・

[評]萎毛酷《しへたけこく》六郎元頼《もとより》といふ姓名《せいめい》ハ・誰《たれ》か作《つく》り名《な》としらざるべき・おなじ作《つく》り名《な》と聞《きこ》えたる・朝夷《あさひな》の鼯堀図内《むさぼりづない》ハ・三郷《さんごう》の眼代《がんだい》なれども・いハゞ一箇《いつこ》の・小吏《こやくにん》なれバ・さもあらん・又この酷《こく》六は・一《いち》

郡《ぐん》の城代《ぜうだい》なれども・定包《さだかね》が股肱《こゝう》腹心《ふくしん》と聞《きこ》えたり・しからバ作《つく》り名《な》めかせずとも・重《おも》くれたる名《な》にあらせたし・安西《あんざい》が家臣《かしん》なる・蕪《かぶ》戸《と》訥平《とつへい》も是におなし・唐山《からくに》の小説《せうせつ》に・何龍何虎《なにりやうなにこ》など唱《となふ》る・作《つく》り名《な》ハありといふとも・この酷《こく》六訥《とつ》平等《ら》ハ・山下安西《やましたあんさい》が・腹心《ふくしん》のものなるに・かばかりの姓名《せいめい》にてハ・うち聞《き》くより・はや二枚《まい》(十六ウ)目《め》の・安敵《やすがたき》と見えて人品《じんびん》かろし・かくてハこれらを相手《あひ》にとる・里見《さとみ》方《かた》の人〻《ひとぐ》の・智《ち》も勇《ゆう》も大人気《をとなげ》なく・すべてハふさハしからぬやう也・悪人《あくにん》の姓名《せいめい》にハ・さし合《あひ》を繰《く》る作者《さくしや》の用心《ようじん》・かねて聞《きゝ》つる事ハあれども・さりとてしかたハなほあるべし・又山下定《さだ》包《かね》がたにハ・萎毛《しへたけ》・岩熊《いハくま》・錆塚《さびづか》・妻立《つまたて》なンど・彼此《かれこれ》の家臣《かしん》あれども・安西方《あんざいがた》にハ・汁《しる》にも菜《さい》にも・蕪戸《かぶと》訥平《とつへい》只一人ン・麻呂《まろ》がたにハ・某甲《なにがし》と・名《な》を出《いだ》せるもの一人《ひとり》もなし・畢竟里見《ひつきやうさとみ》主従《しゆうぐ》ハ主《して》・安西麻呂《あんさいまろ》ハ客《わき》なれバ・それが家臣《かしん》を誰彼《たれかれ》と・物夥出《ものあまたいだ》さんハ・要《えう》なきに似《に》たれども・その無用なる相手《あひて》の多《おほ》きが・里見《さとみ》がたの智勇《ちゆう》をあらハす媒《なかたち》となるべき也・三国志《さんごくし》演義《あんぎ》・水滸《すいこ》傳《でん》などにも・この趣《おもむき》は(十七オ)あるなるべし・相手《あいて》が無下《むげ》に弱《よハ》くてハ・里見《さとみ》の智《ち》勇《ゆう》がかひなき也・

ひいき　まて〳〵・評《ひやう》がちがつたぞ・こゝハ一番《いちばん》いハねバならぬ・姓名《せいめい》がおもくれても・人形《にんぎやう》が動《うご》かねバ・対面場《たいめんば》の範頼《のりより》同様《どうやう》・相《あひ》手《て》の為《ため》にハ何《なん》にもならず・全体《ぜんたい》何《なに》も彼《か》も・作《つくつ》たものと見る故《ゆゑ》に・無理《むり》な評《ひやう》をもせらるゝ也・萎毛《しへたけ》ハ・虐《ぎやく》の字《じ》・寃《ゑん》の字《じ》に当《あて》て・しへたげたる事とし・酷《こく》六の酷《こく》を・酷吏《こくり》の酷《こく》とし・蕪戸《かぶと》を兜《かぶと》とし・訥平《とつへい》を兜盔《とつはい》と見る故《ゆゑ》に・姓名《せいめい》がかろいといハるゝならん・只字《じ》のまゝに見るときは・世《よ》に絶《たえ》てなき名《な》にハあらず・酷《こく》六の酷《こく》の字《じ》を・はなはだしと読《よむ》ときハ・甚《じん》六と異《こと》ならず・訥子《とつし》といふ俳《はい》名《めう》あれバ・訥平《とつへい》といふ人も・作《つく》り名《な》に(十七ウ)のみ限《かぎ》るべからず・彼等《かれら》が行状《ぎやうでう》・民《たみ》を虐《しへた》げ・酷吏《こくり》に等《ひと》しきものなるハ・所云《いハゆる》名《めう》詮自《せんじ》性《せう》にて・実録《じつろく》にも往往《まゝ》さる事あり・しからバ作者《さくしや》の作《つく》りし名《な》でも・こゝらに難《なん》ハとんとなし・鼯堀図内《むさぼりづない》もこれとおなじ・大坂にハ・鼬堀《いたちぼり》といふ地名《ちめい》あれバ・鼯堀《むさぼり》といふ苗字《めうじ》なしとせず・彼《かれ》が甚《はなハだ》貪《むさぼ》りしハ・亦是名詮自性《またこれめうせんじせう》也・もし百姓商人《ひやくせうあきひと》などの名《な》が・大将《たいせう》のやうに聞《きこ》え・綽号《あだな》を呼《よバ》るゝ小賊《こぬすびと》が・幇間《ほうかん》の狂名《きやうめう》めかバ・ふさハしからずと難《なん》じもすべし・その心から見るときハ・麻呂《まろ》ハ男根《なんこん》の事と思ひ・金碗《かなまり》を金精《きんせい》の・隠語《いんご》とも聞《き》かバ聞《きく》べし・そこに疑難《ぎなん》の発《おこ》らぬハ・素《もと》より麻呂《まろ》と金碗《かなまり》ハ・作《つく》り名《な》ならぬをしれバ也・又彼麻呂《かのまろ》も安西《あんさい》も・義実《よしさね》の相手《あひて》(十八オ)にハ足《た》らず・さるによつて義実《よしさね》ハ・一トたび義兵《きへい》を起《おこ》してより・僅《ハつか》に八十余《よ》日《にち》にして・二郡《ぐん》を討《うち》も治《おさ》めたり・麻呂安西《まろあんさい》すら相手《あひて》に足《た》らねバ・況《いハんや》その下《しも》・狗党《くたう》の小人《せうじん》二枚敵《まいがたき》ハしれてあり・先生《せんせい》さやうじやムりませぬか・

[頭取]東西《とうざい》ゝゝ〳〵・御ひいきはさることながら・御助言《ごぢよごん》ハ御無用・翁《おきな》の答《こたへ》申さるゝを・御神妙《ごしんびやう》にお聞《きゝ》下されませう・

[答]只今鼎負連中《ひいきれんちう》の申さるゝごとく・麻呂安西《まろあんさい》が家臣《かしん》といふもの・いと寡《すくな》きハ故《ゆゑ》あることにて・原《もと》この三将《せう》の合戦《かつせん》ハ・八犬士《はつけんし》傳《でん》の発端《ほつたん》までなれバ・はやくかたを付《つけ》るをよしとす・もし里見《さとみ》と麻呂安西《まろあんさい》が・合戦《かつせん》のみを・作《つく》り設《まうけ》し・物語《ものがたり》であるならバ・評《ひやう》者《しや》の疑難《ぎなん》さもあるべし・麻呂《まろ》が家臣《かしん》に名《な》を出《いだ》せるもの・一人ンもなけれ(十八ウ)ども・独身《どくしん》ものとも思ハれぬハ・只書《かき》ざまにあることにて・既《すで》に麻呂《まろ》が滅亡《めつぼう》ハ・杉倉氏元《すきくらうぢもと》が使者《ししや》・蜑崎《あまさき》十郎輝武《てるたけ》が・口上にて事済《ことすま》せし・これを縮地《しゆくち》の文法《ぶんはう》とす・三国志《さんごくし》演《えん》義《ぎ》に・公孫瓚《こうそんさん》が滅亡《めつぼう》を・とく処《ところ》とおなじ格《かく》なり・すべて無用の人を出《いだ》して・その落着定《らくぢやくさだ》かならねバ・看官《みるもの》これを拙作《せつさく》とす・しかれども・無用《むよう》の人《ひと》を省《はぶか》んことハ・なか〳〵になしがたし・よしや人数多《ひとかずおほ》くとも・中途《ちうと》より立滅《たちきえ》して・存《いき》たとも亡《しん》だとも・落《らく》着《ぢやく》のしれざるを・妙作《めうさく》とハいふべからず・麻呂安西《まろあんさい》が滅亡《めつぼう》を・只九回《くわい》にて書終《かきをへ》しハ・作者《さくしや》の為《ため》にハ難義《なんぎ》の場《ば》なるに・人数《ひとかず》が寡《すくな》ィとて・難《なん》ぜられしハうらうへにて・ちと理屈《りくつ》にあらざる歟《か》・今も評者《ひやうしや》のとり出《いだ》されし・水滸傳《すいこでん》を見玉へかし・(十九オ)彼高《かのこう》俅《きう》は・宋朝《さうちやう》の大臣《だいじん》にて・富貴驕奢《ふうきけうしや》の聞《きこ》えあれども・渠《かれ》が為《ため》に奔《ほん》走《さう》するもの・汁《しる》にも菜《さい》にも・陸虞侯《りくぐこう》・富安《ふあん》のみ・そこに名《な》を出《いだ》すもの・一両人にすぎざれども・眷属家臣多《けんぞくかしんおほ》かり・とおのづからにしらるゝハ・只書《かき》ざまにある事にて・他作《たさく》の及《およ》バぬ水滸《すいこ》の妙《めう》・こゝらを本ンにしつる也・理屈《りくつ》によつて小説《せうせつ》の・趣《おもむき》を質問《しつもん》せバ・横死《わうし》せし人ある処《ところ》にハ・ナゼ店請《たなうけ》が見えぬといハん・かくて理外《りぐわい》の幻境《げんきやう》に・遊《あそバ》んことハ難《かた》かるべし・

[評]定包《さだかね》が撃《うた》るゝとき・尺八《さくはち》の竹鎗《たけやり》ハ・よくも心を用《もち》ひしものかな・かくて義実《よしさね》ハ・山下を討滅《ほろぼ》して・その二郡《ぐん》を獲《え》たり・さて安《あん》西《さい》と割据《かつきよ》して・一国《いつこく》しバらく無事《ぶじ》なれバ・上総《かづさ》より妻《め》を娶《めと》り・竟《つひ》に安西《あんさい》をも滅《ほろぼ》して・一国《いつこく》(十九ウ)を治《おさ》めたり・折《おり》から鎌倉《かまくら》にハ・持氏《もちうぢ》の末子《ばつし》成氏《なりうぢ》・やゝ世《よ》の中廣《ひろ》くなりて・義実《よしさね》が任官《にんくわん》を・京《きやう》へとりなし申せしかバ・義実その歓《よろこ》びに・京鎌倉《きやうかまくら》へ使《つかひ》を進《まゐ》らせたりとあり・しからバ鎌倉《かまくら》への往返《ゆきかへり》も・やゝ自在《じざい》になりぬと見ゆるに・安房国《あはのくに》へ渡《わた》りし後《のち》・父季基《ちゝすゑもと》の事とてハ・一言《ひとこと》もいひ出《いだ》さず・父《ちゝ》の陣没《うちしに》をしるといへども・眼前《まのあたり》に・その落命《らくめい》を見たるにもあらず・何《なに》にもせよ・曩《さき》に瀧田《たきた》を獲《え》たるとき・第一番《だいゝちばん》に・父《ちゝ》の菩提《ぼだい》を吊《とふら》ひ・又人をして・陣歿《うちしに》の迹《あと》を尋《たづ》ねさせ・墓所《むしよ》をも造《つく》り立《たつ》べき事なり・さるをこの事絶《たえ》てなきハ・大きなる不孝《ふかう》といふべし・こゝら作者《さくしや》の手ぬかりならずや・

[答]これ例《れい》の理屈《りくつ》なり・義実安西《よしさねあんさい》を滅《ほろぼ》して・安房《あハ》(二十オ)をうち従《したが》へる迄《まで》を・一期《いちご》とする物語の結局《をハり》ならバ・その事かならず

なくてハ称《かな》ハず・すべて義実《よしさね》の安房《あハ》を領《れう》する条々《くだり〳〵》ハ・八犬士傳《はつけんしでん》の発端《ほつたん》なれバ・苟《かり》にも要《えう》なき事ハ省《はぶ》けり・されバ初編《しよへん》を綴《つゞ》りし頃《ころ》は・伏姫《ふせひめ》自殺《じさつ》の段《だん》までを・第《だい》五巻《くわん》のをハりにせん・と思ひしまゝに思ハずに・筆《ふで》の運《はこ》びもせわしくて・しれたる事ハ看官《みるもの》に・預《あづ》けてしるしつけざりき・さらば義実《よしさね》の任官《にんくわん》も・又鎌倉《かまくら》へ・使《し》者《しや》へ遣《つかハす》ことなども・要《えう》なき事といハれん歟《か》・さハあらず・義実《よしさね》の任官《にんくわん》ハ・大輔《だいすけ》が名《な》にあハせん為・又成氏《なりうぢ》の事をいひしは・第《だい》二編《へん》なる犬塚氏《いぬつかうぢ》・親子《おやこ》が為に設《まうけ》し事なり・義実已《よしさねやむ》ことを得《え》ず結《ゆふ》城《き》を落《おち》て・安房《あハ》にて家《いへ》を(二十ウ)興《おこ》せしが・是則《これすなハち》亡父季基《ぼうふすゑもと》の遺《ゐ》志《し》にして・このうへの孝《かう》やある・経《きやう》を誦《よま》せ・討死《うちしに》の旧趾《あと》を吊《とふら》ひ・仏事《ぶつじ》法筵《ほうゑん》を旨《むね》として・女々《めゝ》しく毎日《ひごと》に諄々《くど〳〵》と・亡父《ぼうふ》のことをいひ出《いだ》すとも・そハその孝《かう》の小《せう》なるもの也・故《ゆゑ》にその大孝《たいかう》を見《あらハ》して・小事《せうじ》を誌《しる》さず・縦《たとひ》これを誌《しる》さずとも・人となりを推《おす》ときハ・義実《よしさね》いかでか・親《おや》を忘《わす》るゝ人ならんや・さるを今追福法《ついふくほう》筵《ゑん》の一条《ひとくだり》を・漏《もら》せしをもて義実《よしさね》を・大不孝《だいふかう》とせらるゝ事・わが聞《きゝ》しらぬ所《ところ》なり・凡不孝《およそふかう》といふものハ・万事親《よろづおや》の志《こゝろざし》に悖《もと》り・国《くに》を亡《ほろぼ》し・家《いへ》を喪《うしな》ひ・父祖《ふそ》の名《な》をくだし・子孫《しそん》そこにて断絶《だんぜつ》するを・大不孝《だいふかう》の人とすべし・すべて小説《せうせつ》ハ・人情《にんじやう》を穿《うがつ》の外《ほか》に・あまり細《くハ》し(二十一オ)きハ・うるさきものなり・義実仏事《よしさねぶつじ》の有《う》無《む》により・大不孝《だいふかう》といハるゝ事・この評《ひやう》にのみ限《かぎ》るべし・しかはあれども・評者《ひやうしや》の疑難《ぎなん》も・歓懲《くわんちやう》に係《かゝ》れバ・そのよしなしとすべからず・いと短《みじか》くも云云《しか〴〵》と・書《かゝ》ざりしハ手ぬかりなるべし・

[評]忘《わす》れたる事こそあれ・是より先《さき》・瀧田《たきた》の城攻《しろぜめ》に・鳩《はと》に附《つけ》たる金《かな》碗《まり》が檄文《げきぶん》・巧拙《でけふでき》ハおのがしることにあらねど・僅《ハつか》に安房《あハ》の二郡《ぐん》を争《あらそ》ふ・蛮触《ばんしよく》の戦《たゝか》ひには・不相当《ふさうたう》なる文段《ぶんだん》にハあらぬ歟《か》・漢朝《からくに》にて・仁義《じんぎ》の軍《いくさ》と唱《とな》へ・国号《こくがう》を建《たて》・天子《てんし》と称《せう》するとき・その臣《しん》たる大将《たいせう》が・檄《げき》する文書《ぶんしよ》めきたるやうに・覚《おぼ》ゆるハ僻目《ひがめ》にや・

[答]おなじ理屈《りくつ》に似《に》たれども・これハ寔《まこと》にいハれたり・(廾一ウ)うち見る所《ところ》ハ評《ひやう》のごとし・さりながら・そこが作者《さくしや》の遊戯《あそび》にて・一二郡《ぐん》の小迫合《こせりあひ》を・さも物々《もの〳〵》しき檄文《げきぶん》に・書《かき》なしたるが趣向《しゆこう》なり・もし理《り》をもつて推《おす》ときハ・金碗毫《かなまりふで》を揮《ふる》ふとも・云云《しか〴〵》の漢文《かんぶん》にてハ・当時《たうじ》城中《ぜうちう》に籠《こも》りたる・土民《どみん》には読《よめ》がたからん・読《よめ》ずハ鳩《はと》の脚《あし》に着《つく》る・謀《はかりごと》も無益《むやく》ならん・しからバ誰《たれ》にも読易《よめやす》き・平《ひら》仮名《かな》にて書《かく》こそよけれ・これ則《すなハち》理屈《りくつ》にて・虚実《きよじつ》の境《さかひ》に惑《まよ》ふものなり・彼漢文《かのかんぶん》を誰《たれ》あつて・読《よめ》ずといふ土民《どみん》なけれバ・文章《ぶんせう》の物々《もの〳〵》しきハ・咎《とが》めずもやみねかし・

[評]五の巻《まき》の初丁《しよてう》・里見《さとみ》籠城《ろうぜう》の段《だん》に・民荒年《たみくわうねん》の役《やく》につかれて・催促《さいそく》にしたがハず・唯呆《たゞあき》れたる云云《しか〴〵》と(廾二オ)あり・この従《したが》ハずといふこといかにぞや・里見《さとみ》ハ素《もと》より仁義《じんぎ》の君《きみ》なり・二郡《ぐん》の民《たみ》・既《すで》にその徳《とく》になづきたり・荒年《くわうねん》なりとも催促《さいそく》に・したがハずといふこ

とあらんや・こゝらは書《かき》やうあるべき事歟《か》・譬《たとへ》ハ劉玄徳《りうげんとく》が・江陵《こうりやう》長阪《ちやうはん》の敗軍《はいぐん》のごとく・民《たみ》さへ城《しろ》に迯《にげ》こもりて・仁君《じんくん》と存亡《そんばう》を・共《とも》にせんとするほどに・いよ〳〵兵粮《ひやうろう》竭《つき》たりなどゝ・いハゞいかゞあらん・さらバ義実《よしさね》が八房《やつふさ》に対《たい》しての卿言《かこちごと》も・軍兵《ぐんびやう》のうへのみならず・百姓をもいたむこゝろありて・いよ〳〵よかるべし・

[答]この評《ひやう》も亦出来《またでけ》たり・さりながら・聊《いさゝか》なる言葉質《ことばしち》を取《と》らんとて・前後《ぜんご》の文《ぶん》を忘《わす》れたる歟《か》・五の巻第《まきだい》九回《くわい》の初段《しよだん》に・安西景《あんさいかげ》連《つら》(廾二ウ)不意《ふゐ》に発《おこ》つて・瀧田《たきた》東条《とうでう》の両城《りやうぜう》を・犇々《ひし〳〵》とうち囲《かこ》みしとあれバ・縦《たとへ》義実《よしさね》の仁義《じんき》になつきし民《たみ》なりとも・城外《ぜうぐわい》にあるものハ・共《とも》に死《し》せんとするによしなし・又荒年《くわうねん》の役《えき》に労《つか》れて・催促《さいそく》に従《したが》ハずといふよしハ・敵《てき》の大軍《たいぐん》推《おし》よせて・後《のち》に城《しろ》の催促《さいそく》に・従《したが》ハずといふにハあらず・荒年《くわうねん》のつかれによりて・定《さだ》めある貢《みつぎ》を欠《かき》たり・これ已《やむ》ことを得《え》ざるゆゑなり・されバとて・倉《さう》廩《りん》を掌《つかさど》るもの・主《しゆう》の餓《うえ》玉ふを外《よそ》にして・民《たみ》にその沙汰《さた》せでやあるべき・虐《しへたけ》紋《しぼ》る事こそなけれ・或《あるひ》ハ半減《はんげん》・或《あるひ》ハ三が一ッの催《さい》促《そく》ハあるべけれど・それすらなき袖《そで》ハふられず・書《かき》ざまの拙《つたな》きゆゑに・さハ聞《きこ》えぬか(廾三オ)しらねども・これを催促《さいそく》に従《したが》ハずといひしなり・その解《げ》しやうによりて・意味《ゐみ》大きにちがへり・しかしながらよく見られたり・こゝらをいふもの稀《まれ》なるべし・

甘心々々《かんしん〳〵》

[評]これも亦后先《またあとさき》ながら・三の巻第《まきだい》六回《くわい》のをハり・玉梓《たまつさ》が最期《さいご》の冤《ゑん》言《げん》・金碗《かなまり》八郎をにらまへて・拒《こば》みて吾儕《わなみ》を斬《き》るならバ・汝《なんぢ》も又遠《とほ》からず・刃《やいば》の錆《さび》となるのみならず・その家《いへ》ながく云云《しか〳〵》といへり・是《これ》ハ金碗《かなまり》が・玉梓《たまつさ》を斬《き》らん・といひしにむかへて・玉梓《たまつさ》又・汝《なんぢ》も刃《やいば》の錆《さび》云云《しか〳〵》・といふなれバ・そのよしあり・又義実《よしさね》を罵《のゝしり》て・聞《きゝ》しにハ似《に》ぬ愚将《ぐせう》なり・殺《ころ》さバ殺《ころ》せ児孫《うまご》まで・畜生道《ちくせうどう》に導《みちび》きて・この世からなる煩悩《ぼんなう》の(廾三ウ)犬《いぬ》となさんなどいふことハ・縁《えん》なき辞《ことば》なり・試《こゝろみ》にいハゞ・義実玉梓《よしさねたまつさ》が不義《ふぎ》を責《せめ》て・げにあやまてりこの淫婦《たをやめ》ハ・愛《あい》する主《しゆう》を害《そこな》へり・犬《いぬ》すら主《しゆう》を知《し》るものを・畜生《ちくせう》にもおとりし淫婦《たをやめ》なり・かゝる風犬《ふうけん》を野《の》に放《はな》さバ・又いくばくの人をか破《やぶ》らん・などいハれて・聞《きゝ》しにハ似《に》ぬ愚将《ぐせう》かな・殺《ころ》さバ殺《ころ》せ畜生《ちくせう》道《どう》・云云《しか〳〵》と罵《のゝし》らバ・言葉《ことは》のもとすゑとゝのひて・猶《なほ》よからんとおもふはいかゞ・

[答]義実玉梓《よしさねたまつさ》の問答《もんだう》を・犬《いぬ》づくしにするときハ・求《もとめ》すぎてなか〳〵に拙《つたな》し・玉梓義実《たまつさよしさね》を罵《のゝしり》て・畜生道《ちくせうどう》へ導《みちびか》ん・この世《よ》からなる煩悩《ぼんなう》の・犬《いぬ》となさんなどいふことハ・不意《ふゐ》に出《いで》たる怨言《ゑんげん》なれバ・(廾四オ)看官《みるもの》これを耳《みゝ》にとめず・かくてその言《こと》の・遂《つひ》に空《むな》しからぬにて・現《げに》さることもありけり・と思ひ合《あハ》するが作意《さくゐ》也・理屈《りくつ》をはなれてよく見られよ・

[よみ本好キ]犬《いぬ》の子《こ》を養《やしな》ひたる・狸《たぬき》の文字《もじ》を引《ひき》わくれバ・里《さと》の犬《いぬ》に

て里見《さとみ》の犬《いぬ》・又伏姫《ふせひめ》の伏《ふせ》の字《じ》は・人に从《したが》ひ犬《いぬ》に从《したが》ふ・されば八房《やつふさ》に伴《ともなハ》れて・富山《とやま》の奥《おく》に入《い》るといふ・狸《たぬき》と伏《ふせ》の字《じ》の対《つい》・絶妙《ぜつめう》なるに・こゝらの評《ひやう》はナゼせられぬぞ

[ひいき]さうとも〳〵・お寺《てら》の下男歟《げなんか》女中《ぢよちう》の垣間《かいま》見るやうに・穴《あな》ばかり掘《ほ》るが能《のう》でハあるまい・ちつとハ誉《ほめ》てくれぬかい・

[評]五の巻《まき》十回《くわい》・犬《いぬ》の段《だん》に・伏姫翁九《ふせひめおきなまる》(ママ)の犬《いぬ》の物語《ものがたり》を・よみ居《ゐ》たるとハ・少《すこ》し求《もと》め過《すぎ》たるにハあらぬ歟《か》・(廾四ウ)伏姫《ふせひめ》ハ・その身《み》を八房《やつふさ》にとらせんといハれし事・しらでをらバ難《なん》なけれども・既《すで》にこゝにてハ・姫《ひめ》の内心《ないしん》にしりてあり・扨《さて》ハ犬の物がたりなど見るも・うとましくこそ思ふべけれ・しかしこれらハ・その場《ば》のとり合《あへ》せまでにて・その文《ぶん》の飾《かざ》りなれバ・ふかく咎《とが》むべき事にハあらず・

[答]その場《ば》のとり合せ・文《ぶん》の飾《かざり》ハ勿論《もちろん》也・しかし伏姫《ふせひめ》が・枕《まくら》の草《さう》紙《し》見たらんハ・あへて八房《やつぶさ》に拘《かゝハ》らず・条〻《くだり〳〵》を読《よむ》ほどに・翁丸《おきなまる》の段《だん》にいたりて・八房《やつふさ》の犬《いぬ》がかけ入り・それより姫《ひめ》ハ富山《とやま》の奥《おく》へ伴《ともなハ》るゝ時誼《しぎ》になりしが・故《ことさ》らに怪《あやし》きなり・この格《かく》ハ月氷奇《げつひやうき》縁《えん》・鼠《ねずみ》の段《だん》におなじ・犬《いぬ》の物語を見ん(廾五オ)とて・求《もと》めて枕《まくら》の草紙《さうし》を・とり出《いだ》せしにハあらず・くハしく書《かき》しハ・いまだ彼《かの》書《しよ》を見ざるものゝ為也・

[評]おなじ段に・義実五十子《よしさねいさらこ》に対《たい》して・かねて内心《ないしん》にハ・伏姫《ふせひめ》を大輔《だいすけ》に・妻《めあ》ハせん・とおもひしよしを告《つぐ》る傍《かたへ》に・伏姫《ふせひめ》もをれバ・聞《き》くなるべし・さでは二編《へん》に・伏姫臨終《ふせひめりんじう》の言葉《ことば》に・聊《いさゝか》さまたげあり・しかれどもいかにせん・こゝでハこの事を・義実《よしさね》かならず五十子《いさらこ》に・言《い》ハでかなハぬ事のやう也・

[答]伏姫《ふせひめ》その物かたりを・側聞《かたへぎゝ》するとも・大輔《だいすけ》が事・父《ちゝ》の心に思ひしのみにて・正《まさ》しく許《ゆる》せしにあらざれバ・露《つゆ》ばかりも懸念《けねん》すべからず・そハ姫《ひめ》の気象《きせう》を推《おし》ても・量《はか》り知《し》らるべき事なり・(廾五ウ)評《ひやう》の如《ごと》く・こゝにて義実《よしさね》・大輔《だいすけ》が事を・五十子《いさらこ》にいハざれバ・第《だい》二編《へん》にいたりて・神童《かむわらハ》が未来果《みらいくわ》を・説《とく》ところに称《かな》ハず・この婚縁《こんえん》のこゝろありて・かへつて犬《いぬ》にともなハすれば・看官《みるもの》のいとをしみも倍《ま》すべく・又彼八犬士《かのはつけんし》ハ・姫《ひめ》と大輔《だいすけ》によつて・出現《しゆつげん》することを・後《のち》にしかとしらせん為に・此物かたりにおよべるなり・元来伏姫《もとよりふせひめ》に色情《しきせう》なければ・臨終《りんじう》の言葉《ことば》のさまたげにハならぬなり・

[評]すべてハこの犬《いぬ》の段ハ・親子《おやこ》三人ッ別離《べつり》の情《ぜう》・至《いた》れり尽《つく》せり・文辞《ぶんぢ》の奇絶《きぜつ》・更《さら》にいふべからず・伏姫犬《ふせひめいぬ》に対《たい》しての理論《りろん》・八房遂《やつふさつひ》にその理《り》に服《ふく》して・(廾六オ)欲《よく》をおもひとゞまりしなど・初編《しよへん》の抜萃《めぬき》は・この一段にとゞまれり・

[ひいき]さやう〳〵・この犬の段を読《よみ》て・泫然《ほろり》とせぬものハなし・こゝが作者《さくしや》の妙《めう》でムる・

頭取それゆゑ目録《もくろく》にも。初編《しよへん》の巻軸《くわんぢく》にすえました。

よみ本好キ御両所《ごりやうしよ》ともに。御《ご》太義《たいぎ》千万《せんばん》。且《しバら》く中入《なかいり》なされまして。二編《へん》の評《ひやう》を願《ねが》ひます。

犬夷評判記上之巻終

(廾六ウ)

# 犬夷評判記《けんいひやうばんき》中之巻

三枝園批評
曲亭馬琴答述
櫟亭琴魚攷訂

## 里見八犬傳第二篇

評八犬傳《はつけんでん》二篇《へん》。第《だい》十二回《くわい》め。初段のおきもん句《く》。ちと長過《ながすぎ》るやうなれども。すべて万葉集《まんえうしふ》の歌《うた》の言葉《ことば》をもて綴《つゞ》りたる。文辞《もんく》のこなし。どうもいへぬ〳〵。

よみ本すきなる程〳〵。見る人ハ又格別《かくべつ》で厶る。神童《かんわらハ》にあふばかり。始終《し》伏姫《どうふせひめ》ひとりで。なが〳〵と舞臺《ぶたい》をもたせたる。上手《じやうず》の筆力《しうち》。佶《きつ》と見えまする。段〻と読むうちに。いと美《うつく》しき姫君《ひめきみ》が。蓬髪《おどろのかみ》をふり乱《みだ》し。羅綾《られう》の袂敗《たもとやぶ》れ垢《あか》つき。ありし俤《おもかげ》ハなけれ共。(一オ)寠《やつ》るゝまゝになほ美《うつく》しく。ひとり言《ごと》する物のいひざま。谷《たに》の戸《と》渡《わた》る鶯《うぐひす》の。なく音《ね》にまして愛《めで》たからん。と思ひやられて目前《もくせん》に。姫《ひめ》うへの姿《すがた》が見えるやう也。

評第《だい》十一回《くわい》。義実《よしさね》の霊夢《れいむ》。貞行《さだゆき》が注進《ちうしん》の段《だん》にハ。さして評《ひやう》すべき事なし。十二回《くわいと》富山《やま》の段《だん》に。伏姫《ふせひめ》思ハず。止水《たまりみづ》にうつるわが顔《かほ》の。犬《いぬ》のごとく見ゆるに驚《おどろ》き。それより有身《みごもり》たるおもしろし。これハ初編《しよへん》の出像《さしゑ》に。趣《おもむき》あらせんとて。犬《いぬ》の顔《かほ》にうつりし図《づ》を出《いだ》せしにより。その絵《ゑ》にあハせん為歟《か》。又はじめより此趣向《このしゆこう》ありて。

画《あがゝ》せ置《おき》たる歟《か》・何にもせよ・犬《いぬ》の気《き》を受《うけ》ての懐胎《くわいたい》を・一時《いちじ》に・不《ふ》図《と》・犬《いぬ》の顔《かほ》に見えしまでにて・かろく書《かき》おき・後《のち》に仙童《かんわらハ》の弁《べん》にて・解《とか》せたる(一ウ)妙《めう》なり・われら此二編《へん》を見ざりし前《まへ》に思ふたハ・伏姫ハ八房《やつふさ》に犯《おか》しおかされず・山中《さんちう》に起臥《おきふし》するうち・ふと一夕《あるよ》の夢《ゆめ》に・班衣《まだらごろも》の美男《びなん》来て・思ハず枕《まくら》をかハせしことあり・只一トすぢなる・菩提《ほだい》ごゝろにハ似《に》げもなき・あやしき夢《ゆめ》を見つるかな・と只管《ひたすら》心にかくる程に・有身《みごもり》たるごとく・病《やみ》わづらふなどいふ・趣向《しゆこう》にてもあらん歟《か》・と思ひしに・其処《そこ》を一段《いちだん》うち越《こえ》て・犬《いぬ》の㒵《かほ》に見えたるのみにて・その気《き》を感通《かんつう》せしといふ・この趣向実《しゆこうじつ》に妙なり・

【答】判《はん》の詞《ことば》も亦妙《まためう》なり・止水《たまりみづ》の面影《おもかげ》ハ・はじめよりたくみおける也・よしや夢寐《ゆめ》也共・淫奔《いんほん》の会《くわい》ありて・さて有身《みごもり》たらんにハ・義女《ぎぢよ》の為にハ大《おほ》きなる(二オ)疵《きず》なり・この間《さかひ》を脱《のが》れんこと・殊《こと》に難義《なんぎ》の場《ば》とすべし・具眼《ぐがん》の人にあらざれハ・かゝる評《ひやう》ハあることかたし・甘心《かんしん》〳〵・

【評】義実仙翁《よしさねせんおう》の示現《じげん》によつて・富山《とやま》に到《いた》ると・大輔《だいすけ》・洲崎明神《すさきめうじん》・那古《なこ》の観音《くわんおん》を念《ねん》じて・霧《きり》のはるゝと・伏姫因果《ふせひめいんぐわ》みちて・今般《いまハ》の経《きやう》よむと・八房《やつふさ》の最期《さいご》と・三方《さんはう》ひとつにつばめたるあたり・奇《き》ゝ妙《めう》〳〵・実《じつ》に外人《ぐわいじん》の及《およ》バぬ筆《ふで》也・伏姫《ふせひめ》いつよりも・読経《どきやう》の声《こゑ》すみわたり・八房《やつふさ》きくこと切《せつ》也などいふもん句《く》・そゞろさむきまで奇《き》也・

伏姫も八房《やつふさ》も・入水《じゆすい》に心決《こゝろけつ》したるを・入水《じゆすい》させず・大輔《だいすけ》が鳥銃《てつほう》に打《うた》せたる・亦妙《まためう》也・八房《やつふさ》ハ姫《ひめ》のかたを見かへり〳〵・川辺《かハべ》をさして行《ゆく》(二ウ)折から・ホンと火鉋《てつほう》の音《おと》するなど・絶妙《ぜつめう》といふべし・又よしさね伏姫・仙翁仙童《せんおうかんわらハ》・一方《いつはう》ハ夢《ゆめ》にし・一方《いつはう》ハまのあたりの事にし・大輔《だいすけ》が来歴《らいれき》ハ・物語《ものかたり》にしたる・三方《さんばう》ひとつのおち合ヒを・おの〳〵様子《やうす》をかえたる・作者《さくしや》の用心《ようじん》・きつと見どころ也・

【答】たび〳〵誉《ほめ》られ・持《もち》あげられて・真《ま》にうけるにハあらねども・金聖歎《きんせいたん》が楼《ろう》に登《のぼ》り・毛声山《もうせいさん》が室《しつ》に入《い》るにあらずハ・いかでか評論《ひやうろん》こゝに及《およバ》ん実《じつ》にわが為《ため》の智音《ちいん》なるかな・

【わる口いひ】持《もち》あげるでもあるまいが・しかし誉《ほめ》られて・腹《はら》をたつものハなし・いづれ泣本《なきぼん》でなければバ・はやらぬと見える・(中三オ)

【ひいき】やかましい・黙《だまつ》て聞《きい》てゐろ・猿唐人《さるたうじん》めが・

【評】、大和尚《ちゆだいおせう》を・初編《しよへん》の端像《くちゑ》にて見しときハ・大輔《だいすけ》ならんとハ・思ひかけざりき・これらの趣向亦妙《しゆこうまためう》なり・義実《よしさね》の胸中《きやうちう》に・彼《かれ》にゆるせし東条《とうでう》の事・伏姫の事あり・よしや違犯《いはん》の罪《つみ》をゆるして・東《とう》条《でう》の主《ぬし》になすとも・伏姫《ふせひめ》なくなりてハ・君《きみ》の聟《むこ》といふ栄《さかえ》ハなし・さでハ寵栄全《ちやうゑいまつた》からずと見れバ・世外《せいぐわい》の人になるぞ・なか〳〵に欠《かけ》たる所《ところ》なかるべき・但シ八郎といひ・大輔《だいすけ》といひ・義勇《ぎゆう》の人なるに・後栄《こうゑい》なきハ残念《ざんねん》也・こゝハ少《すこ》し作者《さくしや》の手《て》ぬかりならん歟《か》・又八郎が里見《さとみ》を佐《たす》けたるハ・古主《こしゆう》の讐《あた》をうたん為のみにして・おのが栄《さかえ》を思ひしにあらず・されバ後《のち》なきが・八郎の本意《ほんゐ》なり(三ウ)といふことを・ふくみたるにてもあらん歟《か》・しかれども・八郎既《すで》に自殺《じさつ》してその義勇全《ぎゆうまつた》けれバ・その子の大輔《だいすけ》に後栄《こうゑい》あらせんも・難《なん》なかるべし・なれどもこゝにてハ・悞《あやま》りにもせよ大輔《だいすけ》ハ・主《しゆう》の息女《そくぢよ》たる・伏姫《ふせひめ》を撃《うち》し罪《つみ》あれバゆるしがたし・とにもかくにも金《かな》碗氏《まりうぢ》の微運《びうん》といふべし・

[答]金碗《かなまり》八郎ハ・国士第一《こくしだいゝち》・義烈《ぎれつ》の人也・こゝをもて・功成《こうなり》ていく日《か》もあらず・忽然《こつぜん》として自刃《じじん》せり・大輔《だいすけ》その子として・父《ちゝ》の風《ふう》あり・薄命《はいめい》かくの如《ごと》くならざれバ・その志操《こゝろざし》を見るに足《た》らず・張子房《ちやうしばう》・韓《かん》の為に・漢《かん》を佐《たす》け・秦楚《しんそ》をうち滅《ほろぼ》して・飄然《ひやうぜん》として・大名《たいめい》の下《もと》にをらず・しかれども・(四オ)なほ呂氏《りよし》に阿党《あたう》し・その子《こ》の栄《さかえ》を思ひしは・後世疑難《こうせいぎなん》の発《おこ》る所《ところ》也・田横陶潜《でんくわうたうせん》が・義烈《ぎれつ》の卓《たか》きにしかず・且大輔《かつだいすけ》をして・高禄《かうろく》を受《うけ》さするが如《ごと》きハ・よのつねの作意《さくゐ》にして・全本《ぜんほん》五六巻《くわん》なる・小説《せうせつ》の趣向《しゆこう》にあるべし・この書《しよ》の主人公《しゆじんこう》ハ八犬士《はつけんし》也・伏姫大輔等《ふせひめだいすけら》ハ・八士《はつし》を引出《ひきいだ》すの楔《せつ》たり・伏姫薄命云云《はくめいしか〳〵》・大輔《だいすけ》も亦薄命云云《またはくめいしか〳〵》にして・而後《しかしてのち》に八士《はつし》あり・八士を生《うむ》ものハ伏姫《ふせひめ》にして・八士《はつし》を汲引《きうゐん》するものハ丶大《ちゆたい》也・しからバこの義烈《ぎれつ》の一婦一男《いつふいちなん》ハ・八士《はつし》の父母《ふぼ》なり・父《ふ》母《ぼ》かくのごとくの薄命《はくめい》にあらざれバ・八犬士《はつけんし》の後栄《こうゑい》・いづれよりかせん・金碗氏《かなまりうぢ》・後《のち》なしといへども・おのづから(四ウ)後《のち》あり・伏姫・子《こ》なしといへども・おのづから子あり・そハ全編満《ぜんへんまん》尾《び》の後《のち》にこそしるらめ・作者といへどもいまだしらざる所あり・況《いはんや》看官《みるひと》をや・今ハつかに二編《へん》にして・只見る所をもて弁《べん》ずれバ批評《ひゝやう》の疑難《ぎなん》も・そのよしなきにあらず・

[よみ本好キ]しからバちよと問《とひ》たき事あり・大輔《だいすけ》が父金碗《ちゝかなまり》八郎ハ・古主神余《こしゆうじんよ》に義《ぎ》を立《たて》・腹切《はらきつ》たりとハいふものゝ・実《まこと》ハ玉梓《たまつさ》が怨霊《おんれう》のなす所なるべし・妖《よう》ハ徳《とく》に勝《かた》ずとこそいふなるに・さしもの金《かな》碗《まり》八郎が・一女子《いちぢよし》の怨《うらみ》によつて・自殺《じさつ》せしハ似《に》げなし・ましてその子に高禄《こうろく》を受《うけ》させてハ・よのつねの作意《さくゐ》也・といハるゝハこゝろ得がたし・よのつねならぬ作意と(五オ)する事・なほ深《ふか》き意味《いみ》ある事歟《か》・

[答]そこらの疑《うたが》ひあるべき事也・初編金碗孝吉《しよへんかなまりたかよし》が自殺《じさつ》の段に・朦朧《もうろう》として玉梓《たまづさ》が姿《すがた》見えしといふ事ハ・世俗《せぞく》のうへに譬《たとへ》し也・金碗《かなまり》いかでか・淫婦《いんぷ》の怨霊《おんれう》によつて・自殺《じさつ》するものならんや・しかれども凡眼《ぼんがん》ハ・玉石《ぎよくせき》を得弁《えべん》せず・当時《たうじ》必《かならず》僉《みな》いハん・金碗《かなまり》八郎・賞禄《しやうろく》を辞《ぢ》して・忽然《こつぜん》と自刃《じじん》せり・これ玉梓《たまつさ》が祟《たゝり》也と・義《よし》実《さね》ハ智勇《ちゆう》の良将《りやうせう》なれども・その疑《うたが》ひなほこゝにあり・況《いはんや》その他《た》をや・凡妖孽《およそあやしみ》の起《おこ》るとき・人〻疑《うたが》ひ惑《まどハ》ざるもの稀《まれ》也・かゝれバ大輔《すけ》が後栄《こうゑい》なきも・玉梓《たまつさ》が祟《たゝり》なす所とし・又八房《やつふさ》を・玉梓《たまつさ》が後《うまれ》身《かはり》とのみ思ハするハ・世《せ》(五ウ)俗《ぞく》の臆断《おくだん》に宛《あて》たる也・作者の面《めん》

目《もく》にハあらず。この間《さかひ》。なほいひがたき所あり。後《のち》の評《ひやう》を得《え》バ。
復其処《またそこ》にて分解《ぶんかい》せん。今しバらく待給《まち》へ。

[評]使女《つかひめ》の早《はや》うち。新奇《しんき》の趣向《しゆこう》といふべし。五十子《いさらこ》ハ。伏姫《ふせひめ》の死《し》をしらずしてむなしくなり。伏姫も亦《また》。その母《はゝ》の死《し》をしらずして。死《しゝ》たる所妙《めう》なり。いづれにしても。一方《いつはう》その死を聞《きゝ》て後《のち》に死《しな》してハ。愁歎《しうたん》の文言《もんく》長《なが》くなりて。却《かへつて》愁情薄《しうしやううす》かるべし。特《こと》に五十子《いさらこ》ハ。伏姫の事を思ひほそりて。長《なが》き病《やまひ》の床《とこ》に臥《ふ》し。伏姫ハ犬《いぬ》に伴《ともなハ》れて。憂年月《うきとしつき》を深山《みやま》に送《おく》れり。されバ母子《おやこ》の死際《しにきハ》に。又一層《いつそう》の悲《かなしみ》をまさせんハ。あまりの事なるべし。あハで死《し》ぬるがあふ悲《かなし》みより。看《みる》官胸《ものむね》うち塞《ふさが》りて(六オ)想像《おもひやり》つゝ感《かん》ふかし。よつて目禄《もくろく》にも此段を。至《し》上上吉にしたる也作者も定めて満足《まんぞく》なるべし。

[頭取]作者小用《こよう》にたゝれし故《ゆへ》。ちよと御挨拶《あいさつ》仕る。この段評《ひやう》し得《え》てます〳〵妙也。評論《ひやうろん》この一ヶ条《でう》をもて。用心の空《むなし》からざるを知《し》れり。感服《かんふく》〳〵ゝゝ [たれとハしらず]ロ上引

[よみ本好キ]十二回《くわい》。富山《とやま》の段の幕《まく》あきから。十四回《くわい》伏姫の臨終《りんじう》まで。始《し》終見物《じうけんぶつ》に胸《むね》を痛《いた》がらせ。もふ泣《なく》事ハあるまい。と思ふ処《ところ》に。又五十子《いさらこ》の最期《さいご》の注進《ちうしん》。鬼《おに》のやうなる婆《ばゝ》さまでも。こゝで潸然《ほろり》とせぬハなし。至《し》上上吉ハ相当《さうたう》〳〵ゝゝ [又たれとハしらす]やくしやア引

[評]こゝにひとつのむづかしき事あり。八犬士《はつけんし》世《よ》に出《いで》ん起《おこ》りに。犬《いぬ》の事ありて。伏姫腹《はら》をさきて云云《しかく》の所。水滸《すいこ》(六ウ)傳《でん》の発端《ほつたん》の趣《おもむき》を。筋《すぢ》をかえて。写《うつ》し出《いだ》したる妙也。その犬《いぬ》に。高辛氏《かうしんし》の故《こ》事《じ》を思ひよせたるも妙也。珠数《ずず》の玉を。八士《はつし》の栞《しをり》にしたる。いよ〳〵妙也。これら悉《こと〴〵く》皆妙《みなめう》なれども。その肝心《かんじん》の犬《いぬ》ハ。いづくより来《き》たるといふに。玉梓《たまつさ》が怨魂《ゑんこん》也。淫婦《いんふ》の頑《かたま》しき心《こゝろ》より。犬《いぬ》になりて。里見父子《さとみふし》に恥《はぢ》を見せ。金碗親子《かなまりおやこ》に祟《たゝり》たるハ聞《きこ》えたれ共。それが八犬士《はつけんし》の基《もと》になりたるハこゝろ得《え》がたし。伏姫ハ仙道《せんどう》に入り。その功徳《くどく》によりて。八房《やつふさ》ハ善果《ぜんくわ》得《え》たらんに。これが前身《さきのよ》なりし玉梓《たまつさ》ハ。たけのしれたる淫婦《いんふ》也。この淫婦《いんふ》のよる処《ところ》。遂《つひ》に八人の勇士《ゆうし》となりて。里見《さとみ》を佐《たすく》るといふ事。いよいよこゝろ得《え》がたし。伏姫の功徳《くどく》にて。しうねき怨《うらみ》をはらし。成仏《じやうぶつ》したりぐらゐが。玉《たま》梓《つさ》にハ相応《さうおう》なるべし。これが八犬士《はつけんし》の(七オ)

挿絵第三図　(七ウ)

挿絵第四図　(八オ)

基本《きほん》になりたるハ。いかゞなり。あまり事毎《ことごと》にあそびなく。五分《こぶ》も透《すき》あらせじ。と思ふにより。無理《むり》なる趣向《しゆこう》ハ。いで来《き》たる歟《か》。但ッ伏姫が。その気《き》を受《うけ》たる原《もと》ハ。玉梓《たまつさ》の霊《れう》にもあれ。腹《はら》に宿《やど》したる母《はゝ》ハ。伏姫なれバ。その義烈《ぎれつ》によりて。八犬士《はつけんし》ハ出来《いでき》たり。とたすけいハゞいハるべけれど。既《すで》に初編《しよへん》に。伏姫襁褓《ふせひめむつき》の中《うち》にあるとき。仙翁《せんおう》が言葉《ことば》に。玉梓《たまつさ》が祟《たゝり》あるべき事を喩《さと》し。後《のち》にハ又福《さいハ》ひあるべき事を示《しめ》し。又二編《へん》に至《いたり》て。仙童《かんわらハ》が辞《ことば》にも。その事あ

金碗大すけ

伏姫

犬塚しの

わかとしの
のほるに
つけてはつ
かしきこと葉
のちりや
山となるらん
乾坤一草亭
のあるし
信天翁

挿絵第三図

挿絵第四図

りて・とにかく八犬士《はつけんし》より伏姫より・玉梓《たまつさ》が専文《せんもん》のやうに聞《きこ》えたり・これによりて看官《みるもの》十に三四ハ・われに等《ひと》しき疑《うたが》ひあらん歟《か》・爰《こゝ》は一言《ひとこと》伏姫に・憤激《ふんげき》の言葉《ことば》あらせて・よしやこの身ハ（八ウ）恥《はづか》しき・死《し》をなすとても後竟《のちつひ》に・家《いへ》のたすけにならでやハ・などいふことあらバ・八犬士《はつけんし》ハ伏姫の義烈《ぎれつ》によりて化生《なりいで》しとあきらかに聞《きこ》ゆべし・抑《そも〳〵》八房《やつふさ》の犬の事ハ・八犬傳の基本《きほん》にして、尤大事《もつともだいじ》の物《もの》なれバ・うち見てより・不図《ふと》・かく思ハるゝ事ハあれども・これ将例《はたれい》の作者也・ぬかりあるべき筈《はづ》はなし・そこもこゝも悉《こと〴〵く》・考《かんがへ》ての事なるべきか・容易《やうゐ》にハ批判《ひはん》しがたし・こハ衆議判《しゆぎはん》にて定《さだ》めんより・作者の答《こたへ》を聞くにしかず・当場《あたりば》に疵《きず》をつけんハ・心なきわざなれ共・思ひしことを漏《もら》さじとて・試《こゝろ》みにこれをいへり・亦是《またこれ》作者に笑《わらハ》れん歟《か》

［答］批判《ひはん》の辞《ことば》・そのよしあり・寔《まこと》によくも見られたり・かくいハゞ誇《ほこ》るに似《に》て・心裏《うら》はづかしきわざなれ（九オ）ども・さらバ答《こたへ》申べし・すべて小説《せうせつ》ハ・文面《ぶんめん》に・仮話《けハひ》あり・文外《ぶんぐわい》に話説《はなし》あり・これを見あやまるときハ・その評的《ひやうあた》らず・抑《そも〳〵》傳奇《でんぎ》稗説《はいせつ》ハ・実録《じつろく》とうらうへにて・話説《はなし》に倚伏《きぶく》を専文《せんもん》とす・譬《たとへ》バ水滸傳《すいこでん》の一百八人は・天罡地煞《てんこうちさつ》の魔君《まくん》也・これらが人間《にんげん》に出現《しゆつげん》したる為体《ていたらく》も・亦罪犯刑余《またざいほんけいよ》の人にて・群盗《ぐんとう》也・しかれどもその志《こゝろざし》おのづから義烈《ぎれつ》あり・彼蔡京《かのさいけい》・童貫《どうくわん》・高俅《かうきう》が・佞奸毒悪《かんねいどくあく》（ママ）の類《たぐひ》にあらず・

こゝが作者の用心・第《たい》一なるよしハ・人みなしれり・八犬士の基本《きほん》も・その心操《こゝろばへ》も・亦これにおなじ・百八賊《ぞく》の賊《ぞく》たるは・文《ぶん》面《めん》の仮話《けハひ》也・彼等《かれら》が心操《こゝろばへ》に・本然《ほんぜん》の善《せん》あるハ・作者の真面目《しんめんもく》也・只見るまゝに評《ひやう》すれバ・世《よ》を弄《もてあそ》び・俗《ぞく》(九ウ)を誣《しひ》るの罪《つみ》・作者にあり退《しりぞ》きて・文外《ぶんぐわい》の意味《ゐみ》を思へバ・宋《さう》の徽宗帝《きそうてい》の時《とき》・政《まつりごと》いたく乱《みだ》れて・邦《くに》に道《みち》なく・奸党権《かんたうけん》を弄《ろう》し・小人《せうじん》・君子《くんし》を剋《こく》するにより・賊中《ぞくちう》に義士《ぎし》あり・衣冠《いくわん》に賊《ぞく》あり・これ戒《いましめ》ずハあるべからず・さしもの金聖歎《きんせいたん》なれども・水滸傳《すいこでん》を見損《みそん》じて・只管宋公《ひたすらさうこう》明《めい》を・巨盗《おほぬすびと》と見て評《ひやう》せし故《ゆゑ》に・九天玄女《きうてんげんぢよ》が・天書《てんしよ》を宋江《さうこう》に授《さづく》る段《だん》に至《いた》りて・評窮《ひやうきはま》れり・こハ無益《むやく》の弁《べん》なれども・水滸《すいこ》の発端《ほつたん》を取出《とりいで》て・八犬士《はつけんし》の基本《きほん》を評《ひやう》せられしにより・まづこの大意《たいゐ》を述《のぶ》るのみ・＼されバ批評《ひひやう》のごとく・玉梓《たまつさ》ハ・その不義《ふぎ》・さらに論《ろん》すべくもあらず・その悪報《あくほう》にて・八房《やつふさ》の犬《いぬ》になりたるは・(十オ)仏説《ぶつせつ》の因果《いんぐわ》・輪廻《りんゑ》の義《ぎ》也・水滸《すいこ》の魔君《まくん》のいと細小《さゝやか》なるものとすべし・かくて犬《いぬ》に生《なり》かハりたるハ・この上《うへ》の恥《はぢ》やある・しからバ玉梓《たまつさ》が自業自得《じごうじとく》の悪報《あくほう》ハ・こゝに尽《つく》せり・玉梓既《たまつさすで》に・八房《やつふさ》の犬《いぬ》になりては・里見《さとみ》に功《こう》あり・荘周《そうしう》が蝴蝶《こてふ》の諭《たとへ》をもていハゞ・八房《やつふさ》ハおのづからなる八房《やつふさ》にて・玉梓《たまつさ》にハあらず・既已《すでにすで》に八房《やつふさ》が・玉梓《たまつさ》なることをしらずハ・誰《たれ》かよくこれを弁《べん》ぜん・そのはじめ義実《よしさね》ハ・犬《いぬ》の大功《たいこう》を賞《せう》するあまり・伏姫《ふせひめ》をさへ許《ゆる》せしハ・口《くち》より出《いで》たる禍《わざハひ》にて・この禍《わざハひ》なきときハ・安西《あんさい》を滅《ほろぼ》して・安房《あへ》一国《いつこく》の主《ぬし》になる・福《さいハひ》ハ来《きた》しがたし・犬《いぬ》に愛女《あいぢよ》を娶《とら》せん・といひし　禍又一転《わざハひまたいつてん》して・八犬士出現《はつけんししゆつげん》し・(十ウ)　竟《つひ》に里見《さとみ》の佐《たすけ》となること・彼塞翁《かのさいおう》が馬《うま》に似《に》たり・是《これ》を名《な》つけて倚伏《きぶく》といふ・又彼水《かのすい》滸傳《こでん》の発端《ほつたん》に・洪大尉《こうたいゐ》が悞《あやまつ》て・魔王《まわう》を走《はし》らせし禍《わざハひ》ハ・一百八人の豪傑出現《ごうけつしゆつげん》して・国《くに》の福《さいハひ》となるべき也・しかるに佞臣《ねいしん》・これを用《もちふ》ることをしらず・還《かへつて》害《がい》せんとせしゆゑに・義士《ぎし》を賊中《ぞくちう》に走《はし》したり・こゝに至《いたつ》て・順逆《じゆんぎやく》の義《ぎ》なきが如《ごと》し・これ順逆《じゆんぎやく》の義《ぎ》なきにハあらず・賢《けん》と不肖《ふせう》と・忠義《ちうぎ》と非道《ひどう》と・その位《くらゐ》をかえたるなり・かくて水滸傳《すいこでん》の作者《さくしや》・彼《かの》一百八人を・魔君《まくん》に比《ひ》せしに深《しん》意《ゐ》あり・かれらが忠義《ちうぎ》ハ・聖人《せいじん》の道《みち》に齟齬《そご》す・譬《たとへ》バ小説《せうせつ》に・勧懲《くわんちやう》 教誨《けうかい》の意味《ゐみ》あれども・経書正史《けいしよせいし》とあふものあることなし・(十一オ) こゝをもて・賊中《ぞくちう》の義士《ぎし》を魔君《まくん》とすること・なほ小説《せうせつ》中《ちう》の教誨《けうかい》を・妄言《もうげん》とするがごとし・八房《やつふさ》を玉梓《たまつさ》が後身《うまれかハり》也といふよしも・亦《また》これと相同《あひおな》じ・正史実録《せいしじつろく》を読《よ》む明睛《めのたま》を抜替《ぬきかえ》ずに・野史《やし》小説《せうせつ》を閲《けみ》すれバ・作者《さくしや》の体面《たいめん》を見がたし・と古人《こじん》もいへり・＼しかるに・彼《かれ》も玉梓《たまつさ》が祟《たゝり》也・これも玉梓《たまつさ》が祟《たゝり》也・と毎事《ことゞく》にことわりしハ・伏姫孝《ふせひめこう》にして賢《けん》・美《び》にして淫《いん》ならず・さるをこの禍《わざハひ》を受《うけ》させんハ・勧懲疎《くわんちやうおろか》なるに似《に》たり・故《ゆゑ》にその祟《たゝり》をいふものハ・文面《ぶんめん》の仮話《けハひ》也・本来《ほんらい》の面目《めんもく》にハあらず・＼又伏姫《ふせひめ》ハ・犬《いぬ》

の気《き》を感《かん》じて・孕《はらめ》るを羞《はぢ》・みづから肚《はら》を裂《さく》に及《およ》びて・胎《はらごもり》なきを歓《よろこ》べり・後〻《のち〳〵》の事さへに・(十一ウ) 思ひめぐらすに遑《いとま》あらじかし・批評《ひひやう》のごとく・われ死《し》して・里見《さとみ》の家《いへ》に・佐《たすけ》あらせんなどゝいハゞ・羞《はぢ》て死《し》する事ハ外《よそ》になるべし・しかことわらずとも・八士《はつし》の出現《しゆつげん》ハ・八房《やつふさ》の犬《いぬ》より起《おこ》るとハいへど・その功徳《くどく》は・伏姫《ふせひめ》と大輔《だいすけ》にあり・さるをこゝにて・玉梓《たまつさ》が祟《たゝり》を多《おほ》くいハざれバ・伏姫《ふせひめ》の功《こう》あらハれず・これ文面《ぶんめん》の仮話《けハひ》・文外《ぶんぐわい》の話説《はなし》なり〽又大輔《だいすけ》の薄命《はくめい》と・伏姫《ふせひめ》の枉死《わうし》と一対《いつゝい》也・金碗《かなまり》八郎が義死《ぎし》と・五十子《いさらこ》の方《かた》の憂死《おもひしに》と一対《いつゝい》也・凡《およそ》この主従男女《しゆう〳〵なんによ》ハ・造悪《ぞうあく》のことなし・皆善果《みなぜんくわ》の人たるべきに・かくなり果《はて》たる事の原《もと》を・玉梓《たまつさ》が祟《たゝり》といハずハ・何をもて勧懲《くわんちやう》とせん・玉つさが祟《たゝり》は・義実《よしさね》・彼《かれ》を赦《ゆるさ》んとして得《え》赦《ゆる》さず・(十二オ) 只一言《ひとこと》の失《あやまち》より出《いで》たり・その応報《おうほう》・伏姫を・犬《いぬ》にゆるせし戯言《けごん》に成《な》れり・彼《かれ》と此《これ》をむかへて見るべし・亦一言《またひとこと》の失《あやまち》にあらずや・彼此《かれこれ》共に・口過《くちのとが》とはいひながら・元来《ぐわんらい》大キなる愆《あやまち》にハあらず・しかるにその祟《たゝり》の大《おほい》なるハ何《なん》ぞや・後《のち》に里見《さとみ》に八士《はつし》を得《え》て・地《ち》を闢《ひら》き・隣国《りんこく》を并《あハ》する・福《さいハひ》も亦大《またおほい》なれバ也・しかれども八犬士《はつけんし》ハ・犬《いぬ》より生《せう》じて・犬《いぬ》より生《せう》せず・審《つまびらか》に見るときハ・伏姫母子《ふせひめおやこ》と金碗父子《かなまりおやこ》が・功徳《くどく》よりいで来《く》るもの也・この所作意《ところさくゐ》の秘鍵《ひけん》にして・筆《ふで》もてそのよしを断《ことわ》らず・竊《ひそか》に知音《ちいん》を俟《まつ》にあり・かくハいへども・後〻《のち〳〵》の編《へん》・遺《のこ》りなく・見果《みはて》ての評《ひやう》ならねバ・いハるゝ所無理《ところむり》ならず・強《しひ》て弁《べん》をなす(十二ウ)ときハ・非《ひ》を飾《かざる》に似《に》たらん歟《か》・取捨《しゆしや》ハおの〳〵のこゝろにあるべし・

[評]第《だい》十五回《くわい》・金蓮寺《きんれんじ》の仇撃《あたうち》・拈華庵《ねんげあん》の奇耦《きぐう》ハ・さして評《ひやう》すべき事なし・但シこの巻《まき》より下《すゑ》・はじめて八犬士《はつけんし》の生立《おひたち》を説出《ときいだ》すに及《およ》びて・初編第一回《しよへんだいゝつくわい》なる・結城合戦《ゆふきかつせん》の段《だん》にかへして見せたる趣向《しゆこう》・人の思ひかけぬ所也・水滸傳《すいこでん》ハ・発端《ほつたん》に魔君《まくん》を走《はし》らせ・そのゝち遥《はるか》に年《とし》を経《へ》て・一百八人処〻《しよ〳〵》に出生《しゆつせう》し・おの〳〵既《すで》に・人となりての後《のち》よりして・写出《うつしいだ》せし・趣《おもむき》をかえたるハ・神出鬼没《しんしゆつきぼつ》の奇才《きさい》といふべし・就中《なかんつく》・番作手束蟇六亀篠《ばんさくたつかひきろくかめさゝ》が人品動作《じんひんどうさ》・面《まのあた》りに見るが如《ごと》し〽第《だい》十六回《くわい》のするに・手束《たつか》が庚申塚《こうしんつか》にて・(十三オ) 子種《こたね》を獲《え》たる所《ところ》・伏姫《ふせひめ》の神霊《しんれい》・よのつねのごとく・善哉《ぜんざい》〻〻〳〵などゝ告《つぐ》る事なく・又その子のゆくするなどをもいハせず・只玉を投与《なげあた》へしのみにて・伏姫とも何ともいハずして・看官《みるもの》に・伏姫なることを預《あづけ》たる作意《さくゐ》おもしろし・又その玉を・与四郎犬《いぬ》が呑《のみ》たるを・其処《そこ》にてハ断《ことわ》らず後《のち》に犬《いぬ》を砍《きり》しとき・玉の由来《ゆらい》をときあかせしは・奇《き》なり妙《めう》なり・又額蔵《かくざう》の玉ハ・出所異《しゆつしよこと》也・おなじ筋《すぢ》の玉なるを・いろ〳〵にとりなしたり・定《さだ》めて後〻《のち〳〵》に出《いづ》る・六犬士《ろくけんし》も玉の出所《しゆつしよ》いろ〳〵あるべし・よくも心《こゝろ》を用《もち》ひたるものかな・

[答]玉の出処《しゆつしよ》・おの〳〵その趣《おもむき》をかえんとハおもひ(十三ウ)な

がら・こゝら尤《もつとも》難義《なんぎ》の場《ば》也・作者《さくしや》の苦心《くしん》をしる人ならずハ・評言《ひやうげん》いかでかこゝに至《いたら》ん・よく見る人は・格別《かくべつ》にこそ・

[評]犬塚信乃《いぬつかしの》ハ・初編《しよへん》の端像《くちゑ》に出《いだ》せしには・真《まこと》の女子《をなこ》と見ゆる也・今《いま》一人ン・毛野《けの》とかいふ児《ちこ》も・女子《をなこ》と見えたり・今この二編《へん》に至《いたり》てハ・信乃《しの》をバ仮《かり》に女子《をなこ》にしたり・われら八犬士《はつけんし》の実録《じつろく》を見たる事なし・先年合類節用集《せんねんがうるいせつようしふ》とかいふものにて・その姓名《せいめい》をしるといへども・今ハ大《おほ》かた忘《わす》れたり・八犬士《はつけんし》といべ(ママ)ば・皆男《みなをとこ》なるべき歟《か》・女武者《をんなむしや》もありしにや・本傳《ほんでん》をしらざれハ・いひがたき事なれども・作者《さくしや》の自序《じじよ》にも・本傳《ほんでん》詳《つまびらか》ならずといへり・しからバこの列傳《れつでん》の第《だい》(十四オ)一番《いちばん》に・犬塚信乃《いぬつかしの》を出《いだ》さずとも・妨《さまたげ》なかるべきに・前《ぜん》編《へん》の端像《くちゑ》にハ・真《まこと》の女子《をなこ》と見えたる信乃《しの》を・一番《ばん》に取出《とりいだ》し・実《じつ》ハ男子《をのこ》なりけるを・仮《かり》に女子《をなこ》にせしといふ・こゝらの作意《さくゐ》いといぶかし・素《もと》よりかゝる趣向《しゆこう》なりしか・もしハ二編の構思《こゝろかまへ》に・まづめづらしき事がらと・信乃《しの》をはじめに写出《うつしいだ》し・端像《くちゑ》の女子《をなこ》にあハせんとて・かくハたくみなしたるもの歟《か》・是《これ》によつて見るときハ・毛野《けの》も実《じつ》ハ男子《をのこ》ならん歟《か》・然《さ》るときハ・趣《おもむき》おなじさまにやならん・毛野《けの》真《まこと》の女子《をなこ》ならバ・信乃《しの》を女子《をなこ》にすとも・妨《さまたげ》なかるべし・この信乃《しの》を仮女子《にせをなこ》にしたるハ・本傳《ほんでん》によつての事歟《か》・かへす〳〵もいぶかしき事也・

(十四ウ)

[答]この段《だん》の批評《ひひやう》ハ・すべて作意《さくゐ》と表裏《うらうへ》なり・さりながら二編《へん》の附言《ふげん》にもいへるごとく・最初《さいしよ》の宿構《はらくみ》ハ・発端《ほつたん》までにて・いまだ八犬士《はつけんし》の事に及《およ》バず・しかれども初編《しよへん》の端像《くちゑ》に・八士《はつし》のをさなだちを図《づ》せし時《とき》・聊《いさゝか》思ふよしありて・信乃《しの》と毛野《けの》をバ・女《をな》子《こ》に画《あがゝ》せおきたる也・その故《ゆゑ》ハ・信乃《しの》を八士《はつし》列傳《れつでん》の・第《だい》一番《ばん》に出《いだ》さん為也・八犬士の本傳《ほんでん》詳《つまびらか》ならずといへども・軍記《ぐんき》に載《の》する所《ところ》ハ・皆丈夫《みなをとこ》なり・女武者《をんなむしや》ハ一人《ひとり》もなし・しからバ八人悉《こと〳〵く》・男《をとこ》にすとも難《なん》ハなし・これを女子《をなこ》のやうに見せしハ・無《む》益《やく》の趣向《しゆこう》といハるゝハ・いまだ八士《はつし》の興《おこ》る所以《ゆえん》を・よく思ハざる故《ゆゑ》なるべし・彼玉梓《かのたまつさ》ハ毒婦《どくふ》也・しかるも牡犬《をいぬ》に(十五オ)生《なり》かハれり・伏姫《ふせひめ》ハ賢女《けんぢよ》也・その行状《ぎやうでう》・丈夫《をとこ》に勝《まさ》れり・この因縁《いんえん》を趣向《しゆこう》とせり・されバ信乃《しの》ハ男子《をのこ》なれども・仮《かり》に女子《をなこ》に扮《いでたゝ》せしハ・これ伏姫ハ女子《をなこ》にして・男子《をのこ》の気質《きしつ》あるを反復《はんふく》せり・この故《ゆゑ》に・信乃《しの》をもて・列傳《れつでん》の第一《だいゝち》とす・且出像《かつさしゑ》にハ女子《をなこ》と見せて・男子《をのこ》にしたるが作意《さくゐ》なり・毛野《けの》が事ハいまだ写出《うつしいだ》さず・故《ゆゑ》にこゝにハ分解《ぶんかい》しがたし・思ハずや・与四郎犬《いぬ》と・信乃《しの》と同年《どうねん》に出生《しゆつせう》せしも・手束《たつか》がその子《こ》を祈《いの》りしときに・伏姫《ふせひめ》の霊《れう》あらハれしも・これらの因果《いんぐわ》を示《しめ》すのみ・初編《しよへん》にハ八房《やつふさ》ありて・二編《へん》に亦《また》与四郎あれバ・ちとうるさきやうなれども・与四郎犬《いぬ》を出《いだ》さゞれハ・信乃《しの》を女子《をなこ》に扮《いでたゝ》せし・意《ゐ》を(十五ウ)暁《さと》らする由《よし》あらず・伏姫《ふせひめ》の神霊《しんれい》と・与四郎犬をかけて見バ・信乃《しの》ハ女子《をなこ》にして女子にあら

ぬ・事のこゝろハ知《し》らるべく・又与四郎ハ八房《やつふさ》が・後身《うまれかハり》といハざれとも・其処《そこ》にて暁《さと》り易《やす》かるべし・この犬《いぬ》の事に就《つき》てハ・なほ種〻《くさ〴〵》の趣向《しゆこう》あれども・こゝにて楽屋《がくや》ハ見せがたし・

[りちぎな人]聞《き》けバ聞程《きくほど》道理《どうり》至極《しごく》・これからの新板《しんはん》ハ・うか〳〵と読《よん》でハおかれず・何《なに》が苦労《くろう》にならふもしれぬ[よみ本好キ]三の巻《まき》十六回《くわい》・番作夫婦《ばんさくふうふ》が大塚《おほつか》へ来《き》て・蟇《ひき》六亀篠《かめざゝ》が為体《ていたらく》を伝聞《つたへきゝ》・忽望《たちまちのぞみ》を失《うしな》ひて・云云《しか〳〵》といふあたりハ・読《よん》でもちからが脱《おち》るやう也・又四の巻《まき》十七回《くわい》・蟇《ひき》六夫婦《ふうふ》が養女《やしなひむすめ》を引《ひき》とる段《たん》に・蟇《ひき》六いよ〳〵(十六オ)たのもしくて・よき子《こ》ぞ勿泣《なくな》・物《もの》とらせん・と袂《たもと》へ右手《めて》をさし入《い》れて・とり出《いだ》す果子《くわし》の花《はな》もみぢ・実《み》ならぬ親《おや》としらぬ子《こ》も・さすが口《くち》には孝行《こう〳〵》にて・朝四暮三《ちやうしぼさん》の猿鑣《さるくつわ》・かけたるごとく泣止《なきや》みけりとハ・飽《あく》まで筆《ふで》のまハりし滑稽《こつけい》・外《ほか》にまね手《て》ハ・ないぞ〳〵・

[評]番作《ばんさく》の自殺《じさつ》ハ・誠《まこと》に苦肉《くにく》の計《はかりこと》ならん・しかれども今少し計策《はかりこと》もあるべきに・日来《ひころ》にハ似《に》ず短慮至極《たんりよしごく》・相手《あひて》ハ癡《しれ》たる小人《せうじん》なり・是牛刀《これぎうたう》の譬《たとへ》に似《に》たり・讐《あた》に兵《やいば》を藉《かす》もの歟《か》・猶《なほ》三編《へん》の出《いで》たらバ・この疑《うたが》ひは解《とけ》べき歟《か》・

[答]番作《ばんさく》が自殺《じさつ》するを・苦肉《くにく》の計《はかりこと》といひつるは・見る所のまゝにして・苦肉《くにく》の計《はかりこと》のみにあらず・又(十六ウ)蟇《ひき》六亀篠《かめざゝ》が為に死《し》するにあらず・その子の為に死する也・死《しな》でもの事に死するハ・計《はかりこと》ありといふとも・拙《つたな》きに似《に》たりと思ふハ・只うち見たるうへのみにて・みだれたる世《よ》の人気《じんき》ハこれと・想像《おもひやら》ざる故《ゆゑ》なるべし・伍子胥《ごししよ》を乗《の》せて江《え》を渡《わた》し・疑《うたが》ハれて入水《じゆすい》せし・彼江上《かのこうせう》の漁丈人《ぎよぢやうじん》のごとき・泰平《たいへい》の世《よ》をもて見れハ・酔狂《すいきやう》にして・馬鹿《ばか》〳〵しからずや・然《しか》れども義信《ぎしん》を戌《まも》り・疑念《ぎねん》を厭《いと》ひ・偏《ひとへ》に仁侠《じんけう》をもて・死《し》して潔《いさぎよ》しとするものハ・戦国《せんこく》の人気《じんき》なり・況番作《いはんやばんさく》ハ・智勇《ちゆう》の士《し》なり・その身重病《ぢゆうびやう》に罹《かゝ》りて・起《おき》がたきを知《し》れり・且《かつ》その子ハ少年《しやうねん》にして・養《やしな》ふべきものなし・姉《あね》と姉夫《あねむこ》の奸《よこしま》なるハ・よくしつたり・(十七オ)番作《ばんさく》が気質《きしつ》を推《おさ》バ・死《しな》ざることを得《え》ざるべし・泰平《たいへい》の世《よ》の人ならば・番作といふとも自殺《じさつ》すべからず・金碗《かなまり》八郎が自殺《じさつ》も・亦《また》これにおなじ・八郎は古主《こしゆう》の為に死し・番作《ばんさく》ハその子の為に死す・彼《かれ》ハ義烈《ぎれつ》なり・これハ慈愛《ぢあい》也・彼《かれ》ハ公道《こうどう》也・これハ人情《にんじやう》也・鶏《にはとり》の為に・牛刀《ぎうたう》を用《もちふ》るといふべからず・蟇《ひき》六亀篠《かめざゝ》を敵手《あいて》にして・死するにあらざるよしハ・番作既《すで》に・渠等《かれら》が胸中《きやうちう》を・悉《こと〴〵く》見ぬきたるにて知《し》らるべき歟《か》・

[評]信乃《しの》が与四郎犬《いぬ》を砍《きり》て・玉を得《え》たることハ・よくも考《かんがへ》たるものかな・与四郎ハ・犬塚親子《いぬつかおやこ》が年来寵愛《としころちやうあい》する犬《いぬ》也・これを主《しゆう》の手《て》づから砍《き》らん事難《かた》かるべし・(十七ウ)さるを犬ハ蟇《ひき》六に刺《つか》れて・深手《ふかで》を負《お》ひし折・信乃《しの》ハ父《ちゝ》の自殺《じがい》をかなしみ・その身《み》も共《とも》に死《しな》んとするに・犬《いぬ》を蟇《ひき》六が殺《ころ》さんことを思ひはかり・さらバわが手にかけんとて・与四郎を砍《き》るに及《およ》びて・思ハずも玉を得《え》たり・かく

て自害《じがい》を亀篠等《かめざゝら》に禁《とゞ》められ・父《ちゝ》の遺言《ゆいげん》を思ひ出して・遂《つひ》にその死《し》をとゞまるなど・事みな不意《ふゐ》に出《いで》たるごとく・無理《むり》なる趣向絶《しゆこうたえ》てなし・第《だい》三巻《くわん》より下《すゑ》・八犬士の事になりては・この段《だん》を抜萃《めぬき》とすべし・

答この評《ひやう》ハ・固《こと》に作者《さくしや》の胸臆《きやうおく》を・穿得《うがちえ》て妙なり・わが為の子《し》期《き》こゝにあり・わが為の子期《しき》こゝにあり・

評信乃荘助等《しのさうすけら》・児輩《じはい》にして・その論卓《ろんたか》きよしは・（十八オ）既《すで》に作者《さくしや》の自注《じちう》あれバ・評《ひやう》すべきにあらず・〽五の巻のとぢめに・跫《きやう》然《ぜん》と足音《あしおと》して来《く》るものハ・誰《たれ》であらふぞ・心にくし・又一人ンの犬士ならん歟《か》・さらずハ、大和尚《ちゆだいおせう》でもあらふか・推量《すいりやう》するに・これ、大《ちゆだい》にて・玉の事より・両児輩《ふたりのこども》の奇才《きさい》を誉《ほ》め・里見殿《さとみどの》に仕《つか》へよなどゝ・預《あらかし》めすゝめおく・といふやうなる趣向《しゆこう》にてもあらんか・しかし、大《ちゆだい》の出しやうが・それでハ些《ちと》はやいやう也・再《ふたゝび》思ふに・やはり犬士《けんし》中《ちう》の豪傑《ごうけつ》なるべき歟《か》・穴《あな》の狢《むじな》は形《かたち》を見ずとも・狢《むじな》といふ事誰《たれ》もしれど・是ばかりハ三編《へん》の・初巻《しよくわん》を見ざれバ・評《ひやう》ハしがたし・

答足音《あしおと》の推評《すいひやう》ハ・尤作者の秘事《ひじ》なれバ・只今ハ分解《ぶんかい》しがたし・すべてこの二編《へん》の評は・（十八ウ）聊《いさゝか》も理屈《りくつ》なし・初編《しよへん》の評《ひやう》に比《くらぶ》れハ・感歎《かんたん》弥《いよ〳〵》浅《あさ》からず・それをなほ解《とく》ものハ・商人《あきびと》ハわが売《うり》物《もの》の・わろきもよしといふが如《ごと》し・批評《ひゝやう》ハ慰《なぐさ》み・作者ハ世《よ》わたり・みづから拙《つたな》しとするときハ・株板《かぶいた》に拘《かゝハ》るべき・板元《はんもと》の為なれバ・思ハず過言《くわごん》ハ旧識《きうしき》の・心やすだてとゆるし給ひね・

評作《つく》り物語の後編《こうへん》ハ・見おとりせらるゝものなるに・この人の作《さく》ばかり・前編《ぜんへん》よりハ猶後編《なほこうへん》・ゝゝ《こうへん》よりなほ三編《へん》と・人のまつこと亦奇《またき》也・三編《へん》いまだ出《いで》ざれバ・この書《しよ》の愚評《ぐひやう》ハこれまで也・みなく〳〵をしいぞ〳〵頭取扨是《さてこれ》からハ朝夷《あさひな》の評判《ひやうばん》大せい待《まち》かねた〳〵・

犬夷評判記中之巻終

（十九オ）

# 大夷（ママ）評判記下之巻

曲亭馬琴答述　三枝園批評
欅亭琴魚攷訂

## 朝夷巡嶋記初編

[評]まづ此作者の筆端《ひつたん》不測《ふしき》・趣向《しゆこう》に自由自在《じゆうじざい》を得《え》られしよしをいハゞ・朝夷《あさひな》も為朝《ためとも》も・事の趣《おもむき》粗似《ほゞに》たるもの也・しかるにこの編《へん》ハ・聊《いさゝか》も弓張月《ゆみはりつき》に類《るい》することなく・為朝《ためとも》の人品《じんひん》と・朝夷《あさひな》の人となりと・書《かき》ざますべて親《した》しからず・譬《たとへ》バ為朝《ためとも》ハ堂《だう》にあり・朝夷《あさひな》は室《しつ》にあり・今小説《せうせつ》にとくところ・凡此両雄《およそこのりやうゆう》ハ・共《とも》に清和《せいわ》の後胤《すゑ》なれども・朝夷《あさひな》ハ・和田義盛《わだのよしもり》に養《やしなハ》れて・旭将軍《あさひせうぐん》の落胤《おとしたね》といふ事顕《あらハ》れず・これを為朝《ためとも》に(一オ)比《くらぶ》れバ・その家扶劣《かぶおと》れり・よくこの品《しな》を書《かき》わけたり・自由自在《じゆうじざい》の筆《ふで》といふべし・初《はじ》めによりて後《のち》を思ふに・嶋わたりの事なども・弓張月《ゆみはりつき》と異《こと》にして・定《さだ》めて新奇《しんき》の話《はな》説《し》あらん・板行年〻《はんこうとしぐ》に懈怠《けたい》なく・はやく全本《ぜんほん》にして見たいもの也・

〽さて発端粟津《ほつたんあハつ》ノ原《はら》の段にハ・さして評《ひやう》すべきことなし・但シ事《こと》ハ盛衰記《せいすいき》のまゝにして・花やかに書《かゝ》れたる・文辞《もんく》のこなし・佶《きつ》と見どころ也・そが中《なか》に・瀬田《せた》の夕照《ゆふひ》に凍解《いてとく》る・残雪《のこんのゆき》の飛花落葉《ひくわらくえう》・中略・あな便《びん》なしと夕間暮《ゆふまぐれ》・見かへる兜《かぶと》の星月夜《ほしつきよ》・隕《おち》て石田《いした》が発《はな》つ箭《や》になどいふあたり・纔初巻半丁《ハつかしよくわんはんちやう》にすら・かくの如《ごと》く妙文《めうぶん》あり・五ッの巻《まき》を悉《ことぐ》く・かぞへ出《いで》んハなか〱なるべし

[よませて聞人]なる程(一ウ)其様《そんな》なことも・あつたつけへ・

[評]第《だい》二条《でう》に・鞆画義盛《ともゑよしもり》が妻《つま》になりて・操《みさほ》を破《やぶ》らず・しかも遺腹《はらのこ》の全《まつた》くし・義《ぎ》にすゝみて自殺《じさつ》せし・義烈《ぎれつ》のありさま・すべて妙なり・この場《ば》の立《たち》まハり・勇婦《ゆうふ》の烈《はげ》しき中《なか》に・恩愛《おんあい》の切《せつ》なる・事情《ことのぜう》あらハれて感《かん》ふかし・最初《さいしよ》にこの一条《いちでう》を読了《よみをハ》れバ・多納《たんのう》せざるものなし・巴《ともゑ》ハ老後《ろうご》に尼《あま》となりて・信濃《しなの》に隠《かく》れたるよし・盛衰記《せいすいき》にも・一説《いつせつ》を挙《あげ》て・この事あり・又世に巴《ともゑ》が文などいふものもあり・しかるを・その巴《ともゑ》の尼《あま》をバ・栞手《しをりて》にして・真《まこと》の巴《ともゑ》ハ・はやく節義《せつぎ》に・自殺《じさつ》させて・その勇敢《ゆうかん》と閑寂《かんじやく》とを・二人リにしわけたる妙也・巴《ともゑ》ハ粟津《あハつ》合戦《かつせん》の後《のち》・再《ふたゝ》び出《いで》ずして・終《をハり》を木曽《きそ》に(二オ)取《と》らバ論《ろん》なし・和田《わだ》滅亡《めつぼう》の再寝《またね》の夢《ゆめ》を・鎌倉《かまくら》に見果《みはて》てハ・よしや尼《あま》になりぬといふとも・烈婦《れつふ》とハいひがたし・さるをかく二人にしたるハ・妙ならずや・巴《ともゑ》からして直《ね》うちを付《つけ》ねバ・朝夷《あさひな》の直《ね》うちにかゝハれバなるべし・

[答]評《ひやう》し得《え》て妙《めう》

[評]血字《けつじ》の遺書《かきおき》・僅《ハつか》に数字《すうじ》にして・よく朝夷《あさひな》が生涯《せうがい》を・ことわらせたる亦妙《またみやう》也・こゝにハ朝夷《あさひな》を・文武《ぶんぶ》の英士《ゑいし》にしたてたり・されバ此事なくとも・みだりに逆乱《ぎやくらん》を思ひ企《くハたつ》べきにあらず・又五の巻《まき》・許我《こが》の段《だん》に・秀作《しうさく》が議論《ぎろん》・教訓《きやうくん》もあり・しかれども猶仮初《なほかりそめ》にも・

鎌倉殿《かまくらどの》に仕《つかへ》んハ・こゝろよからぬ所《ところ》あり・さらバ仕《つかへ》の途《みち》にハ進《すゝ》まで・世外《せいぐわい》の人とならずハ・世《よ》の議論《ぎろん》も脱《のが》れがたけん・(二ウ)これらのよしをよく考《かんがへ》て・はやく此遺書《かきおき》にて・ことわらせたる実《じつ》に妙《めう》也・この遺書《かきおき》と・秀作《しうさく》が教訓《きやうくん》なくて・朝夷後《あさひなのち》に・鎌倉《かまくら》に奉仕《つかへ》たらんにハ・文武《ぶんぶ》の英士《ゑいし》とハいひがたし・その行状《ぎやうでう》も見るに足《た》らず・すべてこの母子《はゝこ》草《くさ》の一段《いちだん》ハ・一部《いちぶ》の糸口《いとくち》・よくたくみなしたるものかな・これを初編《しよへん》の抜萃《めぬき》とすべし・かへす〳〵も奇《き》ゝ妙ゝ《めう〳〵》・

[答]評《ひやう》し得《え》て亦妙《まためう》・

[評]栞手《しをりて》阿《あ》三《さ》丸《まる》を背負《せおひ》つゝ・走《はし》り去《さら》んとする条《くだり》に・綷急《こときう》にして介《かい》抱《ほう》に・遑《いとま》なければそがまゝに・背《そびら》に負《おひ》つ・揺揚《ゆりあげ》て・彼白旗《かのしらはた》を背手《うしろて》に・投掛《なげかけ》て引繞《ひきめぐ》らし・涙《なみだ》を手向《たむけ》の云云《しか〳〵》といふあたり・勢《いきほ》ひありてよけれども・血字《けつじ》の遺書《かきおき》なる白旗《しらはた》を・しごいてからげ物(三オ)にせしハ・ちと麁末《そまつ》なるしかた也・この旗《はた》ハ懐《ふところ》へ・しかと納《おさめ》させたきもの也・しかしかゝる立《たち》まわりハ・常《つね》に雑劇《しばゐ》にあることにて・かくせざれバその形勢《ありさま》・烈《はげ》しく聞《きこ》えぬゆゑなるべし・この段切《だんきり》ハ・秋津《あきつ》嶋《しま》八《や》重《へ》桐《きり》の俤《おもかげ》あり・あハれにして又潔《いさぎよ》く・しかも見物《けんぶつ》を歓《よろこバ》する・老巧《ろうこう》のわざなるかな・

[答]かくまでにはげしき折《をり》・記念《かたみ》の白旗《しらはた》を懐《ふところ》へ・納《おさめ》ん事ハ・あぶなきわざ也・この事実《じつ》にあるとても・心利《こゝろきゝ》たる婦人《ふじん》ならバ・懐《ふところ》へハ納《おさ》むべからず・すべて重荷《おもに》を負《お》ふときに・動《やゝ》もすれバ懐中《くわいちう》なる・物《もの》を遺《おと》すハ今《いま》あること也・されバとて・是をしごいて・鉢巻《はちまき》にせバ長過《ながすぎ》ん・且脂《かつあぶら》が着《つく》べし・(三ウ)或《あるひ》ハ引結《ひきむすん》で・襷《たすき》にかけんも不用也・又腰帯《こしおび》にせバ・いよ〳〵失敬《しつけい》といハれん・素《もと》より婦人《ふじん》のことなれバ・犢鼻褌《ふんどし》にハすべくもあらず・今般《いまハ》に母《はゝ》の魂《たましひ》を・籠《こめ》たる記念《かたみ》の旗《はた》をもて・負《おへ》るその子を括《くゝ》り添《そえ》しハ・母《はゝ》の擁護《まもり》を添《そゆ》る也・されバ又野嶋《のしま》にて危窮《ききう》のとき・鞆絵《ともゑ》の神霊《しんれい》その子に憑《つき》て・夥《あまた》の追兵《おつて》を投懲《なげこら》せしと・此彼《これかれ》をむかへて見るべし・記念《かたみ》の旗《はた》のからげ物《もの》ハ・野嶋《のしま》の危窮《きゝう》に解《とか》せん為也・故《ゆゑ》なくて如此《しか》せしにハあらず・この一条《ひとくだり》ハ見損《みそん》じられたり・

[評]野嶋《のしま》の段に・阿《あ》三《さ》丸獣《まるじう》六をにらまへて・母《はゝ》の自殺《じさつ》は・吾故《われゆゑ》なるに・今又父《いまゝたちゝ》の使《つかひ》を阻《こばみ》て・不孝《ふかう》を醸《かも》す(四オ)べくもあらねど・云云《しか〳〵》といふ処《ところ》・尤《もつとも》眼《まなこ》をとゞめて見るべし・巴《ともゑ》がその子阿三丸《こあさまる》をして・よし盛《もり》にいハしむるのみならず・作者が阿《あ》三《さ》丸《まる》をして・見物《けんぶつ》にいハしむるなり・抑《そも〳〵》朝夷《あさひな》・その武勇抜群《ぶゆうばつくん》なりとて・只和田《たゞわた》が三男《なん》にて成長《せいちやう》せんにハ・所云若様育《いハゆるわかさまそだち》にておもしろからず・貧家《ひんか》に養《やしなハ》れて・その二親《ふたおや》に孝《かう》を尽《つく》し・仇《あた》を撃《うち》・怨《うらみ》を報《むく》ひ・一人リ他郷《たけう》の客《かく》となる・千辛万苦《せんしんばんく》・譬《たとへ》ば一株《いつしゆ》の痩梅《そうばい》・よく雪霜《ゆきしも》の精《しら》げを得《え》て・更《さら》に色香《いろか》をませるが如《ごと》し・よくたくみなしたるもの也・げにかく書《かき》めぐらしゆかでハ・彼鮫《かのさめ》を手取《てと》リにする・実録《じつろく》のあたりまで・綴《つゞ》りなす事なかるべし・さてこの安房《あハ》に退《しりぞ》きたる・一件《ひとくだり》の事を思

ふに・巴《ともゑ》阿三丸《あさまる》が為にハことわりなれ(四ウ)ども・義盛《よしもり》がかたにハ・理《ことわ》りあるべくもあらず・二の巻《まき》に・よし盛阿三丸《もりあさまる》が事を聞《きゝ》て・しバらく棄《すて》て・再会《さいくわい》を待んといひ・又《また》同巻《おなじまき》・蒲黄《かばのはな》の編《へん》のはじめに・よし盛阿三丸《もりあさまる》がゆくへを想像《おもひやる》ことありて・云云《しかく》と思ふばかりにはかなくも・あまたの年《とし》を送《おく》りけりとハ・些不慈悲《ちとふぢひ》にハあらざる歟《か》・縦《たとへ》母《はゝ》巴《ともゑ》が霊《れう》の・憑《つき》そひ守《まも》ることありとも・それに任《まか》せて外《よそ》にだも・密《ひそか》に心を添《そえ》ざりしハ・義盛《よしもり》より誰《たれ》よりも・こゝは作者の手ぬかり歟《か》・とハいふものゝ・和田《わた》より見えがくれに附人《つけひと》ありてハ・彼苦《かのく》中《ちう》の苦《く》を喫《きつ》する・貧家《ひんか》の段《だん》なかるべし・しかれば作者もしかたなく・和田が手ぬかりにしたもの歟《か》・定《さだ》めて後〻《のちく》の巻《まき》にて・親《おや》子再《こさい》(五オ)会《くわい》の日にハ・この手ぬかりを解《とく》事あらん・こゝにてしかとハ評《ひやう》しがたし・

答 腰越獣六《こしこえじう》が迯《にげ》てかへりしとき・義盛《よしもり》ハ阿三丸《あさまる》に・鞆絵《ともゑ》が霊《れう》の憑《つき》しと聞《きゝ》て・かさねて追手《おつて》を遣《つかハ》さず・その行方《ゆくへ》だも索《たづね》ざりしハ・義盛《よしもり》の気質《きしつ》・素《もと》より決断《けつだん》なく・狐疑《こぎ》ふかきによつてなり・もし狐疑《こぎ》の心なくハ・鞆絵《ともゑ》に自殺《じさつ》さすべからず・又決断《けつだん》を取《と》ること速《すみやか》ならハ・建保《けんほ》の戦《たゝか》ひに・敗死《はいし》すべからず・まづよく義盛《よしもり》の言行《ふるまひ》に・心をつけて見られよ・後〻《のちく》の編《へん》に至《いた》らバ・おのづから氷解《ひやうかい》すべし・

評 二の巻《まき》・児桜《ちごさくら》の編《へん》に・栞手《しをりて》・豊《ぶん》六に阿《あ》三《さ》丸《まる》が(五ウ)事を・おちもなく物がたるとあり・木曽《きそ》の胤《たね》なるよしハ・なほ告《つげ》ざりし歟《か》・そのつゞきの文《ぶん》に・素姓《すせう》を問《と》へバ・在鎌倉《ざいかまくら》に・一二を争《あらそ》ふ武家《ぶけ》の郎君《わかとの》・云云《しかく》といふ・豊《ぶん》六が語《ことば》あり・しかるに又四の巻《まき》の四丁の右に・これを見る二親《ふたおや》ハ・貲《つくの》ひかねし借銭《しやくせん》を・債《はた》らるゝより猶《なほ》くるしく・うたてやな・世《よ》とて時《とき》とて・木曽殿《きそとの》の落胤《おとしたね》・三浦《みうら》党《たう》のやしなひ子・給《かれ》といひ恰《これ》といひ・云云《しかく》といふ文あり・さでハ豊《ぶん》六も・木曽殿《きそどの》の落胤《おとしたね》といふことを知《しつ》てをるやう也・二親《ふたおや》とあれバ・あながち豊《ぶん》六にのみ・かけていふにもあらぬ歟《か》・豊《ぶん》六にハ・始終《しどうき》木曽《そ》の落胤《おとしたね》といふ事をしらせずハ・栞手《しをりて》が落髪《らくはつ》の段に・云云《しかく》の事ばかり・夫《をつと》にすら告《つげ》(六オ)

挿絵第五図　（六ウ）

挿絵第六図　（七オ）

ざりしなどいふ語《ことば》あるべし・なれどもこの事は・初《はじめ》よりして栞手《しをりて》が・夫《をつと》に告《つげ》でハかなハぬさまなり・豊《ぶん》六が気性《きせう》を推《お》せバ・これを告《つぐ》るとも・害《がい》なき事勿論《もちろん》なり・

答 かゝることハ文中《ぶんちう》に・しかとことわらず・ほのめかしおくをよしとす・初《はじめ》より栞手《しをりて》が・木曽《きそ》の事を豊《ぶん》六に告《つげ》ずハ・よしや鞆絵《ともゑ》が遺言《ゆいげん》也とも・阿三丸《あさまる》を舎蔵《かくし》おくこと・侠気《をとこぎ》のみにては・麁骨《そこつ》なるべし・豊《ぶん》六に告《つげ》たると・又告《つげ》ざるとは・巻〻《まきく》を読《よみ》もてゆけバ・おのづから知《し》らるべし・原是秘《もとこれひ》密《みつ》の情由《わけ》あれバ・筆《ふで》も

友鶴

一惣

朝ひな

見せ
はやな
たとへの
ふしの
絵そらこと
まことすく
なき
ふみのしをりに
信天翁

ぼさ平

挿絵第五図

挿絵第六図

てしかとハことわらず・唐山《もろこし》なる上手《じやうず》の小説《せうせつ》に・か〻る事（七ウ）か〻《(マ》るこ《マ)》と往〻《まゝ》これあり・さりながら今の草紙物語《さうしものがたり》を・かくまでくハしく見らる〻こと・この人の外《ほか》・稀《まれ》なるべし・小説《せうせつ》すら斯《かく》のごとし・況《いハんや》実録《じつろく》をや・読史《とくし》の才《さい》・推《おし》てしるべし・

[評]二の巻《まき》に・健田秀作《たけたしうさく》が・阿《あ》三郎に教訓《きやうくん》の一段ハ・真《まこと》に確論《くわくろん》也・しかも孫子《そんし》の兵法《へいほう》などをバ説《とか》ず・その議論《ぎろん》・雅俗《がぞく》をまじへたれハ・誰耳《たがみゝ》にも入りやすし・鞍馬《くらま》八流《りう》・その他《た》・剣術《けんじゆつ》の奥旨《おうし》といふものハ・多《おほ》く禅法《ぜんはふ》に似《に》たりと聞《きけ》り・それを宗《むね》として・又七書《しちしよ》の義《ぎ》を失《うしな》ハず・こ〻ろをとゞめて・見よやもろ〳〵・

[答]褒美《ほうび》頗《すこぶる》分《ぶん》に過《すぎ》たり・額《ひたひ》の汗《あせ》を拭《ぬぐ》ふのみ・又唯天狗《たゞてんぐ》に妬《ねたま》れん歟《か》・

（八オ）

[評]この秀作・俗《よ》にいふ名乗闕《なのりかけ》たり・俗称《ぞくせう》を何とかして・実名《じつめう》を秀何《ひでなに》とかせバ・後《のち》に朝夷《あさひな》が・名《な》の一字《いちじ》を取《と》るにもよかるべし・

[答]寔《まこと》に評言《ひやうげん》のごとくするもよし・しかれども・義秀《よしひで》の秀の字《じ》ハ・敢《あへて》秀作の一字《いちじ》を・乞取《こひと》りしにあらず・朝夷《あさひな》が云云《しかゞ》といひしハ・当座《たうざ》の挨拶《あいさつ》のみ・秀作が実名《じつめう》をしるさゞりしハ・世《よ》を避《さけ》たる・田舎浪人《ゐなからうにん》のさまを写《うつ》せし也・実名《じつめう》ありてわろきにあらねど・名氏《みやうし》をかろくして・その才《さい》を重《おも》くせねバ・始終《しじう》世にあハざる人と見えがたし・

[評]蒲黄《かばのはな》の巻《まき》に・義盛営中《よしもりゑいちう》に事ありと聞《きゝ》て・いそぎ馳《はせ》まゐるに・

佐々《さゝ》木《き》畠山《はたけやま》以《い》下誰《かたれ》かれ・はや(八ウ)営門《ゑいもん》を守護《しゆご》せしよしいへり・義盛《よしもり》の遅参《ちさん》こゝろ得《え》がたし・この処文面《ところふんめん》のみとハいひながら・この物語《ものがたり》にハ・義盛《よしもり》を・第一番《だいゝちばん》に馳《はせ》つかせたし・しかも侍所《さむらひところ》の別《べつ》当《たう》なり・又実録《じつろく》にも・このとき義盛《よしもり》・一番に馳《はせ》つきたるよし見えたり・

答義盛《よしもり》・人に先《さき》たちて・得《え》まゐらざりし趣《おもむき》に作《つく》りなしたるハ・この人決断《けつだん》なく・狐疑《こぎ》多《おほ》きよしを示《しめ》すのみ・かばかりの事にも・此こゝろを用《もち》ひざれハ・その人の性質《せいしつ》・始終《しどう》とほらず・皆是建《みなこれけん》保《ほ》敗死《はいし》の張本《ちやうぼん》と見るべし・

評蒲殿《かばとの》の一条《いちでう》・はじめより終《をハり》まで・さらにいふべき事なし・大かたハ実録《じつろく》に新奇《しんき》をくハへ・本末《もとすゑ》よく(九オ)とほりて妙也・廣通《ひろみち》評定《ひやうじやう》の席《せき》にての議論《ぎろん》・蒲殿今般《かばとのいまハ》の述懐《じゆつくわい》などを借《か》りて・北条《ほうでう》が老奸《そこふかきたくみ》を論《ろん》じ・武衛《ぶゑい》の失策《しつさく》を評《ひやう》したり・これらハはやく古人《こじん》の論《ろん》じおける事ながら・廣通《ひろみち》に述《のべ》させ・範頼《のりより》にいハせたる・いと似《に》つかハしくてよし・そが中《なか》に・範頼《のりより》の臨終《りんしう》に・頼家《よりいへ》の事までをいハせしハ・あまりにけやけく聞《きこ》ゆ・今少《すこ》しおぼろげにいハせて・扨地《さてち》の文章《ぶんしよう》に・果《はた》せるかな後年《こうねん》・云云《しかく》とありたし・

答評《ひやう》し得《え》て亦佳《またよし》・さりながら此物語にては・蒲殿《かばとの》ハ・殊《こと》さらの癡人《しれびと》也・実録《じつろく》のうへにても・才《さい》ある人にあらざれども・又させる奸《よこしま》もなし・せめてその臨終《りんしう》に・神《かみ》がましきことをいハせしハ・則作者《すなハちさくしや》(九ウ)の老婆心《ろうばしん》・範頼《のりより》を助《たす》けたる也・もしこの格《かく》言《げん》なきときハ・義邦《よしくに》の相場《さうば》が立《たゝ》ず・義秀義邦《よしひでよしくに》の甲乙《かうおつ》・その父母《ふぼ》によつて・価《あたひ》をさだめたること・前《まへ》の評《ひやう》の如《ごと》し・

評廣通舟《ひろみちふな》九郎を撃《うち》て・幡多《はた》の方の首《くび》を得《え》つる段に・覆面《ふくめん》したりとあり・この処《ところ》の文面《ぶんめん》にてハ・よく取合《とりあハ》せたるやうなれども・纔《はつか》に一丁隔《おい》て・廣通《ひろみち》が・蒲殿《かばとの》に物かたる処《ところ》に合《あハ》すれバ・この覆面少《ふくめんすこ》し不都合《ふつがう》に聞《きこ》ゆ・いかにとなれバ・廣通《ひろみち》ハ中途《ちうと》より引かへして・館《やかた》の焼《やけ》たる処《ところ》へ・馳《かけ》つけたるやうす也・かねてより用意《ようゐ》せずハ・しのび姿《すがた》に覆面《ふくめん》してハ・駈《かけ》つくべきやうなし・但シこゝに捨《すつ》べき命《いのち》ならず・云云《しかく》といふ(十オ)廣通《ひろみち》が言葉《ことば》あれバ・思案《しあん》ありて・即《そく》座《ざ》に覆面《ふくめん》して・立《たち》しのびたりと見んも・子細《しさい》なかるべき歟《か》・この捨《すつ》べき命《いのち》ならずとハ・蒲殿《かバとの》の先途《せんと》を見ん為なるべし・白鳩丸《しらはとまる》ハ・既《すで》に弟《おとゝ》廣光《ひろみつ》に托《たく》したり・幡多《はた》の方の事も・又心にかゝるべし・しからバそのほとりに立《たち》しのバんも・理《ことわ》りなきにあらねど・覆面《ふくめん》ハ・些《ちと》求《もと》め過《すぎ》たるやうに覚《おぼ》ゆ・かく思ふよしハ・こゝの繡絵《さしゑ》に・異《こと》なる打扮《いでたち》なるにより・疑念《ぎねん》の発《おこ》る媒《なかたち》とハなれり・只かろく・立忍《たちしの》びたりと見んにハ・難《なん》なかるべし・弓張月《ゆみはりつき》に・八町礫《はちゝやうつぶて》が・白縫《しらぬひ》の危《き》急《きう》を救《すく》ふ段《だん》・竹藪《たけやぶ》より・礫《つぶて》を打つゝあらハれ出《いで》・又この第《だい》二編《へん》に・朝夷《あさひな》が・廣通《ひろみつ》の必死《ひつし》を救《すく》ふところなど・すべてその(十ウ)場《ば》の拍《ひやう》子《し》にてもあるべし・

[答]広通《ひろみち》・既《すで》に館《やかた》の変《へん》を聞《きゝ》て引かへせバ・虚《うか》と内《うち》にハ入るべからず・覆面《ふくめん》といへバ・手拭《てぬぐひ》もて面《つら》を包《つゝ》みたるも覆面《ふくめん》也・忍姿《しのびすがた》といへバ・簑笠《みのかさ》にて打覆《うちおほ》ひても・しのぶ心ハおなしかるべし・出像《さしゑ》に黒《くろ》き衣服《いふく》・頭巾《づきん》さへ被《かぶ》らせしハ・彼歌舞伎狂言《かのかぶききやうげん》なる。皁《くろ》衣《こ》とかいふものを摸《も》せるのみ・すべて出像《さしゑ》ハ・作者の面目《めんもく》にあらず・画《ゑ》をもて文におよぼし・且《かつ》その作意《さくゐ》を難《なん》ぜられんハ・些《ちと》うらみ也・

[評]三の巻《まき》・北条親子《ほうでうおやこ》が奸悪《かんあく》いとにくし・画面《ぐわめん》なる三人《みたり》が顔《かほ》を・爪《つめ》もて傷《やぶ》りたきやう也・便《すなハち》是《これ》この作者《さくしや》の妙《めう》・　（十一オ）
凡《およそ》この親子《おやこ》の奸悪《かんあく》・牧《まき》の方《かた》ハ・時政《ときまさ》にまさり・義時《よしとき》ハ・父母《ふぼ》にうち越《こえ》たること遠《とほ》し・幾行《いくくだり》か読《よみ》もてゆくうちに・奸《かん》の大小おのづからにわかる・立野傔杖《たちのゝけんぢやう》来《きた》れりと聞《きゝ》て・時政《ときまさ》ハ遽《あハて》てせんすべをしらず・牧《まき》の方《かた》ハ湯嶋《ゆがしま》に・こゝろ得させんとて走《はし》り去《さ》り・義時《よしとき》は騒《さわ》がず・書《かき》さしたる書状《しよでう》を・細《こま》かに引裂《ひきさき》て袂《たもと》へ容《い》れたる・当時《たうじ》の光《あり》景《さま》を・目前《もくぜん》に見るが如し・しかるに実録《じつろく》に拠《よ》るときハ・牧《まき》の方《かた》の為《ため》に・義時《よしとき》は継子《まゝこ》也・この母子《ぼし》の間《あひだ》・よからざりしよしなるに・今此物語にハ・実《じつ》の母子《ぼし》のごとく見ゆ・しかもいと睦《むつま》しげに書《かき》なしたり・思ふに此親子《おやこ》の不和《ふわ》なるは・この物語に不用《ふよう》なれば・実《じつ》録《ろく》にハ拠《よ》らずして・親子夫婦《ふうふ》（十一ウ）同一体《どういつたい》の奸悪《かんあく》を宗《むね》とせしにや・かくて実母子《じつぼし》に作《つく》りなせしなるべし・

[答]この段の大意《たいゐ》ハ・実《じつ》に評言《ひやうげん》の如《ごと》し・義時《よしとき》ハ・牧《まき》の方《かた》の継子《まゝこ》なるよし・又その不和《ふわ》なりし事などを・今こゝにて説出《ときいだ》せハ・話《はなし》に枝《えだ》さきてなか〳〵に煩《わづらハ》し・故《ゆゑ》にこゝにハ・実《じつ》の母子《ぼし》也とも・又継母《まゝはゝ》也共・何《なに》とも書《かゝ》ず・只うち見たる処《ところ》にてハ・実《じつ》の母子《ぼし》の如《ごと》し・是則《これすなハち》牧《まき》の方《かた》をも一盃《いつはい》くハする・義時《よしとき》の大奸《たいかん》なる所以《ゆゑん》・後〻《のち〳〵》の巻《まき》に至《いた》らバ・おのづから氷解《ひやうかい》すべし・

[評]四の巻《まき》五丁メに・阿《あ》三郎秀作に別《わか》れて・三四年絶《ねんたえ》て案否《あんひ》を問《とハ》ずとあり・前《まへ》に秀作の誡《いましめ》あれども・安房《あハ》ハ大国《たいこく》といふにもあらず・特《こと》に（十二オ）大溷《おほぬま》と満禄《まろ》の麓《ふもと》と・さしも隔《へだて》たる所《ところ》とハ聞《きこ》えず・いかに生活《なりハひ》に暇《いとま》なくとも・三四年のうちに・一両度《ど》ハ・音《おと》つれせぬことやハある・不沙汰《ぶさた》といふにも限《かぎ》りあり・彼《かの》秀作が事ハ・素《もと》より父母《ふぼ》にしらせず共・満禄《まろ》の山寺《やまでら》へハ・親《おや》も折〻《をり〳〵》やるべき事也・その序《ついで》をもて・秀作を訪《とハ》ん事ハ易《やす》かるべし・されバ秀作が結城《ゆふき》へ招《まねか》れしといふ事を・今少《いますこ》しはやくして・阿《あ》三郎秀作を訪《とひ》しに・結《ゆふ》城《き》へゆくべきよしを聞《きゝ》しかど・その後《のち》ハ・障《さゝハ》ることありて・得《え》訪《と》ハずとか・或《あるひ》は里人《さとひと》に・秀作が結城《ゆふき》ゆきの事を傳《つた》へ聞《きゝ》て・訪《とハ》んと思ふに暇《いとま》なくて・しのび〳〵に・うち歎《なげ》くとかいふことあらバ・四年不沙汰《ふさた》の甚《はなハだ》しきにハ優《ます》べき歟《か》・扨後《さてのち》に許我《こが》（十二ウ）にての再《さい》会《くわい》にも・阿《あ》三郎ハ一向《ひたすら》に・秀作を・結城《ゆふき》にありとのみ思ひゐたる・不意《ふゐ》の対面《たいめん》に・さまたげなかるべし・

[答]阿三郎が三四年・秀作を訪《とハ》ざりしハ・故《もとよ》り情由《わけ》あることなれバ・これを不沙汰《ふさた》といふべからず・既《すで》に秀作が教訓《きやうくん》によりて・武藝《ぶげい》のことを思ひたえ・只管《ひたすら》耕作《かうさく》を旨《むね》として・養父母《やうふぼ》に仕《つかへ》んにハ・縦《たとひ》をり〳〵秀作が・門前《もんぜん》を過《よぎ》るとも・更《さら》に内に入るべくもあらず・是則《これすなハち》讐敵図内鈍仏等《かたきづないどんぶつら》を撃《うち》しとき・庄司畷《せうしなハて》なる・石《いし》の不動《ふどう》に賽《かへりまうし》して・某《それがし》もし時《とき》を得《え》て・国《くに》の為に力《ちから》を尽《つく》し・功成《こうな》り名《な》遂《とげ》て一郡《いちぐん》の・主《ぬし》ともならバ乞《こひ》まうして・遂《つひ》に(十三オ)この地《ち》を領《れう》すべし・中略・しからずハ又さらに・詣《まうつ》るよしもなきものをや・といふ処《ところ》にむかへて見るべし・雋《すぐれ》たる器量《きりやう》の人ハ・かゝる事和漢《わかん》に多《おほ》かり・阿《あ》三郎・もし木曽《きそ》の落胤《おとしたね》なるよしをしらで・豊《ぶん》六に事なくハ・農夫《ひやくせう》にて朽果《くちはて》んか・さるときハ秀作が門前《もんぜん》を往還《ゆきゝ》するとも・羞《はぢ》て内へは入るべからず・又木曽《きそ》の落胤《おとしたね》といふ事をしらずとも・はからずして武士《ぶし》になり・志《こゝろざし》を得《え》たらんにハ・秀作千里の外《ほか》にありとも・必《かならず》いゆきて安否《あんひ》を問《と》ひ・且昔日《かつせきじつ》の恩義《おんぎ》を謝《しや》すべし・豪傑《がうけつ》《ツハモノ》ハおのづから・豪傑《がうけつ》の志《こゝろさし》あり・凡人《ぼんにん》のうへをもて・その是否《しひ》を論《ろん》ずべからず・かゝれバ阿三郎ハ・(十三ウ)さら也・世の見物《けんぶつ》に・秀作ハ・満禄《まろ》に在《あ》りけり・と思ハせねバ・許我《こが》の再会《さいくわい》の段に感情薄《かんじやううす》し・よしや秀作が・結城《ゆふき》に赴《おもむ》くよしに作《つくり》て・更《さら》に許我《こが》に在《あら》せても・其処《そこ》と彼処《かしこ》ハ其間《そのあハひ》近《ちか》かり・結城《ゆふき》を許我《こが》にせしのみにてハ・再会《さいくわい》の段《だん》おかしからず・これを不沙汰《ぶさた》といハるゝハ・凡人《ぼんにん》のうへにあるべし・小節《せうせつ》に拘《かゝハ》らざる・豪傑《がうけつ》のうへにハ受《うけ》がたし・

[評]四の巻《まき》・蜂仏《はちほとけ》の事ハ・何やらんにて見たるやうに思へども・出処《しゆつしよ》を忘《わす》れたり・それをおもしろく取《とり》まじへて・豊《ぶん》六が剛直《がうちよく》・鈍《どん》仏図内《ぶつづない》が奸邪《かんじや》・阿三郎が仇撃《あたうち》に至《いたり》て・一段《いちだん》の小説《せうせつ》に結《むす》べり・自由《じゆう》自在《じざい》の筆《ふで》なるかな[よみ本好キ]阿三郎・一三《いつさう》が為に・竊《ひそか》に樋口《ひのくち》なる・巨《おほ》(十四オ)石《いし》を滾落《まろバしおと》せし事を・はやく一三《いつさう》にしられたるよしを解《と》く・野辺送《のべおく》リの果《はて》の段に・一三《いつさう》その比《ころ》・樋口《ひのくち》のほとりにて・拾《ひら》ひたる手拭《てのごひ》をもて・阿三郎としれる事・こハ人の気《き》のつかぬ場《ば》也・又豊《ぶん》六が獄舎《ひとや》に繫《つなが》れ・無実《むじつ》の罪《つみ》に死《し》するとき・阿《あ》三郎ハ武蔵《むさし》なる・浅草寺《あさくさてら》へ・参《まゐり》たれバ居《ゐ》あハせず・此少年《せうねん》ハ・孝《かう》にして勇《ゆう》あり・このときもし家《いへ》に在《あ》らバ・手《て》を束《つか》ねて・父《ちゝ》の死《し》を待《まつ》ものにあらず・毛《け》を吹《ふか》んとして又更《さら》に・疵《きず》を求《もとむ》る事もあるべし・こゝらハよくも作《つくり》なしたり[又一人]阿三郎・養父《やうふ》の亡骸《なきから》を埋葬《はうむり》て・家《いへ》に還《かへ》るに・栞《しをり》手《て》ハ・哀傷《あいしやう》にとりも乱《みだ》さず・形《かたち》を正《たゞ》し辞《ことば》を改《あらた》め・阿《あ》三郎にその素《す》生《せう》を・はじめて告《つぐ》る一段は・あハれに(十四ウ)して潔《いさきよ》し・真《しん》の佳《か》境《きやう》といふべき歟《か》・凡《およそ》この物語に・栞手夫婦《しをりてふうふ》と一三《いつさう》ハ・本名《ほんめう》もなく氏《うぢ》もなし・しかれどもその志操《こゝろざし》ハ・よの義士《ぎし》節婦《せつふ》に羞《はづ》ることなし・これらも作者の新手《しんて》ならん歟《か》[評]阿三郎木曽の落胤《おとしたね》と聞《きゝ》しより・初《はじめ》の阿三郎にあらず・これは雑劇《しばゐ》ですることとなれど・その場《ば》を脱《のが》

れてよく書《かい》たり・又五の巻・仇撃《あたうち》の段に・鼯堀図内《むさほりづない》・尼鈍仏等《あまどんぶつら》が・いたく酔《えひ》たる為体《ていたらく》ハ・さして評《ひやう》する事もなけれど・この眼代《がんたい》もこの尼《あま》も・歯《は》ハ脱《ぬけ》・腰《こし》ハ折《かゞ》みながら・旧《ふる》き色情《しきぜう》あるよしを・酔語《すいご》の端《はし》にあらハしたる・その人物《じんぶつ》を見るが如し【わる口】そこらに難《なん》ハなけれども・庄司暇《せうしなハて》で一三《いつさう》が・夥兵《とりて》を禦《ふせい》で・阿三郎を・延《おと》しやる立まわりハ・歌舞伎狂言《かぶききやうげん》(十五オ)めきていやなり・これのみならず初巻《しよくわん》の末《すゑ》に・野嶋《のしま》の浦《うら》の追兵《おつて》の段・又八犬傳にも・義実安西《よしさねあんさい》が館《たち》に来る段・主従矢襖《しゆうくやふすま》・鎗襖《やりふすま》にての出派《では》ハ・雑劇《しばゐ》の正本《せうほん》よむこゝちす・草紙物語《さうしものかたり》に歌舞伎《かぶき》を雑《まぜ》てハ・しら〳〵しくて・興《きやう》がさめる・大人《たいじん》ハさもなしか・こゝらに評《ひやう》がしてほしい【ひいき】それ程評《ひやう》が聞《きゝ》たくハ・その釈《わけ》・おれが語《かたつ》て聞《きか》さふ・その趣《おもむき》ハ歌舞伎《かぶき》に似《に》ても・正本《せうほん》のせりふをまじへず・義太夫本のもん句を取《と》らず・よくその場《ば》を脱《のが》るゝ故に・語路《ごろ》やすらかにして・卑《いや》しからず・その事勾欄《しばゐ》めかずとも・辞浄瑠理本《ことばじやうるりほん》に類《るい》して・手つかみなるハ見るにも堪《たへ》ず・先年《せんねん》江戸へくだりしとき・この作者に聞《きゝ》しことあり・今泰平《いまたいへい》の有《あり》かたさハ・剣戟《けんげき》(十五ウ)突戦《とつせん》・刃傷残害《にんしやうざんがい》の一事《いちじ》のみ・人眼前《ひとまのあたり》に見るもの稀《まれ》也・その事常《つね》に観《み》るものハ・只彼戯子《かのやくしや》の仮戦《たて》にあり・よりて修羅《しゆら》の一段のみ・雑劇《しばゐ》の面影《おもかげ》を写《うつ》さゞれバ・人情《にんじやう》も亦うつらず・これを写《うつ》すに用心あり・及《およ》バすながら拙作《せつさく》の趣《おもむき》をよく見よといハれき・何をおん身がくつちつ《知》て・傍痛《かたハらいた》い岡宰領《おかさいれう》・すつこんで聞《きい》ておゐやれ【評】ハレやくたいもなき舌戦《ことばたゝか》ひ・贔屓《ひいき》の目にハ・わろきもよく・嫌忌《きらひ》の人にハよきも悪《わろ》し・おもひ〳〵の褒貶《ほうへん》ハ・公論《こうろん》といひがたし・それハまづそれにして・又この初編《しよへん》の妙所《めうしよ》をいハゞ・緡《いとくち》を引クがごとく・満禄寺《まろてら》を楔《せつ》として・秀作《しうさく》を引出《ひきいだ》し・秀作《しうさく》を楔《せつ》として・筠長老《いんちやうろう》を引出し・筠長老《いんちやうろう》を楔《せつ》として・義邦廣光《よしくにひろみつ》を引出し・(十六オ)義邦《よしくに》主従《しゆうく》を楔《せつ》として・時夏《ときなつ》を引出し・時夏を楔《せつ》として・卄平《ぼさへい》を引出《ひきいだ》す・しかもその糸口紊《いとくちみだ》れず・無理《むり》なる趣《しゆ》向絶《こうたえ》てなし・但《たゞ》初編《しよへん》のみならず・便《すなハち》前後《ぜんご》二編《へん》の妙所《めうしよ》・

【答】金聖端《きんせいたん》が水滸《すいこ》の評《ひやう》・こゝに借得《かりえ》て亦妙也・

【評】倶利加羅丸《くりからまる》の事・はじめ義盛《よしもり》が巴《ともゑ》に与《あたふ》る処《ところ》にてハ・戒刀《かいたう》とのみあれバ・長短《ちやうたん》の論《ろん》ハなけれど・そのあたりの文面《ぶんめん》にては・短刀《たんたう》めきて聞《きこ》ゆる也・されバそのはじめに・大刀《たち》なる事・紛《まぎ》れなき一《ひと》言《こと》を・いだしおきたきやうに・おもハるゝハいかゞあらん・又懐刀《くわいたう》とあるハ・戒刀《かいたう》を写《うつし》悞《あやま》れるならん・

【答】これもよく見られたり・初編母子草《しよへんはゝこくさ》の巻《まき》・(十六ウ)巴あさ丸をさゝんとする処にハ・短刀《たんたう》に画《ゑがけ》り・又二編過去来会話《へんすぎこしかたのものかたり》の巻《まき》にハ朝夷が抜はなせし処大刀《たち》に画《ゑがけ》り・これによりて看官疑《みるものうたが》ひあるべき筈《はづ》也・しかれども・出像《さしゑ》は一巻《ひとまき》の模様迄《もやうまで》にて・宗《むね》とするにあらねば・失《あやま》れりと知りつゝも・補《おぎな》ひ正《たゞ》さゞること多《おほ》し・刀《かたな》の長短《ちやうたん》に・緊要《きんえう》の事なければ・そのことハしるしつけざりき・その巻《まき》〳〵を読《よみ》もてゆけバ・

短刀《たんたう》にもあらず・又すぐれたる長剣《ちやうけん》にもあらざることハ・自然《しぜん》にしらるべけれバなり・

【よみ本好キ】世の見物《けんぶつ》・或《あるひ》ハ朝夷《あさひな》より・八犬傳勝《はつけんでんまさ》れりといふものあり・大人《たいじん》も如此《しか》思ひ給ふ歟《か》【評】余《よ》をもて是を見るときハ・八犬傳を兄《あに》としかたく・朝夷《あさひな》を弟《おとゝ》とし(十七オ)かたし・その八犬傳を勝《まさ》れりとするものハ・嬋奸《せんけん》たる姫《ひめ》うへ・八房《やつふさ》の犬《いぬ》に伴《ともなハ》るゝ・奇談《きだん》怪説《くわいせつ》を歓《よろこ》ぶなるべし・しかれとも朝夷《あさひな》ハ・前版《せんはん》に為朝《ためとも》あり・且嶋《かつしま》渡《わた》リの事相似《あいに》たり・新奇《しんき》をこゝに竭《つく》さんことハ・八犬傳より難《かた》かるべし・これのみならず・八犬士《はつけんし》にハ本傳《ほんでん》なし・本傳なきものハ作《さく》しやすかるべし・朝夷《あさひな》にハ本傳《ほんでん》あり・且当時《かつたうじ》の人物《じんぶつ》ハ・多《おほ》く実《じつ》録《ろく》より出《いで》たり・実録詳《つまびらか》なるときハ・作者《さくしや》の趣向《しゆこう》に自由《じゆう》を得《え》ず・これを綴《つゞ》りこなさん事・容易《ようゐ》の業《わざ》とハ思ハれず・抑《そも〳〵》この作者《さくしや》は・趣向《しゆこう》を建《たつ》る事速《すみやか》にして・思慮《しりよ》を後編《こうへん》までに旋《めぐ》らさず・草《さう》を綴《つゞ》るに稿《したかき》を易《かえ》ず・無辺《むへん》・無数《むすう》・千態万状《せんたいばんでう》の寓言《ぐうげん》・胸臆《きやうおく》より涌出《わきいで》て・泉《いづみ》の竭《つき》ざるごとし(十七ウ)と聞《きけ》り・しかれども初中後《しよちうご》に・必約束《かならずやくそく》ありて・その筋融《すぢとほ》らざることなく・文章奇絶《ぶんせうきぜつ》にして・失《あやまち》あること少《すくな》し・真《しん》に天稟《てんひん》の奇才《きさい》・小説《せうせつ》の大筆《たいひつ》といふべし・しかるを吾庸才《わがようさい》もて・その巧拙《こうせつ》を評《ひやう》せしハ・金聖歎《きんせいたん》が所云楔《いはゆるせつ》にて・作者《さくしや》の自釈《じしやく》を引出《ひきいだ》さん為のみ・多《おほ》く当《あた》らぬもその筈《はづ》の事とすべし・この朝夷《あさひな》の初編《しよへん》の趣向《しゆこう》ハ・大かた三編《へん》の仕込《しこみ》なれ共・意味深《ゐみふか》き事かくのごとし・第《だい》二編に至《いた》りてハ・漸ゝ《しだい〳〵》に佳境《かけう》に入れり・拙評《せつひやう》ハとまれかくまれ・作者の答《こたへ》に妙釈多《めうしやくおほ》かり・なれ共一席《いつせき》にハとき竭《つく》しがたし・扨《さて》思ひの外《ほか》・夜《よ》も深《ふけ》たり・トいふをきつかけに【板元】ずか〳〵と立いで東西《とうざい》〳〵・丁《ちやう》数既《すうすで》に炭《かさ》み升れバ・まづ今板《こんはん》ハ是ぎり・

犬夷評判記下之巻終

(十八オ)

物《もの》の巧拙《こうせつ》を評《ひやう》すること、今昔和漢《こんじやくわかん》に多《おほ》しといへども、皆是隻手打《みなこれかたてうち》なれバ、詰問《きつもん》ありて答述《たうじゆつ》なし。今この評判記ハしからず、作者の自釈《じしやく》を見ん為に、言《こと》を設《まうけ》て問難《もんなん》せり。月下《げつか》の門《かど》にあらねども、敲《たゝい》て遂《つひ》に開《ひら》くもの。これ未曽有《みそうう》の珎書《ちんしよ》ならずや。余《よ》幸《さいハひ》に。翁《おきな》の稿《こう》本《ほん》を獲《え》て、愛玩秘蔵《あいくわんひさう》。こゝに日あり。頃者《このころ》又おもへらく。夫独楽《それどくらく》ハ衆楽《しゆらく》にしかず。物《もの》の本《ほん》を好《このめ》る人。一ﾄたびこれを閲《けみ》せんには。その書《しよ》の深意《しんゐ》を知覚《ちけう》して、その好《この》むこと日来《ひごろ》にまさん。況《ましてさうし》草紙物語《ものかたり》を。作《つく》り習《ならハ》んと思ふ人の為《ため》にハ。亦《また》こよなきはし立《だて》なるべし。現得《げにえ》かたきはこの書《しよ》なるかな。好《このみ》て人《ひと》の非《ひ》をいふものハ。聖《ひしり》の（十八ウ）誡《いましめ》あなれども。三枝園《さんしゑん》の批評《ひゝやう》はしからず。只その才《さえ》を景慕《けいぼ》して。その書《しよ》を愛《めづ》るの深《ふか》きになれり。されバにや。翁《おきな》はこれを誹《そし》るとせず。評《ひやう》の的否《てきひ》を丁寧《ねんころ》に。しるしつけて還《かへ》されし。その量《りやうこ》巨海《かい》のごとくならずハ。その言《こと》いかでかこゝに及《およバ》ん。かゝる珎《ちん》書《しよ》を人に見せずハ。こゝろ狭《せま》しと笑《わらハ》れん。いかにせましと思ふ折《をり》。山青堂《さんせいだう》が鴻書《かうしよ》もて。板《はん》せんと乞《こ》ふまゝに。おのが蛇足《じやそく》に綴《つゞ》りあハせて。又稿本《こうほん》を東都《あつま》にくだしつ。遂《つひ》に翁《おきな》の序《じよ》さへ獲《え》て。まづ売物《うりもの》に花《はな》を飾《かざ》らせ。若葉《わかは》に繁《しげ》る山崎《やまさき》が。家桜《いへさくら》に鏤《ちりはめ》て。世に薫《かほ》らする事とはなりぬ。

平安　櫟亭琴魚再識

（十九オ）

家傳神女湯　一包代百銅

こは曲亭が家傳の良方婦人諸病の神薬にしてわきて産前産後ちのみちに即功あること神のごとく又打身によし手おひに用ひて急変をすくふべし

婦人つぎむしの妙薬　一包六十四銅　半包三十二銅

婦人毎月つきやくになり玉ふときつぎむしにいためらるゝに用ひて妙也又産後にをり物くだりかぬるによしすべて産後七日の内に用れハながくおけつ血塊《けつくわい》のうれひなし

精製奇応丸　大包代三百粒余入弐朱　中包代三十六粒入一匁五分　小包代十一りう入五分

世にきおふ丸多しといへとも製方等閑《なほさり》にして薬種に極品をえらまざれバ奇応丸の名ありといふとも奇応丸の功のうなしこゝに製するところ薬種のあたひをいとハず分量すべて法にしたがひ家傳の加減を以製方もつともつゝしめり是をよのつねのきおふ丸にくらぶれハその功百倍なり小児ある家又旅行する人ハたくハへて其功の神なることをしること多しくハしくハ能書にしるしつ

製薬弘所　江戸元飯田町中坂下南側四方みそ店向　瀧澤氏精製

―取次所　大坂心斎橋唐物町南へ入　書林　河内屋太助
江戸芝神明前　地本問屋　和泉屋市兵衛

（十九ウ）

出像三頁　柳川重信畫
全本浄書　千加田仲道

犬夷《けんい》評判《ひやうばん》記《き》追加《ついか》　朝夷巡島記第二編その外前編にもれたるを評せり　全二冊　嗣刻
里見八犬傳第三編　五冊　近日相違なくうり出し申候
朝夷巡島記第三編　五冊　右におなじ
意匠《ゐせう》墨縄《すみなハ》　古人小説の作りざまに心得あることをくハしく述ぶ　近刻
美濃《みのゝ》舊衣《ふるきぬ》八丈《はちゞやう》綺談《きだん》　先達而売出し置申候　全五冊

文政元年戊寅夏六月吉日
大坂心斎橋筋唐物町　河内屋太助
江戸馬喰町三丁目　若林清兵衛
日本橋通二丁目　竹川藤兵衛
筋違御門外神田平永町　山崎平八版

# 当世名家 評判記

天保六年

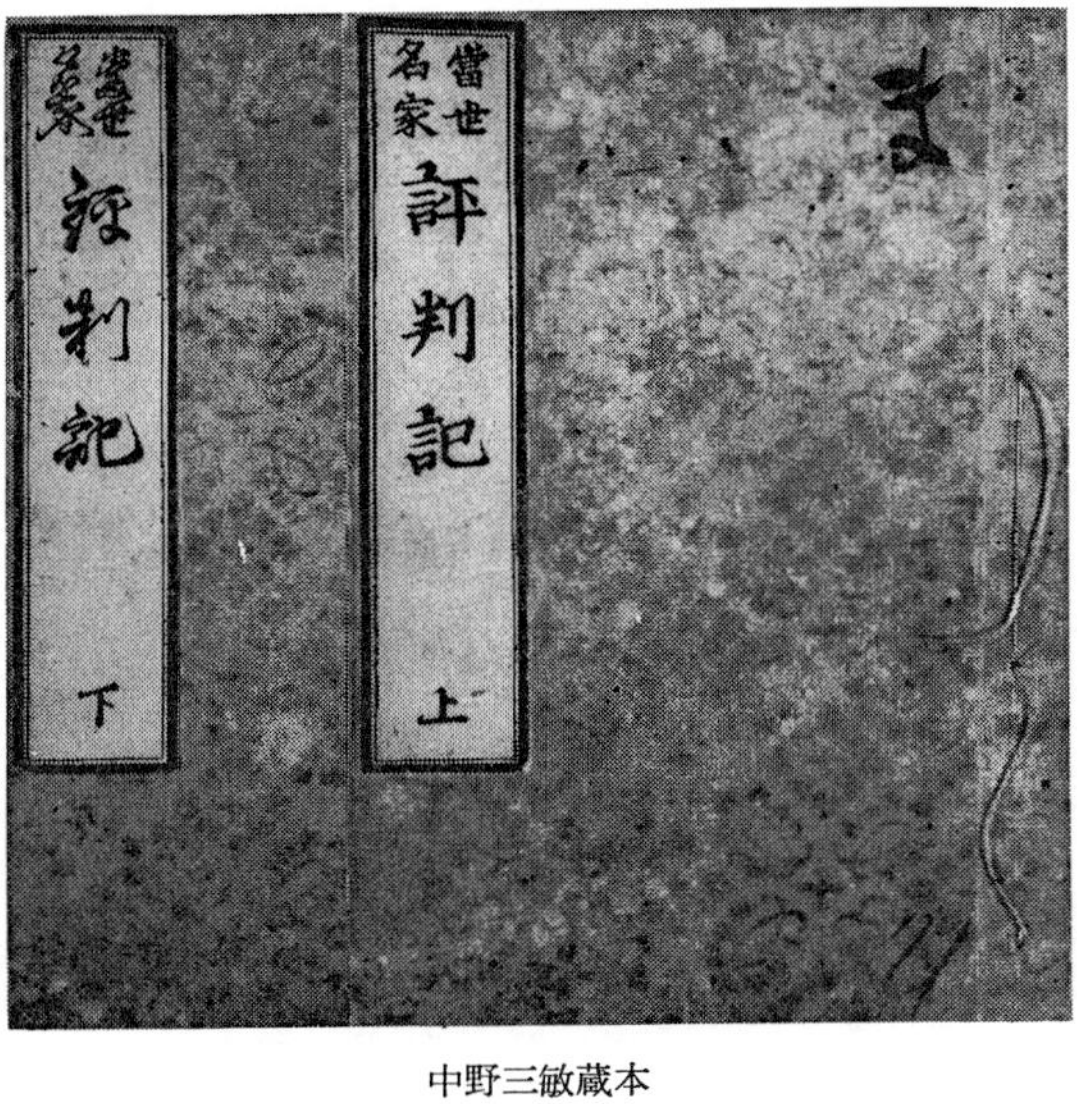


中野三敏蔵本

当世名家評判記　中本　二巻二冊　天保六年刊

底本　中野三敏蔵本

表紙　縹色　花菱型とぎ出し模様表紙(原装)

題簽　表紙左肩、子持枠、黄色地紙　「当世名家評判記　上(下)」

構成　漢序(二丁半)、口絵(一丁)、目録(半丁)、上巻本文(十九丁)、以上上巻。
下巻本文(十八丁)、跋(一丁半)、以上下巻。全四十二丁半。
＊挿絵なし

内題　「当世《とうせい》名家《めいか》評判記《ひやうばんき》前編《ぜんへん》巻之上(下)／東都(江戸)／悟免庵主人著／門人出放大校」

序末に　「乙未春／悟免庵主人題」

跋末に　「天保五甲午夏／狂聖堂主人(花押)」

柱記　なし

丁付　各丁裏ノドに「評判ロノ一(〜二)」「三」「四」「評判上ノ一(〜十九)」「評判下ノ一(〜十八)」。跋にはなし。

備考　「下ノ十二」ウと「下ノ十三」オの文章続かず、その間落丁あるか。但し、現存伝本は何れも同じ。又、七ウ、十四オにそれぞれ一ヵ所ずつ彫り残しの墨格あり。

鵬翁《ノ》云、者　者《ーナルハ》不レ一《ナラ》役者《ハ》第一、藝者《ハ》第二、医者《ハ》第三、儒者《ハ》第四、占《ウラナヒ》者《ハ》第五、神道者修《ト》行者《ハ》第六七、拙者《ハ》遠国《ノ》勤番者、此自《レハ》不《カラ》レ在二于此数《ノ》一《ニ》実可レ謂二名《ニ》言《ト》一矣。如何《ナレハ》則役者巨《タテ》擘《モノ》給金千両、藝者揚《ノアゲツメ》結昼夜壱両、纏頭《ワタリハル》因二主顧《ヲキヤク》之親粗《カホニ》一医(ロノ一オ)者《ハ》国手駕賃《カゴチン》三分、薬礼因《ハル》下病家《ノ》之軽重《カブニ》上儒者真懿《ハマシメ》盆暮百四、出役一年銀《ギン》錠五枚、哀《シヒ》哉占者《ノ》判断飛《シテ》レ唾《キヲ》二十四銅、神道者高天原《タカマカハラ》振《テ》レ鈴僅《ワカニ》十二銅憐哉修行者今日無遺《ケウハテナイ》一文無矣、者　者《ナル》不《ハ》レ同比々《シ》如《トシテ》レ此《シ》、夫儒者《ノ》解経釈史《ガクモンホネナリ》、其(ロノ一ウ)苦労百《ハ》下千万倍《ナルモ》於役者之《ノ》舞臺《ブタイ》藝者之《ノ》坐鋪《ニ》上貪《ニギル》レ金《チヤンヲ》実《ニ》拗人《ニ》之指笑《ウワサ》七十五日、放屁《ヘツヒリ》儒者渡《テリ》レ世摸擬君子《ヲイ、コノフリスル》自重徳色《ウヌボレガホ》、不レ知二世味《シラズ》一臆度学士《アテスイリヤウ》、不弁佳悪偽《ヨシアシミエスニ》造文人《セブンジン》、与《ヨリ》下其乏《ノ》二学《フ》殖《カク》一患不レ被レ称二羨《ウラヤマシ》中一殺人声価《ノアタイヲ》上能罷《クヤメ》二編心《スネルト》与二執物《コウシヤウ》一虚襟《サラリ》公平《トシテ》、(ロノ二オ)不レ為二門戸之見《ヲ》一遍《ネク》与二名士一周旋《ツキアイ》、飽飲《ノミ》二水道之《ノ》水一屢《シバ〳〵》履《ハヽ》二大門之《ノ》口《ヲ》一則《チ》学《ニ》有《ルモ》下牟知疎脱《コシツケ》之態上、世無《ニ》二蠢愚痴獃《シバカアホウ》之人一今閲《スルニ》二此《ノ》編《ヲ》一品題《ヒヤウバン》褒《ヨシ》之《アシ》、皆中《ナリ》二其竅《ノアナニ》一遠擬《クシ》下八文字屋番附《ノハンツケニ》上近効二元輪喜内評判《ニ》一妙絶《メウデゴゼ》堪賞顰話《スワルクチ》、一閧、畏《ヲ》三縮《トシ》大家《ヲ》一羞《ハチシメル》下怕名(ロノ二ウ)士《ヲ》上可《シ》レ謂無《ツ》レ遺、嗚呼世之《ノ》懿実《マジメノ》先生、其於《テハ》二人之口《ニ》一不レ能レ塞《タテル》レ戸《トヲ》云レ爾《フカ》

悟免庵主人題

乙未春

(三オ)

挿絵第一図(三ウ)

挿絵第二図(四オ)

評判記初編標目《ひやうばんきしよへんもくろく》



通計五条巻中目録畢《つうけいごじやうくハんちうもくろくをハり》

（四ウ）

当世《とうせい》名家《めいか》 評《ひやう》判《ばん》記《き》前編《ぜんへん》巻之上

東都　悟免庵主人著
門人出放大校

経学者之部《けいがくしやのぶ》

大極上々吉　朝川鼎　名鼎　字五鼎　号善庵

頭取当時での経義《けいぎ》ハ折衷家《せつちうか》の大家でございます文章《ぶんしよう》ハ自分も出来《てき》ぬといはれますが経義《けい》ハ錦《きん》（一オ）城没《ぼつ》せられてより此先生に及ぶ者ハございません ワルロ いや〳〵孝経私記《こうきやうしき》のお手際《ぎハ》でハ壮《さう》年のときなれどもずんどお力が見へますが近頃の大学釈《しやく》義で還《かへつ》てぼろが見へまして昌平橋の諸先生がこれゆゑに彼是と評がございます其上偽君子《ぎくんし》と申事が世上に申なしますゆへこれが白壁《かべ》の疵でございます ヒイキ いや〳〵偽《ぎ》君《くん》だ一斎さへもさるおやしきでやりましたゆへまして先生ハ勿論なり

（一ウ）

極上々吉　柴野平次郎　名升　字吉爾　号碧海

頭取先生ハ栗《りつ》山先生の長子でございます 見物 知れた事〳〵それハいはずとも評判ハいかゞ 頭取 学問は家学《かがく》の手強《づよ》き性理《せいり》文章《しやう》詩《し》書《しよ》

ともに三絶《ぜつ》でござります惜哉《おしいかな》寡聞《かぶん》固陋《ころう》の譏《そし》りハ免《まぬか》れません

大上々吉　松崎退蔵　名復　字明復　号慊堂　（二オ）

[頭取]当時の立者誠の儒《じゆ》者と申へき先生てござります世の中に諂《へつら》ふ事を厭《いと》ひ羽沢の山荘《せう》に引込れましても御名は下町に住居の人より高うござります其上博覧旁通《はくらんほうつう》右に出る人ハござりますまい[ワルロ]いや〳〵〳〵説文ずきでたゞ〳〵古物癖で偏倚《へんき》の先生で一向宗《しう》のくせが今にとれません

功上々吉　亀田三蔵　名長梓　字木王　号綾瀬　（二ウ）

[頭取]親父《おやぢ》より学問《がくもん》が手がたくて風流温藉真《ふうりうおんせきしん》の儒者《じゆしや》でござりますそれゆへに本とうにしんふくする人が多《おほ》ふござります[ヒ井キ]そうじや〳〵[ワルロ]女房に誤《あやま》るのハどふた[ヒイキ]それハそれ。手跡《しゆせき》も老《らう》先生の様《よう》でござります

上々吉　久保荘左衛門　名愛　字君節　号筑水

[頭取]先生ハ兼山《けんざん》の高弟《かうてい》さすが老功《らうこう》でござり升（三オ）段ゝのお世話にて諸子《しよし》るひも追《おひ》〳〵世上で読《よむ》人が出来ます

上々吉　長野友太郎　名確　字吾確　号豊山

[頭取]世上で人が知《し》りませんが誰《たれ》もおそれて居《を》ります文章《ぶんしやう》も二洲先生のお仕込《しこみ》ゆゑ中ゝ《なか〳〵》出来《でき》ます松陰快談《せういんくわいだん》のお手際《てきは》でお力のほどが見へます

上々吉　東条文左衛門　名耕　字子蔵　号琴臺　（三ウ）

[頭取]近頃お著述《ちよじゆつ》が見へますそれゆへ御名ハ一時《いちじ》に聞えましたがあまり手が利《きゝ》まして切落《きりおと》しの評判がまち〳〵でござります[ワルロ]そうじや〳〵若きに似合《にあは》ず博識《はくしき》じやげなが十だいの頃浪人《らうにん》して本屋に居《ゐ》たさうじやそれゆへ今でも本屋すゞめといふ符帳《ふてう》とりよく三《さん》都《と》の書肆《しよし》を（四オ）手につけて山をするといふ事じや[ヒイキ]山をする〳〵名のあるによつて世上の偽君子《ぎくんし》に妬《ねた》まれませう近《ちか》ごろハ師《し》家《か》をも破門《はもん》されしが益ゝ《ます〳〵》ひゐきが出来ます[見物]ちげいね〳〵何でもわるくてもよくても今での江戸風の儒者《じゆしや》でございますしかし焼《やけ》たでへこみます

上々吉　岡部新吾　名英　字　号菊涯　（四ウ）

[頭取]北山のお仕込でつんど博識でござります世上の浮薄《ふはく》の学風を厭《いと》ハれて一向に応接《おうせつ》をも好まれませんが下谷中で達者でござります[ワルロ]なんた下谷の達者だどうりでやたら著述をして銭をとるなかまだ

上々吉　寺門弥五左衛門　名良　字子温　号静軒

【頭取】これハ下谷の近所浅くさの名家でござり（五オ）ますおとしハ若うございますが経《けい》義文章ともに出来また詩人と肩をならへて清新の風に長じて居ます【ワルロ】嗚呼《あゝ》それハ江戸繁昌記や太平誌を著して世上を愚弄《ぐろう》せし人か自分が近頃ハまじめになりたりとてあゝも悪《わる》くハいはれぬものよ其故に昌平橋辺にてハ儒者《じゆしや》中のあばれものといふ評判たつた【ヒイキ】何と外でいはふが筆のまハる事と書を解《げ》すことハ誰もおよ（五ウ）ばぬ達者になるものハいづれ一度ハ悪《わる》く謂《いハ》るゝものなり何といふてもこちやせぬ

上々吉　池守儀右衛門　名廉　字廉夫　号秋水又烏足園

【頭取】誠に江戸風の学問醇粋《じゆんすい》の古学でござりますいまに至つてまでよく仕《つか》えを好まれず其師鵬《しぼう》斎の余《よ》風ありて磊々磈々《らい〳〵くわい〳〵》として一世を睥睨《へいげい》されます【ワルロ】いや〳〵それハうそじや（六オ）兎《と》かく本国へは筮仕したがりて勤るげなよいかげんにおきにしろ〳〵【ヒイキ】荘子の御講釈《かうしやく》ハお手に入たものでござります烏足も妙てム升

上々吉　荻（ママ）原鳳次郎　名承　字公寵　号緑野

【頭取】大麓《ろく》の二子でござります今によく家風が衰《おとろ》へませぬ父兄とちがひ詩文ことにお手がきゝます【ワルロ】何かもいゝが山子点《てん》の素読《そどく》をよして（六ウ）くれゝバよい兎《と》かく兼山がしみこみぬけぬさうだ

上々吉　塘　鴻　作　名公愷　字公甫　号他山

【頭取】これハ錦城《きんじやう》先生の高足《かうそく》弟子文章《しやう》に長ぜられまして駱駝《らくだ》考教《かうきやう》学弁《がくべん》などにて人のしりました両国辺の大家でござります【ワルロ】いや〳〵そうしやァない是ハ錦城晩年《はんねん》に田《いな》（七オ）舎《か》より来て学庸《かくよう》原解《かい》二書の板下をかゝれしより錦城の世話になりしを師没《しぼつ》して後自ら押《おし》て自立《じりつ》のつもりで居らるゝゆへ錦城の社中《しやちう》にて碑銘《ひめい》一条より中あしく一人も同門の士服《ふく》すものなし何でそれが高足《かうそく》弟子であろぞい【頭取】いやさそんな事ハ内證《せう》でござります

上々吉　東条文蔵　名弘　字士毅　号一堂　（七ウ）

【頭取】これハ鵬斎《ぼうさい》の高足《かうそく》弟子経義《けいぎ》をもつて御高名でござります【ワルロ】なんだ家を大きくして声を高《たか》くして夫で落《おち》をとりし於玉が池の運のつよき大家の此先生老功《らうこう》の人にて近来ハ皆川淇園《きゑん》風に字義《じぎ》の穿鑿《せんさく》にて医者や商家も風靡《ひ》いたされしが桟《さん》じきも切落しも評判なくて残念〳〵

上々吉　山本額蔵　名信陽　字景年　号箕山　一号学半　（八オ）

頭取是ハ若手でござりますが近世江戸の親《おや》玉北山の孫でござりますさすが名家の跡《あと》なれバ人がしつて居ますワルロなんだ〳〵まだ早いわい今こゝへ出る所であるまいもつとよく修行《しゆげう》をしやれ頭取ハイ〳〵それハそうでもござりませうが今に一枚看板《かんばん》になれませう

上々吉　牧原唯次郎　名直亮 字景武 号半陶　（八ウ）

頭取是ハ精里の高弟醇粋《じゆんすい》の朱学でござります先生世上にお名ハござりませんがづんど手堅《がたい》御学問でござりますヒイキそうぢや〳〵なにもかもいはずにおいてくれおらが先生ハ名をハ売たがらぬわいなワルロ陶淵明《とうゑんめい》の半分で半陶といふ積《つも》りだげなお手釣《づり》のはぜも此頃ハいかゞでござります

功上々吉　小松原順次　名雄 字叔義 号恭斎　（九オ）

頭取これハ山崎派《は》の老儒《じゆ》よく今日に至るまで醇粋《じゆんすい》の理学でござります御学術ハさておき徳行にて人が服しますワルロ今でも石摺をして売事が上手でくらすげな

真上々吉　清水俊蔵　名正徳 字俊蔵 号赤城

頭取これハ山の手の大家一家の見がござりまして博覧にござります世の人が兵《へい》家とのみ存じ（九ウ）ます実《じつ》ハ経学《けいがく》が専門でござります赤城と申す御儒者が長尾赤城大沢赤城などゝまうしまするもござりまするが中〳〵清水赤城にハ及びませぬ見物評判ハなんと〳〵ハイ赤城小松原ともに流行《りうかう》におくれてはやりません

巻軸大上々吉　佐藤捨蔵　名坦 字大道 号一斎

頭取東西〳〵当時江戸第一の立場《たてもの》かぶで一声《ひとこゑ》（十オ）で人の恐れます愛日楼《あいじつろう》の親玉でござりますなんと巻軸《くハんぢく》で申分ハござりますまいワルロなるほど〳〵鵬斎錦城《ぼうさいきんじやう》など歿《ぼつ》せられてより下町に大豪傑《がうけつ》がなし齢《よハひ》といひ学問《がくもん》といひ巻軸《ぢく》ハあたりめへだむかしハ水虎《かつぱ》もいやがる人と葛西因是《かさいいんぜ》が評判せし一言《いちごん》の通り今でも兎角《とかく》我慢《がまん》の事が多《おほ》くして同門の松崎慊堂《とう》などさへ異儀《ゐぎ》ある噂《うハさ》もござりますまた愛日《あいじつ》楼文鈔（十ウ）肥後の沢村某が上木《じやうぼく》いたし三都《さんと》の学士《かくし》の評判まち〳〵でござります小石川辺《へん》にては偽君子《ぎくんし》といふ噂《うハさ》にて味噌《みそ》をつけましたヒイキ何でもまける事ハない幕《まく》の内に大勢加《おゝぜいか》せいハ有そ見物よしにしろ〳〵悪酒《わるざけ》を呑《のむ》やうであと腹《ばら》がわるからう〳〵

## 詩文家之部　（十一オ）

大極上々吉　大窪柳太郎　名行 字天民 号詩仏

頭取詩《し》ハ江戸ハさておき三都《さんと》にても肩《かた》をならぶものがございませんまた書画《しよぐハ》も近来《ちかごろ》は別《べつ》して美事《みごと》でございます今ての親玉〳〵ヒイキ何を言《いハ》ずとも人がよくしつて居るわいワルロされども文章《ぶんしよう》の出《で》来《き》ぬが疵《きず》だ

大極上々吉　　菊地左大夫　名桐孫　字無弦　号五山　（十一ウ）

頭取詩仏《しぶつ》と互角《ごかく》の詩《し》でござれども齢《よハひ》が少しだゆへ第二席《せき》へおきました栗山翁《りつさんおう》の門人にて江湖詩社《こうこししや》へ入江戸の詩風《しふう》を一変《いつへん》しましたお手柄《てがら》の事〳〵ワルロ文章《ぶんしよう》ハ詩仏より出来《でき》れども書をかくが拙《せつ》なりそして風流《ふうりう》といふ事なく妙〻奇談で評せられた通りだ詩話《しわ》の補遺《ほゐ》と書画会《しよぐハくハい》のさいとりで困るそうだ

上々吉　　館　勇次郎　名機　字枢卿　号柳湾　（十二オ）

頭取近頃は老衰《らうすい》で引こみ多うでございますが御編述《へんぢゆつ》もおほくて人がしりました林園月令《りんゑんげつれう》にてお手際《ぎハ》が見へましたワルロおうねが越後ものにて金持の子ゆへ富《とむ》にまかせて英萬笈《まんきう》をとりたて本屋の引にて名をならせたげないまでも名にハかまハず陶朱公《とうしゆこう》をするとて貨殖《かしよく》のみしてくらすとさ

上々吉　　斎藤徳蔵　名講《（ママ）》　字有修　号有拙堂　（十二ウ）

頭取碧海もこの先生ハ半年つゝよりおほく江戸でございますゆへ此評林《ひやうりん》へいり又若手《わかて》の文人《ぶんじん》でこざりますワルロ文話《ぶんわ》が出来《でき》て却《かへつ》て文名《ふんめい》が落ましたお名ハ謙《けん》と申せどもあまり自慢《じまん》がすぎますヒイキなんでもよく博識《はくしき》をいたされましたよく人をも容《いれ》られます大家の風がございます

上々吉　　梁川新十郎　名　字　号星巌　（十三オ）

頭取北山の御門下でございましたが近来ハ京摂の間でお名が高《たか》うございます今に江戸の大家になりませうワルロ鳥《とり》なきさとの蝙蝠《かうもり》で京摂の間《あいだ》で評判のよきを自負《じふ》し新下りに下りし所誰《たれ》も服《ふく》する人なく久しく蟄《ちつ》してやう〳〵顔《かほ》見せしたがどうも覚束《おぼつか》ない今に夜逃《よにげ》をするだらう

上々吉　　山本亮助　名謹　字公行　号緑陰　一号茶仏　（十三ウ）

頭取北山の子むかしハ頗る達者でございましたがおひこみましたされども名家のあとでございますワルロ近来は山も止《や》めたげな尚書勤王師での損をしたヒイキイヱサ通りもので詩も放翁《ほうおう》の様でございます

上々吉　　辻元崧菴　名崧　字山松　号楼宇

頭取 お医者が本業なれど詩はゐらひもの奚（十四オ）疑塾の才子でござりまして今でハ詩も格別に作られませんが作家でござります

上々吉　芹沢尚淳　名　字　号静所

頭取 若手の作家でござります追々御名が出ませう

上々吉　下毛秀次郎　名正応　字子健　号藕塘

頭取 文章も出来ます五山の社中才子でござります（十四ウ）

上々吉　小南常八郎　名寛　字　号栗斎

頭取 経学《けいがく》が専門《せんもん》と申ますが詩が本色でござりますか ワルロ 先生ハ近来道徳仁義説《せつ》のあとへ江戸竹枝ハ何の事だ狂詩《きやうし》か本詩かしかしこれよりはじめて人がしりましたが固陋《ころう》でなさりません

上々吉　山地武一郎　名寛　字孟毅　号蕉窓　（十五オ）

頭取 これ鵬斎翁《ぼうさいおう》門人での詩人でござります

上々吉　野沢彦六　名恒　字寧恒　号酔石

頭取 先生ハお作家なれど人が存ませぬおしつけお名が出ませう惜《おし》い事〳〵

上々吉　宮沢雲山　名雉　字子雉　号細菴

頭取 先生ハ江湖《ごうこ》詩社《ししや》の一人若《じやく》年よりお名がござり（十五ウ）ますそして月琴《げつきん》が名人で詞曲《しきよく》がお手に入ました ワルロ 近来《きんらい》ハ御蔵前《くらまへ》の豪福《がうふ》の門人に阿諂して専らに俳諧《はいかい》をするげな

上々吉　服部真蔵　名元濟　字君美　号芝山

上々吉　荻生惣右衛門　名維則　字式卿　号桜水

頭取 御両人ながら御名家の跡《あと》ゆへどうしても遺沢《ゐたく》がござります　（十六オ）

上々吉　谷立本　名立悳　字大公　号斗南

頭取 先生ハ金峩《が》の学流を汲《くみ》し人にて唐明の詩風にてハ贋古偽調《がんこぎてう》を説《とき》ました作家でござりますが隠《いん》君子ゆへ人がしりません御著述《ちよじゆつ》もあまたあります

上々吉　塩田又之丞　名華　字陳敬　号随斎

頭取 朱延平《あけえんへい》の門人御若さにさて〳〵作家でござります（十六ウ）津《つ》藩《はん》にてハ拙堂《せつどう》といへども詩にてハ遠く先生へ譲《ゆづ》られました ワルロ どふだ酒ハやんだか五山堂詩話《しわ》へ詩をいれて貰《もら》つて世上に名をし

られたとか[ヒイキ]イヤ〳〵〳〵それは虚談《きよだん》じや江戸でハ左《さ》ほどでなけれど上方にてハゑらい高名だ早く詩《し》集《しふ》を上木したふムㇼ升い

上々吉　　田辺晋次郎　名誨甫　字季徳
　　　　　　　　　　　号石庵

[頭取]先年続《ぞく》八大家読《とく》本編輯《へんしう》にて人のしりま(十七オ)した村瀬誨甫先生でござります近来宋濂渓王陽明方正学唐荊川王遵品帰宸川など文略が追〳〵編輯にて上木になります誠に御手柄《がら》の事でござります[ワルロ]なぜに一人して両名にするぞ田辺晋次郎でハ二百三十俵の方さ聟《むこ》にいつたせなァの腕《うで》でなぜ自立《じりう》せぬやら[ヒイキ]イヱ〳〵〳〵それハ色〳〵訳がある事[ワルロ]儒者の番付《ばんづけ》も本屋に頼まれて作りし時自分《じぶん》の(十七ウ)名の違《ちが》ひしにてみづから入《い》りしと聞くわけといふ事ハこの事か何とぢけへねへの真中《まんなか》であらうの

上々吉　　安積祐助　名学　字思順
　　　　　　　　　　号良斎

[頭取]皆さまの御ひゐき多き駿河《するが》臺《たい》の名家でござります艮斎文略の出来ましてより世上で名をしりました[ワルロ]如才《ぢよさい》なき人ゆへよく大家へ取入《とりいつ》て(十八オ)よくきにいるやうにしたゆへとりはやしがよくて出入場《ば》も多くなり流行《はやり》医者とおなしやうに東西南北へかけあるき今に大立物といはれやす切落の評判ハさておき座元のひきにて今にも座頭《ざがしら》ともなりやせうが下町へ出るに遑《いとま》なく気の毒《どく》な事〵[ヒイキ]見ろ〳〵今に大親玉が株《かぶ》ハ外へハおれらがやらせぬわい

巻軸
大極真上々吉　　岡本省翁　名省　字子省　(十八ウ)
　　　　　　　　　　　　　号花亭

[頭取]東西〳〵経学文章《けいがくぶんしよう》ハさておき詩《し》にてハ江戸のうちにていかなる作家にても異義《ゐき》のござらぬ大先生近来別《きんらいへつ》して高名《かうめい》でこざります何と巻軸《くハんぢく》で相当《さうとう》でござりませう[ヒイキ]ちかひない〳〵何もいふ事ハあるまいどうぞ詩集《ししふ》を上木《じやうぼく》して京摂《けいせつ》へやりたふござります[見物《てんほう》]これやい評判ハ至極《しごく》よからうがまた詩人ハいくらもあるなせに出《た》さぬぞ西の久保や牛込や芝や本郷にも詩(十九オ)人ハまたありて此評へいらぬを羨《うらやま》しかるてあらうぞ[頭取]いや〳〵〳〵あとの書家《しよか》が待かねて居りますから今日ハこれで御用捨〳〵〳〵

当世名家評判記前編巻之一終　(十九ウ)

# 当世《とうせい》名家《めいか》評《ひやう》判《ばん》記《き》前編《ぜんぺん》巻之下

江戸　悟免庵主人著
門人出放大校

## 書家之部《しよかのぶ》

大極上々吉　市河三亥　名亥　字孔陽　号小山林堂

頭取 今での筆とり色々評判ハござりますが書論も博覧頗る近世の韓《かん》大年源文龍《りよう》も及ませぬ書風ハ(一オ)近来さかりました何でも大家でこざり升 ワルロ 胸中に俗気があるゆへどうも筆にも俗気がはなれぬどうぞ骨董《どうぐ》の市ハ休《やめ》てくれゝバいゝ余り金が出来たら養子が死ぬし天命ハ金でハ買れまい早くさとれバよいに別荘をかふのも書画を買《かふ》のも一頃よりさびれたやうだ

真上々吉　本多昌元　名　字　号香雪

頭取 書ハ董其昌《とうきせう》そのまゝでござります隠君子ゆへ素人《しろうと》(一ウ)はしりませんが文人にハ誰もしらぬものなし書論《しよろん》も鑒識も精密《せいみつ》でござります ヒイキ 先生ハ真《しん》の書好名《しよずき》を売《うる》ためでハござりません

上々吉　小田切東次郎　名翼　字萬里　号図南

頭取 さすが東江《とうこう》先生の高弟小楷《せうかい》が美事《みごと》てござり升書論もお精《くハ》しふござります浅草辺ハみな此人の以前書風《しよふう》でござりました(二オ)

上々吉　加須谷弘蔵　名時鳴　字萬里　号盤梯

上々吉　杉浦市郎兵衛　名吉統　字総中　号西涯

頭取 御両人ながら旧《ふる》き書手《かきて》でござりましたが近来ハ御引込ゆへ若き人ハ一向に知りません何れも名書《めいしよ》でござります

上々吉　八尾喜復　名惟徳　字香馨　号克菴

頭取 お若《わか》いによく書れます八体《はつたい》ともに出来ます故《ゆへ》ありて師家ハ破《は》門《もん》になりましたが当時日の出の勢《いきほ》ひでムリ升(二ウ) ワルロ 手ハ美事でも惜い事に書論ハ一向にしらぬ風流に乏しく落款がわるふござり升柳原米菴といふ符帳を聞ました ヒイキ 板下ハよく出来ます

上々吉　山内熊次郎　名晋　字希逸　号香雪

頭取 米庵先生の一門人でござります始ハ盤梯《はんてい》先生の御仕込ゆへ筆法に精ふムリ升今に大家になります 見物 なぜ克庵の前へおかぬ 頭取 ヘイ〳〵何と申てもまだ御年が若うムリ升

上々吉　野呂省吾　名省　字省吾　号陶斎　（三オ）

頭取 近来大ぶん御名が高うムッ升 ワルロ 鵬斎《ぼうさい》の偽《ぎ》物ハ上手なれども自分の書ハかへつて出来ぬが残念〱 ヒイキ 御子息も秋水の仕込大分学問がお手づよでござるそうさ

上上吉　沢田文次郎　名哲　字文明　号東洋

上ゝ吉　秦　源十郎　名　号星塢

上上吉　中川文十郎　名　号憲斎

頭取 何れも御名家の跡でござりますゆへ今におの〱立物におなりでムッませう東洋《とうよう》先生ハ既に人が用ひます　（三ウ）

上上吉　市川逐菴

上上吉　関　琴山

頭取 御両人とも当時の大立物の御子息ゆへ人がしッましたが恭斎東陽に負《まけ》ぬやうになさいまし

上々吉　関根江山　名為宝　字

頭取 近来一向に評判がござりませんが潢南仏庵両先生の御仕込ゆへ法帖《ほうでう》などハよく見られました惜い事にハ書が克菴にハ及びませんされども一名家でござります（四オ）ワルロ それハ文人の細見《さいけん》にて焉馬《えんば》とやらにぶたれた人か

上々吉　神谷存左衛門　名績　字君厚　号竜河

頭取 これハ老功《ろうこう》の先生でござります ワルロ 字《じ》ハかくが是も書論《ろん》をしらぬそうだ

上々吉　松田正助　名正義　字直方　号董斎

頭取 これハ董堂《とうどう》の高弟でござります ワルロ 手ハよいが是も書法《しよほう》ハしらぬ

上々吉　中西源吾　名寅　字子虎　号研斎　（四ウ）

上々吉　沢村市之進　名徳基　字温卿　号墨荞

頭取 御両人ながら米庵《へいあん》先生の社中で高弟でござりますさすが名家ゆへ門家にかやうな名士がござります 見物 何のかのと言《いつ》ても仕込が違《ちが》ふと見へて中立物が追ゝ《おいおい》出来ました

上々吉　横井篤蔵　名篤　字子行　号天翁

頭取 浅草の人丸墓の碑《ひ》で世上にしられました（五オ）韓篤でござります筆ハよく廻《まは》りすいぶん書論も御精《くは》しふござります ヒイキ 今に

江戸の大家になりませう田舎《いなか》でハよく流行《りうかう》しますかへつて江戸てハはやりませぬ

功上々吉　片倉助右衛門　名孝造　字子明　号龍沢

頭取今での大立物一見色《いつけんしき》にて世の人をもの丶かずともせずして居《ゐ》られますゆへ文人の附合《つきあひ》もされませ（五ウ）ぬが達者の筆でこざりますワルロ是も手筋ハよいが文盲《もんもう》と見へて款識《らくくわん》の署しやうもしらず手習師匠の毛のはへたのであらうヒイキ二丁町ハ偖おろか新場小田原町其外店むきでハ先生でなければ通《とふ》りません唐様《からやう》といふものハかきると思ひ夫ゆへ年分にハ筆の先にて二百金ハ外《はつ》れません何と胆《きも》が潰《つぶ》れませう

大極上々吉　巻右内　名大任　字致遠　号弘斎　（六オ）

頭取上方へお登《のぼ》りのせつも評判がよふこざりました行筆《しよ》ハ近世に稀《まれ》なる名筆でござります江戸での書家の親玉でござりますワルロもとハ筆耕書《ひつかうかき》で板下ばかりして居たゆへ手がのびぬハそして今でも人と喧嘩《けんくハ》をするから誰もいやがるワイ見物負るな〳〵米菴と互《ご》角《かく》でするものハ外にないぞワルロ近ごろハ下谷の組へはいつて連月の会を始めたそうたが誰《たれ》も行ぬとさ　（六ウ）

巻軸
大功上々吉　関忠蔵　名克明　字子徳　号横南

頭取東西〳〵三代連綿と相続《さうぞく》の書家なんと外にはござりますまいが八体《てい》ハ勿論《もちろん》人物もよき長者でござりますヒイキそうだぞ〳〵平林でも三井でも享保以来から近来までありしが皆相続しかねたが鳳岡《ほうかう》の遺跡《ゆいせき》だけで感心〳〵なんと書家の巻軸でいやおふハあるめへ　（七オ）

## 医者之部

大極上々吉　多紀安叔　石町

頭取当時学問《がくもん》といひ御療治といひ実《じつ》医者の大立物唐《から》の医者でもこんな人ハムッ升まいヒイキさうだ〳〵どんな大病人でも直らないといふハござりませんワルロ学問ほどハ七《さち》が[redacted]

大上々吉　宇田川玄榛　深川　（七ウ）

頭取御著述《ちよじゆつ》も沢山《たくさん》なり蘭学者《らんがくしや》の老先生三ヶの津でしらぬ人はござりませんワルロなぜ療治《れうち》が出来ぬぞヒイキこれさ〳〵此人ハ蘭書《らんしよ》の翻訳《ほんやく》をして世間の医者の文盲《もんもう》をお療治なさいます

大上々吉

足立長雋　桶町

湊　長安　石町

[ワルロ]八ほんあしで押《おし》てあるくハ二本あしよりさぞおくた臥《びれ》でござりませう[頭取]蘭流《らんりう》で療治ハ御功者《こうしや》で(八オ)ござります[ヒイキ]なんでもいゝから此株《かぶ》になつて見ろ[見物]彩色《さいしき》入の袋へいれたかる焼《やき》のやうだぜ

上々吉

草間宗仙　シヤウケン橋

[頭取]芝《しば》の大家傷寒論家《せうかんろんか》でこさります[ワルロ]ケンはつよいぜ放蕩《ほうとう》も止《やみ》ました

上々吉

松嶋瑞碩　於玉が池

[頭取]弟子《でし》養子でござりますが随分《ずいぶん》当時のも流行《りうかう》いたします[ワルロ]一向に学問《がくもん》のさたが聞《きこ》へぬ

上々吉

馬場章瑞

(八ウ)

[頭取]大せい弟子があるやうだがあれハみんな夜食《やしよく》のかたまりだぞうだ[頭取]年ばいといひ流行いたします

上々吉

宇佐美朴仙　明神下

坂上元文　浅草

[頭取]御両人ともにイヤ御療治も御出精でござります[ワルロ]書物ハよめぬが読さうなふうをするせもちつと叮嚀《ていねい》にすれバいゝ[ヒイキ]仙ハ東坡をよく書くぜ

上々吉

中村清菴　向両国

(九オ)

[ワルロ]蘭学をするといふが調合でハ唐の法さこいつもくはせものた仏いちりもよせハいゝのに[頭取]イヱサ御出精で大流行なされますから年にハ余程すくひ

上々吉

渡辺東栄　通一丁目

上々吉

伊東玄朴　下谷

[頭取]渡辺ハ外科御両人たいふ御流行でござりますおらんた風でも真に蘭書を読ますから頼母しうこさります[ワルロ]何と唐の書物も些およみなされまし

(九ウ)

飯田玄眠　大傅馬二丁目

上々吉

谷　大陵　同　三丁目

出井悌三　新白銀丁

頭取 老功《らうこう》といひ随分御流行で一年にハ余《よ》ほど取上ます ワルロ 三人とも店向の立もの〳〵

上々吉　山村隆仙　明神下

頭取 人ハしりませんが高井玄春の門人で難経《なんきやう》学問《がくもん》五行《ごきやう》の事に精《くハ》しうございます御子息もみな才子でございます ワルロ なんにしろ流行におくれた

（十オ）

上々吉　福井主水　下谷

頭取 大言をいつてこけをおどしても流行いたします ワルロ 大孫《キクスリヤ》の番頭むかしハ自分から自慢《じまん》にいひましたか近来ハ面《つら》が高《たか》い人を悪くいふハよせハいゝに

上々吉　山本玄端　池のはた

見物 年ハ若いが流行いたされますおしつけ親の通《とふ》りになりませう

上々吉　二宮桃亭　両国

（十ウ）

頭取 親の様《やう》でもございませんが御出精《しゆつせい》なされます

上々吉　橘尚賢　駿河町

頭取 御流行でございますが学問ハ出来ません ワルロ 水をあびるハよせばよいにあんまりへんな真似《まね》をするぜ

上々吉　岸田玄碩　石丁

頭取 これハ大丸の医者《いしや》なんでもよしだしかし御流行でございますと申升

上々吉　大槻玄沢　築地

（十一オ）

上々吉　杉田玄伯　於玉ケ池

頭取 御両人とも久しい蘭学者《らんがくしや》でございます ワルロ 一向に埒《らち》があかぬ是より若手《わかて》にきん〳〵の人が出来ました

上々吉　山田居歴　深川
　　　　中井隆益

頭取 近頃《ちかごろ》御医者になりましたが大分御流行でございます御年《とし》かつこうと申学力《がくりき》と申早かハり妙てム升 ワルロ 元が儒者《じゆしや》だから学問ハ其《その》はつよやはり乾斎《けんさい》でゐれバいゝのにしかしよく思ひ切《きつ》てすりこかしたの

（十一ウ）

上々吉　　三好泰令　須田丁

頭取三好が婦王《ふわう》さん村松の奇応丸《きおうぐハん》いよ／＼おひろめで一株になりませう

上々吉　　村松玄仲　村松丁

上々吉　　脇田厚斎　さくら町

頭取お医者《いしや》より書《しよ》が妙でござりませうワルロ連月会《れんげつくハい》の槐庵《くわいあん》先生㋺か取ますかね

上々吉　　大嶋玄章　レイカンジマ

ワルロこれハ金かしの部にいりそうなものだ

上々吉　　高井元春　ツキヂ

頭取只今ても親《おや》の通り素難《そなん》の学問柔和《にうわ》にして（十二オ）流行いたされます治療《ちれう》ものろひやうでムリますがよくなをりますワルロちと山があるが素人《しろうと》にハ見へぬ／＼

上々吉　　林　玄仲　小川町

頭取伊勢《いせ》ものにしてハよくしあげました御流行《りうかう》でござります

上々吉　　森田長安　天神下

見物久しいものだが流行せぬしかし今さら駕《かご》から下りられもしめへ頭取東西／＼兎《と》もかくも老功《らうこう》ゆへ治療ハ手がたうござります

（十二ウ）〔この箇所一丁ほど欠文か〕

やうでござる頼母《たのも》しき人になりませう

上々吉　　清川元道　木ひき丁

頭取治療《ぢりやう》よりも金持《かねもち》にとりいる妙《めう》でござり升ワルロ治療ハちと親《おや》よりおとるぜ

上々吉　　谷川又斎　一ツメ

頭取長崎昌斎《せうさい》の門人かさハ功者《こうしや》てこさりますワルロ此家ハふめるぜびいどろ入の金魚《きんぎよ》ときて見かけ計りあぶつかしい

上々吉　　加藤善菴　両国

ヒ井キ此人は詩人《しじん》にいたしたうござります

功上々吉　　長崎昌斎　金杉　　（十三オ）

頭取吉原一統《いつとう》かさの御療治ハ御流行ワルロしかし奇妙《きめう》な術《じゆつ》もなけ

れど年来《ねんらい》の事ゆへ此位《くらい》にハなりそうな物なんとちと御著述《ちよじゆつ》でもなさりませんか

功上々吉　磯貝秀菴　下谷

[頭取]目医者《めいしや》てハ此人でございませう何でも玄関《げんくわん》に朝《あさ》ハ人山《ひとやま》をなします[ワルロ]二階《にかい》を見てハ根津《ねづ》と気どれます家《いへ》を大きくしておどしかけるのサかりん（十三ウ）とうの提燈《ちやうちん》ときて居るぜ

大功上々吉　池田瑞■　下谷

[頭取]老功《ろうこう》といひ御家柄《いへがら》ゆへ痘瘡《ほうそう》の御療治《れうぢ》は感心《かんしん》〳〵御著述も御出板《しゆつはん》がございます[ワルロ]近来一向に御引こみで御子息ばかり御出精《しゆつせい》なさりますちとすね気味《ぎみ》かね[ヒイキ]なんてもよし〳〵[見物]よし〳〵ならなぜ大極上でないぞ　（十四オ）

此外医家《いか》もおほくござりますれど先丁数《てうすう》に限《かぎ》りあれバ今日ハこれぎり〳〵サア〳〵本艸家こゝへござれ〳〵

## 本草家之部

大極上々吉　岩崎源蔵　根津

[頭取]当時本草家にて草木に精《くハ》しいハ此人計り（十四ウ）でござります著述も色〳〵あり処々採《さい》薬もいたします又近国へも出られまして鉢植《はちうゑ》を多くあつめ実地《じつち》の学びで蘭《らん》山後の一人でございます[ヒイキ]そうだ〳〵又写真《しやしん》ハ妙によく出来ます本草図譜《ぞうづふ》ハはやく不残揃《そろ》へたうございます[ワルロ]鉢植も沢山有て御世話でムリま升根津へ御引込とハ薬物の御都合《つがう》に宜《よろしう》ムリま升

大上々吉　曽昌善　山下御門内　（十五オ）

[頭取]古春《てんしゆん》の養子でござりますから本草ハ勿論の事蘭《らん》学がすきで療治もいたされます成形図説の跡をお引うけで追〳〵出板《しゆつはん》いたされます[ワルロ]前編《ぜんへん》におとらぬやうにすれバいゝか品物ハいちらす筆の先のきりこ燈籠とうとも出来ませう

大上々吉　宇多川榕菴　かじ橋内

[頭取]蘭学流《らんがくりう》の本草ハ此御人でございます翻訳《ほんやく》も出来御著述も沢山なり植《しよく》学啓源《けいげん》は新工風《しんくふう》で（十五ウ）妙でございます蘭画のすき写しが多くございます[ワルロ]しかし岡の水れん物にくらいぜ何でも是ハ著述に書《かい》て人に逢ぬがよかろう

上々吉　松本順亭　下谷

[頭取]鈴木良知の門人古風な本艸《ざう》でとかく本経が出ます書物が読《よめ》ますから御療治が出来ますたのもしうこざります[ワルロ]ヲヤ〳〵江戸座の俳諧師かと思(十六オ)つた俳諧多識《しき》編ハ御仲間にハ朝めしまへの仕事素人にハ引書《いんしよ》もなし分りかねませうヤハリさるみの集の註がまさりませう

上々吉　阿部友信　石丁

[頭取]若うござりますが将翁《しやふをう》の孫たけ本草にハ骨をおりますそして諸国も遊歴《ゆうれき》いたし巴豆《はづ》考を書てから世間へしれました近来ハ療治も出精いたします[ワルロ]詩格名物考跡なぜ出来ぬぞ[ヒイキ](十六ウ)曽占春岩崎灌園両人の仕こみ草木ハよく覚《おぼへ》てをります著述ずきてムリ升救歉《きうけん》挙要ハ米の高ひに御こまり故かね

上々吉　吉田九一　はま丁

[頭取]これも蘭学《らんがく》でござります多年刻苦されます[ワルロ]ド、ネウス」の翻訳《ほんやく》もちと緑塵《かび》がはえませう洗濯《せんたく》をしなをすかしらん

上々吉　坂本浩然　青山　(十七オ)

[頭取]占春の門人画ハ雪斎《せつさい》様の御仕込又本草の写真《しやしん》妙でござります会津信州辺の採薬記《さいやくき》がござります[ワルロ]なぜ外の著述《ちよじゆつ》が出来ぬぞ[ヒイキ]草稿《さうかう》は多くござりますがいまだ上木いたされません救荒便《きうくはうべん》覧《らん》ハこの人の骨折《ほねおり》でこさります

上々吉　井岡道貞　かきから丁

[頭取]蘭山門人で序文など御名ハ久しく聞へました[ワルロ]しかしこれも草木《さうもく》ハいぢらずおかの水練葉腊《すいれんおしは》(十七ウ)学問でいかぬハへ[ヒイキ]コレ〳〵此人ハ書物が読《よめ》まして経書《けいしよ》へも手をいれられます

上々吉　大坂屋四郎兵衛　ハカン丁

[頭]蘭山の門人て手板啓蒙と申横本か一冊上木致しました[ヒイキ]御医様に此位本草をさせたい

上々吉　岡村尚謙　御成道

[頭取]岩崎の門人皇朝竹譜ハ御骨折橘譜まだ全備《ぜんび》致しません[ワルロ]篆書の本経ハやめにしなせい〳〵　(十八オ)

極上々吉　佐藤平三郎　丸山

[頭取]老年でござります諸国を遊歴《れき》いたし本草に骨を折ました鳥も精《くハ》しく写真《しやしん》ハぞんざいでござりますが沢山いたされました著述ハ数種《すしゆ》こざります[ワルロ]琉球《りうきう》で呉継志《ごけいし》に逢《あつ》たなどちと杜選《づさん》(ママ)がござり

ます

当世名家評判記巻之下

（十八ウ）

## 跋

相撲好の番附をみて肘を張もしはゐずきの給金の高下を見てあらそふも蓼くふむしのすき〳〵なれど贔屓ハのけておきのいし人こそしらぬとおもへともみなこれ十指のゆびさすところ戸の（十九オ）建られぬが世間の口のは善悪邪正の評判記儒者でも医者でも者の字ハおなじ通用もの是ハいらぬとすてるとも呑屑ならば二合半ごみ屑ならば砂むらといはねどしれたあたりまへ（十九ウ）ちよつと評したたねがしま嘘なら聞てみなと町鉄炮洲の親船をねらつてしりへにぽんとはなすことしかり

天保五甲午夏

狂聖堂主人 

（十九オ）

当世名家
# 大妙々奇譚

弘化四年

都立中央図書館．加賀文庫本

大妙々奇譚　　中本　一冊　　弘化四年刊

底本　都立中央図書館、加賀文庫（10961）
表紙　薄桃色表紙（原装）
題簽　表紙左肩、単枠「当世名家大妙々奇譚　全」
見返し　中央に「当世名家大妙々奇譚　全」と大書
　右に「東都悟免菴主人著出放臺両山人校」
　左に「東都　乾々堂梓」
構成　序（一丁）、目録（一丁）、本文（十丁）、以上全十二丁。
内題「当世名家評判記一名大妙々奇談東都悟免庵主人著門人出放大校」
序末に「弘化四未のとし霜月良見世初日／下手野狂作書」
柱記　なし
丁付　序と目録には「〇」のみ。本文に「〇一（〜十）」

見返し

# 序

夫儒ハ大道の役者詩文は技藝の身振り中に実あり悪あり女史あり外題は妙々奇譚と名つけ段切は五常に表して五段に分つ(序オ)一番当るかあたらぬは櫓の太鼓口上の拍子木余編は二の替りへ廻して先大序の幕をひらくとしかいふ

弘化四未のとし霜月良見世初日

下手野狂作書

(序ウ)

## 当世名家評判記目録

○儒家之部

大極上々吉　藤沢東畡　上々吉　後藤俊蔵

大上々吉　貫名省吾　上々吉　牧　善助

大上々吉　斎藤五郎　上々吉　春日潜菴

功上々吉　寺嶋俊平　上々吉　越立太郎

巻軸大極真上々吉　篠崎小竹　上々吉　並河又市

(目録オ)

○詩家之部

極上々吉　梅辻春樵　上々吉　廣瀬謙吉

極上々吉　中島文吉　上々吉　生源寺

大極上々吉　梁川星巖　上ニ同　紅蘭女史

以上

大妙々奇談次篇及書家医家評説近日発兌

(目録ウ)

# 当世名家評判記　一名大妙々奇談

東都　悟免庵主人著
門人出放大校

大極上々吉　藤沢東畡

[頭取]東西〳〵これハ当時浪花の立者かぶ瓦町の親玉でござります[ヒイキ]先生ハ徠学《ライガク》でも切ぬきハなされません清人銭梅渓《センハイケイ》に与《アタ》へる書(一オ)て御見識のほどが見へます[ワルロ]先生ハ何より人物がいゝといふこつたしかし田舎児《テンジャジ》を免《マヌカ》れません

大上々吉　貫名省吾

[頭取]これはおとにきこへし海屋先生でござります[ワルロ]ヲヤ〳〵先生ハ書家かとおもつた[頭取]イヤ考証《コウショウ》の大家でござ(一ウ)ります[見物]先生詩ハ故事か多つゝで解《ゲ》せませせん何でも五車韻瑞《コシャインズイ》の評判がこざりますそれゆへ自作の詩をかゝれたは直打がしません[ヒイキ]それハ皆世間の貧乏儒者がうらやんでいふ事た何といはふが当時潤筆《シュンヒツ》取ル事ハ先生と小竹でござります[ワルロ]矢上の未亡人《ゴケ》ハ仕合セものだ　(二オ)

大上々吉　斎藤五郎

[頭取]先生ハ聾《ツンボ》だといふこつたが文章は能きこへます[ワルロ]イヤきこへてもひゞかぬとさ

功上々吉　寺嶋俊平

[頭取]是は御家柄で醇粋《シュンスイ》の朱学てござります何ハさておき御老功ゆへ学校へ一番に召れました[ワルロ]惜哉《ヲシイカナ》固陋《コロウ》寡聞《クワブン》(二ウ)ゆへ伊藤大三に馬鹿にされます

上々吉　後藤俊蔵

[頭取]若年から浪花へ出られて才名を振はれし松陰先生でこさります[ヒイキ]山陽のお仕込なり小竹先生の聟ときているから詩文ハ中〳〵お手がきゝますいまに坐頭となるは先生より外にない[ワルロ]近(三オ)来中風でお手が前ほどきかぬげな御養生なされまし

上々吉　牧善助

[頭取]先生ハ当時京師での花方てござります[ワルロ]美濃もので人がいけねへといふこつた山陽の高弟を鼻にかけやたらに高ぶるから

人がきらう(三ウ)はかりか女房に迄きらわれ升

上々吉　春日讃岐守

頭取官家にハめつらしひお人でござり升経義文章ともに出来別して行状には誰も服しますワルロ詩か出来ねへで作らぬハいかゞ詩をにくむハ野暮《ヤボ》だぜ　(四オ)

上々吉　越立太郎

頭取是は高洲先生の御子息でござり升ワルロさる豪商《カネモチ》の無礼を怒て桜宮へ引込れましたはさすか親の子だと申升文章も親の子だといはれたまへ

上々吉　並河又市　(四ウ)

頭取懐徳堂の御後見でござりますワルロまた諸先生があるにこゝへ出る処であるまい頭取ハイ虎屋ノ饅頭《マンジウ》と中井学校とは大坂の名物でこさり升ゆへ一寸評判に及ひ升ワルロちげいねい／＼名物に甘へものなしだそれはそれさる富商《カネモチ》へ取入て逸史が板になるそうだ(五オ)お手柄／＼

巻軸
大極真上々吉　筱崎長左衛門

頭取東西／＼是ハ皆さま御まちかねの小竹先生でござり升ヒイキヤレまつていました日本一／＼ワルロナニ日本一だヘン銅臭《ドウシウ》儒者の日本一だらうヒイキ何でもかまわぬ日本一が外にあるなら(五ウ)出して見ろワルロお江戸に聞へる愛日楼様といふ日本一をしらねへか鴻池の丁稚を日本一とァ臍がわらわァ頭取東西／＼それは評判がなりませんまづ御双方とも御静まり下されませ扨先生ハ経史詩文ハ申もさらなり博覧旁通何もかもかねそろうた先生(六オ)てこさり升日本一とのお誉《ホメ》もあまりとも申されませぬ見物それはそれ近頃森田謙蔵と往復《ワウフク》かあつたそうだが評判ハどうだ頭取再《フタ》たび返事《ヘンジ》をせられぬゆへ世間で先生がぶたれたと申升ヒイキなに／＼先生の腕て返事か出来ねへものか面倒だからせ(六ウ)ぬのたワルロイヤ／＼ロにならねへからたろう

## ○詩家之部

極上々吉　梅辻春樵

頭取是ハ琴希声先生でござり升見物長崎から帰ルとあたまを半分剃れました世上でどういふ(七オ)わけかと疑《アヤシン》でおりますヒイキ先生は隠士ゆへあたまハとうでもいゝワルロ宮方へ御出入する隠士ハ許由以来に例しかねへヒイキ先生ハ詩も文も古人によらぬ見識

たから先生の所謂隠士むかしの隠士とハちかふのた

極上々吉　　中島文吉　（七ウ）

頭取棕隠軒の親玉てこさり升ヒイキ先生を第二席へ置のだ頭取先生ハ文章か出来ませんまた不身持ゆへ世間て用ひませんそれゆへ二席へ置ましたヒイキ先生ハ文が出来ぬから書が美《ミ》事た春樵の書を見ろ仁科白谷が唐の浄瑠理本と笑ッた文章といつたところか狂（八オ）文か小説文かあれと《（ママ）》も文章か身持もお半長のおきぬだねへがあんまりあやはぬけませんと来ている見物さう春樵ばかり悪くいはれぬハ近頃洗湯《センタウ》をはしめたそうだナントこれにハ閉口だろうヒイキそれや世上を愚弄《グロウ》するのだワルロ世上を愚弄するハいか〻内証で銭ほし（八ウ）がるハとうだ

上々吉　　廣瀬謙吉

頭取淡窓先生の御舎弟でこさり升ワルロ兄貴のかけて名高ひが詩は一向出来ぬか家を大キクして山する事ハお上手た

上々吉　　生　源　寺

頭取春樵先生の御舎弟文政十七家の（九オ）一人祝星舲先生てこさり升ワルロ近頃詩集を出されたが売なくて気の毒た

大極上々吉　　梁川新十郎
紅蘭女史

頭取当時詩家の座頭てこさり升近頃お上《ノボ》りて京師もにきやかになりました見物先年の評判に夜逃するだろうと（九ウ）いふこつたがお上りの様子ハとうだ〳〵夜逃ハせぬか米の直か上るを恐れて逃て上ると昌平橋へんでの評判だ頭取東西〳〵紅蘭女史も中々出来升ワルロ高慢淫乱《コウマンインラン》そこで（こうらん《高乱》《紅蘭》）といふ評判も今は高の字《コウジ》だといふこつた

頭取東西〳〵また諸家先生もご（十オ）ざりますれど日も晩けいに及びますれハ今日は先これッきり明日ハ書家医家を評判に及びます早朝より賑〻敷御来駕のほど偏ニ希ひ奉り弁打出シ大コトン（十ウ）
トロ〳〵〳〵

# 解　説

宝暦期(一七五一—一七六三)に発興して、安永・天明期(一七七二—一七八八)に盛りをみせ、天保・弘化期(一八三〇—一八四七)には次の流行に大きく様変りを見せながらも、明治初年まで生きつづけたのが名物評判記というものである。現存する作品七十余点、そのうち若干は既に翻印刊行されて世間周知のものもあり、一方、未翻印といえども内容のあまりに片々として取るに足らぬものもあり、その中から適宜取捨選択して、特に未翻印のものを第一とし、既刊のものも、資料性においてすぐれるが従来の翻印では正確度においてあき足らぬと判断出来るものを選んで、二十点を年代順に収めたのが本書である。

そもそも「名物評判記」なる呼称は、なお熟さぬものであり、その意味するところについてはそれなりの説明が施されてしかるべきものであるゆえ、編者自身、先年岩波新書の一篇として『江戸名物評判記案内』(昭和六十年刊)を作り、その淵源、時代背景、沿革、作者、更には資料価値などについて知見の限りを述べ、なお実際の作品そのものについては、特に、戯作評判記と学者・文人評判記類について詳述し、他に珍物と思われる評判記若干についての解説を企てたところである。よろしく御参照いただきたい。

評判記の眼目は「評判」であって「批判」ではない。何らかの世間の耳目を騒がせる現象がひきおこると、それを対象としてその評判をする。それは、対象の如何を問わず、まず讃めることがその基本である。「評判」という言葉にはこの温かさがあることを忘れてはなるまい。それは今となっては、近世という時代の持つ温かさという他はないのではなかろうか。

「評判記」という名称にかなう最初のものは、近世初期の遊女評判記であり、それは天和・貞享(一六八一―一六八七)期をピークにして殆んど二百種にも及んでいる。遊里・遊女に対する近世人の渇仰の念の凝り様を示した数字である。遊里と並ぶのは芝居である。遊里と芝居を総称して「悪所《あくしょ》」という、この名称は恐れと誘惑と歓喜と絶望と、とにかく人としての血の沸騰するのを押え切れぬ場所であることを見事に表現している。評判記は、当然のこと、遊里から芝居へと対象を広げて、役者評判記が登場する。遊里なるものが上べはどうであれ、その内実は遊女という腸持の菩薩のうつろいやすい肉体をその全てとするのに対し、芝居は初期のそれは扠置き、やがて演劇という型に大成して技芸という象徴化された存在を確保した時、それは遊女とは比べものにならぬ永遠性を手中にする。遊女評判記は、まもなくうつろい姿を消すが、役者評判記は、以後明治まで近世期を通じた定期刊行物として生き続ける。しかも元禄半ば(一七〇〇年頃)には形式・内容ともに一定の様式を完成し、以後「評判記」といえば、聞く人誰にでも定まった様式を思い浮かべさせることになる。

それは、黒表紙の横本三冊、それぞれが、京都・江戸・大坂の三都三冊に分冊され、各巻巻頭に「小書《こが》き目録」が一枚、次は「位付目録《くらいづけもくろく》」と呼ばれて、これが評判記の代表的な形式である「上上吉《じょうじょうきち》」の文字を分解した位付が付された役者一人一人の目録、そしてそれは役柄により「立役《たちやく》」「敵役《かたきやく》」「道外《どうけ》」「若女方《わかおんなかた》」等々に分類列記される。そしてその後に、「開口《かいこう》」と称する物語風の導入部を趣向して、ようやく評判の本文に入る。その評判は、必ず「頭取《とうどり》」なる者が設定されて、それぞれの役者の紹介を兼ねて口を切り、それを受けて「贔屓《ひいき》」「悪口《わるくち》」「わけ知り」「穴知り」「理屈者」「横道者」等々と命名された評者が次々と登場して、それぞれの名に似つかわしい評判を行い、最後にまた「頭取」が出て論議を収拾し、次の役者の評判に移る。そしてこの評判本文は、所定の役者の当年に務める役柄に即して、その技芸の高下を評判するものとなり、子細に読めば、自然とその時の芝居の仕組み、見所が、かなりな部分わかるように書かれている。なお、役柄による分類それぞれの中では、大概早く評される役者ほど位付が高く、更に各巻の最初と最後は、それぞれ「巻頭《かんどう》」「巻軸《かんぢく》」と称して最高位の役者を置く定めになっている。

以上が役者評判記の定式であり、このように定式が定まると、さて今度はその定式に拠りかかって、そのパロディを展開するものが出現する。本書に収める「名物評判記」類は、まさしくこの役者評判記のパロディとして出現したものである。何らかの形で江戸の人士の評判になった社会万般の現象を取り上げ、人物であれ、器物であれ、文学・芸能・風俗・飲食物、更には、虫・鳥・魚・獣に至るまでおかまいなく、折にふれ時に従ってその一つ一つをともかく役者に見立てて評判する。そのパロディの有り様は、極めて本格的に、三巻三冊、取り上げた対象物に即してふさわしい外題の芝居脚本そのものがいかにもあるかの如くによそおって、その脚本の筋立てに沿った形で各人の技芸を評判するというものから、極く簡略に一冊のみ、位付けに上上吉を用いるというだけが評判記風といった簡略型まで、さまざまである。

こうして出来上がった「名物評判記」類の現存数は、最初に述べた如く約七十種、更に文政末年(一八二九頃)からは人物評判のみが独立して、時代の風潮を敏感に取り込んで、より毒性を強くした「妙々奇談」ものが流行するようになると、この系統が約三十種ほど、合わせて百種に及ぶ作品が残ることになるが、その凡てを目録風に纏めた一覧表を、前記の拙著『江戸名物評判記案内』に作製掲出しておいたので、それ以後の若干の知見を付して今それをここに転載する。

## 江戸名物評判記一覧

まず手っ取り早く、内容を大まかに七つほどに分類して、それぞれに属する作品名を年表風に列記してみる。内容は、㈠戯作・小説類、㈡学者・文人類、㈢狂歌師・俳諧師類、㈣相撲類、㈤岡場所類、㈥娘・女房類、㈦雑類、の順に七類に類別し、その後に「妙々奇談」ものを付載する。刊年の上に○を付したものは既に翻印が備わるものを示す。そのうち、㋣は『徳川文藝類聚』、㋛は『洒落本大成』を指し、その他は最下段に翻印資料名を注記しておく。また、本書所収のものには△を付す。

| 〈書名〈内容〉〉 | 〈書型・冊数〉 | 〈翻印〉 | 〈刊年〉 | 〈見立〉 | 〈位付〉 | 〈翻印所収資料名〉 |
|---|---|---|---|---|---|---|
| **1 戯作類** | | | | | | |
| 千石篩（談義本） | △横本三冊 | ○ | 宝暦4 | | | 「淑徳国文」第六号（昭43） |
| 菊寿草（黄表紙） | 横三 | ㋣○ | 安永10 | 役者見立 | 上上吉 | 「大田南畝全集」第七巻（昭61） |
| 岡目八目（黄表紙） | 横一 | ㋣○ | 天明2 | 役者見立 | 上上吉 | 「　同　」 |
| 江戸土産（黄表紙） | △横一 | ㋣ | 天明4 | | | |
| 花折紙（洒落本） | 横三 | ㋣㋛ | 享和2 | 紙見立 | 上上吉 | |
| 犬夷評判記（馬琴読本） | △横三 | ㋣ | 文政元 | | 上上吉 | |
| 三人冗語 | | | 明治29 | | | |
| 雲中語 | | | 明治29—31 | | | |
| **2 学者・文人類** | | | | | | |
| 冬至梅（聞人） | 横一 | ㋣ | 宝暦9頃 | 暦文句尽し | | |
| 歌仙医者雀（医者） | 写半一 | ○ | 宝暦11頃 | | | 「随筆百花苑」第五巻（昭57） |
| 三都学士評林（学者） | △横一 | | 明和5 | | 上上吉 | |

| | | | | | | |
|---|---|---|---|---|---|---|
| 儒医評林（儒医） | △小一 | | 明和9 | | 上上吉 | |
| 浪華学者評判記（学者） | △写一 | ○ | 天明7 | 役者見立 | 上上吉 | 「浪速叢書」第四巻（大15） |
| 学者角力勝負附評判（学者） | 中一 | ㋣ | 天明8 | 角力取組 | | |
| 名府玉づくし（聞人） | 写一 | ○ | 文化5 | | 上上吉 | 「名古屋叢書」第十六巻（昭35） |
| 当世名家評判記（文人） | △中二 | ㋣ | 天保6 | | 上上吉 | |
| 当世名家大妙々奇譚（文人） | △中一 | | 弘化4 | | 上上吉 | |
| 当世画家評判記（画家） | | | 明治36 | | | |

**3　狂歌師・俳諧師類**

| | | | | | | |
|---|---|---|---|---|---|---|
| 俳讚三十棒（俳人） | 半一 | ○ | 明和8 | 台所道具見立 | | 「俳書大系」第十巻（昭2） |
| 俳優風（狂歌師） | △横三 | ○ | 天明5 | 棒尽し | 上上吉 | 「みなおもしろ」第四号（大正5） |
| 忠臣蔵当振舞（狂歌師） | △中一 | | 享和3 | 忠臣蔵人物見立 | 上上吉 | |
| 評判筆果報（狂歌師） | 横一 | ㋣ | 文化5 | | 上上吉 | |
| 狂歌評判記（狂歌師） | 横一 | | 文化8 | | 上上吉 | |
| 狂歌評判記（〃） | 横一 | | 文政5 | | 上上吉 | |
| 狂歌評判記（〃） | 横一 | | 弘化3 | | | |
| 〔俳諧評判記〕（俳人） | 写半一 | | 嘉永末頃 | 役者見立 | | |

**4　相　撲**

| | | | | | |
|---|---|---|---|---|---|
| 新板歌仙すまふ評林（力士評） | 大横一 | ㋣ | 宝暦6 | 将棋見立 | |
| 相撲地名評判記（力士評） | 横一 | | 安永9 | 地名見立 | |
| 相撲評判記（力士評） | 写一 | | 天明頃 | | 上上吉 |
| 相撲評判記（取組評） | 中三 | | 天保7 | | |

**5　岡場所**

| | | | | | |
|---|---|---|---|---|---|
| 遊里の花（岡場所） | 横三 | ㋛ | 明和8 | 謡見立 | 上上吉 |
| 濁り水（熱田遊里） | 写半一 | ㋛ | 明和9 | 発句見立 | 点取 |

| | | | | | | | |
|---|---|---|---|---|---|---|---|
| 名とり酒（新宿） | | 小一 | ㋛ | 安永7頃 | 名酒見立 | 上上吉 | |
| 客者評判記（客・岡場所） | | 横三 | ㋛ | 安永9 | 流行物見立 | 上上吉 | |
| 恋家新色（新宿） | △ | 写横一 | | 安永10 | | 上上吉 | |
| **6 娘・女房類** | | | | | | | |
| 女意亭有噺（役者女房） | | 写半一 | ○ | 宝暦9 | 浄瑠璃外題見立 | 上上吉 | 「芸能史研究」第65号 |
| 胆相撲（嶋之内茶屋女房） | | 横一 | ㋛ | 明和5頃 | 相撲番付 | | |
| 名代娘六花撰（娘） | | 写一 | | 明和6 | 六歌仙見立 | | |
| 評判娘名寄草（〃） | | 写一 | ㋛ | 明和6 | | 上上吉 | |
| 江戸評判娘揃（〃） | | 写一 | ㋛ | 明和6 | 茶花見立 | 上上吉 | |
| 百人一首見立三十六歌仙風流娘（〃） | | 写一 | | 明和6 | 歌仙見立 | | |
| あづまの花（〃） | | 小一 | ㋛ | 明和年間 | | | |
| あつめもの（〃）（未見） | | | | 明和年間 | | | |
| 名代娘百花撰（〃） | | 小一 | | 寛政頃 | | | |
| 〔上町藝妓評〕（名古屋芸妓） | | 写横一 | | 文化15 | 染色見立 | 上上吉 | |
| 座敷の粧（芸者） | | 横一 | ㋛ | 文政頃 | 当世唄外題見立 | 上上吉 | |
| **7 雑** | | | | | | | |
| 評判龍の都（魚） | △ | 横三 | ○ | 宝暦7（江）<br>宝暦13（京） | 役者見立 | 上上吉 | 「萬物滑稽合戦記」（明治34） |
| 評判瓜のつる（瓜） | △ | 横一 | ○ | 明和8 | 役者見立 | 上上吉 | 「大東急記念文庫善本叢刊」第十巻（昭52） |
| 鞠蹴評判記（蹴鞠） | △ | 写横一 | | 明和8 | 江戸名所 | 上上吉 | |
| 開帳花くらべ（京都開帳） | △ | 横一 | | 安永2 | 草花見立 | 上上吉 | |
| 初物評判福寿草（初物） | △ | 横三 | | 安永5 | 宗匠見立 | 上上吉 | |
| 評判茶臼藝（諸芸） | | 横三 | ○ | 安永5 | 子供遊び見立 | 上上吉 | 「大田南畝全集」第七巻（昭61） |
| 茶番遊（食膳） | △ | 横三 | | 安永6 | 謡名尽し | 上上吉 | |
| 評判江戸自慢（江戸名物） | △ | 横三 | | 安永6 | 源氏巻名見立 | 上上吉 | |

| | | | | | | | |
|---|---|---|---|---|---|---|---|
| 土地万両（江戸名物） | | 写一 | ◯ | 安永6 | 名産尽し | 上上吉 | 「飲食史林」第5号（昭59） |
| 富貴地座位（三都名物） | △ | 横三 | ㋣ | 安永6 | 京町尽し | 上上吉 | |
| 江戸繁栄門（江戸名物） | | 写小二 | | 安永6 | | 上上吉 | |
| 餅の林（餅） | （未見） | 横一 | | 安永6 | | | |
| 饅頭合（饅頭） | （未見） | 横一 | | 安永6 | | | |
| 水の富貴寄（京名物） | | 横三 | ㋣ | 安永7 | | 上上吉 | |
| 尾陽名物真名板文台（名古屋名物） | | 写横一 | ◯ | 安永7 | 役者見立 | 上上吉 | 「名古屋叢書」巻十六（昭35） |
| 評判千種声（虫） | | 横一 | ㋣ | 安永7 | 草花見立 | 上上吉 | |
| 新内跡追（大坂噺家） | △ | 小一 | | 安永頃 | | 上上吉 | |
| 五十三次江戸土産（五十三次） | | 横一 | ㋣ | 天明2 | 役者見立 | 上上吉 | |
| 宝貨雋（貨幣） | | 横一 | ㋣ | 寛政2 | | 上上吉 | |
| 五百崎虫の評判（虫） | | 横三 | ◯ | 享和4 | 草花見立 | 上上吉 | 「萬物滑稽合戦記」（明治34） |
| 客者評判記（芝居客） | | 横三 | ◯ | 文化7 | めりやす外題見立 | 上上吉 | 「日本名著全集・滑稽本集」（昭2） |
| 両組役人見立附（京都与力） | | 写一 | ◯ | 文政4 | 絹布・草木見立 | 上上吉 | 「随筆百花苑」第五巻（昭57） |
| 諸宗評判記（宗派） | | 横三 | ㋣ | 天保4 | 地名見立 | 上上吉 | |
| 三題咄作者評判記（素人芝居） | | 横一 | ㋣ | 文久3 | 流行物見立 | 上上吉 | |
| 鳴久者評判記（悪摺り） | | 横一 | ㋣ | 慶応元 | 病名見立 | 上上吉 | |
| 風流真顕記（太閤記人物） | | 写二 | ㋣ | | 謡見位 | 上上吉 | |
| 出多良目評判記（呉服屋ヵ） | | 写半一 | | 明治？ | 狂言名題見立 | 上上吉 | |

## 妙々奇談モノ一覧

| 〈書名（内容）〉 | 〈書型・冊数〉 | 〈作者〉 | 〈翻刻〉 | 〈刊年〉 | 〈翻印所収資料名〉 |
|---|---|---|---|---|---|
| 妙々奇談（文人） | 中二 | 周滑平 | ◯ | 文政12 | 「日本随筆大成」三期第四巻（昭4） |
| 学者必読妙々奇談後夜の夢（文人） | 中二 | 周滑平 | | 文政12 | |

| | | | | | |
|---|---|---|---|---|---|
| 妙々奇談弁正(文人) | 中二 | 藋庵言孫子 | | 文政12 | |
| 論妙々奇談(妙々奇談作者弁) | 中一 | 近所先生 | | 文政12 | |
| 妙々奇談弁々正(文人) | 中二 | 周滑平門人 | | 文政末年 | |
| 皇朝学者妙々奇談しりうごと(国学者) | 半三 | 小説家大人 | ○ | 天保3 | 「百家説林」正編上巻(明25) |
| 役者必読妙々痴談 前編 (役者) | 中二 | 三芝居士 | | 天保4 | 帝国文庫「滑稽名作集」下 |
| 役者必読後の正夢(役者) | 中二 | 三芝居士 | | 天保4 | 〃 |
| 妙々痴談返註録(役者) | 中二 | 二世焉馬 | | 天保4 | 〃 |
| 妙々戯談 (役者) | 中二 | 南地亭金楽 | | 天保5 | |
| 俳諧者流奇談夢之桟(俳人) | | 行過大人 | ○ | 天保5 | 「古俳書文庫」巻六(大14) |
| 銀鶏一睡南柯廼夢(書画会) | 半二 | 平亭銀鶏 | | 天保6 | |
| 神仏異論妙々奇談(宗派) | 二 | 皐月庵 | | 天保7 | |
| 私説妙々奇談(近在名主) | 写一 | | | 天保7 | |
| 諸家必読出放題(文人) | 中三 | 善謔先生 | | 天保9 | |
| 妙めを奇談(陰陽石) | 折一 | | ○ | 天保9 | 「江戸文学新誌」第二号(昭35) |
| 鳥をどし (国学者) | 写一 | 川崎重恭 | ○ | 天保9 | 「百家説林」正編下巻(明25) |
| 書画会肝煎鍋(書画会) | 中一 | 天竺浪人 | | 天保9 | |
| 須礼数例草(書画会) | 中一 | 平 亭 | | 天保9 | |
| 居家計なおし(書画会) | 小一 | 呑海居士 | | 天保年間 | |
| 妙々疵談 (未見) | | | | 〃 | |
| 才子必読当世奇話 初編 | 中二 | 何毛呉餡内 | | 弘化2頃 | |
| 画家偏評論(画家) | 一 | | | 嘉永3 | |
| 妙々戯談 (文人) | 中二 | 平 気 亭 | | 嘉永4 | |
| 涼 台 (国学者) | 写 | | | 嘉永4頃 | |
| 涼台折妄 (国学者) | 写 | 松田適園 | | 嘉永4頃 | |

| | | | | | | |
|---|---|---|---|---|---|---|
| 難後言（国学者） | 写 | 一 | 遠藤春足 | ○ | | 「百家説林」正編上巻（明25） |
| 金剛談（国学者） | 写 | 一 | 小林元儁 | ○ | | 「日本随筆大成」三期第五巻（昭4） |
| 妙々四大家早論 | | 一 | | | | |
| 天保妙々奇談 | | 二 | 山崎美成 | | | |
| 造化妙々奇談 初編・二編 | | 二 | 宮崎柳条 | | 明治11・12 | |
| 役者教訓妙々奇談 初編〜三編 | | 中三 | 是　正 | | 明治14・15 | |
| 才子必読吃驚草紙 | | | | | 明治16 | |
| 新奇妙談閻魔大王判決録 | | 一 | 高瀬巳之吉 | | 明治16 | |

以上、約百種の内から選んだ今回の所収本それぞれについて、以下にその解説を略述する。

## ㈠　千　石　篩

本書は所見本二部のみ、その内一部は本底本であり、今一部は同じく都立中央図書館・加賀文庫蔵の下巻を欠く二冊本である。本書の存在が最初に学界に報告されたのは、昭和四十年に浜田義一郎氏の「戯作評判千石篩解説」（「文学論叢」第32号）においてであり、その後、中野三敏稿「翻刻『作者評判千石篩』」（昭和四十三年「淑徳国文」第六号）によって、全文の翻印解題が行われた。但し、この翻印は、挿絵類を省いた不完全なものである。また中野解題は、「千石篩」が採り上げた作品十三種そのものについての解題と「千石篩」刊行当時の江戸戯作界の動向について、特に述べるところが多い。

ともかく、本書は、筆者所見の限りにおいて、今のところ、名物評判記の最初に位置するものである。と同時に、我国において新刊の小説類を批評するという試みの最初のものでもある。したがって、その出現の背景や内容については大いに注目せねばならぬところであるが、筆者自身、このことに関しては前記の翻印解題を初め、その後「「戯作評判記」評判」(角川書店刊「鑑賞日本古典文学」第三十四巻『洒落本・黄表紙・滑稽本』所収)、『江戸名物評判記案内』(岩波新書)と三度にわたって詳述するところであるので、ここにはその背景と内容の問題のみを列記するにとどめる。

一に、享保以来の学芸振興により、民間にも議論好きの風潮が瀰漫するようになったこと

二に、特に徂徠学の流行によって、学問に風流卑俗さへの歩み寄りが見られたこと

三に、文運東漸現象が興り、江戸の出版界が活況を呈しはじめたこと

四に、宝暦元年に八代将軍吉宗及びその幕下で町奉行・寺社奉行を歴任した大岡越前が相ついで没し、それをきっかけにして出版界に大きな解放感がただよいはじめたこと

五に、それをうけて宝暦四年には急激に戯作物の刊行が増え、談義本のみで一度に十三部を刊行したこと。直接的にはこれが「千石篩」を生む最も大きな引きがねである

六に「千石篩」の著者は、専ら武家の知識人層から見た談義本評という観点で評判を行い、いわゆる町人向きの世話焼き教訓談義を離れて、当世風俗の穴さがしや、やや衒学的な色談義、或いは珍談奇談の面白さといった方向づけを示唆し、それが実際に以後の動向を言い当てて、江戸戯作隆盛の端緒となったこと

七に、その他「千石篩」の内容には、細かな点で、談義本作者の素性や、当時の出版界の実情、禁令の具体的姿などなど、思わぬ副次的な知識が山積すること

以上が「千石篩」の背景・内容に関する重要事項であるが、本書については前述した通り昭和四十年になって初めて学界に紹介されたほどなので、江戸期においても殆んど識者の注目を集めた形跡はない。つまり全くの偶発的な存在である。僅かに馬琴が本書を所持していたらしく思われるのは、その「曲亭蔵書目録」中に「読本評

判記、安永七年」とあって、安永七年には、かかる読本評判記と称し得るようなものの存在を確かめ得ない今、安永七年が戊戌という干支であることから、本書「千石篩」の巻頭に「戌の年新板仮名本」とある「戌」を安永七年戊戌と勘違いしたのではないかと思えるからである。その場合、馬琴の蔵本は、本書の題簽を欠くものだったのであろう。とすれば、馬琴の頃、既に本書は、ほかならぬ戯作者自身にとっても宝暦か安永かの区別さえつかない存在であったことになる。そして馬琴の本書に関する言及は、今のところ全く見出すことが出来ない。

なお、本書は名物評判記として初発のものであるだけに、黒表紙横小本三冊という外型を除いて、その全体の構成は、役者評判記のパロディとしては中途半端なものに終わっている。特に最も肝心の上上吉の位付が見られないし、位付目録もない。評判本文にも、架空の芝居脚本を作り上げて、その筋に沿った演技評判といった趣向立ても見られない。こうした所を完備するのは、次の「龍美野子」を待たねばならぬ。

因みに、本書底本は森鷗外の旧蔵品である。かの「三人冗語」の企てに当たり、鷗外の脳裡をこの書の影がチラリとでもかすめたとすれば、それなりに面白いことではあるのだが。

## (二)　評判龍美野子

本書は、底本の如きを初印本とし、後、宝暦十三年に京へ求板された後印本がある。また旧版帝国文庫の「萬物滑稽合戦記」(明治三十四年)に求板本による不完全な翻印がある。

後印本は、表紙・題簽などすべて初印本と同一であるが、最終丁のみ、初印本は丁表の半分ほどで本文を終わり、「貝甲巻終」の尾題を置いて、以下二種の広告を出し、その丁裏が八種の書物の広告と刊年月・書肆名等を出した奥付となるが、後印本では丁裏の奥付はなくなり、丁表の尾題の後に「宝暦十三年／未正月吉日／姉小路寺町西入ル丁／銭屋惣四郎／寺町松原下ル丁／梅村市兵衛」の刊記が入る。即ち、宝暦七年正月江戸和泉屋平四

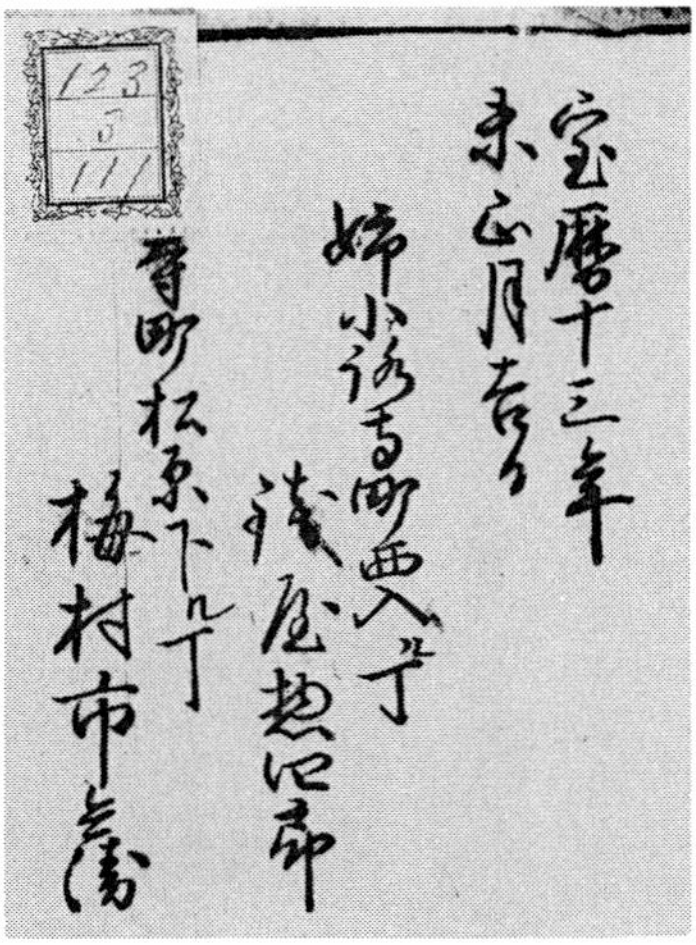

求板本・刊記(国会図書館本)

郎板の初印本が、宝暦十三年正月に京の銭屋・梅村二肆に求板されて再刊されたのである。初印本は、この種の本としては珍しく「割印帳」に宝暦六年十二月廿五日 の割印で「評判龍都 全三冊奥付八十一丁、宝暦七年丑正月 泉山坊作 板元 江戸和泉屋平四郎、売出 同人」と記載され、求板本のことは「竹苞楼大秘録」に宝暦十二年九月の板木市で、梅村市兵衛と相合で求板したこと、その後、安永七年二月の板木市で加賀屋卯兵衛へ十五匁で売ったことなどが記録されている。安永以降に加賀卯から摺り出されたかどうかはわからない。

作者の泉山坊と梁雀州なる者については、皆目わからない。中村幸彦博士は、「竹苞楼大秘録」の本書の項に「芦田鈍永殿へ蜜柑百」という御礼の物入りが記録されていることにより、或いは狂歌師芦田鈍永が著者としてこの作品にかかわっているかという推測を示された(「文学のひろば」『文学』昭和五十六年十一月号)が、これは、初印が江戸板であることから見て、京の狂歌師鈍永の作とするのはやはり無理かと思われ、鈍永は求板本の手直しや売り出しに関して、何かの手助けをし、それに対する御礼を受け取ったものと見ておく。

本書において、外形・内容ともに、漸く完全な役者評判記のパロディが定着したことになる。特に題簽の意匠一つをとっても、役者評判記もじりの意図を最初に行うものとして、極めて律義にそれを行う姿勢が見えているところが面白い。やがてこの趣向がすっかり定着してしまうと、ここまでの律義さはなくなって、より簡略化する方向に向かうのは、後掲の諸書に明らかである。

なお、巻末広告の「画品枉惑本艸」なる書物は、刊行された形跡はない。

## ㈢　三都学士評林

本書は、従来未翻印のもの。所見三本は、みな同板である。既に宝暦九年頃に刊行された形跡のある「冬至梅宝暦評判記」(「徳川文藝類聚」第十二巻に翻印)が、当時現存の著名人を取り上げた人物評判記の初発であるが、本書は刊本としてはその二番目に当たり、三都の学者を「経学家」「詩文家」「書家」の三部にわけて評判する。宝暦・明和という時代は、徂徠学流行の頽唐期ともいうべき時代で、徂徠直門の弟子といえば、本書にも巻頭に据えられた宇佐美灊水ただ一人が生存し、他はすべて二伝の弟子という時代である。学問が最も通俗化した時代というか、通俗と学問が最も接近した時代というべきか、いずれにせよ雅俗の折衷が極めて顕著に行われた時代と言え、その申し子の如きが本書である。本来謹直高踏であるべき学者文人を、役者になぞらえて評判月旦するという本書の趣向は、極めて爛熟した文化の時代において初めて可能な趣向立てであった。巻末頭取連名に「蒹葭堂　風月堂　平賀源内」と連記されるのは、やたら顔の広い浪華の蒹葭堂、白話小説などという新し物好きの京の風月堂、何かと名高い江戸の源内といった三様の顔触れに、良くも悪しくも明和五年という時点での「学士」なるもののイメージを集約して示したものと思われ、後世の我々に極めて示唆的な書物である。序文中にいう著者三都主人四橋先生とは、勿論烏有先生で、実は序者蘆洲山人がその人であろうが、実体は未詳。

内容の一、二をいえば、江戸詩文家部にある「須知文平」というのは、評判内容から見て井上金峨に間違いない。この名は他に見られないものだが、この頃だけの変名か。とすれば、恐らく山県大弐の明和事件にかかわって一時変名を余儀なくされたかと思われる。沢田東江、諸葛琴臺、泉豊洲等が、同じように、同事件で一時改名をしたことがあり、東江とは特に交り深かった金峨故の推定であるが、須知文平の名は本書に見えるのみ。かかる知見を得られるのが、名物評判記の大きな取り柄である。

江戸の太夫本之部で、林代角は林大学、青木分蔵は文蔵、蔀七蔵は人見、荻生宗右衛門は総右衛門と、いずれも姓名を一、二字あて字にしたのは儒官という身分への遠慮である。

## ㈣　瓜のつる

本書は、本底本と同一本を以て昭和五十二年「大東急記念文庫善本叢刊・近世篇10」の「飲饌書集」に影印刊行されている。翻印は無い。所見本は、本底本一本のみ。

近世を通じて、瓜は水菓子の第一にあげられるものではあろうが、その瓜ばかり十四種を評するという趣向立ては名物評判記中でも異色のものと言える。明和八年という年が特に瓜の流行とかかわりがあるとは思えぬが、「武江年表」明和八年の項に、「○東埔塞瓜《カボチヤ》の小きを、唐茄子と号してはやり出す」とあるのが、或いは本書の成立とかかわることかもしれぬ。「とんだ茶釜がやかんに化けた、道理でかぼちゃがとうなすだ」「トウナスほどな血の涙、落てカボチャになりやすまい」という流行唄もこの頃のことである。

作者不笑が八文字屋自笑のもじりであることはいうまでもないが、実体は未詳。

## ㈤　〔鞠蹴評判記〕

本書は未翻印。初見本も、本底本一本のみ。底本の姿は、刊本の精写本かと思われるが、刊本未見。

本書の存在は、加藤定彦氏の御指教により初めて知り得たものであり、これまで報告されたものを知らぬ。

蹴鞠の遊技は、現今の知識では大むね堂上方の優美な遊びとして認識されており、鎌倉期以降、飛鳥井家などの家柄により伝承され、元禄前後は西鶴作品などにほの見える富有町人の至り芸、庶民とは無縁のものの如くに思われがちであるが、本書の存在は、いわば町まりとでもいうべき遊技が、庶民層にかなりな支持者をもって盛行していたことが理解されて、まことに貴重な資料というべきである。

神田お玉が池の近傍である弁慶橋に鞠場のあったことは、今、宝暦・明和期の江戸図類では確認し得ないが、他に吉原の妓楼松葉屋や、洲崎の有名な料理茶屋升屋が安永頃に邸内に鞠場を持っていたのは著名なこと（「蜘蛛の糸巻」）で、本書の存在がきっかけとなって、江戸町人の間での蹴鞠流行の実体が何がしかでも解明されれば、風俗史研究に重要な一歩を進めることになろう。

## ㈥　儒医評林

本書は未翻印。但し、森銑三氏によって、雑誌「本道楽」昭和十一年五月・六月号に、その大概を翻字、解説されている。所見四本は、みな同板。

前掲の「三都学士評林」に続く学者評判記であるが、今度は医者の部を加えて新味を出す。経学・詩文・書家の三部は、全五十四名中の三十四名が前著「学士評林」と重なるのは、僅か五年後のことゆえ致し方のないところであろう。巻頭・巻軸などを占める顔触れも大方同じなのも、当然といえば当然であるが、評語の細かな部分にも、明らかに「学士評林」の文章の踏襲が見えるのは聊か芸が無いとも言える。しかし、無論、本書に新顔として出る人物の評語には、十分に参考になるところが多い。後に掲出する天保六年刊の「当世名家評判記」の序にも本書を引いて「近効㆓元輪喜内《マコ》評判㆒」とあるが、この頃まで、本書の名前が残っているのは、結構読み継がれていたものでもあろうか。著者の元輪内記なる人物は未詳。刊記に「平安烏曽八百蔵梓」とあるが、江戸の儒医の評判を京で刊行するというのも変な話で、これこそウソ八百の出鱈目であろう。内容は江戸、序文は浪華の烏有先生、板元は京と並べて、これで三都役者評判記の体裁をカスメテ見せたというだけのことであろうか。

本書の都立中央図書館加賀文庫蔵本には、欄外に文政頃とおぼしき書き入れで、各人の住所などの注記があり、参考になることを付記する。

## (七) 開帳花くらべ

本書は未翻印。所見も、本底本の一本のみである。

底本書誌解題にも記した通り、本書は一見著者稿本と思われるものであるが、それにしても奇妙な体裁に出来上がっており、他に類似するものを知らない。即ち全丁にわたっての匡郭と、本文中の各名題の一行分(位付と紋所と名前)、及び見開き二丁分の挿絵との三部分のみが全部板刻の物で、その他序文や評判本文はすべて墨筆の書き本となっている。板刻の部分のみをあらかじめ作って、評判は後で書き入れるというのは、当年の寺社開帳の評判という、時事雑説の書であるところから取締りの目をかすめる手段かとも思われるが、さて実効のほどは何とも疑わしい。ただし、それだけに、内容は安永二年京の開帳の全貌を伝えた極めて珍しい、他に類のない資料となっている。強いてあげれば「絵馬評判」と題する元禄頃の写本と正徳六年の刊本とがあって、京の社寺の絵馬を解説する等が、近い資料というべきか。いずれにせよ、「京都叢書」などに是非所収されるべき一本である。

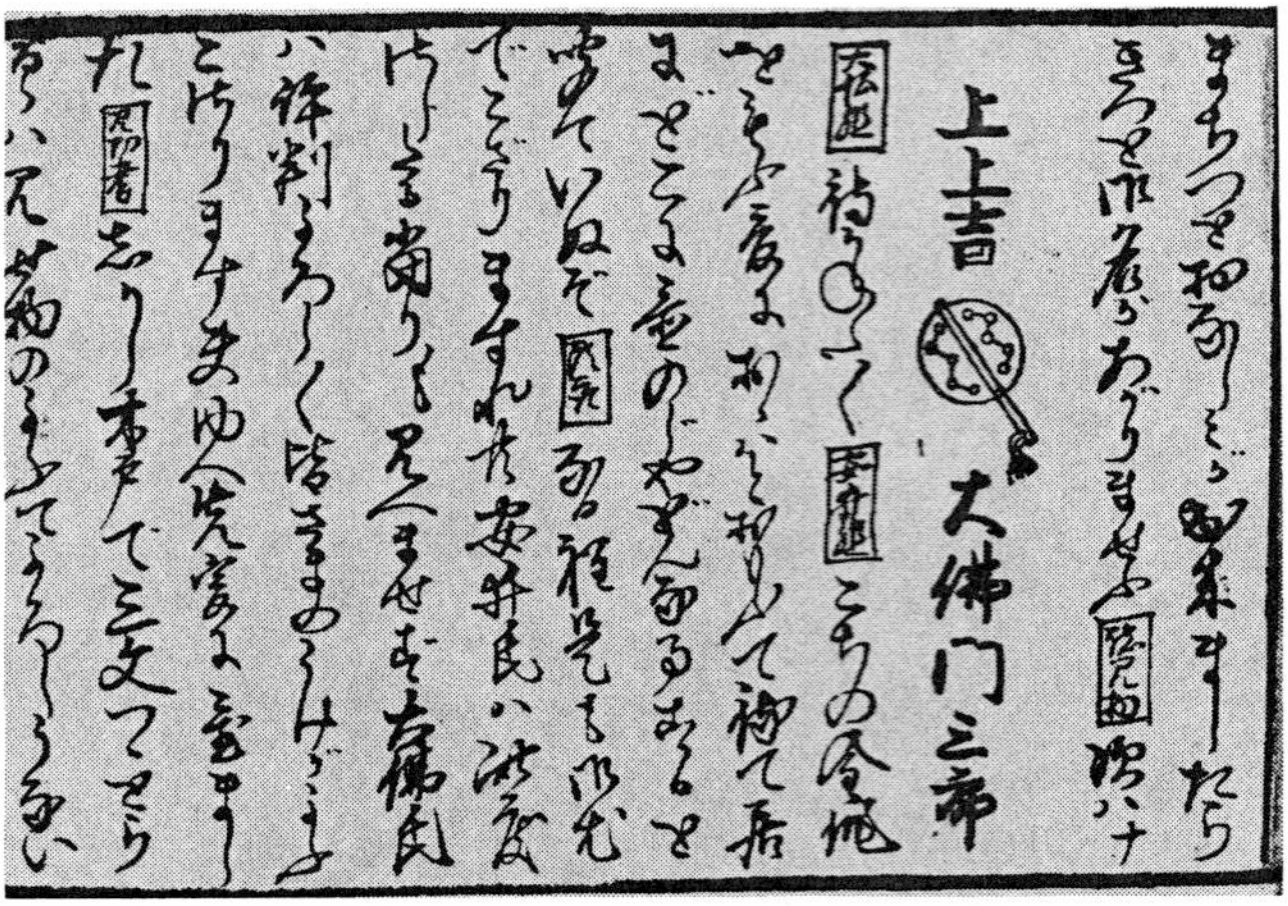

加賀文庫本．枠と上上吉云々の名題の一行のみが摺物で，他はすべて墨筆

作者似笑は例によって八文字屋をもじった命名であり、実体は

未詳。その自序中に評判記「役者清濁《すみにごり》」に倣って本書を作るというが、「清濁」は安永二年正月の京芝居の評判記であるらしく、「歌舞伎年表」の当該年に一部分引用されるのを見るのみ。実物は未見である。

## (八) 福寿艸

本書も未翻印。初見本は、本底本を含めて二本のみ、そのほかは上巻一冊のみの零本にすぎない。

本書の所在は、花咲一男氏の御指教によるが、それより前、森銑三氏は「恋川春町作二小著の発見」(「国文学研究」昭和三十五年四月・三十六年三月)と題する論考で本書を取り上げ、その挿絵が無署名ながら春町の絵と認められることを指摘されて、著者もまた春町としてもよいのではないかと提言された。一方、立川焉馬、安永九年作の洒落本「客者評判記」には「近き頃寝ぼけ先生の茶臼藝、初物評判なぞといふはあれど」云々という一文がある。「茶臼藝」は安永五年刊の「評判茶臼藝」で、源内作の「天狗髑髏鑑定縁起」(安永五年刊)にも「評判茶臼藝は寝惚先生の作にして」とあって、寝惚先生大田南畝の作であることが明らかなもの。「客者評判記」の記述を信ずれば、「初物評判」こと、本書「福寿艸」も南畝作ということになる。そこで、挿絵は春町、著者の福寿堂鶴亀は南畝で一件落着かというと、そうもいかぬのは、本書跋文に福寿堂の署名があり、その後の落款印は、上が「四十二之男」、下が「厄払厄落」と読める。南畝は、この安永五年にはまだ二十八歳。春町も三十二歳ほどで、厄年には程遠い。源内は四十九でこれもあてはまらぬ。ところが、春町とは一対男の朋誠堂喜三二が、この年丁度四十二歳、となれば、鶴亀即ち喜三二とするのがいかにもふさわしい。かといって、本書を春町・喜三二のみの作とするには、なお、事情通焉馬の証言を無にするわけにはいかぬ。傍々以て、本書は挿絵を春町、鶴亀は喜三二、そして「評判茶臼藝」の作以降、「菊寿草」「岡目八目」更には「俳優風」と、名物評判記に執着しつづける南畝も、或いは開口の筆者八文字足跡と名乗りかけ、明らかに一枚噛んで、安永五年の春に目出度く咲かせた福寿艸であろうと推定しておく。無論、その他にも源内や東作といった面々も加わったかもしれぬ。内容となる七十種の初物は、これこそ十八世紀末の大都会江戸の住人が肌で感じる季節感をそのまま示してくれる。本文は「新式枝葉集」「通俗志津苧玉巻」「其傘嚔日記」「糸衣毛吹鑑」と、いずれも季節感に因んで俳諧の季寄せ作法書をからめた外題に作りでかした四狂言を大筋として展開するなど、作者の顔触れ、内容の目出度さ、文章のこなれ具合い、趣向の面白さ、どれをとっても江戸名物評判記中の巻軸にすわるべき尤品であることは間違いない。位付目録の見立も、当時江戸座の俳諧点者尽しとなっていて、これだけでも立派な資料価値を示してくれている。

なお、開口筆者八文字足跡は、後掲の「評判江戸自慢」の開口筆者と同一人である。

翌安永六年刊の黄表紙「魚静初物里家《さとか》夜位《よい》大平栄《おゝひらさかへ》」三冊は、初物四天王の趣向などあって、或いは本書辺りからの思いつきか。

## ㈨ 茶番遊

本書は未翻印。所見本は、本底本の一本のみ。「飲食史林」第二号(昭和五十五年七月刊)に「献立評判記『茶番遊』」と題して紹介の一文を記した。

例によって、作者も明らかではなく、刊記や奥付もないが、本文末の年記は「申」(安永五年)とあり、位付の末には「安永六年酉正月吉日」とある。本文中の「去夏の俊寛僧都の狂言は見物がうけ取りました」というのは、安永四年九月の中村座「姫小松子日遊」のこと。また、「此春の新板、諸芸茶臼げいの本や、初物評判記は」というのは、安永五年板の前掲「福寿艸」と「評判茶臼藝」のことなどから、本書は安永五年夏頃の作で、翌六年正月刊ということになろう。著者名は、どこにも見えぬが、前記の「福寿艸」や「茶臼藝」への言及などから見て、大方その周辺の戯作者連中の作と見て誤まるまい。

開口は、鳥山検校や真崎稲荷の狐など当時の流行物をうまく取り込み、内容は真崎の料理茶屋稲屋の膳部献立を人気役者に見立てての茶番風評判記となる。

茶番は俄と似て非なるもので、特に日用身辺の器財を見立に用いるのが特徴であり、俄が大坂に始まるのに対し、茶番は江戸に興ると、南畝の「俗耳鼓吹」にいう。本書の如き飯・汁・坪・平などの膳部のものを一つ一つ見立に用いる所から「茶番遊」と命名されるのである。

## ㈩　江戸じまん評判記

本書は未翻印。所見本は、底本とした加賀文庫本の他、国会図書館蔵の一本（183／432）のみ。しかもこの二本ともに、上中下三巻三冊のうちの中巻一冊を欠き、未だ完本を見出し得ない。

本書は、安永六年春の刊行と思われるが、この安永六年という年が名物評判記の最盛期に当たることは、前掲の評判記リストに明瞭なところである。宝暦・明和という頃に殆んど移植し終えた文運東漸の根はやがて堰を切った如くにあらゆる方面に開花し始めるが、その最も端的なあらわれが、本書外題に見られるような「江戸自慢」の現象であった。それは、従来の鬱屈した関東の田舎者根性の裏返しとして、将軍様の御膝元という、武家の権威にすがった江戸っ子ぶりを振りたてて、到る所で啖呵を切る。そのきっかけとなったのが、本書の刊行辺りであることは疑いようのない事実である。そして本書には、更にその先蹤がある。即ち、本書巻頭凡例の最初にいう、「此書は江戸じまんと云《いう》番附の評判也」とあるのがそれである。この番付は、多分、役割と位付のみの一枚摺り名物番付であった筈と思うが、残念ながらその実物は未だ実見し得ない。しかし、本書の凡例の記述によって、それは大概右の如きものであろうこと、そして安永五年冬の摺り出しであったことまでがわかる。

ともかく、この安永五年冬の一枚摺「江戸自慢」を皮切りに、すぐ本書が出来、同じ年の春のうちに、同類の「江戸繁栄門」二冊や「土地万両」一冊が出来、続けて江戸のみならず京・大坂をも総ざらいした三都名物「富貴地座位」三冊が出され、翌七年には、その京の部分だけを評判したような「水の富貴寄」が編まれ、名古屋にも飛火して「尾陽名物真名板文台」が出来るという騒ぎとなった。安永六・七年を名物評判記の最盛期という所以である。

さて、本書上巻は、例の通り位付目録と開口で終わり、中巻から評判の本文が始まるわけだが、位付目録によれば巻頭の「越後屋」から「玉屋市兵衛」まで立役部の二十二名分が中巻に収まる部分で、この江戸名物の立役の部がそっくり見られないことになるのは残念だが致し方ない。そして下巻は、実悪部以下惣巻軸「白木屋」に至る部分である。目録によれば、全六十一店、札差・両替屋・呉服所・木綿問屋といった大店から、しらみ紐・歯みがき、更には各種食品類に至るまで、とにかく消費都市江戸を代表する有名店のみを列挙した本書の風俗資料としての価値の高さは、今更言うまでもないことであろう。

前年大当りの黄表紙「高慢斎行脚日記」の主人公をそのまま用いた開口で、高慢斎改め高賀《たかが》池内《いけない》と名乗るのは、勿論平賀源内が利かせてあり、凡例の筆者は「高賀池内門人柳荷五瀾」と署名して、この五瀾なる人物が評判連中の頭取をつとめている。池内門人五瀾であれば、その実体は源内門人森島中良かという推量は当然出てくるし、開口の筆者「八文字足跡」は前掲「福寿艸」の開口筆者でもあるところから、「福寿艸」の作者に擬した喜三二・春町・南畝の周辺の人物であることは疑いようもない。開口の文章の弾み具合は、源内その人のようでもある。いずれにしろ、本書の著者が右のような顔触れの中の誰かであろうことは容易に推定し得ることであり、とすれば巻末に板元として記された「五拾軒」は、吉原大門口五十間道に細見板元としての店を開いた蔦屋重三郎かという推定もさほど無理ではないように思える。

## ㈩　富貴地座位

本書は「徳川文藝類聚」巻十二に翻印。所見本は、二部のみだが、いずれも同板。

前掲「江戸《じまん》評判記」が江戸のみの名物評判であったのに対し、本書は、京・江戸・大坂と三都にわたる。但し、上巻京都名物と中巻江戸名物は、いずれも位付目録のみで評判はなく、下巻浪華名物は位付目録ではなく、「枕草子」もじりの「ものは」尽しによる名物尽しを趣向する。作者も板元も、その実体を明らかにし得ない。京の巻は九部百九店を出し、江戸は二百四店を出すのは、前掲「江戸《じまん》評判記」と比べて、数の上ではかなりに多い。但し、本書の江戸の部には、これまた先蹤作があって、「土地万両」と題する横本一冊、所見本は精写本一部のみであるが、その姿から見て板行されたものであることは疑えない。既に延広真治氏によって「飲食史林」第5号に翻印されてもいる。「作者見笑、安永六ツ酉のはる」と開口末に記され、刊記は「白井藤八板」とある。位付は無く、名物名寄せといった体裁で、「衣服」「器財」「粧具」等々十三類百四十九店を列記し、更にその末に「魚類」「書物」「名人」の三部をのせて江戸近郊の名産品と浮世絵師八人の名寄せを置く。そして「富貴地座位」江戸の巻は「土地万両」をそっくり取り込み、すべてに上上吉の位付を施した上、巻末に「戯藝之部」を設けて、役者太夫の名寄せを行い、更に小店を五十五店ほども増補したというもの。各店の小書きも、両書殆んど同文といってよい。本書の刊年は、安永六年四月。「土地万両」は開口末の年記に安永六年春とあるゆえ「土地万両」が先行し、本書はそれをすっかり取り込んで、若干増補したものということになる。

下巻の浪華の部は、名物評判記としてはきわめて異例の趣向で「ものは」尽しの文体に終始するが、その筆致はなかなか凡手ではない。

㈡ 新内跡おひ

本書は未翻印。所見本も、底本の一本のみ。先著『江戸名物評判記案内』(岩波新書)に本書を紹介した時は、これまで報告されたことのない新資料である旨を吹聴したのだが、その後、既に本書が昭和四十四年の「演劇研究会・会報」第八号に近石泰秋氏によって「『浪花新内跡追』について」と題する資料紹介が行われていることを知った。管見を恥じるのみである。近石氏稿は、本底本と同一本の紹介であり、序文及び目録を翻字し、内容は大阪神社境内の舌耕者流の評判として貴重であることを指摘した上で、特に国太夫ぶしの盛行を証する部分について、本文を摘録して示されるが、氏の御指摘通り、本書は大坂の宮地における咄しの玄人連中の評判として極めて貴重な資料である。

内容から推察して、本書の刊年は安永末年かと思われるが、従来の上方落語史の成果によれば、安永初年に素人の咄好きによる会咄が始まり、その咄の会の記録を集めて刊行する咄本が隆盛となり、玄人の話芸を伝える資料は皆目見当らぬまま寛政を過ぎ、享和に入ってようやく桂文治・松田弥助があらわれて大坂落語中興の祖とうたわれたという。本書は、まさにその最も手薄になったといわれた時期の玄人話芸の資料として、絶好のものであり、他の時期にもこれだけの生き生きとした資料は殆んど求め得べくもない。言いしれぬ価値を持つものというべきであろう。著者未詳。

㈢ 恋家新色

本書は未翻印。所見本も、底本の一本のみ。底本は精写本であるが、板式から見て、恐らくは板行されたものであったと思われる。

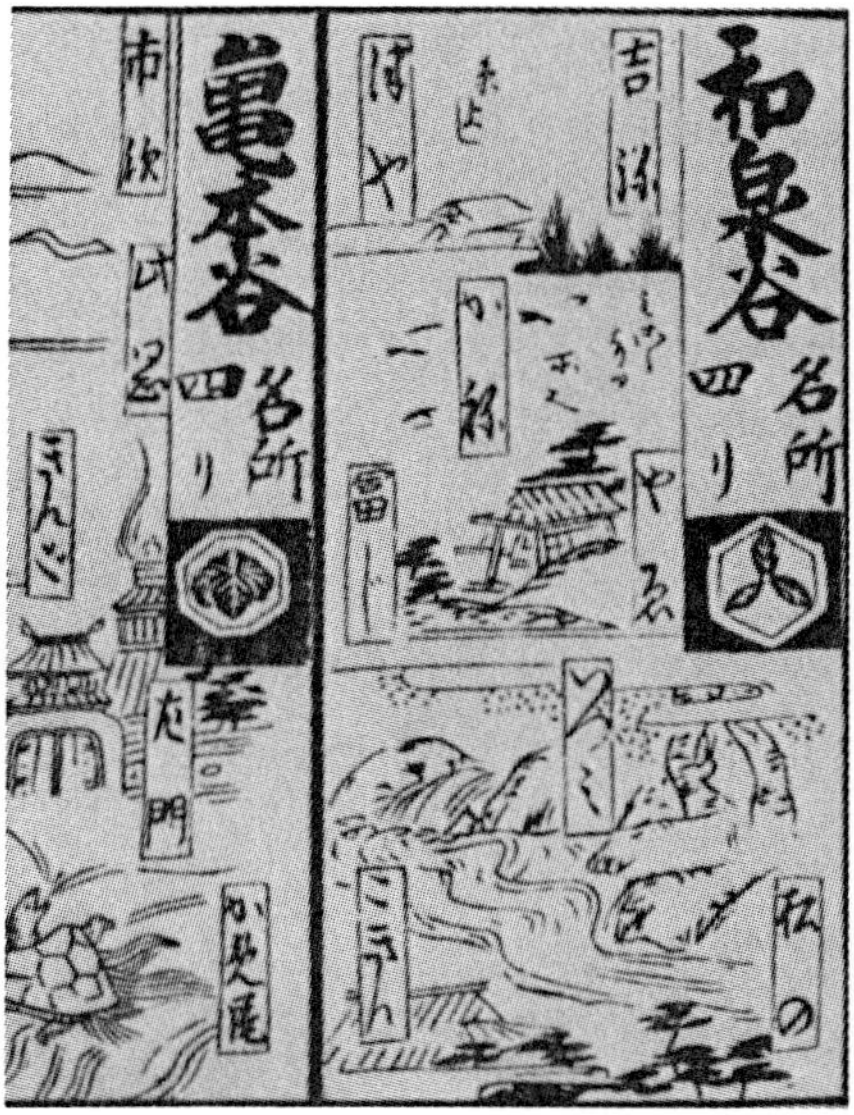


三のオ

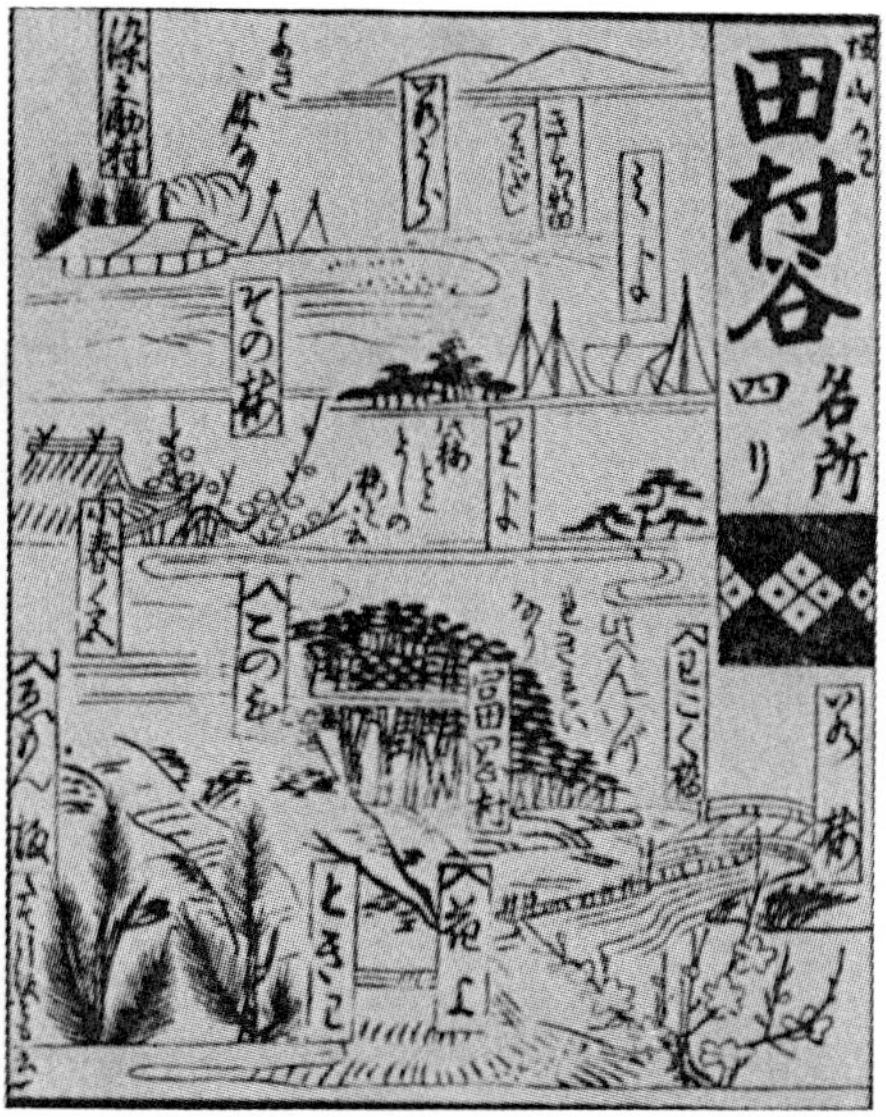


二のウ

安永七年板．品川細見「おみなめし」(天理図書館本)

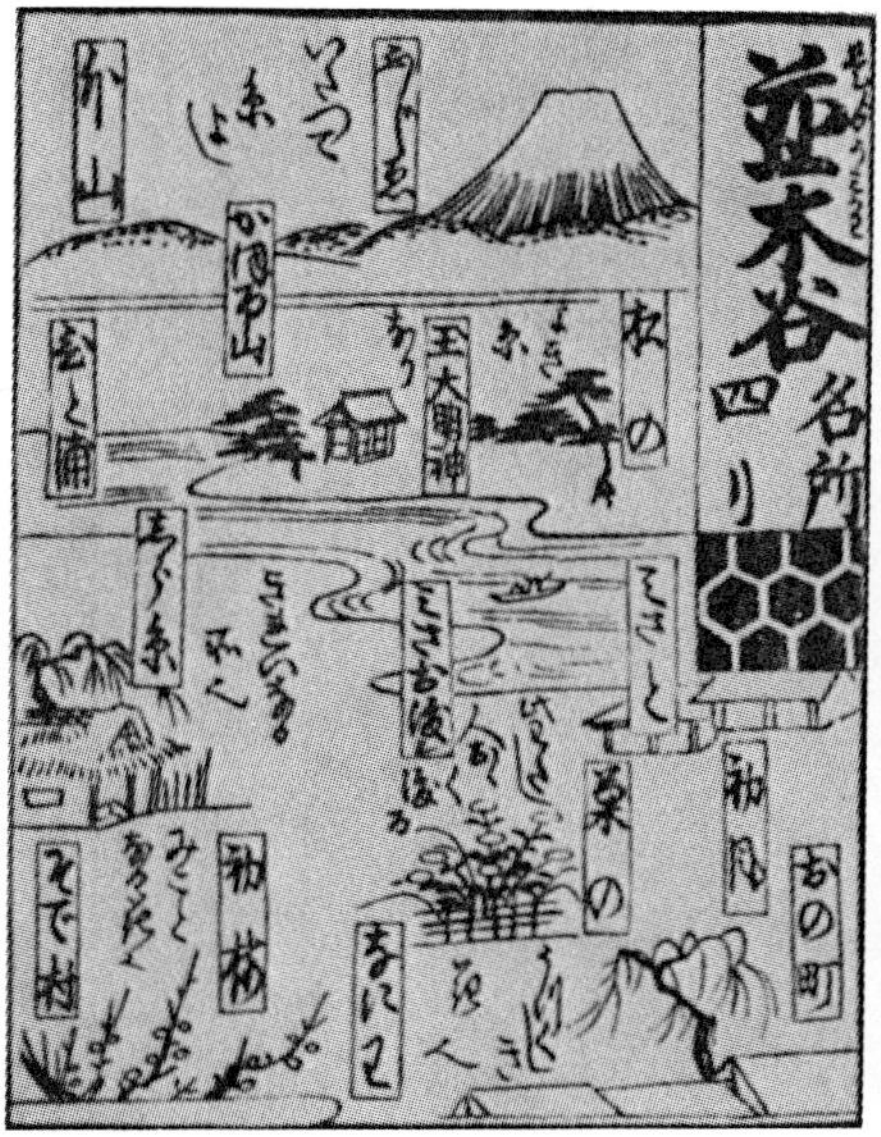


四のオ

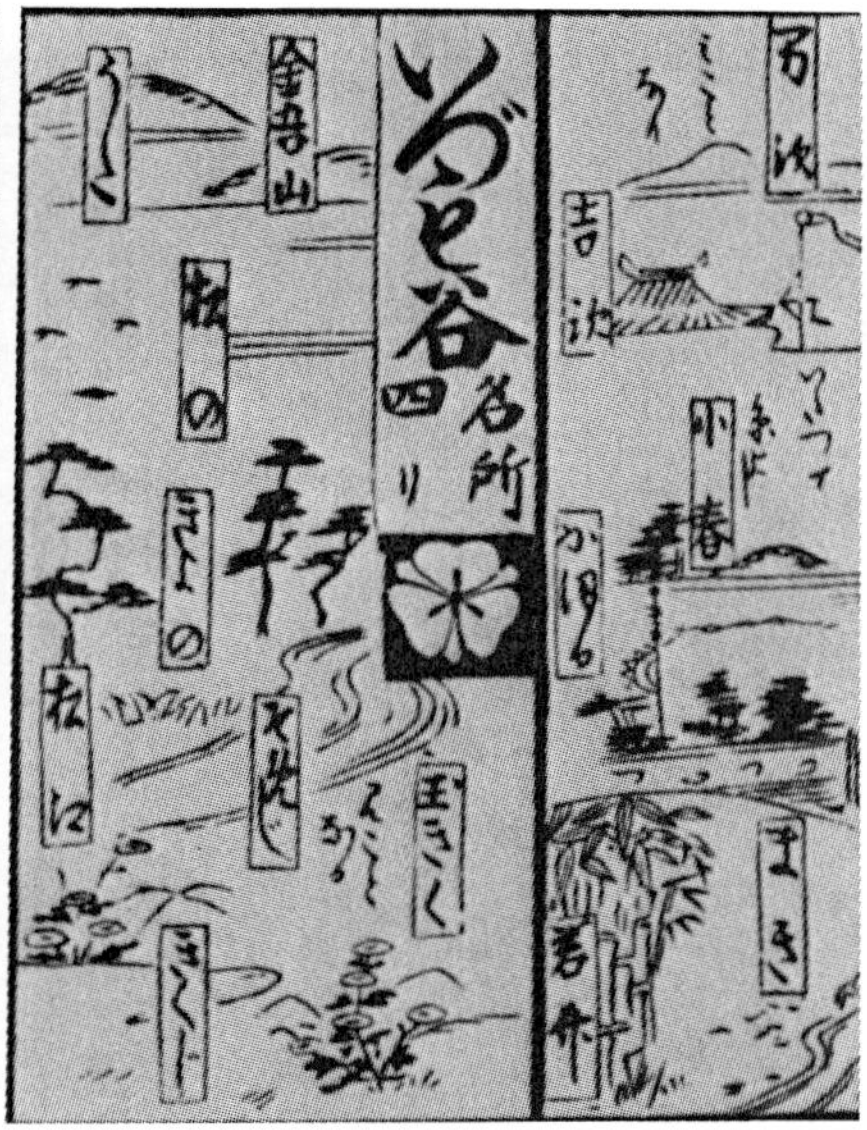


三のウ

題名は「連歌新式」の文字を、内容の新宿遊里評判にふさわしくもじったもの。作者「芳南子宇留斎《ヨシナンシウルサイ》」は未詳。巻末の柱記に「上」とあり、開口末を「甲駅の評ばん始り〳〵」と結ぶなどの点から見て、本底本は上巻のみの零本の写本で、なお評判本文となる一冊か二冊を以て完本と成るものと思われる。

名物評判記の祖として、江戸初期から宝暦に及ぶ遊女評判記の系譜があり、名物評判記の時代に入ってもなお、明和の娘評判記の盛行や、数種の岡場所評判記があって、色どりをそえていることなど前掲の名物評判記年表にも記した通りである。それらのほとんどは、近年「洒落本大成」(中央公論社刊)に収めて翻字したので、ここには「大成」に洩れた一本を、零本ではあるが紹介しておくことにした。以てその一斑をうかがう便にもと思うところである。

各店名に「――谷」とあるのは「――屋」のあて字であり、これは品川や深川などの細見にも見える用字である。(前頁写真参照)即ち公許の遊里ではない故に、はばかって名所図会風の地名に仕立てたもの。また目録末に「羽織之部」とあって、新宿でも羽織の名称を用いたことなどが知れるのも一得というべきか。

### (十四) 江戸土産

本書は「徳川文藝類聚」巻十二に翻印される。所見本は、本底本一本のみ。

「徳川文藝類聚」には、黄表紙・洒落本など戯作類の評判記が「菊寿草」「岡目八目」、本書、及び「花折紙」「犬夷評判記」と五種にわたって翻印されるが、いずれも今日の学界の水準に照らした時、極めて不満足な翻印となっている。しかし近年「菊寿草」「岡目八目」は「大田南畝全集・第七巻」に、「花折紙」は「洒落本大成・第二十二巻」に既に再翻印を終えたので、ここには残った「江戸土産」と「犬夷評判記」のみを採用して再翻印することにした。

本書は、天明期黄表紙評判の第三作目に当たる。先行する「菊寿草」と「岡目八目」が明らかに大田南畝の参画するところであったのに対し、本書は引き続いて天明四年春の黄表紙評判ではあるものの、作者も板元も前二著とは異なるものと思われるのは、評判本文板下や板式の明らかな違いから容易に推量し得るところである。

まず評判本文は、前二著が専ら讃めることを主眼としたのに対し、本書は各作品に対する悪口、あらさがしが

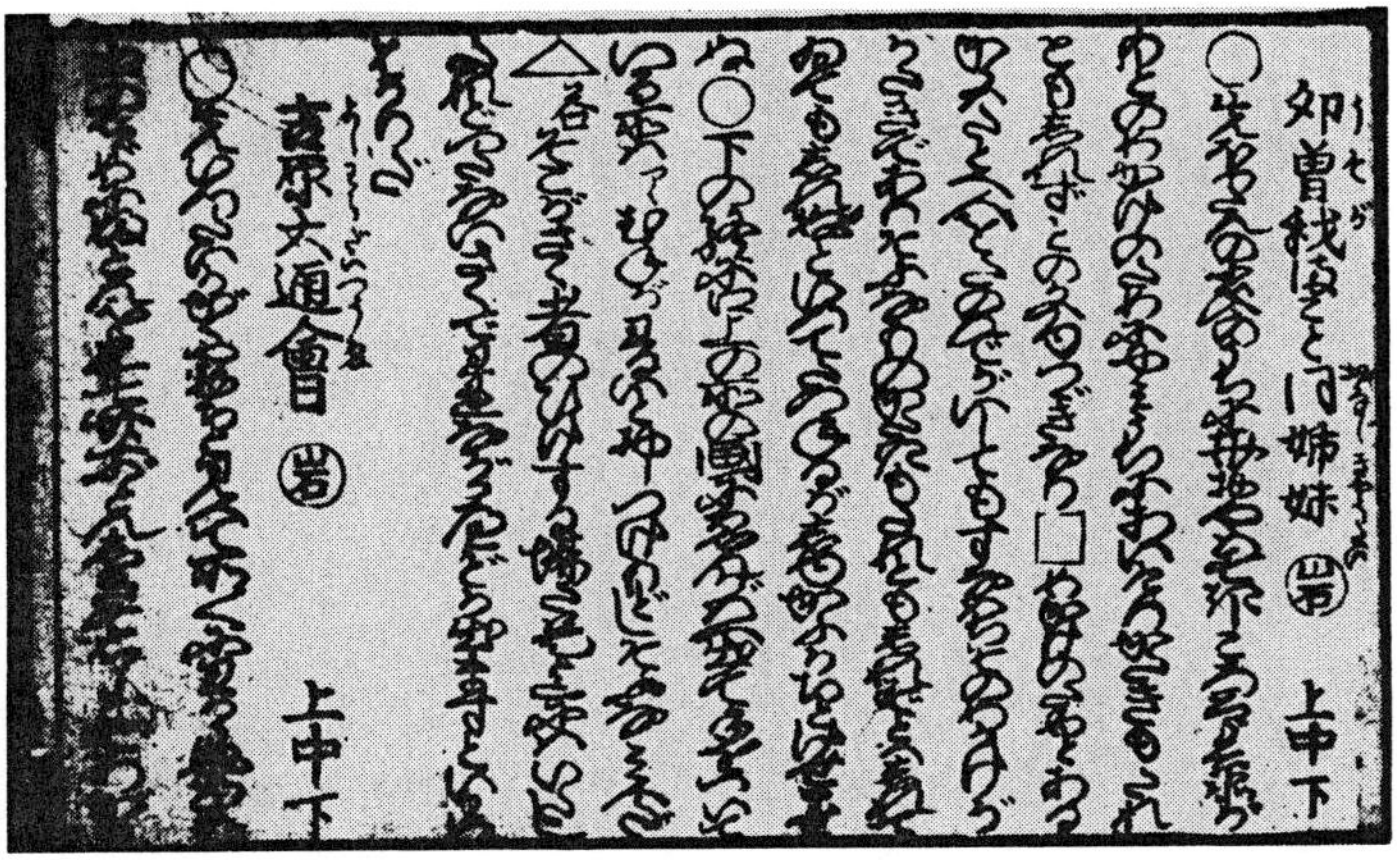

「江戸土産」評判本文初丁

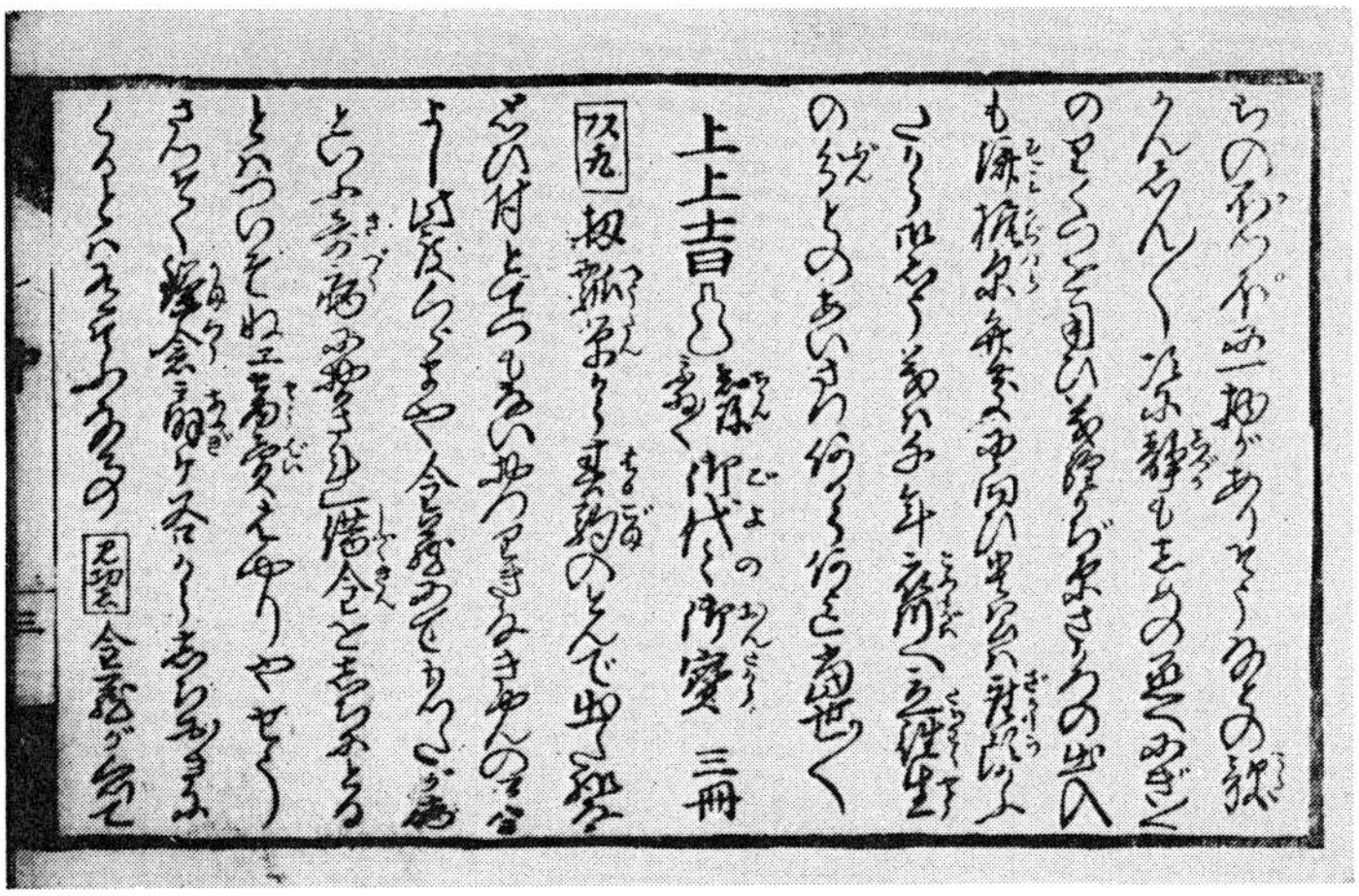

「菊寿草」評判本文三のオ

その主眼となっている。そして悪口に対する執りなしの仕方が本書の趣向となっているものの如く、そのため、悪口も無理矢理の悪口というべき所が多く、それに対する執りなしも無理こじつけの執りなしで、そこにおかしみをかもし出そうとするものの如くである。即ち、悪口と執りなしのやりとりが、そのまま黄表紙の一篇と称してもよいのであって、黄表紙評判にことよせて、自ら一篇の戯作を創作するという趣きで作られたものというべきであろう。本文中の「とかくくさぞうしはむりこじつけのおかしみが命」、「くさぞうしへもっともな事を書ておもしろいものか」等々の評語は、本書の創作態度そのものの言表でもある。また、前二著の板下は明らかに南畝の筆跡であるが、本書は異なり、柱記の体裁なども違っている。作者未詳。

## (十五) 俳優風

本書は、狂歌雑誌「みなおもしろ」第一巻第四号(大正五年七月)に翻印される。但し、上巻の位付目録と口上の十二丁分を省く。所見五本、みな同板。

狂歌評判記としては、本書を初めとして以下弘化頃まで、とびとびに五種ほども刊行される。著者は、位付目録の初めに記された判者名の通り、橘州・菅江・赤良という文句の無い顔ぶれであり、中でも中心になったのは南畝その人であろう。前年の黄表紙評判にあきた末か余勢をかってかはわからないが、今度は狂歌評判と出たもの。巻末識語に、天明五年の八月七日から十二日までの間に成稿した旨を記すのは、名物評判記類の成稿の日どりをおおよそ類推する手がかりとして貴重な言辞といえる。

位付目録の棒尽しの趣向は、天明五年春刊の「狂文棒歌撰」による思いつきか。評語は、ふざけているようでいて、結構天明ぶりの狂歌詠法をうかがわせる細かい言辞に満ちており面白い。

## ㈥　浪華学者評判記

本書は「摂陽奇観」巻三十九所掲のものを「浪速叢書」巻四に影印されている。「摂陽奇観」所収本以外に伝本の所在を知らないので、ここにも同影印を底本として翻字した。

内容は、天明七年度における大坂の学者を役者に見立てて評判したものである。影印では、巻末に「此書は故あって板行成らず止ぬ」と注記があるが、これはやはり実在の学者を役者に見立てるのはちと悪ふざけの度が過ぎると判断して、敢えて板行しなかったものであろう。そのためか、各人名も少しずつ用字を変えて出したものが多い。以下その判明する限りを掲出する。

中井善三→善太　細井新三郎→甚三郎　尾藤用介→良佐　瀬弥太郎→頼
菱川右門→宇門　中井遠蔵→淵蔵　中井時二→徳治　西寄義兵衛→西依
奥屋松斎→奥田　篠崎長平→長兵衛　都間六蔵→都賀　藪茂十郎→茂次郎
細矢井半斎→細合　片馬忠蔵→片山　宮川文蔵→皆川　柴野彦介→彦輔

他にも変名らしい者が二、三あるが実名を明らかにし得ない。

本書は、丁度、寛政改革直前の時点で編成されたもので、春水、成斎、竹山等は異学の禁の黒幕、栗山は天明八年、二洲は寛政三年、直接幕府儒官に登用されるなど、改革政治の学政に大きくかかわった人物ばかりである。栗山の登用などは、この時点で既に浪花雀の口の端にも大いに上っていたに違いなく、その点でも、本書の刊行は遠慮せざるを得なかったであろう。特に、二洲の登用はこれから更に四年後のことであるのに、本書の二洲の評には「江戸からもほしがるわい」の一言があるのは大いに注目すべき部分と思われる。即ち天明七年の時点で、こうした噂が既に流れていたのであり、それを書き留められたのも本書が写本ゆえの一得である。

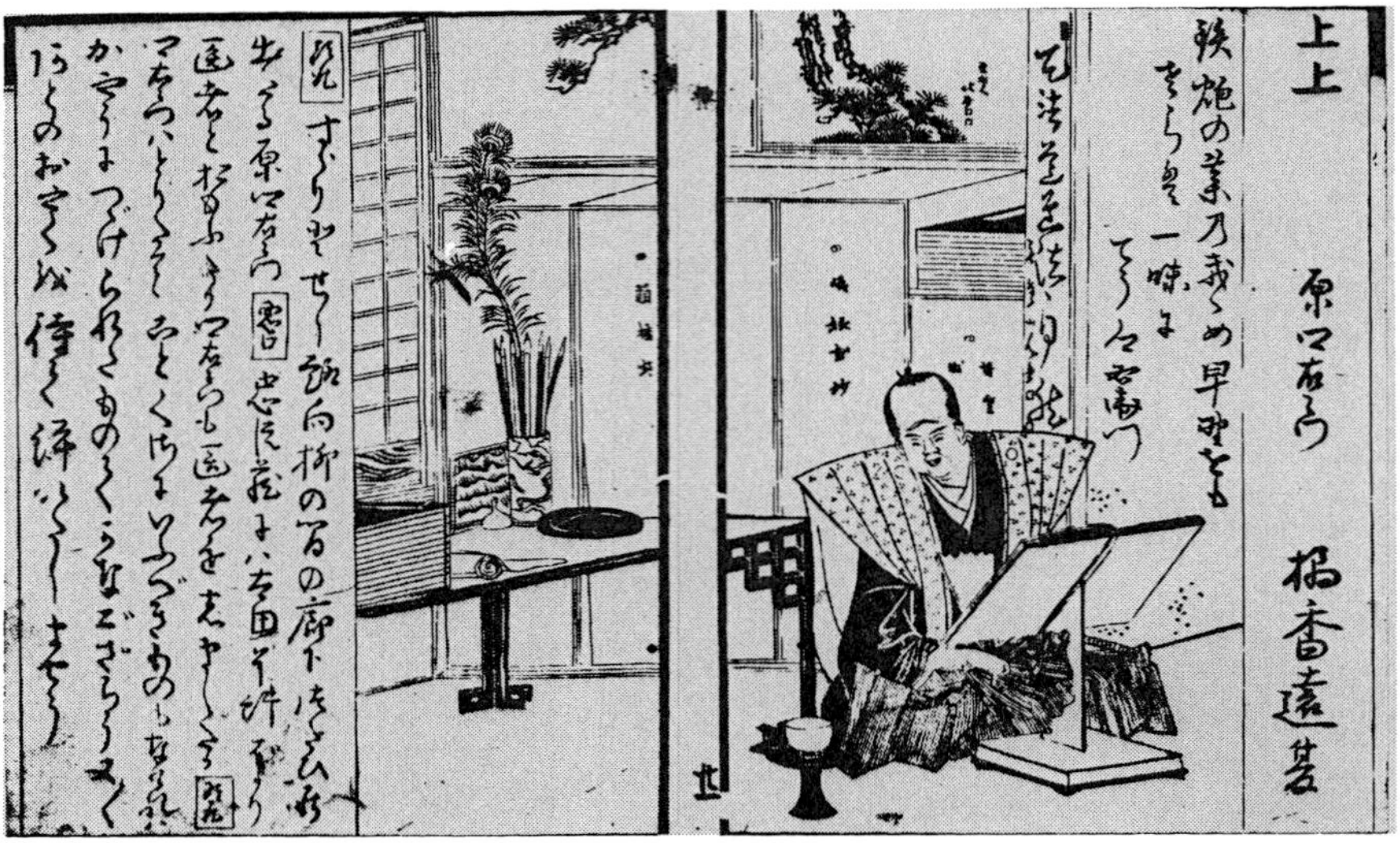


「忠臣蔵当振舞」廿一ウ．廿二オ

## ㈦　忠臣蔵当振舞

本書は未翻印。所見本は、みな同板。

刊年は、明記されないが、巻末の橘洲追善の口上の中に「去戌七月十八日」とあれば、本書は享和三癸亥年の刊行であろう。作者は巻頭の口上末に「五老」、開口末に「むくらふの宿屋のあるじ」とある故、宿屋飯盛こと石川雅望。

雅望は、この後、文化五、同八、文政五の三度にわたって、自ら五側の狂歌師連中の狂歌評判の判者となり刊行するが、それらはいずれも黒表紙横本一冊という定型をとるのに対し、本書は中本一冊、しかも全丁見開きに絵入りという特殊な体裁を趣向する。絵は、従来、北斎門の北岱といわれ、北岱はまた五側の狂歌師の一員として、本書中にも寺岡平右衛門の詠を出しているので間違いあるまいが、但し「廿一ウ」の絵には、床の間の唐紙に明らかに「画狂人北斎」と読める隠し落款らしきものがあり、或いは北斎画の可能性もある。全丁板下は雅望自身の筆になる。

## (六)　犬夷評判記

本書は「徳川文藝類聚」第十二巻に翻印される。初見本は、すべて同板。

本書は、江戸期に刊行された唯一の小説評論と称しても許され得るものであるだろう。馬琴著「里見八犬伝」初輯・二輯、及び「朝夷巡島記」初篇・二篇の各回を取り上げ、伊勢の読者殿村三枝園が評を加え、作者馬琴がそれに答えたのを、三枝園の弟で、馬琴門人の琴魚が書きとめたという体裁をとるが、内容は後述する如く恐らくその殆んどが馬琴自身の手によって作られたものと思われるので、自著自評の、いわば作者自身自らの手の内を明かして見せる小説作法の一編と称すべきかもしれぬ。体裁も横本とはいえ、従来の名物評判記類よりは一廻り大きい中本型の横本とし、作者名を明記する所など、明らかに作者自身にそれなりの真面目な意図を示したものと思われる。

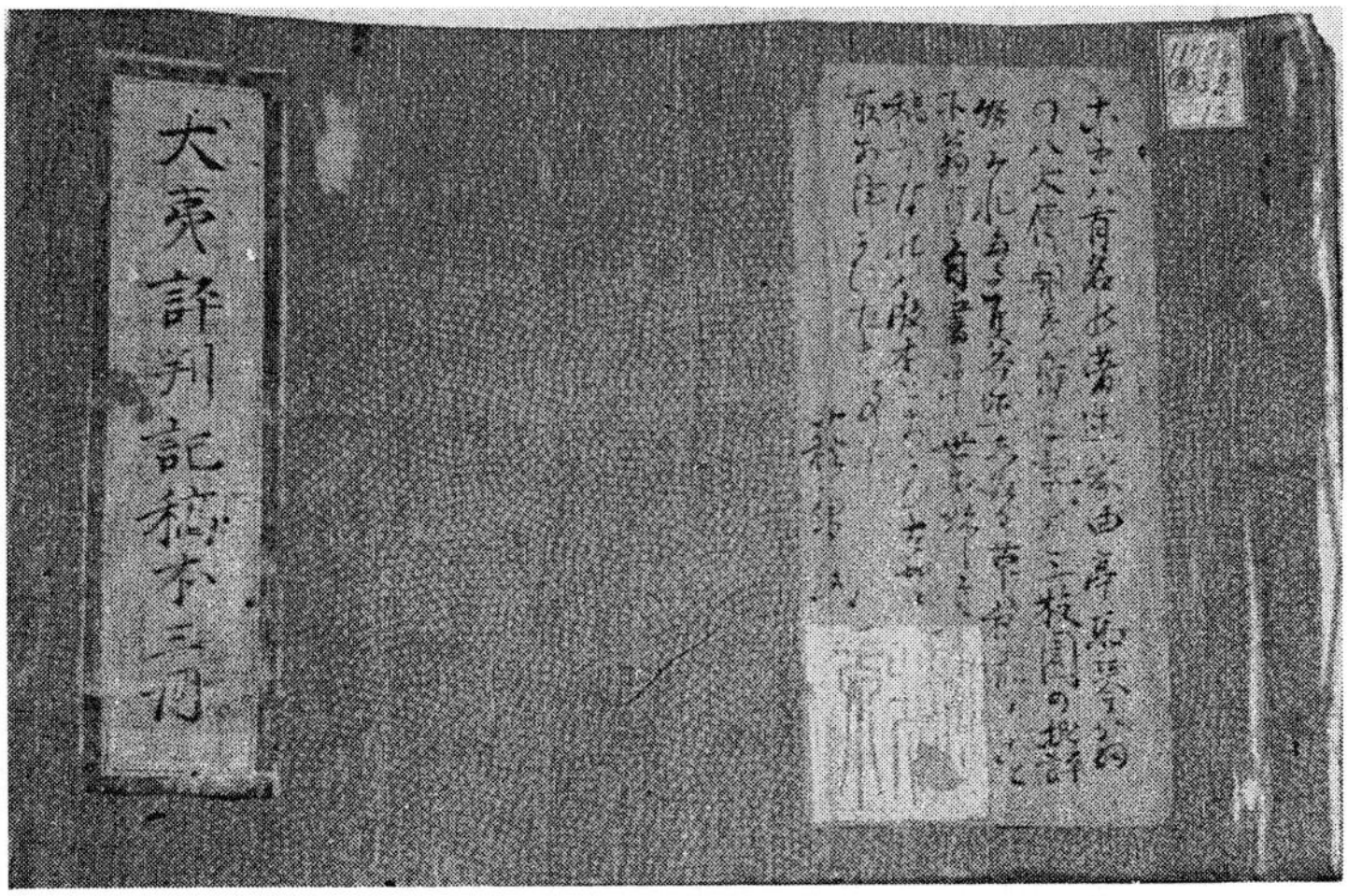

岩瀬文庫本・表紙

ところで、本書には、底本とした刊本以外に、馬琴自筆の稿本と思われる写本の三巻一冊本が残って、現在西尾市立図書館岩瀬文庫に蔵される。以下、その書誌を紹介する。

やや大型の横本(半紙本を横綴じにした程度のもの)一冊。本来は、壱弐三の三巻にわけて、それぞれに共紙表紙をかけて三冊に綴じ分けられていたものを、現姿では一冊に合綴し縹色小紋の絹表紙をかけて、左肩に「犬夷評判記稿本三冊」と記した、単枠の短冊簽を題簽として貼布する。また、その右側に、

これは有名の著述家曲亭馬琴翁
の八犬伝朝夷島巡記を三枝園の批評
せられたるに答述したる草稿なりこと
に翁の自書にて世に珍しき
稿本なれは板本とちかひ大切に
取あつかひたき事也

萩原氏印

と記した短冊型の紙片を貼布する。この萩原氏はまたもとの各巻内題部分に「駿陽府住荻原氏之印」とある朱文蔵書印を捺すので、駿河府中の住人であったことがわかる。なお、覆表紙の表見返しに後人の手による本書板本についての解題、同じく裏見返しに馬琴略伝が書きつけられるが、内容はありふれた記述ゆえ、ここには略す。

以下内容構成は

巻壱、共紙表紙(半丁)、見返し(半丁)、自序(二丁半)、凡例(半丁)、総評(五丁・内口絵一丁)、本文(十八丁半)、裏表紙(半丁)

巻弐、共紙表紙(半丁)、白紙(半丁)、本文(十九丁半・内挿絵一丁)、裏表紙(半丁)

巻三、共紙表紙(半丁)、白紙(半丁)、本文(十九丁、内挿絵の一丁分白紙)、跋(一丁)、奥付(半丁)、裏表紙(半丁)、以上全七十丁半。

各巻表表紙に馬琴自筆の墨書あり、増戸文庫の蔵書印のほか行事改印らしきものもあるが、印文は薄れて読め

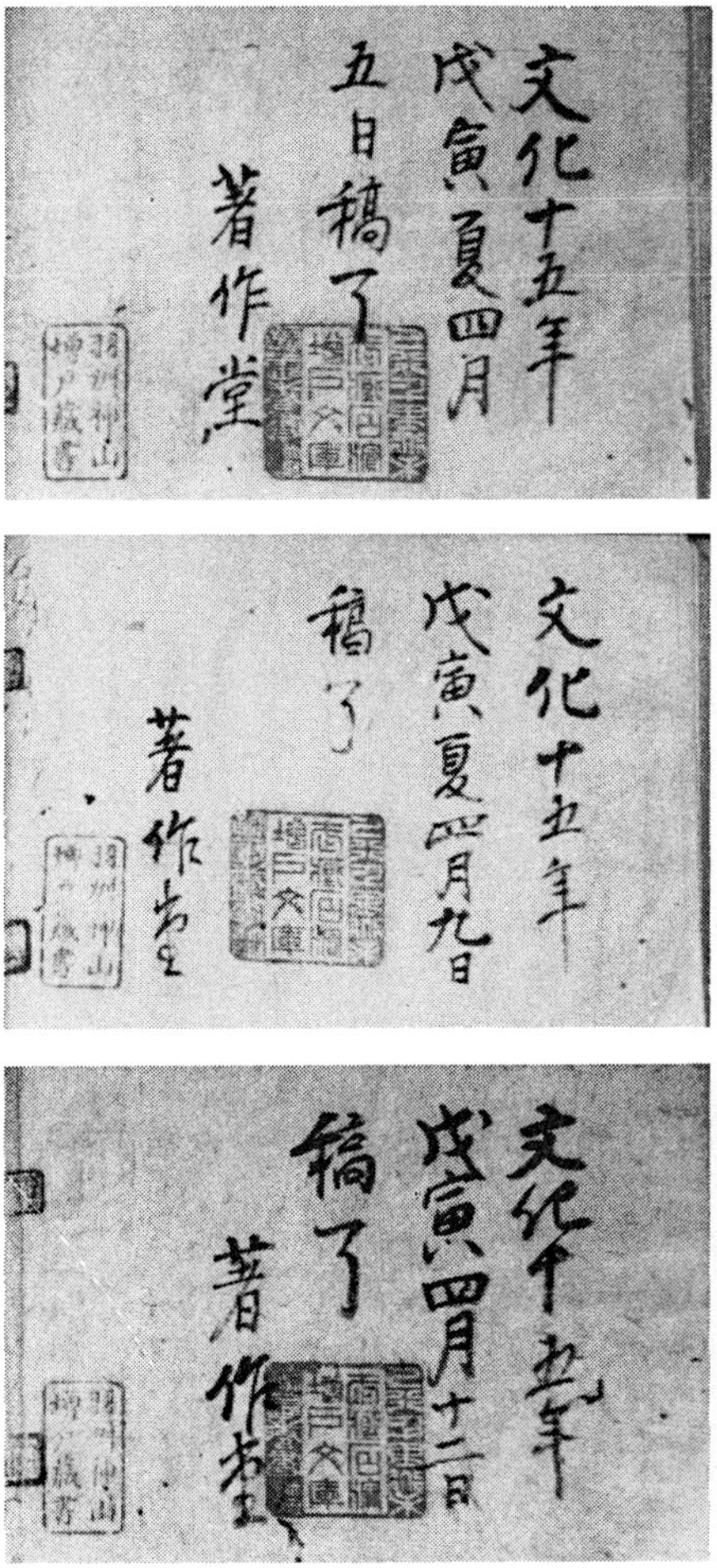
文化十五年
戊寅夏四月
五日稿了
著作堂
文化十五年
戊寅夏四月九日
稿了
著作堂
文化十五年
戊寅四月十二日
稿了
著作堂

各巻・裏表紙

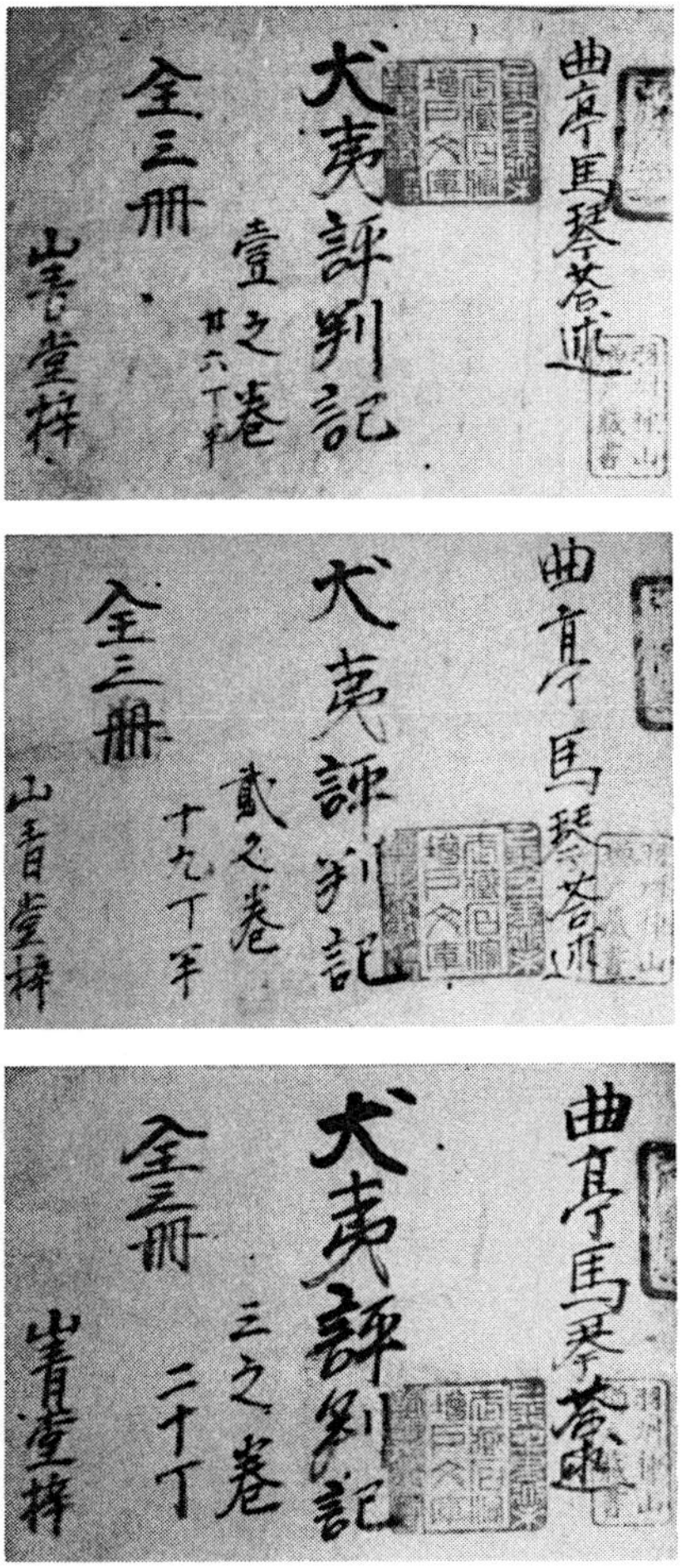
曲亭馬琴著述
犬夷評判記
壹之巻
全三冊
山青堂梓
曲亭馬琴著述
犬夷評判記
貮之巻
全三冊
山青堂梓
曲亭馬琴著述
犬夷評判記
三之巻
二十丁
全三冊
山青堂梓

各巻・表表紙

ぬ。

巻壱　「曲亭馬琴答述／犬夷評判記／壱之巻 廿六丁半／全三冊／山青堂梓」
巻弐　「曲亭馬琴答述／犬夷評判記／弐之巻 十九丁半／全三冊／山青堂梓」
巻三　「曲亭馬琴答述／犬夷評判記／三之巻 二十丁／全三冊／山青堂梓」

次に各巻裏表紙にも馬琴自筆の墨書あり、次の如くである。

巻壱　「文化十五年／戊寅夏四月／五日稿了／著作堂」
巻弐　「文化十五年／戊寅夏四月九日／稿了／著作堂」
巻三　「文化十五年／戊寅四月十二日／稿了／著作堂」

これによって本書の成立年時が明確になる。

この岩瀬文庫本が馬琴自筆稿本であることは、以上の書誌からも明瞭であるが、その内容は見返しの記述・体裁から奥付まで、殆んど現存の板本と同一というべく、なお若干の相違点は下記の如くである。

一に、各巻の口絵や挿絵も現存板本のそれと殆んど同構図を素人絵に示すものの、巻下の挿絵部分一丁は白紙のままとなる。口絵の絵組みは、一部分男女が入れ替わるなど、興味深い変化がある

二に、序の関防印と落款印の部分は、墨で墨格のみを記す

三に、本文は随所に貼紙をして文章を改め、板本は改文の通りとなる

四に、本文二ヶ所の鼇頭に校正文があり、板本の本文は校正の通りとなる

五に、板本では跋の後に半丁分の売薬広告をのせるものが、稿本では跋末に縮めた枠取りの中に記されるのみ

六に、奥付末の刊記が、稿本では「文化十五年戊寅冬十二月吉日」となる

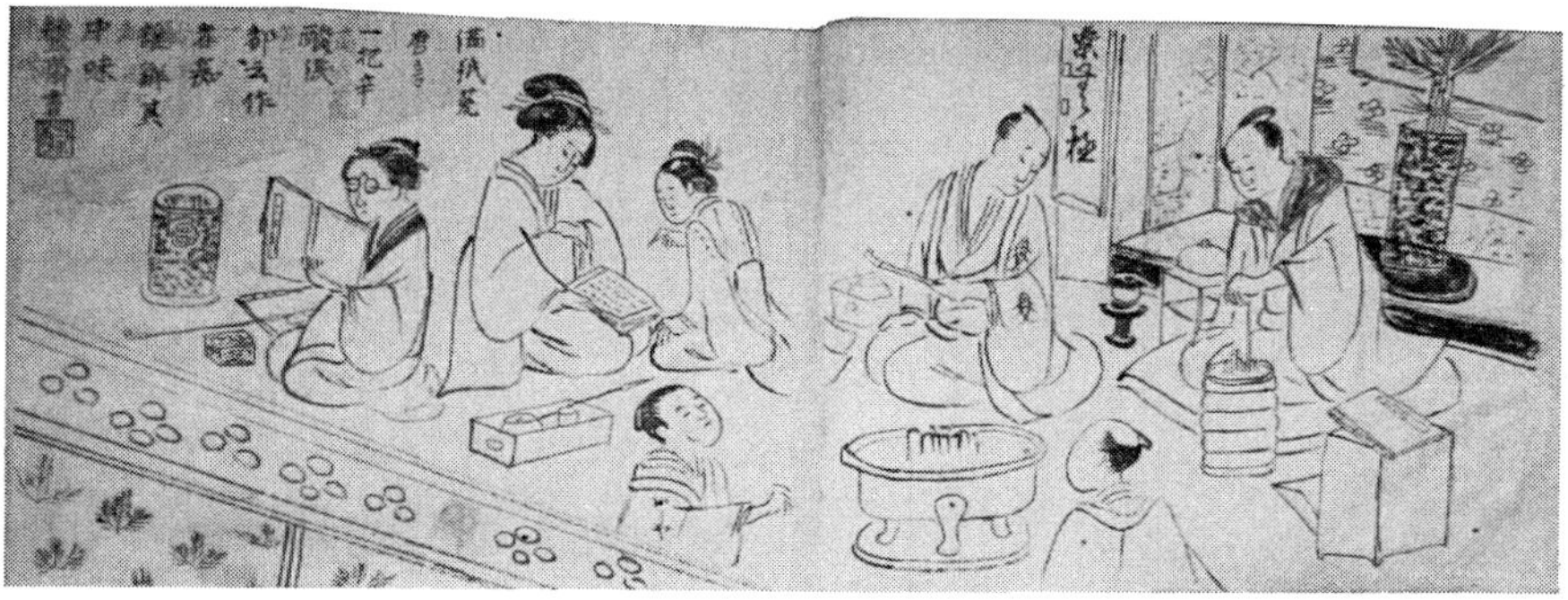

岩瀬文庫本・口絵

岩瀬文庫本・巻二挿絵

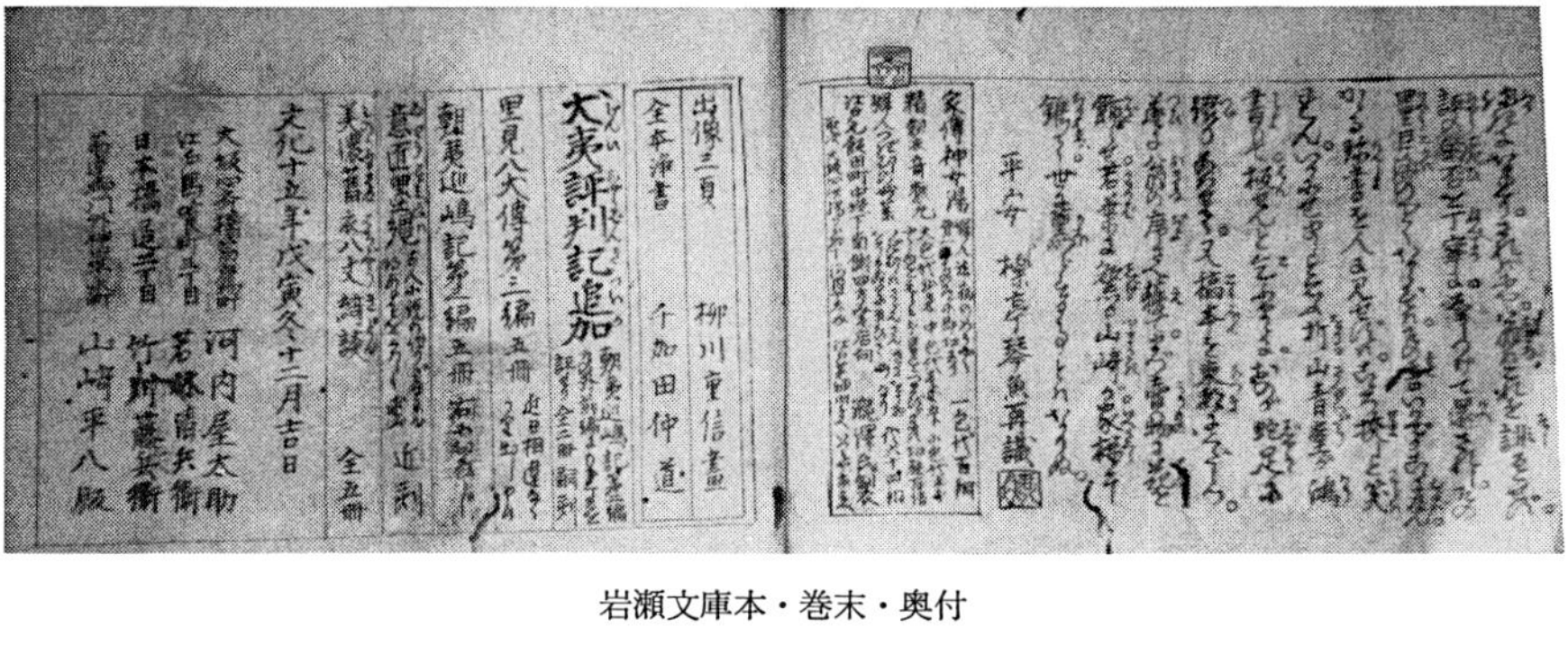


岩瀬文庫本・巻末・奥付

七に、柱記・丁付等は稿本には無し

以上が稿本と板本の違いである。また、岩瀬本が稿本であって板下本ではないことは、全体で丁数が板本とは明らかに違っていることによってわかる。そして、全部を明らかに馬琴自筆の稿本と認め得ることによって、本書の成立には、三枝園や琴魚の関与を全く否定するわけにはいかぬものの、大部分馬琴の創作と認めてよいのではないかと思われる。

## ㈨ 当世名家評判記

本書は「徳川文藝類聚」巻十二に翻印。所見本はみな同板。

書型の中本二冊に浅葱色表紙、黄色題簽という体裁、悟免庵主人著、門人出放大校という著者名など、本書は明らかに文政十二年に刊行されて以来、流行現象を示している「妙々奇談」風に色づけされた江戸の学者評判記である。

文化十一年、江戸で文人画家番付の一枚摺りが刊行され、その位付の当否をめぐって当事者の間に大人気ない騒動がひき起されるや、そのゴタゴタを種に、鵬斎、詩仏、五山、米庵、文晁、錦城という当時の文人儒者書画家中の筆頭株の七人の人物評を行ったのが「妙々奇談」二冊で、文政十二年頃に刊行されている。刊行と同時に大評判となり、以後、内容・体裁・書名などに、この書の後を襲うものが続出し、明治初年まで、その所在の明確なものだけでも三十種を上回る数になること、前掲のリストを参照されたい。人物評としては先蹤の名物評判記も忽ちこの流行の中に呑み込まれて、本書の如きその折衷様式を持つものが出現した。即ち、外形は「妙々奇談」、内容は「名物評判記」、というのが本書である。そして内容の点でも、「医者」の部の次に「本草家」という部立が出来る辺りにも時代の移りゆきが感じさせられる。

跋文筆者「狂聖堂主人」の署名は、詩聖堂大窪詩仏の名をかすめ、その署名下の花押は南畝の名「覃」の崩しの如くに記し、跋文全体の書風も明らかに南畝風の筆致とするなど、とにかく「妙々奇談」の余波を利用しようとする姿勢が見えすいているが、さて、悟免庵主人、出放大、ともにその正体はなかなか明らかにし得ない。

なお、本書所見本は、七本共に、下巻七ゥと十四ォの二ヵ所に数字分の彫り残しの部分があり、また下巻の十二丁から十三丁への文章が続かず、明らかにその間に落丁があるものと思われる。丁付は続いているので、製本時の誤綴ではなく、何か内容上の危惧が生じて、故意にその部分を省き、丁付のみ通して誤魔化したものと思われるが、今となっては省いた部分の見当はつけかねる。或いは伝本類の中にこの部分を存する初印本が存在するかもしれぬが後考に俟つ。

## ㈩　当世名家大妙々奇譚

本書所見本は、みな同板。翻印は杉原夷山氏による本書の詳註が「京摂名家評判記賛註」と題して、桑名の雅声社より昭和十三年に和装活版一冊の形で刊行されている。元来は漢詩雑誌「雅声」に連載されたものらしい。杉原氏註は詳細を極め、本書のみならず天保前後の京坂詩文界の動静を知るのに極めて有用の書である。

前掲「当世名家評判記」が江戸在住の儒者文人百九人を取り上げた後をついで、今度は京坂の儒者文人十六人を取り上げたのが本書である。外題や見返しには、「大妙々奇譚」と、今度は「妙々奇談」をじかにかすめた題を付けるが、目録題や内題は「当世名家評判記」と、前書と全く同じ題にして、著者も　東都　悟免庵主人著　門人出放大校　と全く同名を用いる。誰が見ても一見前著と同一人の仕業と思うだろうが、内容は前者と比べてその誹謗の文体にかなりのドギツさが加わり、どうも同一人の手になるものとは思えない。果たして杉原氏は、梅辻春樵作「讒謗書并引」と題する七古長詩を引用されて、本書の真の著者は京の画家小田海僊と儒者森田節斎の合作であるとされ、並々ならぬ春樵の立腹ぶりを紹介される。一方、所見の一本には、井上和雄氏の識語を添え、本書は富岡鉄斎の示教によれば森田節斎の門人巽世太郎というものの著である旨が記されている。いずれにしろ節斎周辺が著者である旨の取沙汰がかまびすしかったわけである。金銭上のことと男女間のことに筆を及ぼすことの目立つ本書の内容は、そのまま妙々奇談の流れにあることを示し、それ故に著者名にも不徳義といえるほどの隠れ蓑を必要とし、そのためにまた著者の素性さがしも過熱気味となったものであろう。

初めに述べた通り、評判記の本領は、何はともあれまず讃めることにあった。批判ではなく評判である所以であり、それだけ対象に対する暖かさが基盤となるものであった。しかし世情人心の移ろいはそのようなものよりも妙々奇談のアラ探し、人身攻撃を面白しとするようになる。ここに至れば、もはや評判記の季節は終わったとするべきであろう。

因みに、本書所収底本の書誌解題に明らかな如く、全部で二十部のうち、約半数の九部までが加賀文庫蔵本であり、その内四部までが石塚豊芥子の旧蔵本である。そしてそれらは殆んど現存一部のみというものが多い。即ち名物評判記というものは、既に江戸末期において豊芥子のような好事家の御蔭で辛うじて散佚をまぬがれ、更に近代に入って加賀洗雲亭のような人の尽力によってようやく命脈を保つことが出来たものである。所収底本を提供して下さった諸機関に対し深甚の謝意を申し述べる。

■岩波オンデマンドブックス■

# 江戸名物評判記集成


1987年 6月12日　第1刷発行
2016年 4月12日　オンデマンド版発行

編　者　中野三敏《なかのみつとし》

発行者　岡本　厚

発行所　株式会社　岩波書店
〒101-8002　東京都千代田区一ツ橋 2-5-5
電話案内　03-5210-4000
http://www.iwanami.co.jp/

印刷／製本・法令印刷




ISBN 978-4-00-730386-9　　Printed in Japan